孟繁华　主编

新中国文学
经典丛书　精选本

中篇小说　卷五

作家出版社

出版说明

　　中国当代文学经过70多年的探索、创作，逐渐形成了具有中国特色和经验的文学世界。这个世界丰富、绚丽、迷人，不仅从一些方面表达了当代中国的思想、情感和精神面貌，而且已经成为世界文学重要的组成部分。为了展示中国文学的巨大成就，进一步树立文化自信和文学自信，我们特别策划了这套具有一定规模的"新中国文学经典丛书·精选本"。

　　丛书共计十二卷，包含小说（中短篇）、诗歌、散文、报告文学、戏剧五个文学门类，其中短篇小说两卷、中篇小说六卷、诗歌一卷、散文一卷、报告文学一卷、戏剧一卷。在时间上，所选均是1949年新中国成立之后所发表或出版的优秀文学作品。在版式编排上，统一按照当前规范要求，采用简体字横排方式，字词用法也遵照当前最新标准规范。

　　丛书邀请著名评论家孟繁华担任主编。入选丛书的作品经过了专家论证委员会的认真评审，专家评审从文学性、思想性、时代性等多方面进行综合考察，选取了各个时期、各个体裁最具代表性的作家作品。正是这些作家作品，构筑了中国当代文学最为坚实和亮丽的文学大厦，在一定意义上，它们就是一部特殊形态的中国当代文学史，代表了新中国文学70多年所取得的不凡成就。

　　文学是时代的一面镜子，通过这套大型丛书，读者一方面可以了解和领略中国当代文学的发展历程和高端成就，满足精神文化发展的需求；也可以更好地了解新中国成立70多年来我们党和人民所走过的光辉道路，了解我们的祖国所发生的翻天覆地的变化。鉴古知今，面向未来，更好地投身于实现中华民族伟大复兴中国梦的新征程中去。

需要特别说明的是，尽管在篇目的遴选上，我们经过了认真的论证和反复的研究，但关于作品优劣的认定和选择的标准见仁见智，正所谓一千个读者眼中有一千个哈姆雷特，每个人心中都有自己认为优秀的作品。因此，这套书仅仅代表的是面对新中国70多年文学成就的一种眼光、一个角度。同时，由于丛书体量有限，遗珠之憾在所难免，恳请读者朋友理解并谅解，同时更盼批评指正。

作家出版社

2023年1月

目录

现实一种

余 华

一

那天早晨和别的早晨没有两样，那天早晨正下着小雨。因为这雨断断续续下了一个多星期，所以在山岗和山峰兄弟俩的印象中，晴天十分遥远，仿佛远在他们的童年里。

天刚亮的时候，他们就听到母亲在抱怨什么骨头发霉了。母亲的抱怨声就像那雨一样滴滴答答。那时候他们还躺在床上，他们听着母亲向厨房走去的脚步声。

她折断了几根筷子，对两个儿媳妇说："我夜里常常听到身体里有这种筷子被折断的声音。"两个媳妇没有回答，她们正在做早饭。她继续说："我知道那是骨头正一根一根断了。"

兄弟俩是这时候起床的，他们从各自的卧室里走出来，都在嘴里嘟哝了一句："讨厌。"像是在讨厌不停的雨，同时又像是讨厌母亲雨一样的抱怨。

现在他们像往常一样围坐在一起吃早饭了，早饭由米粥和油条组成。

老太太长年吃素，所以在桌旁放着一小碟咸菜，咸菜是她自己腌制的。她现在不再抱怨骨头发霉，她开始说："我胃里好像在长出青苔来。"

于是兄弟俩便想起蚯蚓爬过的那种青苔，生长在井沿和破旧的墙角，那种有些发光的绿色。他们的妻子似乎没有听到母亲的话，因为她们脸上的神色像泥土一样。

山岗四岁的儿子皮皮没和大人同桌，他坐在一只塑料小凳上，他在那里吃早饭，他没吃油条，母亲在他的米粥里放了白糖。

刚才他爬到祖母身旁，偷吃一点咸菜。因此祖母此刻还在眼泪汪汪，她喋喋不休地说着："你今后吃的东西多着呢，我已经没有多少日子可以吃了。"因此他被父亲一把拖回到塑料小凳子上。所以他此刻心里十分不满，他用匙子敲打着碗边，嘴里叫着："太少了，吃不够。"

他反复叫着，声音越来越响亮，可大人们没有理睬他，于是他就决定哭一下。而这时候他的堂弟嘹亮地哭起来，堂弟正被婶婶抱在怀中。他看到婶婶把堂弟抱到一边去换尿布了。于是他就走去站在旁边。堂弟哭得很激动，随着身体的扭动，那叫小便的玩意儿一颤一颤的。他很得意地对婶婶说："他是男的。"但是婶婶没有理睬他，换毕尿布后她又坐到刚才的位子上去了。他站在原处没有动。这时候堂弟不再哭了，堂弟正用两个玻璃球一样的眼睛看着他。他有点沮丧地走开了。他没有回到塑料小凳上，而是走到窗前。他太矮，于是就仰起头来看着窗玻璃，屋外的雨水打在玻璃上，像蚯蚓一样扭动着滑了下来。

这时早饭已经结束。山岗看着妻子用抹布擦着桌子。山峰则看着妻子抱着孩子走进了卧室，门没有关上，不一会儿妻子又走了出来，妻子走出来以后走进了厨房。山峰便转回头来，看着嫂嫂擦着桌子的手，那手上有几条静脉时隐时现。山峰看了一会儿才抬起头来，他望着窗玻璃上纵横交叉的水珠对山岗说："这雨好像下了一百年了。"

山岗说："好像是有这么久了。"

他们的母亲又在喋喋不休了。她正坐在自己房中，所以她的声音很轻微。母亲开始咳嗽了，她咳嗽的声音很夸张。接着是吐痰的声音。那声音很有弹性。他们知道她是将痰吐在手心里，她现在开始观察痰里是否有血迹了。他们可以想象这时的情景。

不久以后他们的妻子从各自的卧室走了出来，手里都拿着两把雨伞，到了去上班的时候了。兄弟俩这时才站起来，接过雨伞后四个人一起走了出去，他们将一起走出那条胡同，然后兄弟俩往西走，他们的妻子则往东走去。兄弟两人走在一起，像是互不相识一样。他们默默无语一直走到那所中学的门口，然后山峰拐弯走上了桥，而山岗继续往前走。他们的妻子走在一起的时间十分短，她们总是一走出胡同就会碰到各自的同事，于是便各自迎上去说几句话后和同事一起走了。

他们走后不久，皮皮依然站在原处，他在听着雨声，现在他已经听出了四种雨滴声，雨滴在屋顶上的声音让他感到是父亲用食指在敲打他的脑袋，而滴在树叶上时仿佛跳跃了几下。另两种声音来自屋前水泥地和屋后的池塘，和滴进池塘时清脆的声响相比，来自水泥地的声音显然沉闷了。

于是孩子站了起来，他从桌子底下钻过去，然后一步一步走到祖母的卧室门口，门半掩着，祖母如死去一般坐在床沿上。孩子说："现在正下着四场雨。"祖母听后打了一个响亮的嗝。孩子便嗅到一股臭味，近来祖母打出来的嗝越来越臭了。所以他立刻离开，他开始走向堂弟。

堂弟躺在摇篮里，眼睛望着天花板，脸上笑眯眯的，孩子就对堂弟说："现在正下着四场雨。"

堂弟显然听到了声音，两条小腿便活跃起来，眼睛也开始东张西望。可是没有找到他。他就用手去摸摸堂弟的脸，那脸像棉花一样松软。他禁不住使劲拧了一下，于是堂弟"哇"的一声灿烂地哭了起来。

这哭声使他感到莫名的喜悦，他朝堂弟惊喜地看了一会儿，随后对准堂弟的脸打去一个耳光。他看到父亲经常这样揍母亲。挨了一记耳光后堂弟突然窒息了起来，嘴巴无声地张了好一会儿，接着一种像是暴风将玻璃窗打开似的声音冲击而出。这声音嘹亮悦耳，使孩子异常激动。然而不久之后这哭声便跌落下去，因此他又给了他一个耳光。堂弟为了自卫而乱抓的手在他手背上留下了两道血痕，他一点也没觉察。他只是感到这一次耳光下去那哭声并没有窒息，不过是响亮一点，远没有刚才那么动人。所以他使足劲又打去一个，可是情况依然如此，那哭声无非是拖得长一点而已。于是他就放弃了这种办法，他伸手去卡堂弟的喉管，堂弟的双手便在他手背上乱抓起来。当他松开时，那如愿以偿的哭声又响了起来。他就这样不断去卡堂弟的喉管又不断松开，他一次次地享受着那爆破似的哭声。后来当他再松开手时，堂弟已经没有那种充满激情的哭声了，只不过是张着嘴一颤一颤地吐气，于是他开始感到索然无味，便走开了。

他重新站在窗下，这时窗玻璃上已经没有水珠在流动，只有杂乱交错的水迹，像是一条条路。孩子开始想象汽车在上面奔驰和相撞的情景。随后他发现有几片树叶在玻璃上摇晃，接着又看到有无数金色的小光亮在玻璃上闪烁，这使他惊讶无比。于是他立刻推开窗户，他想让那几片树叶到里面来摇晃，让那些小光亮跳跃起来，围住他翩翩起舞。那光亮果然一涌而进，但不是雨点那样一滴一滴，而是一片，他发现天晴了，阳光此刻贴在他身上。刚才那几片树叶现在清晰可见，屋外的榆树正在伸过来，树叶绿得晶亮，正慢慢地往下滴着水珠，每滴一颗树叶都要轻微地颤抖一下，这优美的颤抖使孩子笑了起来。

然后孩子又出现在堂弟的摇篮旁，他告诉他："太阳出来了。"堂弟此刻已经忘了刚才的一切，笑眯眯地看着他。他说："你想去看太阳吗？"堂弟这时蹬起了两条腿，嘴里"哎哎"地叫了起来。他又说："可是你会走路吗？"堂弟这时停止了喊叫，开始用两只玻璃球一样的眼睛看着他，同时两条胳膊伸出来像是要他抱。"我知道了，你是要我抱你。"他说着用力将他从摇篮里抱了出来，像抱那只塑料小凳一样抱着他。他感到自己是抱着一大块肉。堂弟这时又"哎哎"地叫起来。"你很高兴，对吗？"他说。他有点费力地走到屋外。

那时候远处一户人家正响着鞭炮声，而隔壁院子里正在生煤球炉子，一股浓烟越过围墙滚滚而来。堂弟一看到浓烟高兴得哇哇大叫，他对太阳不感兴趣。他也没空对太阳感兴趣，因为此刻有几只麻雀从屋顶上斜飞下来，逗留在树枝上，那几根树枝随着它们喳喳的叫声而上下起伏。

然而孩子感到越来越沉重了，他感到这沉重来自手中抱着的东西，所以他就松开了手，他听到那东西掉下去时同时发出两种声音，一种沉闷一种清脆，随后什么声音也没有了。现在他感到轻松自在，他看到几只麻雀在树枝间跳来跳去，因为树枝的抖动，那些树叶像扇子似的一扇一扇。他那么站了一会儿后感到口渴，所以他就转身往屋里走去。

他没有一下子就找到水，在卧室桌上有一只玻璃杯放着，可是里面没有水。于是他又走进了厨房，厨房的桌上放着两只搪瓷杯子，盖着盖。他没法知道里面是否有水，因为他够不着，所以他重新走出去，将塑料小凳搬进来。在抱起塑料小凳时他蓦然想起他的堂弟，他记得自己刚才抱着他走到屋外，现在却只有他一人了。他觉得奇怪，但他没往下细想。他爬到小凳子上去，将两只杯子拖过来时感到它们都是有些沉，两只杯子都有水，因此他都喝了几口。随后他又惦记起刚才那几只麻雀，便走了出去。而屋外榆树上已经没有鸟在跳跃，鸟已经飞走了。他看到水泥地开始泛出了白色，随即看到了堂弟，他的堂弟正舒展四肢仰躺在地上。他走到近旁蹲下去推推他，堂弟没有动，接着他看到堂弟头部的水泥地上有一小摊血。他俯下身去察看，发现血是从脑袋里流出来的，流在地上像一朵花似的在慢吞吞开放着。而后他看到有几只蚂蚁从四周快速爬了过来，爬到血上就不再动弹。只有一只蚂蚁绕过血而爬到了他的头发上。沿着几根被血凝固的头发一直爬进了堂弟的脑袋，从那往外流血的地方爬了进去。他这时才站起来，茫然地朝四周望望，然后走回屋中。

他看祖母的门依旧半掩着，就走过去，祖母还是坐在床上。他就告诉她："弟弟睡着了。"祖母转过头来看了看他，他发现她正眼泪汪汪。他感到没意思，就走到厨房里，在那只小凳子上坐了下来。他这时才感到右手有些疼痛，右手被抓破了。他想了很久才回忆起是在摇篮旁被堂弟抓破的，接着又回忆自己怎样抱着堂弟走到屋外，后来他怎样松手。因为回忆太累，所以他就不再往下想。他把头往墙上一靠，马上就睡着了。

很久以后，她才站起来，于是她又听到体内有筷子被折断一样的声音。声音从她松弛的皮肤里冲出来后变得异常轻微，尽管她有些耳聋，可还是清晰地听到了。因此这时她又眼泪汪汪起来，她觉得自己活不久了，因为每天都有骨头在折断。她觉得自己不久以后不仅没法站和没法坐，就是躺着也不行了。那时候她体内已经没有完整的骨骼，却是一堆长短形状粗细都不一样的碎骨头不负责任地挤在一起。那时候她脚上的骨头也许会从腹部顶出来，而手臂上的骨头可能会插进长满青苔的胃。

她走出了卧室，此后她没再听到那种响声，可她依旧忧心忡忡。此刻从那敞开的门窗涌进来的阳光使她两眼昏花，她看到的是一片闪烁的东西，她不知道那是什么，便走到了门口。阳光照在她身上，使她看到双手黄得可怕。接着她看到一团黄黄的东西躺在前面。她仍然不知道那是什么。于是她就跨出门，慢吞吞地走到近旁，她还没认出这一团东西就是她孙儿时，她已经看到了那一摊血，她吓了一跳，赶紧走回自己的卧室。

二

孩子的母亲是提前下班回家的。她在一家童车厂当会计。在快要下班的前一刻，她无端地担心起孩子会出事。因此她坐不住了，她向同事说一声要回去看儿子。这种担心在路上越发强烈。当她打开院子的门时，这种担心得到了证实。

她看到儿子躺在阳光下，和他的影子躺在一起。一旦担心成为现实，她便恍惚起来。她在门口站了一会儿，她似乎看到儿子头部的地上有一摊血迹。血迹在阳光下显得不太真实，于是那躺着的儿子也仿佛是假的。随后她才走了过去，走到近旁她试探性地叫了几声儿子的名字，儿子没有反应。这时她似乎略有些放心，仿佛躺着的并不是她的儿子。她挺起身子，抬头看了看天空，她感到天空太灿烂，使她头晕目眩。然后她很费力地朝屋中走去，走入屋中她觉得阴沉觉得有些冷。卧室的门敞开着，她走进去。她在柜前站住，拉开抽屉往里面寻找什么，抽屉里堆满羊毛衫。她在里面翻了一阵，没有她要找的东西，她又拉开柜门，里面挂着她和丈夫山峰的大衣，也没有她要找的东西。她又去拉开写字台的全部抽屉，但她只是看一眼就走开了。她在一把椅子上坐了下来，眼睛开始在屋内搜查起来。她的目光从刚才的柜子上晃过，又从圆桌的玻璃上滑下，斜到那只三人沙发里；接着目光又从沙发里跳出来到了房上。然后她才看到摇篮。这时她猛然一惊，立刻跳起来。摇篮里空空荡荡，没有她的儿子。于是她蓦然想起躺在屋外的孩子，她疯一般地冲到屋外，可是来到儿子身旁她又不知所措了。但是她想起了山峰，便转身走出去。

她在胡同里拼命地走着，她似乎感到有人从对面走来向她打招呼。但她没有答理，她横冲直撞地往胡同口走去。可走到胡同口她又站住。一条大街横在眼前，她不知该朝哪个方向走，她急得直喘气。

山峰这时候出现了，山峰正和一个什么人说着话朝她走来。于是她才知道该往那个方向去。当她断定山峰已经看到她时，她终于响亮地哭了起来。不一会儿她感到山峰抓住了她的手臂，她听到丈夫问："出了什么事？"她张了张嘴却没有声音。她听到丈夫又问："到底出了什么事？"可她依旧张着嘴说不出话来。"是不是孩子出事了？"丈夫此刻开始咆哮了。这时她才费力地点了点头。山峰便扔开她往家里跑去。她也转身往回走，她感到四周有很多人，还有很多声音。她走得很慢，不一会儿她看到丈夫抱着儿子跑了过来，从她身边一擦而过。于是重新转回身去。她想走得快一点好赶上丈夫，她知道丈夫一定是去医院了。可她怎么也走不快。现在她不再哭了。她走到胡同口时又不知该往何处去，就问一个走来的人，那人用手向西一指，她才想起医院在什么地方。她在人行道上慢吞吞地往西走去，她感到自己的身体像一片树叶一样被风吹得摇摇晃晃。她一直走到那家百货商店时，才恢复了一些感觉。她知道医院已经不远了。而这时她却看到丈夫抱着儿子走来了。山峰脸上僵硬的神色使她明白了一切，所以她又号啕大哭了。山峰走到她眼前，咬牙切齿地说："回家去哭。"她不敢再哭，她抓住山峰的衣服，跟着他往回走去。

山岗回家的时候，他的妻子已在厨房里了。他走进自己的卧室，在沙发里坐了下来。他感到无所事事，他在等着吃午饭。皮皮是在这时出现在他眼前的。皮皮因为母亲走进厨房而醒了，醒来以后他感到全身发冷，他便对母亲说了。正在忙午饭的母亲就打发他去穿衣服。于是他就哆哆嗦嗦地出现在父亲的跟前。他的模样使山岗有些不耐烦。

山岗问："你这是干什么？"

"我冷。"皮皮回答。

山岗不再答理，他将目光从儿子身上移开，望着窗玻璃。他发现窗户没有打开，就走过去打开了窗户。

"我冷。"皮皮又说。

山岗没有去理睬儿子，他站在窗口，阳光晒在他身上使他感到很舒服。

这时山峰抱着孩子走了进来，他妻子跟在后面，他们的神色使山岗感出了什么事。兄弟俩看了一眼，谁也没有说话。山岗听着他们迟缓的脚步跨入屋中，然后一声响亮的关门声。这一声使山岗坚定了刚才的想法。

皮皮此刻又说了："我冷。"

山岗走出了卧室，他在餐桌旁坐了下来，这时妻子正从厨房里将饭菜端了出来，皮皮已经坐在了那只塑料小凳上。他听到山峰在自己房间里吼叫的声音。他和妻子互相望了一眼，妻子也坐了下来。她问山岗："要不要去叫他们一声？"

山岗回答："不用。"

老太太这时走了出来，手里拿着一碟咸菜。她从来不用他们叫，总会准时地出现在餐桌旁。

山峰屋中除了吼叫的声音外，增加了另外一种声音。山岗知道那是什么声音。他嘴里咀嚼着，眼睛却通过敞开的门窗看到外面去了。不一会儿他听到母亲在一旁抱怨，他便转过脸来，看到母亲正愁眉苦脸望着那一碗米饭，他听到她在说："我看到血了。"他重新将头转过去，继续看着屋外的阳光。

山峰抱着孩子走入自己的房门，把孩子放入摇篮以后，用脚狠命一蹬关上了卧室的门。然后看着已经坐在床沿上的妻子说："你现在可以哭了。"

他妻子却神情恍惚地望着他，仿佛没有听到他的话，那双睁着的眼睛似乎已经死去，但她的坐姿很挺拔。

山峰又说："你可以哭了。"

可她只是将眼睛移动了一下。

山峰往前走了一步，问："你为什么不哭？"

她这时才动弹了一下，抬起头疲倦地望着山峰的头发。

山峰继续说："哭吧，我现在想听你哭。"

两颗眼泪于是从她那空洞的眼睛里滴了出来，迟缓而下。

"很好。"山峰说，"最好再来点声音。"

但她只是无声地流泪。

这时山峰终于爆发了，他一把揪住妻子的头发吼道："为什么不哭得响亮一点。"

她的眼泪骤然而止，她害怕地望着丈夫。

"告诉我，是谁把他抱出去的？"山峰再一次吼叫起来。

她茫然地摇摇头。

"难道是孩子自己走出去的?"

她这次没有摇头,但也没有点头。

"你什么都不知道,是吗?"山峰不再吼叫,而是咬牙切齿地问。

她想了很久才点点头。

"这么说你回家时孩子已经躺在那里了?"

她又点点头。

"所以你就跑出来找我?"

她的眼泪这时又淌了下来。

山峰咆哮了:"你当时为什么不把他抱到医院去,你就成心让他死去。"

她慌乱地摇起了头,她看着丈夫的拳头挥了起来,瞬间之后脸上挨了重重的一拳。她倒在了床上。

山峰俯身抓住她的头发把她提起来,接着又往她脸上揍去一拳。这一拳将她打在地上,但她仍然无声无息。

山峰把她再拉起来,她被拉起来后双手护住了脸。可山峰却是对准她的乳房揍去,这一拳使她感到天昏地暗,她窒息般地呜咽了一声后倒了下去。

当山峰再去拉起她的时候感到特别沉重,她的身体就像掉入水中一样直往下沉。于是山峰就屈起膝盖顶住她的腹部,让她贴在墙上,然后抓住她的头发狠命地往墙上撞了三下。山峰吼道:"为什么死的不是你。"吼毕才松开手,她的身体便贴着墙壁滑了下去。

随后山峰打开房门走到了外间。那时候山岗已经吃完了午饭,但他仍坐在那里。他的妻子正将碗筷收去,留下的两双是给山峰他们的。山岗看到山峰杀气腾腾地走了出来,走到母亲身旁。

此刻母亲仍端坐在那里喋喋不休地抱怨着她看到血了。那一碗米饭纹丝未动。

山峰问母亲:"是谁把我儿子抱出去的?"

母亲抬起头来看看儿子,愁眉苦脸地说:"我看到血了。"

"我问你。"山峰叫道,"是谁把我儿子抱出去的?"

母亲仍然没对儿子的问话感兴趣,但她希望儿子对她看到血感兴趣,她希望儿子来关心一下她的胃口。所以她再次说："我看到血了。"

然而山峰却抓住了母亲的肩膀摇了起来："是谁?"

坐在一旁的山岗这时开口了，他平静地说："别这样。"

山峰放开了母亲的肩膀，他转身朝山岗吼道："我儿子死啦!"

山岗听后心里一怔，于是他就不再说什么。

山峰重新转回身去问母亲："是谁?"

这时母亲眼泪汪汪地嘟哝起来："你把我的骨头都摇断了。"她对山岗说："你来听听，我身体里全是骨头断的声音。"

山岗点点头，说："我听到了。"但他坐着没动。

山峰几乎是最后一次吼叫了："是谁把我儿子抱出去的?"

此时坐在塑料小凳上的皮皮用比山峰还要响亮的声音回答："我抱的。"当山峰第一次这样问母亲时，皮皮没去关心。后来山峰的神态吸引了他，他有些费力地听着山峰的吼叫，刚一听懂他就迫不及待地叫了起来，然后他非常得意地望望父亲。

于是山峰立刻放开母亲，他朝皮皮走去。他凶猛的模样使山岗站了起来。

皮皮依旧坐在小凳上，他感到山峰那双血红的眼睛很有趣。

山峰在山岗面前站住，他叫道："你让开。"

山岗十分平静地说："他还是孩子。"

"我不管。"

"但是我要管。"山岗回答，声音仍然很平静。

于是山峰对准山岗的脸狠击一拳，山岗只是歪了一下头却没有倒下。

"别这样。"山岗说。

"你让开。"山峰再次吼道。

"他还是孩子。"山岗又说。

"我不管，我要他偿命。"山峰说完又朝山岗打去一拳，山岗仍是歪一下头。

这情景使老太太惊愕不已，她连声叫着："吓死我了。"然而却坐着未动，因为山峰的拳头离她还有距离。此时山岗的妻子从厨房里跑了出来，她朝山岗叫道："这是怎么了?"

山岗对她说："把孩子带走。"

可是皮皮却不愿意离开，他正兴致勃勃地欣赏着山峰的拳头。父亲没有倒下使他兴高采烈。因此当母亲将他一把拖起来时，他不禁愤怒地大哭了。

这时山峰转身去打皮皮，山岗伸手挡住了他的拳头，随即又抓住山峰的胳膊，不让他挨近皮皮。

山峰就提起膝盖朝山岗腹部顶去，这一下使山岗疼弯了腰，他不由呻吟了几下。但他仍抓住山峰的胳膊，直到看着妻子把孩子带入卧室关上门后，才松开手，然后挪几步坐在了凳子上。

山峰朝那扇门狠命地踢了起来，同时吼着："把他交出来。"

山岗看着山峰疯狂地踢门，同时听着妻子在里面叫他的名字，还有孩子的哭声。他坐着没有动。他感到身旁的母亲正站起来离开，母亲嘟嘟哝哝像是嘴里塞着棉花。

山峰狠命地踢了一阵后才收住脚，接着他又朝门看了很久，然后才转过身来，他朝山岗看了一眼，走过去也在凳子上坐下，他的眼睛继续望着那扇门，目光像是钉在那上面，山岗坐在那里一直看着他。

后来，山岗感到山峰的呼吸声平静下来了，于是他站起身，朝卧室的门走去。他感到山峰的目光将自己的身体穿透了。他在门上敲了几下，说："是我，开门吧。"同时听着山峰是否站了起来，山峰坐在那里没有声息。他放心了，继续敲门。

门战战兢兢地打开了，他看到妻子不安的脸。他对她轻轻说："没事了。"但她还是迅速地将门关上。

她仰起头看着他，说："他把你打成这样。"

山岗轻轻一笑，他说："过几天就没事了。"

说着山岗走到泪汪汪的儿子身旁，用手摸他的脑袋，对他说："别哭。"接着他走到衣柜的镜子旁，他看到一个脸部肿胀的陌生人。他回头问妻子："这人是我吗？"

妻子没有回答，她正怔怔地望着他。

他对她说："把所有的存折都拿出来。"

她迟疑了一下后就照他的话去办了。

他继续逗留在镜子旁。他发现额头完整无损，下巴也是原来的，而其余的都已经背叛他了。

这时妻子将存折递了过去，他接过来后问："多少钱?"

"三千元。"她回答。

"就这么多?"他怀疑地问。

"可我们总该留一点。"她申辩道。

"全部拿出来。"他坚定地说。

她只得将另外两千元递过去，山岗拿着存折走到了外间。

此刻山峰仍然坐在原处，山岗打开门走出来时，山峰的目光便离开了门而钉在山岗的腹部，现在山岗向他走来，目光就开始缩短。山岗在他面前站住，目光就上升到了山岗的胸膛。他看到山岗的手正在伸过来，手中捏着十多张存折。

"这里是五千元。"山岗说，"这事就这样结束吧。"

"不行。"山峰斩钉截铁地回答，他的嗓音沙哑了。

"我所有的钱都在这里了。"山岗又说。

"你滚开。"山峰说。因为山岗的胸膛挡住了他的视线，他没法看到那扇门。

山岗在他身旁默默地站了很久，他一直看着山峰的脸，他看到那脸上有一种傻乎乎的神色。然后他才转过身，重新走回卧室。他把存折放在妻子手中。

"他不要?"她惊讶地问。

他没有回答，而是走到儿子身旁，用手拍拍他的脑袋说："跟我来。"

孩子看了看母亲后就站了起来，他问父亲："到哪里去?"

这时她明白了，她挡住山岗，她说："不能这样，他会打死他的。"

山岗用手推开她，另一只手拉着儿子往外走去，他听到她在后面说："我求你了。"

山岗走到了山峰面前，他把儿子推上去说："把他交给你了。"

山峰抬起头来看了一下皮皮和山岗，他似乎想站起来，可身体只是动了一下。然后他的目光转了个弯，看到屋外院子里去了。于是他看到了那一摊血。血在阳光下显得有些耀眼。他发现那一摊血在发出光亮，像阳光一样的光亮。

皮皮站在那里显然是兴味索然，他仰起头来看看父亲，父亲脸上没有表情，和山峰一样。于是他就东张西望，他看到母亲不知什么时候起也站在他身后了。

山峰这时候站了起来，他对山岗说："我要他把那摊血舔干净。"

"以后呢?"山岗问。

山峰犹豫了一下才说："以后就算了。"

"好吧。"山岗点点头。

这时孩子的母亲对山峰说："让我舔吧，他还不懂事。"

山峰没有答理，他拉着孩子往外走。于是她也跟了出去。山岗迟疑了一下后走回了卧室，但他只走到卧室的窗前。

山岗看到妻子一走近那摊血迹就俯下身去舔了，妻子的模样十分贪婪。山岗看到山峰朝妻子的臀部蹬去一脚，妻子摔向一旁然后跪起来拼命地呕吐了，她喉咙里发出了那种令人毛骨悚然的声音。接着他看到山峰把皮皮的头按了下去，皮皮便趴在了地上。他听到山峰用一种近似妻子呕吐的声音说："舔。"

皮皮趴在那里，望着这摊在阳光下亮晶晶的血，使他想起某一种鲜艳的果浆。他伸出舌头试探地舔了一下，于是一种崭新的滋味油然而生。接下去他就放心去舔了，他感到水泥上的血很粗糙，不一会儿舌头发麻了，随后舌尖上出现了几丝流动的血，这血使他觉得更可口，但他不知道那是自己的血。

山岗这时看到弟媳伤痕累累地出现了，她嘴里叫着"咬死你"扑向了皮皮。与此同时山峰飞起一脚踢进了皮皮的胯里。皮皮的身体腾空而起，随即脑袋朝下撞在了水泥地上，发出一声沉重的声音。他看到儿子挣扎了几下后就舒展四肢瘫痪似的不再动了。

三

那时候老太太听到"咕咚"一声，这声音使她大吃一惊。声音是从腹部钻出来的，仿佛已经憋了很久总算散发出来，声音里充满了怨气。

她马上断定那是肠子在腐烂，而且这种腐烂似乎已经由来已久。紧接着她接连听到了两声"咕咚"，这次她听得更为清楚，她觉得这是冒出气泡来的声音。由此看来，肠子已经彻底腐烂了。她想象不出腐烂以后的颜色，但她却能揣摩出它们的形态。是很稠的液体在里面蠕动时冒出的气泡。接下去她甚至嗅到了腐烂的那种气息，这种气息正是从她口中溢出。不久之后她感到整个房间已经充满了这种腐烂气息，仿佛连房屋也在腐烂了。所以她才知道为什么不想吃东西。

她试着站起来，于是马上感到腹内的腐烂物往下沉去，她感到往大腿里沉了。她觉得吃东西实在是一桩危险的事情，因为她的腹腔不是一个无底洞。有朝一日将身体里全部的空隙填满了以后，那么她的身体就会胀破。那时候，她会像一颗炸弹似的爆炸了。她的皮肉被炸到墙壁上以后就像标语一样贴在上面，而她的已经断得差不多了的骨头则像一堆乱柴堆在地上。

她的脑袋可以想象如皮球一样在地上滚了起来，滚到墙角后就搁在那里不再动了。

所以她又眼泪汪汪了，她感到眼泪里也在散发着腐烂气息，而眼泪从脸颊上滚下去时，也比往常重得多。她朝门口走去感到身体重得像沙袋。这时她看到山岗抱着皮皮走进来，山岗抱着皮皮就像抱着玩具，山岗没有走到她面前，他转弯进了自己的卧室。在山岗转弯的一瞬间，她看到了皮皮脑袋上的血迹，这是她这一天里第二次看到血迹，这次血迹没有上次那么明亮，这次血迹很阴沉。她现在感到自己要呕吐了。

山岗看着儿子像一块布一样飞起来，然后迅速地摔在了地上。接下去他什么也看不到了，他只觉得眼前杂草丛生，除此以外还有一口绿得发亮的井。

那时候山岗的妻子已经抬起头来了。她没看到儿子被山峰一脚踢起的情景，但是那一刻里她那痉挛的胃一下子舒展了。而她抬起头来所看到的，正是儿子挣扎后四肢舒展开来，像她的胃一样，这情景使她迷惑不解，她望着儿子发怔。儿子头部的血这时候慢慢流出来了，那血看去像红墨水。

然后她失声大叫一声："山岗。"同时转回身去，对着站在窗前的丈夫又叫了一声。可山岗一动不动，他眯着眼睛仿佛已经睡去。于是她重新转回身，对站在那里也一动不动的山峰说："我丈夫吓傻了。"然后她又对儿子说："你父亲吓傻了。"接着她自言自语："我该怎么办呢？"

杂草和井是在这时消失的，刚才的情景复又出现，山岗再一次看到儿子如一块布飘起来和掉下去。然后他看到妻子正站在那里望着自己，他心想："干吗这样望着我。"他看到山峰在东张西望，看到他后就若无其事地走来了，他那伤痕累累的妻子跟在后面，儿子没有爬起来，还躺在地上。他觉得应该去看一下儿子，于是他就走了出去。

山峰往屋中走去时，感到妻子跟在后面的脚步声让他心烦意乱，所以他就回头对她说："别跟着我。"然后他在门口和山岗相遇，他看到山岗向他微笑了一下，山岗的微笑捉摸不透。山岗从他身旁擦过，像是一股风闪过。他发现妻子还在身后，于是他就吼叫起来："别跟着我。"

山岗一直走到妻子面前，妻子怔怔地对他说："你吓傻了。"

他摇摇头说："没有。"然后他走到儿子身旁，他俯下身去，发现儿子的头部正在流血，他就用手指按住伤口，可是血依旧在流，从他手指上淌过，他摇摇头，心想没办法了。接着他伸开手掌挨近儿子的嘴，感觉到一点微微的气息，但是这气息正在减弱下去，不久之后就没了。他就移开手去找儿子的脉搏，没有找到。这时他看到有几只蚂蚁正朝这里爬来，他对蚂蚁不感兴趣。所以他站起，对妻子说："已经死了。"

妻子听后点点头，她说："我知道了。"随后她问："怎么办呢？"

"把他葬了吧。"山岗说。

妻子望望还站在屋门口的山峰，对山岗说："就这样？"

"还有什么？"山岗问。他感到山峰正望着自己，便朝山峰望去，但这时山峰已经转身走进去了。于是山岗像是想起来什么似的反身走到儿子身旁，把儿子抱了起来，他感到儿子很沉。然后他朝屋内走去。

他走进门后看到母亲从卧室走出来，他听到母亲说了一句什么话，但这时他已走入自己的卧室。他把儿子放在床上，又拉来一条毯子盖上去。然后他转身对走进来的妻子说："你看，他睡着了。"

妻子这时又问："就这样算了？"

他莫名其妙地望着她，仿佛没明白妻子的话。

"你被吓傻了。"妻子说。

"没有。"他说。

"你是胆小鬼。"妻子又说。

"不是。"他继续争辩。

"那么你就出去。"

"上哪儿去?"

"去找山峰算账。"妻子咬牙切齿地说。他微微笑了起来,走到妻子身旁,拍拍她的肩膀说:"你别生气。"

妻子则是冷冷一笑,她说:"我没生气,我只是要你去找他。"

这时山峰出现在门口,山峰说:"不用找了。"他手里拿着两把菜刀。他对山岗说:"现在轮到我们了。"说着将一把菜刀递了过去。

山岗没去接,他只是望着山峰的脸,他感到山峰的脸色异常苍白。他就说:"你的脸色太差了。"

"别说废话。"山峰说。

山岗看到妻子走上去接过了菜刀,然后又看到妻子把菜刀递过来。他就将双手插入裤袋,他说:"我不需要。"

"你是胆小鬼。"妻子说。

"我不是。"

"那你就拿住菜刀。"

"我不需要。"

妻子朝他的脸看了很久,接着点点头表示知道了。她将菜刀送回山峰手中。"你听着。"她对他说,"我宁愿你死去,也不愿看你这样活着。"

他摇摇头,表示无可奈何。他又对山峰说:"你的脸色太差了。"

山峰不再站下去,而是转身走进了厨房。从厨房里出来时他手里已没有菜刀。他朝站在墙角惊恐万分的妻子说:"我们吃饭吧。"然后走到桌旁坐了下来。他妻子也走了过去。

山峰坐下来后没有立刻吃饭,他的眼睛仍然看着山岗。他看到山岗右手伸进口袋里摸着什么,那模样像是在找钥匙。然后山岗转身朝外面走了。于是他开始吃饭。他将饭菜送入嘴中咀嚼时感到如同咀嚼泥土,而坐在身旁的妻子还在微微颤抖。所以他非常恼火,他说:"抖什么。"

说毕将那口饭咽了下去。然后他扭头对纹丝不动的妻子说："干吗不吃？"

"我不想吃。"妻子回答。

"不吃你就走开。"他越发恼火了。同时他又往嘴中送了一口饭。他听到妻子站起来走进了卧室，然后在一把椅子上坐了下来，是靠近墙角的一把椅子。于是他又咀嚼起来，这次使他感到恶心。但他还是将这口饭咽了下去。

他不再吃了，他已经吃得气喘吁吁了，额头的汗水也往下淌。他用手擦去汗珠，感到汗珠像冰粒。这时他看到山岗的妻子从卧室里走了出来。她在门口阴森森地站了一会儿后，朝他走来了。她走来时的模样使他感到像是飘出来的。她一直飘到他对面，然后又飘下去坐在了凳子上。接着用一种像身体一样飘动的目光看着他。这目光使他感到不堪忍受，于是他就对她说："你滚开。"

她将胳膊肘搁在桌上，双手托住下巴仔细地将他观瞧。

"你给我滚开！"他吼了起来。

可是她却像是凝固了一般没有动。

于是他便将桌上所有的碗都摔在了地上，然后又站起来抓住凳子往地上狠狠摔去。

待这一阵杂响过去后，她轻轻说："你为何不一脚踢死我？"

这使他暴跳如雷了。他走到她眼前，举起拳头对她叫道："你想找死！"

山岗这时候回来了。他带了一大包东西回来，后面还跟着一条黄色的小狗。

看到山岗走了进来，山峰便收回拳头，他对山岗说："你让她滚开。"

山岗将东西放在了桌上，然后走到妻子身旁对她说："你回卧室去吧。"

她抬起头来，很奇怪地问："你为什么不揍他一拳？"

山岗将她扶起来，说："你应该去休息了。"

她开始朝卧室走去，走到门口她又站住了脚，回头对山岗说："你起码也得揍他一拳。"

山岗没有说话，他将桌上的东西打了开来，是一包肉骨头。这时他又听到妻子在说："你应该揍他一拳。"随后，他感到妻子已经进屋去了。

此刻山峰在另一只凳子上坐了下来，他往地上指了指，对山岗说：

"你收拾一下。"

山岗点点头，说："等一下吧。"

"我要你马上就收拾。"山峰怒气冲冲地说。

于是山岗就走进厨房，拿出簸箕和笤帚将地上的碎碗片收拾干净，又将散架了的凳子也从地上捡起，一起拿到院子里。当他走进来时，山峰指着那条此刻正在屋中转悠的狗问山岗："哪来的？"

"在街上碰上的。它一直跟着我，就跟到这里来了。"山岗说。

"把它赶出去。"山峰说。

"好吧。"山岗说着走到那条小狗近旁，俯下身把小狗招呼过来，一把抱起它后山岗就走入了卧室。他出来时随手将门关紧。然后问山峰："还有什么事吗？"

山峰没理睬他，也不再坐在那里，他站起来走入了自己的卧室。

那时妻子仍然坐在墙角，她的目光在摇篮里。她儿子仰躺在里面，无声无息像是睡去了一样。她的眼睛看着儿子的腹部，她感到儿子的腹部正在一起一伏，所以她觉得儿子正在呼吸。这时她听到了丈夫的脚步声。于是她就抬起了头。不知为何她的身体也站了起来。

"你站起来干什么？"山峰说着也往摇篮里看了一眼，儿子舒展四肢的形象让他感到有些张牙舞爪。因此他有些恶心，便往床上躺了下去。

这时他妻子又坐了下去。山峰感到很疲倦，他躺在床上将目光投到窗外。他觉得窗外的景色乱七八糟，同时又什么都没有。所以他就将目光收回，在屋内瞟来瞟去。于是他发现妻子还坐在墙角，仿佛已经坐了多年。这使他感到厌烦，他便坐起来说："你干吗总坐在那里？"

她吃惊地望着他，似乎不知道他刚才在说些什么。

他又说："你别坐在那里。"

她立刻站了起来，而站起来后该怎么办，她却没法知道。

于是他恼火了，他朝她吼道："你他妈的别坐在那里。"

她马上离开墙角，走到另一端的衣架旁。那里也有一把椅子，但她不敢坐下去。她小心翼翼地看看丈夫，丈夫没朝她看。这时山峰已经躺下了，而且似乎还闭上了眼睛。她犹豫了一下，才十分谨慎地坐了下去。可这时山峰又开口了，山峰说："你别看着我。"

她立刻将目光移开，她的目光在屋内颤抖不已，因为她担心稍不留心目光就会滑到床上去。后来她将目光固定在大衣柜的镜子上。因为角度关系，那镜子此刻看去像一条亮闪闪的光芒。她不敢去看摇篮，她怕目光会跳跃一下进入床里。可是随即她又听到了那个怒气冲冲的声音："别看着我。"

她霍地站起，这次她不再迟疑或者犹豫。因为她看到了那扇门，于是她就从那里走了出去。她来到外间时，看到山岗走进他们卧室的背影。那背影很结实，可只在门口一闪就消失了。她四下望了望，然后朝院子里走去。院子里的阳光使她头晕目眩。她觉得自己快站不住了，便在门前的台阶上坐下去。然后看起了那两摊血迹。她发现血迹在阳光下显得特别鲜艳，而且仿佛还在流动。

山岗没有洗那些肉骨头，他将它们放入了锅子以后，也不放作料就拿进厨房，往里面加了一点水后便放在煤气灶上烧起来。随后他从厨房走出来，走进了自己的卧室。

妻子正坐在床沿，坐在他儿子身旁，但她没看着儿子。她的目光和山岗刚才一样也在窗外。窗外有树叶，她的目光在某一片树叶上。

他走到床前，儿子的头朝右侧去，创口隐约可见。儿子已经不流血了，枕巾上只有一小摊血迹，那血迹像是印在上面的某种图案。他那么看了一会儿后，走过去把儿子的头摇向右侧，这样创口便隐蔽起来，那图案也隐蔽了起来，图案使他感到有些可惜。

那条小狗从床底下钻出来，跑到他脚上，玩弄起了他的裤管。他这时眼睛也看到窗外去，看着一片树叶，但不是妻子望着的那片树叶。"你为什么不揍他一拳？"他听到妻子这样说。妻子的声音像树叶一样在他近旁摇晃。

"我只要你揍他一拳。"她又说。

四

老太太将门锁上以后，就小心翼翼地重新爬到床上去。她将棉被压在枕头下面，这样她躺下去时上身就抬了起来。她这样做是为了提防腹内腐烂的肠子侵犯到胸口。她决定不再吃东西了，因为这样做实在太危险。她很明白自己体内已经没有多少空隙了。为了不使那腐烂的肠子像水一样在她体内涌来涌去，她躺下以后就不再动弹。现在她感到一点声音都没有，她对此很满意。她不再忧心忡忡，相反她因为自己的高明而很得意。她一直看着屋顶上的光线，从上午到傍晚，她看着光线如何扩张和如何收缩。现在对她来说只有光线还活着，别的全都死了。

翌日清晨，山峰从睡梦中醒来时感到头疼难忍，这疼痛使他觉得脑袋都要裂开了。所以他就坐起来，坐起来后疼痛似乎减轻了一些，但脑袋仍处在胀裂的危险中，他没法大意。于是他就下了床，走到五斗柜旁，从最上面的抽屉里找出一根白色的布条，然后绑在了脑袋上，他觉得安全多了。因此他就开始穿衣服。

穿衣服的时候，他看到了袖管上的黑纱，他便想起昨天下午山岗拿着黑纱走进门来。那时他还躺在床上。尽管头疼难忍，但他还是记得山岗很亲切地替他戴上了黑纱。他还记得自己当时怒气冲冲地向山岗吼叫，至于吼叫的内容他此刻已经忘了。再后来，山岗出去借了一辆劳动车，劳动车就停在院门外面。山岗抱着皮皮走出去他没看到，他只看到山岗走进来将他儿子从摇篮里抱了出去。他是在那个时候跟着出去的。然后他就跟着劳动车走了，他记得嫂嫂和妻子也跟着劳动车走了。那时候他刚刚感到头疼。他记得自己一路骂骂咧咧，但骂的都是阳光，那阳光都快使他站不住了。他在那条路上走了过去，又走了回来。路上似乎碰到很多熟人，但他一个都没有认真认出来。他们奇怪地围了上来，他们的说话声让他感到是一群麻雀在喳喳叫唤。他看到山岗在回答他们的问话。山岗那时候好像若无其事，但山岗那时候又很严肃。他们回来时已是傍晚了。那时候那两个孩子已经放进两只骨灰盒里了。他记得他很远就看到那个高耸入云的烟囱。然后走了很久，走过了一座桥，又走入了一个很大的院子，院子里满是青松翠柏。那时候刚好有一大群人哭哭啼啼走出来，他们哭哭啼啼走出来使他感到恶心。然后他站在一个大厅里了，大厅里只有他们四个人。因为只有四个人，所以那厅特别大，大得有点像广场。他在那里站了很久后，才听到一种非常熟悉的音乐，这音乐使他非常想睡觉。音乐过去之后他又不想睡了，这时山岗转过身来脸对着他，山岗说了几句话，他听懂了山岗的话，山岗是在说那两个孩子的事，他听到山岗在说："由于两桩不幸的事故。"他心里觉得很滑稽。很久以后，那时候天色已经黑下来了，他才回到现在的位置上。他在床上躺了下来，闭上眼睛以后觉得有很多蜜蜂飞到脑袋里来嗡嗡乱叫，而且整整叫了一个晚上。直到刚才醒来时才算消失，可他感到头痛难忍了。

现在他已经穿好了衣服，他正站到地上去时，看到山岗走了进来，于是他就重新坐在床上。他看到山岗亲切地朝自己微笑，山岗拖过来一把椅子也坐下，山岗和他挨得很近。

山岗起床以后先是走到厨房里。那时候两个女人已在里面忙早饭了。她们像往常一样默不作声，仿佛什么也没发生，或者说发生的一切已经十分遥远，远得已经走出了她们的记忆。山岗走进厨房是要揭开那锅盖，揭开以后他看到昨天的肉骨头已经烧烂了，一股香味洋溢而出。然后山岗满意地走出了厨房，那条小狗一直跟着他。昨天锅子里挣扎出来的香味使它叫个不停，它的叫声使山岗心里很踏实。现在它紧随在山岗后面，这又使山岗很放心。

山岗从厨房里出来以后就在餐桌旁坐了下来，他把狗放在膝盖上，对它说："待会儿就得请你帮忙了。"然后他眯起眼睛看着窗外，他在想是不是先让山峰吃了早饭。那条小狗在山岗腿上很安静。他那么想了一阵以后决定不让山峰吃早饭了。"早饭有什么意思。"他在心里对自己说。于是他就站起来，把狗放在地上，朝山峰的卧室走去，那条狗又跟在了后面。

山峰卧室的门虚掩着，山岗就推门而入，狗也跟了进去。他看到山峰神色疲倦地站在床前，头上绑着一根白布条。山峰看到他进来后就一屁股坐在了床上，那身体像是掉下去似的。山岗就拉过去一把椅子也坐下。在刚才推门而入的一瞬间，山岗就预感到接下去所有的一切都会非常顺利。那时他心里这样想："山峰完全垮了。"

他对山峰说："我把儿子交给你了，现在你拿谁来还？"

山峰怔怔地望了他很久，然后皱起眉头问："你的意思是？"

"很简单，"山岗说，"把你妻子交给我。"

山峰这时想到自己儿子已死了，又想到皮皮也死了。他感到这两次死中间有某种东西。这种东西是什么他实在难以弄清，他实在太疲倦了。但是他知道这种东西联系着两个孩子的死去。

所以山峰说："可是我的儿子也死了。"

"那是另一桩事。"山岗果断地说。

山峰糊涂了。他觉得儿子的死似乎是属于另一桩事，似乎是与皮皮的死无关。而皮皮，他想起来了，是他一脚踢死的。可他为何要这样做？这又使他一时无法弄清。他不愿再这样想下去，这样想下去只会使他更加头晕目眩。他觉得山岗刚才说过一句什么话，他便问："你刚才说什么？"

"把你妻子交给我。"山岗回答。

山峰疲倦地将头靠在床栏上，他问："你怎样处置她？"

"我想把她绑在那棵树下。"山岗用手指了指窗外那棵树，"就绑一小时。"

山峰扭回头去看了一下，他感到树叶在阳光里闪闪发亮，使他受不了。他立刻扭回头来，又问山岗："以后呢？"

"没有以后了。"山岗说。

山峰说："好吧。"他想点点头，可没力气。接着他又补充道："还是绑我吧。"

山岗轻轻一笑，他知道结果会是这样，他问山峰："是不是先吃了早饭？"

"不想吃。"山峰说。

"那么就抓紧时间。"山岗说着站了起来。山峰也跟着站起来，他站起来时感到身体沉重得像是里面灌满了泥沙。他对山岗说："我觉得自己快要死了。"山岗回过头来说："你说得很有道理。"

两人走出房间后，山岗就走进了自己的卧室，他出来时手里拿着两根麻绳，他递给山峰，同时问："你觉得合适吗？"

山峰接过来后觉得麻绳很重，他就说："好像太重了。"

"绑在你身上就不会重了。"山岗说。

"也许是吧。"现在山峰能够点点头了。

然后两人走到了院子里，院子里的阳光太灿烂，山峰觉得天旋地转。他对山岗说："我站不住了。"

山岗朝前面那棵树一指说："你就坐到树荫下面去。"

"可是我觉得太远。"山峰说。

"很近。才两三米远。"山岗说着扶住山峰，将他扶到树荫下。然后将山峰的身体往下一压，山峰便倒了下去。山峰倒下去后身体刚好靠在树干上。

"现在舒服多了。"他说。

"等一下你会更舒服。"

"是吗?"山峰吃力地仰起脑袋看着山岗。

"等一下你会哈哈乱笑。"山岗说。

山峰疲倦地笑了笑，他说："就让我坐着吧。"

"当然可以。"山岗回答。

接着山峰感到一根麻绳从他胸口绕了过去，然后是紧紧将他贴在树干上，他觉得呼吸都困难起来，他说："太紧了。"

"你马上就会习惯的。"山岗说着将他上身捆绑完毕。

山峰觉得自己被什么包了起来。他对山岗说："我好像穿了很多衣服。"

这时山岗已经进屋了。不一会儿他拿着一块木板和那只锅子出来，又来到了山峰身旁。那条小狗也跟了出来，在山峰身旁绕来绕去。

山峰对他说："你摸摸我的额头。"

山岗便伸手摸了一下。

"很烫吧?"山峰问。

"是的。"山岗回答，"有四十度。"

"肯定有。"山峰吃力地表示同意。

这时山岗蹲下身去，将木板垫在山峰双腿下面，然后用另一根麻绳将木板和山峰的腿一起绑了起来。

"你在干什么?"山峰问。

"给你按摩。"山岗回答。

山峰就说："你应该在太阳穴上按摩。"

"可以。"此刻山岗已将他的双腿捆结实了，便站起来用两个拇指在山峰太阳穴上按摩了几下，他问："怎么样?"

"舒服多了，再来几下吧。"

山岗就往前站了站，接下去他开始认认真真替山峰按摩了。

山峰感到山岗的拇指在他太阳穴上有趣地扭动着，他觉得很愉快，这时他看到前面水泥地上有两摊红红的什么东西。他问山岗："那是什么？"

山岗回答："是皮皮的血迹。"

"那另一摊呢？"他似乎想起来其中一摊血迹不是皮皮的。

"也是皮皮的。"山岗说。

他觉得自己也许弄错了，所以他不再说话。过了一会儿他又说："山岗，你知道吗？"

"知道什么？"

"其实昨天我很害怕，踢死皮皮以后我就很害怕了。"

"你不会害怕的。"山岗说。

"不。"山峰摇摇头，"我很害怕，最害怕的时候是递给你菜刀。"

山岗停止了按摩，用手亲切地拍拍他的脸说："你不会害怕的。"

山峰听后微微笑了起来，他说："你不肯相信我。"

这时山岗已经蹲下身去脱山峰的袜子。

"你在干什么？"山峰问他。

"替你脱袜子。"山岗回答。

"干吗要脱袜子？"

这次山岗没有回答。他将山峰的袜子脱掉后，就揭开锅盖，往山峰脚心上涂烧烂了的肉骨头。那条小狗此刻闻到香味马上跑了过来。

"你在涂些什么？"山峰又问。

"清凉油。"山岗说。

"又错了。"山峰笑笑说，"你应该涂在太阳穴上。"

"好吧。"山岗用手将小狗推开，然后伸进锅子里抓了两把像扔烂泥似的扔到山峰两侧的太阳穴上。接着又盖上了锅盖，山峰的脸便花里胡哨了。

"你现在像个花花公子。"山岗说。

山峰感到什么东西正缓慢地在脸上流淌。"好像不是清凉油。"他说。接着他伸伸腿，可是和木板绑在一起的腿没法弯曲。他就说："我实在太累了。"

"你睡一下吧。"山岗说,"现在是七点半,到八点半我放开你。"

这时候那两个女人几乎同时出现在门口。山岗看到她们怔怔地站着。接着他听到一声令人毛骨悚然的嗷叫,他看到弟媳扑了上来,他的衣服被扯住了。他听到她在喊叫:"你要干什么?"于是他说:"与你无关。"

她愣了一下,接着又叫:"你放开他。"

山岗轻轻一笑,他说:"那你得先放开我。"当她松开手以后,他就用力一推,将她推到一旁摔倒在地了。然后山岗朝妻子看去,妻子仍然站在那里,他就朝她笑了笑,于是他看到妻子也朝自己笑了笑。当他扭回头来时,那条小狗已向山峰的脚走去了。

山峰看到妻子从屋内扑了出来,他看到她身上像是装满电灯似的闪闪发亮,同时又像一条船似的摇摇晃晃。他似乎听到她在喊叫些什么,然后又看到山岗用手将她推倒在地。妻子摔倒时的模样很滑稽。接着他觉得脖子有些酸就微微扭回头来,于是他又看到刚才见过的那两摊血了。他看到两摊血相隔不远,都在阳光下闪闪烁烁,它们中间几滴血从各自的地方跑了出来,跑到一起了。这时候想起来了,他想起来另一摊血不是皮皮的,是他儿子的。他还想起来是皮皮将他儿子摔死的。于是他为何踢死皮皮的答案也找到了。他发现山岗是在欺骗他,所以他就对山岗叫了起来:"你放开我!"可是山岗没有声音,他就再叫:"你放开我。"

然而这时一股奇异的感觉从脚底慢慢升起,又往上面爬了过来,越爬越快,不一会儿就爬到胸口。他第三次喊叫还没出来,他就由不得自己将脑袋一缩,然后拼命地笑了起来。他要缩回腿,可腿没法弯曲,于是他只得将双腿上下摆动。身体尽管乱扭起来可一点也没有动。他的脑袋此刻摇得令人眼花缭乱。山峰的笑声像是两张铝片刮出来的一样。

山岗这时的神色令人愉快,他对山峰说:"你可真高兴啊。"随后他回头对妻子说:"高兴得都有点让我妒忌了。"妻子没有望着他,她的眼睛正望着那条狗,小狗贪婪地用舌头舔着山峰赤裸的脚底。他发现妻子的神色和狗一样贪婪。接着他又去看弟媳,弟媳还坐在地上,她已经被山峰古怪的笑声弄糊涂了。她呆呆地望着狂笑的山峰,她因为莫名其妙都有点神志不清了。

现在山峰已经没有力气摆动双腿和摇晃脑袋了,他所有的力气都用在了脖子上，他脖子拉直了哈哈乱笑。狗舔脚底的奇痒使他笑得连呼吸的空隙都快没有了。

山岗一直亲切地看着他，现在山岗这样问他："什么事这么高兴？"

山峰回答他的是笑声，现在山峰的笑声里出现了打嗝。所以那笑声像一口一口从嘴中抖出来似的，每抖一口他都微微吸进一点氧气。那打嗝的声音有点像在操场里发出的哨子声，节奏鲜明嘹亮。

山岗于是又对站在门口的妻子说："这么高兴的人我从来没有见过。"而他妻子依然贪婪地看着小狗。他继续说："你高兴得连呼吸都不需要了。"然后他俯下身去问山峰："什么事这么高兴？"此刻的笑声不再节奏鲜明，开始杂乱无章了。他就挺起身对弟媳说："他不肯告诉我。"山峰的妻子仍坐在地上，她脸上的神色让人感到她在远处。

这时候那条小狗缩回了舌头，它弓起身体抖了几下，然后似乎是心安理得地坐了下来。它的眼睛一会儿望望那双脚，一会儿望望山岗。

山岗看到山峰的脑袋耷拉了下去，但山峰仍在呼吸。山岗便说："现在可以告诉我了，什么事这么高兴。"可是山峰没有反应，他在挣扎着呼吸，他似乎奄奄一息了。于是山岗又走到那只锅子旁，揭开盖子往里抓了一把，又涂在山峰的脚底。那条狗立刻扑了上去继续舔了。

山峰这次不再哈哈大笑，他耷拉着脑袋"呜呜"地笑着，那声音像是深更半夜刮进胡同里来的风声。声音越拉越长，都快没有间隙了。然而不久之后山峰的脑袋突然昂起，那笑声像是爆炸似的疯狂地响了起来。这笑声持续了近一分钟，随后戛然而止。山峰的脑袋猛然摔了下去，摔在胸前像是挂在了那里。而那条狗则依然满足地舔着他的脚底。

山岗走上前，伸手托住山峰的下巴，他感到山峰的脑袋特别沉重。他将那脑袋托起来，看到了一张扭曲的脸。他那么看了一会儿才松开手，于是山峰的脑袋跌落下去，又挂在了胸前。山岗看了看表，才过去四十分钟。于是他转过身，朝屋内走去。他在屋门口站住了脚，他听到妻子这样问他："死了吗？"

"死了。"他答。

进屋后他在餐桌旁坐了下来，早餐像仪仗队似的在桌上迎候他，依旧由米粥油条组成。这时妻子也走了进来。妻子一直看着他，但妻子没在他旁边坐下，也没说什么。她脸上的神色让人觉得什么都没有发生。她走进了卧室。

山岗通过敞开的门，望着坐在地上死去的山峰。山峰的模样像是在打瞌睡。此刻有一条黑黑的影子向山峰爬去，不一会儿弟媳出现在了他的视线中。他看到她在山峰旁边站了很久，然后才俯下身去。他想她是在和山峰说话。过了一会儿他看到她直起身体，随后像不知所措似的东张西望。后来她的目光从门口进来了，一直来到他脸上。她那么看了一会儿后朝他走来。她一直走到他身旁，她皱着眉头看着他，似乎是在看着一件叫她烦恼的事。而后她才说："你把我丈夫杀了。"

山岗感到她的声音和山峰的笑声一样刺耳，他没有回答。

"你把我丈夫杀害了。"她又说。

"没有。"山岗这次回答了。

"你杀害了我的丈夫。"她咬牙切齿地说道。

"没有，"山岗说，"我只是把他绑上，并没有杀他。"

"是你！"她突然神经质地大叫一声。

山岗继续说："不是我，是那条狗。"

"我要去告你。"她开始流泪了。

"你那是诬告。"山岗说，"而且诬告有罪。"说完他轻轻一笑。

她似乎有些不知所措，她迷惑地望着山岗，很久后她才轻轻说："我要去告你。"然后她转身朝门外走去。

山岗看着她一步一步出去。她在山峰旁边站了一会儿，然后她抬起手去擦眼睛。山岗心想：她现在哭得像样一点了。接着她就走出了院门。

山岗的妻子这时从卧室走了出来。她手里提着一个塞得鼓鼓的黑包。她将黑包放在桌上，对山岗说："你的换洗衣服和所有的现钱都放在里面了。"

山岗似乎不明白她的意思，他望着她有些发怔。

因此她又说："你该逃走了。"

山岗这才点点头。接着他又看了看手表，八点半还差一分钟。于是他就说："再坐一分钟吧。"说完他继续望着坐在树下的山峰，山峰的模样仍然像是在打瞌睡。同时他感到妻子在他对面坐了下来。

他站起来时没有看表，他只是觉得差不多过去了一分钟。他走到了院子里。那时候那条小狗已将山峰的脚底舔干净了，它正在舔着山峰的太阳穴。山岗走到近旁用脚轻轻踢开小狗，随后蹲下去解开绑在山峰腿上的绳子，接着又解开了绑在他身上的绳子。此后他站起来往外走去。没走几步他听到身后有一声沉重的声响，他回头看到山峰的身体已经倒在了地上。于是他就走回去将山峰扶起来，仍然把他靠在树上。然后他才走出院门。

他走在那条胡同里。胡同里十分阴沉，像是要下雨了。可他抬起头来看到了灿烂的阳光。他觉得很奇怪。他一直往前走，他感到身旁有人在走来走去，那些人像是转得很慢的电扇叶子一样，在他身旁一闪一闪。

在走到那家渔行时，他站住了脚。里面有几个人在抽烟聊天。他对他们说："这腥味受不了。"可是他们谁也没有理睬他，所以他又说了一遍。这次里面有人开口了，那人说："那你还站着干什么？"他听后依旧站着不走开。于是他们都笑了起来。他皱皱眉，又说："这腥味受不了。"说完还是站了一会儿。然后他感到有些无聊，便继续往前走了。

来到胡同口他开始犹豫不决，他没法决定往哪个方向走。那条大街就躺在眼前，街上乱七八糟。他看到人和自行车以及汽车手扶拖拉机还有手推车挤在一起像是买电影票一样乱哄哄。后来他看到一个鞋匠坐在一根电线杆下面在修鞋，于是他就走了过去。他默默地看了一阵后，就抬起自己脚上的皮鞋问鞋匠那皮质如何。鞋匠只是瞟了一眼就回答："一般。"这个回答显然没使他满意，所以他就告诉鞋匠那可是牛皮，可是鞋匠却告诉他那不是牛皮，不过是打光了的猪皮。这话使他大失所望，因此他便走开了。

他现在正往西走去。他走在人行道上，他对街上的自行车汽车什么的感到害怕。就是走在人行道上他也是小心翼翼，免得被人撞倒在地，像山峰一样再也爬不起来。走了没多久，他走到了一厕所旁，这时候他想小便了，便走了过去。里面有几个人站在小便池旁正痛痛快快地撒尿，他也挤了过去，将那玩意儿揪出来对准小便池。他那么站了很久，可他听到的都是别人小便的声音，他不知为何居然尿不出来。他两旁的人在不停地更换着，可他还那么站着。随后他才发现了什么，他对自己说：

"原来我不是来撒尿的。"然后他就走了出去，依然走在人行道上。但他忘了将那玩意儿放进去，所以那玩意儿露在外面，随着他走路的节奏正一颤一颤，十分得意。他一直那么走着。起先居然没人发现。后来走到影剧院旁时，才被几个迎面走来的年轻人看到了。他看到前面走来的几个年轻人突然像虾一样弯下了腰，接着又像山峰一样哈哈乱笑起来。他从他们中间走过去后，听到他们用一种断断续续又十分滑稽的声音在喊："快来看。"但他没在意，他继续往前走。然而他随即发现所有的人都在顷刻之间变了模样，都前仰后合或者东倒西歪了。一些女人像是遇上强盗一样避得远远的。他心里觉得很滑稽，于是就笑了起来。

　　他一直那么走着，后来他在一幢尚未竣工的建筑物前站住了脚，他朝这幢建筑物打量了好一阵，接着就走了进去。他感到里面很潮湿，但他很满意这个地方。里面有很多房间，都还没有装门。他挨个将这些房间审视一遍，随后决定走入其中一间。那是比较阴暗的一间。他走进去后就找了个角落坐了下来。他将身体靠在墙上，此刻他觉得可以心安理得地休息一下，因为他实在太疲倦。所以他闭上眼睛后马上就睡着了。

　　三小时以后他被人推醒，他看到几个武警站在他面前，其中一个人对他说："请你把那东西放进去。"

五

　　一个月以后，山岗被押上了一辆卡车，一伙荷枪的武警像是保护似的站在他周围。他看到四周的人像麻雀一样汇集过来，他们仰起脑袋看着他。而他则低下头去看他们，他感到他们的脸是画出来似的。这时前面那辆警车发出了西北风一样的呼叫后往前开了，可卡车只是放屁似的响了几声竟然不动了。那时候山岗心里已经明白。自从他在那幢建筑里被人叫醒后，他就在等着这一刻来到。现在终于来了。于是他就转过脸去对一个武警说："班长，请手脚干净点。"

　　那武警的眼睛看着前方，没去答理山岗。因此山岗将脸转向另一边，对另一个武警说："班长，求你一枪结束我吧。"这个武警也一样无动于衷。

山岗看到很多自行车像水一样往前面流去了。这时候卡车抖动了几下，然后他感到风呼呼地刮在他的两只耳朵上，而前面密集的自行车井然有序地闪向两旁。路旁伸出来的树叶有几次像巴掌一样打在他脸上。不久之后那一块杂草丛生的绿地出现在了他的视线中，他知道自己马上就要站在这块绿地的中央。和绿地同时出现的是那杂草丛生一般的人群。他还看到一辆救护车，救护车停在绿地附近。公路两旁已经挤满自行车了，自行车在那里东倒西歪。他感到救护车为他而来。他觉得他们也许要一枪把他打个半死之后，再用救护车送他去医院救活他。这样想着的时候，卡车又抖动了一下，他的胸肋狠狠地撞在车栏上，但他居然不疼。随后他感到有人把他拉了过去，于是他就转过身来。他看到几个武警跳下了卡车，他也被推着跳了下去。他跳下去跪在了地上，随后又被拖起。他感到自己被簇拥着朝前走去，他觉得自己被五花大绑的上身正在失去知觉。而他的双腿却莫名其妙地在摆动。他似乎看到很多东西，又似乎眼前什么也没有。在他朝前走去时，他开始神情恍惚起来。不一会儿他被几只手抓住，他没法往前再走，于是他就站在那里。

他站在那里似乎有些莫名其妙。脚下长长的杂草伸进了他的裤管，于是他有了痒的感觉。他便低下头去看了看，可是他什么都没有看到。他只得把头重新抬起来，脸上出现了滑稽的笑容。慢慢地他开始听到嘈杂的人声，这声音使他发现四周像茅草一样遍地的人群。于是他如梦初醒般重又知道了自己的处境。他知道不一会儿就要脑袋开花了。

现在他想起来了，想起先前他常来这里。几乎每一次枪毙犯人他都挤在前排观瞧。可是站在这个位置上倒是第一次，所以现在的处境使他感到十分新奇。他用眼睛寻找他以前常站的位置，但是他竟然找不到了。而这时候他又突然想小便，他就对身旁的武警说："班长，我要尿尿了。"

"可以。"武警回答。

"请你替我把那东西拿出来。"他又说。

"就尿在裤子里吧。"武警说。

他感到四周的人在嬉皮笑脸，他不知道他们为何高兴成这样。他微微叉开双腿，开始愁眉苦脸起来。

过了一会儿武警问："好了没有？"

"尿不出来。"他痛苦地说。

"那就算了。"武警说。

他点点头表示同意。接着他开始朝远处眺望。他的目光从矮个的头上飘了过去，又从高个的耳沿上滑过，然后他看到了那条像静脉一样的柏油公路。这时他感到腿弯里被人蹬了一脚，他双腿一软跪在了地上。他没法看到那条静脉颜色的公路了。

一个武警在他身后举起了自动步枪，举起以后开始瞄准。接着"砰"地响了一声。

山岗的身体随着这一枪竟然翻了个筋斗，然后他惊恐万分地站起来，他朝四周的人问："我死了没有？"

没有人回答他，所有的人都在哈哈大笑，那笑声像雷阵雨一样向他倾泻而来。于是他就惊慌失措哇哇大哭起来，因为他不知道自己是死是活。他的耳朵被打掉了，血正畅流而出。他又问："我死了没有？"

这次有人回答他了，说："你还没死。"

山岗又惊又喜，他拼命地叫道："快送我去医院。"随后他感到腿弯里又挨了一脚，他又跪在了地上。他还没明白过来，第二枪又出现了。

第二枪打进了山岗的后脑勺，这次山岗没翻筋斗，而是脑袋沉重地撞在了地上，脑袋将他的屁股高高支起。他仍然没有死，他的屁股像是受寒似的抖个不停。

那武警上前走了一步，将枪口贴在山岗的脑袋上，打出了第三枪，像是有人往山岗腹部踢了一脚，山岗一翻身仰躺在地了。他被绑着的双手压在下面，他的双腿则弯曲了起来，随后一松也躺在了地上。

六

这天早晨山岗的妻子看到一个人走了进来，这人只有半个脑袋。那时刚刚进入黎明。她记得自己将门锁得很好，可他进来时却让她感到门是敞开的。尽管他只有半个脑袋，但她还是一眼认出他就是山岗。

"我被释放了。"山岗说。

他的声音嗡嗡的，于是她就问："你感冒了？"

"也许是吧。"他回答。

她想起抽屉里有速效感冒胶囊，她就问他是否需要。

他摇摇头，说他没有感冒，他身体很好，只是半个脑袋没有了。

她问他那半个脑袋是不是让一颗子弹打掉的。他回答说记不起来了。然后他就在一把椅子里坐了下来。坐下后他说饿了，要她给一点零钱买早点吃。她就拿了半斤粮票和一元钱给他。他接过钱以后便站起来走了。他走出去时没有随手关门，于是她就去关门，可发现门关得很严实。她并没有感到惊奇，她脱掉衣服上床去睡觉了。

那个时候胡同里响起了单纯的脚步声，是一个人在往胡同口走去。她是在这个时候醒过来的，这时候黎明刚刚来临，她看到房间里正在明亮起来。四周很静，因此她清楚地听着那声音似乎是从她梦里走出去的脚步声。她觉得这脚步声似乎是从她梦里走出去的，然后又走出了这所房子，现在快要走出胡同了。

她开始穿衣服，脚步声是她穿好衣服时消失的。于是她走到窗前，拉开窗帘后阳光便涌进来，阳光这时候还是鲜红的。不久以后就会变成肝炎那种黄色。她叠好被子后就坐在梳妆台前，她看看镜中自己的脸，她感到索然无味。因此她站起身走出了卧室。在外间她看到山峰的妻子已在那里吃早饭了。于是她就走进厨房准备自己的早饭。她点燃煤气灶后，就站在一旁刷牙洗脸。

五分钟以后，她端着自己的早饭走了出来，在弟媳对面坐下，然后默不作声地吃了起来。那时候弟媳却站起身走入厨房，她吃完了。她听到弟媳在厨房里洗碗时发出很响的声音。不一会儿弟媳就走出来了，走进了卧室。然后又从卧室里走出，锁上门以后她就往外走了。

她继续吃着早饭，吃得很艰难，她一点胃口也没有。她眼睛便望着窗外那棵树上，那棵树此刻看去像是塑料制成的。她一直看着。后来她想起了什么，她将目光收回来在屋内打量起来。她想起已有很多日子没有见到婆婆了。她的目光停留在婆婆卧室的门上。但是不久之后她就将目光移开，继续又看门外那棵树。

在山峰死去的第六天早晨，老太太也溘然长逝。那天早晨她醒来时感到一阵异样的兴奋。她甚至能够感到那种兴奋如何在她体内流动。而同时她又感到自己的身体正在局部地死去。她明显地觉得脚指头是最先死去的，然后是整双脚，接着又伸延到腿上。她感到脚的死去像冰雪一样无声无息。死亡在她腹部逗留了片刻，以后就像潮水一样涌过了腰际，涌过腰际后死亡就肆无忌惮地蔓延开来。这时她感到双手离她远去了，脑袋仿佛正被一条小狗一口一口咬去。最后只剩下心脏了，可死亡已经包围了心脏，像是无数蚂蚁似的从四周爬向心脏。她觉得心脏有些痒滋滋的。这时她睁开的眼睛看到有无数光芒透过窗帘向她奔涌过来，她不禁微微一笑，于是这笑容像是相片一样固定了下来。

山峰的妻子显然知道这天早晨发生了一些什么，所以她很早就起床了。现在她已经走出了胡同，她走在大街上。这时候阳光开始黄起来了。她很明白自己该去什么地方。她朝天宁寺走去，因为在天宁寺的旁边就是拘留所。这天早晨山岗被人从里面押出来。

她在街上走着的时候，就听到有人在议论山岗。而且很多人显然和她一样往那里走去。这镇上已有一年多时间没枪毙人了，今天这日子便显得与众不同。

一个月以来，她常去法院询问山岗的案子，她自称是山岗的妻子（尽管一个月前她作为原告的身份是山峰的妻子，但是谁也没有注意到这一点）。直到前天他们才告诉她今天这种结果。她很满意，她告诉他们，她愿将山岗的尸体献给国家。法院的人听了这话并不兴高采烈，但他们表示接受。她知道医生们会兴高采烈的。她在街上走着的时候，脑子里已经开始想象着医生们如何瓜分山岗，因此她的嘴角始终挂着微笑。

七

在这间即将拆除的房屋中央，一只一千瓦的电灯悬挂着。此刻灯亮着，光芒辉煌四射。电灯下面是两张乒乓桌，已经破旧。乒乓桌下面是泥地。几个来自上海和杭州的医生此时站在门口聊天，他们在等着那辆救护车来到。那时候他们就有事可干了。

现在他们显得悠闲自在。在不远处有一口池塘，池塘水面上漂着水草，而池塘四周则杨柳环绕。池塘旁边是一片金黄灿烂的菜花地。在这种地方聊天自然悠闲自在。

救护车此刻在那条泥路上驶来了，车子后面扬起了如帐篷一般的灰尘。救护车一直驰到医生们身旁才停车。于是医生们就转过脸去看了看。车后门打开后，一个人跳了下来，那人跳下来后立刻转身从车内拖出了两条腿，接着身体也出现了。另一个人抓住山岗的两条胳膊也跳下了车。这两人像是提着麻袋一样提着山岗进屋了。

医生们则继续站在门口聊天，他们仿佛对山岗不感兴趣，他们感兴趣的是刚才的话题，刚才的话题是有关物价。进去的两个人这时走了出来。这两人常去镇上医院卖血。现在他们还不能走，他们还有事要干，待会儿他们还要挖个坑把山岗扔进去埋掉。那时的山岗由一些脂肪和肌肉以及头发牙齿这一类医生不要的东西组成。所以他们走到池塘旁坐了下来。他们对今天的差使很满意，因为不久之后他们就会从某一个人手中接过钱来，然后放入自己的口袋。

医生们又在门口站了一会儿，然后才一个一个走了进去，走到各自带来的大包旁。他们开始换衣服了，换上手术服，戴上手术帽和口罩，最后戴上了手术手套。接着开始整理各自的手术器械。

山岗此刻仰躺在乒乓桌上，他的衣服已被刚才那两个人剥去。他赤裸裸的身体在一千瓦的灯光下像是涂上了油彩，闪闪烁烁。

首先准备完毕的一个男医生走了过去，他没带手术器械，他是来取山岗的骨骼的，他要等别人将山岗的皮剥去，将山岗的身体掏空后，才上去取骨骼。所以他走过去时显得漫不经心。他打量了一下山岗，然后伸手去捏捏山岗的胳膊和小腿，接着转回身同同行们说："他很结实。"

来自上海的那个三十来岁的女医生穿着高跟鞋第二个朝山岗走去。因为下面的泥地凹凸不平，她走过去时臀部扭得有些夸张。她走到山岗的右侧。她没有捏他的胳膊，而是用手摸了摸山岗的皮肤，她转过头对那男医生说："不错。"

然后她拿起解剖刀，从山岗颈下的胸骨上凹一刀切进去，然后往下切一直切到腹下。这一刀切得笔直，使得站在一旁的男医生赞叹不已。于是她就说："我在中学学几何时从不用尺画线。"那长长的切口像是瓜一样裂了开来，里面的脂肪便炫耀出了金黄的色彩，脂肪里均匀地分布着小红点。接着她拿起像宝剑一样的尸体解剖刀从切口插入皮下，用力地上下游离起来。不一会儿山岗胸腹的皮肤已经脱离了身体像是一块布一样盖在上面。她又拿起解剖刀去取山岗两条胳膊的皮了。她从肩峰下刀一直切到手背。随后去切腿，从腹下髂前上棘向下切到脚背。切完后再用尸体解剖刀插入切口上下游离。游离完毕她休息了片刻。然后对身旁的男医生说："请把他翻过来。"那男医生便将山岗翻了个身。于是她又在山岗的背上划了一条直线，再用尸体解剖刀游离。此刻山岗的形象好似从头到脚披着几块布条一样。她放下尸体解剖刀，拿起解剖刀切断皮肤的联结，于是山岗的皮肤被她像捡破烂似的一块一块捡了起来。背面的皮肤取下后，又将山岗重新翻过来，不一会儿山岗正面的皮肤也荡然无存。

失去了皮肤的包围，那些金黄的脂肪便松散开来。首先是像棉花一样微微鼓起，接着开始流动了，像是泥浆一样四散开去。于是医生们仿佛看到了刚才在门口所见的阳光下的菜花地。

女医生抱着山岗的皮肤走到乒乓桌的一角，将皮一张一张摊开刮了起来，她用尸体解剖刀像是刷衣服似的刮着皮肤上的脂肪组织，发出的声音如同车轮陷在沙子里无可奈何地叫唤。

几天以后山岗的皮肤便覆盖在一个大面积烧伤了的患者身上，可是才过三天就液化坏死，于是山岗的皮肤就被扔进了污物桶，后又被倒入那家医院的厕所。

这时站在一旁的几个医生全上去了。没在右边挤上位置的两个人走到了左侧，可在左侧够不到，于是这两人就爬到乒乓桌上去，蹲在桌上瓜分山岗，那个胸外科医生在山岗胸肋交间处两边切断软骨，将左右胸膛打开，于是肺便暴露出来，而在腹部的医生只是刮除了脂肪组织和切除肌肉后，他们需要的胃、肝、肾脏便历历在目了。眼科医生此刻已经取出了山岗一只眼球。口腔科医生用手术剪刀将山岗的脸和嘴剪得稀烂后，上颌骨和下颌骨全部出现。但是他发现上颌骨被一颗子弹打坏了。这使他沮丧不已，他便嘟哝了一句："为什么不把眼睛打坏。"子弹只要稍稍偏上，上颌骨就会安然无恙，但是眼睛要倒霉了。正在取山岗第二只眼球的医生听了这话不禁微微一笑，他告诉口腔科医生那执刑的武警也许是某一个眼科医生的儿子。他此刻显得非常得意。当他取出第二只眼球离开时，看到口腔科医生正用手术锯子卖力地锯着下颌骨，于是他就对他说："木匠，再见了。"眼科医生第一个离开，他要在当天下午赶回杭州，并在当天晚上给一个患者进行角膜移植。这时那女医生也将皮肤刮净了。她把皮肤像衣服一样叠起来后，也离开了。

胸外科医生已将肺取出来了，接下去他非常舒畅地切断了山岗的肺动脉和肺静脉，又切断了心脏主动脉，以及所有从心脏里出来的血管和神经。他切着的时候感到十分痛快。因为给活人动手术时他得小心翼翼地避开它们，给活人动手术他感到压抑。现在他大手大脚地干，干得兴高采烈。他对身旁的医生说："我觉得自己是在挥霍。"这话使旁边的医生感到妙不可言。

那个泌尿科医生因为没挤上位置所以在旁边转悠，他的口罩有个"尿"字。尿医生看着他们在乒乓桌上穷折腾，不禁忧心忡忡起来，他一遍一遍地告诫在山岗腹部折腾的医生，他说："你们可别把我的睾丸搞坏了。"

山岗的胸腔首先被掏空了，接着腹腔也掏空了。一年之后在某地某一个人体知识展览上，山岗的胃和肝以及肺分别浸在福尔马林中供人观赏。他的心脏和肾脏都被做了移植。心脏移植没有成功，那患者死在手术台上。肾脏移植却极为成功，患者已经活了一年多了，看样子还能再凑合着活下去。但是患者却牢骚满腹，他抱怨移植肾脏太贵，因为他已经花了三万元钱了。

现在屋子里只剩下三个医生了。尿医生发现他的睾丸完好无损后，就心安理得地将睾丸切除下来。口腔科医生还在锯下颌骨，但他也已经胜利在望。那个取骨骼的医生则仍在一旁转悠，于是尿医生就提醒他："你可以开始了。"但他却说："不急。"

口腔科医生和泌尿科医生是同时出去的，他们手里各自拿着下颌骨和睾丸。他们接下去要干的也一样都是移植。口腔科医生将一个活人的下颌骨锯下来，再把山岗的下颌骨装进去。对这种移植他具有绝对的信心。山岗身上最得意的应该是睾丸了。尿医生将他的睾丸移植在一个因车祸而睾丸被碾碎的年轻人身上。不久之后年轻人居然结婚了，而且他妻子立刻就怀孕，十个月后生下一个十分壮实的儿子。这一点山峰的妻子万万没有想到，因为是她成全了山岗，山岗后继有人了。

　　他等到他们拿着下颌骨和睾丸出去后，他才开始动手。他先从山岗的脚下手，从那里开始一点一点切除骨骼上的肌肉与筋膜组织。他将切除物整齐地堆在一旁。他的工作是缓慢的，但他有足够的耐心去对付。当他的工作发展到大腿时，他捏捏山岗腿上粗鲁的肌肉对山岗说："尽管你很结实，但我把你的骨骼放在我们教研室时，你就会显得弱不禁风。"

《北京文学》1988年1期

烦恼人生

池　莉

早晨是从半夜开始的。

昏蒙蒙的半夜里咕咚一声惊天动地，紧接着是一声恐怖的嚎叫。印家厚一个惊悸，醒了，全身绷得硬直，一时间竟以为是在噩梦里。待他反应过来，知道是儿子掉到了地上时，他老婆已经赤着脚蹿下了床，颤颤地唤着儿子。母子俩在窄狭拥塞的空间撞翻了几件家什，跌跌撞撞抱成一团。

他该做的第一件事是开灯，他知道。一个家庭里半夜发生意外，丈夫应该保持镇定。可是灯绳却怎么也摸不着了！印家厚哧哧喘着粗气，一双胳膊在墙壁上大幅度摸来摸去。老婆恨恨地咬了一个字："灯！"便哭出声来。急火攻心，印家厚跳起身，踩在床头柜上，一把捉住灯绳的根部用劲一扯：灯亮了，灯绳却也断了。印家厚将掌中的断绳一把甩了出去，负疚地对着儿子，叫道："雷雷！"

儿子打着干噎，小绿豆眼瞪得溜圆，十分陌生地望着他。他伸开臂膀，心虚地说："怎么啦？雷雷，我是爸爸哟！"老婆挡开了他，说："呸！"

儿子忽然说："我出血了。"

儿子的左腿有一处擦伤，血从伤口不断沁出。夫妻俩见了血都发怔了。总算印家厚首先摆脱了怔忡状态，从抽屉里找来了碘酒、棉签和消炎粉。老婆却还在发怔，眼里蓄了一包泪。印家厚利索地给儿子包扎伤口，在包扎伤口的过程中，印家厚完全清醒了，内疚感也渐渐消失了。是他给儿子止的血，不是别人。印家厚用脚把地上摔倒的家什归拢到一处，床前便开辟出了一小块空地。他把儿子放在空地上，摸了摸儿子的头，说："好了。快睡觉。"

"不行，雷雷得洗一洗。"老婆口气犟直。

"洗醒了还能睡吗？"印家厚软声地说。

"孩子早给摔醒了！"老婆终于能流畅地说话了，"请你走出去访一访，看哪个工作了十七年还没有分到房子。这是人住的地方？猪狗窝！这猪狗窝还是我给你搞来的！是男子汉，要老婆儿子，就该有个地方养老婆儿子！窝囊巴叽的，八棍子打不出一个屁来，算什么男人！"

印家厚头一垂，怀着一腔辛酸，呆呆地坐在床沿上。

其实房子和儿子摔下床有什么联系呢？老婆不过是借机发泄罢了。谈恋爱时的印家厚就是厂里够资格分房的工人之一，当初他的确对老婆说过只要结了婚，就会分到房子的。他夸下的海口，现在只好让她任意鄙薄。其实当初是厂长答应了他，他才敢夸那海口的。如今她可以任意鄙薄他，他却不能同样去对付厂长。

印家厚等待着时机，要制止老婆的话匣必须是儿子。趁老婆换气的当口，印家厚立即插了话："雷雷，乖儿子，告诉爸爸，你怎么摔下来了？"

儿子说："我要屙尿。"

老婆说："雷雷，说拉尿，不要说屙尿。你拉尿不是要叫我的吗？"

"今天我想自己起来……"

"看看！"老婆目光炯炯，说，"他才四岁！四岁！谁家四岁的孩子会这么灵敏！"

"就是！"印家厚抬起头来，掩饰着自己的高兴。并不是每个丈夫都会巧妙地在老婆发脾气时，去平息风波的。他说："我家雷雷是真了不起！"

"嘿，我的儿子！"老婆说。

儿子得意地仰起红扑扑的小脸，说："爸爸，我今天轮到跟你跑月票了吧？"

"今天？"印家厚这才注意到已是凌晨四点缺十分了。"对。"他对儿子说，"还有一个多小时咱们就得起床。快睡个回笼觉吧。"

"什么是——回笼觉？爸爸。"

"就是醒了之后又睡它一觉。"

"早晨醒了中午又睡也是回笼觉吗?"

印家厚笑了。只有和儿子谈话他才不自觉地笑。儿子是他的避风港。他回答儿子说:"大概也可以这么说。"

"那幼儿园阿姨说是午觉,她错了。"

"她也没错。雷雷,我看你洗了脸,清醒得过分了。"

老婆斩钉截铁地说:"摔清醒的!"话里依然含着寻衅的意味。

印家厚不想一大早就和她发生什么利害冲突。一天还长着呢,有求于她的事还多着呢。他妥协地说:"好吧,摔的。不管这个了,都抓紧时间睡吧。"

老婆半天坐着不动,等印家厚刚躺下,她又突然委屈地叫道:"睡!电灯亮刺刺的怎么睡?"

印家厚忍无可忍了,正要恶声恶气地回敬她一下,却想起灯绳让自己扯断了。他大大咽了一口唾沫,爬起来……

在电灯黑灭的一刹那,印家厚看见手中的起子寒光一闪,一个念头稍纵即逝。再也不敢去看老婆。他被自己的念头吓坏了。

当眼睛适应了黑暗之后,发现黑暗原来并不怎么黑。曙色已朦胧地透过窗帘,大街上已有轰隆隆开过的公共汽车。印家厚异常清楚地看到,所谓家,就是一架平衡木,他和老婆摇摇晃晃在平衡木上保持平衡。你首先下地抱住了儿子,可我为儿子包扎了伤口。我扯断了开关我修理,你借的房子你骄傲。印家厚异常地酸楚,又壮起胆子去瞅起子。后来天大亮了,印家厚觉得自己做过一个关于家庭的梦,但内容却实在记不得了。

还是起得晚了一点。

八点上班,印家厚必须赶上六点五十分的那班轮渡才不会迟到。而坐轮渡之前还要乘四站公共汽车,上车之前下车之后还要各走十分钟的路程。万一车不顺利呢?万一车顺利人却挤不上呢?不带儿子当然就不存在挤不上车的问题,可今天轮到他带儿子。印家厚打了一个短短的哈欠后,一边飞快地穿衣服一边用脚摇动儿子:"雷雷!雷雷!快起床!"

老婆将毛巾被扯过头顶,闷在里头说:"小点声不行吗?"

"实在来不及了。"印家厚说,"雷雷叫不醒。"

印家厚见老婆没有丝毫动静，只得一把拎起了儿子，"嗨，你醒醒！快！"

"爸爸，你别揉我。"

"雷雷，不能睡了。爸爸要迟到了，爸爸还要给你煮牛奶。"印家厚急了。

公共的卫生间有两个水池，十户人家共用。早晨是最紧张的时刻，大家排着队按顺序洗漱。印家厚一眼就量出自己前面有五六个人，估计去一趟厕所回来正好轮到。他对前面的妇女说："小金，我的脸盆在你后边，我去一下就来。"小金表情淡漠地点了点头，然后用脚钩住地上的脸盆，准备随时往前移。

厕所又是满员。四个蹲位蹲了四个退休的老头。他们都点着烟，合着眼皮悠着。印家厚鼻孔里呼出的气一声比一声粗。一个老头嘎嘎笑了："小印，等不及了？"

印家厚勉强吭了一声，望着窗格子上的半面蛛网。老头又嘎嘎笑："人老了什么都慢，再慢也得蹲出来，要形成按时解大便的习惯。你也真老实到家了，有厂子的人不留到厂里去解呀。"

屁！印家厚极想说这个字，可他又不想得罪邻居，邻居是好得罪的吗？印家厚憋得慌，提着双拳正要出去，后边响起了草纸的揉搓声，他的腿都软了。

返回卫生间，印家厚的脸盆刚好轮到，但后边一位已经跨过他的脸盆在刷牙了。印家厚不顾一切地挤到水池前洗漱起来。他没工夫讲谦让了。被挤在一边的妇女含着满口牙膏泡沫瞅了印家厚一眼，然后在他离开卫生间时扬声说："这种人，好没教养！"

印家厚听见了，可他希望他老婆没听见。他老婆听见了可不饶人，她准会认为这是一句恶毒的骂人话。

糟糕的是儿子又睡着了。

印家厚一迭声叫"雷雷"。一面点着煤油炉煮牛奶，一面抽空给了儿子的屁股一巴掌。

"爸爸，别打我，我只睡一会儿。"

"不能了。爸爸要迟到了。"

"迟到怕什么。爸爸，我求求你。我刚刚出了好多的血。"

"好吧，你睡，爸爸抱着你走。"印家厚的嗓子沙哑了。

老婆掀开毛巾被坐起来，眼睛红红的。"来，雷雷，妈妈给你穿新衣服。海军衫。背上冲锋枪，在船上和海军一模一样。"

儿子来兴趣了："大盖帽上有飘带才好。"

"那当然。"

印家厚向老婆投去感激的一瞥，老婆却没理会他。趁老婆哄儿子的机会，他将牛奶灌进了保温瓶，拿了月票、钱包、香烟、钥匙和梁羽生的《风雷震九州》。

老婆拿过一筒柠檬夹心饼干塞进他的挎包里，嘱咐和往常同样的话："雷雷得先吃几块饼干再喝牛奶，空肚子喝牛奶不行。"说罢又扯住挎包塞进一个苹果，"午饭后吃。"接着又来了一条手帕。

印家厚生怕还有什么名堂，赶紧抱起儿子："当兵的，咱们快走吧，战舰要启航了。"

儿子说："妈妈再见。"

老婆说："雷雷再见！"

儿子挥动小手，老婆也扬起了手。印家厚头也不回，大步流星汇入了滚滚的人流之中。他背后没有眼睛，但却知道，那排破旧老朽的平房窗户前，有个烫了鸡窝般发式的女人，她披了件衣服，没穿袜子，趿着鞋，憔悴的脸上雾一样灰暗。她在目送他们父子。这就是他的老婆。你遗憾老婆为什么不鲜亮一点吗？然而这世界上就只她一个人在送你和等你回来。

机会还算不错。印家厚父子刚赶到车站，公共汽车就来了。

这辆车笨拙得像头老牛，老远就开始哼哼唧唧。车停了，但人多得开不了门。顿时车里车外一起发作，要下车的捶门，要上车的踢门。印家厚把挎包挂在胸前，连儿子带包一齐抱紧。他像擂台上的拳击家不停地跳跃挪动，观察着哪个门好上车，哪一堆人群是容易冲破的薄弱环节。

售票员将头伸出车窗说："车门坏了。坏了坏了。"

车启动了，马路上的臭骂暴雨般打在售票员身上。骂声未绝，车在前面突然刹住了。"哗啦"一下车门全开，车上的人带着参加了某个密谋的诡笑冲下车来；等车的人们呐喊着愤怒地冲上前去。印家厚是跑月票的老手了，他早看破了公共汽车的把戏，他一直跟着车小跑。车上有张男人的胖脸在嘲弄印家厚。胖脸上噘起嘴，做着唤牲口的表情。印家厚牢牢地盯着这张脸，所有的气恼和委屈一起膨胀在他胸里头，他看准了胖脸要在中门下，他候在中门。好极了！胖脸怕挤，最后一个下车，慢吞吞好像是他自己的车，印家厚从侧面抓住车门把手，一步登上车，用厚重的背把那胖脸抵在车门上一挤然后又一揉，胖脸啊呀呀叫唤起来，上车的人不耐烦地将他扒开，扒得他在马路上团团转。印家厚缓缓地长长地舒了一口气。

车下的一切甩开了，抬头便要迎接车上的一切。印家厚抱着孩子，虽没人让座但有人让出了站的位置，这就够令人满意了。印家厚一手抓扶手，一手抱儿子，面对车窗，目光散淡。车窗外一刻比一刻灿烂，朝霞的颜色抹亮了一爿爿商店。朝朝夕夕，老是这些商店。印家厚说不出为什么，一种厌烦，一种焦灼却总是不近不远地伴随着他。此刻他只希望车别出毛病，快快到达江边。

儿子的愿望比父亲多得多。

"爸爸，让我下来。"

"下来闷人。"

"不闷。我拿着月票，等阿姨来查票，我就给她看。"

旁边有人称赞说这孩子好聪明，儿子更是得意非凡，印家厚只得放他下来。车拐弯时，几个姑娘一下子全倒过来。印家厚护着儿子，不得不弯腰拱肩，用力往后撑。一个姑娘尖叫起来：呀——流氓！印家厚大惑不解，扭头问："我怎么你了？"不知哪里插话说："摸了。"

一车人都开了心。都笑。姑娘破口大骂，针对印家厚，唾沫喷到了他的后颈脖上。一看姑娘俏丽的粉脸，印家厚握紧的拳头又松开了。父亲想干没干的事，儿子倒干了。儿子从印家厚两腿之间伸过手去朝姑娘一阵拳击，嘴里还念念有词："你骂！你骂！"

"雷雷！"印家厚赶快抱起儿子，但儿子还是挨了一脚。这一脚正踢在儿子的伤口上。只听雷雷半哀半怒叫了一声，头发竖起，耳朵一动一动，扑在印家厚的肩上，啪地给了那姑娘一记清脆的耳光。众目睽睽之下，姑娘怔了一会儿，突然嘤嘤地哭了。

父子俩获得全胜下车。儿子非常高兴，挺胸收腹，小屁股鼓鼓的，一蹦三跳。印家厚耷头耷脑，他不知为什么不能和儿子同样高兴。

上了轮渡就像进了自家的厂，几乎全是厂里的同事。

"嘿，又轮到你带崽子了。"

"嗯。"

自然是有人让出了座位。儿子坐不住，四处都有人叫他逗他。厂里一个漂亮的女工，刚刚结婚，对孩子有着特别的兴趣，雷雷对她也特别有好感，见了她就偎过去了。女工说："印师傅，把印雷交给我，我来喂他喝牛奶。"

印家厚把挎包递过去，拍拍巴掌，做了几下扩胸运动，轻松了。整个早晨的第一下轻松。

有人说："这崽子好眼力。"

"嗯。"印家厚说。

"来，凑一圈？"

"不来。我是看牌的。"印家厚说。

一支烟飞过来，印家厚伸手捞住，用唇一叼，点上了火。汽笛短促地呜呜两声，轮船离开趸船漾开去。

打牌的圈子很快便组合好了。大家各自拿出报纸杂志或者脱下一只鞋垫在屁股底下。甲板顿时布满一个接一个的圈子。印家厚蹲在三个圈子交界处看三面的牌，半支烟的工夫，还没有看出兴趣来，他走开了。有段时间印家厚对扑克瘾头十足，那是在二十五岁之前。他玩牌玩得可精，精到只赢不输，他自以为自己总也有一个方面战无不胜。不料，一天早晨，也就是在轮渡的甲板上，几个不起眼的人让他输了。他突然觉得扑克索然寡味。赢了怎样？输了又怎样？从此便不再玩牌。偶尔看看，只看出当事者完全是迷糊的，费尽心机，还是不免被运气捉弄。看那些人被捉弄得鬼迷心窍，嚷得脸红脖子粗，印家厚不由得直发虚。他想他自己从前一定也是这么一副蠢相。他妈的，世界上这事！——他暗暗叹息一阵。

雷雷的饼干牛奶顺利地进了肚子，乖乖地坐在一只巴掌大的小小折叠椅上听那位漂亮女工讲故事。他看见他父亲走过来就跟没看见一样。印家厚冷冷地望了儿子好一会儿，莫名的感伤情绪和喷出的轻烟一样弥漫开去。

印家厚朝周围散了一圈烟作为对自己刚上船就接到了烟的回报。只要他抽了人家的烟他就要往外散烟，不然像欠了债一样，不然就不是男子汉的作为。散烟的时候他知道自己神情满不在乎，动作大方潇洒，他心里一阵受用——这常常只是在轮渡上的感觉。下了船，在厂里，在家里，在公共汽车上，情况就比香烟的来往复杂得多，也古怪得多，他经常闹不清自己是否接受了或者是否付出了。这些时候，他就让自己干脆别想着什么接受付出，认为老那么想太小家子气，吞吐量太窄，是小肚鸡肠。

长江正在涨水，江面宽阔，波涛澎湃。轮渡走的是下水，确实有乘风破浪的味道。太阳从前方冉冉升起，一群洁白的江鸥追逐着船尾犁出的浪花，姿态灵巧可人。这是多少人向往的长江之晨，船上的人们却熟视无睹。印家厚伏在船舷上吸烟，心中和江水一样茫茫苍苍。自从他决绝了扑克，自从他做了丈夫和父亲，他就爱伏在船舷上，朝长江抽烟；他就逐渐逐渐感到了心中的苍茫。

小白挤过来，问印家厚要了一支烟。小白是厂办公室的秘书，是个愤世嫉俗的青年，面颊苍黄，有志于文学创作。

"他妈的！"小白说，"你他妈裤子开了一条缝。这，好地方，大腿里，还偏要迎着太阳站。"

印家厚低头一看，果然里头的短裤都露出了白边。早晨穿的时候是没缝的，有缝他老婆不会放过。是上车时挤开的。

"挤的。没办法。"印家厚说，"不要紧，这地方男人看了无所谓，女人又不敢看。"

"过瘾。你他妈这语言特生动。"小白说。

靠在一边看报的贾工程师颇有意味地笑了。他将报纸折得整整齐齐装进提包里，凑到这边来。

"小印，你的话有意思，含有一定的科学性。"

"贾工，抽一支。"

"我戒了。"

小白讥讽："又戒了？"

"这次真戒。"贾工掏出报纸，展得平平的，让大家看中缝的一则最新消息：香烟不仅含尼古丁、烟焦油等致癌物质，还含放射线。如果一个人一天吸一包烟，就相当于在一年之内接受二百五十次胸透。

贾工一边认真地折叠报纸一边严峻地说："人要有一股劲，一种精神，你看人家女排，四连冠！"

印家厚突然升起一股说不清的自卑感，他猛吸一口烟，让脸笼罩在蓝雾里边。

小白说："四连冠算什么？体力活，出憨劲就成。曹雪芹，住破草棚，稀饭就腌菜，十年写成《红楼梦》，流传百世。"

有人插进来说话了："去蛋！什么体力脑力，人哪，靠天生的聪明，玩都玩得出名堂来。柳大华，玩象棋，特级大师称号。有什么比特级大师更中听？"

争论范围迅速扩大。

"中听有屁用！人家周继红，小丫头片子，就凭一个筋斗往水里一栽：一块金牌，三室一厅房子，几千块钱奖金。"

印家厚吧吧吸烟，心中越发苍茫了。他愤愤不平的心里真像有一江波涛在里面鼓动。同样都是人。都是人！

小白不服气，面红耳赤地争辩道："铜臭！文学才过瘾呢。诗人。诗。物质享受哪能比上精神享受。有些诗叫你想哭想笑，这才有意思。有个年轻诗人写了一首诗，只一个字，绝了！听着，题目是"生活"，诗是：网。绝不绝？你们谁不是在网中生活？"

顿时静了。大家互相淡淡地没有笑容地看了看。

印家厚手心一热，无故兴奋起来。他说："我倒可以和一首。题目嘛自然是一样，内容也是一个字——"

大家全盯着他。他稳稳地说："——梦。"

好！好！都为印家厚的"梦"叫好。以小白为首的几个文学爱好者团团围住他，要求与他切磋切磋现代诗。

轮渡兀然一声粗哑的"呜——"淹没了其他一切声音。船在江面上划出一个优美的弧线向趸船靠拢。印家厚哈哈笑了，甩出一个脆极的响指。这世界上没有什么人比别人高一等，他印家厚也不比任何人低一级。谁能料知往后的日子有怎样的机遇呢？

儿子向他冲过来，端来冲锋枪，发出呼呼声，腿上缠着绷带，模样非常勇猛。谁又敢断言这小子将来不是个将军？

生活中原本充满了希望和信心。

一个多么晴朗的五月的早晨！

随着人潮涌上岸去。该是吃点东西的时候了。只要赶上了这班船就成，就可以停下来吃顿早饭。

餐馆方便极了，就是马路边搭的一个棚子。棚子两边立了两只半人高的油桶改装的炉子，蓝色的火苗蹿出老高。一口油锅里炸着油条，油条放木排一般滚滚而来，香烟弥漫着，油焦味直冲喉咙；另一口大锅里装了大半锅沸沸的黄水，水面浮动一层更黄的泡沫，一柄长把竹篾笊篱塞了一窝油面，伸进沸水里摆了摆，提起来稍稍沥了水，然后扣进一只碗里，淋上酱油、麻油、芝麻酱、味精、胡椒粉，撒了一撮葱花——热干面。武汉特产：热干面。这是印家厚从小吃到大的早点。两角钱能吃饱。现在有哪个大城市花两角钱能吃饱早餐？他连想都没想过换个花样。

卖票的桌子在棚子旁边的大柳树下，售票员是个淡淡化了妆但油迹斑斑的姑娘。树干上挂了一块小黑板，白粉笔浪漫地写着：哗！凉面上市！哗！

热干面省去伸进锅里烫烫那道程序就叫凉面。

印家厚买了凉面和油条。凉面比热干面吃起来快得多。

父子俩动作迅速而果断，显出训练有素的姿态。这里父亲挤进去买票，那里儿子便跑去排热干面的队了。雷雷见拿油条的人不少，就把冲锋枪放在自己站的位置上，转身去排油条队。

拿油条连半秒钟都没等。印家厚嘉奖似的摸了把儿子的头。儿子异常得意。可印家厚买了凉面而不是热干面，儿子立刻霜打了一般，他怏怏地过去拾起了自己的枪——取热干面的队伍根本没理会这支枪，早跨越它前进了；他发现了这一点，横端起冲锋枪，冲人们嗒嗒嗒就是一梭子。

"雷雷！"印家厚吃惊地喝住儿子。

不到三分钟，早点吃完了。人们都是在路边吃，吃完了就地放下碗筷。印家厚也一样，放下碗筷，拍了拍儿子，走路。儿子捏了根油条，边走边吃，香喷喷的。印家厚想：这小子好残酷，提枪就扫射，怎么得了！像谁？他可没这么狠的心。老婆似乎也只是嘴巴狠。怎么得了！他提醒自己儿子要抓紧教育了！不能再马虎了！立时他的背就弯了一些，仿佛肩上加压了。

上了厂里接船的公共汽车。印家厚试图和儿子聊聊。

"雷雷，晚上回家不要惹妈妈烦，不要说我们吃了凉面。"

"不是'我们'，是你自己。"

"好。我自己。好孩子要学会对别人体贴。"

"爸，妈妈为什么烦？"

"因为妈妈不让我们用餐馆的碗筷，那上面有细菌。"

"吃了肚子疼的细菌吗？"

"对。"

"那你为什么不听妈妈的话？"

他低估了四岁的孩子。哄孩子的说法该过时了。

"喏，是这样。本来是不应该吃的。但是在家里吃早点，爸爸得天不亮就起床开炉子，为吃一碗面条弄得睡眠不足又浪费煤。到厂里去吃吧，等爸爸到厂时，食堂已经卖完了。带上碗筷吧，更不好挤车。没办法，就只能在餐馆吃了。好在爸爸从小就吃凉面，习惯了，对上面的细菌有抵抗力了。你身体不好，就一定不能吃餐馆。"

"哦，知道了。"

儿子对他认真的回答十分满意。对，就这么循循善诱。印家厚刚想进一步涉及对人开枪的事，儿子又说话了："我今天晚上一回家就对妈妈说：爸爸今天没有吃凉面。对吧？"

印家厚啼笑皆非，摇摇头。也许他连自己都没教育好呢。如果告诉儿子凡事都不能撒谎，那将来儿子怎么对付许许多多不该讲真话的事？

送儿子去了厂幼儿园得跑步到车间。

在幼儿园磨蹭的时间太多了。阿姨们对雷雷这种"临时户口"牢骚满腹。她们说今天的床铺、午餐、水果糕点、喝水用具、洗脸毛巾全都安排好了，又得重新分配，重新安排，可是食品已经买好了，就那么多，一下子又来了这么些"临时户口"，僧多粥少，怎么弄？真烦人！

印家厚一个劲赔笑脸，做解释，生怕阿姨们怠慢了他的儿子。

上班铃声响起的时候，印家厚正好跨进车间大门。

记考勤的老头坐在车间门口，手指头按在花名册上印家厚的名字下，由远及近盯着印家厚，嘴里嘀咕着什么。

这老头因工伤失去了正常人健全的思维能力，但比正常人更铁面无私，并且厂里认为他对时间的准确把握有特异功能。

印家厚与老头对视着。他皮笑肉不笑地对老头做了个讨好的表情。老头声色不动，印家厚只得匆匆过去。老头从印家厚背影上收回目光，低下头，精心标了一个1.5。车间太大了，印家厚从车间大门口走到班组的确需要一分半钟，因此他今天迟到了。

印家厚在卷取车间当操作工。

他不是一般厂子的一般操作工，而是经过了一年理论学习又一年日本专家严格培训的现代化钢板厂的现代化操作工。他操作的是日本进口的机械手。

一块盖楼房用的预制板大小的钢锭到他们厂来，十分钟便被轧成纸片薄的钢片，并且卷得紧紧的，拦腰捆好，摞成一码一码。印家厚就干卷钢片包括打捆这活。

他的操作台在玻璃房间里面，漆成奶黄色，斜面的工作台上，布满各式开关、指示灯和按钮，这些机关下面的注明文字清一色是日文。一架彩色电视正向他反映着轧钢全过程中每道程序的工作状况。车间和大教堂一般高深幽远，一般洁净肃穆，整条轧制线上看不见一个忙碌的工人，钢板乃至钢片的质量由放射线监测并自动调节。全自动，不要你去流血流汗，这工作还有什么可挑剔的？

七十年代建厂时它便具有了七十年代世界先进水平，八十年代在中国，目前仍是绝无仅有的一家。参观的人从外宾到少数民族兄弟，从小学生到中央首长，潮水般一层层涌来。如果不是工作中掺杂了其他种种烦恼，印家厚对自己的工作会保持绝对的自豪感，热爱并十分满足。

印家厚有个中学同学，在离这儿不远的炼钢厂工作，他就从来不敢穿白衬衣：穿什么也逃不掉一天下来之后那领口袖口的黄红色污迹，并且用任何去污剂都洗不掉。这位老弟写了一份遗嘱，说：在我的葬礼上，请给我穿上雪白的衬衣。他把遗嘱寄给了冶金部部长。因此他受到了行政处分。而印家厚所有的衬衣几乎都是白色的，配哪件外衣都帅。轮到情绪极度颓丧的时候，印家厚就强迫自己想想同学的事，忆苦思甜以解救自己。

眼下正是这样。

印家厚瞅着自己白衬衣的袖口，暗暗摆着自己这份工作的优越性，尽量对大家的发言充耳不闻。

本来工作得好好的。站立在操作台前，看着火龙般飞舞而来的钢片在自己这儿变成乖乖的布匹，一任卷取……可是，厂办公室决定各车间开会。开会评奖金。

四月份的奖金到五月底还没有评出来，厂领导认为严重影响了全厂职工的生产积极性。

车间主任一开始就表情不自然，讲话讲到离奖金十万八千里的计划生育上去了。

有人暗里捅捅前一个人的腰，前面的人便噤声敛气注目车间主任。捅腰的暗号传递给了印家厚，印家厚立刻意识到气氛的异样。

会不会……出什么……意外？印家厚惴惴地想。

终于，车间主任一个回马枪，提起奖金问题，并亮出了实质性的东西：厂办明确规定，严禁在评奖中搞"轮流坐庄"，否则，除了扣奖之外还要处罚。这次决不含糊！

印家厚在一瞬间有些茫然失措，心中哽了团酸溜溜的什么。可是很快他便恢复了常态。

"轮流坐庄"这词是得避讳的。平日车间班组从来没人提及。自从奖金的分发按规定打破平均主义以来，在几年的时间里，大家自然而然地默契地采用了"轮流坐庄"的办法。一、二、三等奖逐月轮流，循环往复。同事之间和谐相处，绝无红脸之事：车间领导睁只眼闭只眼，顺其自然。车间便又被评为精神文明模范单位。

好端端今天突然怎么啦?

众人的眼光在印家厚身上游来游去。车间主任老注意印家厚。这个月该是印家厚轮到得一等奖了。

一等奖三十元。印家厚早就和老婆算计好这笔钱的用途:给儿子买一件电动玩具,剩下的去"邦可"吃一顿西餐。也挥霍一次享受一次吧,他对老婆说。老婆展开了笑颜:早就想尝尝西餐是什么滋味,每月总是没有节余,不敢想。

老婆前几天还在问:"奖金发了吗?"

他答道:"快了。"

"是一等奖?"

"那还用说!名正言顺的。"

印家厚不愿意想起老婆那难得和颜悦色的脸。她说得有道理:哪儿有让人舒心的事?他看了好一会儿洁白的袖口,又吧嗒吧嗒挨个活动指关节。

二班的班长挪到印家厚身边,他俩的处境一样。二班长说:"喂喂,小印,人善被人欺,马善被人骑。"

"得了!"印家厚低低吼了一句。

二班长说:"肯定有人给厂长写信反映情况。现在有许多婊子养的可喜欢写信了。咱俩是他妈什么狗屁班长,干得再多也不中。太欺负人了!就是吃亏也得吃在明处。"

印家厚说:"像个婆娘!"

二班长说:"看他们评个什么结果,若是太过分,我他妈干脆给公司纪委寄份材料,把这一肚子烂渣全捅出去。"

印家厚干脆不吱声了。

如果说评奖结果未出来之前印家厚还存有一丝侥幸心理的话,有了结果之后他不得不彻底死心了。他总以为即便不按"轮流坐庄",四月份的一等奖也该他。四月份大检修,他日夜在厂里,干得好苦!没有人比他干得更苦的了,这是大家有目共睹的。可是为了避嫌,来了个极端,把他推到了最底层:三等奖。五元钱。

居然还公布了考勤表。车间主任装成无可奈何的样子念迟到旷工病事假的符号，却一概省略了迟到的时间。有人指出这一点，车间主任手一摆，说："这无关紧要。那个人不太正常的嘛。"印家厚又吃了暗亏。如果念出某人迟到一分半钟，大家会哄堂一笑，一笑了之：可光念迟到，那就两样了。印家厚今天就迟到了，许多评他三等奖的人心里宽松了不少。

当车间主任指名道姓问印家厚要不要发表什么意见时，他张口结舌，拿不定该不该说点什么。

说点什么？

早晨在轮渡上，他冲口作出《生活》的一字诗，思维敏捷，灵气逼人。他对小白一伙侃侃而谈，谈古代作家的质朴和浪漫，当代作家的做作和卖弄，谈得小白痛苦不堪可又无法反驳。现在仅仅只过去了四个钟头，印家厚的自信就完全被自卑代替了。

他站起来说了一句什么话，含糊不清，他自己都没听清就又含糊着坐下了。

似乎有人在窃窃地笑。

印家厚的脖子根升起了红晕，猪血一般的颜色。其实他并不计较多少钱，但人们以为他—— 一个大男人被五块钱打垮了。五块钱。笑掉人的牙齿。印家厚让悲愤堵塞了胸口。他思谋着腾地站起来哈哈大笑或说出一句幽默的话，想是这么想，却怎么也做不出这个动作来，猪血的颜色迅速地上升。

他的徒弟解了他的围。

雅丽蓦地站起身，故意撞掉了桌子上的水杯，一字一板地说："讨厌！"

雅丽见同事们的目光都集中在她身上，她噗地吹了吹额前的头发，孩子气十足地说："几个钱的奖金有什么纠缠不清的，别说三十块，三百块又怎么样？你们只要睁大眼睛看看谁干得多，谁干得少，心里有个数就算是有良心的人了。"

车间主任说："雅丽！"

雅丽说："我说错了？别把人老浸在铜臭里。"

不知好笑在哪儿，大家哄哄一笑。雅丽也稚气地笑了，说："主任大人，吃饭时间都过了。"

"散会吧。"车间主任也笑了笑。

雅丽和印家厚并肩走着，她伸手掸掉了他背上的脏东西。

印家厚说："吃饭了。"

雅丽说："咱们吃饭去。"

五月的蓝天里飘着许多白云。路边的夹竹桃开得娇艳。师徒俩一人拿了一个饭盒，迎着春风轻快地往前走。印家厚清晰地感觉到自己的侧面晃动着一张喷香而且年轻的脸，他不自觉地希望到食堂的这段路更远些更长些。

雅丽说："印师傅，有一次，我们班里——哦，那是在技校的时候。班里评三好生，我几乎是全票通过，可班委会研究时刷下了我。三好生每人奖一个铝饭锅，他们都用那锅吃饭，上食堂把锅敲得叮咚响，我气得不行，你猜我怎么啦？"

"哭了。"

"哭？哈，才不呢！我也买了只一模一样的，比哪个都敲得响。"

她试图宽慰他，印家厚咧唇一笑。虽然这例子举得不着边际，于事无补，但毕竟有一个人在用心良苦地宽慰他。

"对。三好生算什么。你挺有志气的。"

雅丽咯咯地笑，笑得很美，脸蛋和太阳一样。她说："人生得一知己足矣。"

印家厚心里咯噔了一下，面上纹丝不动。雅丽小跑了两步，跳起来扯了一朵粉红的夹竹桃，对花吹了一口气，尽力往空中甩去，姑娘天真活泼犹如一只小鹿，可那扭动的臀部、高耸的胸脯却又流露出无限风情。

"我不想出师，印师傅，我想永远跟随你。"

"哦，哪有徒弟不出师的道理？"

"有的。只要我愿意。"雅丽的声音忽然老了许多，脚步也沉重了。印家厚心里不再咯噔，一块石头踏踏实实地落下——他多日的预感、猜测，变成了现实。

雅丽用女人常用的痛苦而沙哑的声音低低地说："我没其他办法，我想好了，我什么也不要求，永远不，你愿意吗？"

印家厚说:"不。雅丽,你这么年轻……"

"别说我!"

"你还不懂——"

"别说我!说你,你不喜欢我?"

"不!我,不是不喜欢你。"

"那为什么?"

"雅丽,你不懂吗?你去过我家的呀。"

"那有什么关系。我生活在另一个世界。我什么也不要求。你不能那样过日子,那太没意思太苦太埋没人了。"

印家厚的头嗡嗡直响,声音越变越大,平庸枯燥的家庭生活场面旋转着,把那平日忘却的烦恼琐事一一飘浮在眼前。有个情妇不是挺好的——这是男人们私下的话。他定眼注视雅丽,雅丽迎上了清澈的眼光。印家厚突然意识到自己的浑浊和肮脏。他说:"雅丽,你说了些什么哟,我怎么一句也没听清楚,我一心想着他妈的评奖的事。"

雅丽停住了。仰起脑袋平视着印家厚。亮亮的泪水从深深的眼窝中奔流出来。

后面来人了。一群工人,敲着碗,大步流星。

印家厚说:"快走。来人了。"

雅丽不动。泪水流个不止。

印家厚说:"那我先走了。"

等人群过去,印家厚回头看时,雅丽仍然那么站着,远远地,一个人,在路边太阳下。印家厚知道自己若是返回她身边,这一缕情丝必然又剪不断,理还乱;若独自走掉,雅丽的自尊心则会大大受伤害。他遥遥望着雅丽,进退不得。他承认自己的老婆不可与雅丽同日而语,雅丽是高出一个层次的女性;他也承认自己乐于在厂里加班加点与雅丽的存在不无关系。然而,他不能同意雅丽的说法。不能的理由太多太充足了。

印家厚转身跑向食堂。

他明明知道,事情并没有结束。

食堂有十个窗口,十个窗口全是同样长的队伍。印家厚随便站了一个队。

二班长买了饭，双手高举饭碗挤出人群，在印家厚面前停了停。印家厚以为他又要谈评奖的事。他也得了三等奖，不但没有吵闹争论，反而在车间主任的指名下发言说他是班长，应该多干，三等奖比起所干的活来说都是过奖的了。他若真是个乖巧人，就不该提评奖，印家厚已经准备了一句"屁里屁气"赠送给他。

"哦！行不得也哥哥。"二班长把雅丽的嗓音模仿得惟妙惟肖。

"屁里屁气！"印家厚说。对这件事这句话一样管用。

今天上午没一桩事幸运。榨菜瘦肉丝没有了，剩下的全是大肥肉烧什么、盖什么，一个菜六角钱，又贵又难吃，印家厚决不会买这么贵的菜。他买了一份炒小白菜加辣萝卜条，一共一角五分钱。

食堂里人头攒动，热气腾腾，没买上可意菜的人边吃边骂骂咧咧，此外便是一片咀嚼声。印家厚蹲在地上，捧着饭盒，和人们一样狼吞虎咽。他不想让一个三等奖弄得饭都不香了。吃了一半，白菜里出现了半条肥胖的、软而碧绿的青虫。他噎住了，看着青虫，恶心的清涎一阵阵往上涌。没有半桩好事——他妈的今天上午！他再也不能忍耐了。

印家厚把青虫摊在饭碗里，端着，一直寻到食堂里面的小餐室里。

食堂管理员正在小餐室里招待客人，一半中国人一半日本人。印家厚把管理员请了出来，让他尝尝他手下的厨师们炒的小白菜。管理员不动声色地望望菜里的虫又不动声色地望了望印家厚，招呼过来一个炊事员，说："给他换碗饭菜得了。"他那神态好像打发一个要饭花子，吩咐后便又一溜烟进了小餐室。年轻的炊事员根本没听懂管理员那句浙江方言是什么意思，朝印家厚翻了翻白眼，耸了耸肩，说："哈啰？"

印家厚本来是看在有日本人在场的分上才客客气气"请出"管理员的。家丑不可外扬嘛。这下他要给个厉害让他们瞧瞧了。印家厚重返小餐室，捏住管理员的胳膊，把他拽到墙角落，将饭菜底朝天扣进了他白围裙胸前的大口袋里。

雷雷被关"禁闭"了。

幼儿园大大小小的孩子都在床上睡午觉，雷雷一个人被锁在"空中飞车"玩具的铁笼里。他无济于事地摇撼着铁丝网，一看见印家厚，叫了声"爸！"就哭了。

一个姑娘闻声从里面房间奔了出来，奶声奶气地讥讽："噢，原来你还会哭？"

印家厚说："他当然会哭。"

姑娘这才发现印家厚，脸上一阵尴尬。这是个十分年轻的姑娘，穿着一件时髦的薄呢连衣裙。她的神态和秀丽的眉眼使印家厚暗暗大吃一惊。这姑娘酷像一个人。印家厚顷刻之间便发现或者说认可了他多少年来内心深藏的忧郁，那是一种类似遗憾的痛苦，不可言传的下意识的忧郁。正是这股潜在的忧郁使他变得沉默，变得一切都不在乎，包括对自己的老婆。

姑娘说："对不起。你儿子不好好睡午觉，用冲锋枪在被子里扫射小朋友，我管不过来，所以……"

就连声音语气都像。印家厚只觉得心在喉咙口上往外跳，血液流得很快。他对姑娘异常温厚地笑笑，尽量不去看她，转过身面对儿子，决定恩威并举，做一次像电影银幕上的很出色很漂亮的父亲。他阴沉沉地问："雷雷，你扫射小朋友吗？"

"是……"

"你知道我要怎么教训你吗？"

儿子从未见过父亲这般的威严，怯怯地摇头。

"承认错误吗？"

"承认。"

"好。对阿姨承认错误，道歉。"

"阿姨，我扫射小朋友，错了。对不起。"

姑娘连忙说："行了行了，小孩子嘛。"她从笼子里抱出雷雷。

泪珠子停在儿子脸蛋中央，膝盖上的绷带拖在脚后跟上。印家厚换上充满父爱的表情，抚摸儿子的头发，给儿子擦泪包扎。

"雷雷，跑月票很累人，对吗？"

"对。"

"爸爸还得带上你跑就更累了。"

"嗯。"

"你如果听阿姨的话，好好睡午觉，爸爸就可以去休息一下。不然，爸爸就会累病的。"

"爸爸。"

"好了。乖乖去睡,自己脱衣服。"

"爸,早点来接我。"

"好的。"

雷雷径直走进里间,脱衣服,爬上床钻进了被窝。

姑娘说:"你真是个好父亲!"

印家厚不禁产生几分惭愧,他其实是在表演,若是平时,一巴掌早烙在儿子屁股上了。他就是为她表演的吗?他不愿意承认这点。

玩具间里,印家厚和姑娘呆呆站着。他突然意识到自己没理由再站下去了,说:"孩子调皮,添麻烦了。"

"哪里。这是我的工作。我——"

印家厚敏感地说:"你什么?说吧。"

姑娘难为情地笑了一笑,说:"算了算了。"

凭空产生的一道幻想,闪电般击中了印家厚,他按捺不住激动的心情。"你叫什么名字?"

"肖晓芬。"

印家厚一下子冷静了许多。这个名字和他刻骨铭心的那个名字完全不相干。但毕竟太相像了,他愿意与她多在一起待一会儿。"你刚才有什么话要说,就说吧。"

姑娘诧异地注视了他一刻,偏过头,伸出粉红的舌尖舔了舔嘴唇,说:"我是待业青年,喜欢幼儿园的工作。我来这里才两个月,那些老阿姨就开始在行政科说我的坏话,想要厂里解雇我。我想求你别把刚才的事说出去,她们正挑我的毛病呢。"

"我当然不会说。是我儿子太调皮了。"

"谢谢!"

姑娘低下头,使劲眨着眼皮,睫毛上挂满了细碎的泪珠。印家厚的心生生地疼,为什么每一个动作都像绝了呢。

"晓芬,新上任的行政科长是我的老同学,我去对他说一声就行了。要解雇就解雇那些脏老婆子吧。"

姑娘一下子仰起头，惊喜万分，走近了一步，说："是吗?"

鲜润饱满的唇，花瓣一样开在印家厚的目光下，他似乎看那唇迎着他缓缓上举。印家厚不由自主地靠近了一步，头脑里嗡嗡乱响，一种渴念，像气球一般吹得胀胀的。姑娘眼一闭，泪珠洒落了一脸。他好像猛地被人拍了一下，突然醒了。没等姑娘睁开眼睛，印家厚掉头出了幼儿园。

马路上空空荡荡，厂房静悄悄，印家厚一口气奔出了好远好远。在一个无人的破仓库里，他大口大口喘气，一连几声唤着一个名字。他渐渐安静下来，用指头抹去了眼角的泪，自嘲地舒出一口气，恢复了平常的状态。

现在他该去副食品商店办事了。

天下居然有这么巧的事，印家厚和他老婆同年同月同日出生，他们俩的父亲也是同年同月同日出生。

下个月十号是老头子们——他老婆这么称呼——的生日。五十九周岁，预做六十大寿。这是按的老规矩。

印家厚不记得有谁给自己做过生日，从没有为自己的生日举过杯。做生日是近些年才蔓延到寻常人家的，老头子们赶上了好年月。五年前他满二十九岁，该做三十岁的生日。老婆三天两头念叨："三十岁也是大寿哩，得做做的。"正儿八经到了生日那天，老婆把这事给忘了。她妹妹那天要相对象，她应邀陪她妹妹去了。晚上回来，她兴奋地告诉印家厚："人家一直以为是我，什么都冲着我来，可笑不?"他倒觉得这是件可喜的事，居然有人把他老婆误认为未嫁姑娘。关于生日，没必要责怪老婆，她连自己的也忘了。

老婆和他商量给老头子们买什么生日礼物，轻了可不行，六十岁是大生日；重了又买不起。重礼不买，这就已经排除了穿的和玩的，那么买喝的吧，酒。

他们开始物色酒。真正的中国十大名酒市面上是极少见到的，他们托人找了些门路也没结果，只好降格求其次了。光是价钱昂贵包装不中看的，老婆说不买，买了是吃哑巴亏的，老头子们会误以为是什么破烂酒呢；装潢华丽价钱一般的，他们也不愿意买，这又有点哄老头子们了，良心上过不去；价钱和装潢都还相当，但出产地是个未见经传的乡下酒厂，又怕是假酒。夫妻俩物色了半个多月，酒还没有买到手。

厂里这家副食商店曾一度名气不小。武汉三镇的人都跑到这里来买烟酒。因为当时是建厂时期，有大批的日本专家在这里干活，商店是为他们设的，自然不缺好烟酒。日本专家回国后，这里也日趋冷清。虽是冷清了，但偶尔还可以从库里翻出些好东西来。

印家厚近来天天中午逛逛这个店子。

"嗨。"印家厚冲着他熟识的售货员打了个招呼。递烟。

"嗨。"

"有没有?"

"我把库里翻了个底朝天，没希望了。"

"能搞到黑市不?"

"你想要什么?"

"自然是好的。"

"'茅台'怎么样?"

"好哇!"

"要多少? 先交钱后给货，四块八角钱一两。"

印家厚不出声了。干瞅着售货员默默盘算：一斤就是四十八块钱。得买两斤。九十六块整。一个月的工资包括奖金全没有了，牛奶和水果又涨价了，儿子却是没有一日能缺这两样的；还有鸡蛋和瘦肉，万一又来了其他的应酬，比如朋友同事的婚丧嫁娶，那又是脸面上的事，赖不过去的。

印家厚把眼皮一眨说："伙计，你这酒吓人。"

"吓谁啦? 一直这个价，还在看涨。这买卖是'周瑜打黄盖'，两相情愿的事。你这儿子女婿，没孝心的。"

"孝心倒有，只是心有余力不足。"印家厚打了几个干哈哈退出了商店。

要是两位老人知道他这般盘算，保证喝了"茅台"也不香。印家厚想，将来自己做六十岁生日必定视儿子的经济水平让他意思意思就行了。

雅丽在斜穿公路的轨道上等着他。

印家厚装出突然想起了什么似的摸了摸上上下下的口袋，扭头往副食商店走。

雅丽说："你的信。"

印家厚只好停止装模作样。平时他的信很少，只有发生了什么事，亲戚们才会写信来。

信是本市火车站寄来的，印家厚想不起有哪位亲戚在火车站工作。他拆开信，落款是：你的知青伙伴，江南下。印家厚松了一口气。

"没事吧？"雅丽说。

"没。"印家厚想起了肖晓芬。想起了那份心底的忧伤。他明白了自己的心是永远属于那失去了的姑娘，只有她才能真正激动他。除她之外，所有女人他都能镇静地理智地对待。他说："雅丽，我说了我的真实想法后你会理解的。你聪明，有教养，年轻活泼又漂亮，我是十分愿意和你一道工作的。甚至加班——"

"我不要你告诉我这些！"雅丽打断了他，倔强地说，"这是你的想法，也许是，可不是我的！"

雅丽走了。昂着头，神情悲凉。

印家厚不敢随后进车间，他怕遭人猜测。

江南下，这是一个矮小的，目光闪闪的，腼腆寡言的男孩。他招工到哪儿了？不记得了。江南下的信写道：

"我路过武汉，逗留了一天，偶尔听人说起你，很激动。想去看看，又来不及了。

"家厚，你还记得那块土地吗？我们第一夜睡在禾场上的队屋里，屋里堆满了地里摘回的棉花，棉花上爬着许多肉乎乎的粉红的棉铃虫，贫下中农给我们一只夜壶，要我们夜里用这个，千万别往棉花上尿。我们都争着试用，你说夜壶口割破了你的皮，大家都发疯似的笑，吵着闹着摔破了那玩意儿。

"你还记得下雨天吗？那个狂风暴雨的中午，我们在屋里吹拉弹唱。六队的女知青来了，我们把菜全拿出来款待她们，结果后来许多天我们没菜吃，吃盐水泡饭。

"聂玲多漂亮，那眉眼美绝了，你和她好，我们都气得要命。可后来你们为什么分手了？这个我至今也不明白。

"那只小黄猫总跟着我们在自留地里，每天收工时就在巷子口接我们，它怀孕了，我们想看它生小猫，它就跑了。唉，真是！

"我老婆没当过知青，她说她运气好，可我认为她运气不好。女知青有种特别的味儿，那味儿可以使一个女人更美好一些。你老婆是知青吗？我想我们都会喜欢那味儿，那是我们时代的秘密。

"家厚，如今我们都是三十好几的人了。我已经开始谢顶，有一个七岁的女孩，经济条件还可以。但是，生活中烦恼重重，老婆也就那么回事，我觉得我给毁了。

"现在我已是正科级干部，入了党，有了大学文凭，按说我该知足，该高兴，可我怎么也不能像在农村时那样开怀地笑。我老婆挑出了我几百个毛病，正在和我办离婚。

"你一切都好吧？你当年英俊年少，能歌善舞，性情宽厚，你一定比我过得好。

"另外，去年我在北京遇上聂玲了。她仍然不肯说出你们分手的原因。她的孩子也有几岁了，却还显得十分年轻……"

印家厚把信读了两遍，一遍匆匆浏览，一遍仔细阅读，读后将信纸捏入了掌心。他靠着一棵杨树坐下，面朝太阳，合上眼睛；透过眼皮，他看见了五彩斑斓的光和树叶。后面是庞然大物的灰色厂房，前面是柏油马路，远处是田野，这里是一片树林。印家厚歪在草丛中，让万千思绪飘来飘去。聂玲聂玲，这个他从不敢随便提及的名字，江南下毫不在乎地叫来叫去。于是，一切都从最底层浮起来了……五月的风里饱含着酸甜苦辣，从印家厚耳边呼呼吹过，他脸上的肌肉细微地抽动，有时像哭有时像笑。

空中一絮白云停住了，日影正好投在印家厚额前。他感觉了阴暗，又以为是人站在了面前，便忙睁开眼睛。在明丽的蓝天白云绿叶之间，他把他最深的遗憾和痛苦又埋入了心底。接着，记忆就变得明朗有节奏起来。

他进了钢铁公司。去北京学习，和日本人一块干活，为了不被筛选掉拼命啃日语。找对象，谈恋爱，结婚。父母生病住院，天天去医院护理。兄妹吵架扯皮，开家庭会议搞平衡。物价上涨，工资调级，黑白电视换彩色的，洗衣机淘汰单缸时兴双缸——所有这一切，他一一碰上了，他必须去解决。解决了，也没有什么乐趣；没解决就更烦人。例如至今他没法解决电视的更新换代问题，儿子就有些瞧不起他了，一开口就说谁谁谁的爸爸给谁谁谁买了一台彩电，带电脑的。为了让儿子第一个想到自己的爸爸，印家厚正在加紧筹款。

少年的梦总是有着浓厚的理想色彩，一进入成年便无形中被瓦解了。印家厚随着整个社会流动，追求，关心。关心中国足球队是否能进军墨西哥；关心中越边境战况；关心生物导弹治疗癌症的效果；关心火柴几分钱一盒了。他几乎从来没有想是否该为少年的梦感叹。他只是十分明智地知道自己是个普通的男人，靠劳动拿工资而生活。哪有工夫去想入非非呢？日子总是那么快，一星期一星期地闪过去。老婆怀孕后，他连尿布都没有准备充分，婴儿就出世了。

老婆就是老婆。人不可能十全十美。记忆归记忆。痛苦该咬着牙吞下去。印家厚真想回一封信，谈谈自己的观点，宽宽那个正承受着离婚危机的知青伙伴的心，可他不知道写了信该往哪儿寄。

江南下，向你致敬！冲着你不忘故人；冲着你把朋友从三等奖的恶劣情绪中解脱出来。

印家厚一弹腿跳了起来，做了一个深呼吸动作，朝车间走去。

相比之下，他感到自己生活正常，家庭稳定，精力充沛，情绪良好，能够面对现实。他的自信心又陡然增加了好多倍。

下午不错。

主要是下午的开端不错。

来了一拨参观的人。谁也不知道这些人是哪个地方哪个部门来的，谁也不想知道，谁都若无其事地干活。这些见得太多了。

倒是参观的人不时从冷处瞟操作的工人们，恐怕是纳闷这些人怎么不好奇。

车间主任骑一辆铮蓝的轻便小跑车从车间深处溜过来，默默扫视了一圈，将本来就撂在踏板上的脚用力一踩，掉头去了。他事先通知印家厚要亲自操作，让雅丽给参观团当讲解员。印家厚正是这么做的。车间主任准认为三等奖委屈了印家厚，否则他不会来检查。以为印家厚会因为五元钱赌气不上操作台，错了！

印家厚的目光抓住了车间主任的目光，无声却又明确地告诉他：你错了。

有一个人明白了他的心，尤其是车间的最关键人物，印家厚就满足了。受了委屈不要紧，要紧的是有没有人知道你受了委屈。

参观团转悠了一个多小时，印家厚硬是直着腿挺挺地站了过来。一个多小时没人打扰他，挺美的。班组的同事今天全欠他的情，全看他的眼色行事以期补偿。

雅丽上来接替印家厚。两人都没说话，配合得非常默契。只有印家厚识别得出雅丽心上的暗淡，但他决定不闻不问。

"好！堵住你了，小印。"工会组长哈大妈往门口一靠，封死了整扇门。她手里挥动着几张揉皱的材料纸，说："臭小子，就缺你一个人了。来，出一份钱：两块。签个名。"

印家厚交了两块钱，在材料纸上划拉上自己的名字。

哈大妈急煎煎走了。转身的工夫，又急煎煎回来了。依旧靠在门框上。"人老了。"她说，"可不是该改革了。小印，忘了告诉你这钱的用途，我们车间的老大难苏新结婚了！大伙儿向他表示一份心意。"

"知道了。"印家厚说。其实他根本没听过这个名字。他问旁的人："苏新是谁?"

"听说刚刚调来。"

"刚来就老大难?"

"哈哈。"旁的人干笑。

哈大妈的大嗓门又来了，"小印，好像我还有事要告诉你。"

"您说吧。"印家厚渴得要命同时又要上厕所了。

"我忘记了。"哈大妈迷迷怔怔地望着印家厚。

"那就算了。"

"不行。好像还是件挺重要的事。"哈大妈用劲绞了半天手指，泄了气，摊开两手说，"想不起来了。这怪不得我，人老了。臭小子们，这就怪不得我了，到时候大伙给我作个证。"

哈大妈带着一丝狡黠的微笑走了。接着二班长进门拉住了印家厚。二班长告诉印家厚他们报考电视大学的事是厂里作梗。公司根本没下文件不准他们报考。完完全全是厂里不愿意让他们这批人（日本专家培训出的人）流走。

"我们去找找厂里吧，你和小白好，先问问他。"二班长使劲怂恿印家厚。

印家厚说："我不去。"

"那我们给公司纪委写信告厂里一状。"

"我不会写。"

"我写，你签名。"

"不签。"

"难道你想当一辈子工人？"

"对！"

现在有许多婊子养的太爱写信了——这是二班长上午说的，应不应该提醒他一句？算了。

二班长极不甘心地离开了。印家厚的脚还没迈出门槛，电话铃响了。有人说："等等，你的电话。"

印家厚抓起话筒就说："喂，快讲！"他实在该上厕所了。

是厂长。从厂办公室打来的。印家厚倒抽一口凉气，刚才也太不恭敬了。这是改革声中新上任的知识分子厂长，知识分子是特别敏感的，应该给他一个好印象。

印家厚立即借了一辆自行车，朝办公室飞驰而去。

印家厚在进厂办公室时，正碰上小白从里面出来，小白神色严峻，给他一句耳语："坚强些！"

他被这地下工作式的神秘弄得晕乎乎的，心里七上八下。

厂长要印家厚谈谈对日本人的看法。

对……日本人……看法？他一时间脑子里一片空白。日本专家撤回去七年了，七年里他的脑袋里没留下日本人的印象。"坚强些！"又是指什么？他竭力搜索七年前对小一郎的看法。小一郎是他的师傅。

"日本人……有苦干精神，能吃苦耐劳……一不怕苦，二不怕——"

他差点失口说出毛主席语录。他小心谨慎，字斟句酌："他们能严格按科学规律工作，干活一丝不苟，有不到黄河不死心的——"他意识到日本与黄河没关系，但他还是坚持说完了自己的话："……的钻研精神。"

厂长说："这么说你对日本人印象不错？"

"不是全体日本人，也不是全面……是干活方面。"

"日本侵华战争该知道吧？"

"当然。日本鬼子——"印家厚打住了。厂长到底要干什么？即便是厂长，他也不愿意被人耍弄。他干吗要急匆匆离开车间跑到这儿踩薄冰？七年前厂里有个工人对日本专家搞恐怖活动受到了制裁；前些时候某个部级干部去了日本靖国神社给撤了职，这是国际问题，民族问题，他岂能涉嫌！

他一把推开椅子，说："厂长，有事就请开门见山，没事我得回去干活了。"

厂长说："小印，别着急嘛。事情十分明确。你认为现在我们引进日本先进设备，和他们友好交往是接受第二次侵略吗？"

"当然不是。"

"既然不是，那为什么迟迟不组织参加联欢的人员？下星期三日本青年友好访华团准时到我们厂。接待任务由工会布置下去已经两周了，你不仅不动，反而还在年轻人中说什么'不做联欢模特儿'，'进行第二次抗日战争'，'旗袍比西服美一千倍'，这是为什么？"

印家厚终于从鼓里钻出来了。有人栽了他的赃，栽得这么成功，竟使精明的厂长深信不疑。

"胡扯！他妈的一派谎言！"他今天的忍让到此为止！顾不上留什么好印象了，他要他的清白和正直。这些狗娘养的！——他骂开了。他根本就没得到工会的任何通知。两周前他姥姥去世了，他去办了两天丧事。回厂没上几天班，他妈因伤心过度，高血压发了，他又用了两个休息日送她老人家去住院。看小白那鬼鬼祟祟的模样，不定就是他捣的鬼，他和几所大学的学生勾勾搭搭，早就在宣扬"抵制日货"的观点。要么是哈大妈，对了！她方才还假作忘了什么事是因为她老了。她丈夫是在抗日战争中牺牲的，她从来对日本人是横眉冷对的。要么他们串通一气坑了他。但他并不是一味敌视日本人，他至今还和小一郎通信来往，逢年过节寄张明信片什么的。

厂长倒笑了。他相信了印家厚并宽宏大量地向他道了歉。

"既然是这么回事，那就赶快动手把工作抓起来！"厂长不容印家厚分辩，当即叫来了厂工会主席，面对面把印家厚交给了工会。

"不要搞什么各车间分头行动了。让小印暂调到厂工会来，全面下手抓。到时候出了差错我就找你们俩。"

工会主席是个转业军人，领命之后把印家厚拽到工会办公室，如此如此，这般这般布置开了。印家厚连连咕噜了几声"不行不行"，工会主席绝不理睬，布置中还夹叙了一通意义深远之类的话，大有军令如山的气势。

这就是说，印家厚从今天起，在一个星期内要组织起一个四十位男女青年的联欢团体，男青年身高要一米七〇至一米八〇；女青年身高要一米六十五左右；一律不胖不瘦，五官端正，漂亮一点的更好；要为他们每人定做一套毛料西装；教会他们日常应用的日语，能问候和简单会话；还要让他们熟悉一般的日本礼节；跳舞则必须人人都会。

印家厚头发都麻了，说："主席，你听清楚，我干不了！"

"干得了。你是日本专家。"工会主席三把两把给他腾出了一张办公桌，将一沓贴有相片的职工表格放在他面前，说，"小印，要理解组织的信任。现在，我们只有背水一战了。对任何人一律用行政命令。来，我们开始吧！"

下班时印家厚遇上了小白。小白说："我听说了。真他妈替你抱屈。好像考他妈驻日本的外交官。奴颜婢膝。"

印家厚狠狠白了他一眼，嘿嘿一个冷笑。小白马上跳起来，"老兄，你怎么以为是我……我！观点不同是另一回事。我若是那种背后插刀的小人，还搞他什么文学创作！"

这真是委屈。到目前为止，在小白的认识上，作品和人品是完全一致的。印家厚虽不搞创作却已超越了这种认识上的局限。他谅解地给了小白一巴掌，说："对不起了！"

几个身材苗条挺拔的姑娘挎着各式背包走过来，朝小白亲切地招呼，可是对印家厚却脸一变冲着他叫道："汉奸！"

"我们决不做联欢模特儿！"

"我们要抗日！"

印家厚绷紧脸，一声不哼。姑娘们过去之后，印家厚回头数了数，差不多十五六个，几乎全是合乎标准的。他这才真正感到这事太难了。

这一下午真累。在岗位上站了一个多小时；和厂长动了肝火；让工会拉了差。召集各车间工会组长紧急会议；找集训办公室；去商店选购衣料；和服装厂联系；向财务要活动资金；楼上楼下找厂长——当你需要他签字的时候，他不知上哪儿去了。

报考电大的要求根本没机会提出来；忍气吞声领了三等奖的五元钱。

刚调来的老大难结婚"表示"了两块钱；拯救非洲饥民捐款一元；"救救熊猫"募捐小组募到他的面前，他略一思忖，便往贴着熊猫流泪图案的小纸箱里塞了两元。募捐的共青团员们欢声雀跃，赞扬印家厚是全厂第一！第一个心疼国宝！就是厂长也只捐了五毛钱。

五块钱像一股回旋的流水，经过印家厚的手又流走了。全派了大用场，抵消了三等奖的耻辱。雅丽的确知他的心，说："印师傅，你做得真俏皮！"印家厚不能不遗憾地想，如此理解他的人如果是他老婆就好了。不能否认，哪怕是最细微的一点相通也是有意义的。然而，他不敢想象他老婆的看法，他不由得朝雅丽看了一眼，然而随即便又后悔了，因为雅丽读懂了他的眼神。

印家厚接儿子的时候，生怕儿子怪他来晚了；生怕又单独碰上肖晓芬。结果，儿子没有质问，肖晓芬也正混在一群阿姨里。什么事也没有。他为自己中午在肖晓芬面前的失控深感不安，便低着眼睛带走了儿子。

马路上车如流水，人如潮，雷雷窜上去猛跑。印家厚在后边厉声叫着，提心吊胆，笨拙地追上儿子。他的儿子，和他长得如同一个模子里铸出来的，这就是他生命的延续。他不能让他乱跑，小心撞上车了；他又不能让他走太久的路，可别把小腿累坏了。印家厚丝毫没有下了班的感觉，他依然紧张着，只不过是换了个专业罢了。

父子俩又汇入了下班的人流中。父亲背着包，儿子挎着冲锋枪。早晨满满一包出征，晚归时一副空囊。父亲灰尘满面，胡楂又深了许多。

儿子的海军衫上滴了醒目的菜汁，绷带丝丝缕缕披挂，从头到脚肮脏至极。

公共汽车永远是拥挤的。当印家厚抱着儿子挤上车之后，肚子里一通咕咕乱叫，他感到了深深的饿。

车上有个小女孩和她妈妈坐着，她把雷雷指给她妈妈看："妈，他是我们班新来的小朋友，叫印雷。"小女孩可着嗓子喊："印雷！印雷！"

雷雷喜出望外，骄傲地对父亲说："那是欣欣！"

两个孩子在挤满大人们的公共汽车里相遇，分外高兴，呱呱地叫唤着，充分表达他们的喜悦。印家厚和小女孩的妈妈点了点头，笑了。

小女孩的妈站了起来，让雷雷和自己的女儿坐在一个座位上，自己挤在印家厚旁边。

"我们欣欣可顽皮，简直和男孩子一样。"

"我儿子更不得了。"

"养个孩子可真不容易啊！"

"就是。太难了！"

有了孩子们这个话题，大人们一见如故地攀谈起来了，可在前一刻他们还素不相识呢。谈孩子的可爱和为孩子的操劳，叹世世代代如水流；谈幼儿园的不健全，跑月票的辛酸苦辣，气时时事事都艰难。当小女孩的妈听印家厚说他家住在汉口，还必须过江，过了江还得坐车时，她咝了一下，说："简直到另一个国家去，可怕！"

印家厚说："好在跑惯了。"

"我家就在这趟车的终点站旁边。往后有什么不方便的时候，就把印雷接到我家吧。"

"那太谢谢了！"

"千万别客气！只要不让孩子受罪就行！"

"好的。"

印家厚发现自己变得婆婆妈妈了，变得容易感恩戴德，变得喜欢别人的同情了。本来是又累又饿，被挤得满腹牢骚的，有人一同情，聊一聊，心里就熨帖多了，不知不觉就到了终点。从前的他哪是这个样子？从前的他是个从里到外，血气方刚，衣着整齐，自我感觉良好的小伙子，从不轻易与女人搭话，不轻易同情别人或接受别人同情。印家厚清清楚楚地看出了自己的变化，他却弄不清这变化好还是不好。

在爬江堤时，他望见紫褐色的暮云仿佛就压在头顶上。心里闷闷的，不由得长长叹了一口气。

轮渡逆水而上。

逆水比顺水慢一倍多，这是漫长而难熬的时间。

夕阳西下，一分钟比一分钟暗淡。长江的风一阵比一阵凉。不知是什么缘故，上班时熟识的人不约而同在一条船上相遇，下班的船上却绝大多数是陌生面孔。而且面容都是怏怏的，呆呆的，疲惫不堪的。上船照例也抢，椅子上闪电般地坐满了人，然后甲板上也成片成片地坐上了人。

印家厚照例不抢船，因为船比车更可怕，那铁栅栏门哗啦一开，人们排山倒海压上船来，万一有人被裹挟在里面摔倒了，那他就再也不可能站起来。

印家厚和儿子坐在船头一侧的甲板上，还不错，是避风的一侧。印家厚屁股底下垫着挎包。儿子坐在他叉开的两腿之间，小屁股下垫了牛皮纸、手绢和帆布工作服，垫得厚厚的。冲锋枪挂在头顶上方的一个小铁钩上，随着轮船的震动有节奏地晃荡。印家厚摸出了梁羽生的《风雷震九州》，他想总该可以看看书了。他刚翻开书，儿子说："爸，我呢？"

他给了儿子一本《狐狸的故事》，说："自己看，这本书都给你讲过几百遍了。"

他看了不到一页，儿子忽然跟着船上叫卖的姑娘叫起来："瓜子——瓜子，五香瓜子——"声音响亮引起周围打瞌睡人的不满。

"你干什么呢？"

儿子说："我口渴。"

"口渴到家再说。"

"吃冰激凌也可以的。"

印家厚明白了，给儿子买了支巧克力三色冰激凌，然后又低头看书。结果儿子只吃了奶油的一截，巧克力的那截被他抠下来涂在了一个小男孩的鼻子上，这小男孩正站在他跟前出神地盯着冰激凌。于是小男孩哭着找妈妈去了。唉，孩子好烦人，一刻也不让他安宁。孩子并不总是可爱，并不啊！印家厚愣愣地，瞅着儿子。

一个嗓门粗哑的妇女扯着小男孩从人堆里挤过来，劈头冲印家厚吼着："小孩撒野，他老子不管，他老子死了！"

印家厚本来是要道歉的，顿时歉意全消。他一把搂过儿子，闭上眼睛前后摇晃。

"呸！坏子货！"

静了一刻，妇女又说："坏子货！"又静了一刻，妇女骂骂咧咧走了。雷雷从父亲怀里伸出头来，问："坏子货是骂人话吗？爸。"

"是的。往后不许对人说这种话。"

"坏子货是什么意思？"

"骂人的意思。"

"骂人的什么？"

这是个爱探本求源的孩子，应该尽量满足他。可印家厚想来想去都觉得这个词不好解释。他说："等你长大就懂了。"

"我长大了你讲给我听吗？"

"不，你自然就懂了。"他想，孩子，你将面对生活中的一切，包括丑恶。

"哦——"

儿子这声长长的哦令人感动，印家厚心里油然升起了数不清的温柔。

儿子老成而礼貌地对挡在他前面的人说："叔叔，请让一让。"

印家厚说："雷雷，你干什么去？"

"我拉尿。"儿子叮嘱他，"你好好坐着，别跟着过来。"

儿子站在船舷边往长江里拉尿。拉完尿，整好裤子才转身，颇有风度地回到父亲身边。他的儿子是多么富有教养！可他母亲说他四岁的时候是个小脏猴，一天到晚在巷子口的垃圾堆里打滚，整日一丝不挂。儿子这一辈远远胜过了父亲那一辈，长江总是后浪推前浪，前景应是一片诱人的色彩。

他收起了小说。累些，再累些吧。为了孩子。

天色愈益暗淡了。船上的叫卖声也低了。底舱的轰隆声显得格外强烈。儿子伏在他腿上睡着了。他四处找不着为儿子遮盖的东西，只好用两扇巴掌捂住儿子的肚皮。

长江上，一艘幽暗的轮船载满了昏昏欲睡的乘客，慢慢悠悠逆水而行。看不完那黑乎乎连绵的岸，看不完一张张疲倦的脸。印家厚竭力撑着眼皮，竭力撑着，眼睛里头渐渐红了。他开始挣扎，连连打哈欠，挤泪水，死鱼般瞪起眼珠。他想白天的事，想雅丽，想肖晓芬，想江南下的信，用各种方法来和睡意斗争。最后不知怎么一来，头一耷拉，双手落了下来，鼾声随即响了，父子俩一轻一重，此起彼伏地打着呼噜。

彩灯在远处凌空勾勒出长江大桥的雄姿，两岸的灯火闪闪烁烁，晴川饭店矗立在江边，上半部是半截黑影，下半部才有稀疏的灯光。船上早睡的人们此刻醒了，伸了伸懒腰，说："晴川饭店的利用率太低了！"

舱面上一片密集的人头中间突然冒出了一个乱蓬蓬的大脑袋，这是一个披头散发的女疯子，她每天在这个时候便出现在轮渡上。女疯子大喝一声，说："都醒了！都醒了！世界末日就要到来了。"

印家厚醒了，他赶快用手护住儿子的肚皮，恼恨自己怎么搞的！一个短短的觉他居然做了许多梦，可一醒来那些具体情节却全飞了，只剩下满口的苦涩味。在猛醒的一瞬间，他好不心酸。好在他很快就完全清醒了，他听见女疯子在嚷嚷，便知道船该靠码头了。

"雷雷，到了。嘿，到了。"

"爸爸。"

"嘿，到了！"

"疯子在唱歌。"

"来，站起来，背上枪。"

"疯子坐船买票吗？"

"醒醒吧，还迷糊什么！"

汽笛突然响了，父子俩都哆嗦了一下，接着都笑起来，天天坐船的人倒让船给吓了一跳。

人们纷纷起立，哦啊啊打哈欠，骂街骂娘。有人在背后扯了扯印家厚，他回头一看，是讨钱的老头。老头扑通一下跪在他们父子跟前，不停地作揖。印家厚迟疑了一下，掏出一枚硬币给儿子。雷雷惊喜而又自豪地把硬币扔进了老头的破碗，他大概觉得把钱给人家比玩游戏有趣得多。

印家厚却不知该对老头持什么样的看法才对。昨天的晚报上还登了一则新闻，说北方某地，一个年轻姑娘靠行乞成了万元户。他一直担心有朝一日儿子问他这个问题。

"爸，这个爷爷找别人要钱对吗？"

问题已经来了。说对吧，孩子会效法的；不对吧，爸爸你为什么把钱给他？就连四岁的孩子他都无法应付，几乎没有一刻他不在为难之中。他思索了一会儿，一本正经地告诉儿子："这是个复杂的社会问题，你太小怎么理解得了呢？"

幸好儿子没追问下去，却说："爸，我饿极了！"

浮桥又加长了，乘客差不多是从江心一直步行到岸上。傍晚下班的人真怕踏上这浮桥，一步一拖，摇摇晃晃，总像走不到尽头，况且江上的风在春天也是冷的。

为什么不把江疏浚一下？为什么不想办法让轮渡快一些？为什么江这边的人非得赶到江那边去上班？为什么没有一个全托幼儿园？为什么厂里的麻烦事都摊到了他的头上？为什么他不能果断处理好与雅丽的关系？为什么婚姻和爱情是两码事？印家厚真希望自己也是一个孩子，能有一个负责的父亲回答他的所有问题。

到家了！

炉火正红，油在锅里哧啦啦响，乱七八糟的小房间里葱香肉香扑面，暖暖的蒸汽从高压锅中悦耳地喷出。妈妈！儿子高喊一声，扑进母亲怀里。印家厚摔掉挎包，踢掉鞋子，倒在床上。老婆递过一杯温开水，往他脸上扔了一条湿毛巾。他深深吸吮着毛巾上太阳的气息和香皂的气息，久久不动。这难道不是最幸福的时刻？他的家！他的老婆！尽管是憔悴、爱和他扯横皮的老婆！此刻，花前月下的爱情，精神上微妙的沟通等等远远离开了这个饥饿困顿的人。

儿子在老婆手里打了个转，换上了一身红底白条运动衫，伤口重新扎了绷带，又恢复成一个明眸皓齿、双颊喷红的小男孩。印家厚感到家里的空气都是甜的。

饭桌上是红烧豆腐和氽元汤；还有一盘绿油油的白菜和一碟橙红透明的五香萝卜条。儿子单独吃一碗鸡蛋蒸瘦肉。这一切就足够足够了啊！

老婆说："吃啊，吃菜哪！"

她在婚后一直这么说，印家厚则百听不厌。这句贤惠的话补偿了其他方面的许多不足。

她说："菜真贵，白菜三角一斤。"

"三角？"他应道。

"全精肉两块八哩，不兴还价的，为了雷雷，我咬牙买了半斤。"

"好家伙！"

"我们这一顿除去煤和佐料钱，净花三块三角多。"

"真不便宜。"

"喝人的血汗呢！"

"就是。"

议论菜市价格是每天晚饭时候的一个必然内容，也是他们夫妻一天不见之后交流的开端。

看印家厚和儿子吃得差不多了，老婆就将剩汤剩菜扣进了自己的碗里，移开凳子，拿过一本封面花哨的妇女杂志，摊在膝盖上边吃边看。

美好的时光已经过去，轮到印家厚收拾锅碗了。起先他认为吃饭看书是一个恶习，对一个为妻为母的人尤其不合适。老婆抗争说："我做姑娘时就养成了这习惯，请你不要剥夺我这一点点可怜的嗜好！"这样印家厚不得不承担起洗碗的义务。好在公共卫生间洗碗的全是男的，他也就顺应自然了。

男人们利用洗碗这短暂的时间交流体育动向，时事新闻，种种重要消息，这几分钟成了这排房子的男人们的友谊桥梁。今天印家厚在洗碗时听的消息太不幸了。一个男人说：伙计们，这房要拆了。另有人立刻问：我们住哪儿？答：管你住哪儿！是这个单位的安排，不是的一律滚蛋。问：真的吗？答：我们单位职工大会宣布的，马上就来人通知。好几个人说：这太不公平了！说这话的都是借房子住的人。印家厚也不由自主说了句："是不公平得很。"

印家厚顿时沉重起来，脸上没有了笑意，心里像吊着一块石头坠坠的发慌。他想，这如何是好呢？

他洗碗回来又抄起了拖把，准备拖了地再洗儿子换下的衣服。他不停地干活，进进出出，以免和老婆说话泄露了拆房的事。她半夜还要去上夜班，得早点睡它一觉。暂且让自己独自难受吧。

"喂，你该睡觉了。"

"嗯。"

老婆还埋头于膝上的杂志。儿子自己打开了电视，入迷地看《花仙子》。

"喂喂，你该睡觉了。"

老婆徐徐站起。"好，看完了。有篇文章讲夫妻之间的感情的，你也看看吧。"

"好。你睡吧。"

老婆过去亲了儿子一下，说："主要是说夫妻间要以诚相见，不要互相隐瞒，哪怕一点小事。一件小事常常会造成大的裂痕。"

"对。"印家厚说。

老婆总算准备上床睡觉了，她脱去外衣，又亲了亲儿子，说："雷雷，今天就没有什么新鲜事告诉妈妈吗？"

印家厚立刻意识到应该冲掉这母子间的危险谈话，但他迟了。

儿子说："噢，妈妈，爸爸今天没在餐馆吃凉面。"

老婆马上脸形怒色："你这人怎么回事！告诉你现在乙肝多得不得了，不能用外边的碗筷！"

"好好，以后注意吧。"

"别糊弄人！别以后、以后的……我问你：你今天找了人没有？"

印家厚蒙了，"找……谁？"

"瞧！找谁——？"老婆气急败坏，一屁股顿在床沿上，跷起腿，道："你们厂分房小组组长啊！我好不容易打听到了这人的一些嗜好，不是说了花钱送点什么的吗？不是让你先去和他联络感情的吗？"

真的，这件事是家中的头等大事。只要有可能分到房子，彩电宁可不买。他怎么把这事忘得一干二净了呢？

"妈的！我明天一定去！"他愧疚地捶了捶脑袋。尤其从今天起，房子的事是燃眉之急的了，再不愿干的事也得干。

印家厚的态度这么好，老婆也就说不出话来了，坐在那儿干瞪着丈夫。

"酒呢？"

"黑市茅台四块八一两。"

"那算了，我再托托人去。奖金还没发？"

"没有。"他撒了谎。如果夫妻间果然是任何事都以诚相见，那么裂痕会更迅速地扩大。他说："看动静厂里对'轮流坐庄'要变，可能要抓一抓的。"先铺垫一笔，让打击来得缓和些。西餐是肯定吃不成的了，老婆，你有所准备吧，不要对你的同事们炫耀，说你丈夫要带你和儿子去吃西餐。

老婆抹下眼皮，说："唉，倒霉事一来就是一串。有件事本来我打算明天告诉你，今天让你睡个安稳觉的。可是……唉，姑妈给我来了长途电话。"

"河北的？"

"她说老三要来武汉玩玩，已经动身了，明天下午到。"

"是腿上长了瘤的那个？"

"大概是那瘤不太好吧。姑妈总尽情满足他……"

"住我们家。"

"当然。我们在闹市区。交通也方便。"

印家厚觉得无言以对。难怪他一进门就感到房间里有些异样，他还没来得及仔细辨别呢。现在他明白了：床头的墙壁上垂挂着长长的玻璃纱花布，明天晚上它将如帷幕一般徐徐展开，挡在双人床与折叠床之间；折叠床上将睡一个二十岁的小伙子。印家厚讪讪地说："好哇。"他弹了弹花布，想笑一笑冲淡一下沉闷的空气，结果鼻子发痒，打了个喷嚏。老婆一抬腿上了床，他扭小了电视的音量，去卫生间洗衣服。

洗衣服。晾衣服。关掉电视。把在椅子上睡着了的儿子弄到折叠床上，替他脱衣服而又不把他搬醒，鉴于今天凌晨的教训给折叠床边靠上一排椅子。轻轻地，悄悄地，慢慢地，不要惊醒了老婆。憋得他吭哧吭哧，一头细汗。

印家厚上床时，时针指向十一点三十六分。

他往床架上一靠，深吸了一口香烟，全身的筋骨都咯吧咯吧松开了。一股说不出的麻麻的滋味从骨头缝里弥漫出来，他坠入了昏昏沉沉的空冥之中。

只亮着一盏朦胧的台灯。

他在灯晕里吐着烟，杂乱地回想着所有难办的事，想得坐卧不宁，头昏眼花，而他的躯体又这么沉，他拖不动它，翻不动它，它累散了骨架。真苦，他开始怜悯自己。真苦！

老婆摊平身子，发出细碎的鼾声。印家厚拿眼睛斜瞟着老婆的脸。这脸竟然有了变化，变得洁白，光滑，姣美，变成了雅丽的，又变成了晓芬的。他的脸膛呼地一热，他想，一个男人就不能有点儿野心吗？这么一点破心中顿时涌出一团邪火，血液像野马一样奔腾起来。他暗暗想着雅丽和晓芬，粗鲁地拍了拍老婆的脸。老婆勉强睁开眼皮觑了他一下，讪讪地说："困死了。"

他火气旺盛地低声吼道："明天你他妈的表弟就睡在这房里了！"他嚓地又点了一支烟，把火柴盒啪地扔到地上。

老婆抹走了他唇上的香烟，异常顺从地说："好吧，我不睡了，反正也睡不了多久了。"她连连打哈欠，扭动四肢，神情漠然地去解衣扣。

印家厚突然按住了老婆的手，凝视着她皮肤粗糙的脸说："算了。睡吧。"

"不，只有半小时了，我怕睡过头。"

"不要紧，到时候我叫醒你。"

"家厚！家厚，你真好……"

他含讥带讽地笑了笑。平静得像退了潮的沙滩。

老婆忽然眼睛湿润，接着抽泣起来，说："我实在不忍心告诉你，这房子马上就要拆了……通知书已经送来了……"

"哦。我也早知道了。"他说，"明天我拼命也得想办法！"

"你也别太着急，退路也不是完全没有。我打听了，有私房出租，十五平方每月五十块钱，水电费另加……西餐是吃不成的了，可笑的是……我们还像小孩子一样，嘴馋……"

印家厚关了台灯，趁黑暗的瞬间抹去了涌出的泪水。他捏了捏老婆的手，说："睡吧。车到山前必有路，船到桥头自会直。"

老婆，我一定要让你吃一次西餐，就在这个星期天，无论如何！——他没有把这话说出口，他还是怕万一做不到，他不可能主宰生活中的一切，但他将竭尽全力去做！

雅丽怎么能够懂得他和他老婆是分不开的呢？普通人的老婆就得粗粗糙糙，泼泼辣辣，没有半点身份架子，尽管做丈夫的不无遗憾，可那又怎么样呢？

印家厚拧灭了烟头，溜进被子里。在睡着的一刻前他脑子里闪出早晨在渡船上说出的一个字："梦"，接着他看见自己在空中对躺着的自己说："你现在所经历的这一切都是梦，你在做一个很长的梦，醒来之后其实一切都不是这样的。"他非常相信自己的话，于是就安心入睡了。

《上海文学》1987年8期

风景

方　方

　　……在浩漫的生存布景后面，在深渊最黑暗的所在，我清楚地看见那些奇异世界……

——波特莱尔

第一章

　　七哥说，当你把这个世界的一切连同这个世界本身都看得一钱不值时，你才会觉得自己活到这会儿才活出点滋味来，你才能天马行空般在人生路上洒脱地走个来回。

　　七哥说，生命如同树叶，来去匆匆。春日里的萌芽就是为了秋天里的飘落。殊路却同归，又何必在乎是不是抢了别人的营养而让自己肥绿肥绿的呢？

　　七哥说，号称清廉的人们大多为了自己的名声活着，虽未害人却也未为社会及人类做出什么贡献。而遭人贬斥的靠不义之财发富的人却有可能拿出一大笔钱修座医院抑或学校，让众多的人尽享其好处。这两种人你能说谁更好一些谁更坏一些么？

　　七哥只要一进家门，就像一条发了疯的狗毫无节制地乱叫乱嚷，仿佛是对他小时候从来没有说话的权利而进行的残酷报复。

　　父亲和母亲听不得七哥这一套，总是叫着"牙酸"然后跑到门外。京广铁路几乎是从屋檐边擦过。火车平均七分钟一趟，轰隆隆驶来时，夹带着呼啸而过的风和震耳欲聋的噪音。在这里，父亲和母亲能听到七哥的每一个音节都被庞大的车轮碾得粉碎。

依照父亲往日的脾气，七哥第一次这么干时，父亲就会拿出刀割下他的舌头。而现在父亲不敢了。七哥现在是个人物。父亲得忍住自己全部的骄傲去适应这个人物。

七哥已经很高很胖了。他脸上时常地泛出红油油的光。肚子恰如其分地挺出来一点点。很难想象支撑他这一身肉的仍然是他早先的那一副骨架，我怀疑他二十岁那次动手术没有割去盲肠而是换了骨头。否则就不好解释打那以后他越长越胖这个事实了。七哥穿上西装打上领带便仪表堂堂的像个港商。后来又戴了副无框眼镜便酷似教授抑或什么专家。七哥走在大街上常有些姑娘忍不住含情脉脉地凝视他。七哥在外面说话毫无疯狗气。文质彬彬地卖弄他那些据说是哲人也得几十年修炼才能悟出的思想。

七哥住过晴川饭店。起先父亲不信。父亲每天到江边溜达都能看到那高白高白的房子，父亲在汉口活了偌些年从来还没见过这么高的房子，便咬定只有毛主席或者是周总理这个级别的人才能住。母亲说毛主席和周总理来不及住进去就升天了。父亲说那还有胡总书记和赵总理能住哩。父亲说这话时是一九八四年。

七哥解释不清，便说那大楼里的"晴川饭店"写得像"暗川饭店"，不信你们去查证。

父亲和母亲自然是不敢设想自己有机会去那里瞧瞧。直到有一天报上登着个体户住进晴川饭店的消息后，五哥和六哥各带一千块钱去了一趟，第二日回来对父亲说小七子的确在那里住过，那字真的写得像"暗"川饭店。

七哥说去那里总是坐"的士"，每回都有穿红衣服的小侍者为我打开车门，然后还鞠个躬，说"欢迎您的光临"。

五哥和六哥是坐公共汽车去的，下了大桥，还走了好远的路，无法证实七哥的话。但父亲母亲不必任何证实也完全相信了。

父亲再往江边转悠时，遇见熟人便忍不住说："那个晴川饭店也就那样，我小七子住过好些回数。"

"哦？就是睡床底下的那个小七子？"熟人常惊叹着问。

父亲说："是呀，是呀，硬是睡出个人物来了。"父亲说这话时，脸上充满慈爱和骄傲之气。

其实，过去父亲总怀疑七哥不是他的儿子。在母亲肚皮隆起时，父亲才知道有这么回事。父亲蹲在门口推算日期。算着算着便抓过母亲扇了两嘴巴。父亲说那时候他跟一只货船到安庆去了。一个老朋友要死了想再见他一面。他前后去了十五天，而母亲却在这段日子里怀上了七哥。母亲风骚了一辈子，这一点父亲是知道的。他一走半月，母亲如何能耐得住寂寞？父亲觉得隔壁的白礼泉最为可疑。白礼泉精瘦精瘦，眼珠滴溜溜的不怀好意，薄嘴皮能言会道勾引女人还有富余。而最关键的是父亲亲眼见过他和母亲打情骂俏。父亲越想越觉得真理在握。为此在母亲生七哥坐月子的时间里，父亲看都不看七哥一眼，若无其事地坐在屋门口大口喝酒，把下酒的炒黄豆嚼得"巴喀巴喀"地响。

服侍母亲的事全是大哥干的。大哥那时已经十七岁了。他十分庄严地照料这个小肉虫一样软软的七弟。半年后父亲头一次看了七哥。他看得很仔细，然后像扔个包袱一样把七哥朝床上一甩。七哥瘦瘦巴巴的，全然不似高高壮壮的父亲的骨肉。父亲揪住母亲的头发，追问她七哥到底是谁的儿子。母亲声嘶力竭地同他吵闹，骂他是野猪是恶狗是瞎了眼的魔鬼，说他到安庆去为他过去的情人送终还有脸回家吵架。父亲和母亲的喉咙都大得惊人。平均七分钟一趟的火车都没能压住他们的喧闹。于是左邻右舍来看热闹，那时正是晚饭时候，一个个的观众端着碗将门前围得密密匝匝。他们一边嚼着饭一边笑嘻嘻地对父亲和母亲评头论足。母亲朝父亲吐唾沫时，就有议论说母亲这个姿势没有以前好看了。父亲怒不可遏地砸碗时，好些声音又说砸碗没有砸开水瓶的声音好听。不过了解内情的人会立即补充说他们家主要是没有开水瓶，要不然父亲是不会砸碗的。所有人都能证明父亲是这个叫河南棚子的地方的一条响当当的好汉。

这个问题毋庸置疑，父亲的确是条好汉。全家人都崇拜父亲，母亲自然更甚。母亲一辈子唯一值得她骄傲的就是她拥有父亲这么个人。尽管她同他结婚四十年而挨打次数已逾万次，可她还是活得十分得意。父亲打母亲几乎是他们两人生活中的一个重要内容。母亲需要挨完打后父亲低三下四谦卑无比且极其温存的举动。为了这个，母亲在一段时间没挨打后还故意地挑起事端引得父亲暴跳如雷。母亲是个美丽的女人，自然风骚无比。但她的确从未背叛过父亲。她喜欢在男人们面前挑逗和卖弄那是她的天性，仅此而已。母亲说难道世界上还会有比父亲更像男人的吗？母亲说如果有那才是真的见鬼了。母亲说除非父亲先她而死她才会滚到另一个男人怀里。母亲说这话时才二十五岁，而现在她已六十了，父亲仍然健在。母亲毫无疑问地履行着她的诺言。所以父亲怀疑七哥是隔壁白礼泉的崽子显然是不讲道理。白礼泉比母亲小十八岁，母亲常忍不住去逗弄他，偶尔也动手动脚，但七哥绝对无误是父母的儿子。因为只有父亲这样的人才可能生出七哥这样的儿子。这个道理直到二十五年后七哥突然一天说他被调到团省委当一个什么官了之后父亲才想明白。父亲从七哥那里听说团省委的人下一步就是去党省委，有运气到中央也是不难的。父亲几乎有点接受不了这个事实。父亲这辈子连县一级的官都没见过。父亲跟他认识的同样对方也认识他的最大的官员——搬运站的站长一共只说过两句半话。有半句是站长没听完就接电话去了。而现在，他的小七子居然比站长大好些级别且还只有二十来岁。鉴于这点，对七哥一进家门就狂妄得像个无时无刻不高翘起他的尾巴的公鸡之状态，父亲一反常规地宽容大度。

第二章

父亲带着他的妻子和七男二女住在汉口河南棚子一个十三平米的板壁屋子里。父亲从结婚那天就是住在这屋。他和母亲在这里用十七年时间生下了他们的九个儿女。第八个儿子生下来半个月就死掉了。父亲对这条小生命的早夭痛心疾首。父亲那年四十八岁。新生儿不仅同他一样属虎而且竟与他的生日同月同日同一时辰。十五天里，父亲欣喜若狂地每天必抱他的小儿子。他对所有的儿女都没给予过这样深厚的父爱。然而第十六天小婴儿突然全身抽筋随后在晚上咽了气。父亲悲哀的神情几乎把母亲吓晕过去。父亲买了木料做了一口小小的棺材把小婴儿埋在了窗下。那就是我。我极其感激父亲给我的这块血肉并让我永远和家人待在一起。我宁静地看着我的哥哥姐姐们生活和成长，在困厄中挣扎和在彼此间殴斗。我听见他们每个人都对着窗下说过还是小八子舒服的话。我为我比他们每个人都拥有更多的幸福和安宁而忐忑不安。命运如此厚待了我而薄了他们这完全不是我的过错。我常常是怀着内疚之情凝视我的父母和兄长。在他们最痛苦的时刻我甚至想挺身而出，让出我的一切幸福去与他们分享痛苦。但我始终没有勇气做到这一步。我对他们那个世界由衷感到不寒而栗。我是一个懦弱的人，为此我常在心里请求我所有的亲人原谅我的这种懦弱，原谅我独自享受着本该属于全家人的安宁和温馨，原谅我以十分冷静的目光一滴不漏地看着他们劳碌奔波，看着他们的艰辛和恓惶。

那时是一九六一年。九个儿女都饿得伸着小细脖呆呆地望着父母。父亲和母亲才断然决定终止他们年轻时声称的生他一个排的计划。

小屋里有一张大床和一张矮矮的小饭桌。装衣物的木盆和纸盒堆在屋角。父亲为两个女儿搭了个极小的阁楼。其余七个儿子排一溜睡在夜晚临时搭的地铺上。父亲每天睡觉前点点数，知道儿女们都活着就行了。然后他一头倒下枕在母亲的胳膊上呼呼地打起鼾来。

父亲说这地方之所以叫河南棚子就是因为祖父他们那群逃荒者在此安营扎寨的缘故。河南棚子在今天差不多是在市中心的地盘上了。向南去翻过京广铁路便是车站路。汉口火车站阴郁地像个教堂立在路的尽头。走出车站路向右拐，便上了中山大道。这一段中山大道，几乎有门即是店。铁鸟照相馆老通城饭店首家服装厂扬子街江汉路六渡桥诸如此类汉口繁华处几乎占全。父亲每天越过中山大道一直走到滨江公园去练太极拳。父亲总是骄傲地对他的拳友们说他是河南棚子的老住客。而实际上老汉口人提起河南棚子这四个字如果不用一种轻蔑的口气那简直是等于降低了他们的人格。

父亲说祖父是在光绪十二年从河南周口逃荒到汉口的。祖父在汉口扛码头。自他干上这一行后到四哥已经是第三代干这了。三哥总说爷爷若一来便当兵，没准参加辛亥革命，没准还当上一个头领，那家里就发富多了。说不定弟兄姐妹都是北京的高干子弟。父亲便吼放屁。父亲说人若不像祖父那样活着那活得完全没有意思。祖父是个腰圆膀粗力大如牛有求必应的人。祖父老早就加入了洪帮。那时"打码头"风气极盛，祖父是打码头的好手。洪帮所有的龙头拐子都对他倍加赏识。祖父认朋友而不认是非，每有所唤都狂热地冲在最前面。父亲说他十四岁就跟着祖父打码头。他亲眼见过祖父是何等的英勇和凶悍。后来祖父在一次恶战中负了重伤，肋骨被打断了好几根，全身血流如注宛若红布裹着一般。祖父被抬到家时已经奄奄一息。尽管如此祖父却一直带着微笑。父亲说大头佬殷其周专门派人为祖父送来了云南白药。殷其周是当时汉口最有名的"码头皇帝"。父亲至今提起他的名字还激动得战栗不已。不过那药仍然没能救活祖父。祖父把手在父亲的肩上拍了两下便咽了气。那时父亲正跪在祖父面前垂泪。他见祖父头一歪便号叫一声扑在他身上。立即所有人都知道祖父已经走了。啜泣声便如远天滚过的雷。为祖父洒泪哀伤的人几乎是一望无边。父亲至今也没想明白究竟是怎么回事。父亲猜测大约是祖父善打码头的缘故。父亲时年二十岁，除了身子比祖父稍稍单薄一点以外差不多同祖父一模一样。父亲安葬了祖父的第三天便被头佬叫去打码头。他虎视眈眈地往那儿一站，对方的人立即目瞪口呆，竟有人颤着声问他是人还是鬼。

父亲每回说到这里都要仰面哈哈大笑，笑罢又大饮一口酒，把十来颗黄豆扔进嘴里嚼得"巴喀巴喀"响。

父亲每回喝酒都要没完没了地讲述他的战史。这时刻他所有的儿子都必须老老实实坐在他的身边听他进行"传统教育"。有一次二哥想上他的朋友家去温习功课以便考上一中，不料刚走到门口，父亲便将一盘黄豆连盘子扔了过去。姐姐大香和小香立即尖声叫起。黄豆撒了一地，盘子划破了二哥的脸，血从额头一直淌到嘴角。父亲说："给老子坐下，听听你老子当初是怎么做人的。"从此，逢到父亲这种时候谁也不敢把屁股挪动一下。七哥有几回都把尿憋了出来，湿了一裤。

最喜欢听父亲说往事的只有母亲。母亲记忆力比父亲强多了。父亲忘却的日期地点人名字全靠母亲提醒，如果母亲也忘记了，父亲就得使劲地搔着脑袋想，想得一脸痛苦表情。父亲不想出来是绝不往下讲的。遇到这种意外，父亲的儿女们才如同大赦。有一回父亲为了想民国三十六年轰动武汉的徐家棚码头之争的日期整整地想了一星期。一星期后仍没想起便只好用季节代替日期重新召拢他的听众。父亲说那是民国三十六年的冬天，日本人刚跑掉，粤汉铁路通了车，徐家棚码头业务大增油水肥厚，一些头佬都眼馋得发疯，相互寻衅械斗好几次都没有结果，洪帮头子王理松托人约了父亲。父亲那几日正手痒，便一口应允了。父亲为了打徐家棚码头凌晨三点就起了床，过江的时候天还漆黑，凛冽的风横吹过来刺得脸皮一阵阵发麻。父亲穿一件黑袄，搭肩往腰间一扎，显得威风凛凛。他上船前喝了至少八两酒，酒精把他的血烧得一窜一窜的周身痒痒，故而他对挤进骨缝的寒风感到莫名的欢喜。他望着浩渺长江，脸上像拿破仑一样毫无惧色。父亲手上拿的是扁担，父亲每次用的都是这根，深棕色油光油光的。他挥动起来得心应手，他觉得这玩意儿不比关公的青龙偃月刀逊色。父亲的同伴熊金苟坐在船舱里瑟瑟发抖。父亲指着他的腿笑得全身抽搐，然后说："老子恨不得把你这个熊包扔到江里喂鱼。"江水浑浊不堪，小船咿呀地摇着一支很媚人的歌，在浅黑色的凌晨显得清丽幽婉。熊金苟总是哆嗦。不管父亲怎么辱骂他都不停止这个活动。这使得他旁边的几个人都一块儿干起这活儿来。熊金苟有个瞎眼的老母和三个细弱如草的小姑娘，第四个又把他老婆的肚子撑得老高老高了。父亲他们抵岸时天还没亮。他们捷足先登立即抢占了徐家棚的上中下码头。父亲他们全都剽悍体壮，吓得对方手足发软。当有人发现华清街的哑巴打手队之后，更是屁滚尿流地边跑边哀号爹妈何故只给了两条腿。华清街的哑巴是鲁老十豢养的一群打手。那时说起"华清街之虎"鲁老十，人们会情不自禁地发抖。他的打手心毒手辣且从来不问为什么出手便打。不过他们也的确不会问为什么。父亲与鲁老十从无交情，哑巴中倒有一二曾崇拜过祖父。父亲他们那次自然打赢了。天亮以后他们把对方丢下的尸体绑上石头沉入江底。父亲是给一个姓张的人系的石头。父亲说他认识这个人。他们在一个码头干过活。父亲记得他曾经在父亲趔趄一下时扶了父亲一把。父亲晓得张是很老实的，但不晓得这回死在乱棒之下的怎么恰恰是他。想来想去父亲还是说这是命。父亲的腿在那一天被铁棍撕了个三角口，血流如喷。父亲对流血已经很习惯了，他只用土擦了一下，第二天就去码头干活。那道伤痕至今还染着泥土的色彩留在父亲的腿上。打赢了的头佬总是在当夜便灯红酒绿地频频举杯祝捷。

而那时，父亲们却在自己的茅棚中擦洗伤口抑或为受伤的同伴寻医为死去的朋友落泪。打哆嗦的熊金苟连轻伤都没负。他把父亲搀到屋里然后笑盈盈地走了。父亲说没打死他实在是件遗憾的事，因为半个月后的又一次械斗，他被头佬定为"打死"对象。头佬们为了扛着尸体打赢官司悄悄派手下人在混乱中将熊金苟打死了。父亲亲眼看见一根铁棍砸向熊金苟的。父亲喊了他一声，结果在他迟钝地一扭头时，铁棍正砸在他天灵盖上。他连哼也没哼便"噗"地倒地，血浆流淌着把他的头变得像个新品种西瓜。

父亲那一晚喝得酩酊大醉。他揍了母亲一顿然后起誓说他再不去打码头了。不过，父亲自然是要食言的。他打架斗殴像抽了鸦片一样难得戒掉。

父亲的精力过剩。他不这么消耗便会被堵塞在体内而散发不出的精力折磨而死。

那一幕幕悲壮的往事总是能让父亲激动得手舞足蹈。他有时还大口地喝着酒然后叫喊道："儿子们你们什么时候能像老子这样来点惊险的事呢？"

第三章

父亲现在落寞得有些痛苦了。而像父亲这样的人能为什么事情产生痛苦感那的确不是件很容易的事。毋庸置疑的是父亲确实痛苦了。父亲还是住在老房子里，而他的儿女们却一个个飞了出去。地铺上起伏的鼾声和讨厌的骚动以及阁楼上无端的娇笑，统统被寂静所替代。房子倒显得空荡起来。过年时，每个儿女各出十块钱为他买了一个沙发。沙发靠着墙壁，父亲从来不坐它。父亲说坐了屁股疼。晴天的时候，父亲便去马路边打牌，而雨天里便靠在床上长吁短叹。父亲说："只有小八子陪我了。"父亲说这话时让我感动了好几天。后来父亲在我的覆身之土上种了些一串红。父亲对母亲说像小八子的头发。

苍凉的冬天到来的时候，父亲便闷着头默默地喝他的酒。北风吹得门板和窗哐哐地响。火车蓦然鸣一下整个房子在颤动中几乎意欲醉倒。

母亲用她满是眼屎的目光凝望父亲。父亲退休之后就再也没捺过母亲，这使得母亲一下子衰老了起来。父亲和母亲之间已经没什么话好谈了，他们只是默契地生活。语言成了多余的东西。

回家次数最多的是七哥。七哥还没有成家。他总是在星期六回来。这天晚上偶尔也有其他弟兄拖儿带女地过来小坐片刻。父亲对他花团锦簇且粉团团的孙辈们毫无兴趣，父亲说人要像这么养着就会有一天全变成猪。这话使父亲所有的媳妇对他恨之入骨。父亲说她们懂个屁。看我们小七子，不就是老子的拳脚教出来的么？要当个人物就得过些不像人的日子。

父亲每次这么说都令七哥心如刀绞。七哥不想对父亲辩白什么。他想他对父亲的感情仅仅是一个小畜生对老畜生的感情。是父亲给了他这条命。而命较之其他的一切显然重要得多。七哥总是在星期天一早就走，他厌恶这个家。他不想看父亲喝酒骂人然后"叭"地在屋中央吐一口浓绿浓绿的痰。他看不惯骨瘦如柴的母亲一见男人便作少女状，然后张嘴便说谁家的公公与媳妇如何，谁家的岳母勾引女婿。小屋里散发着永远的潮湿气，这气息总是能让七哥不由自主地打寒噤。

七哥在星期天一早出门时多半手里拿根鱼竿。有熟人路遇便说"你可真有闲情逸致啊"，七哥只是笑笑。七哥从河南棚子穿巷走街，总摆一副富态高雅的架势，以显示他并非此地土著。七哥的外貌变化之大如沧海桑田，以至于人们绝不可能想象他就是十几年前常在这一带转悠着拾破烂捡菜叶的小七子。

七哥表面上很是平静。他抿着嘴一副神态自若的样子。但他的眼睛里却充填着仇恨。倘若仔细地盯着他三分钟，你就会发现他的眼珠宛若两颗炸弹随时可能起爆。而他的生命则正是为了这起爆而存在。

七哥捡破烂的时候是五岁。那是孪生的五哥六哥在一天偷吃了水果铺腐烂的苹果同时患急性痢疾送进医院时，七哥主动提出的。当时父亲正暴跳如雷。住院那一笔开销将他三个月所有的工资贴进去还远不够数。七哥蹲在门槛上看父亲吐着唾沫骂人。七哥感到喉咙痒了便轻咳了一声。父亲听见一步上前，一脚把他踢翻在门外。父亲说你再咳我掐死你。七哥说我不是咳我是想说我去捡破烂。父亲说你早就该去了。老子养了你五年，把你养得不如一条狗。

七哥对于他五岁就敢在河南棚子穿梭于小巷小道中拾破烂的胆略极其诡异。大香姐姐的孩子五岁还每天要叼着大香姐姐的奶头，而小香姐姐的孩子五岁却还不会自己蹲下撒尿。七哥记得他捡的第一件东西是一块破了角的手绢。手绢上有些黏黏糊糊的东西。七哥用舌头舔了一下，是甜的，便又舔了好多下，直到那手绢湿漉漉的。七哥相信他至死都不会忘记他蹲在墙根下虔诚地舔手绢的模样。七哥很少说话，有大人指着他的小篮子说些什么他也从来不理。七哥每天要把小篮子装到他提不动为止。他拾的破烂都堆在窗口下。那里因为埋了他的弟弟而有一块空地。七哥见过他的这个小弟弟，见过父亲亲他的小脸。那一刻七哥还摸了摸自己的脸，他不记得父亲在他这儿亲过没有。七哥对小弟弟能永远安宁地躺在那下面羡慕至极。他看见父亲把小弟弟放进一个盒子里然后又盖上了土。他很想让父亲也给他一个盒子让他老是睡在里面动也不动。然而他不敢开口。

七哥常常很饿很饿，看见别人吃东西便忍不住涎水往下巴那儿流。久而久之，下巴处流了两道白印子。那天七哥走过天桥到了火车站。又往前一点还走进了儿童商店。那里面有很多打扮得像画上一样的小娃娃。他们在买衣服和皮鞋。七哥对衣服皮鞋毫无欲望，他看见一个穿粉红衣的小姑娘在吃桃酥。她嚼得沙沙直响。七哥走到她身边，他闻到了那饼的香味，那香使七哥的胃和肠子一起扭动起来。七哥便一伸手抓住了那桃酥。小姑娘"妈呀"一叫松了手，桃酥便在七哥手上了。小姑娘的妈妈瞪着眼说了句"小要饭的"便拉走了她的女儿。七哥简直不敢相信这块小饼归他所有了。他战战兢兢咬了一口，没有任何人干涉，的确是他的。便发了疯一样吞咽下去。七哥从来没有过这样的幸福时刻，那一瞬间获得的快感几乎使他想奔跑回去告诉家里的每一个人。七哥后来就常去儿童商店。他从任何一个小孩手上抓来的东西都归他所有。他吃了许多他根本想不出来应该叫什么名字的东西。儿童商店给了七哥童年中最璀璨的岁月。

七哥七岁上了小学。这是父亲极不情愿的事。父亲自己不识字，但他觉得自己活得也很自在也很惬意。父亲说世界上总得有人不识字才行。

要不那些苦力活谁去干呢？父亲说这话是针对二哥的。二哥初中毕业坚持要考高中而不肯去帮父亲拉板车。二哥说读完了中学又去扛包完全是浪费人才。二哥同父亲吵了三夜，三哥也为二哥帮忙，父亲才气哼哼地向儿子妥协。这是在父亲做人的历史上极少出现的事情。父亲说政府怎么糊里糊涂的？让人都学了文化码头还办不办？凭良心说父亲的认识还是深刻的。码头要办下去就得有人扛码头。而读过书的人都不肯干这活儿，可不就是得让一些人不读书专门充实码头么？父亲是不会知道科学能发展到用金属做一个机器人出来的。

七哥终于在政府的要求下去上小学了。七哥对上学不感兴趣。他头一天衣衫褴褛地走进教室就听到有声音说怎么来了这么个脏狗。后来，全班人都叫他脏狗。七哥对学校和同学的厌恶便从第一天就开始了。

七哥不再捡破烂。母亲说破烂卖不了什么钱不如去黑泥湖捡点菜回来。七哥便去捡菜了。七哥每天下午都逃学。一吃过中饭他就挎上篮子往郊外走。他要走过黄浦路从黄家墩穿刘家庙然后到黑泥湖一带。这里地多人少，到处是农民的菜园。有时只走到刘家庙就能拾到很好的菜叶。夏天的时候七哥还得带上叉子。父亲说每天都得叉一串青蛙回来给他下酒。七哥喜欢叉青蛙。他在河沟边跳来跳去敏捷而迅疾地叉中一个青蛙时总是高兴得想笑出声来。七哥在家里却从来没笑过。所有认识他的人都说这孩子天生缺少笑神经。

那一天，七哥走到刘家庙附近，见农民们都坐着小凳在田里给白菜间秧，七哥便静静地蹲在了一个大嫂身后。大嫂间一把秧往自己篮子里扔去时，手边总是要漏掉几棵。这便是属于七哥的了。七哥捡了半篮之后，大嫂身后又跟了一个小姑娘。七哥厌恶地瞥瞥她。她的手比七哥利索，总是先将大嫂漏下的拾进自己的小篮子。七哥几乎为此想砍掉她的手。这时刻大嫂回了头。大嫂问你们这是何苦呢？就这几棵菜？小姑娘说不捡菜就没有吃的。七哥说我也是。大嫂说你们就不累？小姑娘说累比挨打好受多了。七哥说我也是。那大嫂便叹口气扯下许多很好的菜秧给了七哥和小姑娘，把他们的篮子装得满满的。小姑娘高兴得笑个不停。七哥没笑，但心里也高兴极了。

后来七哥认识了小姑娘。她叫够够。够够说她住三眼桥。她是老五。

生下她时她父亲一看是个女孩气得大吼她母亲一声："你够没够？"她母亲慌忙回答："够，够。"两人吵了一架后，就给她起个名字叫够够。尽管有了够够，她父亲却还是没让她母亲停止生产。够够又添了两个妹妹。够够说她妈妈又要生了，这回大家都说生男孩。她家已有七仙女了。就是八仙过海也得有一个异性。

七哥常常能碰上够够，碰上够够就约她一起走，于是他们总是在铁路边碰头。够够小嘴灵得像鸟儿，七哥总怀疑她是鸟变的。够够叽叽喳喳起来没个完，七哥便安静地听着，刚开始时有些不耐烦，后来就习惯了，再后来就喜欢听她讲。七哥想要是小香姐姐也能像够够这样该多好。够够和七哥的小香姐姐一样大，都比七哥大两岁。小香姐姐却从来不理睬七哥。她要是想起七哥时就是七哥倒霉的时候到了。那天晚上父亲喝酒喝得高兴，小香姐姐连忙凑上去对父亲说七哥见到白礼泉就一面哭一面喊爸爸，还从白礼泉手上接过一块糖。父亲一听勃然大怒，他使劲地放下酒杯，吼着七哥："给老子过来！"七哥已经吓得站不起来了。他如狗一般爬到父亲脚下。父亲用大脚趾抬起他的下巴，骂道："你这个杂种。"然后一脚蹭翻了他。父亲令五哥提起七哥，将七哥推到墙壁前面壁而立。之后又指示六哥扒下七哥的裤子，用竹条抽打五十下，五哥和六哥乐呵呵地干这些。父亲赏识他们时才会让他们干这些活儿。小香姐姐坐在床沿边让大香姐姐用红药水给她染指甲。她俩尖声地笑着。七哥忍着全部的痛苦去听她们笑得如歌一般流畅。父亲又坐下喝酒了，嘴唇咂得"叭叭"地响。而母亲自始至终地低头剪着脚指甲，还从脚掌上剪下一条条的破皮。母亲喜欢看人整狗，而七哥不是狗，所以母亲连头都没抬一下。火车轰隆隆从门外驰过。雪亮的光一闪一闪。和它们叠在一起的是竹条以及它挥舞出来的音响。这一切成为七哥脑海中永恒的场景。

铁道线不知从何而来。伸延前去，又不知指向何处。够够在哪儿呢？或许她的灵魂一直在这儿飘荡，引得七哥无法克制自己而一次次走向那里。

这日子，是七哥最美丽和善良的日子。它在无数黑浓黑浓的日子里微弱地闪烁几星绚烂的光点。

第四章

只要大哥在家的日子，七哥就用他迷迷蒙蒙的眼睛一眨不眨地盯着大哥。大哥不理他，大哥不编造谎言让父亲的拳脚砸得他透不来气。大哥不用最刻薄的语言诅咒他，大哥不把他当白痴般玩物当一头要死没死的癞狗。小时候七哥以为大哥是他的父亲，后来才弄清他只是大哥。大哥和父亲是两类完全不同的东西。

大哥对七哥现在这副不可一世的模样从心底生厌。时间简直是个魔术师。当年睡在父亲床底下的七弟居然蜕掉了他那副可怜巴巴的外表而人模狗样地在小屋中央指手画脚。每逢大哥在家，七哥若酸溜溜地炫耀他的哲言，大哥必定会暴吼一声："小七子，你再动一下嘴皮看我割了你的舌！"

可惜大哥在家时间少极了，少极了。七哥从记事起就知道大哥从来不在家睡觉。弟兄们一天天长大，地铺上已经挤不下七条汉子了。父亲便一脚把七哥踢到了床底下，而大哥则开始成日成月成年地上夜班。

大哥总是在星光灿烂的时刻推门而出。他手里提着一个饭盒，里面有半斤米和一小碟咸菜。清早大哥回到家时，父亲和母亲都上班了，大哥便一头栽到床上呼呼地睡到太阳落山，然后起来同一家人一起吃晚饭。到星光灿烂父亲打长长的呵欠时，大哥便又推门而出，手里拎着那个饭盒。日复一日。年复一年。

大哥小学四年级没读完就进工厂了。大哥曾经留过两级。他跟二哥同了一年学之后又跟三哥同学。大哥比三哥大四岁，几乎高出三哥一个整头。班上同学都如三哥般弱小。他们管大哥叫"刘大爷"。起先大哥还乐呵呵地答应，后来三哥说那是骂他留级生大爷哩，大哥这才一听人如此叫唤便翻下虎脸。大哥打架出奇勇敢，出手迅猛有力，打在兴头上敢抢刀杀人。这是父亲最赏识他的地方。所有的同学对大哥都畏之如虎。其实大哥很少揍他的同学。他们太弱了。大哥不屑于对这种"小萝卜"——大哥的话——动手。大哥说他绝不学父亲。他不打比自己弱小的人。而父亲，打起自己的妻子和儿女像喝酒一样频繁且兴奋。

大哥是被学校开除的。那天上体育课。体育老师油头粉面的，他让大哥抬了跳箱又抬垫子。垫子是给女生翻跟斗的。大哥说他不抬。体育老师便说刘大爷不抬谁又会去抬呢？大哥便走上前，挥起小臂给了老师一肘，只一会儿，那白粉捏的一样的鼻子便淌出了两道红血。所有的学生都吓傻了，女生还嘤嘤地有人哭泣。大哥扫了他们一眼扬长而去。学校原本不想开除大哥，因为在场同学都证明老师骂了大哥大哥才动的手。晚上，那老师灰着脸跟在教导主任身后来到了河南棚子。父亲在门口堵住了他们。教导主任说是来向大哥道歉并也希望大哥向老师道歉的。父亲一瞪眼骂了几句直指祖宗的脏话然后说："幸亏你撞在我儿子手下，他实在比老子小时候窝囊。换了我，莫说你的鼻子，叫你的牙都一颗剩不下。"父亲说完笑得洪钟一样嘹亮。教导主任和体育老师都不约而同地发起抖来。然后他们连退几步。大惶大惑的一副神态望着父亲，跟跄着远去。

大哥从此不再上学了。这是他第一天背起书包就盼望的事。大哥刚满十五岁。父亲把他送进了铁厂当学徒。大哥当了锻工。父亲说干这行拿钱多而且练身体。果然没多久大哥的胳膊就粗了起来，浑身黑油油的闪着乌光。大哥二十岁的时候已经像父亲那样粗壮。他的下巴上浮出毛茸茸的胡子。大哥有时就用他这一点可怜的胡子扎七哥的脸。七哥一直等待着大哥的胡子长长。他常想如果长长了不是也可以像小香姐姐那样扎起小辫子吗？

大哥过了二十岁以后，脾气就变大了。晚饭时动不动就发火。进家门总是用大脚轰然一下踢开。大哥对父亲母亲都吵过架，吵得天翻地覆的。七哥总是爬进床底一动不敢动，他不明白大哥为了什么。后来有一天，大哥同父亲打了一场恶架，那以后家里就平安了好多。

大哥和父亲打架，说起来完全是隔壁白礼泉的责任。白天里大哥是回家睡觉的。中午的饭总是母亲从她工作的打包社回来做。那时五哥六哥都刚上小学不久，而七哥还在从事拾破烂的事业。

母亲打包的手脚极利索。母亲的舌头嘴唇都仿佛是蜜做的。打包社的领导都吃她那一套，额外让母亲每天提前半个钟头回家弄饭。母亲洗菜时得去公用水管。母亲在那里经常碰到白礼泉。白礼泉在武钢上班。三班倒的工作让人觉得他总在家里。母亲跟男人说话老使出一股子风骚劲。她扭腰肢的时候屁股也一摆一摆的像只想下蛋的母鸡。母亲的眼光很独特。从那里面射出来的光能让全世界的男人神魂颠倒。母亲在白礼泉面前从无顾忌。白礼泉的老婆漂亮苗条是他手掌上的明珠。但明珠生不出一个孩子而母亲却一气生了九个。这使得母亲常常嘲笑白礼泉而且一直要笑到他无地自容为止。无地自容的结果便是抬起头来同母亲调情。那天母亲洗完菜同白礼泉一起嘻嘻哈哈地走回屋里。白礼泉调侃着跟在母亲身后也嘻嘻地笑。白礼泉的手指细长细长跟父亲短粗短粗的手指感觉完全不一样。母亲弯下腰切菜时，她的乳房便像两只布袋一样垂了下来。白礼泉站在母亲背后将双手绕着母亲，然后细长的手指便捏揉起那两只布袋。母亲不理会他的动作，只是嘴里假骂道馋猫馋狗馋猪之类。白礼泉挨着骂手指却依然熟练而快速地运动。他的手越来越灵活，活动的地域也越来越广，母亲不由得兴奋地咯咯大笑。就在这个时候躺在床上的大哥醒了。大哥没吭气只是长长地打了一个呵欠。

母亲说："贱货！这时间了还不起？"大哥说："贱货也是你生的。全都一块儿贱也不错。"白礼泉说："哎呀，老大白天就这么睡？下午小五小六小七几个不闹翻天？"大哥说："摊上这样的爹娘，只给了这一点地方，有什么法子。"白礼泉忙说："你要不嫌弃，白天可以睡我屋里。我两口子都上班，你去睡觉还可以看个门。我那个收音机是五灯的，不放心得很哪。"大哥说："这主意倒不坏。"母亲说："那太谢谢你白叔叔了。"

白礼泉倒是言行一致。果然，大哥在白天住到他家里去了。先一段时间日子也过得相安无事。后来那天三八妇女节放假半天，白礼泉的老婆枝姐在家休息，于是日子便有异峰突兀而起了。枝姐在半天的休息时间里要把房间重新摆布一下，大哥便上前帮了忙。一阵折腾，大哥汗流浃背顺手脱下外衣。他露出鳖黑的臂膀，凸起的肌肉在黑皮肤下鼓胀。阳光从窗口斜射进来，落在大哥熠熠发光的肩膀上。大哥有几次都不小心碰着了枝姐，让枝姐心里颤抖了好几回。在架床的时候，枝姐的手指叫床板夹了一下，疼得她尖声叫起，眼睛里一下子涌出泪花。大哥便一步上前捉住她的手将她的手指放进嘴里。大哥用他厚软的舌在枝姐手指上舔来舔去。大哥说这是止痛的祖传秘方。枝姐全信了。这之后她就老是夹着手，每次都要大哥动用祖传秘方。

枝姐比大哥大九岁，早过三十了。可是枝姐因为没有生小孩便依旧一副粉脸含春的少女模样。枝姐珠黑睛亮，眉若新月，随意瞟人一眼，便见得柔情如水似的娇羞。这对于青春勃发的大哥自然如铁遇磁。

　　从那天起，枝姐老是上半天班。不是病假就是调休什么的。最先察觉的是母亲。母亲一字不识但直感却像所有杰出的女人那样灵敏。母亲对大哥说："你小心那骚狐狸。她要勾引你哩。"大哥说："就不会说我在勾引她？"母亲说："你这王八蛋小子简直和你父亲一个样。"大哥说："那女人简直跟你一样。"母亲说："怎么跟我一样？"大哥说："见男人就化了。巴不得上钩。"母亲说："你小心点，她男人别看骨瘦如柴，倒也不是个好惹的货。"大哥说："未必比我父亲还厉害一些？"母亲说："你那天看见了什么？"大哥说："什么都看见了。女人不值钱。"母亲便身体后倾着朗声大笑起来："好小子，有出息。你老娘可没让他占多少便宜。你得比白礼泉高明点才行。"大哥也笑了，说："那当然。我儿子大概已经在她肚子里了。"母亲惊喜地问："真的？"

　　大哥和白礼泉的女人不干不净弄得邻近的人家都晓得了。那都是母亲在外面说的。母亲逢人就夸口，说是别看白礼泉的女人一扭三摆的妖精样，可在我大小子怀里比猫还乖哩。父亲好晚才知道，只是说想不到儿子也到了偷鱼吃的年岁了。

　　白礼泉最后一个听说。他不敢在枝姐面前逞凶便找上门来同大哥对骂。大哥说："你再骂一句，我叫枝儿跟你离婚。她现在听我的。"白礼泉说："我离了你想要她？"大哥说："那当然。""好吧。那房子是我的，我要收回。你娶她吧，让她住在你们那个猪窝里。跟你的父亲住一起，跟你的弟兄住一起。让你全家人把她从头发根到脚丫都看个一清二楚。还顺便看你俩是怎么过夜的。"白礼泉的话便是砸在大哥胸口上的石头。大哥突然脸色苍白，眼泪差点没落下来。这副熊样子不光被白礼泉看到了也被刚干完活下班回家的父亲以及看热闹的观众们看到了。白礼泉阴险地笑出了声。他嘴上继续说一些刻毒且下流的话。而大哥却默然不语。父亲上前"叭"地扇了大哥一个耳光，大骂大哥窝囊得不如一条虫。然后说："白礼泉的女人看上你这种东西那成色也就跟拉客的窑姐儿没什么两样。"大哥听完父亲的话便猛虎一样扑向父亲和父亲扭打成一团。大哥咒骂父亲，说世界上像父亲这样愚蠢低贱的人数不出几个。混了一辈子，却让儿女吃没吃穿没穿的像猪狗一样挤在这个十三平米的小破屋里。这样的父亲居然还有脸面在儿女面前有滋有味地活着。

这场架打得灰尘四起，旁观者皆避之不及。父亲的脸被大哥拳头打得青肿满是，而大哥的门牙叫父亲打脱了，手臂也被父亲用刀砍了一道深口，缝了十四针。

第二日白礼泉没去上班，中午乐滋滋地到家里来对大哥说上午他陪枝姐一起去了医院，只一会儿，就把她肚子里的胎儿打掉了。白礼泉说他虽然想要个小孩，但也不能养着个野种。大哥怒目圆睁暴吼了一声："给老子滚！"

从此大哥再也没理睬枝姐，每当两人路遇，枝姐忧戚戚地频频顾盼大哥，大哥则抱拳当胸，傲然而去。

到大哥同大嫂结婚已是十年以后的事了。十年间，他除了自己家里的女人外，对全世界的女人都摆出一副不屑一顾的架势。母亲曾打算给他说门亲。大哥说："你只要带她进这个家门我就杀了她。"

这十年中的第九年里，枝姐上班时被卡车轧断大腿，流血而尽死去。在场的人都听见她一直叫着"大根"的名字。人们以为那是她丈夫。而实际上，"大根"是大哥的名字。

第五章

七哥最痛恨他的姐姐大香和小香。七哥从记事起就没同她们说过话。七哥记得他很小很小的时候尿湿了裤子，姐姐大香便用指甲拼命地掐他的屁股。大香为了学有钱人家的女孩，总是把指甲留得尖尖的。而小香更毒。只要她在家里，她就不许七哥站起来走路。小香说七哥是狗投生的，必须爬行。七哥忍气吞声，从不敢违抗。晚上吃饭时，小香则多半会指着七哥的黑膝盖告诉父亲说七哥故意学狗爬不学人走。小香长得像父亲又像母亲。小香伶牙俐齿活泼爱笑却心狠手辣，父亲宠爱她，每次为了让她高兴不惜惩治七哥。小香比七哥大两岁，出生在双胞胎五哥和六哥之后，在家排行也算老八了，故而娇得鼻眼不正。七哥在父亲的拳脚下奄奄一息，而小香则捂着嘴"哧哧"笑个不停，还把七哥麻木地忍受的姿态学给大香看。小香干这样的事一直干到七哥下乡那天。

在大哥同父亲打架之后，家里能给七哥一点温暖的就是二哥了。很久很久，七哥对二哥都没什么印象。二哥总是和三哥一起进出。七哥在他眼里似乎有又似乎无。七哥不记得二哥同他说过话没有，直到那件事发生之前。

那是一个夏天，七哥被父亲揍过之后便爬回到大床底下。他只有到这个黑洞洞的充满他熟悉的潮湿气的地方才感到几分安全。七哥那天浑身火辣辣地疼。他趴在那里一动也不想动。伤疼和闷热闷热的天气几乎让他觉得自己快要死了。他这样趴了一天一夜。屋外每过一列火车都仿佛从他身上碾过。轰隆隆的声音使劲地撞击着他的脑袋，撞得似乎就要爆炸，他想爬出来，可一动弹大腿内侧便如刀剜割一样。七哥想干脆让我死吧，便"呵"了一声死了过去。

等他醒来之时，七哥感到自己被人抱着。他的腿依然如刀剜割。他睁开眼睛见到一个陌生的脸庞，恍惚之中听到滴水之声。水滴了很长时间，七哥才渐渐看清那陌生的脸庞原来是二哥。二哥用毛巾擦着他的身体。七哥温顺地倚在二哥怀中一动不动。他第一次感到生命的安全，第一次认识到人体的温暖。晚上直到父亲回来的时候二哥仍小心地抱着七哥。"怎么搞得像个小少爷？"父亲说。

二哥将七哥放在床上，撩开盖在他腿上的布，对父亲说："他还是条命。你也不要太狠了。他的腿伤口烂了，长了蛆。你要想让他活，就不能让他再睡床底下。里面又湿又闷，什么虫都有。"父亲看了七哥，冷冷地说："他是老子养出来的，用不着你来教训。"二哥说："正因为他是你的儿子也是我的弟弟，我才要求你好好爱护他。"父亲顺手重重地给了二哥一耳光。父亲说："让你读点书你就邪了，在老子面前咬文嚼字。你给我滚。"

二哥愤怒地盯了父亲一眼，一跺脚出去了。七哥自然又回到了床底下，把他的小棉絮弄成弯的，他想象那是二哥的手臂，他躺在那手臂里宛如在二哥的怀中。

以后，二哥便格外地关照七哥了。每天吃饭时，二哥都有意坐在七哥旁边。二哥一筷子一筷子为七哥夹菜。而在此之前，七哥几乎全靠吃白饭填肚子，尽管家里的菜几乎全都是他捡来的。

那年冬天，七哥差不多满十二岁了。母亲说原先小五小六到这时候总能挖一些藕回来，小七子倒好，只会捡些烂菜叶。二哥说何必哩，捡什么吃什么好了。小香立刻叫道妈妈我要吃藕。七哥便用极干瘪的声音说我明天就去挖藕。

第二天刮风，寒飕飕的。七哥一出家门就被风吹斜了身子。他斜斜地行走，小竹篮里还搁了一条麻袋。他一路走一路在算计哪一块藕塘比较好。风把七哥的脸吹得红通通的。左脸颊上的冻疮又鼓胀了起来。七哥并不觉得这日子有什么特殊的苦，他已经习惯这样的生活了。万一哪一天让他安安逸逸地享受一天，他倒是会惊恐不安地以为出了什么大事。七哥在铁路边碰上了够够。够够当时正迎着风尖起嗓门唱歌。那歌子的词是七哥一辈子忘不了的。"美丽的哈瓦那，那里有我的家，明媚的阳光照进屋，门前开红花。"够够总是唱这支歌，一遍又一遍地对七哥说如果有一个新家在哈瓦那，门口种满了鲜艳的花朵那该多好哇。讲得他俩都极羡慕哈瓦那了。

藕塘里的水已经抽干了。大人们已经仔细地挖过一遍。七哥绕着藕塘四周看了看，然后迅疾地扒下棉衣棉裤，等不及够够冲上来劝阻，他便下到了塘里。泥浆一下子淹到了他的胸部。七哥太矮小了。他的脸上现出恐惧状，吓得够够惊呼大叫快来人救命呀。几个路过的中学生把七哥扯了出来，然后把他送进一个牛棚里。牛棚里有一个独眼的老头。他给七哥倒了一杯滚烫的开水。七哥浑身筛糠一般颤抖。够够像大人一样用生气的口吻令七哥脱下泥浆浸透的衣裤。七哥穿着空心棉衣棉裤，和独眼老头一起蜷在屋角的稻草堆中。七哥看着够够拿着脏衣服往湖边走去。在风中她像一只奇怪的大虾，弓着背越走越远。够够为他洗净泥浆，然后在牛棚中的火盆前为他烘烤。她的脸焕发出一层奇特的红光，眼珠嵌在红光之中宛若两块宝石。七哥呆呆地看着她。外面的风刮得干枝干叶噼噼啪啪地响。时而几声呼啸在长天中一划而过。七哥突然感到眼睛潮湿了。他觉得这时刻如若能痛哭一场该是多么愉快。够够无意识地瞟了七哥一眼，七哥便立即装作一副平常的神态。七哥从来不曾把他的心向任何人袒露过。七哥从不愿意让别人能猜测出他心里正想些什么。

天全黑了，够够才将七哥的衣裤烘干。七哥穿上后说了句很舒服。但他心里知道，今天又难逃过一顿毒打了。出门时，独眼老人叹着气从屋里拿出两节藕，分给七哥和够够。

七哥一路无言。分手时，够够将那一节藕也给了七哥说我家里不爱吃藕。七哥默默地接过放入麻袋。够够说你这个人怎么总是有心事的样子。七哥憋了半天终于说明天再告诉你。

七哥刚跨入家门，小香便叫："爸、妈，野种回来了。"母亲冲上来揪住七哥的耳朵吼道："你还晓得回家？你玩得好快活，害得你二哥一晚上去黑泥湖了。"七哥未缓过劲来，迎面又挨了一嘴巴，这是父亲扇过来的。父亲说："你怎么不死？回家干什么？铁路又没有栏杆。为你这个小臭虫全家人都睡不成觉。你以为我们都像你这样舒服？"父亲骂了又打。七哥不语。他挨打从来都不语。他以往常想着长大了他将首先揍父亲还是首先揍母亲这个问题。而这回，他一直在回忆牛棚中红红的火光中够够的脸庞和眼睛。他的表情竟出奇地平静，这使得父亲极为恼怒。小香说："爸，你看他还在笑。"父亲立即一脚踢向七哥的小腿，七哥轰然摔倒在地。红光在他的眼前烧成一片红云，腾腾地升起。所有的一切，人、物及声音，都在这红云中弥漫和溶化。七哥真的不禁咧嘴笑了一笑。

七哥的腿红肿得无法迈步。他一步也不能行走。几乎在床底下躺了三天。他的视线里的红云依然飘浮和升腾，七哥这三天过得安静极了。二哥几次唤他出来要带他去医院，七哥都没答应。七哥说我是在休息哩。

第四天父亲说我家里的儿子命贱，没有人生病躺好几天这事。母亲弯下腰对着床下叫："你还弄得像个阔少爷哩，你再不去捡菜就休想吃一颗米。"

父亲和母亲上班之后，七哥爬了出来，他摇晃着走出门。他走到那次同够够碰面的那一段铁路上。他坐在铁轨上一边等，一边想把什么都对够够说。等了好久好久，够够没来，七哥只好自己独自捡菜去了。

回来的路上，七哥又遇到牛棚。他想见见那独眼老人，想再去那稻草堆中蜷缩着看奇特的红光。七哥进去时，老人愣了一愣，然后问："跟你一起的小姑娘呢？"七哥说："她没来。我等了她好半天。"老人说：

风景

"前两天你们都一起回去的？"七哥说："前两天我病了没出来。"老人说："前天下午，一个女孩被火车碾了，不晓得是不是她。"七哥立即呆了。世界上所有的女孩都死掉也不能死够够。七哥拼了全身力气疯狂地向铁路边奔跑。他一声声呼唤"够够"的声音像野地里饿狼凄厉的嚎叫。

那出事的地方已经看不出有什么血迹了。只有在路坡底下，七哥看到一截竹篮上的提把，提把上拴着一根白纱布做的小绳子。这是够够编的，是很久前的一天七哥亲眼看见她编的。

够够永远消失了。七哥为此大病一场，几乎一星期昏迷不醒。这场病耗去了家里很多钱。父亲答应给大香和小香一人买一条围巾的钱；答应给五哥六哥一人买一双凉鞋的钱；答应为母亲买一双尼龙袜子的钱以及大哥存了多年打算买手表的钱全部被七哥这场病消耗一空。所有人都沉下脸不理睬七哥。连大哥都阴郁着面孔一句话不说。

此后七哥每天还是沿着他和够够的路线去捡菜。他每天都在够够死去的地方默默地坐十几分钟。他坐在这里用心向够够诉说他的一切。

八年的捡菜史给至今二十八岁的七哥留下了深深的印记。他曾尽情地怀念过够够和享受过完全归他所有的孤独。七哥大学毕业回来的第二天便不知不觉去了一趟黑泥湖。那里变化惊人。昔日的菜地上几乎全部覆盖着高低不等的房子。他已经无法辨认哪条路通向哪里了。只有一个地方无论发生什么变化，七哥也能一眼认出。七哥喜欢独自地坐在那里。七哥想够够该有三十了。说不定够够能成为他的妻子。尽管够够比他大两岁，可这又算得了什么呢？只要是够够，就是大十岁大一百岁七哥也不在乎。然而够够永远只能是十四岁。

铁轨纠缠一起又分离开来，蜿蜒着扭曲着延伸向远方。七哥不知道它从何处而来又将指向何处。七哥常想他自己便是这铁轨般的命运。

第六章

当七哥觉得家里唯一能同他对话的人只有二哥时，二哥却已经死了。七哥想起二哥的死因，心底里总是升出一股冰凉的怜惜之感。

父亲却对二哥的死愤愤然之极。每逢二哥忌日父亲便大骂二哥是世界上最没出息的男人，混蛋一个，却装得像个情种。然后接下去必然骂这都是读书读木了脑袋。父亲骂二哥时若遇三哥在场二人便有一场恶战。

三哥和二哥关系好得让人难以思议。三哥是个粗鲁得像父亲一般不打人就难受的人，而二哥却文质彬彬的不像是父亲的儿子。二哥只比三哥大一岁。他俩共睡一个枕头几乎直到二哥死去的前夜。二哥是个极细瘦的人，个子高得不那么顺眼。父亲对二哥这副骨架非常之不满，常愤愤然说这哪里像我哪里像我？然后捶着三哥的胸脯说真货是这样的是这样的。母亲为此跟父亲怄过好多回气。母亲疼爱二哥超过她另外六男二女，这原因是二哥救过母亲一条性命。那时二哥才三岁，摇摇晃晃地刚学会小跑步。一天母亲牵着二哥去买盐。行至路口遇见父亲搬运站的几个朋友。母亲便挑逗着同他们打情骂俏。搬运工男女相遇常有骇人之举，这便是扒下对方裤子或伸手到对方裤裆。虽是下流无比却也公开无遗。母亲撇下二哥同他们疯打到一辆货车旁，笑得长一声短一声接不上气。突然二哥颠颠地小跑到母亲身边，极怪异地大叫："妈妈，我要撒尿！"那正是初冬时分，二哥若湿了裤子便没有了穿的。于是母亲立即抱着二哥往背风处跑。母亲刚一跑开，货车上的绳子便断了。货箱垮下来砸死了那群男人中的三个，其中之一刚喊完母亲的绰号还没来得及说完下面的话便脑浆四溅。母亲听得身后巨响如爆几乎魂飞魄散。她抱起二哥放肆地号啕大哭起来。二哥这说："妈妈，要回家。不尿了。"事后母亲想起二哥是临出门时才撒的尿，按正常情况那时他不应该叫撒尿的。而且那声音怪异使母亲在回忆时还感到几丝丝毛骨悚然。父亲说看来是有些莫名其妙。

二哥是一个言语极少的人。他的眼睛凹入脸庞显得阴郁而深沉。倘若不是他的鼻梁挺拔且嘴角的线条很好看的话，他那双眼睛就令人不堪入目了。恰恰上帝给了他相应那对眼睛的鼻子和嘴，这使得他显示出一种很独特的漂亮。邻人常夸双胞胎五哥和六哥算得上河南棚子最英俊的小伙子，而七哥，还有我都认为：五哥六哥同二哥相比还差一个等级。五哥六哥一肚子浅俗的人生哲学和空洞洞的眼睛使他们脸庞上那漂亮的组合毫无生气。

二哥用眼神就能制服父亲用拳头都难以制服的三哥，对这一点父亲始终感到是一种耻辱。尽管耻辱，他却不能不接受这一事实。二哥和三哥结成的是钢铁同盟。这使得父亲想揍他们中的一个时不能不踌躇再三。为此二哥和三哥挨打次数极少。五哥六哥先是嫉妒后来则是献媚，意欲加入二哥三哥的联盟。二哥不置可否而三哥却严词拒绝了。三哥说不能让小七子一个人挨打，你俩得分担一些。三哥是家中的"二霸王"。这绰号是大香姐姐起的。"大霸王"自然是指父亲。三哥比大香姐姐大两岁。在一次争吵中大香姐姐脱口叫出"二霸王"三个字。三哥听了很得意，竟不再与大香姐姐吵闹且俨然是她的一个什么保护人。三哥在相当长一段时间充当河南棚子小年轻的"拐子哥"，名气一直蔓延到球场街及西马路一带。所有知道他的人都尽可能不去惹他。三哥手下有一帮小喽啰。他们在百姓面前虎狼般凶煞恶极蛮不讲理，但在三哥面前却低三下四如同猪狗。他们都知道三哥的厉害。三哥曾跟一个走江湖卖狗皮膏药的师傅学过几年武艺。那师傅是父亲早年拜把子的兄弟，对三哥的教导极为尽心。三哥一巴掌砍下能使三块砖同时断裂是河南棚子的小哥们儿亲眼所见。三哥赤手空拳能使十个像他一样粗壮的小伙子在进攻他时全都仰翻在地。三哥威武有力鲁莽无比却能屈服于二哥的眼神。三哥跟二哥好得像一个人。而二哥却是同三哥全然不同的人。

其实若不是一件偶然的事改变了二哥的命运，二哥是不会同家里人有什么质的变化的。那件事的出现使二哥步入一条与家里所有人全然不同的轨道。二哥愉快地在这轨道上一滴一滴地流尽鲜血而后死去。

那一瞬间发生的事还是在七哥刚出生的年月。二哥和三哥每天都去铁路外抑或货场偷煤。家里的煤从来都是这样弄来的。偷窃者对于这么干是否合法不予考虑。家里要煤烧而家里又无钱买煤，无条件地向外界索取便成了自然而然的事。二哥和三哥从多大开始干这活儿已经记不清了，只知道初始只是拾煤渣而已，而后是三哥进行了改革才发展成为后一阶段的用麻袋偷。冬天里，煤块烧得哔哔剥剥响时，父亲便放口称赞三哥聪明能干，是块好料。

那天火车经黄浦路道口时放慢了速度。三哥一挥手便扒了上去。二哥略一迟疑，也上了去。火车轰隆隆地向前开着。他俩在车上将煤装了满满一麻袋。快进煤厂时，三哥将麻袋往下一扔，然后自己飘然而下。

二哥又迟疑了一下。待他小心翼翼跳下来时，却没能见到三哥的影子。二哥沿铁路往回走。当他走到一个池塘附近忽听见一个女孩惊恐万状的声音："救命呀！""哥哥，你可别死呀！"二哥便朝那声音奔了去。我知道，就是这个惊恐的颤抖的声音改变了二哥整个的人生，使他本该活八十岁的生命在三十岁时戛然中断，把剩余的五十年变成蒙蒙的烟云，从情人的眼前飘拂而去，无声无息。

池塘里一双手挣扎的姿势像一个优秀的舞蹈演员在用空间线条感召他的观众们。二哥连鞋也没脱便跳了下去。二哥的游泳技术是没话说的，从河南棚子翻过天桥到长江边至多只要半个钟头。夏天里的中午和黄昏，二哥三哥以及许多他们这样的人常去那里玩水。他们游到对岸然后再游回来简直像吃完饭用手抹抹嘴一样容易。尽管每年都有一两个伙伴沉入江底而成为长江的儿子，但这种悲剧一点也没影响他们畅游长江的情绪和兴致。二哥在同伴之中不是游得最好但也不差。这个小池塘对他来说便有澡盆之嫌了。二哥只几下就扑到了溺水者身边。那家伙性急而死死地勒住了二哥的脖子。二哥便只好凶狠地给了他一拳然后托着他的头从容地游到岸边。那家伙的肚子隆得圆圆像个孕妇。二哥拍了拍便一屁股坐在上面一松一压。女孩子尖叫道你不要弄死他你不要弄死，然后去撕扯二哥衣服，二哥只好又给了她一巴掌。那一下委实重了一点，女孩苍白的脸上顿时起了五条红杠。女孩"哇"地大哭掉头跑了，这动作使二哥呆愣了好一会儿。

女孩再来时身后跟了两个张皇失措的大人。女孩说这是她的父母。他们的儿子此刻已经苏醒了，只是疲惫不堪地躺在地上不想动弹。他见到父母的第一句话是："没有他我就完了。"然后将目光移向二哥。那眼光中的感激、钦佩、真诚、温情一下子竟使二哥的心好一阵战栗。二哥从来没见过这样的眼光。

二哥以恩人的姿态出现在这个家庭里自然成为了最受欢迎的人。溺水的男孩跟二哥一样大，叫杨朦。他的妹妹小三岁，叫杨朗。他们的父亲是市里一所大医院的著名的医生而他们的母亲则是中学里的语文教员。为此他们的家庭显得极洁净且极雅致。他们住在天津路英租界的一幢红楼房里。他们有七间房子，整整占据了一层楼。仅保姆许姨住的房间都比二哥家的屋子大两个平米。他们一家四口人住四间屋子还剩下一间客厅和一间贮藏室。杨朦说这房子是他的外祖父留下来的。他的祖父的一幢房子更漂亮，前面还有花园，但他父亲老早就把它贡献给国家了。

说实话，这个家庭对二哥来说仿佛是外星来客。二哥是河南棚子长大的。他几乎都认定夫妻打架，父子斗殴，兄妹吵闹是每个家庭中最正常的现象。只有这些纠纷，才使家像个家，使自家人像自家人。否则跟公共场所有什么区别？而杨家却全然另一种活法。一家人这般地相亲相爱，这般地民主平等，这般地文质彬彬，这般地温情脉脉。二哥初次进杨家门时差不多不知道手如何动作脚如何迈步，两三个月后才稍稍适应过来。二哥完全被杨家的气氛所陶醉了。他觉得只有到了这儿他的心才感觉到它是为一个真正的人在跳动。他不知不觉地三天两头闯进杨家。

杨朦准备考到男一中去读高中。他是学校的尖子，胜利在握。而就学于民办中学的二哥学习成绩却平平淡淡。杨朦对自己的恩人极诚恳热情，谈话亦十分投机。于是二人结为莫逆之交。二哥渐渐地学会了喝咖啡。开始他以为那深褐色的水是中药，是杨大夫给他消毒的。后来才明白那玩意儿叫咖啡，上等人都爱喝它。二哥在杨家品尝到许多他从未吃过或见过的东西。有一天喝银耳汤，杨朗牙疼不喝多出一碗。杨朦硬叫二哥喝了。结果二哥一夜浑身燥得无法入睡。半夜里还怀疑汤里是不是放了什么怪药。问杨朦时，叫杨朦哈哈大笑了一阵。

二哥也打算考到男一中去。杨朦帮他补习了几天功课说凭二哥的智力今后考清华问题不大。这使得二哥的生活中陡然地树起了一个目标。

晚上，做完功课，语文老师常常拿出一本书来，轻言慢语地朗读给大家听。她的声音极柔美。缓缓的，像是从天上飘下来的。与二哥幻觉中神仙的声音完全一样。二哥常想母亲若也能这样那该是多么好呵。母亲说话仿佛有只手在她喉管里拼命地撑大她的声音。母亲唾沫横飞常使她旁边的人不得不时时用衣袖抹抹脸。母亲从来不读书，但母亲绝顶聪明。母亲会从许多语言中挑出最俏皮最刻毒且下流得让人发笑的话来骂人，令对方哭笑不得左右不是。而语文老师和她的儿女连最一般的粗话都不曾讲过。有一回二哥讲家里的玻璃窗被人砸了的事时不留意带出一句"他妈的"，立即让一屋人都皱上了眉头。杨朗还捂着耳朵说："难听死了，像小流氓一样。"二哥当即脸红得像抹了彩，好半天抬不起头来。

没人再说他什么，自此他在杨家不敢吐一个脏字。二哥听语文老师读过高尔基的《海燕》，朱自清的《荷塘月色》以及但丁的《神曲》。一个星期六，月亮很好。月光穿透窗外的树影把屋里映得斑驳一片。杨朗让大家都坐在这碎月零光之下，然后把留声机上足发条。音乐轻缓地升起时，杨朗着一身白裙，赤着脚飘然上前，对着月光低吟：

> 我看见，那欢乐的岁月、哀伤的岁月——我自己的年华，把一片片黑影连接着掠过我的身。紧接着，我就觉察（我哭了）我背后正有个神秘的黑影在移动，而且一把揪住了我的发，往后拉，还有一声吆喝（我只是在挣扎）："这回是谁逮住你？猜!""死。"我答话。听啊，那银铃似的回音："不是死，是爱!"

她最后一句爆发出热烈的欢笑，然后房间里的灯大亮。所有人都被她美丽的表演所感染，杨朦跳了起来，大叫："朗朗太了不起了!"

二哥被月光下飘动的那条白色之影震惊了。那一句一句的诗将他的心一层一层缠绕得紧紧。最外一层显赫地裸露着"不是死，是爱"五个字。在热烈的掌声鼓完后的那一刹那，二哥从心底涌出无限无限的忧伤。这忧伤之泉直到他死都不曾停止过喷涌。二哥咽气的最后一瞬还说的是"不是死，是爱"，然后才垂下他的头。他的眼睛是杨朦去关上的。那两口深奥的洞穴中装着没有人能够理解的忧伤。

二哥开始发奋。借着复习功课的名义，他三天两头到杨家去。他只要一进这家的大门，骚动的心立即变得安宁而平和。

二哥这么做使得三哥颇为不满。三哥不想读书，也觉得二哥犯不着读。三哥说父亲没文化不也活得挺快活？二哥说可他的儿女们活得并不快活。三哥说我觉得还蛮好嘛。二哥说我觉得像狗一样，特别是小七子，连狗都不如。二哥说这话时，七哥正一脸污垢地坐在门口，把鼻涕往嘴里抹，嘴还啧啧地咂响。

三哥对杨家有一种天生的厌恶。尤其对杨朗。他说这女孩子完全是妖精投胎。他说头一回时二哥只是瞪了他一眼。说第二回时，是二哥在路上碰到杨朗之后。那天是二哥和三哥在去偷煤的路上遇到杨朗和杨朦的。杨朦见二哥和三哥手里拿着麻袋便问你们去哪里。二哥支吾说去弄些煤。二哥回避了偷字也回避了捡字。杨朦说需要我帮忙吗？杨朦话音刚落，杨朗就拽着他的衣服说："那怎么行？脏死了，脏死了。"三哥这时板着脸对二哥说："我一个人先走。"二哥忙对杨氏兄妹说了声："我走了。"便同三哥匆匆而去。三哥脱口骂了句"臭妖精"。二哥立即站定，眼睛里喷着火，他咬牙切齿说："你这是第二次骂了，如果我再听到第三次，我跟你的兄弟关系从此了结。"三哥莫名其妙，委屈得很。只得嘴上连连喊叫几句："我怎么啦？我怎么啦？"

过了好多天，杨朗说"脏死了"的话被她母亲——语文老师知道了。语文老师要杨朗向二哥赔礼道歉。杨朗说"请原谅"时倒是大大方方而二哥却唰的一下红了脸。二哥嗫嚅着向语文老师说他和弟弟实际是去偷煤的。语文老师没说什么只是长叹了一口气。那叹声显得那般沉重以致二哥的心被压迫得一阵阵发疼。那一晚复习功课老是走神。临走前，语文老师第一次把二哥送上了马路。月光铺在沥青路上泛起一片白色。语文老师说："我知道你家里很困难，但人穷要穷得有骨气。这一点你应该理解。"二哥使劲地点了点头。

二哥错就错在他不该把语文教师的话原版说给父亲听。父亲气得当即把手里的酒瓶朝地上一砸，怒吼道："什么叫没有骨气？叫她来过过我们这种日子，她就明白骨气这东西值多少钱了。"二哥吓得不敢吭气。父亲说："你小子再敢去什么羊家猪家的，老子定砍了你的腿。"母亲也说："哼，他们那种人不就是靠我们工人养活的吗？他们是吸我们的血才肥起来的。"二哥说："他们家是医生，又不是资本家。"母亲说："你若替他们讲话，就跟他们姓杨好了。"父亲说："小子，什么叫骨气让我来告诉你。骨气就是不要跟有钱人打交道，让他们觉得你是流着口水羡慕他们过日子。"

二哥叫父亲说得一脸羞愧。他觉得自己的确有点像流着口水的角色。二哥果然一连几天没去杨家。他很难受，心口像坠着许多石头沉甸甸地在胸膛内摆来摆去。第七天，二哥和三哥背着煤回来时，遇到了杨朗。杨朗迎上前，说："你怎么不来了呢？"二哥张了张嘴，答不出。杨朗说："你恨我了是不是？我不是已经承认错误了吗？"二哥凝神望了她几秒才偏过头低沉地回了一句："我不配去。"杨朗随二哥进了屋，她第一次看清了这是一个什么样的家。杨朗说："你晚上还去吧，要不哥哥又要责怪我了。"二哥说："你告诉杨朦，我家里有事，这几天不能来。"杨朗说："好吧。"她退出去的时候，手不小心碰着了正往屋里走的七哥。她尖叫一声，迅速跳到门外，然后掏出小手绢一边走一边使劲地擦。直到她人影消失前的最后一个动作还是在擦手。

二哥最终还是没去杨家。他也没能考上一中。但这实在不能怪他没努力。好长一段时间他总是在路灯下复习功课，而临考前的一个星期，天一直下着雨。这使他根本找不到一块读书的地方。只得在家里窝在众弟兄中，一遍又一遍地听父亲讲他当年的故事。八点钟和全家人一起睡觉。

二哥被录取到八中。这在我们家已经是第一个了。如果不是七哥在极偶然的情况下去上了大学，那么，二哥这个高中生就算是家里学历最高的人了。杨朦自然上了一中。这也是二哥早料到的。假期中，杨朦曾经到家里玩过几次。他和二哥坐在门口看着一辆辆火车从眼边掠过，两人谈了很多很多。开学之后，渐渐二哥与杨家日益淡泊以至完全没有了往来。

二哥是一个出色的学生。他的派头和说话的口气同家里人越来越不一样了。他对父亲说他要上大学，他想当一个建筑师。他要让父亲和母亲住进他亲手设计的世界上最美丽的房子里。他说这些话时，深奥的眼睛里放射的光芒能照进所有人的心。父亲和母亲像被电击了一般呆望了他好一会儿。屋外一阵汽笛长鸣，小屋在火车的轰隆中摇摆时，父亲才一下子醒悟。父亲一反常态像一个小孩子一样狂喜狂叫道："我儿子有出息。像我的种。"然后把二哥横看竖看拍拍打打了好半天。那一天全家人都兴奋之极，只有七哥一如往日小狗般爬进床底睡得死沉。

二哥上大学当建筑师的梦自然和许多许多人的梦一样，叫一场"文化大革命"冲得粉碎。二哥尽可以当红卫兵司令，但他仍然感到心灰无比。他没参加任何一派，他被父亲指示回来干活。他有一排半截子大的弟妹，他得为生活劳碌。父亲给二哥弄了一辆板车，二哥每天到黄浦路货场往江边拖货，他能挣不少钱。冬天的时候，他让他的弟妹们都穿上了线袜子。

一天晚上，家里人全都睡下了。家里人总是睡得很早，因为明天要干活也因为不睡下小屋里便拥挤不堪嘈杂不堪。在屋里的鼾声此起彼伏时，突然门被敲得轰响。所有人都在同一刻被惊醒。这似乎是记忆中未曾有过的事情。父亲首先喊骂起来："魂掉了？哪有这样个敲法？"不料答话的竟是杨朦。二哥从地铺上一跃而起，他显然有些紧张，仿佛预料到了什么。二哥开了门，他看见杨朦的右手紧紧揽着杨朗而杨朗全身哆嗦着两眼红肿。二哥急问："出了什么事？"杨朦脸色很冷峻，说话时却很悲哀。他说他们的父母下午双双出去，到现在尚未回来。他们兄妹等到晚上觉得奇怪，便到父亲卧室里看看有没有什么纸条。结果发现父母联名给杨朦的信。信上要杨朦对家里所有发生的事都不要太吃惊。他唯一的责任就是照顾好妹妹。然后在最后一行写下"别了，亲爱的孩子们"几个字。杨朦的话还没说完，屋里的父亲立即吼了起来："蠢猪，还慢慢说什么？他们去找阎王爷了。还不快去找。"杨朦说："朗朗已经受不了了，许姨上个月就被赶回了老家。我想请你照顾她一下。"二哥说："我去替你找，你照顾朗朗。"杨朦说："那怎么行？"此刻父亲已经下了床。他用脚踢着正趴在地铺上听杨朦说话的三哥四哥五哥六哥，嘴上说："起来起来，今晚都去找人。"父亲转身对杨朦说："让二小子陪姑娘，这几个小子都派给你，你尽管指使他们。"杨朦："伯伯我该怎么感谢您呢？"父亲说："少说几句废话就行了。"

二哥几乎是将杨朗背回去的。她软弱得无法走路，嘴上喃喃地说些二哥完全听不清楚的话。二哥三天三夜没有合眼。杨朗到家之后便发起了高烧。她的眼泪已经哭干了。脸烧得通红通红，嘴唇上的燎泡使她的模样完全变了。二哥为她请医生为她煮稀饭喂药然后小心地趴在床边哀声求她一定要坚强些。

第四天杨朦精疲力竭回来说父母找到了。他俩双双跳了长江。他母亲结婚时的一条白纱绸将他们的腰紧紧扎在一起。尸体在阳逻打捞出时已经肿胀得变了形。杨朦说完这些，双腿一软跪在地上痛苦地呕吐起来。他几天没吃什么，呕出一些黄水。脖子上的青筋扭动和鼓胀得令二哥无法直视。如果不是二哥急中生智，突然伏在他耳边说："千万别这样，朗朗见了，就完了。"杨朦恐怕也挺不住了。朗朗正在屋里昏睡，一切情况都尽可能瞒着她。

一个星期后，丧事在二哥三哥及诸兄弟共同帮助努力下，算是比较顺利地办完了。医生和语文老师的骨灰合放入一口小小的白坛之中。父亲帮忙在扁担山寻了一块墓地，于是他们便长眠在那座寂寥的山头。二哥站在坟边，望着满山青枝绿叶黑坟白碑，心里陡生惝惶苍凉之感。生似蝼蚁，死如尘埃。这是包括他在内的多少生灵的写照呢？一个活人和一个死者这之间又有多大的差距呢？死者有没有可能在他们的世界里说他们本是活着的而世间芸芸众生则是死的呢？死，是不是进入了生命的更高一个层次呢？二哥产生一种他原先从未产生过的痛苦。这便是对生命的困惑和迷茫而导致的无法解脱的痛苦。这痛苦后来之所以没能长时间困扰他并致使他消沉于这种困扰之中，只是因为他几乎在产生这痛苦的同时也产生了爱情。爱情的强烈和炽热融化了他的生命。在爱情的天空之下，他活得那么坚强自如和坦然。直到一个阴天里爱情突然之间幻化为一阵烟云随风散去，他的生命又重新凝固起来。他的为生命而涌出的痛苦才又顽固地拍击着他的心。他想起扁担山上那幅青枝绿叶黑坟白碑的图景，也蓦然记忆起自己关于生命进入高一层次的思考。那个夜晚他便用刮胡子刀片割断了手腕上的血管。他将手臂垂下床沿，让血潺潺地流入泥土之中。同他挤在一床的三哥到清晨起床时才发现他已命若游丝了。闻讯而来的杨朦杨朗惊骇地看着一地的血水。杨朗失声叫道："为什么非得去死呢？"二哥那一刻睁开了眼睛，清晰地说了一句："不是死，是爱！"然后头向一边歪去。

这是一九七五年在江汉平原东荆河北岸发生的事。迄今业已十个年头了。

第七章

七哥现在想起来当年他听到二哥的死讯之时完全像听到一个陌生人之死一样，表情很淡泊，尽管二哥曾有一段时间待他相当不错。七哥那时下乡也有一年了。他在大洪山中一座被树围得密密实实的小山村里。他一直没有回去。大哥歪歪倒倒的几个字告诉他二哥已死这个消息。这是他收到家中的唯一的一封信。他没有回信。

七哥下乡那天家里很平静。他一个人悄悄走的。走到巷口时，遇到小香姐姐同一个黑胡子男人。小香姐姐正同那男人搂搂抱抱地迎面而来。这是小香姐姐的第几个男人七哥已经搞不清了。只是不久前听母亲对父亲说小香姐姐要嫁给这个男人。一来她可以不下乡了，二来她已经有了他的孩子。小香姐姐已经不能再打胎了，要不她以后就根本不能生育。这是医生对陪小香姐姐去检查的母亲说的。小香的风骚劲同当年母亲的一模一样。唯一不同的是小香的男人换了许多而母亲的男人却只有父亲一个。七哥见到小香姐姐时忙谦卑地站到路边，让她嬉笑着过去然后自己再踽踽而行。小香姐姐仿佛根本没见到七哥一样，连瞟都没瞟他一眼。七哥最仇恨家里的三个女性，尤其以小香姐姐为最。七哥曾发过一个毒誓：若有报复机会，他将当着父亲的面将他的母亲和他的两个姐姐全部强奸一次。七哥起这个誓时是十五岁。原因是那一天他在床底下睡觉时五哥六哥带了一个女孩到屋里来。一会儿七哥听见那女孩子挣扎着哭泣，床板在七哥上面咯吱咯吱地响得厉害。七哥不知出了什么事便伸出了头。七哥看见五哥和六哥都赤裸着下身。五哥伏在女孩身上而六哥则按着她分开的腿。六哥看见七哥便使劲照他的头击了一下，吼道："你什么也没看见，说！"七哥嗫嚅着说："我什么也没看见！"然后缩回床底。他听见那女孩一阵阵的呻吟声，那呻吟中的痛苦使七哥感到浑身刺痛。他觉得只有眼见着世界灭亡的人才能发出那样的痛苦之声。当即他便想他得让他仇视的人——他的母亲和他的姐姐们也这么痛苦一次。

　　七哥的誓言当然成了他嘲笑自己的材料。当他后来有无数机会之时，他却毫无这种报复的欲望。

　　七哥是孤独一人进的小山村。这是七哥自己挑的地方。这里下了汽车还得走整整一天的山路。七哥就是想到这么一个地方，让所有人都不知道他在哪里。

　　七哥和他房东的儿子共睡一张床。这是他有生以来第一次在正经八百的床上睡觉。油污的床单下垫着玉米秆和稻草。满屋里散发着一股植物的香味。屋后有三棵香果树。七哥仰躺着。两尺之外的空间不再有黑压压的床板和父母翻身而引起的吱嘎之声。三步开外没有他并排躺在地铺上的一排兄长起伏的鼾声和梦呓。空间很大，有老鼠从梁上"唰"地跑过。月光白惨惨地从屋瓦的缝里泄了下来。云遮云开，那光如在屋子里飘忽。七哥突然感到万分恐惧。房东的儿子睡在那一头，死寂一般毫无声响。这让七哥觉得他正躺在人类之外的另一个世界。他从未想到过的关于死的问题在那一晚却想了数次。七哥想是不是他已经死了而他本人还不知道。人们把他埋在这里并告诉他这是到农村去而实际上却是在阴间的一个什么地方。七哥一连许多天都这么想个不停。他还试图在男人中找到他的弟弟——我。他想他的弟弟很可能是在这群人里，只不过他们分别已久彼此认不出来了。七哥他很高兴自己知道很多别人悟不到的东西。他明白他周围的人都是先他而来的阴魂。这些阴魂也不知道自己死了。他们很自豪地认定自己在阳世而且活得很舒服。七哥想只要看他们走路那种飘来飘去的劲儿，就知道换了世界。

七哥不同村里任何一个人交往。不到非说话不可的时候他绝不开口。他像一条沉默的狗，主人叫舔哪儿就乖乖地去哪儿舔上几口。村里人开始都说七哥老实透了，后来又说七哥其实是阴险之极。不叫的狗最为厉害这是老幼皆知的古训。最后大家还是一致认为七哥是个怪物。七哥对那些纷纷繁繁的议论充耳不闻。七哥认定正常的死人是不说话的。

七哥到村里住了三个月后听说村里最近开始闹鬼了。七哥觉得好笑，我们自己不都是鬼吗？七哥对那些越说越惊心动魄的鬼的故事毫不理会。但他倒是希望自己能碰上那鬼。说不定那是小八子，七哥这么想。

房东的儿子每天吃饭时都带回鬼的故事。那鬼是极瘦的。喏，像他那样。他指了指七哥。走起路来像飘一样。鬼每天围着村口的银杏树飘三圈然后就进林子。进了林子鬼就变成了白的。从一棵树飘到另一棵树。每飘到一棵树下就发出一阵凄厉的叫声。那声音极古怪。从林子上空缓缓越过村子然后转一个弯又回到林子里。就这么一直到下半夜，鬼才化作一股烟气消散。

过几日房东儿子又说：鬼现在要在林子很深很深的地方尖叫。那里的野兽都吓跑了。猎民在那里连一只野鸡都打不到。

再几日，房东儿子又报道：村头老鱼头的女儿回娘家，上山时崴了脚，半夜才跛到家。她在林子边遇见了鬼。起先她没发现，是鬼先飘到她跟前的。她吓得使劲把鬼一推拔腿就跑。到家后她说鬼是滑溜溜的。

村里到处都是鬼影，奇怪的是鬼并没有干恶事。便有人商讨是不是把鬼抓来看看究竟是什么样的。这主意自然是青年人出的。七哥原本也想去看看鬼到底是怎么回事，但他那天实在太困便在天一擦黑时倒床睡下了。

那天夜里没有月亮。七八个年轻人都伏在林子里。房东的儿子也去了。他们个个都发着抖。抖得一边的灌木都不断发出簌簌的声音。子夜时分，鬼就围着树绕圈子了。果然极瘦，果然飘一般地走路。走入林子之后发现它果然是白色的。年轻人胆怯着不敢动手。终于其中一个干过猎人的小伙子抛了一根圈套，一下圈住了鬼。鬼凄厉地叫了。一连三声，又长又亮。全村人都听见了。它叫完之后，轰然倒下，不再声响。年轻人用绳子捆住了鬼。手摸上去，那鬼果然滑溜溜的。抬到村边亮处，才发现是一个活人。他均匀地呼吸着，沉睡一般。房东的儿子点了火，他失声叫了起来。人们都认出了，这是七哥。七哥浑身赤裸着。他身上的肌肤极白，他依然平稳地呼吸着，还很随意地翻了一个身。

有人照七哥屁股上狠踢了一脚。七哥"哎哟"一声，突然醒了。他莫名其妙地看着一圈又一圈围着他的男人和女人，眨了眨眼，低下头又发现自己一丝不挂。他低吼一句："你们要干什么？"那声音沉闷而有力，仿佛是从远天穿过无数山脊之后落在这儿的。于是有人问七哥你是不是天神派来的。七哥说不是，我一直在阴间里老老实实做真正的死人。七哥是按自己的思路回答的，却叫所有的人毛骨悚然。天亮了，人们惶惶惑惑地散去。房东的儿子找回七哥的衣裤，极恭敬和谦卑。

七哥好久不明白到底他那一晚出了什么事。"鬼"仍然每夜出来在林子里飘荡。

七哥是一九七六年突然被推荐上大学的。他去的那所学校叫"北京大学"。在此前，七哥几乎没听过这所学校的名字，更不知道北京大学是中国最了不起的学府。七哥走的是狗屎运。七哥的父亲是苦大仇深的码头工人，这使其他知青望尘莫及。再加上村里人一直吵闹着要将七哥送走，鬼气在他们的生活中已日见浓郁了，为此他们不能再忍受下去。北大不怕鬼，却极欣赏七哥苦大仇深的家史。父亲自七哥出生那天起就与他为敌，这会儿却不期然为他办了件好事。

七哥惆怅着走出那树林密绕的小山村。七哥觉得自己在那里已经活了一个世纪，眼下他又重新投胎回到人间了。七哥走上公路时，太阳已经当顶，光线明亮得让他感到一阵阵晕眩。一阵风过，路旁的树扬起轻松的呼呼声。鸟也叫得十分轻快。七哥喘了口气。他摸摸心口，觉得心跳动得比原先要响亮多了。

七哥要去北京，而且要堂堂正正坐火车去北京，而且火车要耀武扬威地从家门口一驰而过，这消息使得全家人都愤怒得想发疯。就凭癞狗一样的七哥，怎么能成为家里第一个坐火车远行的人呢？七哥到家那晚，父亲边饮酒边痛骂。七哥默默地爬到他的领地——床底下，忍着听所有的一切。

七哥走的那天下着大雨。七哥只有一双洗得发白的球鞋。他怕到了学校没有鞋穿所以光着脚上的路。父亲和母亲一早都上班了，他们连一句话都没说，仿佛眼中并没有七哥这么个人。大哥把七哥送到巷口，然后给了他一毛钱，说雨太大了你坐一段公共汽车吧。七哥没有坐车。他淋着雨穿过大街小巷。他的行李越来越重，衣服紧紧贴在身上。他的骨头凸了出来使得七哥很有立体感。七哥想得很清楚，棉絮打湿了是没什么关系的，夏季的太阳一个下午就能把它晒干。

七哥一走三年未归。家里人简直不知他的死活。没人打听他，他也未曾写信。直到三年后七哥神采奕奕地出现在家门口时，所有在家里见到他的人都大吃了一惊。

"怎么都发呆了？还不是和你们一样的一个脑袋上七个孔。"七哥说。

归来的七哥已经完全是另一副样子了。

第八章

三哥宽肩细腰上身呈倒三角形，是女人尤为欣赏的体形。三哥在夏日里脱去汗衫，光膀子摇着大蒲扇坐在路边歇凉时，所有路过的女人都忍不住心跳要将他多看几眼。三哥袒臂露胸，肌肉神气活现地凸起，将皮肤撑得饱满。邻居白礼泉那天看了美国电影《第一滴血》后回来吹嘘说："嗬，那个美国佬好块头，简直快赶上隔壁的小三子了。"弄得河南棚子好些人争相去看史泰龙的好块头。结果回来都说真不错，是快赶上小三子的块头了。但是三哥的相貌不及史泰龙，这也是公认的。三哥原先倒也长得像父亲年轻时一样英俊。但三哥脸上老是露一副凶相，渐渐地，便长出父亲所没有的横肉。那横肉便使三哥的模样不容易叫人接受。

父亲说，心里没有女人的男人才生长出这种霸王肉来。

三哥心里是没有女人的。三哥对女性持有一种敌视态度。三哥尽管已经过了三十五岁几乎奔四十了他却仍然没有结婚。他根本不想结婚。常常有女人去找他去向他献殷勤。三哥也不拒绝，在她们愿意的情况下三哥也留她们过夜。三哥怀着一股复仇的心理与她们厮混。三哥发泄的全是仇恨而没有爱。而女人们要的是三哥的身体倒并不在乎感情是怎样的色彩。三哥是在二哥死后招到航运公司的。二哥的死给了三哥生命中最沉重的一击。二哥是三哥在人间一睁开眼就朝夕相处的亲哥哥。他爱他甚至超过爱自己是因为三哥清楚记得他小时候莽莽撞撞干的许多坏事都被二哥勇敢地承担了。二哥为此遭过不少毒打但在他长大后从来没对三哥提过一句。三哥把这一切都牢记在心里。三哥正是这样一种人：谁要真心对他好，他也是肝脑涂地以心相报。而二哥除此外，还是与他一脉相承的兄长。二哥却被女人折磨死了。女人从那天起便像一把匕首插在三哥的心口上，使得三哥一见女人心口便痛得渗出血来。他常常愤怒地想女人怎能配得上男人的爱呢？男人竟然愚蠢到要去爱一个女人的地步了么？每当在街上他看见男人低三下四地拎一大堆包跟在一个趾高气扬的女人身后，抑或在墙角和树下什么的地方看见男人一脸胆怯向女人讨好时，他都恨不得冲上去将那些男女统统揍上一顿。这种事三哥不是没干过。一天晚上他送醉了酒的他的船长回家，返回时他抄近道走的是龟山上的小路。月光如水，山静如死。三哥打着饱嗝跌撞着乱窜，忽然他看见一棵树下的两个人影。他原本走过去视而不见的。不料人影中之一扑通一下跪到地上。他听见那是个男人的声音。那男人可怜巴巴地说："求求你答应我。没有你我活不下去。"另一个人影只是用鼻子"哼"了一声，这果然是个女人。三哥七孔都冒出怒火。他连犹豫都没有，大吼一声冲上去，朝那熊包一般的男人拳打脚踢。然后回过身将吓傻的女人胸口抓住，用全力横扫几巴掌。巴掌在女人脸颊上撞击得啪啪响。声音清脆悦耳。三哥的心这才舒坦了许多。如此他才丢下那对男女继续打着饱嗝下山了。

　　三哥在驳船上当水手。他的船长十分赏识他。三哥安心住在船上，从不觉得水手是份丢人的职业。三哥身高力大，干起活儿来从不耍滑。三哥还能陪船长喝酒。这是船长感到最兴奋的事。船长说三哥是他有生以来最默契的酒友。他们俩在一起能将两斤白酒喝得瓶底朝天。夏天的时候，船长常会冒出些疯狂念头。他叫驳船继续行驶而自己拉了三哥跳入长江一路游去。船长和三哥游泳的本事也不相上下。他俩胆大包天，在长江里宛如两条棕色的龙。船长对三哥说如果掉进漩涡就平摊开身体不要动，漩涡就会把你自动地甩出来。三哥故意激他，说是你又没进去过怎么倒向我传授经验？船长急了，说你不信？这是老水手都清楚的。三哥说我没见过的都不信。船长突然指着一个漩涡说那我就叫你见一次。没等三哥阻止他便几下冲了进去。三哥大汗淋漓呆愣愣地踩着水不敢往前。漩涡转得比想象的要快，三哥看不清船长在什么地方。但是一会儿他听见了呼叫。是船长在他的侧面嘻嘻地招手。当三哥游过去后船长说险些丢了命。三哥说如何？船长说像是有许多手把你往江底拽。我已经觉得完了的时候一下子被放出来了。船长说平摊着不动也不行，得看什么时候动。三哥默然不语。忽而他见到一个漩涡立即对船长说了句看我的，便一头扎了进去。三哥在漩涡里身不由己。他被许多只巨手像掷球一样掷来掷去。他的肚皮上有另一种磁力将他往水底吸去。三哥不由失声叫了起来："救命呀！"他没有叫完又喝了好几口水。三哥瞬间想也好，进阴曹地府可能还能见到二哥哩。这一刻三哥被一只手轰地一下抛出来。三哥傻瓜一样不明了方向。直到船长游到他跟前他才清醒。船长游过去扇了三哥几耳光，大声训斥道："小命也是可以开玩笑的！你死了，我还要受处分哩。"三哥的脸上火辣辣的但他感到很舒服。三哥说："我以漩涡报答漩涡。"

　　晚上抛锚后船长和三哥在甲板上饮酒。船长敬了三哥三杯酒，连声说一条好汉一条好汉一条好汉。

　　船长和三哥在甲板对酌时常叹说要有女人就好了。船长有老婆和两个小子，夜里也牵肠挂肚地想。三哥唯在这点上与船长不投。三哥说酒比女人好。最便宜的酒也比最漂亮的女人有味道。三哥说时常呷呷嘴连饮三杯。江上清风徐来，山间明月笼罩。取不尽用不竭。三哥说人生如此当心满意足。船长说你没有女人为你搭一个窝没有女人跟你心贴着心地掉眼泪你做人的滋味也算没尝着。三哥不语。

三哥想他宁愿没尝着做人的滋味。女人害死了他的二哥，他还能跟女人心贴着心么？三哥说这简直是开玩笑。当年二哥对杨朗好到什么地步几乎没人想得出来。二哥原本可以不下乡，然而杨朗下乡二哥也就下了。他把板车交给了四哥。三哥为了二哥也一块儿下到杨朗的队里。二哥几乎把该杨朗干的活儿全部揽下了，连杨朦都插不上手。那时间杨朗绕着二哥又是说又是笑。两人在河边草滩上抱着打滚连三哥都不好意思多看几眼。二哥一分一分地存钱。他要买最漂亮的家具布置新房。他要把家弄得像杨朗过去的家一样舒适。三哥也为这个目的同二哥一起奋斗着。一次又一次招工，没有杨朗。二哥一次又一次放弃自己的机会。三哥也陪伴着。每年修水利。二哥一星期都要回村一次。几十里路连夜走哇，只是为了看一眼他心爱的人。每年如此每星期如此。到有一天杨朗终于拿到了表格。杨朗填了表到县里去了。她一去就是三天。回来告诉大家这次必走无疑。职业是护士。二哥几乎将全公社的知青都请来喝了酒。有人告诉他杨朗是用贞操换来的职业。二哥呆愣了，手上的酒瓶落在地上。杨朦转身而去。他揪住了他妹妹的头发。杨朗承认了。但她没说那男人是谁。三哥手上已经拿了刀。三哥准备杀人去的。杨朗说她既然把身子交给了那个男人就打算和那人结婚。二哥让杨朦松开了他的手。他忍受不了他心爱的人被她哥哥揪扯住头发。二哥一缕一缕替杨朗理顺发丝，颤着声说："我知道你是迫不得已。我不怪你。我不计较那些。但你不能同那人结婚。那是个禽兽。"杨朗说："你就死了心吧。我不可能嫁给你了。"二哥惊问为什么，杨朗说："我从来就没爱过你。我只是看你可怜才应付你一下。你千万不要当真。"二哥脸色煞白，他长啸一声冲出门去。三哥扔下刀追了出去。三哥把二哥拖到自己的屋里，他让半昏迷的二哥躺下了。他自己也躺在一边。三哥的怒火一蹿一蹿，他想去狠狠教训一顿杨朗，然而他寸步不敢离开二哥。他知道这给他的二哥是致命的一击。他知道二哥活不长了。三哥忧郁地想着，迷迷糊糊睡了过去。

他没料到他的二哥失去了爱情连一夜都不打算活。

杨朗终于走了而杨朦留了下来。他在二哥的坟前盖了个草棚。他说他将陪伴他的朋友直到他死。他替他的妹妹赎罪。三哥为此扔掉了那把准备杀死杨朗的刀子。这兄妹俩迥异的表现使三哥猜不透究竟是什么原因。三哥只能去设想：女人天生阴毒。

船长对三哥所说的一切不置可否。他只是对三哥说等你有一天碰上一个好女人时，你就知道男人跟女人比简直是臭虫一个。

可惜船长没能见到三哥碰到好女人的日子。船长对三哥说那一番话不久，驳船在青山岬水道翻了。一船人都沉到江底包括船长而唯独三哥逃了出来。

这是一九八五年的初春时节。三哥从此不敢上船，连游泳都不敢了。于是他辞了职。他像一个孤魂飘飘荡荡来无影去无踪。好多天好多天后，三哥申请了一个执照，添置了一套工具。每天坐在地下商场侧门，见人买了皮鞋便追着问："钉个掌怎么样？"

第九章

七哥成天里忙忙碌碌。又是开这个会又是起草那个文件又是接待先进典型又是帮助落后青年。每晚一头倒下床脑袋里混沌一片。他不知道自己究竟在干些什么事和干这些事的意义何在。他只知道如此这般卖命干了就能博得领导好印象。好印象的结果是提拔。而提拔的结果是有社会地位有权力。而有权力的结果是工资高加房子分到手福利优厚以及来自四方的尊敬。如此，一个人的命运才能得到最为彻底的改变。七哥觉得他活着的目的就是为了改变命运。他想象不出来如果不上大学他将是什么样子。

七哥到学校第一个晚上梦游时就被同寝室的同学抓到了。

七哥睡的是上铺。下床时他蹬倒了床边的方凳子。他的下铺立即醒来。他看见七哥一件件脱下背心短裤然后赤裸着往外走，心里甚是骇然。七哥出门后，他便叫醒全屋人一起悄然跟上。他们跟着七哥出了宿舍楼，七哥看见树就绕圈子。绕了几圈后便发出令人毛骨悚然的尖啸。几个同学由害怕到不解，继而终有人悟出，说恐怕是梦游。于是一起上前，几双手拼命摇撼七哥。七哥睁开眼猛眨几下，身体一惊颤。说你们干什么？一同学说：你梦游了，我们想叫你回去。七哥茫然四顾，再低头看自己一身，突然醒悟。他挣脱同学的手，疯狂地奔进房间，爬上床铺，一动不动。七哥想起曾经有过的关于鬼的故事。他想这么说来村子里白色的皮肤光滑的鬼就是他自己了。

七哥自小卑微惯了。入校后依然眉眼中露出怯生生之气，一副极委琐的样子。梦游的事成为全体同学的话柄，这使七哥愈加缩头缩脑自惭形秽。七哥每天三点一线。宿舍——教室——食堂。无人睬他他也懒睬旁人。如此相安无事几乎一年。

学校的生活自是清苦。而对于七哥却是好得不得了的日子。七哥削尖的脸由此而圆润起来。七哥毕竟是父亲的儿子。父亲所有儿子中没有一个不是身架均匀五官搭配极佳的好男儿。七哥委琐归委琐，但相貌在那儿搁着。班上有极风流俊雅的女生叹惜说七哥如果有三分洒脱也可称全系的美男子。而七哥却嗫嗫嚅嚅的完全与洒脱无缘。美男子的称号只得落在七哥的下铺身上。

七哥的下铺是从苏北一个乡下来的。苏北佬在公社读高中时很能写文章。曾写过好几篇公社书记的先进事迹报道。这些报道通过有线广播弄得全县人都知道了那书记的大名。出了名的书记便在苏北佬毕业一年后乐呵呵地将他推荐到了大学。临走前欢送会上又开了他的入党宣誓会。为此，苏北佬一到学校便成了班上党支部的宣传委员。苏北佬白白净净典型的江南小生模样，大眼小唇温文尔雅故而很得那些女生的喜爱。班上女生大多高干子弟或女干部。自己泼辣能干张牙舞爪成性却对温顺柔弱的男人有兴趣。这当然也是奇怪之至的事情。苏北佬被几个豪放过人的女孩子追得狗一样乱窜却不见他对其中某个产生兴趣。这劲头弄得女生泪眼涟涟男生醋意十足。

不料一日系里召集全系大会，在会上宣读了一封来信。信写得情真意切。写信人是一位女清洁工，说是她因患骨癌对生活感到绝望之时遇上了田水生。七哥想田水生不就是苏北佬？是田水生诚恳的谈话使她放弃了死的计划。这之后田水生常常去看望她鼓励她。陪她去长城饱览万里河山去香山欣赏深秋红叶，教会了她很多做人的真理。于是他们俩相爱了，爱得很深很深。但是近半年来，她的病情恶化得很厉害。癌细胞已遍布全身。水生却对她忠心耿耿百般照顾。为了使她享受到做人的幸福，水生已答应同她结婚。信中说："我即将告别这个世界走向死亡那遥远的甬道。在我踏上那甬道之前，我有责任将这个青年美好的灵魂展现出来。我渴望向全世界人宣布我的丈夫是一个了不起的人。"

来信引起的反响不啻有人在图书馆放了炸弹且准时爆响了。苏北佬一下子成了英雄。报社记者络绎不绝。每一篇报道都催人泪下。苏北佬出去讲用过好多次。据说每一次讲用效果皆佳。动人心弦的故事给命运套上了极艳丽的花环。苏北佬同清洁工结婚了。半年不到，她死了。而她给苏北佬带来的花环却依然栩栩如生大放异彩。

七哥却从苏北佬极诚挚的语言和极慷慨的激情之后看出那一丝丝古怪而诡谲的笑意。那笑意随着女人的离世而愈加明朗。一天早上起来苏北佬竟拿着小梳子对着小圆镜梳头发而嘴里却哼着一支极欢快的歌子。房间里同学都去早锻炼了。七哥刷牙回来听见这歌子不由直勾勾地盯着他。苏北佬放下镜子看见了七哥也看见了七哥直勾勾的目光。他尴尬地假咳两声逃也似的出了房门。那女清洁工死了才二十三天。这数字是七哥掐指算了好一会儿才算出的。

苏北佬知道七哥已勾去了他的真正的魂灵。苏北佬对七哥一下子亲善起来。七哥得了阑尾炎住院动了手术。这期间只有苏北佬天天来看望他。七哥从来没领教过时时被人记挂的感觉。面对苏北佬的殷勤和关心，七哥苍白的脸上不由自主浮出许多感激之情。苏北佬总是淡然一笑说没什么没什么。

七哥的伤口快合拢的那一天，七哥斜躺在病床上看书。那一堆书都是苏北佬带给七哥解闷的。七哥过去几乎没读过几本文学书籍，倒是这次住院开了一点眼界。窗外干风吹打着树枝啪啪地响。劈栅栏木条的人居然成为美国总统这一事使七哥激动不安，以至苏北佬进门来时七哥仍满额汗珠手指颤抖。

苏北佬坐在七哥床边，无言地也用那直勾勾的目光看着七哥。七哥感到他的魂灵也要被这目光勾走了。七哥突然说我理解了你。苏北佬说理解了就好。七哥说我应该怎么办？苏北佬说换一种活法。七哥说怎么活？苏北佬说干那些能够改变你的命运的事情，不要选择手段和方式。七哥说得下狠心是么？苏北佬说每天晚上去想你曾有过的一切痛苦，去想人们对你低微的地位而投出的蔑视的目光，去想你的子孙后代还将沿着你走过的路在社会的底层艰难跋涉。

七哥果然想了整整一夜。往事潮水一样涌来而又卷去。七哥惊恐地叫出了声。护士来时他正大汗淋漓地打着哆嗦。伤口又崩裂了。一丝一线地渗着血。护士说："做噩梦了？"七哥说："是，做噩梦了。"

一场噩梦已过。当太阳高升之时，七哥突然感到生命的原动力正在他周身集聚感到血液正欢快而流畅地奔涌感到骨骼为了他的青春正"巴格巴格"地作响，他感到由衷的解脱和由衷的轻松。

那一年，七哥二十岁。两年后他分回了武汉。他在汉口一所普通的中学教书。七哥明白这里绝不是他的久留之地。七哥对寂然地活着已经腻味了。七哥渴望着叱咤风云而这种机会只要去寻找和创造总归还是会出现的。

七哥现在最难见到面的是他的四哥。七哥对四哥无好感亦无恶感。四哥对七哥也是这般。

四哥是个哑巴。他在六个月时发高烧而父亲那天打码头负了伤母亲为父亲忙碌去了。高烧之后四哥虽然活了下来却丧失了听和说的能力。四哥能吃能喝心情愉快地在这个家庭中生长。只有他从来没挨过父亲的拳脚。这使得四哥对父亲格外亲热。只有四哥在看见父亲下班后才会欣喜地迎上前用他浑浊不清的话叫着"爸"……"爸"。四哥只会叫这一个字，他不会叫妈。为此母亲并不因为他的残疾而格外怜爱他。

四哥十四岁就出去干零工了。他先跟泥瓦匠打下手。后来二哥随杨朗下乡后把他名下的板车交给了四哥，四哥便当了装卸工。一直稳定地干到今天。

四哥的经历平凡而顺畅。四哥二十四岁便和一个盲女子结了婚。四哥有眼而她有灵敏的耳和灵巧的嘴。这是一个完整人的家庭。四哥分了间十六平方米的房子。这比父母住了一辈子的那间还要大一点。四哥便在这里和他的妻子生儿育女。四哥先生了一个女儿后来又生了一个儿子。四哥是赶在只许生一个的前面生的这个儿子。四哥的儿女漂亮如父聪明如母。这使得四哥每日咿咿哦哦地兴奋不已。四哥家里已添置了电视机和洗衣机。四嫂说电冰箱的钱也快攒齐了。

七哥到四哥家里去过一次。他看见四哥家的墙壁上贴满了各种奖状。那全是四嫂和侄儿侄女的。没有四哥一张。七哥问四嫂：为什么没有四哥的呢？四嫂说他又不会说甜言蜜语。人家选先进时他又不晓得是干什么。四哥四嫂留七哥吃了饭。四哥拿出一瓶洋河大曲。四哥在这点上同父亲一模一样。只是四哥酒后绝不打他的儿女。七哥想这大约是四哥从未挨过打的缘故吧。

能有几人像四哥这样平和安宁地过自给自足的日子呢？这是因为嘈杂繁乱的世界之声完全进入不了他的心境才使得他生活得这般和谐和安稳的么？

四哥又聋又哑呵。

七哥在该恋爱的年龄里就自然而然地恋爱了。那女孩比七哥小两岁，长得眉清目秀的。连父亲都诧异万分，说小七子还真有能耐，把这样的姑娘都弄到了手。这是有七哥以来父亲夸奖他的第一句话。女孩教英语，外语学院毕业的。女孩的父亲是大学里的教授。儒雅之家使得女孩天生一股娴静悠然落落大方的风度。这气质使七哥大为倾倒。七哥同她恋爱了两年，便将自己也熏染得如教授之子般温文尔雅。七哥已经同他的女朋友一起商量买家具的事了。但因学校里一直没有房子，买家具和结婚的事就搁了下来。按照工龄和级别，七哥还得等上三年才能有一个小小的单间。这怨不了谁。学校里的老教师也不过如此，更何况小字辈。七哥几乎快没了耐心。

暑假里，七哥出了一趟差，到上海去观摩学习了二十天。回来时船逆流而行，时间极枯燥难熬。七哥认识了他的上铺，一个眼角已叠起鱼尾纹的女士。女士穿着很时髦谈吐不凡与七哥的女朋友比又有另外一番大家气派。三天的路程，七哥同她很聊得来。下船时，她给七哥留了地址和她家的电话号码。七哥看着她写下"水果湖"几个字就知道他遇上的不是一个普通人家的女性，及至她写下电话号码时，七哥心里猛然划过一道闪电。

这电光刺得他的心有些隐隐作疼而疼过之后蓦地生出许多的兴奋。七哥含笑说去你那里玩儿欢迎吗？女士说大门永向有识之士敞开。

三天后，七哥给女士打了一个电话。她说她一直在等七哥电话。七哥的心陡地动了一动。于是七哥开始约她散步或吃饭她也约七哥看内部电影或看演出。

七哥已经知道了她的父亲是何许人物。她比七哥大八岁，是老三届的学生。她父亲倒霉时她下了乡。她为了赎罪拼命地干活。结果她得了病。她丧失了生育能力。那是一个暴风雨的日子，她不顾月经来临而坚持上大堤抢险。在堤坝有裂缝时她像男人一样跳进水里同大家手挽手地阻止了洪水的冲击。最后她昏倒在了浪里。人们将她拖出来后她住了一个月的医院。出院时医生告诉了她这个对于女人来说最不幸的消息。她当时二十二岁，还没想过找男朋友的事为此对生育问题更不介意。她只是淡淡地笑了笑。随着年龄的增长，这个问题才显得越来越严重。每次结识一个男朋友她都把这个情况诚实地告诉对方。大多人都叹口气终止了同她的交往。她过了三十五岁后，心灵上的创伤已经无法愈合。她想如果四十岁她还是这样孑然一身地生活那么她就到当年使她丧失她最宝贵东西的大堤上去自杀。就在她把这个问题一遍又一遍地考虑时，她认识了七哥。她愿意同七哥接触的初衷仅仅是像所有女人一样喜欢同外貌漂亮而又显得有知识的男人接触，喜欢同陌生的异性谈自己心里深处的东西。但她万没料到半个月后她遭到七哥猛烈的追求。她在告诉七哥她不能为他生育时七哥连惊异的表示都没有，一如既往地出现在她身边，陪她买东西喝咖啡走亲友，在人烟稀少的地方把手臂揽在她的腰上偶尔还微笑着在她额上留一个吻。在她的充满女性气息的房间里七哥总是拥抱着她使她气都喘不上来。这种充满热烈之情的拥抱使她感到迷醉而她的心底却痛苦不堪。在情绪稍稍平静时就有一个声音警钟似的呼叫：这个男人感兴趣的不是你而是你的父亲。她想摆脱这个警钟而这声音却响得愈加频繁。

有一天她终于忍不住了。她问七哥："如果我父亲是像你父亲一样的人，你会这样追求我吗？"七哥淡淡一笑，说："何必问这么愚蠢的问题呢？"她说："我知道你的动机、你的野心。"七哥冷静地直视她几秒，然后说："如果你还是一个完整的女人你会接受我这样家庭这样地位的人的爱情吗?"她低下了头。

几天后,七哥把她带到了河南棚子,带到了我们的家。七哥掀开床板指着那潮湿幽暗的地方告诉她他曾在那儿睡到他下乡的前一日。七哥搬开新添的沙发用脚划出一块地盘说那是他的五个哥哥睡觉的地方。七哥说他的大哥因为没有地方住便成年累月上夜班。

屋里除了多出一架长沙发和小方桌上的一台黑白电视机外,一切都还是老样子。小屋的窗子因搭厨房而封死了,为此只剩得屋顶上嵌着的那片玻璃瓦。屋里全部的光线都是由那儿透入。墙壁还是当年的报纸糊的。泛黄的纸上还展示着昔日那些极有趣的文章。七哥说:"你如果在这样的地方生活过一年,你就明白我所做的一切是多么重要。我选择你的确有百分之八十是因为你父亲的权力。而那百分之二十是为了你的诚实和善良。我需要通过你父亲这座桥梁来到达我的目的地。"七哥说:"我还可以告诉你在我认识你之前我有过一个女朋友。她父亲是个大学教授。我同她的关系已经很深了。我在几乎快打结婚证时碰到了你。你和你父亲比她和她父亲对我来说重要得多。"七哥说在中国教授这玩意儿毫不值钱。"他对我就像这些过时的报纸一样毫无帮助。所以我很果断地同原先那个女友分了手。我是带着百倍的信心和勇气走向你的。我一定要得到。"七哥的话语言之凿凿掷地作金石声。她惊愕得使那张青春已逝的脸如被人扭了一般,歪斜得可怖。她跨了一步给了七哥一个响亮的耳光然后抽身逃去。

七哥淡淡地笑了笑没说什么。七哥怀着无限的自信等待她的回心转意。七哥知道她需要他比他需要她更为强烈。有人写了一部小说叫"悲剧比没有剧好"。七哥没看过那小说但他觉得那题目起得棒极了。有魔鬼比什么都没有要好。七哥想她最终会得出这么个结论的。

七哥的判断像诸葛亮一样准确无误。三天刚过,她红肿着眼泡来找七哥了。她没有别的男人可找。她只有七哥。况且七哥的确还不是个很差的角色。她对七哥说她是一时冲动,没能从七哥的角度去理解七哥。她请求七哥谅解。七哥一言未发,只是上前吻了吻她。她激动得热泪盈盈。七哥固然利用她达到自己的目的而她也一样地利用七哥去获得全新的生活。七哥当天就把她所渴望的给了她。那种生命最彻底的快感使她衰败下去的容颜又焕发出光彩。当她神采奕奕出现在她的朋友们的面前时，人们几乎没法将她同昔日的形象相比。这是七哥为她创造的青春。由此她对七哥更是死心塌地和严加看管。

其实七哥全然不是寻花问柳之辈。七哥全部的用心不在那上面。如果认识不到这一点那就实在小看了七哥。七哥觉得把情欲看得很重是低能动物的水平。七哥不屑于这些。七哥的目的在于进入上层社会，做叱咤风云的人物做世界瞩目的人物做一呼百应的人物。七哥想将他的穷根全部斩断埋葬，让命运完整地翻一个身。七哥想拯救自己。他觉得他有责任使自己像别人一样过上极美好的日子。否则他会因为感到世界亏待了他而死后阴魂不散。

七哥调到了团省委，这是七哥提出的去处。七哥看过一张统计表，那上面记有解放以来历届团干离任后的情况。七哥记不得他们各自都干了些什么具体职业。但他唯一的印象是：从那扇门出来的人几乎全部升上了高处而且还在继续上升着。那些相当级别的职位一个挨一个排列着如一条冰凉的蛇从七哥心头爬过。七哥打了个寒噤然后欣喜若狂。七哥知道他已经找到了他的终南捷径。

七哥分到了很宽敞的房子。在他原先的学校拥有三十年教龄的老师也没资格住上七哥现在的这房子。七哥的房子布置得像宫殿：落地的双层窗帘，先锋的组合音响，遥控的彩色电视还有松软宽大的席梦思。七哥结婚前夕，父亲和母亲相携着去过一次。父亲坚持说那床一定要睡坏骨头的，而母亲则生气地说那窗帘浪费了好几件褂子的衣料。

七哥的蜜月是在广州和深圳度过的。七哥住在深圳湾大酒店的那几夜几乎夜夜都失眠。他的全身如火灼一般难受而又如火灼一般兴奋。他在他的妻子睡着之后还忍不住一次次把脸埋进她的胸脯里。七哥对她感激涕零。七哥有一种预感，那就是她给他带来的幸运，很可能在某一个日子超出他的想象。

那一段日子七哥纵情享受恣意欢笑如入天堂之门，却有另一个女孩子把眼泪哭干了把嘴唇咬破了。她的老父老母只能咬牙切齿地痛骂几句"小人"之类无伤大雅的话然后陪着伤心欲绝的女儿长长地叹气。

五哥辞职干个体户时并不知道六哥也辞职干个体户了。他俩碰面时是在轮船上。五哥进餐厅吃晚饭时看见了正在端菜的六哥，五哥惊叫了一声以致六哥手一滑菜盘掉在了地上。他俩相视片刻哈哈大笑了。五哥到南京去订购一批汗衫而六哥则去南通进货棉纱长袜。

五哥和六哥是一对双胞胎。他俩的心似乎是沟通的：五哥想到的东西六哥也能想到。五哥感冒六哥百分之百也要伤风流鼻涕；最奇特的是小学时一次语文考试，三个造句，他俩造得完全一样而实际上他俩的座位却隔得很远。五哥六哥自小是一对坏种。打架骂人偷盗玩女孩无恶不作。直到各自娶了老婆添了儿子才走上正轨，像模像样地过开了日子。

五哥第一次带女朋友到家里来时，父亲和母亲正在吵架。那是为了母亲买回来的酒是兑过水的，父亲一怒之下连酒壶都扔到了铁路上。恰巧一列火车开过，酒壶碾成了薄铁皮。于是母亲便横着嗓子同父亲吵开了。五哥的女朋友如同巡视大员般，毫不把父亲和母亲放在眼里，只傲慢地将屋子环视一遍，说："就这屁点破屋？"五哥未曾来得及答话，父亲却撇开母亲朝这边吼开了。父亲说："嫌老子屋破，这里还没你的地盘哩。"那女朋友也不示弱："这老家伙吃错了药，怎么见什么人就吼什么人？"说罢扬长而去。气得五哥跳起来对父亲乱叫了一通便又噔噔噔地去追赶那女朋友。父亲发了一会儿呆，摇摇头说："日月颠倒了，颠倒了。"然后自己找了个空瓶，长吁短叹地打酒去了。

结果是，五哥的女朋友再也不肯来家了，五哥只好做了上门女婿。五哥的女朋友是汉正街的。六哥常陪五哥去那里，于是六哥也找了个汉正街的姑娘。六哥知趣，不敢带女朋友回家，主动对父亲说想要倒插门。父亲大手一挥："去去去，少废话。你俩反正是一对。"六哥如获大赦，轻松地告别了这个家，住进了老婆屋里。五哥和六哥几乎同时（只差三天呀）各得一子。肥墩墩的，让岳父岳母们欢天喜地。五哥六哥当女婿比当儿子舒服多了。渐渐地不太记得河南棚子的老父老母。

汉正街自古便是商贾云集之处。以谦祥益商店为中心，上至武圣路下至集家嘴，沿街经商的个体户而今已经达两千多户。长街小摊，百货纷呈。五哥问清楚几乎有一千家已经成万元户，立即心慌意乱头脑混沌了。五哥是建筑队的泥瓦工，工资不算低。即使不低，细细想来辛辛苦苦一个月还不及个体户一天赚的钱多。五哥觉得自己活得窝囊，他得赚大钱过富日子才不枉做人一遭。五哥连同老婆商量一下的情绪都没有，当天便打了辞职报告。六哥只比五哥早一天。六哥的邻居仅从一百五十元的资金起家，不到一年已成了万元富户。这变化是六哥亲眼所见。六哥眼珠都快突出来了，他想了一夜，辞去了运输公司汽车修理工的职务。

五哥订购的汗衫原本就是积压货。五哥订了一万件但却只销出了一千五。钱周转不了，五嫂夜夜指着五哥的鼻尖骂祖宗。五哥怕老婆，五哥在这一点上完全不像父亲。连日里五哥东奔西跑得下巴都尖了，汗衫还是积压着。

那天五嫂又砸杯子扔碗地骂祖宗了，五哥只好溜之乎也。五哥信步溜达到航空路。航空路到商场一带是"飞虎队"的地盘。"飞虎队"是市民给那些流动小贩们的绰号。"飞虎队"的小贩们拉起生意来可以说是死皮赖脸。抬高价短斤两是他们的拿手好戏。圈套也做得像真的。五哥看见几个女子围着一个小贩高声议论羊毛衫的价格。五哥一眼看出他们都是一伙的。假卖假买地哄来一些真正的顾客。一个红衣女子的眉眼不断地向路人扫来扫去。她看到了五哥。她叫了声："哎呀，这羊毛衫要是让这个男的穿上简直可以成为三镇第一美男子。"五哥笑了笑，走过去。问小贩："多少钱一件?"小贩说："看你穿着肯定合适，我心里高兴，就便宜点卖给你，二十六吧，别人我都是卖三十呢。"五哥用手捏了捏，深知毛线中腈纶多于羊毛，便又笑笑说："出厂价，十六块，这我清楚。"然后意味深长地丢下一声笑，甩手而去。他听见小贩和几个女子冲着他的背脊骂骂咧咧的声音。五哥从来都不是好惹的家伙。五哥在家以外的地盘上还从来没输过。这回自然也是。五哥心里暗笑一下，拐到一个稍清静的地方，然后放开嗓子爆喊一声："工商局的人来了!"

这声喊宛如扔下一枚炸弹。五哥的眼前炸窝了：抢收衣服的，逃窜的，装作顾客若无其事地混杂入人群的，互相叮咛的，应有尽有丑态万千。一忽儿，"飞虎队"无踪无影，只丢些空纸盒在路上。五哥看得有趣。不由倚在墙根下捧腹大笑。待五哥笑得上气难接下气时，他的肩膀被一只手拍了一下。五哥回过头，认出了是红衣女子。五哥一笑，说："怎么不跑?"红衣女子冷冷地说："想看看你还有几手。"五哥说："闹着玩玩，何必当真。"红衣女子说："闹着玩也得看地方看人。"五哥呵呵一笑："你们拉客过后又骂人也没有看人看地方呀。"红衣女子打量了一下五哥，说："你还像个人物呀。"五哥说："当然。河南棚子的儿子汉正街的女婿，堂堂正正是个人物。"红衣女子说："汉正街的？万元户？"五哥说："万元户还得过两年。"红衣女子说："这么说是同行了？何必拿一路人开心，不都是端这个饭碗的？"五哥说："那我就道声对不起了。要不要去云鹤酒楼压惊？"红衣女子说："哥们儿还痛快，去就去。"

五哥同红衣女子一道上了三楼，红衣女子拿起菜谱就点。心狠手辣得完全不顾及五哥腰里并没带几块钱。烧甲鱼炖海参炒虾米白斩鸡外带一碗三鲜汤和四瓶青岛啤酒。点得五哥暗叫苦也。

红衣女子问五哥生意做得如何。五哥灌几口啤酒长叹一气说正在倒霉。红衣女子问缘故。五哥便如实说了汗衫的滞销。红衣女子说："再不好销的东西，只要想好了办法，总是能赚到钱的。"五哥说："有什么好点子？"红衣女子说："就这么白给你出？"五哥说："当然给好处。"红衣女子："怎么讲？"五哥伸出右手："五十张。"红衣女子说："半千还算钱？如果让你一件汗衫赚一块钱，那你得了多少？给我了多少？简直小气得不像男人。"五哥说："未必给你一千？"红衣女子说："说良心话，这我还不一定要呢。做生意眼光要放长远一点。"五哥默然不语。见啤酒已尽，说："我再去要两罐啤酒来。"五哥在服务台拿了啤酒刚转身欲回饭桌，见红衣女子正背对服务台，不禁心头一转，将啤酒装进裤兜里，自言自语道："再去买两盘冷菜。"便悠悠然地下了楼。五哥下了楼便直奔一路汽车站，一口气坐到了六渡桥，打着饱嗝到朋友家推了一夜麻将，第二日凌晨才摇摇晃晃地回到了家。

五嫂开门第一件事便是送给了五哥几耳光。五哥不动气，慢慢说："跟你讲件滑稽事。"便添油加醋地将昨日白吃一顿的事细细讲述了一遍。五嫂不由得笑得倒在了床上。大骂女人的愚蠢和男人的狡猾。骂声中不禁为这男人是自己的丈夫而感到自豪起来。五哥这时则歪在沙发上呼呼地大睡开了。

一清早六哥大汗淋漓奔来时五哥还没起来。六哥将五哥打起，愤怒地叫道："今天无论如何帮兄弟一把。"五哥忙问什么事。六哥说："我一早刚把摊子摆出去，一个女的带了几个人，二话不说砸了我的摊子。他们人多，我又不敢对抗。临了，那女的丢下这件汗衫说一千块准备好，我到时来取。"五哥跳起来抓过汗衫细细查看。汗衫的胸前用圆珠笔勾勒了一个霍元甲打拳的形象。五哥心头豁然一亮，眉头舒展，连声叫："妙极了妙极了。"倒将六哥弄得莫名其妙。五哥方将昨日之事一五一十说了一遍，拍着胸脯对六哥说："你今天的损失我负责加倍赔你。绝不放空屁。"

五哥将他积压的近万件汗衫五千件印上了霍元甲三千件印上了陈真。电视连续剧刚放过不久，人们对这二人印象颇深。五哥拿出二十件送给玩武术的小伙子，不到三天，五哥的摊前购者如云。五哥暗暗又抬了三次价，汗衫依然畅销。五哥发了财，五嫂每日见五哥都眉开眼笑，又端茶又打扇还撒娇般地在五哥面前扭来扭去。五哥脑子里却抹不掉那红衣女子的模样。但是那女人却一直没有出现。

三个月后，五哥从广州回来，刚出汉口火车站，一个女人朝他嫣然一笑，蓦然他认出那是红衣女子，只不过红衣被一件橄榄绿的棒针衫所代替。五哥立即向她迎去。红衣女子说："怎么，还认识？"五哥说："恩人嘛，当然不敢忘。"红衣女子说："我家在这附近，要不要去坐坐？"五哥说："当然想，只要你瞧得起。"红衣女子笑道："你一表人才又聪明又能干，我巴结都来不及哩。"五哥说："我唯一佩服的女人就是你。"红衣女子眼一斜说："是吗？"五哥被那一眼望得心乱了。五哥觉得这女人同他老婆比简直像仙女同讨饭婆相比一样。五哥想要是能同这女人享受一场那么他也就宛若神仙了。五哥说："你家里……还有谁？"红衣女子说："就我一个。我丈夫到深圳去了。"五哥说："我刚从南边回。我提前了两天。我老婆还当我是后天到哩。"红衣女子笑了笑。五哥趁机把手放在了她的腰上。

五哥跟着她拐弯抹角。五哥满心欢喜。他几乎是怀着甜蜜的感情打量他身边这个女人的一切，眼睛眉毛嘴唇以及胸脯。五哥都有点按捺不住了。

五哥刚跟红衣女子走进家门，后脚便跟进几个彪形大汉。五哥觉出有些不对，忙堆起笑，说："上次你帮了大忙。我准备了两千块钱酬劳你。"红衣女子冷笑一声："我说一千就只要一千。钱我已经从你兄弟那儿取来了。不过事情还不那么简单。"五哥出汗了，说："还有什么，尽管说，尽管说。"红衣女子说："你姑奶奶不是随便让人耍的。冒充工商局的，是要第一次；在云鹤酒楼一拍屁股开溜是要第二次；今日一路不怀好意是要第三次。我明白告诉你，我今天只想叫人揍你一顿，叫你记清楚闹着玩玩得看人看地方。"

五哥无言以对。五哥自然也不会轻易讨饶。五哥毕竟是父亲的儿子。父亲说过做男人就是把刀架在脖子上也要硬着筋骨。五哥此刻便硬着了筋骨。五哥见几条大汉脱下了衣服，每人都露一件由他摊上卖出去的印有霍元甲的汗衫，不由得心一沉。突然，五哥说："朋友，我讲几句话。"红衣女子说："有屁快放。"五哥说："我们是一账还一账，所以今天这顿打我认了。打伤了我看病，打残了我躺床，打死了我不怪。不过这笔账了结后，我们井水不犯河水，不必死结冤家。生意兴旺靠朋友，互相拆台栽跟头。"红衣女子说："你还是条汉子。你放心。你死不了残不了。血还是要放一点的。拆台的事我不做，其他的人我不保证。"

红衣女子说罢出了门。五哥立即被拳脚包围了。很快五哥便人事不知地瘫倒在地。五哥醒的时候，天已黑了。屋里亮着灯。红衣女子正哗啦哗啦地滑动着编织机织毛衣。五哥艰难地站起来，一言不发，向门外走去。五哥快要跨出大门。忽飘来那女子软软的声音："代我跟你兄弟道个歉。说那天我认错了人。"

五哥回家时叫了出租车。一家人见他血淋淋的模样都惊呼大叫。五哥没敢说也没脸皮说挨打之故，只说在汽车上同流氓争吵结果动起手来。五哥躺了整一星期。父亲闻知后，鼻子一嗤说五哥是笨蛋加癫皮狗一个。笨在居然能被人打到这种地步。癫在居然还大大方方地躺上七天。父亲委实感叹一代不如一代。

一切都恍如梦般。五哥伤好之后生意照常做了下去。五哥担心还会有人前来挑衅，结果，一连几个月都相安无事。五哥不由从心底服了那女子。他曾到处打听过红衣女子的下落。五哥想同她交个朋友。可惜五哥至今仍未打听到。

五哥现已是汉正街万元户之一了。六哥自然也不例外。汉正街的万元户说起来只千来户人家而其实远远不止。潜伏在地底下的万元户们至少也有几百。五哥和六哥这种人，发富之后学会的第一桩事便是赌钱。起先是麻将。后来嫌麻将太磨人也太费脑子，便掷骰子。有人读过金庸的小说《鹿鼎记》，知道那里面有个善赌的韦小宝。便在摇骰子时爆喊一声："韦小宝来啦！"五哥六哥均不知韦小宝为何物，但每次轮到他们掷时，也长长地吆喝："韦小宝哇！"

偶尔五哥回河南棚子看看父亲母亲时，见父亲端端地坐在小凳上与一帮老朽们以一毛两毛钱这样的数目打牌，脸红脖子粗地叫喊这个是臭牌那个是霉星，便也如父亲嗤他一样对父亲嗤一鼻子。五哥说他们现在下赌注根本不数钞票的张数。父亲不服，便傲然问道那怎么算账？五哥说把钱摞起来用尺量厚薄。五哥说我下得最凶的一次赌注是十个厘米。父亲说十个厘米有多少？未必比一百块还多？五哥说压紧一点也就差不多一千块。父亲"呸"地朝五哥吐了一口浓痰，怒道："吹牛找你孙子去，莫找你老子。"五哥大骂着父亲浑蛋透顶而去。而同父亲一起的牌友们直到五哥走得没影儿了惊愕的面孔还没复原。

这回父亲怀疑五哥和六哥是不是他的儿子了。

七哥瞧不起五哥和六哥到了极点。七哥常在肚子里用最恶毒最尖刻的话骂五哥和六哥。童年时代五哥和六哥给七哥的伤害令七哥永生难忘。但七哥在组织个体们座谈时却每一次都以自豪的口吻提到他有两个哥哥都是个体户。七哥说他对他的这两个哥哥极其敬重，因为他们全靠自己的勤劳和智慧创造自己的生活。七哥鼓励个体户青年不要自卑要自信，要认识到自己这个职业的高尚和伟大。七哥还诙谐地说他们这些搞政治工作的人只能靠嘴皮吃饭，别的什么本事都没有。假如有一天我干腻了这一行就辞职去干个体户。七哥说起码可以到深圳广州跑几趟而这两处他还没去过哩。七哥的话让那些常往南边跑的个体户们都笑了起来。个体户们都纷纷称赞七哥说这个人难得，便将七哥视为知音。而实际上他们都不知道七哥度蜜月在深圳住了二十天。

元旦时，七哥回了一趟家。恰恰五哥六哥也携子来了。五哥六哥自小就没把七哥放在眼里，到现在依然是。他们完全不顾七哥是广大个体户的知音这一事实。五哥和六哥你一言我一语大声讥刺七哥费心思往上爬不如费心思赚点钱，然后故意把儿子的胖脸亲得"叭叭"地响。那响声在七哥的心上像是锤子砸下一样，一锤一锤地让他痛苦。

父亲对七嫂极不满意。父亲想这女人大概有妖术。要不凭她那年龄和不能生儿子这罪该万死的毛病怎么能把七哥给勾引上呢？父亲想没有男人愿意讨一个不会生孩子的女人。而女人生不下孩子，父亲想，那还有什么用？父亲说不孝有三无后为大。父亲说现如今又不能讨小，看小七子你今后怎么办？父亲说不如把你那个休掉，再找个年轻漂亮的。七哥说瞎吵什么，你懂个屁。七哥一句话噎得父亲说不上来了。父亲在七哥面前显得很谦卑。父亲常想着七哥是省里头的人。

　　元旦刚过几天，父亲突然颠颠赶到武昌来找到七哥。父亲说大香和小香都要请七哥吃饭，叙叙姐弟之情。七哥听得大吃一惊，那惊愕的程度不亚于听说里根总统请他赴宴。片刻，七哥冷笑一声："黄鼠狼给鸡拜年，哪有好心。"父亲说："她们当不了黄鼠狼，你也不是鸡。"七哥说："我从来都只当没有姐姐的。"父亲说："你们都是我养的。都是从你妈一个人肚子里钻出来的，有没有姐姐由不得你。"七哥又是一声冷笑。七嫂说既然请，那就去吧。何况父亲又老远跑来了。七哥听七嫂的，便淡淡地回父亲说："请就请。有吃的何乐而不为？"

　　小香姐姐住在黄孝河边。小香姐姐当年嫁的那个黑胡子男人是个无业游民。小香姐姐跟他结婚三个半月后生了一个女孩。那黑胡子要的是男孩而小香姐姐却没有办到。小香姐姐在七哥面前可以为所欲为地打骂撕咬，却不能将她的丈夫奈何下去。没等女孩满两岁黑胡子假称回老家将小香卖到了河南。河南乡下的日子清苦，这使小香一次又一次地逃跑，终于三年后跑了回来。到家里怀里又抱着一个男孩。那天母亲几乎以为她是个讨饭的。直到小香姐姐凄苦地喊了声妈妈，母亲才认出这是她的小女儿。

　　小香姐姐一年不到又结了婚。没有男人小香姐姐是活不下去的。甚至只有一个男人她也依然觉得日子难熬。小香姐姐为这回的丈夫生了一个儿子。小香的丈夫是菜农，因为妻子生了一个女孩而一怒之下与之离婚。这回小香称了他的心愿，便万事百事由着小香姐姐。儿子已经有了，老婆的意义就不大了。逗儿子逗得高兴时，即使小香领了情人来家调情他也无所谓。他抱着儿子给小香做菜还殷勤地问客人味道如何。

　　小香姐姐有了一女二子。河南带回的那个连户口都没有。小香姐姐想起了七哥。

几乎同时，大香姐姐也在想七哥了。大香结婚甚早。大香有三个小老虎似的儿子。小的也都初中毕业了，而大的业已开始了待业。大香姐姐十八岁就结了婚。大香姐姐丈夫是木匠，木匠比大香大十岁。大香姐姐小日子过得十分富足。大香常常在休假之日坐在门口晒太阳，嗑着瓜子同一帮老娘儿们扯三拉四地聊天。星期天则提一点吃的或酒回河南棚子看望父母亲，大香姐姐住在三眼桥，这也是汉口下层人历来所居之地。

父亲告诉大香和小香，说是七哥答应去她们那里吃饭。大香说那就先去我那儿吧。小香说不不不，先去我那儿。大香说你那破地方，七弟怎么能踏得进脚。小香说你不要什么都想得到手，你的日子过得够好的了。大香说就是日子过得好了，才要多为子孙后代想。小香说我则是一心为七弟着想。大香说你心肠好，怎么小时候不为七弟想？小香说你比七弟大那么多却从不照顾他。大香姐姐和小香姐姐争吵得互相骂了祖宗，倒没想到她俩是同一个祖宗下的儿女。

父亲说吵个什么名堂，就在我这儿吧。你们俩一起做东，打点好酒来。老子陪小七子喝酒，你俩有什么屁就在饭桌上放。父亲的话令两个女儿皆大欢喜。

七哥那天进门时见到大香姐姐和小香姐姐的笑容几乎当场呕吐。火车依旧哐啷哐啷地从门前开过，震得房子微微颤动。小桌放了屋中央。桌面上加了一层圆桌面。扩大了的桌面上已摆上了香肠卤牛肉花生米之类冷盘。酒是黄鹤楼牌的。父亲眯着眼边闻边咂着嘴唇。桌上倒了三杯酒。父亲把大哥也叫来了。七哥父亲大哥，三个男人坐在桌旁。而所有的女人——母亲大香小香——都在他们身边忙碌，谦卑地问七哥菜如何酒如何。七哥不知道到底为了什么事。他只觉得自己仿佛在一个陌生人家里做客。

父亲在三杯酒下肚后，舌头便又润滑了起来。父亲说："小七子你这辈子不能光你两口子过。"七哥说："您这是什么意思？"父亲说："得有儿子。要不你费老命奔的前途有谁能接着走下去？"大哥说："小七子，爸爸的话说得对。你的社会地位再高，你一死百事全了。还是得有儿子继承才是。"七哥没言语。他觉得父亲和大哥的话倒是不错。七哥想自己把自己的命运彻底地翻了个面，可又怎么样呢？没有儿孙为自己的这番奋斗自豪。亦没有儿孙能享受到自己的成果。这岂不是有些枉然？父亲说："小七子，你可以过继一个儿子。"小香姐姐立即说："我的老二，你晓得的，身体又结实，长相也不错，为了弟弟到老有依靠，我豁出去把他交给你了。"七哥吃了一惊："你儿子?"小香姐姐夹了一只鸡腿给七哥，说："是呀，那是个好小子。"大香姐姐说："小七子别听她的。那小子是她跟河南乡下农民养的，蠢头蠢脑。我那个老三，一表人才，年龄虽大了点，不过，过继给你也合适。"七哥又一惊："你说三毛?"大香姐姐说："是呀，三毛常说他最佩服的人就是他七舅哩。"小香姐姐说："三毛十五岁了怎么合适?"大香姐姐说："那也比杂种要好呀。"大香姐姐和小香姐姐又一顿好吵。七哥心烦意乱毫无吃兴。一桌酒菜便如毒药般让他汗毛耸起。七哥站起来，对父亲和大哥说："我不吃了。"父亲喝息了大香和小香的战火对七哥说："再坐坐，你不陪你老子也陪陪你大哥。"大哥说："七弟要走就让他走。不过话还是得跟你说明白。你小时在家里受够了苦，这我清楚。吃得苦中苦，方为人上人。现如今你出息了，再出息的人也得有子嗣。大香和小香的儿子是你的外甥。你们血缘亲近，你过继哪一个可以挑，但最好还是要过继有血缘关系的。否则，我们家不承认那个孙子。"七哥说："我得想想。"七哥一出家门，大香姐姐和小香姐姐的声音便在身后炸起。走了老远，还能听到她俩尖锐的叫喊。这一切使七哥恍若又回到了他过去的日子。七哥恐惧地加快了脚步，而心底里却一忽儿一个寒噤。七哥终于忍不住了，他扶着一棵树，勾下头将适才的饭菜呕吐一尽。他想将心底的恐惧和寒气一起呕出去。吐完，七哥望着灰蒙蒙的天空，想：家里过去又在什么时候承认过我这个儿子的呢?

　　三天后七哥回家了一趟。七哥告诉父亲：他已到孤儿院领了一个小男孩子，那孩子刚一岁。七哥说："不管你们承认不承认他是你们的孙子，但我得说，他是我的儿子!"七哥说完扬长而去。七哥的行为叫父亲目瞪口呆。父亲想骂人而终未骂出。父亲不敢骂七哥。父亲心里的七哥是政府的儿子而不是他的。

　　河南棚子盖起了好些新房子。那些陈旧的板壁屋便如衣衫褴褛的童养媳夹杂在青枝绿叶般的新娘子之间。据说新火车站要修到建设大道的方向去，教堂般的汉口火车站从此结束它的使命。穿越城市的铁路要改为高质量的公路，公路两边的破旧房屋全部拆除，重新起盖高楼大厦。

邻居们都欢呼雀跃，纷纷盘算旧屋该折价多少，如何向政府讨价还价多分几套房子。只有父亲愁眉不展。父亲说没火车叫他是睡不着觉的。父亲说住楼房沾不到地气人要短寿。父亲说小八子怎么办？那几日父亲常坐在窗口下唠唠叨叨地说："我只有一个小八子还留在身边。"

我知道我再也不可能和父亲母亲一起了。二十多个幸福的岁月，我享受到了无比无比多而热烈的亲情之爱。那温暖的土层包裹着我弱小的身躯。开放在这热土之上的一串红火一般地艳丽。火车雄壮地隆隆而过，那播洒的光芒雪亮地照耀父亲的小屋。很难想象没有父亲这小屋会是什么样子。

父亲把我挖出的那天是个大晴天。太阳刺眼地照射着大地。父亲叫来了三哥。三哥将小木盒置入一个大纸盒里，然后用绳子捆绑好。三哥说："我把他埋到二哥旁边吧，有个伴儿。"三哥把纸盒架在自行车后，左脚一蹬，右脚飞越过纸盒踩上踏板。三哥的车铃丁零按响的时候，父亲和母亲，相拥着望着我们远去。他们像一对恩爱的老夫妻慈善着面孔望了很远很远，然后一起颓然地坐在门槛上。这一天我才发现，父亲和母亲已经非常苍老非常憔悴非常软弱了。

三哥将我埋在二哥身边，然后抚着二哥的墓碑，阴着面孔长舒了一口气。直到天黑三哥才缓缓地向山下走去。他的脚步是那么沉重和孤独，一声声敲打着地心仿佛告诉这山头所有的朋友，他累极了累极了。

星星出来了。灿烂的夜空没能化解这山头上的静谧，月光惨然地洒下它的光，普照着我们这个永远平和安宁的国土。

我想起七哥的话。七哥说生命如同树叶，所有的生长都是为了死亡。殊路却是同归。七哥说谁是好人谁是坏人直到死都是无法判清的。七哥说你把这个世界连同它本身都看透了之后你才会弄清你该有个什么样的活法。我将七哥的话品味了很久很久，但我仍然没有悟出他到底看透了什么到底做怎样的判断到底是选择生长还是死亡。我想七哥毕竟还幼稚且浅薄得像每一个活着的人。

而我和七哥不一样。我什么都不是。我只是冷静而恒久地去看山下那变幻无穷的最美丽的风景。

《当代作家》1987年5期

新兵连

刘震云

一

到新兵连第一顿饭，吃羊排骨。肉看上去倒挺红，就是连连扯扯，有的还露着青筋。这一连兵全是从河南延津拉来的，农村人，肚里不存啥油水，大家都说这肉炖得好吃。这部队的肉就是炖得有味儿。但大家又觉得现在身份不同往常了，不能显得太下作，又都露出不大在乎的样子，人人不把肉吃完，人人盘底还剩下两块骨头。全屋的人，就排长把肉吃完了。排长叫宋常，二十七八岁，把我们从家乡领到这远离家乡的地方。排长吃完肉，背着手在屋里转了一圈，看了看各人的盘底，问："大家吃饱没有？"

大家异口同声地答："吃饱了，排长！"

"吃饱了整理内务吧！"

"整理内务"，就是整理房子。这房子里，除了排长挨窗户搭一个铺板，我们班里十几个人全一个挨一个睡地铺。这时我的一个同村、也是同学，小名叫"老肥"的，便要抢暖气包，说："我这人爱害冷，还是挨着这玩意儿合适！"

其他几个外村的，便噘嘴不高兴："你爱害冷，谁不爱害冷？"

这时排长正在床板上翻自己的脏衣服（路途上换下的），不翻了，当头一声断喝："李胜儿！"

"李胜儿"是"老肥"的学名，我们在火车上已经学会了立正，"老肥"赶忙把手贴到裤缝上答：

"到！"

"睡到门口去！"

"老肥"噘嘴不高兴："我不睡门口，门口有风。"

"有风你就不睡了？你说，你不睡谁睡？谁睡合适？你指一个！"

"老肥"指不出谁睡合适，因为指谁得罪谁。

排长说："你指不出，就是你睡合适。你表个态，你睡合适不合适？"

这时"老肥"的眼圈红了，说："合适。"

排长说："既然你自己说合适，那你就睡吧。"

排长走后，"老肥"边在门口摊铺盖卷，边埋怨大家："你们都不是好人。咱们是老乡，你们怎么当着排长的面挤对我？"

大家说："是你要抢暖气包，谁挤对你了？"

下午，一个班为单位，一块儿出去熟悉环境。这时"老肥"找到我，眼圈红了："班副，我看我完了。"

我说："刚当一天兵，怎么说完？"

他说："看来排长对我印象极差。"

走在旁边的白面书生王滴插言："谁让你尿排长一裤子？"

这是在闷子车上的事。我们从家乡到部队来，坐的是闷子车。车上没有尿罐，撒尿得把车门打开一条缝，对着外边直接滋。"老肥"有个毛病，行动中撒不出尿，车"哐哩""哐当"的，他站在车门口半小时，没撒出一滴尿。别人还等着撒，便说：

"你没有尿，占住门口干什么？"

"老肥"说："怎么没尿？尿泡都憋得疼，就是这车老走，一滴也撒不出来。"

这时排长见车门口聚成一蛋人，便吆喝大家回去，又拉"老肥"："尿不出就是没尿，回去回去！"

谁知"老肥"一转身，对着车里倒撒了出去，一下没收住闸，尿了排长一裤。把排长急得蹦跳：

"好，好，李胜儿，我算认识你了！"

王滴的话说中了"老肥"的心病。"老肥"的眼圈更红了。

我安慰"老肥"："你不要太在心，尿一裤不说明什么。"

"老肥"又悄悄对我说："王滴最会巴结排长了，中午我见他给排长洗衣服。"

我说："行了行了，谁不让你洗了？"

正说着，眼前走过一队蒙古人。长袍短褂的，骑着马，大衣领上厚厚的一层人油。河南哪里见过这个？大家不再说话，立在那里看。

突然王滴问："怎么不见女的？"

一个叫原守——大家都喊他"元首"的，用手指着说："怎么没有女的？那不是，勒红头巾的那个！"

果然，一个人勒着红头巾是个女的。只是长得太难看了，脸晒得黑红。

这时王滴说："我明白了，边疆地带，能有这样女的，也算不错了。"接着正了正自己的军帽。

蒙古人过去，又看四周。四周是茫茫一片戈壁。王滴指着地上一个挨一个的小石子，告诉大家所谓戈壁，原始社会便是大海，不然怎么一个挨一个的小石子？不然怎么到现在还寸草不生？

"老肥"不满意了："怎么寸草不生？看那不是树木，还有一条河。"

大家顺着"老肥"的手指看，果然，远处是一簇黑森森的树棵子，旁边还有一条河。它的上方，升腾着一片水汽，在空气中颤动。

可离开那簇树棵子，别的地方就没有什么了。

于是大家说："别管大海不大海，反正这地方够荒凉的！"

王滴说："排长带兵时，还说在兰州呢，谁知离兰州还有一千多！"

"老肥"说："那你还给排长洗衣服！"

王滴马上面红耳赤："谁给排长洗衣服了？"

两个人戗到一起，便想打架。我把他们拉开。这时班长站在营房喊我们，让我们回去开班务会，班长叫刘均，是个老兵，负责我们的军事训练。班务会就在宿舍开，大家各自坐在自己的铺头上。班长讲了一通话，要大家尊敬首长，团结同志，遵守纪律，苦练杀敌本领。接着又对中午吃饭提出批评，说大家太浪费了，羊肉排骨还不吃完，每人剩了两块，倒到了泔水桶里；以后不要这样，打到盘里的菜就要吃完，吃不完就不要打那么多。大家听了，都挺委屈，原是为了面子舍不得吃完，谁知班长又批评浪费。于是到了晚饭，大家不再客气，都开始放开肚皮吃。盘底的菜根儿，都舔得干干净净。"元首"一下吃了八个大蒸馍杠子。似乎谁吃得多，谁就是不浪费似的。

这时"老肥"又出了洋相。下午的菜是猪肉炖白菜。肉瘦的不多，全是白汪汪的大肥肉片子，在上边漂。但和家里比，这仍然不错了。大家都把菜吃完了，唯独排长没有吃完，还剩半盘子，在那里一个馍星一个馍星往嘴里送。"老肥"看到排长老不吃菜，便以为排长是舍不得吃，也是将功补过的意思，将自己舍不得吃的半盘子菜，一下倾到排长盘子里，说：

"排长，吃吧！"

但他哪里知道，排长不吃这菜，是嫌这大肥肉片子不好吃，突然闯来"老肥"，把吃剩的脏菜倾到自己盘子里，直气得浑身乱颤，用手指着"老肥"：

"你，你干什么你！"

接着将盘子摔到地上。稀烂的菜叶子，溅了一地。

晚上睡觉，"老肥"情绪坏极了。嘴里唉声叹气，在门口翻身。我睡醒一觉，还见他双手抱着头，在那里打滚。我出去解手，他也趿拉着鞋跟出来。到了厕所，带着哭腔向我摊手：

"班副，我可是一片好心啊！"

我说："好心不好心，又让人家饧了一顿。"

他说："排长急我我不恼，我只恼王滴他们。排长急我时，他们都偷偷捂着嘴笑……"

我说："自己干了掉底儿事，还能挡住人家笑？"

接着又安慰他两句，劝他早点睡觉。他说："班副，你得和我谈谈心。"

我说："看都什么时候了，还谈心。快点睡吧，明天就要开始训练了。"

他叹了一口气，和我回去睡觉。这时月牙已经偏西，只有两个站岗的哨兵，在远处月光下游动。

二

军事训练开始了。一个班为单位，列成一队练操：齐步走，正步走，跑步走。还练卧倒和匍匐前进：身子一扑倒在地上，不准用脚蹬，要用两只胳膊拖着身子往前爬……

白天累了一天，夜里也不得安宁，练紧急集合。半夜睡得正香，"嘟嘟"一阵哨响，紧急集合！不准开灯，要你十分钟时间穿得衣帽整齐，背着背包、提着长枪跑到操场上。大家不怕白天训练，就怕晚上集合。十分钟的黑暗时间，屋里吵成一锅粥，不是你拿了我的袜子，就是我穿错了你的裤子，哪里出得去？但连长、指导员已经背着手枪站在操场上，检查人数，看哪班是最后一个。然后严肃地说：几公里处几公里处有特务，限二十分钟赶到。你就拖着长枪、撒丫子跑吧。跑一圈回来，累得通身流汗，气喘吁吁，这时连长、指导员又站在操场等你，检查各人的背包散形没有，衣裳穿错没有。

各班都有出洋相的。我们班出洋相最多的，是"老肥"和"元首"。"元首"长得瘦瘦的，平时一脸严肃，不爱说话，爱心里做事，可做事竟不利落。他爱将左右脚穿反，左鞋穿到右脚上，右鞋穿到左脚上。连长让他出列，在队伍前走一个来回，他鞋成外八字，走来走去，像只瘸腿的病鸭。大家都笑了。散队回宿舍，白面书生王滴说：

"其实连长不该批评'元首'，紧急集合抓特务，反穿鞋有好处，脚印不易辨认。"

大家看着"元首"，又笑了。"元首"的两只鞋还没换过来，闷头坐在铺头，也不说话，只是狠狠剜了王滴一眼。

"老肥"出洋相，是爱把裤子穿反，大口朝后，露着屁股。连长不好让他出列展览，只是说有人把裤子都穿反了，"还没抓特务，自己先把裤子穿反！"散队后，"老肥"揪住屁股后边的开口，情绪十分沮丧。似乎特务没抓到，全是因为他的裤子。

夜里不但紧急集合，还得站岗。两人一班，一班一个小时，往下传着一个马蹄表。十七八岁的孩子，在家里还是睡打麦场的年龄，现在白天训练一天，哪里会不困？困不说，还饿。晚饭明明吃饱了，吃了好几个蒸馍杠子，晚上一站岗就饿。饿不说，还冷。这戈壁滩的三九天真不一般，零下十几度、二十几度。轮到我站岗，最向往的地方，是连队的锅炉房。烧锅炉的老兵叫李上进。他和其他老兵不一样，他不欺负新兵，见了我还叫"八班副"，慢慢混得挺知心。他烧锅炉有夜班饭，即七八个包子，自己在炉皮上烤一烤。我每次去，他都匀给我两个，然后坐在烧火的条凳上，踢蹬着双腿，眯着眼看我大口大口吃。他那包子也确实烤得好，焦黄喷香的，吃了还想吃。可惜不能太抢人家的夜班饭，只好抹着嘴说："吃饱了，吃饱了。"将又递过来的包子推回去。他爱笑，笑得挺憨厚。第一次见面，就问我：

"写入党申请书了吗？"

我摇摇头，说："刚到部队，就写？"

他拍了一下大腿，似乎比我还着急，挥着手说："赶快写，赶快写，回去就写！像我，就因为申请书交得晚，现在当了三年兵，还没入上！"

可等我背地里打听别的老兵，申请书早交晚交，不是决定的，决定的是找组织谈心。何况李上进没能及时入党，也不是因为申请书递得晚，是因为他受过处分。受处分的原因，是因为他在探亲时，偷偷带回家一把刺刀。刺刀的用途，是为了谈对象。与对象见面那天，他穿了一身新军装，扎上武装带，屁股蛋子上吊着一把刺刀，跟着父母从集市上穿过，觉得挺威风。后来对象是谈成了，但吊刺刀的事不知怎么被部队知道了，便给了他一个处分，也影响了他的进步。第二次见面，我不由关心起他，问：

"那你什么时候能解决？"

他一手握住捅火的铁棍，一手拈着刚钻出的小胡须，说："据我估计，快了。"

"为什么快了？"

"你看，这不让我烧锅炉了吗？"

我百思不得其解，为什么烧锅炉就能入党？

他说："领导让你烧锅炉，不是对你的考验吗？"

我恍然大悟，也替他高兴，说："不管早晚，你总能解决。我听说有的老兵直到复员，还不能解决。"

李上进说："那真是丢死人了。"

转眼半个月过去了。大家对部队生活都有些熟悉了，连走路也有些老兵的味道。这时大家也开始懂得追求进步，纷纷写起了入党、入团申请书，早晨起来开始抢扫帚把。随之人与人之间的关系也紧张了。因为大伙总不能一块儿进步，总得你进步我不能进步，我进步你不能进步；你抢了扫帚把，表现了积极，我就捞不着表现。于是大家心里都挺紧张，一到五更天就睡不着，想着一响起床号就去抢扫帚把。

这时班里要确定"骨干"。所谓"骨干"，就是在工作上重点使用。能当上"骨干"，是个人进步的第一站，所以人人都盯着想当"骨干"。可连里规定，一个班只能确定三个"骨干"，这就增添了问题的复杂性。拿我们班来说，我是班副，是理所当然的"骨干"。另一个是王滴，大家也没什么说的，因为他能写会画，会一横一竖地写仿宋字，出墙报，还会在队伍前打拍子唱歌。问题出在"元首"和"老肥"身上，他们俩谁当"骨干"，争论比较大。这二位都是最近由后进变先进的典型。紧急集合不再搞得丢盔撂甲。"元首"的办法，是左右鞋分别用砖压住，到时候不会错脚；"老肥"睡觉不脱裤子，自然不会穿反。这样，二人往往比别人还先跑到操场上，表现比较突出。何况平时他们还主动干别的好事。"元首"是不声不响掏连里的厕所；"老肥"是清早一起来就抢扫帚把，有一天夜里还做好事，一人站了一夜岗，自己不休息，让同志们休息。两人比较来比较去，相持不下。这时班长想起了灯绳。在部队，灯绳不是随便拉的。要"骨干"守着。灯绳在门口吊着，"老肥"正好挨着门口睡。如果让"元首"当"骨干"，就要和"老肥"换一换位置。可班长一来怕麻烦，二来"老肥"睡门口是排长决定的，于是对我说："让李胜儿当吧。"于是，"老肥"就成了"骨干"，继续掌管灯绳。当初让"老肥"睡到门口是排长对他的惩罚，现在又因祸得福，当上了"骨干"。"老肥"露着两根大黄牙，乐了两天。而"元首"内心十分沮丧，可又不敢露在面上，只好给班长写了一份决心书，说这次没当上"骨干"，是因为自己工作不努力，今后要向"骨干"学习，争取下次当上"骨干"。其他十几名战士，也都纷纷写起了决心书。

这时连里要拉羊粪。所谓羊粪，就是蒙古人放牧走后，留在荒野上的一圈圈粪土，现在把它们拉回来，等到春天好种菜地。连里统一派车，由各班派人。由于是去连里干活，各班都派"骨干"。轮到我们班，该派王滴和"老肥"。可王滴这两天要出墙报，我又脱不开身，于是班长说："让'元首'去吧。"

"元首"原没妄想去拉羊粪，已经提着大枪准备去操场集合，现在听班长说让他去拉羊粪，干"骨干"该干的活，一下乐得合不住嘴，忙扔下大枪，整理一下衣服，还照了一下小圆镜，兴高采烈地去拉羊粪。拉了一天羊粪回来，浑身荡满了土，眉毛、头发里都是粪末，但仍欢天喜地的，用冷水"呼哧呼哧"洗脸，对大家说：

"连长说了，停两天还拉羊粪！"

接着又将自己的皮帽子刷了刷，靠在暖气包上烘干。这时外面"嘟嘟"地吹哨，连里要紧急集合点名。"元首"一下着了慌。排长急如星火地进来，看到"元首"的湿帽子，脾气大发：

"该集合点名了，你把帽子弄湿。弄湿就不点名了？你怎么弄湿，你再怎么给我弄干！弄不干你戴湿帽子点名！"

可怜"元首"只好戴上湿帽子，站在风地里点名。数九寒天，一场名点下来，帽子上结满了玻璃喇叭。这时排里又要点名。排长讲话，批评有的同志无组织无纪律，临到点名还弄湿帽子。大家纷纷扭头，看"元首"。"元首"一动不动。

排里点完名，"元首"不见了。我出去寻他，他仍戴着湿帽子，坐在营房后的风地里，一动不动。我以为他哭了，上去推他，他没哭，只是翻着眼皮看看我。我说：

"'元首'，把帽子脱下来吧，看都冻硬了。"

他突然开始用双手砸头，一个劲儿地说：

"我怎么这么混！"

我说："这也不怪你，你今天拉羊粪了。"

这时他"呜呜"哭了，说："班副，这都怪我心笨。"

我说这也不能怪心笨，谁也没想到会突然点名。

他渐渐不哭了，又告诉我，他今天收到他爹一封信，托人写的，让他在部队好好干，可他今天就弄了个这。

我说这没什么，谁还不跌跤了？跌倒爬起来就是了。

他点点头。

第二天一早，"元首"递给班长一份决心书，说昨天弄湿帽子的思想根源是无组织无纪律，现在跌倒了，今后决心再爬起来……

三

各班正在训练，连里突然集合讲话，说近日有大首长要来检阅，要各班马上停止别的训练，一起来练方队。大家都没见过大首长，一听这消息，都挺兴奋。一边改练方队，一边悄悄议论：这首长有多长？该不是团长吧？夜里我和班长站岗，我问班长，班长本来也不一定知道，但他告诉我这是军事机密。

练了十几天方队，上边来了通知，明天就要检阅。这时告诉大家，来检阅的不是团长，也不是师长，是军长！军营一下沸腾起来。说军长要来检阅我们！有的当即要给家写信，说这么个喜讯。班长也兴高采烈地对我们讲，军长长的什么样什么样，到时候检阅可不要咳嗽。接着又重新排队，谁站哪儿谁站哪儿。大家又"稀里哗啦"地卸枪栓，擦枪，把刺刀擦得明晃晃的。

晚上刚刚八点钟，连里就吹起了熄灯号，要大家早点休息，养精蓄锐。灯虽然熄了，但大家哪里睡得着？后来不知怎么睡着了，外面又"嘟嘟"响起了哨声。大家一愣怔，"元首"急忙问：

"又搞紧急集合吗?"

大家慌了手脚，也不敢开灯，黑暗中开始穿衣收拾背包，纷纷埋怨："明天军长就要检阅，怎么还搞紧急集合?"

这时连长进来，"啪"一下拉着灯，告诉大家，不是紧急集合，是提前起床。起床后立即到食堂吃饭，吃了饭立即站队上车；八点钟以前，要赶到军部检阅场。

大家松了一口气，提着的心又放下了。纷纷说："我说也不该紧急集合。"又像昨天一样兴奋起来。看看窗户外边，还黑咕隆咚的。

东方出现了血红血红的云块。这是大戈壁滩上的早霞。大戈壁一望无际，没有遮拦，就等着那红日从血海中滚出。仍是数九寒冬天，零下十几度，但大家都不觉得冷，挤着站在大卡车上。司机似乎也很兴奋，车开得"呼呼"的，遇到沟坎，大家"喔"的一声，被车厢颠起来，又落回去。大枪上的刺刀，都上了防护油，一人一杆，抱在怀里。

军部检阅场到了。乖乖，原来受检阅的部队，不止我们一个连，检阅场上的人成千上万，一队一队的兵，正横七竖八开来开去，寻找自己的位置。我问班长：

"这有多少人？"

班长在人群中搭着遮檐看了看，"大概要有一个师。"

人声鼎沸，尘土飞扬。我们都护着自己的刺刀，不让沾土。连长屁股蛋上吊着手枪，在队伍中跑来跑去，一个劲儿地喊：

"跟上跟上，不要拉开距离！"

大家便一个挨一个，前心贴后心，向前挪动。

七点半了，队伍都基本上各就各位。行走的脚步声、口令声少了，广场上安静下来。但随之而起的，是人的说话声。有的是议论今天人的，有的是指点检阅台的，还有的是老乡见面，平时不在一个连队，现在见到了，便窜过队伍厮拉着见面，被排长连长又吆喝回去……

突然，大家不约而同安静下来。原来检阅台上有了人，一个参谋模样的人，在对着麦克风宣布检阅纪律，让大家学会两句话。即当军长从队伍前边走过喊"同志们辛苦了"时，大家要齐心协力地喊"首长辛苦"。然后问：

"大家听明白没有？"

大家齐心协力地喊："听明白了！"

接着又让检查武器。于是全广场响起"稀里哗啦"的枪栓声。

武器快查完，整理队伍开始了。各级首长开始纷纷报告。一个连整理好，向营里报告；一个营整理好，向团里报告；一个团整理好，向检阅台报告。全广场清脆的报告声，此起彼伏。

最后全体整理完毕，队伍安静下来，一个白发苍苍的老头子接受报告。他站在指挥台上，从左向右打量队伍。我悄悄捅了捅班长：

"这是谁？"

"师长。"

七点五十分，师长开始看表，接着开始亲自整理队伍。那么一个老头了，喊起"立正""稍息"，声音滞重苍老，加上那白发，那一丝不苟的严肃，让人敬畏和感动。于是人们纷纷踮起脚尖，前后左右看齐，使偌大一个广场，偌多的千军万马，成了一条条横线、竖线和斜线。好整齐壮观的队伍。整个广场上，没有一点声音，只有旗杆上的军旗，在寒风中"哗啦啦"地飘动。

八点整。军长该来了。

时间在"嘀嗒""嘀嗒"地响，十五分钟过去，军长还没有来。师长在台上一个劲儿地看表。队伍又开始出现骚乱。"老肥"说："别是军长忘了吧？"

"元首"说："忘是不会忘，可能什么事给耽搁住了。"

半个小时过去，大家更加着急。这时王滴发话：

"看来这阅检不成了。"

正说着，大路尽头出现一组车队，转眼之间到了队伍前。是几辆长长的黑色轿车，明晃晃的。大家纷纷说："来了，来了。"

于是立即精神倍增，"嗡嗡"一阵响，广场又安静下来。这次可安静得能往地下掉针，车门打开的声音，都能听见。接着从车上走下来一些人。有几个胖老头子，也有年轻的，还有一个如花似玉的女兵。年老的背着手，年轻的立即撒成散兵线，向四周围张望。这时师长在台上紧张地整理自己的军装，又转身整理队伍：

"大家听好了，立正——

向右看齐——

向前看——

稍息——

立正！——"

最后一个"立正"，老头子扯破喉咙地喊，喊出了身体的全部力量，然后双拳提起，跑步下台，向台下那群老头子中的一个敬礼："报告军参谋长，×军×师现在集合完毕，请指示！"

那个老头子挥了挥手说："稍息！"

"是!"师长双拳提起,气喘吁吁地跑回检阅台,向部队:"稍息!"

部队稍息。

军参谋长老头子吃力地踱上检阅台,在中心站定,看了看部队,说:"同志们——"

一说"同志们",队伍立即立正,千万只脚跟磕出的声音,回荡在广场。

老头子又说:"稍息!"然后说:"今天军长检阅我们,希望大家……"讲了一番话,然后自己又亲自整理部队,又双拳提起,跑步下台,向另一个胖胖的,脸皮有些耷拉,眼下有两个肉布袋的人报告:

"报告军长,队伍整理完毕,请您检阅!"

那个老头子倒挺和蔼,两只肉布袋一笑一笑的,说:"好,好。"

然后,检阅开始。说是检阅,其实也就是军长从队伍前过一过。但大家能让军长从自己脸前过一过,也算很不错了。于是眼睛不错珠地、木桩一样在那里站着。刺刀明晃晃的,跟人成一排,这时太阳升出来了,放射出整齐的光芒。一排排的人,一排排的枪和刺刀,一排排的光芒,煞是肃穆壮观。人在集体中溶化了,人人都似乎成了一个广场。在这一片庄严肃穆中,军长也似乎受了感动,把手举到了帽檐。但他似乎没学过敬礼,一只手佝偻着在那里弯着。可他眼里闪着一滴明晃晃的东西。走到队伍一半,他开始向队伍说:"同志们好!"

大家着了慌。因军长说的问候词和参谋交代的不一样。参谋交代的是:"同志们辛苦了。"但大家立即转过神,顺着大声喊:

"首长好!"

幸好还整齐,大家的心放下了。唯独"老肥"出了洋相,千万群人中,他照旧喊了一句"首长辛苦!"队伍的声音之外,多出一个"苦"字。幸好是一个人,军长可能没听到。但我们连长立即扭回头,愤怒地盯了"老肥"一眼。

军长走到了我们团队面前。这时有一个换枪仪式,即当军长走到哪个团队时,哪个团队要整齐地换枪:将胸前的枪分三个动作,换到一侧;"啪""啪""啪"三下,枪响亮地打着手,煞是壮观好看。这时"元首"露了相。换枪时,他用力过猛,刺刀擦着了额头,血立即涌了出来,在脸上流成几道。但这个动作别人不易发现，他自己也不敢说，仍持枪立着，一动不动，谁知军长眼尖，竟发现了，突然停止检阅，来到"元首"面前。"元首"知道坏了事，但也不敢动。军长盯着他脸上的血看，突然问："谁是这个连的连长？"

连长立即跑步过来，立正敬礼："报告军长！"

但立即吓得筛糠。我们全连跟着害怕，军长要责备我们了，班长愤怒地盯"元首"。谁知军长突然笑了，两只肉布袋一动一动的，用手拍了拍"元首"的肩膀，对连长说："这是一个好战士！"

大家全都松了一口气。"元首"十分感动。连长也精神振奋地向军长敬礼："是！报告军长，他是一个好战士！"

军长"嗯"了一声，点点头，又向身后招了招手，他身后跟着的如花似玉的女兵，立即上前给"元首"包扎。我们这才知道，她是军长的保健医生。"元首"这时感动得嘴角哆嗦，满眼冒出泪，和血一起往下流。

军长检阅完毕，各个方队散了，整齐地迈着步伐，唱着军歌开往各自的营地。这时军长仍站在检阅台上，向我们指指点点。

我们回到了营房。连里开始总结工作，讲评这次检阅。严厉批评了"老肥"，喊致敬词时喊错了一个字；又表扬了"元首"，说他是个好战士，枪刺破了头，还一动不动，要大家向他学习。接着班里又开会。鉴于以上情况，班里的"骨干"便做了调整："老肥"让撤了下来，"元首"成了"骨干"。当即就让二人换了铺位："老肥"睡到里面去，"元首"搬到门口掌握灯绳。"老肥"再也憋不住，一到新铺就扑倒哭了。班长批评他：

"哭什么哭什么？你还委屈了？"

"老肥"马上又挺起身，擦干眼泪，不敢委屈。

"元首"自然很高兴，立即趴到门口铺头给家里写信。这时王滴来到他跟前，扳过他脑袋，看包扎的伤口，说："你还真是憨人有个愣头福！"

晚上，熄灯睡觉。我仍想着白天的检阅，觉得军长这人不错，越是大首长，越关心战士。想到半夜，出来解手，不巧在厕所碰到排长。见了排长怎好不说话？我搭讪着说："今天检阅真威武呀。"

排长边扣着裤子上的扣子，边做出老兵不在乎的样子："就那么回事。"

走出厕所，我又说："军长这人真关心战士。"

没想到排长鼻子里"哼"了一声，走了。走了老远，又扭头说："你哪里知道，他是一个大流氓，医院里不知玩了多少女护士！"

我愣在那里，半天回不过味儿来。回到宿舍，躺到铺上，翻来覆去再睡不着。我不相信排长的话。那么一个和蔼可亲的老头子怎么会是流氓？那么一个壮观的场面，怎么会是这么一个结局？想着想着，我不禁既伤心，又失望，眼里不知不觉流下了泪。

四

部队有政治学习，现在要搞批林批孔。这时我们班长家里死了老人，突然来了电报，班长边哭边收拾行李，急急忙忙走了。

班里一时没有班长，工作进行不下去，连里便把烧锅炉的李上进给补了进来。全班听了都很高兴，大家都知道李上进是个热情实在的人。我去锅炉房帮李上进搬行李，倒是他扳着一条腿在铺板上，脸上有些不高兴。我说："班长，我来帮你搬行李了。"

他看我一眼，说："班副，你先来帮我想想主意。"

我坐在他身边，问："什么主意？"

他说："你说让我当班长是好事还是坏事？"

我说："当然是好事了。"

他摇摇头，叹了一口气："可烧了两个月锅炉，组织上怎么还不发展我呢？"

我也怔在那里，但又说："大概还要考验考验吧。"

他看看我，点点头，"大概是这样吧。"便让我搬行李。

批林批孔，连里做了动员，回来大家就批上了。可惜大家文化不高，对孔子这人听说过，就是不太认识；对林彪也只知道他是埋藏在主席身边的定时炸弹，要炸主席。这样批来批去，上边说批得不深刻，便派来一个宣传队，通过演戏，帮助大家提高认识。戏演的是老大爷诉苦，说林彪家是地主，怎么剥削穷人。这下大家认识提高了。"老肥"说：

"太大意太大意，他家是地主，怎么让他进了政治局呢？"

"元首"也激动得咳嗽，自己也诉开了苦，说他爷爷怎么也受地主剥削。全班纷纷写起了决心书，情绪十分高涨。

热火朝天的班里，唯独王滴情绪低落。自入伍以来，王滴一直表现不错，能写会画的，当着班里的"骨干"，但他这人太聪明，现在聪明反被聪明误，跌了跤子。批林批孔运动中，他不好好批林批孔，竟打起个人的小算盘。班里的"骨干"当得好好的，他不满足，想去连里当文书。文书是班长级。为当文书，他送给连长一个塑料皮笔记本，上边写了一段话，与连长"共勉"。谁知连长不与他"共勉"，又把笔记本退给了排长。排长看王滴越过他直接找连长，心里很不自在，但也不明说，只是又把本子退给李上进，交代说："这个战士品质有问题。"李上进又把本子退给王滴。王滴脸一赤一红的，说："其实这本子是我剩余的。"

王滴犯的第二件事，是"作风有问题"。那天宣传队来演穷人受苦，有一个砸扬琴的女兵，戴着没檐小圆帽，穿着合体的军装，脸上、胳膊上长些绒毛，显得挺不错。其实大家都看她了，王滴看了不算，回来还对别人说：

"这个女兵挺像跟我谈过恋爱的女同学。"

这话不知怎么被人汇报上去，指导员便找王滴谈话，问他那话到底是怎么说的。王滴吓得脸惨白，发誓赌咒的，说自己没说违反纪律的话，只是说她像自己的一个女同学。指导员倒也没大追究，只是让他今后注意。可这种事情一沾上，就像炉灰扑到身上，横竖是拍不干净的。大家也都知道王滴没大问题，但也都觉得他"作风"不干净。他从连部回来，气呼呼地骂：

"哪个王八蛋汇报我了？"

这两件事一出，好端端的王滴，地位一落千丈。大家看他似乎也不算一个人物了。连里出墙报，也不来找他。他也只好背杆大枪，整天去操场训练。谁知这白面书生，训练也不争气。这时训练科目变成了投手榴弹，及格是三十米。别人一投就投过去了，他胳膊练得像根檩条，也就是二十米。这时王滴哭了。过去只见他讽刺人，没见他哭过，谁知哭起来也挺熊，一把鼻涕一把泪的："娘啊，把我难为死吧！"

鉴于他近期的表现，排长决定，撤掉他的"骨干"，让"老肥"当。

"老肥"在军长检阅时犯过错误，曾被撤掉"骨干"；但他近期又表现突出，跟了上来。批林批孔一开始，他积极跟着诉家史——家史数他苦，他爷爷竟被地主逼死了；军事训练上，他本来投过了三十米，但仍不满足，晚饭后休息时间，还一个人到旷野上，跑来跑去在那里投。于是又重新当上了"骨干"。王滴"骨干"让人给夺了，犯了小资产阶级毛病，竟破碗破摔，恶狠狠地瞪了"老肥"一眼：

"让给你就让给你，有什么了不起？你不就会投个手榴弹吗？"

"老肥"被抢白两句，张张嘴，憋了两眼泪，竟说不出话。到了中午，班里召开生活会，排长亲自参加，说要树正风压邪气。排长说：

"自己走下坡路，那是自己！又讽刺打击先进，可不就是品质问题了么？"

王滴低着头，不敢再说，脸上眼见消瘦。

"老肥"虽然当了"骨干"，又被排长扶了扶正气，心里顺畅许多，但大家毕竟是一块儿来的，看到王滴那难受样子，他高兴也不好显露出来，只是说：

"我当'骨干'也不是太够格，今后多努力吧。"

春天了。冰消雪化。这时连队要开菜地，即把戈壁滩上的小石子一个个捡起，然后掘地，筛土。大家干得热火朝天，手上都磨出了血泡。王滴也跟着大伙干，但看上去态度有些消极。李上进指定我找他谈一次心。晚饭后，我们一块儿出去，到戈壁滩的旷野上去。我说："王滴，咱们关系不错，我才对你说实话，你别恼我，咱可不能破碗破摔。眼看再有一个月训练就要结束了，不留个好印象，到时候一分分个坏连队，不是闹着玩的！"

王滴哭丧着脸说："班副，我知道我已经完了。"

我说离完还差一些，劝他今后振作精神，迎头赶上来。

他仍没精打采地说："我试试吧。"

谈完心，已经星星满天。回到宿舍，李上进问：

"谈了吗？"

我说："谈了。"

"他认识得怎么样？"

我说："已经初步认识了。"

李上进点上一支烟说："认识就好，年轻轻的，可不能走下坡路，要靠拢组织。"又忽然站起来说："走，咱俩也谈谈心。"

于是，我们两人又出来，到星星下谈心。

我问："班长，咱们谈什么？"

他"扑哧"一声笑了，说："我让你看一样东西。"

"什么东西？"

他四处看了看，见没人，又领我到一个沙丘后边，在腰里摸索半天，摸索出一张纸片，塞到我巴掌里，接着揿亮手电筒，给我照着。我一看，乖乖，原来是一个大姑娘照片。大姑娘又黑又胖，绑两根大缆绳一样的粗辫子，一笑露出两根粗牙。我抬起头，迷茫地看李上进。

李上进问："长得怎么样？"

我答："还行。"

他搓着手说："这是我对象。"

我问："谈了几年了？"

他说："探家时搞上的。"

我明白了，这便是扎皮带吊刺刀搞的那个。我认为他让我提参考意见，便说："不错，班长，你跟她谈吧。"

李上进说："谈是不用再谈了，都定了。这妮儿挺追求进步，每次来信，都问我组织问题解决没有。前一段，对我思想压力可大了，半夜半夜睡不着。"

我说："你不用睡不着，班长，估计解决也快了。"

这时他"嘿嘿"乱笑，又压低声音神秘地告诉我："可不快了，今天下午我得一准信儿，连里马上要发展党员，解决几个班长，听说有我。要不我怎么让你看照片呢！"

我明白了他的意思，也替他高兴，说："看看，当初让你当班长，你还犹豫，我说是组织对你的考验，这不考验出来了？"

他不答话，只是"嘿嘿"乱笑。又说："咱俩关系不错，我才跟你说，你可不要告诉别人。不是还没发展吗？"

我说："那当然。"

李上进躺到戈壁滩上，双手垫到后脑勺下，长出一口气："现在好了，就是复员也不怕了，回去有个交代。不然怎么回去见人？"

接下去几天，李上进像换了一个人，精神格外振奋，忙里忙外布置班里的工作，安排大家集体做好事。操场训练，口令也喊得格外响亮。

停了几天，连里果然要发展党员。指导员在会上宣布，经支部研究，有几个同志已经符合党员标准，准备发展，要各班讨论一下，支部还要征求群众意见。接着念了几个人名字。有"王建设"，有"张高潮"，有"赵承龙"……念来念去，就是没有"李上进"。我蒙了，看李上进，刚才站队时，还欢天喜地的，现在脸惨白，浑身往一块儿抽，两眼紧盯着指导员的嘴，可指导员的名字已经念完，开始讲别的事。

会散了，各班回来讨论，征求大家对发展入党同志的意见。这时李上进不见了，我问人看到他没有，这时王滴双手搭着脑壳，枕着铺盖卷说话了，他又恢复了酸溜溜、爱讽刺人的腔调：

"老说人家不积极，不进步，自己呢？没发展入党，不也照样情绪低落，跑到一边哭鼻子去了？"

我狠狠瞪了王滴一眼："你看见班长哭鼻子了？"

这时"老肥"说："别听他瞎说，班长到连部去了。"

王滴又讽刺"老肥"："现在还忘不了巴结，你不是当上'骨干'了吗？"

"老肥"红着脸说："谁巴结班长了？"两人戗到一起，便要打架。

我忙把他们拉开，又气愤地指着王滴的鼻子："你尽说落后话，还等着排长开你的生活会吗？"接着扔下他们不管，出去找李上进。

李上进在连部门口站着，神态愣愣的。连部有人出出进进，他也不管，只是站在那里发呆。我忙跑上去，把他拉回来，拉到厕所背后，说：

"班长，你怎么站在那里？影响多不好！"

这时李上进仍愣愣的，似傻了："我去问指导员，名单念错没有，指导员说没念错。"接着伤心地"呜呜"哭起来。

我说："班长，你不要哭，有人上厕所，让人听见。"

他不顾，仍"呜呜"地哭，还说："指导员还批评我，说我入党动机不正确。可前几天……怎么现在又变了？"

我说："班长，你不要太着急，也许再考验一段，就会发展的。"

他说："考验考验，哪里是个头啊！难道要考验到复员不成？"

我说："班长，别的先别说了，班里还等你开会呢！"

便把他拉了回来。可到班里一看，情况很不妙，指导员已经坐在那里，召集大家开会，见我们两个进来，皱着眉批评："开会了，正副班长缺席！赶快召集大家谈谈对这次发展同志的意见吧。"

说完又看了李上进一眼，走了。

李上进坐下来，没精打采地说："大家随便谈吧，让班副记录记录。"

接连几天，李上进像换了一个人，再也打不起精神。也不管班里的事情，也不组织大家做好事，军事训练也是让大家放羊。周末评比，我们的训练、内务全是倒数第一。我很着急，"老肥"和"元首"也很着急。唯独王滴有些幸灾乐祸，出出进进唱着"社会主义好"。我们都说王滴这人不好，心肝长得不正确，又委托我找班长谈一次心。

又是满天星星，又是沙丘后边，我对李上进说："班长，咱俩关系不错，我才敢跟你说实话，咱可不能学王滴呀！你这次没入上。破碗破摔，不以后更没希望了？"

李上进明显瘦了一圈，说："班副，你说的何尝不是？只是我想来想去，就是想不通，我不比别人表现差呀！"

我说："这谁不知道，你烧了那么长时间的锅炉。"

他说："烧锅炉不说，就是来到班里，咱哪项工作也没落到后边呀。"

我说："是呀。"又说："不过现在不能尽想伤心事，我劝你坚持到训练结束，看怎么样。"

他叹息一声："我也知道这是唯一的道路，不然情绪这样闹下去，把三四年的工作都搭到里边了。"

我安慰他："咱们还是相信组织。"

他点点头，又说："班副，你不知道，我心里还有一个难受。"

我一愣，问："还有什么难受？"

他叹一声："都怪我性急。那天让你看了照片，我就给对象写了一封信，说我要加入组织，她马上写信表示祝贺。现在闹来闹去一场空，还怎么再给人家写信？"

我说："这事是比较被动。不过事到如此，有什么办法？依我看，只好先不给她写信，横竖训练还有一个月，到时候解决了，再给她写。"

他点头："也只好这样了。"

从此以后，李上进又重新打起精神，变消极为积极。班里的事情又开始张罗，号召大家做好事。班里的训练、内务又搞了上去。

一天，我正带着"老肥""元首"掏猪粪，李上进喜滋滋地跑来，老远就喊："班副，班副！"

我扔下锹问："什么事？"

"过来！"

我过去，他把我拉到猪圈后，神秘地说："告诉你一个好消息。"

我问："什么好消息？"

他说："今天我跟副连长一块儿洗澡，澡塘里剩我们俩时，我给他搓背，他说，要经得起组织的考验，横竖也就是训练结束，早入晚入是一样。"

我也替他高兴，说："这不就结了！我说组织也不会瞎了眼！副连长说得对，早入晚入，反正都是入呗，哪里差这一个月！"

他说："是呀是呀，都怪我当时糊涂，差一点学王滴，破碗破摔！"说完，便兴冲冲地跳进猪圈，要帮我们起圈。

我和"老肥""元首"拦他："快完了，你不用沾手了。"

他说："多一个人，不早点结束？"又说："今天在这儿的，可都是'骨干'，咱们商量商量，可得好好把班里的工作搞上去。"

于是几个人蹲在猪圈里，商量起班里的工作。

五

我们排长是个怪人，常做些与大家不同的事。比如睡觉，他爱白天睡，夜里折腾。白天明晃晃的，他能打呼噜大睡；夜里却翻来覆去睡不着。大家都是农村孩子，往常在家时，午休时要下地割草，没有白天睡觉的习惯；但排长睡午休，一屋的人都得陪着他躺在铺上不动。晚上，大家训练一天，累得不行，要睡了，这时排长却依然挺精神。床上睡不着，他便倚到铺盖卷上看书。他看书不用台灯，非点蜡烛，说这样有挑灯夜读的气氛。明晃晃的蜡烛头，照亮一屋。王滴说：

"多像俺奶夜里纺棉花。"

当然，排长也有不睡午觉的时候。那是他要利用午休时间写信，或者训人。他一写信，全班的人替他着急。因为一封信他要返工五六次：写一页，看一看，一皱眉头，撕巴撕巴扔了；又写一页，又一皱眉头，撕巴撕巴又扔了……闹得情绪挺不好。他情绪不好，别人谁敢大声说话？再不就是训人，开生活会。上次开王滴的生活会，就是利用午休时间。所以，大家说，排长睡颠倒虽然不好，但不睡颠倒大家更倒霉。一到午休时间，大家都看排长是否上了铺板。一上铺板，大家都安心松了一口气。

柳树吐了嫩芽。戈壁滩上下了一场罕见的春雨。哩哩啦啦，下了一天。训练无法正常进行，连里宣布休息。大家说，阴天好睡觉，今天该好好休息了。于是到了午休时间，大家都打着哈欠，摊铺盖卷准备睡觉。这时排长急急忙忙进来：

"不要睡了，不要睡了，今天午休时间开会。"

大家心里"咯噔"一下，以为排长又要训人。可看他脸上，倒是喜滋滋的。大家闹不清什么名堂，都纷纷又穿起衣服，整理内务，围坐在一起，等待排长开会。

排长先给自己倒了一杯茶，"噗噗"吹两口，坐到一张椅子上，拿出一个笔记本翻着说："刚才我到连部开了一个会，训练再有二十多天就要结束了，研究大家的分配问题，现在给大家吹吹风……"

大家的心"咯噔"一下，马上睡意全无，人圈向内聚了聚。连刚才还漫不经心的王滴，也瞪圆眼睛，竖起了两只耳朵。大家在新兵连训练三个月，马上面临分配问题，谁不关心自己的前途呢？

排长说："大家也不要紧张。能分到哪个连队，关键看各自的表现。大家想不想分到一个好连队？"

大家异口同声地答："想！"

排长说："好，想就要有一个想的样子。现在训练马上进入实弹考核阶段，大家都要各人操心各人的事，拿出好成绩来！到时候别自己把自己闹被动了……"

又讲了一通话，问："大家有没有信心？"

大家异口同声地答："有！"

这时排长点了一支烟，眯着眼睛说：

"大家还可以谈谈，各人愿意干什么？"

大家都纷纷说开了，有愿意去连队的，有愿意去靶场的，有愿意去看管仓库的，排长问身边的"老肥"：

"你呢？"

"老肥"这时十分激动，脸憋得通红，答："我愿意去给军长开小车！"

大家"哄"地笑了，说："看你那样子，能给军长开小车！"

排长问："你为什么愿意给军长开车？"

"老肥"答："那天检阅，我看军长这人不错。"

排长拍了一下他的脑袋："好好干吧，有希望。"

"老肥"乐得手舞足蹈。

开完会，大家摩拳擦掌，纷纷写起了决心书。

这时新兵连训练又开始紧张起来。投弹、射击，马上要实弹考核；夜里又练起紧急集合。这时大家都已成了老兵，本来吃不下这苦；但面临一个分配问题，大家都像入伍时一样认真。分配又是一个竞争，你分到一个好连队，我就分不到好连队，大家的关系又紧张起来，又开始面和心不和。本来投手榴弹、瞄靶，大家一起练练、看看，多好；但一到晚饭后，各人找各人的地方，悄悄练习。一直快到熄灯，才一个个回来，各人也不说自己练习的成绩。李上进把我、"老肥"、"元首"召集到一块儿开"骨干"会，说：

"还是号召大家互相帮助，不要立山头。一闹不团结，班里的工作就搞不上去。"

接着开了一个班务会，号召大家平山头，休息时间一起训练。当天晚饭后，李上进便集合大家，一块儿排队到训练场去。路上碰到副连长，问：

"这时候排队干什么？"

李上进说："利用休息时间补课。"

副连长点点头说："好，好。"

李上进很兴奋。

但到了训练场，大家仍是面和心不和，各人使劲甩自己的手榴弹，不给别人看成绩；唯独李上进跑来跑去，说某某投了多少米。

　　夜里紧急集合。这时连里又缩短了集合时间。过去是十分钟，现在缩短成五分钟。但大家到底是老兵了，竟能在规定时间利利索索出来。"元首"穿鞋也从不错脚。这时"老肥"出了问题。不知是白天训练太紧张，还是他夜里睡不好，一到紧急集合，他就惊慌。全连已经排好了队，他才慌慌张张跑出来，背包还不是按标准捆的，勒的是十字道。有一次把裤子又穿反了。班长找他谈话，说：

　　"李胜儿，咱们是'骨干'，可不能拖班里的后腿，那同志们会怎么说？"

　　"老肥"含着泪说："我难道想拖班里的后腿？只是心里一紧张，想快也快不起来。"

　　李上进说："过去你不出来得挺快？"

　　"老肥"说："过去是过去，现在也不知怎么了，浑身光没劲。"

　　王滴挨着"老肥"睡，背后对别人说："'老肥'这人准是犯病了，一到夜里就吹气，嘴里还吐白沫。"

　　我把这情况告诉了李上进。李上进问：

　　"过去他有什么病？"

　　我说："没见他有什么病。"

　　后来又一次紧急集合，"老肥"更不像话，队伍已经出发抓特务，他还在屋里折腾。队伍跑一圈回来了，他出去找队伍没找到，一个人不知跑到哪里去了。

　　李上进说："看样子他真有病。"

　　王滴说："他犯的准是羊羔疯！你想，一听哨子响就吐白沫，浑身不会动，不是羊羔疯是什么？"

　　李上进把我拉到一边说："班副，要真是羊羔疯还麻烦了。领导知道了，非把他退回去不可！部队不收羊羔疯。我们那批兵，就退回去一个。"

　　我看看四周说："班长，不管是不是羊羔疯，咱们得替他保密。你想，当了两个月兵，又把他退了回去，让他怎么见人？"

　　李上进摸着下巴思摸。

"再说，他这羊羔疯看来不严重，到部队两个月，怎么不见犯？现在偶尔犯一次，看来是间歇性的。横竖再有二十多天就结束了，我们替他遮掩遮掩。"

李上进思摸一阵说："只好这么办。以后再紧急集合，你帮他一把。"

我点点头。

"老肥"这时满头大汗从黑暗中跑回来，衣裳、被子都湿漉漉的。李上进说：

"回来了？"

王滴说："你还是独立行动！"

"老肥"还在那里喘气，顾不上搭言。

第二天上午，我找"老肥"谈话。问：

"'老肥'，你是不是有羊羔疯？"

他说："班副，咱俩一个村长大的，你还不知道，我哪里有羊羔疯？"

我说："我记得你爹可犯过这病！"

他低下头不说话。

我说："一犯羊羔疯，部队可是要退回去的。"

这时他哭了，说："班副，我可不是有意的。我心里可想努力工作。"

我说："你不用着急。"又四下看一下人，把李上进的话给他说了一遍，让他自己也注意一下，争取少犯或不犯；紧急集合我帮他。

他感激地望着我："班副，你和班长都是好人，我忘不了你们。万一我给军长开上小车……"

我说："开小车不开小车，人不能有坏心。"

他连连点头。

我又深入到班里每一个战士，告诉他们不能有坏心，要替"老肥"保密。每到紧急集合，我只让"老肥"穿衣服，我帮他打背包，夹在我们中间一起出去，倒也显不出来。

十来天过去，没出什么事。大家平安。我和李上进松了一口气。"老肥"心里感激大家，把劲头都用到了工作上，休息时间一遍又一遍扫地，还替大家打洗脸水，挤牙膏，累得一头的汗。我看他那可怜样，说：

"'老肥'，你歇歇吧。"

他做出浑身是劲的样子："我不累。"

本来以为事情就这样平安地过去了，没想到班里出了奸贼："老肥"犯羊羔疯的事，有人告到了连里。连里责成排长查问。排长午休时没睡，先独自趴桌上写了一回信，撕了几张纸，又把我和李上进叫到乒乓球室，问：

"李胜儿犯羊羔疯，你们知道不知道？"

我和李上进对看一眼，知道坏了事。但含含糊糊地说："这事儿倒没听说。"

排长"啪"地将写好的信摔到球案上："还没听说，都有人告到连里了！"

我急忙问："谁告的？"

排长瞪我一眼："你还想去查问检举者吗？"

我低下眼睛，不敢再吭声。

排长说："好哇好哇，我以为班里的工作搞得挺不错，原来藏了个羊羔疯！连我都跟着吃挂落！你们说，为什么不早报告？"

李上进鼓起勇气说："排长，真没见他犯过。"

我说："我和他一个村。"

排长说："你们还嘴硬，有没有病，明天到医院一检查就知道，到时候再跟你们算账！"

我和李上进挨了一顿训，出来，悄悄问："是谁这么缺德，跑到连里出卖同志？"嘴上不说，都猜十有八九是王滴。王滴跟"老肥"本来就不对付，"老肥"又曾顶掉他的"骨干"，他会不记仇？再说，王滴是班里的落后分子，平时唯恐天下不乱，这放着现成的事，他能不吹灰拨火？这奸细不是他是谁？回到班里，又见王滴在那里又笑又唱，越看越像他。我和李上进都很气愤，说："遇着事儿再说！"可他向连里反映情况，是积极表现，一时也不好把他怎么样。只是苦了低矮黄瘦的"老肥"，在那里愁眉苦脸坐着，等待明天的命运判决。

第二天一早，"老肥"就被一辆三轮摩托拉到野战医院去了，到了晚上才回来。他一下摩托，看到他那苦瓜似的脸，就知道班里的"骨干"、想给军长开小车的"老肥"，要给退回去了！

"老肥"从车上下来，立即哭了。拉着我的手说："班副，咱俩可是一个村的！"又说："不知谁揭发了我。来时大家都兄弟似的，怎么一到部队，都成仇人啦？"

我心里也不好受，说："老肥。"

"老肥"说："这让我回去怎么见人？"

王滴在旁边说："这有什么不好见人的？在这也无非是甩甩手榴弹！"说完，甩屁股走了。

我们大家都气得发抖。背后告密，当面又说这风凉话，我指着他的背影说："好，王滴，好，王滴！"

这时"元首"上前拉住"老肥"的手，安慰说："'老肥'，心里也别太难受。咱们都是'骨干'，原来想一块儿把班里工作搞好，谁想出了这事！"说着，自己也哭了。

入夜，大家坐在一起，围着"老肥"说话，算是为他送行。卸了领章、帽徽的"老肥"，脸上痴呆呆的。李上进说："李胜儿同志虽然在部队时间不长，但工作大家都看见了，还当着'骨干'……"

我说："李胜儿同志品质也好，光明正大，不像有的人，爱背地琢磨人。"看了王滴一眼。王滴躺在自己的铺板上，瞪着眼不说话。

"老肥"说："我明天就要走了，如果以前有不合适的地方，大家得原谅我。"

这时有几个战士哭了。

排长从屋外走进来，也坐下参加我们的送行会。他从腰里摸出一包"大前门"烟，破例递给"老肥"一支，吸着说："李胜儿，别怨我，连里要这么做，我也是没办法。"说着，又递给"老肥"一双胶鞋："回家穿吧。"

"老肥"抱着胶鞋，哭了："排长，我不该尿你一裤……"

第二天一早，"老肥"乘着连里炊事班拉猪肉的车走了。临上车问："班副，你给家捎什么不捎？"

我说："不捎什么。回去以后，如果村里不好待，就跟我爹去学泥瓦匠吧。我给我爹写一封信。"

他点点头，一包眼泪，蹬着车轱辘爬上了汽车。

汽车马上就开了。

再也看不到汽车和"老肥",大家才向回走。回到班里,又要集合去训练场练投手榴弹。这时大家都没情没绪的。我看着班里每一个人都不顺眼,觉得这些人都品质恶劣。十七八岁的人,大家都睡打麦场,怎么一踏上社会,都变坏了?

但集合队伍的军号,已经吹响了。

六

"老肥"走后的第二天,实弹考核开始了,实弹考核以后,就要分配工作。实弹考核的成绩,是分配工作的一个重要参考。大家都很紧张。实弹考核是先投手榴弹,后打枪。

投手榴弹之前,我找王滴谈话,告诉他班长说了,因为他投弹没达到三十米,没有投实弹的资格。接着狠狠批评了他一顿,也是替"老肥"报仇的意思。

"排长和班长都说了,你这人平时爱偷懒,不好好练习,现在拖了全班和全排的后腿,你说该怎么办吧!"

王滴急得浑身是汗:"我怎么没投弹的资格,我怎么没投实弹的资格?你怎么知道我会不及格?"

我说:"假弹还投不及格,真弹就投及格了?真弹会爆炸,炸死你谁负责?"

王滴说:"假弹没压力,真弹有压力,说不定一投就投过了。"

我说:"一投就投过了?你两投也投不过。我和班长商量,你手榴弹投不投,先给班里写份检查,检查一下自己的思想动机,为什么不好好练投弹?往深里挖一挖!"

王滴一下把胳膊肘捋了出来:"我怎么不努力,看这胳膊练的!"又带着哭腔说:"班副,你们这不是存心整人吗?"

我正色道:"什么叫整人?你这思想又不对了!你自己工作不努力,让你反省,是对你的爱护,怎么叫整人!难道你投弹不及格,还得大张旗鼓表扬你么?"

王滴这时哭了，哭得挺熊，一把鼻涕一把泪："班副，对我有什么意见，可以当面给我提，用不着这么背地给我穿小鞋。当初咱可是一个闷子车拉过来的！班副，我不就说话随便点，可没犯过大原则！"

我说："你犯不犯原则，我不知道。排长和班长让我找你，我就找你，别的我也不敢多说，省得叫人到连部去汇报，说不定把我也退回去！"

王滴这时不哭了，半天看我，忽然从地上跳起来，又像蛤蟆一样伏到我脸前："你这话什么意思？你是不是怀疑，'老肥'退回去和我有关系？"

我说："我可没说和你有关系。再说，向连里报告情况，也是积极表现。"

他猛地从地上跳起来，涨红着脸，指着我说："好，好，你们竟怀疑上我！你们怀疑吧，你们怀疑吧！班副，我算和你白认识了！既然这样，你让我投弹，我还不一定投呢！"说完，一溜烟跑了。

我怔在那里。回到宿舍，把情况向李上进汇报，说："班长，说不定向连里汇报不是他？"

李上进摸着下巴说："不是他，可又是谁呢？班里就这么几个人，掰指头算一算，也找不出别人。"

我掰指头算了算，是找不出别人。

李上进拍一下巴掌说："这事就这样决定了，别听他贼喊捉贼，这人品质一贯不好，汇报必是他无疑！"

这事就这样决定了。这时李上进又说："班副，还有个事得商量商量。"

我说："什么事？"

他说："据你看，临到训练结束，组织上能发展我吗？"

事情的头绪可真多。我叹了一口气，说："班长，这事你不用再操心了，那天你给副连长搓背时，他不说得挺明确？"

他点点头，又说："我就怕'老肥'的问题一出现，对我有影响。"

我说："'老肥'的问题是'老肥'，再说已经把人家退回去了，怎么还会影响别人？"

他点点头，又说："现在关键是看我了，得想法把班里的工作搞上去。"说到这里，一下从铺板上跃起，"班副，我看还是让王滴投实弹吧。"

我吃了一惊，问："你不是决定不让他投吗？"

李上进说："要不让他投，他无非得个零分；可他一得零分，班里的工作也受影响啊！班里出了个零蛋，连里不追查吗？"

我明白了他的意思，说："他投不过三十米，出了危险怎么办？"

李上进说："实弹比教练弹轻几两，要万一投过呢？"

我说："那就让他试试？"

李上进说："还是试试吧，轮到他投弹时，让别的战士撤下来。"

我又去找王滴，告诉他可以投实弹。但宿舍内外，横竖找不见他。我猜想他又犯思想问题，躲到什么地方哭去了。我信步走到训练场的沙丘后寻找，也不见他。我心想：批评他两句就闹情绪，还跑得到处找不见，真不像话。接着就往回走。这时我忽然发现，远处的旷野上，有一黑黝黝的影子，在那里跑。借着月牙的光亮打量，身影有些像王滴。我过去，叫了一声"王滴"，那身影也不答。但我看清，确是王滴：原来正一个人跑来跑去，在练手榴弹。我忽然有些感动，说："王滴，别练了，深更半夜的。"

王滴不答，仍在那里投。

我上前拉住他，说："王滴，别练了，班长说了，让你投实弹。"

这时我发现，王滴浑身湿漉漉的，胳膊肿得像发面窝窝。他赌气似的，甩开我的胳膊，仍投。弹投完，忽然伏到地上哭，哭得挺伤心：

"班副，要知道这样，我就不当兵了。"

我心里也不好受，说："王滴，班里并没有存心整你。"

投实弹了。靶场背靠一个山坡。把弦套在小拇指上，顺山坡跑几步，"呼"的一下投出去，弦还在小拇指上，山间便"咣"的一声响了。这时要赶紧卧倒，不然弹片飞到身上不是玩的。成绩测定的办法是：三十米算及格，三十五米算良好，一过四十米，就算优秀了。

第一个投弹者是李上进。他是老兵，只是做示范，不计成绩。李上进不负众望，一投投了好远。响过以后，大家都鼓掌拍巴掌。李上进甩着胳膊说：

"好久不练这个了。过去我当新兵时，一投投了五十米。"

这时"元首"上前一步说："我争取向班长学习，一投也投五十米！"

第二个投弹者是我，一投投了三十八米。大家挺遗憾，"再稍使一点劲儿，就优秀了。"

李上进说："不碍不碍，大家只要赶上班副，就算不错了！"因为连里评定班集体成绩的标准是：只要大家全是良好，集体成绩就是优秀。大家说：

"不就是三十五米吗？投着看吧。"

接着又投了两个战士，一个良好，一个优秀，大家又鼓掌。

下一个轮到王滴。李上进问：

"王滴，你紧张吗？紧张就歇会儿再投。"

王滴没答话，立时就把手榴弹的保险盖拧掉了，把弦线往手指头上套。吓得李上进忙往后退：

"王滴，马虎不得！"

王滴仍没答话，向前跑着就扔，唬得众人忙伏到地上，纷纷说："娘啊，他是不要命了！"

听得"咣"的一声。大家爬起身，见王滴也趴在前面地上。大家悄悄问："王滴，没事吧？"

王滴没答话，只是从地上爬起来去拿米尺。用米尺一量，乖乖，三十六米。大家都很高兴。李上进上去打了王滴一拳：

"王滴，有你的！没想到你适合投实弹！"

王滴脸上也没露喜色，只是说：

"就这，还差点不让投呢！"

说完，掉屁股走了。

李上进还沉浸在喜悦之中，连连告诉我："我就担心王滴，没想到他投了个良好！这下班里肯定是优秀了！"

接下去又投了几个战士，都是"良好"以上，李上进高兴得手舞足蹈，掏出一包烟，请大家抽。最后只剩下"元首"。"元首"在训练中是投得最远的，大家都盼他投出个特等成绩。"元首"也胸有成竹，连连咳嗽两声说："争取五十米开外吧！"

吸完李上进的烟，"元首"上阵了。大家都要看他的表演，纷纷从掩体中探出头。"元首"不慌不忙地拧开手榴弹，将弦线掏出来，这时突然问：

"班长，是把绳套在大拇指头上吗?"

李上进在掩体中答："是套在小拇指头上。"

"元首"这时出现了慌乱："怎么我的弦比别人的短，不会炸着我吧?"

李上进说："你投吧，弹是一样的。"

大家纷纷笑了："原来'元首'是投得了假的投不了真的。"

在大家的笑声中，"元首"向前跑去。跑了几步，胳膊一投，同时听见他叫：

"不好，我的弦太短，听见了'哐哐'声!"

同时见他胳膊一软，但弹也出去了。不好! 手榴弹没投远，只投了十几米，眼看在"元首"面前冒烟。"元首"也傻了，看着那手榴弹冒烟。李上进"呼"地从掩体中蹿出，边叫："你给我卧倒!"边一下扑到"元首"身上，两人倒在地上。在这同时，手榴弹"呰"的一声响了。响过以后，全班人纷纷上去，喊："班长，'元首'，炸着没有哇?"

这时李上进从地上滚起来，边向外吐土，边瞪"元首"：

"你想让炸死你呀?"

"元首"从地上坐起来，傻了，愣愣地看着前边自己手榴弹炸的坑。看了半天，哭了：

"班长，我的弦比别人短!"

李上进说："胡说八道，军工厂专门给你制造个短的吗?"

成绩测定，"元首"投了十五米。

大家纷纷叹息，说白可惜了平日功夫。"元首"滚到地上不起来，"呜呜"地哭：

"班长，我可不是故意的! 平时训练你都看到了。"

李上进这时垂头丧气，连连挥手："算了，算了，你别说了。谁知道你连王滴都不如，一来真的就慌。"

"元首"听到这话，更是大哭。

实弹投掷就这样以不愉快的结尾结束了。大家排着队向营房走，谁都不说话，显得没情没绪。回到宿舍，倒见王滴喜滋滋的，哼着小曲，提杆大枪往外走，说要去练习瞄准，准备下边的实弹射击。

这一夜里，"元首"明显一夜没睡。第二天一早，带着两只黑眼圈，在厕所门口堵住我：

"班副，不会因为投手榴弹取消我的'骨干'吧?"

我安慰他："'元首'，别想那么多，赶紧准备下边的射击吧，不会撤销你的'骨干'。"

他点点头："可会不会影响我的分配呢?"

这我就答不上来了。说："这我不知道，不敢胡说。"

"元首"一包眼泪："班副，我对不起你和班长，身为'骨干'，投弹投了十五米!"

我又安慰他："'元首'，千万不要思想负担过重。如果影响了下边的射击，不就更不好了?"

他点点头，又抹了一把眼泪，果断地说："班副，你看着吧，我原守不是一般的软蛋，哪里跌倒我哪里爬起!"

我说："这就对了，我相信你'元首'。"

瞄准练习中，"元首"很刻苦，一趴一晌不休息。别人休息，他仍在那里趴着，托枪练习。

射击开始了。射击分二百米、一百五十米、一百米，分别是趴着打、跪着打和立着打；六十环算及格，七十环算良好，八十环以上优秀。李上进做了示范以后，先上来三个战士。不错，都打了七十多环。就是一个战士拉枪栓时给卡了手，在那里流血。李上进一边用手巾给他包扎，一边说：

"打得不错，打得不错，回去好好休息。"

又上来三个，其中有王滴。打下来，除了一个战士是及格，王滴和另一个是良好。王滴小子傻福气，刚刚七十环，其中一环还是擦边儿的。李上进虽然遗憾有一个及格，但鉴于上次手榴弹的教训，说：

"及格也不错，及格总比不及格强!"

这时王滴倒挎着大枪，从口袋摸出一包香烟，叼出一支，也不让人，自己大口大口吸起来。吸了半天，突然蹲到地上小声"呜呜"哭起来。大家吓了一跳。

我说："行了王滴。"

李上进说："不要哭，王滴，知道你打得不错。"

又上来三个战士，其中有"元首"。我和李上进都有些担心。我说：

"'元首'，不要慌，枪机扳慢一点。"

李上进拿出大将风度："'元首'打吧。打好了是你的，打坏了是我的！"

"元首"点点头，对我们露出感激。但他嘴唇有些哆嗦，手也不住地抖动。我和李上进说：

"不要慌，停几分钟再打。"

这时在远处监靶的排长发了火：

"怎么还不打？在那里暖小鸡吗？"

三个人只好趴下，射击。射完，大家欢呼起来。"元首"打得不错，两个九环，一个十环。我和李上进都很激动：

"对，'元首'，就这么打！"

"元首"嘴唇绷着，一脸严肃，也不答话。爬起来，提枪向前移了五十米，蹲着打。好，打得又不错，一个八环，一个七环，一个十环。我们又欢呼，拥着"元首"移到一百米。这时"元首"浑身是汗，突然说："班长，眼有些发花。"

李上进说："只剩三枪了，不要发花。"

"元首"又说："班长，靶纸上那么多窟窿，我要打重了怎么办？"

李上进说："放心打吧'元首'，再是神枪手，也从没打重的。"

"元首"又说："我觉得我这靶有点歪。准是打了六枪，打歪了。"

李上进有些不耐烦："你怎么又犯了手榴弹毛病？"

这时排长举着小旗跑过来，批评"元首"："怎么就你的屎尿多？我的手都举酸了！"

"元首"和其他两个战士又举起了枪。"啪""啪""啪"三枪过后，老天，"元首"竟有两枪"嗍""嗍"地脱了靶。另有一枪中了，仅仅六环。李上进傻了，我也傻了。傻过来以后，李上进赶紧蹲到地上用树枝计算分数。三个姿势加在一起，刚刚五十九环，只差一环不够及格。李上进也不提"打坏了算我的"了，责备"元首"："你哪怕再多打一环呢！"

"元首"也傻了，傻了半天，突然愣愣地说：

"我说眼有些发花，你不信。可不是发花！"

排长在一边不耐烦："行了行了，早就知道你上不得台盘。扔手榴弹也是眼睛发花？"

"元首"咧咧嘴，想哭。排长狠狠瞪了他一眼，把他的哭憋回去了。只是喉咙一抽一抽的，提着枪，看前边那靶。

实弹考核结束了。班里形势不太好。由于"元首"手榴弹、打枪都不及格，班里总成绩也跟着不及格。李上进唉声叹气的，一个劲儿地说：

"完了，完了。"

我说："咱们内务、队列还可以。"

李上进说："只看其他班怎么样吧。"

又停了两天，连里全部考核完了。幸好，还有三个班也出现不及格。我和李上进都松了一口气。但算来算去，自己总是落后中的，心里顺畅不过来。

班里形势又发生一些变化。"元首"两次不及格，"骨干"的地位发生一些动摇。和过去看王滴一样，大家看他也不算一个人物了。他自己也垂头丧气的，出出进进，灰得像只小老鼠。虽然写了一份决心书，决心哪里跌倒哪里爬起，但新兵连再有十几天就要结束了，还能爬到哪里去呢？王滴投弹、射击都搞得不错，又开始扬眉吐气起来，出出进进哼着小曲，说话又酸溜溜的，爱讽刺人。有时口气之大，连我和李上进都不放在眼里。我和李上进有些看不上这张狂样子，在一起商量：

"他虽然实弹考核搞得好，但品质总归恶劣！"

按说在这种情况下，"骨干"应该调整，把"元首"撤下来，让王滴当。但我和李上进找到排长：

"排长，再有十几天就结束了，'骨干'就不要调整了吧？再说，王滴这人太看不起人，一当上'骨干'，又要犯小资产阶级毛病。上次他给连长送笔记本，让群众有舆论，后来也常给排里工作抹黑……"

排长正趴在桌子上写信，写好一张看看，皱皱眉头，揉巴揉巴，撕撕，扔了。这时把脸扭向我们：

"什么什么？你们说什么？"

我们又把话重复了一遍。

他皱着眉头思考一下，挥挥手说："就这样吧。"

这样，班里的"骨干"就没有进行调整。"元首"观察几天，见自己的"骨干"没被撤掉，又重新鼓起了精神，整天跑里跑外，扫地、打洗脸水、掏厕所、挖猪圈，十分卖力气；王滴观察几天，见自己的地位并没有升上去，气焰有些收敛。

连里分配工作开始了。大家都紧张起来，整日提着心，不知会把自己弄到什么地方去。但提心也是白提心。直到一天上午，连队在操场集合，开始宣布分配名单。大家排队站在那里，心"怦怦"乱跳，一个个翘着脖子，等待命运的判决。念名单之前，指导员先讲了一番话，接着念名单。名单念完，整个队伍"嗡嗡"的；但随着指导员抬起眼睛，皱起眉头盯了队伍一眼，队伍马上安静下来。

由于我们班实弹考核不及格，所以分得极差。有几个去烧锅炉的，有几个去看库房站岗的，还有几个分到战斗连队的。全班数王滴分得好，到军部当公务员。虽然当公务员无非是打水扫地，但那毕竟是军部啊！——"老肥"没有实现的愿望，竟让王滴给实现了。我们都有些愤愤不平，王滴虽然实弹考核成绩好，但他平时可是表现差的。散队以后，就有人找排长，问为什么王滴分得那么好，我们分得那么差？排长说：

"他够条件，你们不够条件。"

"为什么他够我们不够？"

"军部要一米七五的个子，咱们排，还就他够格！"

大家张张嘴，不再说什么。人生命运的变化，真是难以预测啊！

"元首"是导致全班分配的罪魁祸首。"元首"虽然整日努力工作，但大家还是难以原谅他。他自己也是全连分得最差的：到生产地去种菜。名单一宣布，"元首"当场就想抽泣。但他有苦无处诉，只好默默咽了。回到宿舍，全班就数王滴高兴，一边整理自己的行囊，一边又在那里指手画脚，告诉"元首"：

"其实种菜也不错，可以'近水楼台先得月'！"

"元首"抬眼看王滴一眼，也不说话。我虽然分得不错，到教导队去受训，但全班这么多人分得不好，心里也不好受；现在看王滴那张狂样子，便有些看不上，饬了他一句：

"你到军部，也可以'近水楼台先得月'，经常见军长，可以汇报个什么！"

王滴立即脸涨得通红，"你……"用手指着我，两眼憋出泪，说不出话。

晚上连里放电影，大家排队去看。"元首"坐在铺头，不去排队。我说："'元首'，看电影了。"

"元首"看我一眼，如痴如傻，半天才说："班副，我请个假。"说完，抽被子蒙到身上，躺到那里。

李上进把我拉出去说："班副，注意'元首'闹情绪，你不要看电影了，陪他谈谈心。"

队伍走后，我把"元首"从铺上拉起来，一块儿到戈壁滩上谈心。

已经是春天了。迎面吹来的风，已无寒意。难得见到的戈壁滩上的几粒小草，已经在挣扎着往上抽芽。

"元首"没情没绪，我也一时找不到话题，只是说："'元首'，人生的路长得很，不要因为一次两次挫折，就磨掉自己的意志。"

"元首"叹了一口气，说："班副，我不担心别的，只是名声不太好听，应名当了兵，谁知在部队种菜。"

我说："你不要听王滴胡说，他虽然分得好，但也无非是提水扫地，没啥了不起。再说，他这人品质不好，爱背后汇报人，说不定时间一长，就被人识破了。"

"元首"抬起眼睛看我，不说话。

我又安慰他："你虽然分得差，但比起咱们的'老肥'，也算不错了，他竟让给退了回去。提起'老肥'，谁不恨王滴？"

这时"元首"突然拦腰抱住我，吓了我一跳，他带着哭腔说：

"班副，我给你说一句话，你不要恨我！"

"什么话？"

"汇报'老肥'的不是王滴！"

我心里疑惑，问："不是王滴是谁？"

"元首"愣愣地说："是我！"

"啊?"我大吃一惊,一下从"元首"胳膊圈中跳出,愣愣地看他,"你?怎么会是你?你为什么汇报他?"

这时"元首"哭了,"呜呜"地哭:"当时'老肥'一心一意想给军长开小车,我听他一说,也觉得这活儿不错,也想去给军长开小车。当时班里就我们俩是'骨干',我想如果他去不了,就一定是我。为了少个竞争对象,我就汇报了他……"

"啊?"我愣愣地看"元首"。

"元首"哭着说:"没想到现在得了报应,又让我去种菜。班副,我这几个月的'骨干'是白当了!"

"你,你,"我用手指着他,"你这人太卑鄙了!"

"元首"开始蹲在地上大哭。

哭后,我们两个谁都不再说话。

远处营房有了熙攘的人声。电影散了。我说:

"咱们回去吧。"

这时"元首"胆怯地说:"班副,你可不要告诉别人,我是信得过你,才给你说。"

我瞪了他一眼:"如果你能去给军长开小车,你就谁都不告诉了?"

"元首"又呜呜地哭,说:"要不我这心里特别难受……"

我说:"你难受会儿吧,省得以后再汇报人。这么说,我们还真错怪王滴了!王滴这人原来真不错!"说完,扔下他一个人走了。

"元首"在黑暗中绝望地喊:"班副……"

七

再有五六天新兵连就要结束了。又是一个星期天,大家一块儿到大点去买东西。大点是部队一个集镇,有几个服务社,一个饭馆,几棵柳树。周围却仍是一望无际的戈壁。大家在那里买了许多笔记本,相互赠送,算是集结三个月的纪念。笔记本的扉页上,写上各自要说的话。各自的话,其实都差不多。"愿我们的友谊万古长青","祝进步","与×××共勉",等等。班里的人相互送遍了。"元首"这两天情绪低落，出来进去低着头，可能背地哭过，两只眼看上去像两只熟透的大桃。但他送笔记本并不落后，买了一大摞，每人送了一本。送我的笔记本上歪歪扭扭写道："人生的道路不是长安街，与班副共勉"。我看了这话，明白他的意思。从大点回来，与他并排走。走了半天，他突然说：

"班副，我马上要去种菜了。"

我忽然有些难受，说："'元首'，到那儿来封信。"

他长出一口气，又说："班副，我还得求你个事。"

我说："什么事？你说吧。"

他说："那件事，就不要扩大范围了。要传出去，我就没法活了。"

我点点头，看他，说："放心。"

停了一停，他又说："我不准备送本给王滴。"

我说："送谁不送谁，是你的自由。再说，他不也不送本给人吗？"

王滴从大点回来，手是空的。他没买一个笔记本，只是口袋里装了半斤奶糖，在那里一个一个往嘴里扔，嚼吃。大家说，王滴这人可真怪，原来不该"共勉"的时候，他与连长"共勉"；现在该"共勉"了，他又一个也不"共勉"。大概是分到了军部，看不上大家了。没想到王滴听到这话，一口痰连糖吐出来，说："'共勉'个屁！三个月下来，一个个跟仇人似的，还'共勉'！"

说完，撒丫子向前跑了。

大家一怔，都好长时间不再说话。

晚上，大家开始在宿舍打点行装。该洗涮的开始洗涮。这时李上进出出进进，情绪有些急躁，抓耳挠腮。我知道他又为入党的事。现在新兵连马上要结束了，他还没有一点消息。等到宿舍没人，他来回走动几圈，突然拉着我的手说：

"班副，你看看，眼看就要结束了，怎么还没有一点消息？"

我说："是呀，该啦！怎么还没有消息？"

他说："副连长不会骗我吧？"

我想了想说："身为副连长，说话肯定会负责任的。"

他叹了一口气："这可让人心焦死了。"

第二天上午，我领人出去打扫环境卫生。扫完，回宿舍，见李上进一人在铺上躺着，两眼瞪着天花板，也不说话。我知道他又为没消息犯愁，便说：

"班长，该准备吃饭了。"

没想到他猛地蹿起来，拉着我的手，咧开黑红的大嘴笑，叫道："班副，有了，有了！"

我问："什么有了？"

他说："那事！"

我明白了他的意思，也为他高兴，说："让你填表了？"

他不以为然地看我一眼："你可真是，这点知识都不懂，那也得组织先找谈话呀！刚才连部通讯员通知我，说午饭后指导员找我谈话。你想，不就是这事么？要是不让入，还会找你谈话？"

我说："可不！"

他又拉我到门后，翻开巴掌，说：

"你再看看，你再看看，看看怎么样！"

手掌中又露出他对象的照片。

我只好又看了看胖姑娘，说："不错呀班长。"

他长出一口气，又"砰"地打了我一拳，说："一个月没给她写信了。"

我说："现在你就大胆放心写吧！"

他说："晚上再写，晚上再写。"

中午，李上进饭吃得飞快。吃完，抹了一把嘴，又对着小圆镜正了正军装，对我不好意思地一笑，一溜小跑到连部去了。去了有二十分钟，我们正在午休，他蹑手蹑脚回来了。我欠起身问：

"这么快班长？"

他摇摇手，不说话，爬到自己铺位上，不再动弹。我以为事情已经谈妥了，他在高兴之中，在聚精会神构思晚上如何给对象写信，没想到突然从他铺位上传来"呜呜"的哭声。把我们一屋吓了一跳。

我急忙到他铺位上摇他："你怎么了班长？"

他开始号啕大哭。

一班人都聚集到他身旁，说："你怎么了班长？"

李上进也不顾影响，也不顾人多，大声喊："我×指导员他妈！"

我们吓了一跳，问："到底是怎么了？"

李上进边哭边说："班副，你说这像话吗？"

我说："怎么不像话？"

"副连长明明说好的，让我入党，可指导员找我谈话，不让我入了……"

我吃了一惊："他说不让入了？"

"说不让入还不算，还通知我下一批复员。你说，这样光着身子，让我怎么回家！"

我倒抽一口冷气："哎呀，这可没想到。"

他又放声号哭起来。

连里集合号响了，班里人都提枪出去集合，宿舍里就剩我们俩。这时李上进也不哭了，蹲在铺头不动。我陪在一旁叹气。他埋着头问：

"班副，你说，我来到班里表现怎么样？"

我说："不错呀。"

"跟同志们团结怎么样？"

"不错呀。"

"说没说过出格的话，办没办过出格的事？"

"没有呀！"

"班里工作搞得怎么样？"

"除了投弹射击，别的不比人差！"

"那指导员怎么这么处理我？"

我摇摇头："真猜不透。"

他咬咬牙说："指导员必定跟我有仇！"接着站起来，开始在地上来回转。转了半天，开始两眼发直。

我劝他："班长，你想开些。"

李上进不说话，只在那里转。突然蹲到地上，双手抱头，"这样光身子，我是宁死不回家。"接着又站起，对着窗户喊："我×指导员他妈！"

我急忙把他从窗户口拉回来："让人听见！"

他狠狠瞪了我一眼："听见又怎么样？反正我不想活了！"

到了晚上，李上进情绪才平静下来。到了吹熄灯号，大家围着劝他，他反倒劝大家：

"都赶紧睡吧。"

大家都为他心里不好受，默默散去睡了。连王滴也露出一脸的同情，叹口气去睡。脱了裤子，又爬到李上进的铺头，说：

"班长，我这还有一把糖，你吃吧。"

把一把他吃剩的奶糖，塞到李上进手里。

熄了灯。大家再没有话。都默默盯着天花板，睡不着。这是当兵以来让人最难受的一夜。连"老肥"退回去那天晚上，也没有这么难受。不时有人出去解手，都是蹑手蹑脚的。翻来覆去到下半夜，大家才朦胧入睡。这时外边"砰"地响了一枪，把大家惊醒。夜里头，枪声清脆嘹亮。大家被吓了一跳。爬起来纷纷乱问：

"怎么回事，怎么回事？"

接着外边响起"嘟嘟"的紧急集合哨子。大家顾不上穿衣服，一窝蜂拥了出来，问：

"怎么回事，怎么回事？"

这时有人说是有了特务，有人说是哨兵走了火。正一团混乱，连长提着手枪喘喘跑来，让大家安静，说是有人向指导员打黑枪。大家"嗡"的一声炸了窝。我心里"咯噔"一下。这时副连长又提着枪跑过来，说指导员看见了，那身影像李上进；又说指导员伤势不重，只伤了胳膊；又说让大家赶紧集合，实枪荷弹去抓李上进，防止他叛逃。我们这里离国境线只几百公里。

大家又"嗡"地炸了窝。赶紧站队，上子弹，兵分几路，跑着去捉李上进。因李上进是我们班的，大家都看我们。我们班的人都低着头。我也跟在队伍中跑，心里乱如麻。看到排长也提着枪在前边喘喘地跑，便凑上去问：

"这是怎么回事呀，排长？"

排长抹一把汗，摇头叹息道："这都是经受不住考验呀，没想到，他开枪叛逃了！"

我说："这肯定跟入党有关系！"

排长叹息："他哪里知道，其实支部已经研究了，马上发展他。"

我急着问："那为什么找他谈话，说让他复员？"

排长又摇头："这还不是对他的考验？上次没有发展他，指导员说他神色不对，就想出这么个点子。没想到一考验就考验出来了！"

我脑袋"嗡"地响了一下。

排长说："他就没想一想，这明显是考验，新兵连哪里有权复员人呢？"

我脑袋又"嗡"地响了一下。心里边流泪边喊：

"班长，你太亏了！"

队伍跑了有十公里，开始拉散兵线。副连长用脚步量着，十米一个，持枪卧倒，趴在冰凉的地上潜伏，等待捉拿李上进。副指导员又宣布纪律，不准说话，不准咳嗽，尽量捉活的，但如果他真要不听警告，或持枪顽抗，就开枪消灭他。接着散兵线上响起"哗啦""哗啦"推子弹上膛的声音。

我左边的战士把子弹推上了膛。

我右边的战士也把子弹推上了膛。

我也把子弹推上了膛。

但我心里祷告："班长，你就是逃，也千万别朝这个方向逃，这里有散兵线。"

东方渐渐露出了鱼肚白。散兵线上一个个哨位，已经看得清清楚楚。李上进没有来。副连长把大家集合在一起，回营房吃饭。吃了饭，又让大家到各处去搜。我们班的任务，是搜查戈壁滩上的一棵棵骆驼刺草丘。我领着大伙搜。我没有话，大伙也没有话，连王滴都没有话，只是说：

"不管搜出搜不出，都是一个悲剧。"

我瞪了他一眼，不再说话。

这样搜了一天，没有搜出李上进。

夜里又撒散兵线。

三天过去了。李上进还没捉拿到。

这时军里都知道了。发出命令：再用三天时间，务必捉到叛逃者，不然追查团里营里连里的责任。团里营里连里都吓傻了。指导员托着受伤的胳膊，也加入了搜查的行列。

又一天过去了。没有搜到。

夜里连部灯火通明。

最后一天，李上进捉到了。不过不是搜到的，是他自己举手投降的。原来他藏匿的地点并不远，就在河边的一个草堆里。他从草堆里钻出，向人们举手投降。叛逃者被捉住了，大家都松了一口气，也来了劲头。李上进已变得面黄肌瘦，浑身草秸，军服被扯得一条一条的。领章帽徽还戴着，不过一捉到就让人扯掉了。精疲力竭的李上进，立即被带到连部审问。

副连长问："你为什么向指导员开枪？"

李上进："他跟我有仇。"

"他怎么跟你有仇？"

"他不让我入党。"

沉默。

"不让入党就开枪？"

李上进委屈地"呜呜"哭了："副连长，我给你搓背时，你明明说让我入，指导员却不让我入，这不是跟我有仇吗？"

副连长红了脸，"啪"的一声拍了一下桌子："李上进，你问题的性质已经变了，过了界限了！你向指导员开了枪！你开枪以后不是要叛逃吗？怎么不逃了？"

李上进说："我不是想叛逃，我是想跑到河边自杀！"

"噢——"副连长吃了一惊，看李上进半天，又问，"那你为什么不自杀？"

李上进："我想着家里……还有一个老爹。"

沉默。

连部审问李上进，这边连里召开大会，要大家深入批判他。连长站在队伍前讲："这和林彪有什么区别？林彪谋害毛主席，他谋害指导员；林彪要叛逃，他也要叛逃……"

会后，李上进被押到猪圈旁一间小屋里。连里派我和"元首"持枪看守。猪圈旁，是我们以前一起做好事的地方。到了小屋前，李上进看我们一眼，叹息一声，低头不说话，进了小屋。看他那浑身散架、垂头丧气的样子，真由一个班长，变成一个囚犯了。围观的人散去，剩我们三个人，这时李上进说：

"班副，快给我弄点吃的吧，饿了五六天了。"

我想起刚来部队，晚上站岗，到锅炉房吃他烤包子的事。我把"元首"叫到一旁，说：

"'元首'，我是不顾纪律了，我去给他弄点吃的，你要想汇报，你就去汇报。"

这时"元首"脸涨得通红，"啪"的一声把步枪上的刺刀卸下来，递给我：

"班副，我要再犯那毛病，你用它捅了我！"

我点点头，说："好，'元首'，我相信你！"

留下"元首"一人看守，我到连队厨房偷了一盆剩面条，悄悄带了回来。李上进见了食物，不顾死活，双手抓着乱吃，弄得满头满脸；最后还给噎着了，脖子一伸一伸的，忙用双拳去捶。看他那狼狈样子，我和"元首"都禁不住流泪。

夜里，李上进在屋里墙上倚着，我和"元首"在外边坐着。这时我说：

"班长，你不该这样呀！"

但我朝里看，他已经倚在墙上睡着了。

"元首"喊："班长，你醒醒！"

但怎么也喊不醒。

我们俩都开始流泪。

这时"元首"说："班副，我有一个主意。"

我问："什么主意？"

他说："咱们把班长放了吧！"

我大吃一惊，急忙看了看四周，又上前捂住他的嘴："小声点。"

他小声说："咱们把班长放了吧！"

我说："放了怎么办？"

他眨巴眼："让他逃呀！"

我叹息一声："往哪里逃呀，还真能越过边境线不成？"

"元首"不说话了，开始嗑牙叹气。

这时我说："'元首'，你是一个好兄弟。"

一夜在李上进的酣睡中过去了。

第二天一早，师里来了一个军用囚车，提李上进。李上进还迷离马虎的，就被提溜上了囚车。临走，也没扭头看看我和"元首"。

囚车"呜呜"地开跑了。

我和"元首"还站在囚李上进的小屋前，愣着。

突然，"元首"喊："班副，你看那是什么？"

我顺着"元首"的手指看，小屋地上有一片纸。我和"元首"进屋捡起一看，原来是李上进对象的照片。

照片上的姑娘很胖，绑着一对大缆绳般的粗辫子，在对我们笑。

八

过了有三天，上边传来消息，说李上进被判了十五年徒刑。

消息传来，并没有在连里引起什么轰动。因为三天时间，李上进已经被连里批臭了。任务布置下来，个个发言，人人过关，像当时批林彪一样认真。林彪能被批臭，李上进也被批臭了。

在批李上进的过程中，大家又起了私心。为了不影响自己的最后分配，大家批得都挺认真。李上进出自我们班，我们班成了重灾区，指导员、连长都来参加我们的批判会。大家一开始还挤牙膏，后来索性墙倒众人推，把他日常生活中的大小缺点往一块儿一集合，一下堆了一个十恶不赦的罪人！好像谁批得越多，谁就越不认识李上进似的。王滴原来也挺同情李上进，说他是"悲剧"，现在为了不影响自己分到军部，第一个发言，而且挺有深度：说李上进叛逃有思想基础，几年之前就带刺刀回家，受过处分。说得连长指导员直点头。发言一开始，下边就有人接了茬。中间休息时，连"元首"也动摇了，找到我，涨红着脸说：

"班副，我也要批判了。"

我看他一眼："你批吧，我不让你批了？"

他脸越发红："大家都批了，就我不批，多不好，总得做做样子。"

接着开会，"元首"便批了。说是做做样子，谁知批得也挺深刻，说李上进思想腐化，平时手里老是捏着个女人照片；把他关起来，还看了一夜。连长指导员都支起耳朵。我听不下去，便插话：

"那是他对象的照片。"

指导员说："要是他对象的照片，还是可以看看的。"

我说："现在保准不看了，一坐监，对象还不吹了？"

大家"哄"地笑了。笑后，都又觉得心里不好受，一时批判停下了。

中午吃饭，"元首"又找我：

"班副，我不该批判吧？"

我十分气恼："'元首'，你怎么这么说话？我说你不该批了？你这么说话，不是把我往火坑里推吗？"

"班副！""元首"又双手掩着脸哭了。

批过李上进，大家都洗清了自己，分配也没受大影响。该去军部的去军部，该去菜地的去菜地。终于，大家吃过一顿红烧肉之后，开始陆续离开新兵连，到各自分配的连队去。

第一个离开新兵连的是王滴。他可真威风，军部来接他了。来的是一辆小吉普。班里有几个人坐过小吉普？大家都去看他上车。他一一与大家握手，倒没露出得意之色。只是说："有时间到军部来玩。"

排长本来在宿舍写信，揉巴揉巴撕了两张，也跑出来送王滴。王滴对他倒有些带搭不理，最后一个才与他握手，说："排长，在这三个月，没少给你添麻烦。自己不争气，把个'骨干'也给闹掉了。以后排长到大点去，有时间也来军部玩吧！"

把排长闹了个大红脸。

吉普车发动了，王滴又来到我面前，说：

"班副，我走了。"

我说："再见王滴。"

这时王滴把我拉到一边，突然两眼红了：

"班副，你知道让我干什么去？"

我说："不是当公务员吗？"

"说是让我到军部当公务员，今天司机才告诉我，原来军长他爹瘫痪了，让我去给他端屎端尿！"王滴说着涌出两包泪。

我也吃了一惊，说："哎呀，这可想不到。"

他叹息一声："我以前说话不注意，你可得原谅我。"

我一把握住他的手："王滴！"

他说："俺奶在家里病床上躺了三年，我还没尽一点孝心！"

我说："不管怎么说，到那儿得好好干。"

他点点头，叹息一声："这话就对你说了，可千万别告诉别人，不然又让人笑话了。"

我使劲点点头。

车把王滴载走了。车屁股甩下一溜烟。

第二个来接人的，是生产地的指导员，来接"元首"。指导员是个黑矮的胖子，也是河南人，说话十分直爽。"元首"分到菜地，本来十分沮丧。没想到菜地指导员一来，给他带来了喜讯：因分到菜地的都是差兵，相比之下，"元首"还算好的——在新兵连当过"骨干"，于是矬子里拔将军，还没去菜地，就给他安排了一个班副。这真是因祸得福，"元首"情绪一下高涨起来，给他的指导员让烟，围着问这问那。指导员叼着烟说：

"到菜地没别的好处，就是入党快些。"

"元首"更加高兴，手舞足蹈的。大家围着"元首"和他的指导员，也都挺羡慕，似乎去菜地比去军部还好。

"元首"咳嗽两声，看大家一眼，对他的指导员说："指导员，从今以后，你说哪儿打哪儿，让我领着班里的同志喂猪也行！"

指导员"哈哈"笑了："工作嘛，到家再说，到家再说。"

当天下午，班副"元首"，坐着生产地的拉羊粪卡车，兴高采烈地种菜去了。

其他战士也都一个一个被领走了。

战士们走完，我才背着背包离开了新兵连。全班比较，还数我分得比较好：到教导队去学习。因教导队离新兵连比较远，得到一个军用小火车站去搭火车。排长也要离开新兵连回老连队，也要搭火车，于是我们两个同行。离开了新兵连，排长放下了他的架子，与我说这说那。可我老打不起精神。

排长问："你怎么了？"

我说："排长，我心里有些难受。"

"怎么了？为李上进？"

我摇摇头。

"为王滴？"

我摇摇头。

"为'元首'？"

我摇摇头。

"为其他同志？"

我摇摇头。

"那为什么？"

我说："我今天接到我爹一封信。"

"家里出事了？"

我摇摇头。

他瞪着眼睛问："那为什么？"

"信上说，'老肥'死了。"

"啊？"他一下跳出丈把远，吃惊地望着我，"这怎么可能？"

我把爹来的那封信，交给了他。

信是下午收到的。爹在信上说，"老肥"被部队退回去以后，没有跟我爹去学泥瓦匠，就在家里种地。一次三天不见他露面，家里着了急，托人四处找，最后在东北地的井里发现了他，尸体已经泡得像发面窝窝。村里人都说，可能是打水的时候，他的羊羔疯又犯了。

排长抖着信说："他羊羔疯又犯了，有什么办法？"

这时我禁不住哭了："排长，我了解他，他决不是羊羔疯犯了。"

"那是什么？"

"他一定是自杀！"

"啊——"排长瞪大了眼珠。

我们默默走了好一段路，没有说话。

快走近小火车站时，排长又问：

"多长时间了？"

我说："信上不是说了，快半个月了。"

"你告没告诉班里其他同志?"

我摇摇头。

这时天已经黑了。戈壁滩的天,是那样青,那样蓝。迎头的东方,推出一轮冰盘样的大月亮。

火车已经"嗷嗷"地进站了。

"我们走吧。"排长说。

我们背着背包,向车站走去。

《青年文学》1988年1期

伏羲伏羲

刘　恒

一

　　话说民国三十三年寒露和霜降之间的某个逢双的阴历白昼，在阴阳先生摇头晃脑的策划之下成了洪水峪小地主杨金山的娶亲吉日。早晨天气很好，不到五十岁的杨金山骑着自家的青骡子，他的亲侄儿杨天青骑着一头借来的小草驴，两人一前一后双双踏上了去史家营接亲的崎岖山道。

　　太阳已经高过岭脊，雾蒙蒙的像个让南瓜汤泡碎了的鸡蛋黄。杨金山在骡子腰上晃来晃去，脑袋上的礼帽像个掀翻了而倒扣着的灯碗。十六岁的杨天青秃头刮得白而又白。在秋日肃冷的早风中闪着天真而健康、喜悦而生动的光芒。他们和他们胯下的牲口在山顶消失之后，疲软的太阳也随即消失，阴云四溢，风里流窜出阴沉的潮味儿。挨到晌午终于下起了雨。起初像老人的尿，不久便如线如注，山谷内外沙沙沙响得连声了。

　　等着喝喜酒的人纷纷跳着脚回家，剩几个耐性大的聚在屋檐下抽烟袋，酸溜溜地预言着新娘子的长相。都说史家营王麻子的二闺女长得奇俊，又是谁都不曾见过，便七嘴八舌连荤带素地把她描成一棵水汪汪的嫩芽，叹息这生灵要由杨金山来糟蹋了。倒不是觉着他不配，而是认为他的福气未免太大了些。没有三十亩山地的家当，别说二十岁的雏儿，就是脱了毛的母羊也未必看得上那条瘦弱虚空的汉子。

　　杨金山不是本事很大的男人，阳气颇衰微的。他和前妻在一条土炕上滚了差不多足有三十来年，却没有任何造就，此乃最好的证据。日本人替他清了这笔账。他们头一次来洪水峪扫荡那天，金山的前妻恰好在落马岭的芝麻地里锄草，隔着老宽老宽的一条山谷，哪个瞎了眼的鬼子一枪就把这个汗淋淋的不会养孩子的女人毙掉了。人家把她当成了老八团神出鬼没的游击兵。

抗日战争最吃紧那几年，小地主杨金山朝思暮想的是造一个孩子，为造一个孩子而找一个合适的同谋。他对年轻女人产生了异乎寻常的兴趣。尽管他的最终目的是顺利地制造一个健康的后代，然而眼下假如没有瘟头瘟脑的侄子在跟前碍眼，他深感自己会从被雨淋湿的骡子背上腾空而起，像只老鹰似的向那个骑着毛驴的女人扫过去，扑过去，压过去，了结一种浓厚的趣味。

女人唤作王菊豆，双十的年纪，生着杨树般颀长的身材和一团小蘑菇似的粉脸。她用两条直溜溜的长腿卡着那头活泼的小草驴，稳重地沿着下行的山道移动。红袄闪耀，像一堆阴雨浇不灭的火，淋了雨的发髻黑油油地放光，又像一大块烧乏了的乌炭。

"天青，看摔了你婶儿！"

天青两脚泥巴，闪闪跌跌地走在毛驴和骡子之间，用枯树枝懒洋洋地却又不停顿地去拂扫那头驴子的后部。他不是嫌牲口走得慢，而是在忍受一种深刻且神秘的无聊。他每扫一下，草驴就默契地甩动尾巴，无意识地将排泄器官露给他欣赏。他神情木讷得很，似乎沉浸于某种困难的研究，被众多细节诱惑了。

"天青，到头里牵住缰绳。"

山道呈现了一个坡度，杨金山看到前边的驴蹄子在打滑，有些不放心。侄子漫不经心的样子也让他恼火。做叔叔的竟然不知道，十六岁的后生大抵也是饱含了某种趣味的。

天青依照吩咐附绕近驴脑袋，一手扯住牛皮短缰，一手拽住粗麻笼头，手指肚触到了热乎乎软乎乎湿乎乎的牲口下巴。不由得回脸看了看，雨丝后面的脸蛋子让他吃了一惊。在史家营看到的那片如云如霞的胭脂全坏了，花搭搭的雨迹纵流横淌，像一个纹络美观的落了秧的熟南瓜。天青忽而想到，应该用一块干干的清洁的白布把这个南瓜包起来，最好是把它揣到怀里。天青忽而又感到空虚，他牵着毛驴在泥道盘桓，觉得自己正一丝一丝地化成漫天雨雾中的一股凉气。秋雨破坏了他叔叔的喜事，也把他无忧无虑的心境破坏了。

"到石堂子避避雨不？雨大了。"

"湿也湿了，走吧。"

"天青，把我的衫子给你婶儿披上。"

"不啦！湿也湿了……"

婶子的声音很细微，但叔叔却不再有新的言语和动作了，天青没有回头，耳朵里只有吧唧吧唧的声音，是牲口的八只硬蹄和自己的两只脚在泥水里活动。驴唇把一些暖气喷到他手背上，痒痒的却是光光的脑壳和后脖颈，似乎是女人嘴里的气在吹他。

后来，雨就大得不行了。离石板茬三里地的谷口有一间石堂子，像扩张的蛤蟆嘴一样对着泥泞的小路。叔叔骂骂咧咧地从骡鞍鞒上跳下来，又捧油罐子似的把女人抱到地上。婶子钻进了蛤蟆嘴，叔叔也挤进去了，天青凑到跟前，发觉里面已没有多大余地。叔叔和婶子的眼睛表达着完全相反的意思，天青就闹不明白自己到底该不该进去。叔叔的目光更确凿，天青便知道自己是进不去的了。

"你到林子里找地界儿避避，拴牢牲口，小心让秋雷惊了狗日的。"

天青走了几步，叔叔又追上来扔给他一条羊肚子汗巾，把沉甸甸的礼帽也移到他头上。石堂子里黑洞洞的，然而天青分明感到婶子的眼睛射出了许多温暖，使他感动，也使他更加委屈。他在几十丈开外的椴木林子里拴上牲口，靠着树干蹲了一会儿，然后犹犹豫豫地钻到断崖下面的草凹子里去了。

雨在植物和土地上打出冷凄凄的声音，又夹杂了一些火辣辣热爆爆的响动。草丛后面的天青完全着了迷，恍惚发现了神奇的景象，死呆呆地惊住了。婶子似乎尖叫了一声。他以为婶子似乎是愉快地要么就是愤怒地尖锐咆哮了一声。天青把秃脑袋探到雨里，拼命地摆布两只湿漉漉的耳朵，结果他什么都听不到了，只体味了大雨凉冰冰的急骤的运动。蛤蟆嘴那边没有声息，但是老天爷显然正在协助叔叔静悄悄地完成某种事项。秋天的淫雨拖延了喜事，却又使它在实质问题上提前了。当三人两畜重新踏上山道，十六岁的杨天青已经不需要任何证据。婶子的腰肢不胜娇懒，红袄的肩背上染了石堂子里的干土末子，胭脂的一部分也涂到叔叔的额上及腮上去了，连耳廓都挂了一块淡淡的猩红。叔叔叭叭地吐着痰水，咳嗽着，在鞍鞒上东张西望，样子十分地满足。婶子埋着眼，脸蛋子粉得依旧，像是快活，也像是不快活，周身笼罩着清凌凌的仙气。真正难过的是天青，不晓得饥冷的壮身坯此时完全疲乏，明明在牵着驴走，却感到腿上背上脑壳上有牲口蹄子不住践踏，执意要把他踩到烂泥里去。由女人压着的那头驴，倒似乎有着比他更好一些的处境，他便毫无来由地尽情地骂它。

"狗日的，你瞎了不成！"

"畜生！懒得你！"

他梗着脖子，像个发了脾气的泥猴儿，惹得叔叔在后边哧哧地笑起来。

"天青，时辰咋着也耽误啦，不急。"

"侄子，累了就歇歇……"

听到婶子的声音他几乎要哭，立即安静了，很羞怯地垂着头，走得比牲口还稳重。做叔叔的的确不知道，侄子心里的那些趣味是很脆弱的。天青自己也不知道，背后那张粉嘟嘟的嫩脸使他到底想了些什么。前晌他跟着叔叔欢天喜地地进了史家营王麻子的宅院，出来的时候却揣了一脑袋古怪的念头。他惊讶未来的婶子竟有那么小小的一张薄嘴，又惊讶她的身材，细细长长的像一棵好树。随后他的感觉就平淡了，隐伏起来了。路上，那头小草驴意外地给了他大量的新鲜感，绵绵而至的秋雨又使他感到莫名其妙的忧伤。叔叔的言行举止变得越来越愚蠢。天青嘟嘟囔囔骂那头驴骂得有些累的时候，突然醒悟到他是在骂他的叔叔。他不理会叔叔哧哧的笑声，但他疑心婶子听出了什么，她的暗示通过那头驴传达到他扯着缰绳的手上，他的回答是赶紧闭嘴。他之所以想哭是他自以为和那年轻女人之间有着一种默契，她每看他一眼，都让他觉得是在青玉米地里锄草，棒子叶在割他的胸脯子，又痒又痛。他不看她，但知道她脸上的胭脂像血一样。他想拿舌头去舔它们，他想舔它们的时候觉得衣服里爬着一条蛇，围着他的身子绕来绕去，使他刺痒得浑身乱颤。

他表面上是牵驴引路，却在心窝里向一张俊俏柔嫩的脸蛋子伸出了肉滚滚的年轻舌头。他终于明白了自己想干什么，明白之后反而一举陷入了更大的糊涂。他再次咒骂那头毛驴，便是很明确地骂着自己，骂着使他烦恼的一切了。

因为路不好走，因为避雨，也因为避雨时发生了重要的事件，杨金山一行返回洪水峪时，村落已经埋入黄昏。雨后的村巷里竖着些稀稀落落的身影，黑蓝的山岗上一些鸟在活泼地啼叫，谷底的山溪暴涨，轰轰隆隆地向低处倾泻，声音响得老远。

亲族里帮忙的妇人将备好的食物端出来，贺喜的人聚在炕上、地上、院子中，坐着蹲着站着往嘴里塞了些冰凉的物件儿，不久便散去了。二道婚没有多大仪式，也没有洞房可闹。新娘子很喜人，不能趁乱摸一摸委实可惜，但老规矩是不能破的。洪水峪的秋日一向晴朗，而今落下这么大的雨水，可见这门亲事不遂老天爷的心意。人们只在肚子里掂量这一层，没有哪个嘴来点透它。事后，一些多事的人编派新娘子，说她人生得俊，但是没有吃相。依据是她吞粉条时的样子像吃面，嘴片片弄出了太大的响动，很蠢。他们不知道她饿了，也不知道这对得意扬扬的杨金山来说几乎算不了什么。女人做事很泼脱，只有他才明白，因为她肥硕的身子也是泼脱的，比麻袋似的前妻强得远。他只担心这对手会掏空了自己。

想入非非的杨天青却是乏顿了，钻进小厢房便鼾声如雷，竟忘了半夜起来给叔叔那头青骡子填喂草料。饥饿的牲口在槽头上愤愤地磨牙，声音盖过了大北屋持续到后半夜的零乱喘息和男主人的湿润的咳嗽声。

民国三十三年寒露和霜降之间那个落雨的秋日，一头小草驴为洪水峪驮来了一位美貌的年轻妇人。不论从哪方面来说这都是个值得纪念的日子。日本人正在周围的山地全面退却；老八团派出的工作队渗透过来开展减租减息；小地主杨金山因为用三十亩山地里的二十亩换来一个小娘儿们，从而摆脱了负担，开始全心全意奋不顾身地制造他的后代。至于杨天青嘛，这日子意味了他的觉醒。他仓促地持久地维护了自己的情欲。他爱上了他的婶子。依照文静的说法，他是一见钟情的了。尽管他的念头掺了不少下作，然而他的表现并没有跌到一般情人的标准以下去。

那些瓜葛都是十六岁以后的事了。

杨天青没有父母兄弟。曾经有过，后来没有了。十一岁那年夏天，父亲杨金河在玉石沟南坡上掏了个地窝子。领着全家在荒草梁子上烧地造田。一日傍晚，父亲指使天青到村里找金山叔叔借口粮，因为突降暴雨他便在叔叔家宿了一夜。第二天背了五升玉米早早地赶回玉石沟，发觉整个南坡已经变了模样。几十亩大小的一坡树木连同刚刚开出的几垄新地全都滑趺了，几乎填平了山谷，地窝子和睡在里面的亲人自然也都埋了进去。死的活的再不能晤面，万恶的鼓龙包只一夜便使他成了孤儿，连一颗牙一块碗片都不给他找到。他试着找过的，然而泥石流凝固得像岩石一样坚硬，只徒然地磨烂了一双小手。

叔叔杨金山收养了他。有心把侄子当儿子对待，无奈小崽子就是不认爹，只认叔，始终不大亲近。叔叔把田产割一角，父亲也不至于到玉石沟烧荒，父母兄长也就不至于丧掉性命。他是怨着叔叔的。杨金山脑筋活络，索性将侄子做了长工，吃穿都好，交派的也多是细活儿，骨子里却隔得分明而透彻。

金山不指望天青，他就不信自己遗不下一块血亲骨肉。只要能有个儿子，倾家荡产也干，把王麻子的二闺女生吞了也干！小娘儿们算个什么东西？她是他的地，任他犁任他种；她是他的牲口，就像他的青骡子，可以随着心意骑她抽她使唤她！她还是供他吃的肉饼，什么时候饥馋了就什么时候抓过来，香甜地或者凶狠地咬上一口。花二十亩地的大价换个嫩人，他得足够地充分地使用她。他一次又一次把她掀翻在炕席上，就确信自己是在讨债。讨债的人来不得多少情面，挂一脸杀气便是了。和别的男人女人差不多，他给了她许多凶暴的夜晚，又比别人少些冷静和温存，连侄子都看出那女人正在迅速枯萎。大半年干下来，看不到未来的儿子有什么动静，女人的肚皮平得像鼓，有弹性却没有货色。杨金山弄得真是累了，紧要关头老是咳得上不来气，气不足便里里外外落个软软的，很有些悲哀。身子明明显露不行，动得反而更勤奋，似乎要把被窝里的自己和别人一块儿毁掉。他在女人眼里就成了野兽，自己倒并不觉得，以为狠得出邪也是分内的事，于己于她都是必须的。必须的事项不止一件，炕上不饶人，田地里更是不饶人，娘儿们是家里另一个只吃饭不领钱的长工，地位并不在天青之上。伏天扎在棒子地里锄草，汗气呼啦的小婶子让杨天青不断地生出复杂情绪，既有纯洁的无形的关怀，也有同命相怜的悲悯。除了这些，便是那健康的肢体所引发的无穷尽的潜在的放肆了。只要叔叔的眼睛不在，天青的眼睛就能得到有限的自由，使他有胆量有机会把视线抛到婶子的腰上腿上和别的生动处，深深浅浅上上下下地反复纠缠。这田野是天宽地阔而没有先生的私塾，天青自习着人生的学问，将最有底蕴最有趣味的书来天天捧阅。那女人迟钝些，不曾料想侄子竟有所企图，自己的每一页正被个小后生哗哗地掀开来。天青最初爱读的，恐怕是从后面看过去的她的撅着屁股锄地的样子。如果她知道这秘密，怕要收缩起来，不会那么欣然翘然了。

　　"婶子，你歇歇，我多拉几锄就有啦！"

　　婶子笑悠悠歇下来，能让天青感到极大满足，锄片子顿时拉得生风。他喜欢给婶子表演，让她看看他有多么强壮、多么仁义。免不了给一番夸奖，也免不了递汗巾和水罐给他，天青就被快乐托得飘起来，觉得苦乏的日月真好，婶子真好，自己真好，连叔叔也是好的了。杨金山活该倒霉，眼看侄子一天比一天勤快，白天做活勇猛，夜里不用招呼就爬起来喂骡子，他竟不加考究地逢人便夸："这孩子晓得事理了，出息了！"确实晓得事理了，但是天青把玩的事理要丰厚活泼些，不像他叔叔考虑得那么简约。天青得到快乐，得到更多的却是忧愁。读书读得生厌，他便迫切地需要行动了，身坏里涌出杂乱的号召，却不给一丝明确的指示，他简直不知道该怎样处置自己的手脚。炎热的夏夜里把自己赤条条地往破苇席子上一摔，翻来覆去地烙饼，手指头不免舞些鬼使神差的勾当。一夜复一夜，不论醒着还是睡着，天青脑袋里乱纷纷的全是破碎的梦，美梦。梦里难言的景象每覆灭一次，他的悲哀就加一层，仿佛在与向往的人和事做永久的诀别。他不相信自己能够确切地完成那件事。在白日梦里做得如醉如痴若癫若狂，在真日子真地界里却根本做不到，他甚至不敢用调皮的目光看她一眼。她终日笼罩着仙气，一举手一投足都引来他几乎没有理由的敬仰。她耳后发丝里那块蜘蛛似的黑痣，让他崇拜了足有半年，以后他又看上了她扭头看东西或说话的样子。不是具体器官，而是一种笼统的神态让他喜欢得不行。每当她由于各种因素扭过头来，那条扭曲的脖子和一高一低的肩膀就让他心灵抖动，想甜蜜地哼哼一下，就像接受温存的抚摸似的。外人没有发现杨天青吃饭睡觉走路干活儿的模样与以往有什么区别，每天从村巷村口过路，总是那几个晒阳儿的老人评价他。今天说胖了，明天又说瘦了且高了，他们似乎把握着小后生的许多体态变迁，然而即使饱经沧桑的人也没发现这个忠厚仁义的年轻人已经走火入魔。只有杨天青明白，自己眼看就要完蛋了。

正在降临的是又一个初秋，天青依照叔叔的吩咐给厢房的火炕整理烟道，不畅通的地方太多，索性把整个炕面和烟囱底部全给刨开了。山墙原本就和烟囱垒在一起，烟膛子一塌，很结实的墙竟也牵连着露出拳头大的一个白洞，透亮了。天青起初没有发现它的意义，他专心致志地清扫堵塞了烟道的柴草灰，直至那个露洞的另一边传来惊心动魄的声音。不知聆听了几秒，他的脸腾一下飞出了红霞，腿肚子抽筋似的抖起来。不知又过了几秒，一个重要的决断迅速完成。他像猫一样从坑洼不平的炕道爬到山墙跟前去，又像贼一样把苍白的面孔贴近可供窥望的神秘洞穴。反应过于敏捷，动作也太露骨，这些都令人羞愧，然而杨天青完全陷入了恬不知耻的状态，只想切切实实地张望一下而已。这个望一眼的欲望已经把他折磨得太久，也把他折磨得太残酷了。他弓在炕角，没有呼吸，没有动作，好像在积聚力量随时准备子弹出膛似的射过墙洞，一下子击中目标。

二

那种声音又持续了片刻，但杨天青什么也没看到。角度有问题。山墙外面是猪圈，也是一家人排泄的场所，人或站或蹲的部位在圈门附近。那个新生的小洞恰好嵌在死角上，只能看到猪圈的一部分，只有猪而没有人的那一部分。天青却不肯离开，头皮和额头因为调整姿势而交替摩擦废烟道的石头内壁，满面星星块块地涂了柴草灰，像一头野性即将发作的恶魔。喷溅的声音还是终止了。接着是肢体伸展和摆弄衣服的声音，再接着是跨越圈门和在院子的石板地上踏踏走路的声音。它没有任何犹豫地响到灶间里去，静了一会儿，又没有任何负担地愉快地朝小厢房响过来了。女人迈进门槛，在屋顶底下炕道上边看到的是个类似山神庙里的泥胎似的东西。天青用直挺挺的脊背抵着那面墙，一条腿压在屁股下面，另一条腿像半截枯树干搭在炕土上边，是个非常仓促也非常可疑的姿态。女人的欣赏不深入，只浅浅地笑了笑。

"咋弄个包公相哩！不会干轻些？"

"婶子……麻地的活儿净了吧？"

"麻棵子生得粗，不好割，还立着小半坡哩！你叔晌午不回来，让我把饭送过去……缸里没水，你歇口气挑一担咋着？"

"我挑……"

"歇歇就去吧。"

"我去。"

"到水泉把脸擦洗擦洗，看脏的！"

"……我洗。"

天青嘴巴子应得利索，就是不能动弹。僵硬的身子已经松弛下来，可墙壁上似乎仍有一只手死揪着他不放。女人疑惑地看看他，以为累煞了，又递出一个微笑便走出去。天青软绵绵地下了炕，没忘记摸一块垒石把那个不要脸的洞洞塞住。担起水桶往水泉慢慢走，老觉得婶子蜜一样的笑里有那个鬼洞洞的原因，羞惭得心都要从嘴里蹦出来了。不久便释然，深感那是个天知地知的秘密，用不着责怪的。等着听到水泉潺潺的流动声，他早把惊恐忘到脑后，并且极迅捷地想着另一种水的音响了。

山泉从岩石缝儿里渗出来，积成磨盘大的水池，又从四周溢出去，亮闪闪地注入谷底的溪流。天青舀满了水桶，然后把整个脑袋扎进透明的泉眼。水很凉，激得头皮和五官一块儿疼痛起来。他像儿马一样嗖地昂起下巴，嗷嗷地吼了几声，听凭脸上的水珠沿着脖子往下淌，打湿他的衣襟和衣领。他撩起袖子擦脸，看见了婶子给他打的补丁，平时不在意，而今却以为那旧布就是花朵，密匝匝的针脚便是奇异的花边儿了。

那天后晌，天青使炕道通畅之后没有来得及干别的。山墙和烟囱的修复推迟到第二天。麻地里有不少活儿需要扫尾，沤麻的池子也没有掏好，金山夫妇一大早便离了院子，剩天青一个人愁眉苦脸地搅泥巴砌墙。

不是没干过泥瓦活儿，可这道墙似乎特别难砌。石头跟石头不接缝，泥也稀溜溜地粘不住，瓦刀哆哆嗦嗦地竟险些砍了手背。杨天青止不住心猿意马，可是好歹把该垒的都垒起来了，在工程的细节上还体现了自己的创造。他在猪圈那一边的外墙上钉了五个枣木楔子，把屋檐下乱摆的锈犁、破筐、烂篓统统用绳子系了挂在那儿，透出一种说不上来的合适和整洁。叔叔见了这个发明，不仅不挑剔，反而很愉快地看着吊在半空的破烂，对天青言道："你咋日弄的哩！不赖！多砸几个桩桩，把狗日碍眼的玩意儿全吊上去晒着。"

天青显得过于腼腆，经不住夸奖似的。杨金山和王菊豆都没弄懂，侄子那是做贼心虚，地地道道的做贼心虚。他们让他骗了。他在第一回合就让他的对手吃了败仗。

三天后的一天凌晨，杨天青借助黎明前的昏暗和积蓄已久的胆量，把炕里角靠山墙竖着的粮食口袋往左挪了半尺，把另一条一模一样的粮食口袋往右挪了半尺。他手持瓦刀把一块马马虎虎的墙皮磕了下来。他摸到了像瓶塞子一样的可以活动的石头，形状很熟悉，但他没有立即拔它。这个沉甸甸的阴谋使他不能不谨慎从事，况且那种渴望也让他害怕。公鸡正准备第三遍啼叫，婶子尚未起身，圈棚里有那头猪的鼾声。时间尚早，做不做揪心事，还不是来不及细想。天青的思索仍旧没有得到明确的结论，他一边诅咒自己，一边把那块瓶塞子或小抽屉似的石头拔了下来，小股秋风挟着猪圈味道直扑上他的面孔。他什么也不看，倦懒地钻回被窝，捧着脑袋继续思考。他不担心角度问题，那是细心测量过的。他也不担心败露，内孔有粮食口袋掩着，外孔隐藏在装烂棉花的破筐后面，视线的通道是筐壁上的残洞，在外人眼里绝不会察出破绽的。他不担心这些外在的琐事。他疑虑的是自身。如此下作是否对不住美丽的婶子？看一看果真会舒服吗，更不舒服了怎么办？喜欢一个人是否应该只看她的脸而不要冒犯她别的地方？婶子让他看不够想不够到底是怎么回事，莫非前世生了缘分？天青不停地问自己，也为自己找着理由。他的自问远不到清晰的程度，他伏在小厢房光滑的炕席上思绪纷纭，像在脑子里煮着一锅烂粥。他想象老天爷，想象山神，但它们并不打算救他，只有婶子在脑海里亲切地向他招手。

杨天青一直合不上眼，听天由命地瞧着正在退去的夜。黑色蓝起来，蓝得不稳固，顷刻之间就淡了白了，一切都清清楚楚地重新回到眼里。

北屋的门轴响了几声，没有咳嗽，因而肯定不是叔叔，杨天青箭上弦刀出鞘似的紧张起来。她走到院子里了，打开鸡窝了，走进灶间了，把柴火扔地上了，她朝猪圈这边走过来了，她的腿碰响圈门的木栅栏终于跨到站到蹲到那个奇妙的老地方来了！

杨天青呼吸不畅，觉得自己正在死去，灵魂已从脚心逃了出去。他披着一角被子，紧紧偎着粮食口袋，把一只瞪得发麻的眼睛哆哆嗦嗦地向透亮的洞穴逼近。目光穿透山墙和墙外挂着的破筐头，劈开早晨淡淡的薄雾，闪电般地照亮了一个陌生新奇而又无比鲜艳的世界。拥有这世界的无意中敞开了自己，让初涉而稚嫩的他惊诧于它的高低和它的黑白，且让他为一些形状和颜色而深深迷醉。它不该是这个样子。它理应是这个样子。因为它不可能有比这更适宜的样子。天青终于读到了最隐秘最细致的一页，震惊得眼花缭乱。紧张中得到一些满足，却留下更多的不懂，不懂蔓延开来，使他对自己膨胀的身体也不大理解了。

天青的感觉是饮了一缸烈酒，薄脸皮紫了足有十天。他见人耷拉脑袋，不爱说话，出门进门像飘着一条影子。做活比往日更狠，也更有耐性。金山两口子拾掇一天秋菜的工夫，他一个人去落马岭刨净了小一亩的山药，还把干秧子全数背到猪圈沤了冬肥。金山往清水镇运秋粮换钱，徒手赶一匹骡子。天青背一架粮食跟着他。骡子前晌到，天青晌午刚过也到了，肩上的分量一上秤，比骡子驮的少不上一寸秤杆。叔叔在摊子上买大饼喂他，这不言不语的侄子吞起来就没了斤两，胃口壮得让人不放心。长辈似乎刚刚发觉，眼前的后生至少高出他半头，眨眼间生成一条大汉了。可喜的是性子越来越温厚平和，只是常常愣呆呆地看山看云，心事仿佛很沉重。金山也不去探讨，以为这孩子有些愚木，于做活无碍便无须理会了。他不知道这侄子讨了他多大的牺牲，他当然更不知道在小厢房徐徐展开的那个阴谋，和他最珍贵的一份财产所处的微妙而危险的处境。他实实在在地大意了。

因为劳累，天青睡眠的声音很大，咬牙、打鼾、甩胳膊、吧嗒嘴唇。然而这并没有妨碍他不时地选择一个恰当的机会来重温赏心悦目的旧课。

体态轻盈的王菊豆无意地配合了他，而且似乎准备无限期地配合下去。就像村中老人们屡屡到山神庙烧香磕头一样，天青找到了最令他神往的膜拜仪式。他侵入了一个崭新的天地，灵魂也随之升华。他的悟性来自视觉，由饥渴而至放肆，由放肆而至虔诚，最终知道了喜欢一个人不仅是喜欢她裹了布衣的表象，而且要喜欢到丝丝缕缕，包括每一块皮和每一根毛发。天青对婶子的喜欢不知不觉间已经达到格外纯粹的地步，无可挽回，也不可救药了。他正在逐步地忽略叔叔的存在。

杨金山照旧在女人身上磨他的功夫，一如既往地做着关于儿孙的老梦。王菊豆则疲乏了，为自己也为男人悲哀，好在日出日落无比仓促，使她没有多少机会闲散和叹息，她把身心全部交给了维持家业和生命的各项活动，极本分的。

那是些平静的日子。日本人已经败了，山外或许添了许多热闹，洪水峪却没有大的事件。老八团由北山梁翻过来猛虎一样往南岭开拔，路经村子连个短歇都不留，气昂昂地走了过去。民兵队招呼各家备水备干粮伺候大军，杨金山只让天青拎去一桶烧开的泉水，女人想烙几张饼却让喝住了。

"显你家富足？咋就没个心肺！"

他立在道边看那强壮的队伍，看得无趣了，就拦住一个喝水的兵，想问问。

"日本人踏实了？"

"踏实了！"

"真走了不成？"

"滚他娘的蛋啦！"

"……哪个来？"

"啥？"

"问哪个来哩！"

"眼下不是来了。"

八路的下巴上淌着水，晃着大枪窜出去了。这兵也就是天青的年纪，眉眼生得怪扎实。前妻如果有本领，生一东西给他，总该有这么大了。可惜她竟是个废物。真有这么威猛的儿子，他绝不会送他去吃军粮。终归是没有，什么也没有，想到这一层金山那颗心就酸麻了。扭过脑袋看到菊豆在摸索一个女兵的袖子，肠子里的邪火嗖的一下便燎上了头顶。看她一脸贱气，不确确凿凿也是个废物么？

"给我回家！饭煳到锅上老子宰你！"

菊豆唰一下白了脸，哆嗦着离开了。女兵或许认为她是儿媳妇，是女儿，然而都不像。一边的蛮横和另一边的驯顺完全昭示了一种关系，那是乡野亘古难变的牢固组合，任何力量都无法摇撼它的。

天青扎在人堆里，用充血的眼睛盯着他的叔叔。婶子屈辱的背影伤了他的心，连老八团新奇的枪炮也无意端详了。

"咱们看谁宰了谁吧！"

他在心里把这个怒吼扔给他的叔叔。她是他的神。看哪个敢碰她！十七岁的杨天青顶着一颗亮晃晃的秃头，准备一跃而起了。

"天青，有啥看头儿？家去喂喂骡子，先到老乔家把借的簸箩讨回来。娘的，别人的家什咋就使不够，不开眼的东西们……"

天青听到叔叔的吩咐，不知怎么就软了下来，刚刚挺起的劲道一下子就泄了。他乖乖地绕进了村巷，去完成家长的指示，模糊地想着那张受惊受辱的俏脸，胸口有些疼痛，眼底也悠悠地涌起了大股的潮气。

他仍旧是个孩子，里里外外都是。

平静的局面一直维持到土地改革。世上不乏因祸得福的人，小地主杨金山却是因妻得福。卖掉二十亩好地换来一场二婚，最初多少也心疼，做梦也没想到此举使他失去了做地主的资格。婚后在女人身上贪心了些，为了迟迟不来的儿子付了太多的力气，家业不仅没成长反而生了败相，这又使他连富农的成分都攀不上去了，小地主摇身一变成了上中农，这福气能说不是女人换来的么？远在史家营的老丈人却倒了血霉。杨金山付的一大包银洋让王麻子悉数购置了田产，没舍得吃没舍得喝，拘谨的家道眼看着一天天殷实起来了，万不料眨眼间就成了罪孽累累的恶人。史家营传来些吓人的消息，说是分地那天老地主王麻子昏了头，抡着一根镐把奋起保卫他新生的产业，结局是让人吊小鸡子似的拴到一棵核桃树上，大扁担拍得爆响，把一条老腿砸得摸不着成段的骨头，有出气没进气地翻开了白眼儿。事情说大了，但王麻子让一伙贫农揍断了腿却是真的。王菊豆过不几天悄悄赶回去探望了一次，白发苍苍的老爹已经有缓，而且似乎终于醒过味儿来了，把上中农杨金山骂了个狗血喷头不亦乐乎！

"狗日的！我霸了谁？他才是恶霸哩！他霸了我的亲闺女……你他娘害苦了我啦！"

王菊豆肿着眼窝回到洪水峪，让细心的村里人一连几夜听到哀切切的哭声，听得最愁闷的自然是小厢房里那个多情的家伙。金山劝了头一夜，第二夜已经不耐烦，再一夜便狼嚎似的叫骂起来了。

"嚎不够！你多死了我给他发丧，有你哭够的时辰！不中用的东西……你有脸哭？"

天青伏在炕沿上，把暴虐的咒骂接过来，一句一句地塞到嘴里咬碎了吞咽。他不明白叔叔何以生那么大的怒火，然而话里藏的一些意思总算嚼出了味道。他帮不了她的忙。他诧异那么美丽的身子竟然不能孕育，更诧异叔叔压迫了那美好的全部却仍旧欺侮她、呵斥她。到底是怎么回事呢？

传来一些撕扯的声音。啪的一响，像是嘴巴。听婶子低低的呻吟，是嘴巴无疑了。天青猫似的一骨碌从炕上爬了起来。又静些了。叔叔不言不语的似乎在固执地做什么莽事。

"他叔，可怜我！你就让我歇过这几天吧，我哭得腔子里没东西啦……"

"闭嘴……我剁掉你！"

"他叔……"

"随你！随你！杨家我金山这一脉迟早断在你手里，你个害人的精怪呀！早知道我那二十亩地就喂了狗，换驴换羊也强过你！"

"……他叔！"

"狗日的，你存心让我家断子绝孙不成？我土埋脖子了，还怕毁不了你！……亲亲哎，你给我上心些吧……"

一阵乱七八糟的响动过后，婶子悄无声息，叔叔却一边咳嗽，一边压着粗重的嗓门，竟抽抽搭搭万分伤感地哭起来了。天青蹲在厢房门口，以为自己的耳朵出了毛病。

静了。睡了。大北屋像一座坟，夜色是无边的坟场，星星是茂密的鬼火。天青钻进被子，觉得是躺入了棺材，四周散发着腐烂的气息。是猪圈的脏味儿正灌进来。他想到墙上那个别别扭扭的破洞，也有哭的念头了。继而想到隔壁那头猪睡得是那么平稳大度，就把涌到喉头的哀声咽回了肚子。他咬着牙，要给自己争口气似的。睡梦中的景象黯淡了，早晨醒来，他的话比往日更少些，看人看东西的目光露出凶狠的颜色。长辈和同辈们在村巷里遇到他，得不到多少问候和亲近，都说这后生让他亲叔使唤呆了，像金山一样成了不合群不入套的怪人。有眼光细致的出来提醒，说他从小心事就多，灵巧劲儿跟全家一块儿葬在玉石沟里了。这是个不敢随便招惹的坏子。然而老人们觉得孩子委实可怜，金山待他应当公道些，不该丢下活儿让他死做。像牲口一样累他，多壮的人也要木讷了。他们不知道，做活的时候天青最愉快，常人承受不住的劳顿能够使他忘掉一些事，恨和梦想也随之淡些。有人填喂草料，做一头像青骡子一样的牲灵也是不错的。天青是金山家的牲口，他自己明白。王麻子的女儿是金山家的另一匹牲口，他同样明白。他愉快而冷静地做活的时候，把这些明白按在心里，等待那个暂时还看不见的爆发的日子。骡子能踢死人，桑峪不是有个给大户放马的光棍儿被踢死了么？老八团一个号兵不是让缴获的东洋马踢伤，最后死在去南岭的路上了么？这并不是多么困难的事情。

三

　　漫长的冬日里，天青赶着叔叔的宝贝骡子去清水镇拉脚。不是第一年做这个生意，熟门熟道，叔叔已经不担心骡子会有什么闪失。叔叔端着一碗薯干酒，一边喝一边数给他几个小钱，看着他怎样费劲儿地把它们塞进腰里。金山苍老了，眼神儿却依旧精明。放走了天青，宅院会冷落，但是这对他长久而无效的努力可能要好些。他到黄塔李大仙那里给自己也给女人抓了药，还没吃已感到身子里骚扰着旺盛的阳气，可以放心地收拾那盘热腾腾的火炕和那个冷冰冰的娘儿们了，白昼也将失去忌讳。他催促天青快快上路。

婶子担着水桶送他到村巷里，不知怎么就伸手在侄子的棉袄上捏了一把。天青靠着那匹青骡，目光晕晕乎乎地停在女人小巧的嘴巴上，似乎怕它张开而露出细碎的嫩牙。他是想摸她一摸的，这个从未实现过的愿望每一次分别都来强烈地袭击他，他不知该怎么做。如果她知道几年里他怎样熟透了她的身体，还会给他老母似的关怀么？她又捏了他袄袖子一把，村巷里没人，天青的两条腿哆嗦起来，狠狠地扭着缰绳。

"太薄啦！来年让你叔叔多花几个钱，我给你厚扎扎絮一件……这衣裳怕要冻着你哩！"

"我结实，冻一下就冻一下。"

"揽不到活儿早些回来，外头生人生脸，咋也不如家里。"

"……记下了。"

"挣了钱多花几个在吃上，你叔叔他人贪，你带回一驮子钱来也喜不了他。吃饱了身子要紧……记清了？"

"清了。水泉有冰，婶子你担水当心着，看跌了筋骨……我走啦。"

"走吧。遇上恶人长个心眼儿，别让他瞒哄了。别惦着你叔，家里有我哩……"

"记下了，我记下了。"

天青眼里的火苗让婶子低了头。这小火苗见过多次，哪一次也没有燃起来，像一根太潮的木炭。烧不出旺火，彼此间就永远看不出各自胸怀里藏的是什么东西。他给她的是侄子的憨厚，从她那儿得来婶子的贤惠，而这些都凑不成他想要的那份炽热。匆匆上路的天青，心里装着的除了凄凉，还是凄凉。青骡子愉快地在前头走起来，他把鞭子搭在肩上，像是被骡子拖拽着离开了冬天的洪水峪，冻硬的山道也缠绵得似乎没有尽头了。

天青给铁匠铺驮煤，给粮栈运谷子，也给迎亲的外乡人送喜箱喜被喜衣服。最好的生意是配合新政府的干部调动，那些山外人骑牲口到偏僻的地方任职，从骡子上爬下来的时候往往塞了太多的钱，使他惊惶而不好意思，好在一五一十还数得清楚。白天拖着两只冻脚陪骡子走山道，晚上在大车店的炕上喂虱子，容不得多少奇想，然而那张脸和那条身子却是每天都要看到，并且反复揣摩的。冷冽的寒风里，她的肉身为他开一朵大丽花出来，让他恍然嗅到春天的甜味儿。

天青在腊月的雪地里忙碌，他的叔叔却命中注定地陷入了一种疯狂。是从哪一晚开始的呢？人们最初以为是狼的声音，越听越像，再一听又不是了。太阳出来，有人看见菊豆青了一只眼，肿得像个生南瓜蛋蛋，去水泉担水时一走一跛，不是脚坏了便是腿坏了。静了没几夜，狼羔子一样的惨叫又从金山家的大北屋张扬到村子的上空，人们就不忍心再听下去了。

妇委会一个娘儿们委员在村巷里拦住金山，往他铁青的脸上喷开了唾沫。

"菊豆咋了你啦？你杀她不成！"

"我的娘儿们，要杀要剐随我！"

"啥社会了？糟辱娘儿们斗争你！"

"好歹日不着你……"

"狠的你！揪出来尿泡膘的看看，你还是个人，你鬼金山还算个人？"

老娘儿们嘴快，可赶不上金山舌头毒。他眯着小眼儿，一嘴黄牙不怀好意地龇开来，哧哧地吐出辣气。

"美他娘的胎！你男人咋收拾你来？头发毛让汉子扯着满街拖死狗，是哪个？先把你男人撂躺下再来拾掇我，你听清了？"

"……你个鬼呀！"

妇委会的娘儿们落荒而逃。村里的头面人物也来呵斥他，他佯装一副哭相，要紧的关节就不软不硬地甩几句，多有理的嘴也让他冷不防给噎住了。他的理由反倒占了上风。

"你孙子抱上了，扯啥清闲？你家娘儿们裤裆利索，不是我的。妥妥捣鼓你的去！我断子绝孙不碍你们的事，不中用的娘儿们给了你，看你能咋着？！"

"你揍她能揍一个出来不成？"

"看看吧，揍出个活的，我给她做猫做狗，揍不出活的，图个乐子！我亏不亏？老子一辈子白活亏不亏！"

"打坏了，村里有法子治你！"

"崩了我才好！我活够啦……"

话说到这个地步，金山竟能弹几滴眼泪下来，别人也就无话，觉得不可妄猜他的心地，无子无后到底是大悲哀，可恶中便有了可怜与可恕了。

腊月将尽时节，杨金山张罗杀猪的家什。好篓子好筐都盛了别的物件，他就想到山墙上吊的那个烂筐，以为装个猪头和一团下水是足够的。他举着锄把子将它挑了下来，无意中见了那个洞。他不认为那是个有卑鄙意味和侵略意味的洞穴，一块墙石歪歪扭扭塞着它，看上去不过是一块剥落的墙皮罢了。它剥落的部位是那么奇巧，竟没有引起他的疑虑，可见人的警觉多么有限，而人的提心吊胆和战战兢兢是多么没有必要的。大约是那块墙石塞得有点儿慌乱有点儿歪斜的缘故，金山不想让它掉下来，于是多此一举地跳上厢房的土炕，要把它摆弄得顺眼一些。每年都和天青抬着秋粮爬到这个地方，他不曾注意墙角落有什么缺陷。天青怎样费尽心机地掩护了它，又如何数百次成功地利用了它，是与他完全无关的谜。他在前台，天青在幕后演了些什么，向来不知道，似乎也没有知道那些古怪事情的眼力。他心平气和地拔掉了抽屉似的石头，把眼睛凑过去，不由得大吃一惊。不是有所醒悟，而是在蚀空了墙灰的石头缝儿里发现了一堆嫩红的小老鼠，崽子们扎堆的蛆一样，让他看了肉麻。他伸手把它们拨拉到猪圈里去了。气急败坏的样子让人疑心他在嫉妒老鼠子孙的兴旺。如果此时王菊豆恰好在猪圈里蹲着，可能会启发他的智力，给他一个明白。但是墙外没有人也没有声音，他就认定了那洞无非是一个洞，不是人为而是老鼠制造的。离烟囱近，离粮食也近，的确是个不愁饥寒的好去处，老鼠的行为和金山的判断就这么天衣无缝地契合在一起了。他毁了它们的好梦，到底胜了它们一筹，输掉的是什么，他和老鼠有着一样的无知和茫然。

腊月二十八，在外拉脚的杨天青返回了洪水峪。溪流上肿着宽厚的白冰，骡子踏上去砰砰地打滑脚，他小心地把它牵过去，没走几步就发觉水泉那边有双眼睛在看着他。他松开缰绳，绕着结冰的石头台阶慢慢向她走去，她把花布罩衫扔到水泉的冰洞里，两只紫胖的僵手在胯上腰上搓来搓去。她抖出了一线微笑，下牙露出黑晃晃的豁口，少了一颗，不只一颗，她的笑已失去往日整齐的模样。他站住了，又在她白白的额上见到一块青伤，在她粉粉的腮上盯出一块鼓出来的紫肿。他眼神儿零乱起来，知道他不在的日子家里出了大事，那个哀笑把底细透给了他。

"天青……咋不捎个信儿就回来了？"

"都是西水那边的生意，见不着熟脸。婶子，你这是咋啦？"

"初五回史家营，洗洗衣裳，脏了半冬，看娘家人笑话我……你先家去吧。"

"你的脸咋啦？"

"没啥怜惜，自家不长眼，担水叫冰滑跌了，我洗净了就回去……你叔他杀猪哩！"

"说妥了来年杀嘛，咋又急了？"

"杀了好。日子咋过也是个过……"

"你的牙磕崩了？"

"我把它吃到肚儿里啦。"

婶子想笑笑，却突然红了眼圈，两汪泪冻得颤颤的不肯掉下来。天青找不到话，跨过去要帮助把冷水里泡的衣服拎上来，让婶子拦住了。两只手碰了婶子冻红的胳膊儿，鼻腔里不知怎么就泛起了酸楚，心也疼得缩紧，目光死死地留在那些伤上。

"看你瘦的，这一下有肉吃啦！听听，那猪哭它的命哩。"

婶子说着便低了头，大颗的眼泪终于冰粒子似的砸进了泉水。那头猪高一声低一声地号丧，天青迈进宅院，发觉它已经在小炕桌上躺好，除了开开合合的张嘴，绳索完全地固定了它。它用最后的力气给自己唱着暴烈的挽歌。叔叔站在它脑袋旁边，在祆袖子上得意扬扬地慢悠悠地蹭着那把刀，让它唱得尽意些，长久些。叔叔整个人在天青眼里显出了十二分的毒辣和野蛮。他敲掉了婶子的牙，伤了那张俏脸，还不够，还泄不掉杀气。他急等着见血的样子，让天青看了呕心得慌。

天青拴好骡子，别的不干，先把钱递过去。叔叔将一沓花花绿绿的纸币抓在掌上，没做什么表情。

"多少？"

"你数吧，就这些。"

"歇歇脚，尽早帮我拾掇了它。"

"这猪没起膘哩。"

"人也要膘不是，让它养养咱吧！"

"杀了可惜。"

"你不吃咋的？达摩庄来人说西水那边有劫道的，没撞上吧……那骡子咋看着瘦了？"

天青不声不响地走进了小厢房。都瘦了。人瘦猪瘦骡子瘦，叔叔的老脸长刀似的，瘦得近乎走形。鬼知道他都累了些什么，暖暖的冬炕竟蹲不起膘来。

"你干啥去啦？赶集了不成？一件烂衣裳就刷不够！瓦盆藏裆里了？快找！等着盛血哩。整日哭咧咧的，我拿镐把子抢你！还不快些，你抬脸看看日头。"

叔叔这是跟婶子说话么？天青蹲在厢房地上，脖子上的大筋一勃一勃地弹起来。他在外奔走的时辰，家里确乎出了事了，婶子身腰如旧，可见还为那件老事，但叔叔的口气里有往日不曾流露过的厌恶，似乎那女人是个必须切齿痛恨的仇敌，要随时准备给予殴打。

叔叔在吆喝，用刀面啪啪地拍打那头阉猪的肚子，逗得它更高亢地啸叫。尖刀不理会这个虚张声势，在空中划了美丽的圆弧，笔直地沿着脖腔刺了进去。猪哽咽了一下，留出片刻停顿。天青按牢晃动的猪头，无意中抬眼，看到婶子散了架似的弯下腰身，竟瘫坐在北屋的门槛上了。快刀嗖一下抽出了血浆，在瓦盆上呼啦啦溅出了黑红的扇面似的瀑布，门槛上那张脸映照了生动的血色，显出死一样的苍白。猪发出奇大的惨叫，不久便衰微，旋即转入一种乐天知命的安详。叔叔傲然地觉得那红水淌得有失汹涌，复又挺刀直进，扎进了湿淋淋的血口子，在心的位置上横翻竖搅，把拳头和小臂浇满了滴滴答答的红粒子和红条子。叔叔还笑，扬着亮晶晶的额头招呼女人来给他抹汗，抹净了又吩咐将薯干酒斟一盅端给他喝。女人软得持不稳八钱酒，哆哆嗦嗦地把酒喂到他胡须上，一会儿工夫，又喂到下巴上去了。叔叔居然不恼，摊着两只吓人的血爪子咪咪地笑起来。暴虐的杀害使他尝到十足的快乐，目光里胀满了陶醉，看猪看人几乎不存什么区别。天青的后脖颈触到了嗖嗖的冷气，眼中的婶子也抖得更加分明，好像头发上缠了一只手在不快不慢地摇她，筛她。

猪头齐轧轧地割下来了，天青端着它，看看它的眼，脱离了肉身，眼却开着，嘴也开着，舌头上淌出了一些粉红的气泡，给他的手指涂了更多的黏腻。他让火燎了似的把它扔进了破筐，这个盛器让他盯了很久。他恍惚领略了腾腾杀气中的一个原因，不敢肯定，就牢牢地监视那把刀的走向，在猪的尸体上摆出更凶的样子给叔叔看，险些将一条猪腿活活地扯下来。他殷勤地配合了叔叔的杀伐，又示威似的将前裆的两只蹄脚咔吧一下劈裂，惊得掌刀人连连唏嘘赞叹。

"小子，有劲道！"

"天青，让让！看刀闪了你……"

天青不肯罢手，甩了小棉袄，揽绳索一样抽出了一团大肠，水灵灵青鼓鼓的绕了粗臭的一臂。举止虽然残忍，悬着的那颗心却悄悄降下，晓得叔叔的逞威不是对着自己来的。然而婶子身上依旧缠着一只手，固执地摇她，筛她，使她不能翩翩地行路。似乎她的筋骨和魂灵已经跟随那头畜生一并给人杀掉了。

红红白白的肉朵子在屋檐的铁钩子上冻了起来，溅了血的宅院再度清冷。除夕晚上，肉吃到嘴里来了，天青用舌头把软嘟嘟的白膘子卷到肚子里去，仔细地端详守着炕桌的另外两个人。婶子吃得很小心，缓缓地以牙齿切割，半天不曾咽一下，叔叔的嘴发出连贯的吐噜吐噜的声音，像吮面条一样将大块的肥肉吞下去，他饮酒时嘴唇的动静活似转着一根干燥的门轴，吱吱呀呀响得十分古怪。眼看吃得差不多了，叔叔竟然摇头晃脑地哼哼起来，没完没了地重复着一个意思。

"我那亲娘哎！"

婶子挪他的酒杯，他很清醒地一把夺了过去，潮湿的小眼睛一眨不眨地盯着屋檩。

"我那念儿疼儿的娘哎……"

晕乎乎的似乎要唱，只是找不到一个确定的调子，便用两只干枯的大手啪啪地拍击大腿和膝盖。

"我那打了儿骂了儿蹬了腿儿的老娘哎……睁眼看看你的绝户儿子吧……娘哎！"

除夕的灯影里面，飘荡着烧不透的煤油味儿和啪啪的拍打大腿的声音。天青吃不下去了；肚子里的东西急着要翻上来。

半夜时分，睡在厢房里的天青猛然听到一声尖嚎。不像人，可也不像狼，他扣在枕头上紧张地分辨。等新的一声嚎叫传来，他终于判定那声嘶力竭的是他婶子，惨号后面扩展着是他叔叔无声无息的绝望，和一种非人的残酷的暴力。

天青摸出厢房，光着两只大脚潜到大北屋的窗户底下。他像惯于夜伏的猛兽似的蹲在黑暗里，两眼霍霍地放光。他记得斧子就在台阶附近，剁猪蹄时用过的，悄悄摸了一遍却没有。还要摸索，光脚适时地踩到了镰刀柄，冒汗的大手哆哆嗦嗦地抓紧了它。

"他叔……你要拧死我啦……"

"祖奶奶！你舒坦了吧？我日你祖宗十八代，这一回你可舒坦了吧!"

"……我不活哩!"

"便宜！你个掐不死咬不烂的货！叫……你叫……还叫不？我整不软你我就不是个人！我日你……"

不知施了什么手段，女人的半声尖叫让个软软的东西塞住，化成唔唔吭吭的混沌。炕沿上又发出咚咚的撞击，似乎在揪着一颗脑袋游戏似的磕着了。叔叔得趣地大喘，在炕席上不停地翻来覆去，就像不停地掀着一条装满了粮食的破麻袋。

四

见识浅薄的杨天青脚掌冰凉，不知如何是好。当他确信听到了笤帚疙瘩或烧火棍在肉上的抽打声，满腔怒火再也无法按捺，发疯地抡圆了粗壮的胳膊，把整个身子都带得蹦跳张狂起来。镰刀削掉了悬在屋檐上的一块冻肉，又闪电似的舞出耀眼的白光，狠狠地锛进了北屋的榆木立柱。屋里霎时安静，打的声音和挨打的声音都不响了。

"……谁?"

天青不答，脚下石板地的冰凉已经穿透了他的身子，心和脑袋一律变得僵硬。

"谁?"

"……我。"

"天青么？"

"……是我。"

"骡子喂了？"

"喂了。"

天青挪着光脚，眼珠机警地转动起来。

"婶子病了么？"

"没啥……心口疼，想是吃差了。"

"别是急症吧？我到黄塔请人来看看好不哩？小心耽误了。"

"不着忙……这阵儿踏实了。"

"我去睡啦？"

"……睡吧。才是啥东西响来？吓煞。"

"黑灯瞎火的，谁知啥哩！"

天青回到厢房，怎么也睡不稳，在炕席上盘着两条腿想心事。没有扳下那柄镰刀，是想让施虐的人仔细看看它，让他明白到底是榆木桩子硬还是自己的脑壳硬，再向女人下狠手时也好掂量着些。往深处思谋思谋，又觉得这个警告不太牢靠。他担心超出侄子的身份，给叔叔找到把柄，更担心女人有所提防，将他视为心术不轨的歹货。后半夜，忧心忡忡的杨天青再次溜出去，从房柱上撤下了镰刀，把削到地上的那块猪肉也抛向屋后邻家的旧房基里去了。他先前的愤怒已经无影无踪，甚至希望宁静的大北屋再生出惊人的响动来。什么也没有。只有两个人一促一缓一壮一细的睡声吹在灰白的窗纸和窗棂上，在窗外人的心里勾出无可名状的欲火和空虚。

那年洪水峪成立了互助组。那年发生了许许多多的事件。大年初一的凌晨，杨金山的侄子杨天青在小厢房烧得不热的火炕上辗转反侧，在思想里拥抱一个近在咫尺的女人，直至曙色微明。

雄壮的太阳缓慢地热腾腾地升了起来。

上中农杨金山五十五岁的时候跨进了一生最悲哀的岁月。终于不行了。疯了似的折腾自己炕上的人，全是因为对这个不行有了一天比一天强烈的预感。往地里背百把斤的一篓肥喘得赛过风箱，镐头举不过十几下就腰麻腿酥，都是成人后不曾遇到过的难堪事。无法忍受的大难堪是在被子底下，完满的配合已经做不到，忽一日就连勉强的交接也撑不住了。他乞灵于花样翻新的袭击，试图以淋漓的殴打找回失掉的希望和愉快，它们却更迅速地离他而去，只给他留下一些欲哭欲死的怪念头。随便拧紧哪块白肉，或者抬脚将她自北墙踢至南墙，他觉着那是打着自己。女人挨杀似的抽搐着叫唤，便是替他向不公平的日月鸣冤了。寻死觅活的女人转嫁了他的绝望，他喜欢揍她，专拣她料不到的地方和料不到的时机揍她。她眼神飘忽战战兢兢地在他眼前走过，使他体味到自己的强壮，短时间忘掉那种种的不堪和不行。女人已经不是女人，没有器官也没有韵味，只是干巴巴的一团骨肉，是他下拳脚的地方。他待那匹骡子反倒好些。他待天青也不赖，厚道的侄子日出而作日落而息，比骡子更让他省心。许多把柄滑过去，一向不理会年轻的后生是个什么威胁，更不知道那双眼如何在女人身上狂奔疾走。如果他后脑勺上生了眼睛，或许会看清侄子那张木呆呆的脸面，上边写满了要杀掉他的意思。谁在谁的掌心里攥着，两个男人里至少有一个还在糊涂。事情外边的女人，则是长久地糊涂着了。

春天一个日子，一家三人在地里间苗，山梁上悠悠地荡着暖风，扫得人身心困倦。菊豆中途回家做饭去了，叔侄俩一前一后蹲在棒子地里，很细致地做活儿，使零乱的青苗群渐渐地疏朗整洁起来。叔叔不耐做，不到晌午就歪到地边的草地上，昂着下巴晒开了老阳儿。天青蹲在田里不肯歇，叔叔就隔远地跟他说话，一边说一边用痰水去淹草坡上乱爬的蚂蚁。

"天青，桑峪那个大脚娘儿们见过没?"

"见过，姓张吧?"

"张家的老寡妇……她是媒婆子。"

"知道。"

"我前天里在老乔家见她呢。"

"唔。"

"她扯天扒地要给你说一个。"

"……谁?"

"没吐口就把她回绝啦。"

"嗯。"

"我养你这些年，叔的难处你心里怕亮堂着哩！做谁的儿随你，做哪家的姑爷随你。好歹是我兄弟的种。家里日子紧巴，日后宽畅了，你想咋办就咋办……你说哩？"

"说不来……没想过。"

"踏实干一年，看明年村里肯不肯给咱家分户。你自己单过遂心些……我给你钱办事，多了少了的别怪你叔。你叔白活一世，留什么也没用场，早晚都是你的哩。"

"我另立户自己挣，你的留给婶子吧。"

"给她不顶给了畜生！我前脚走她后脚就得招一个来。我金山的血脉断就断自己手里，断她手上我咽不下这口气！狗日的咋还不送饭来……把他娘的狗腿当柴火烧了不成？"

金山爬起来窥望蛇一样绕在山岗上的小路，白白的道上没有人，只印着稀落落的树影。晌午过了，日头有些歪，影子也悄悄地倾斜。菊豆的青袄终于从岭后闪上了空荡荡的石路，张皇地向田野滑过来了。金山呼一下弹起身子，见了猎物一样向来人扑过去，把她截在远远的一个山凹里。天青没有跟上，紧张地站到高处，想看得清楚些。听不到叔叔在吼什么，婶子一味地后退，已经退到草地上去了。天青看到装吃食的小篮子在坡上滚，接着看到婶子在坡上滚，叔叔跳大神儿似的追着踢着。叔叔咆哮了片刻，在婶子背上踹了最后一脚，便匆忙地窜回道路，一股黑风似的往村里卷去。婶子低头坐在草里，长久地抚着脊背，又踉跄地去寻找滚跌了的小篮子。天青把狂乱的心跳压稳，要把看到的这些都忘掉。等女人将吃食送到地边，在背后哀哀地隐泣抹泪的时候，他正装模作样地伏在半尺来长的苗丛里，仔细地清除争肥争地的废苗子和长势迅猛的杂草。他只给她一个沉默而无言的脊梁，半天不肯转身。女人泪眼蒙眬地看着他。

"天青……吃了再干……"

"你先吃。"

"……我不吃啦！"

女人猛烈地抽搭起来。天青停了手，看着脚下的地，还是迟迟不肯回脸。

"你咋了，婶子？"

"天青……我把话先撂给你，你叔他迟早杀了我！日子没得过了，你见啥听啥给史家营捎个信儿。别拦他！让老东西杀了我吧……我不指望活哩……"

"我叔他脾气赖。"

"他可是个人？你叔他可是个人？我屈呀！天青，我受他的你也受他的不成？亲侄儿哎，你跟婶子交代交代，我在你们杨家可怎么活？我迟早给他打死，我受不下啦……"

婶子噎了气，哭得十分艰难。天青抱着脑袋，找不到妥帖的话说，想做的事只有一件，就是跑过去把不幸的女人揽到胸口，让她滔滔地哭个顺畅。头一次听到她悲切的倾诉，竟有这么多话给他，使他明白女人离他不远，伸手便能抓到，也使他更恐惧地游移于侄子的本分，不知道后面等他的是些什么。

眼前的黄土点点滴滴地湿润起来，已经更没有法子去看她。背上热辣辣地燃着一堆火，想必是她红肿的眼在看着他了。

"天青……趁热吃吧。"

"就吃。我去一下……回来就吃。"

他佯装解手，匆忙地翻过棒子地前面的山包，找棵桦树靠着蹲下来，眼里憋的水唰唰地泄到脸上和衣服上。他撞那棵树，咬一块桦树皮含在嘴里，把奔涌的悲声完全地堵回肚子里去，一点儿也不给她听到。他深深地触到了一种奇大的悲惨，是她的，也是他的。

金山不见踪影。他打女人的借口原本是因为送饭迟误，女人告诉他骡子卧在槽里不起身，也不吃东西，他的借口就换了一个，只是打得更充分也更凌厉些。女人伤了腰，间苗时用着半跪半趴的姿势，天青没有表达什么，殷勤的只有那张笨嘴，歇歇吧歇歇吧地劝阻，声音倒比往日更添些冰冷。这冰冷首先给自己来感觉，不这样就挡不住自己，因为整整一个后晌都在酝酿要不要把不听劝的女人拦腰抱起来，抱到棒子地外面去。决心下了一百次，毁灭了一百次，只徒然地磨着冰冷的嘴唇。女人在他的声音里得到安慰，不在乎那些刻意的冷淡，因为他潮湿的眼睛及里面不褪的红色已经在热着她的心，并且暗暗地品味着了。

骡子果然得了急症，金山在它腹皮上按到很大一个软包，疑是绞肠痧。等不及娘儿们和侄子下地回来，就闭了院门，将摇摇摆摆不肯走路的牲口牵离了村子。晚饭时辰，老乔家来人传金山留的话，说是到达摩庄请人医治，治不好就去桑峪，一时回不来的，叮嘱趁着天好早些把苗子间出来，园子里的菜早晚留意些，小心让哪家的猪崽子拱吃了，等等。来人又哧哧地笑了，告诉菊豆和天青，金山走时满脑袋流汗，摸牲口肚子当口像是有泪掉下来了。宝贝要死了，金山怕也活不成。菊豆听到这个玩笑只咧了咧嘴角，天青什么反应也没有，闷闷地喝着玉米粥。叔叔今晚不回来了。院子里只有他和婶子了。他的全部思想都停留在这个从来没有遇到的事情上。局面来得太突然，不能肯定往日是否渴念过，有些怕。撂下碗筷，见女人出来进去走得很轻捷，怕得便更狠，暗知在无数的夜晚里，自己早就无数次地把这种机会设计操演过了。

"踏实睡，用不着三更侍弄歪骡子啦！"

"婶子，喊我起炕……赶早把菜地浇浇，我睡得贪。"

"踏实睡你的，你啥时候睡过整觉？他不在了你还怕啥？"

"起早浇了吧，看他回来找话说……我是累惯了的，干一事少一事。"

"你就是个木头？"

婶子拾掇了鸡窝，站在院子的月光里，脸上融着灰灰的一团，天青辨不出那上面松了捆绑的浅笑和柔情，是不是有他要找的意思。她嗔怪他是个木头，是怨他呢，还是唤他呢？她要唤他完成一件事情么？婶子嘱他早早歇息，便轻巧地移回北屋去了，闭紧的门给天青丢下一个庄重。他踅到厢房，把木头甩上炕席，指肚儿摸来摸去，要剁掉这木头上的羞惭和胆怯，让它如他所愿的那样活泼起来。北屋油灯灭了，他屋里那盏灯一直就没点。不知躺了多久，想着如何站到北屋台阶上，又想如何对付那两扇黑门。步骤很完全，然而每想到走进门去，思绪就纷乱颤抖不止，阴谋和勇气也随之一塌糊涂了。他拉住夹被把自己紧紧捂了起来，连脑袋也一并捂住，终于退缩了，没下炕，没进院子，没上台阶，什么动作也没有。木头和苇席棉被长成了一体，沉沉地入了梦，不再忧愁梦外的一切。有心去梦里演习他的计划，然而悠悠地就是不见花朵似的那片身子，倒恍惚看到一个不相干的人，搂着一匹骡子哀哀地哭泣，踢他踹他也不走，拎了斧子砍他，胳膊却举不起来，满世界轰轰地响着流泪的声音和吧嗒着嘴唇舔泪吃泪的声音。

天青醒了，手在被子里寻找丢失的斧头，找不着，哭泣的声音却依旧持续着。窗外有人，他霎时惊住，看清了与梦里不同的情况。刚刚撩开被角，抽泣便迅速消失，北屋的门轴远远地低低地叫了一声。月光很白，铺了青石板的院子像一池水。天青在窗户上趴了半天，仰身倒回枕头，疑心自己是迷了梦了。却又不信。耳朵是真切的，心也是真切的。却还是不信。事情无论如何不会这个样子。是他想这么做，做不成，因而恍惚了。梦见看见听见了那么多，全是因为脑袋有些发癫。人癫了什么都能看到，叔叔有一回不是看到爷爷了么？爷爷在圈里拉了一摊东西，去灶间掀掀锅盖，又给骡子抓了一把黑豆，就走了。叔叔亲眼见来着，只是没敢跟爷爷说话。自己刚才找了半天斧头，在窗户上见了婶子，全是招了癫的缘故，跟叔叔没两样的。天青安慰了自己，却一夜不曾睡稳，早早地爬起来，看着晨光里直挺挺的顶门棍发呆，顶它是防兽防风，一向如此，现在却使他生了气恼，怪自己昨晚为什么不留个疏漏。再想想，又看出这气恼没有道理，便拖着困乏的身子到园子里浇菜去了。北屋闭着门，婶子还睡着。他怕看到她，却未想她是不是也怕。如果两个人相互怕起来，这宽敞的院子就没法子待了，直到把水引进菜地，稍稍清醒的杨天青才动了这个念头。不等他叹气，婶子清凌凌的声音已经从村巷里鸟叫似的悠出来，在招呼他归家吃饭。往日也这么叫，却从来没有如此悠扬。天青愉快地抬起头，在溪流对面的山岗上见到了起伏的绿色，又在绿色上面看到了一幕干干净净的蓝色的天空。他也想叫一叫了，觉得悠扬的叫会使他生出两扇翅膀，舒展地飞到山谷的早风里去。

这是春天里无比晴朗的一个日子。太阳很好，风也很好，小溪流在很好的风和阳光里汩汩地奔波欢腾，给弯曲的山沟绕上了一条清亮的白光，给洪水峪奏出了不停顿的美妙声音。在同一片温暖的阳光下，杨金山的侄子杨天青和杨金山的妻子王菊豆迈进了落马岭附近青苗苗壮的棒子地，而杨金山本人则牵着病入膏肓的爱骡在由达摩庄至桑峪的山间小道上艰难跋涉。人人都怀了希望，希望人人不同。杨金山的思想已经被牲口占据，对亲人布置的陷阱视而不见。即将失掉贞洁的女人则无所畏惧，暂时忘记了沉重的不幸和悲哀，把近乎淫荡的快笑抛在山花初绽的山岗上。年轻后生伴随着暗自思恋了多年的妇人，在阳光一样明媚的笑声中解除了最后的禁锢，奔向他朝思暮想的神奇境界。

事情从这一天的晌午开始，断断续续地持续到黄昏骤降，随后便依照通常的节奏进入了一个长达几十年的不可思议的漫长过程。那个暖洋洋的晌午是个竖纪念碑的时刻，也是个挖掘坟墓的时候。他们把该做的一切都做了一遍，从而晕眩了。

事情没有明确的起因。只是空前愉快地干了一前晌农活儿，彼此说了许多话，当然都是不太相干的话。然后面对面坐在草坡上咀嚼从家里带的干粮，从同一个葫芦模样的器具里斟水喝，用的是同一个瓷碗。腌萝卜粗粗的也只一根，两个人各咬了一边，留着不同的牙印儿。不久便咬乱了，你嘴里有了我的，我嘴里也含了你的，传递了几次女人竟叼住别人的那一边长久地吮起盐味儿来了。饭吃得越来越没有滋味，滋味已经渗到了别的地方。天青鼓着两只眼睛，近乎呆傻地盯住几株刚刚被踏倒的小草，看它们如何顽固地重新弓起了身子，看它们碧绿的伤口如何缓慢地溢出了黏稠的浆液。当它们挺立如初的时候，他立即伸出大脚再一次踏盖过去，脚心里几乎生了疼痛的感觉，似乎有一把绣花针在轻轻地刺上来。

五

女人的腮里滚着食物，风吹细了她的眼，阳光在她丰润的皮上跳动，她的红唇上装饰了几颗食物的残渣，墨发周围有一只不知疲倦的昆虫在飞舞盘旋。

天青的喉咙里无端地涌出大量唾液，像陈年的薯干酒一样燎着他的舌根。

"婶子……"

"啥?"

"昨黑间害梦害煞哩。"

"梦爹来梦娘来?"

"梦……梦着婶子哭。"

"我哭?咋着哭?"

女人把红红的笑脸转给他,隐了许多意味,他却不看,只端详那张脸下的几个部分,目光起伏错落。女人的见识毕竟老成,况且昂亢的水准并不在他以下,又自恃握了操纵的力量,便清清楚楚地包抄起来。

"天青,你怕了吧?"

"……怕啥?"

"你也是五尺高的汉子!"

"我……我怕啥?"

"不怕咋把个窝儿捂得严严的哩?"

"风大,不挡风挡狼不是。"

"你看婶子像只狼不?"

"婶子……"

"妥妥看看你苦命的婶子,我像狼不?"

天青的懦弱似乎激怒了女人,活像刀子一样甩过来割他,脸上却不失笑。然而这笑容的甜意分明是淡了,流布的是渐渐浓起来的自怨自艾和天青一时不能通晓的哀悯。天青低头无话,证实了昨夜非梦,脑袋反而更加沉重,径直地扎到胸口上了。憋闷惊惶之中感到头发茬上降下一片东西,风吹而不落,轻摇而不走,终于明白这柔软的南瓜叶似的一块温暖是女人的手掌。他闭着眼,用牙把浑身的哆嗦咬住,咬不住的就任凭它们被那个掌心吸了去,哆嗦却还有,不停地沿着手脚向外施放。

"婶子……叔叔他……"

"别提他!让老东西死去!"

"婶子,放羊的在坡上……"

"羊群翻到阴坡去了。"

"……你干啥?"

"你说,婶子像狼不?"

"婶子别耍笑我……"

"天青,你嘴瞒了人眼可瞒不了哩!"

"停窗根哭的是你?"

"是我!你叔让我死,我不死!老天有眼,让它看我咋活着!天青,我是喜哩……想让你伴我喜兴哩……活活咒那个老不死的!你叔他毁我半世啦!"

那手求援似的抓住他的头发,太短拢不住,就滑下来揪住了他的衣领,脖子上的大筋勒得转眼粗壮圆滚,勃勃地涌着青血。

"天青,你疼我!"

"轻些,看打了水罐……"

"你心里装得下我不?任你拿哩!"

"婶子……我裂啦!我心尖尖裂啦……婶子哎,你要笑我不成?"

"要吃你!怕你就走。"

却不让走,也不欲走。然后就无话。一颗蓬松的头抵到怀里,把他生了硬须的下巴顶得高高翘起来。蛇似的两条软臂在脖根上胳膊上胡乱缠绕。最终选定了一个姿态,紧箍着他的腰脊不放了。天青的眼睛已经没用处,只觉到有个香软的东西在啄他,脸上洒了点点湿润。呼气的嘴便不再摆脱,紧促地火辣辣地搜寻过去,与正在找他的嘴撞个正着,不顾气闷和牙痛,狠狠地长久地做了一个"吕"字。太阳在他眼里猛烈地摇晃起来。手和身子闪电般地接受了一种指引,跳成了忙碌的舞蹈。仰下来见的是金子铸的天空,万条光束穿透了硬和软的一切。俯过去见的是漫山青草,水一样载着所有冷的和热的起伏飘游。不相干的因了快速的触击达成牢固的衔接,就像山脉和天空因为相压相就而融汇出无边的一体。显得惊慌失措同时更显得有条不紊的杨天青头一次感到了自己呼吸的困难,天塌下来埋住了他,他刚刚领略到一丝绝望便掉进了前所未见的佳境,袭击了他的是类似快活而超越了快活的雷霆与风暴。他大吃了一惊,身心随之痉挛。

眼里悬着的是颗正在爆炸的太阳,颜色发黑,像个埋在火烬里的烧焦了的山药蛋,像一张晾在屋檐上的刚刚剥下来不久的母猪的毛皮。一切都是黑的了。

此时,五十里山路以外的桑峪情况良好。妖医梁大头只一眼便诊准了病骡子的症结,正操起半尺长的一把白刀子,在骡子的腹皮上晃来晃去，要选定一个剜捅的位置。劳顿的杨金山不忍目睹，悄悄溜到主人家的门外，靠着院墙歇息瞭望。杂七杂八地想到许多事，大都与骡子的过去和未来有关。人世沧桑，最忠厚牢靠的伴儿竟是个畜生，让他委实不解。活着的人里没有哪个让他如此牵挂，时时念想的只有远在地府的爹娘和未曾降世的儿孙。纠缠阴间的事情不是担心爹娘是否在那边受苦，而是神秘于自己的将来。在幻象中安排儿孙的生活，图的是这个不可知的将来。让他忧心忡忡百思难解的，是爹娘交下来的自己这条生命将怎样不断代地旺盛地传递下去。他疑心前世有孽，所以天神要指派不生养的女人来惩治他，一个不够，竟有两个，先先后后地来促他灰心，使他活得不能畅意。他对骡子的种种关切，或许就是感知了相似的命运，所以要在苦命的牲灵身上将一种深刻的体恤来加倍地扩展和烙印了。

悲痛的杨金山沐浴着春天的阳光，淡然地想到家，更淡然地想到妻子和侄子。他想到她和他的时候似乎是在想着庭院中的两件摆设，因此他绝不能料想重重的山岭背后正在深化的一个进程，也绝不能料想在属于他的田野里如何爆发了一项冲突。那是和间苗或铲草完全无关的事件，却更为劳累。侄子强健过人的肌体在他反复耕耘的田垄里伸进了犁铧，并且比他有效百倍地狂放地播着种子了。

杨金山听到了骡子疼痛的啸叫。刀子划破皮肤的声音像撕碎了窗户纸一样，吱啦吱啦地勾出了他的眼泪。

遥远的杨天青也在叫着的，于灿烂的升腾中。似乎有更大的痛苦，嗓音也因之更为高亢。像一个暴虐地杀人或者绝望地被杀的角色，他动用了不曾动用的男人的伟力，以巨大的叫声做了搏战的号角。

"婶子！婶子……"

这是起始的不伦不类的语句。

"菊豆！我那亲亲的菊豆……"

中途就渐渐地入了港。

"我那亲亲的小母鸽子哎！！"

收束的巅峰上终于有了确切的认识和表白。

太阳在山坡上流水，金色的棒子地里两只大蟒绕成了交错的一团，又徐徐地滑进了草丛，鸣叫着，扑棱着，颠倒着，更似两只白色丰满的大鸟，以不懈的挣扎做起飞的预备，要展翅刺上云端。

"我那亲亲的小母鸽子哎！"

那一年女人二十六岁，杨天青是幸福的二十二岁。以后的年月里，在一系列精密选择的时间和地点，在充满幸福与罪恶的阴谋中，杨天青根据他牢固不变的想象力无数次地重申了这句宣言，女人便也无数次地毫无厌倦地承接了这个吼叫和呻吟，并衷心地为之陶醉。

俩人遵循的朝拜仪式中，它是不变的禅语，凝结了具体的本质性的信仰，又沾染了原始的诗意，因此便被他和她永恒地诉说和聆听着了。

洪水峪的生活有了新模样。互助组形成燎原之势，顽固的单干者们已经土崩瓦解。小满时令，乡里来人组织了识字班，召集青壮年和妇女参加扫盲突击。一旦黄昏降临，村口老核桃树下面便齐聚了几十条粗细不同的嗓子，肃声地念着人、口、手，以及马、牛、羊、天、地、水。

杨金山不入互助组，以劳力的数量和质量而论，他认为自己非常强大，因而不能容忍外人来分享。他也不让年轻的妻子和侄子介入识字班，在核桃树底下饱受蚊虫叮咬而又念经似的嗡嗡不休，在他看来是万分可笑的蠢举。他认为自家的生活中有许多迫切的事情急等着做，断不能悠闲懒散。

究竟做些什么，却又常常无数而无绪。家里另外两个人不时受到相互矛盾的指派，水缸明明满着，却严令去担水，刚刚遛过骡子回来，又催促把它牵到山上去再放。两个人负着沉重的隐私，不由得挂出低声下气的外表，内里却分明地感知老东西在日复一日恍惚，并且不可逆转地糊涂着了，骡子大病一次，主人也跟着失掉灵性，这或许就是造化的精心布置，要使年轻的他和她更大胆地放荡，更没有顾忌地来彼此偷窃。纵情的举动便额外地添加了信心，在天地不知的暗处增强了速决的频率，所言所做真个是无不销魂而鸣呼了！

糊涂着的杨金山也奇怪于女人的变化。每逢自己莫名其妙地狠毒起来，仍旧可以招致畏惧的颤抖，却再也听不到那种令人快意的母狼一样的尖叫声。女人的白牙咬破红唇，任凭他在光滑的皮肤上制造出一块又一块青紫的瘀斑，任凭他砍伐树木似的将那柔软的躯体弯来折去，表现了一种誓死忍耐的决绝。他最为诧异的是女人不仅忍辱含垢，而且前所未见地显示了主动的顺从和殷勤，她渴望完成的欲望是那么迫切，几乎使他疑心这是对他的无能的一种巨大羞辱。白日里下地，见她屡次丢开锄头惊惶地隐入灌木丛，窃以为那是跑肚或尿慌，万不曾料想她是怎样伏在僻静处频繁地呕着又喜又悲的涩水。歇息时只见虎背熊腰的侄子在密林深处游来荡去，以为是寻找蘑菇或山雀蛋，却不见那双大手如何秘密地攥着几颗酸溜溜的野杏，更不见它们以怎样的传递方式塞进女人焦渴的嘴巴。妻子和侄子在规矩地做活儿，茂密的庄稼预兆着满意的收成。被阴谋暗暗侵蚀的杨金山竟然没有一丝挑剔，只对身旁两具不知疲倦而精力旺盛的身子抱了许多不明不白的嫉妒。自家的手脚似乎越来越迟钝，也想抖擞，然而五尺长的大锄杆子再也拉不出风来了。他的悲哀就不能不局限在这个无知的地步，听凭一颗茁壮的种子在他的田野里孕育生长，于后知后觉中预备着为他人做个受骗的父亲。这甜蜜爽人的角色便只能沉在一个永远不醒的老梦里了。

杨金山得知女人怀胎是在三个月以后。当他再度野性发作而狂扇她的嘴巴时，突然发觉她没有伸手拦挡，却蹊跷地紧紧地护着肚子。他扯开那双手，目光游移起来，女人禁不住端详和抚摸，摊开两臂涔涔地落了泪。追问之后，他险些一脑袋栽下炕去，喷出了一声奇大的响亮的怪笑。随后便捧住那丘白白的肚子无声而猛烈地哭泣，皱巴巴的脸鬼一样胡乱扭动，整个身子都抽搐摇摆起来了。

"狗日的，你咋不早说！"

厢房里的杨天青给那声怪笑惊得睁大了两只眼，紧张地准备与一场迟早会降临的危机抗争。听到了一连串啪啪的清脆的声音，好半天才判断出那是狂喜的人在忘乎所以地打着自己的嘴巴，他稍稍地松了一口气。

"老天爷开了眼啦！"

"菊豆，我待你亏了心哩！"

"亲爹哎，你儿得了天助有救啦……"

癫乱的声音响了小半夜，不久便也宁静而安顿了。三颗心在不同的腔子里搏动，各自想着异样的心事。天青的思想是确凿的，那是他的而不是别人的儿子，他从女人那里得知了那个人的窘状，况且长年无子的历史也确切地做了证明。但是那种喜极而泣的声音震撼了他，使他头一次辨清了自己的罪孽，知道欺诳的不只是叔叔，在一个绝顶紧要的地方他辱没了自己的爹娘。他做了万人唾骂当剐当诛的见不得人的恶事了！日后该怎么活，成了解不开的难题，像不可攀的山岗一样在他眼前陡然高耸起来，他孤独地做了一只走投无路的野兽。长夜难眠，他咬着炕席的苇子片排泄苦闷，一时竟感到那咔咔磨着的是两排尖利的狼牙，刹那间便无所畏惧了。

杨金山欣喜若狂，第二天就摆出了两样的态度。他早早地招呼天青起身，在必做的活儿里添入一项烧火煮饭。玉米粥煮好，天青又被命令去张罗鸡食、猪食，然后是空着肚子劈柴、担水、饮牲口。做着这一切的时候，杨金山站在北屋台阶上袖手四顾，瘦脸恬淡，像个财产上一夜之间便暴发的人，沉醉在对周围事物的有效支配中。王菊豆一动不动地盘腿坐着，遵循丈夫固执而古怪的意愿，她必须每时每刻对肚子里的另一个人负起保护的责任，因而也就必须暂时放弃行动的自由。透过窗户上破裂的挡风纸，她看到侄子驯服地做着往日由她来做的种种劳务，笨手笨脚而又卖劲儿的样子使她大为伤感。杨金山亲手端来早饭和腌香椿，见女人眼里有泪。以为是让自己感动的，于是他也感动起来，鼻子竟有些酸楚。在香椿叶上点了几滴芝麻油，觉得不够又点了几滴，舌头吧唧吧唧地舔着油瓶子，似乎在品尝自己心胸的博大。

"多吃！"

菊豆窘迫地埋头在碗里。

"别乱动！伤了胎……看老子不宰你！力气活儿叫天青干，你得养养骨血。"

温情飘荡，凶残的男人居然在女人的肩膀上搁了一只手，一只不是用来施放暴力而是用来真心抚慰的大手。女人的几颗泪哆嗦着溅进粥碗。他很满足，暗暗发誓要把更大的关怀补偿给她。然而他对近在眼前的微妙现象没有一点儿意识，女人突然降热泪，是因为她白如骨片的耳朵在院子里一群母鸡的啄食声和两只猪崽子囫囵吞咽的哼哼声里捕捉着另一种音响，无可奈何的忙碌喘息透露了日后的情景，也把丈夫的用意揭开了。她因为日益胀大的肚子而获得的赦免，会在那个年轻苗壮的男人身上转为更沉重的压迫，掉到受不下的更不堪的处境里去。她和他的命紧紧地系在别人手里，肚子里多一个生灵，反倒系得越发紧束了。她已经没了办法，那个人或许也没了办法，院子里踏踏踏踏的脚步声响得只是一团昏乱和不知所措，全不见春天草地上的愉快和勇猛，像是要伸着脖子来等人处置了。

菊豆不再下地。金山的心思也不在庄稼上，手忙脚乱的像丢了魂，不时地撒着老腿在村巷里转悠。绝处逢生的喜悦使他更加糊涂，只想迫切地向遇到的每一个人公布他的壮举。以奔六十去的不老之身使一个女人坐了胎，几十年的奋斗终于有了结果，在他看来无论如何也是一件值得炫耀的事情。听到消息的人像是为他高兴，当然那高兴并不在他们得知自家的女人有喜以上，甚至不比得知自家的母畜有孕之后所表示的欢快更多。人有男女，畜有公母，生养是天经地义的事，没什么大惊小怪的。他们只是觉得金山可怜，因为他费事似乎太多了一些。金山得到许多不浓不淡的家常话，渐渐明白别人并不曾看中他的无上的光荣，未免太不把这个大事当作大喜事，于是心头略感不快。但是他仍旧挂了笑脸走路，脚底板一掀一掀地想多流露些类似年轻人的弹力，也想把那份得意和满足留给自我来欣赏。

六

在八月的田野里侍弄庄稼，杨金山每每不能坚持到日落。与魂不守舍的叔叔相比，侄子反倒更为镇静和从容。引水浇玉米，叔叔到渠头张罗半天，居然昏头昏脑地把水改到别人家的地里，天青只是一笑，再悄悄地把水引回来。这呆事轮到他做下，叔叔怕要跳脚，近来叔叔是越来越频繁地对着他跳脚了。等孩子出世，叔叔会把更大的威风逞给他，他不在乎这些，他从叔叔的行为里得到许多勇气，负疚的心情日益漠然。他不怕这个人，无情支配他的这个人常常让他觉得可笑。他很踏实，因为他总在想着女人肚子里的那个孩子，以及制造这个孩子时那些无意的激动人心的最初步骤。他为自己的能力惊讶，也为不可想象的女人的能力惊讶，亲叔叔以主人的身份呵斥他的时候几乎引不起他的愤怒，他的后盾是巨大的快活和巨大的信心。只要肯做，他什么都做得来，包括在实质上做一个人的丈夫，做另一个不可知的人的父亲。他觉得自己是在讨还民国三十三年那个落雨的秋天被人欠下的债务。她是他的。他的！他对那个名义上的父亲只有轻蔑，他也在替她轻蔑着那个人。

杨天青独自承担了三个人的劳动，落马岭夏秋之交的田野里洒满了他的汗水。杨金山的土地上见不到杨金山，洪水峪的善良人便哀叹那个呆侄子的忠厚和寂寞。

"天青，我家去看看。你把靠崖根的几梯棒子拾掇拾掇，晚饭不急，干妥了再回来。"

干妥了往往是在前夜，山岭上悬着密麻麻的星花，白灿灿地罩着归家的小道和他疲倦不堪的身子。走进宅院他就不是自己了，好像睡够了刚刚爬起来，叮叮当当地捅灶热饭，吃粥时把嘴皮吮得一阵脆响。他是想告诉让油灯映在大北屋窗纸上的那个人影，他一切都好，她不必把头垂得那么低，也不必那么僵硬。他还是她想要的那个他，结实着哩！那人影每一晃动都使他更快地丢掉疲倦，同时又让他更深地陷到另一种疲倦里去。在厢房里疲倦着，懊丧自己竟忘了那么多，只剩下许多甜蜜的碎片，因肿胀和破裂而悄悄融化，浸出模糊的陌生的一堆。他想实在地触一触她了。猛然想到孩子，热辣的念头便暗自消失，化成满腔的温柔和肃穆，使他复又记起了自己的责任。那是需要耐性的长久事业。

王菊豆的肚子吹气似的大了起来。家里没人的时候，偶尔无聊，也敢蹓到村巷里晒晒老阳儿。腰身过于饱满，有乡亲遇见便常凑上来问到生养的年月，她笑而寡言，吞吞吐吐地说不清楚。

"怕是腊月吧?"

问得紧了，她反而去求教问的人，无知的样子让一些善生的娘儿们觉得可笑。她回答金山的时候也是这句话，金山也无知，因而把这个犹犹豫豫的说法看得很严肃。他扳着手指头回想造孽的日子，恍然记起一次半次的成功，如何成功却模糊了。女人就红着脸提醒他，那一次怎样，另一次又怎样，不是那一次便是另一次了。金山于是频频点头，仿佛确有那么一次，然而究竟是哪一次又是怎样的一次，仍旧是无从印证的模糊。次数太多，行与不行的界限也不大确定，他就不再计较。总算喂鼓了女人的肚子，别的可以一概抹煞，况且他不是一贯强悍的嘛！鬼迷心窍的杨金山想到女人的顺从，真以为自己确有点石成金的本领了。他已经计算着新的成功，有一便该有二，种一次是完全不够的，不够的！他忽略了女人眼色里的慌张，不晓得女人在求助于他的糊涂，只以为那是怀想他对她的种种侮弄而浮出来的娇羞。他感到慰藉。他喜欢她战战兢兢的样子。女人的胆怯让他加倍地尝到了为夫为父的喜悦。他要让咒他无后的人看看，堂堂正正的杨金山就要做那个小崽子的父亲了。

第二年正月十六日，坐落在洪水峪村南的杨金山的宅院一片繁忙，产妇凄厉的叫声自半夜响到黎明。大北屋的油灯陡然熄灭，接生婆累得昏头昏脑地踉跄到台阶上，向脸色苍白的杨金山郑重宣告：一把大酒壶，一个带把儿的大酒壶！边说边把一个带血的手指直挺挺地伸出来，以它来象征降世者与另一类有别的最显著最紧要的标志。不用比画金山也明白了，嘹亮的哭声把底细全部告诉了他。他的儿子很强壮，他的儿子对一切很满意，他的儿子在呼叫父亲，那哭声孝得不能再孝了。

"狗日的！我那儿哎！"

杨金山一头撞进了大北屋，猛兽似的向母子俩扑了过去，在炕沿上跌翻了身子。

守在院子里的乡亲不胜唏嘘。

杨天青不在家，初五就赶着骡子到西水一带驮脚去了。似乎要避开那件事，在外周游了近一月。归来是在十几天之后，在村外遇到老乔家的二小子，说菊豆生了一个男孩儿，名字已经定了，唤作杨天白。按族里的旧名谱起的，天白恰好对着天青，是他的弟弟。二小子又耍笑，说再揍一个出来，怕要叫作天黑，天黑的名儿还真没见过。

"快去看看吧，你弟弟胖着哩！"

"我婶子……咋样了？"

"淌了半缸血，你叔把她当佛供着，忘了当初咋着治弄她来，你快去看看吧。"

天青呼了一口气，却拉不开腿，呆呆地站了片刻。他把骡子牵到山上，在一面草坡上躺下来。一蓬枯萎的野蒿子拂着他的脸，头顶上的白云在冷风里匆忙地赶路，树林里此起彼伏地响着嗖嗖的冰凉的声音。

那人是他弟弟。这层意思竟没有想过。他既然唤作天白，那么他天青必得做他的堂兄弟，这是杨姓的名谱里早已排定了的。他想不到这一层，是因为他一直企图做他的父亲，他确乎是个父亲。然而事情已经明确，对儿子他只能以兄弟相称，直至永远。他也将无尽无休地做那个女人的侄子，永远无法改变。遥想落马岭野地里的一幕，两条命透彻骨髓的联合，却原来都是无益的徒劳，只是一时的凑趣了。他无法容忍。这不公平。太不公平。他不能理解那个小畜生凭什么要被叫作杨天白。陈年的名谱是祖宗里的混蛋灌多了薯干酒之后说的昏话，他不能答应事情落到这个地步，自己这条命说什么也不能让他们这般戏弄，他得吼天叫地把自己的东西要回来、偷回来、夺回来！他不怕杀了谁。他不怕。杀谁却不知道。或许就该杀了自己？该杀么？

杨天青跨进院子的时候，又成了以往的那个人，恭顺而委琐。先在槽头上围着牲口安顿了一阵儿，然后把揣热的钱塞到叔叔贪婪的巴掌里。钱是厚厚的一沓，叔叔喜笑颜开，把他上上下下地打量，他就憨蠢地低了头，仿佛对自己的能干很不好意思。

"骡子劲道差些了吧？"

"不差。"

"天天喂的啥？"

"黑豆。叔让喂黑豆，不敢买麸子，怕瘆害了它不是……"

"喂得不赖，有膘！"

天青眼看着别处，耳朵却搜寻北屋里的动静，听到窸窸窣窣的声音。女人竟然怯得不敢招呼他一声么？

"……婶子生了？"

"生了。"

"生的啥？"

"儿子。"

"胖不？"

"猪崽子！"

"……挺结实？"

"像个碌碡。"

"……"

天青舔着嘴唇，等着，叔叔打个呵欠，似乎不理会他的意思，也不准备把他请到坐着月子的北屋里去。侄子犹如外人。

"你歇吧。院子里抬胳膊抬脚轻些个，看惊了小崽子，他睡不实。"

"婶子好不？"

"奶水足着哩，吃不清！"

"有奶就踏实了。"

"可不……你担水去？不歇歇？"

"这缸……空了。"

"要担就担去吧。"

天青在水泉结了冰的石条子上蹲了半天。溪流对岸有人赶着羊群走过，见他渴坏了似的咔咔地嚼着冰凌，像吃干粮一样。他东倒西歪地担起两桶水，似乎喝多了酒，又像扮演着一出山梆子戏，幽幽地唱着什么。他不停地以袄袖子刮脸，不知是对付冷汗还是对付风催的寒泪。

惊蛰那天后晌，杨金山去村西办事。杨天青攀上柴垛，隔墙看着叔叔的背影逶迤远去，随后跳下来斗胆奔向北屋，撩开了厚重肮脏的棉布门帘子。菊豆捧着一只乳，正给没出满月的天白喂奶。两个人没有话，先是彼此痴迷地看着，然后就把目光合成一股，共同投到襁褓里小小的面孔上。天白吃力地含着奶头，两颗黑亮的眸子却忽东忽西的极是灵活，天青的大手不由得捏向了他。

"轻些，冤家！"

"把我想死！"

"像你不？"

"我啥样儿？"

"看他便知了……"

天青嘻嘻地笑起来，女人把脸弯到天青的胸襟嗅来嗅去，在腋窝旁稳稳地靠住，天青的爪子就移上女人的奶包找不见路似的仓皇地乱走，女人便也嘻嘻地呜咽起来。突然静了嘴，一块儿听着窗外。窗外也静着，只有懒散的母鸡在咕咕地觅食。

"走吧，他回来可了不得！"

"回不来，怕才到哩！"

"撞上就毁啦！"

"撞上罢了，我怕？"

"他可不拿斧子砍翻了你……"

"砍去！三个够他砍一气的。"

"人后充啥牛胆子，你个鬼呀！"

"算啦……这次拉倒！"

天青把手紧催了几下，由女人的腹窝里恋恋地拔出来。天白已经松了小口，粉红的舌尖顶在唇间缝隙里，鼻管一扩一扩地香甜地睡去了。女人敞着白胸，从炕沿上端起一只碗，很苦闷地自揉自握，把盛开的奶花射进去，溅到天青手上的几朵让他埋头舔吃了。

"留奶袋子里怕啥？"

"胀煞哩！"

"真就吃不清？"

"吃不清。"

天青着了魔，下巴耷拉下来，死盯着葫芦把儿似的滋滋喷水的奶尖儿。让女人清清楚楚地看见了一股孩子气。

"傻啦！想吃？"

"我……"

"想吃……你吃去。"

"不疼？"

"我那冤家哎！"

天青哈着碗似的大嘴扣了过去，将热绵绵的肉坨团团包住，甜腥的浓汁渗进喉咙之后，他就觉着自己真是这女人的宠物，而女人则是他的仙了。他在白日梦里琢磨着将她吞掉。

杨金山回到院子，见天青正坐在篓子上哼小曲儿，手里绕着骡子的麻绳笼头，往上面编纳一朵破布剪出的花饰。他默默地从侄子身旁走过去，始终没闹明白那是哪里弄来的高兴。都说侄子呆，看来确是呆了，然而那呆的后面似乎有什么东西让人不放心。刚才拒了媒婆提的婚事，礼钱索得太狠，就是倒贴钱，他一时也舍不得丢开这条过人的劳力。侄子若知道了这些，还会唱小曲儿给自己听么？如果明知道了还要唱，高兴里便有恶意了。睡他的屋吃他的粮，厚道的侄子不像是抵触什么，怕是真高兴着哩！碗沉炕暖不高兴才有怪。杨金山释然了。

谷雨前夕杨天白过了百日。第二天杨金山独自去史家营为老丈人送喜酒，日头偏西了仍不见回来，那头骡子却在晚饭时辰踏踏地闯进了门道。鞍鞯光溜溜的，槽里添了料豆，畜生竟不吃。以为叔叔给人拦在巷子里说话，等久了却还是不露，村头村尾均不见影子。

"路上跌了？"

"骑了一辈子牲口，他会跌？"

"不跌咋不回来？"

"回来不回来由他……"

"我去南岭崖道上看看？"

"等吧。"

菊豆向天青交换了一个眼色，天青却不懂，扒净饭碗就出去，在老乔家借了一只马灯架子，逆着山道奔回南岭之夜。

走着走着才略微有些懂，唰地冒了冷汗。回头看看村子，那座屋宇淹在黑风之中，似乎有两只秀眼在突突地放光，把一块黑割成阴沉的碎末儿。不敢想了。

在南岭一个阴风阵阵的道弯儿里，杨天青踩到了一颗头。虽说拎着马灯，静静摊开着的仍旧像是黑长的顽石。踩了也没有声息，就把灯光移上那张脸，腿上的肉绷紧，似乎有心再踏上一脚。路旁的草丛后边有崖，把这块软石头掀下去，不碎也能成饼，心事或许竟能就此了结。然而爹娘在冷冷地看着他了。这天白的父亲最终是把天白的另一个父亲狠狠地撂到了背上，鬼挪尸似的挟着一星鬼火，踟蹰地走在漫山的阴森里。

起初以为杨金山是醉了酒，因为全身上下无伤无血，扔到北屋炕上，开着的嘴巴微微地吐着辣气。一夜无话，菊豆悚然时揣天白的腚壮胆，哭声不能再大了，金山的表情却无比安详，睡得如僵若死。厢房里的杨天青睡得也不错，吭吭唷唷地扯着响鼾，因懊丧而赌气似的。天明以后杨金山不睁眼也不醒，两个醒过来的这才觉得情况不妙。请来族里的老人，擂胸打背扭胳膊，把死人颠翻了三遭，喷了无数冷水，好歹折腾出一丝活气。先睁开一只眼，随后动了一只手，却不说话，歪嘴馋狗似的拖出了一条长涎，伴着零乱的呜呜声。菊豆皱着青眉远远地看他，不知是悲是喜。天青却有些忍不住，外人刚刚走净，他就倚在门框上哧哧地呆笑起来。那人想动难动，欲说难说，怪模样委实滑稽。天青咧着嘴快活，心里没有不幸，女人更是没有，然而可恶的天白竟哀声哀气地大放悲声，让女人一奶头儿噎住了他。

七

“他咋了?”

“说的呢，咋了?”

两个人踱到灶间里，都问却都不答，天青把女人挤到角落的秫秸堆上，嘴和手仓促地逗出几个手段，直至听到软软的笑声。

“晌午烙面饼!”

再吐话时，男人就用了主子的口气。北屋里那一个分明已经废掉，是人是畜难说了。

以后人们知道了原委，精明过人的杨金山是中了风，与骡子和酒都没有关系，由黄塔请来的乡医也说，这是瘫症，无药可治的。料理好了可以不死，若有硬朗的前缘助着，或许还能下炕走走，说出一句半句整话，然而人确是不中用了，不论做什么用。抓了十几剂汤药，吃了果然不行，便只好单一吃饭吃水，上下两个穴总算通畅，进出无碍，苦恼的是和天白做了一类，香的臭的稀的干的都需要女人来伺候，彻底地告别了往日的威风。上中农杨金山苦度一世，图的是做个人上人，最不济也求做个不弯腰的汉子，到头来却不知栽到哪一路恶鬼手里，扔了全数资格。像日本人打响了三八枪，前妻一嘴泥啃倒在芝麻地里，他也或坐或卧在炕角那块苇席上，被打透了似的一点儿一点儿硬下去，眼看着完蛋了。

六天之后的一个午夜，一条黑影顺理成章地游进了厢房，炕席嚓嚓地低吟了两个时辰。月光里闹着几多嘈杂和纷繁，犹如大群的野蝗在夜色中飞跃滑动，山岗也在摇撼中劳累了，疲乏地连连乱抖。

“我那亲亲的小母鸽子哎!”

一支响箭嗖地划过山风，射入茫茫大气，在暗蓝微黑的背景上布出了星星白火。远天里凝着一声不绝的长叹，零乱呼吸便小到无，化作无边的静了。

大祸悬头的杨金山迟钝了足有三旬，一天早晨突然说清了半句话。菊豆正托着胯骨为他刮屎，听他呜呜地乱卷舌头便不耐烦，手下得很重，听懂了才吓一跳。

"……皮疼！"

菊豆疑是听差了，索性再重些，玉米秫擦着瘦黑的腚窝子，像搓着一块墙皮。

"……刮烂我！"

音调似是似非的不准，却让她不由得轻了手，脸上闪了道根深蒂固的畏缩。事后告诉天青，就比肩凑到跟前，东问西问地问了些，那块老舌头却又一嘴肥膘似的囫囵起来，发问的人便放了心。老东西确实不值得一惧了，乐事已然无可阻挡。

杨金山顿悟他的悲剧，是在数夜春风狂度之后，在一个简短清醒的后夜。睁眼时见到一席月光，儿子安卧于炕的另一端，像飘着半段橡木。席面余下的部分空空荡荡，不知丰肥的女人哪儿去了。目光缓缓地搜尽炕里炕外的阴黑处所，确认了她的不在，脑筋搅拌着，搅拌得渐渐加速，终于断了弦似的在头皮里炸了嗡的一声巨响。

四更时厢房的门轴浅浅起动，像是一句猫歌。苦熬苦候的杨金山再也无法容忍这一打击，好坏手脚一齐乱扒，决意要爬起来，竖着站到地上。灼热的人影闪进房，在炕沿高低处见到一个头朝下的人，正蠕动着挣脱倒挂在枕头下的那只瘫脚。吧嗒一声，居然脱离了，四肢全部地伏了地。热着的人影儿顿时冷却，颤巍巍地侥幸地移过去扶他。算计准确的杨金山趁她俯腰之机一掌攀住了她的散发，用这只尚存余力的好手传递他的愤怒，他快马收缰似的狂勒起来。女人扑倒在地，头颅被引着撞向炕沿，一时惊傻了，竟软软地无从反抗。不知谁的脚抵开炕膛火口上的挡石，红光四射，映出了一粗一嫩两只变形的花脸。

"……宰你！"

"他叔……"

"……宰！"

"你疯啦！"

"……杀鬼……杀！"

"你杀吧！杀吧。"

"……骚……狗……"

以下的一长串审问听不清了，菊豆咬着牙不叫，恍然听到头发根嘣嘣的断裂声。金山得不到答复，就扭着手里的脑袋往通红的火口上捅，终于挑醒了女人的意志。搏斗以男人的失败告停，降服他原来用不着多大的力气，他的野蛮不过是一层虚妄。

"你瘫了！还想欺我？做梦吧！"

菊豆爬上炕席，抚着针扎似的头皮盘腿坐下来，想到无数受虐的夜晚，看着让她推翻在衣柜旁气急败坏的男人，她想哭。

"摸摸裤裆里剩下啥？屎！"

"我把事情做下了，明说给你。"

"拍拍你那良心，你杀了我多少回？短命的怕早几年就给你整死哩！天爷照料咱了，给了一个天青。你妥妥听准，那人是天青！老不死的你恼吧……"

杨金山趴在那儿不动，像倾听发自地腹里的声音，唰唰地冷着一串寒战。地上炕上的就这么对峙了一夜，菊豆无心料理他，管自入睡。杨金山度过了人生最为旷达最具悟性的光辉时刻，不幸的是未能坚守，做出了不知深浅的举动。菊豆清晨醒来，嗅到一股燎猪毛的呛味儿，抬头便看到那张锅巴似的烤焦了的黑脸，和那脸上失去眉毛却仍旧不停眨动的一双朽目。焦的只是表层，命还在。看破红尘的杨金山确实企图把脑袋当木炭塞进火口，然而不知为什么在最后关头突然改变了主意。杨天青抬他上炕时他一声不吭，枕头挤破了燎泡也不曾吟一下，直到四周无人时，他才脸贴墙嘴啃席哗哗地淌出了混浊的老泪。世界对他来说是万分险恶了。

杨金山把宝箱钥匙交给女人，又付了一大笔药钱。烧伤治愈后，洪水峪便多了一条活鬼，探视他的乡亲都说，那人是不能看了。又说他的命为何如此硬朗，两碗粥一顿竟不够喝哩！天青把烧伤解释成自跌自误，人们都信，然而人们都以为金山家的宅院罩着谜，解不开的。不论何时去人，总能见到杨金山望着火炕另一端的儿子，表情神秘。老看老看，眼都舍不得眨，这不够不休的馋相不是很怪么？

杨金山病中爱子，是村中老人的一段糊涂话。丧父的愚侄为叔叔克尽孝道，是挂在他们嘴边的另一种糊涂。他们不放心的只有那个俏娘儿们，但一时也找不到理由。他们无意间结了同盟悄悄监视，却始终找不到把柄。才华黯淡的人们无法领会欲海出征的景象，自然也无法想见苗壮的桅樯如何撑阔了一领白帆，飞一样在日月里奔驰。

时令过了大暑，蚊虫因为炎热而更加活跃。那天神态安稳的杨金山没有吃晚饭，像往日一样专注地看着天白。菊豆见他不动筷子，以为是热蒸的，就倒了一碗凉水，跟那碗小米饭一起摆在他枕头边儿上。她是越来越傲慢了，天才黑就抚得天白睡牢，也不看金山是否醒着，腰条款摆目空一切地离了北屋。杨金山感到了由厢房辐射而来的意气风发的热烈气氛，他看着天白，不动声色。

两个水手操作在航线上，驾驭着星光灿烂的夏夜，未曾提防暗暗拱出来的礁石和由远天滚滚而来的狂风骤雨。土炕和屋顶尚未倾斜，他们在颠覆的努力中突然听到了一个被掐断的哭声和一声紧紧压抑着的咆哮。杨天青腾腰下炕，挺着光溜溜的身子冲了出去。女人徒然地罩着亵衣，因恐惧而更加酥软，跨了没几步就蹲在门槛上了。

杨金山以一只有力的大手攥着天白，小崽子猪腿粗细的软脖儿充实了他的掌心，他快意地咧着鬼一样的大嘴，调动着全身的力量。他要消灭他。他是用拐棍把子钩住襁褓开始第一步的，他的最终目的是掐死这个饱含欺骗的孽种，否则死不瞑目。

他险些做成了这件事。

杨天青粉碎了他的报复。这个侄子以同样的方式和同样的果决掐住了他。金山在窒息中松了手，然而窒息并没有离开他。他无动于衷地静候末日降临，在突然闪出的油灯的微火中发现了另一个男人的裸体，吊在他脑袋边不远处的雄大器官居然保持了惊人的挺拔，直令他万念俱灰只想速死。

"天杀的！毁了他吧！"

伏羲伏羲

杨金山听到了女人的声音。想到她偷获和领略的那番新局面，当是自己从不曾给过的，这声音竟让他听出了合理。或许娶了她真就是一个错误，违了天意，如村中老者反复指点的那样。老天爷却选中了他的侄子，人世确乎难料，死在侄子的手里可见也是前生注定的了。杨金山呼吸困难，不由自主地很舒畅地撒了一泡尿，觉得自己正从潮湿的炕席上浮起来。

"愣啥？毁了老不死的！"

"闭灯！"

那铁环一样的杀手竟松开了。杨金山听到了天白的哭叫，一会儿便缓下来，似乎吮到了奶水。以为自己很下力了，却还是不行，金山颇感羞愧。换了那双手准妥，然而真换来了，自己就不会在个骚娘儿们跟前临了如此的惨状。他想到从自己身上失去的遥远的雄壮岁月，仍求速速一死。

天青又伸出一只手，搁在他脑袋旁边。

"活够了吧？"

金山不答，等着。

"我不绝你的日子。你还能吃饭，妥妥喘你的气，我伺候你，听清了？"

金山不信，仍等着。

"再毁我儿子一指头，咱们就看！"

那只手抽了回去，女人低低地叹了一声。炕沿儿前两个人影儿贴着，又分开来。

"活够了告诉我，好办！菊豆，领孩子睡，怕他不成……？算啦，容我日后想想……愁死我！"

叽叽喳喳地商讨了一番，天青驼着光身子独自出去了。女人抱着孩子唉声叹气地坐了一夜，金山却睡得很好。第二天，杨天青背着杨金山从村巷里穿过，人们问他干什么去，天青憨笑不答，金山则眯着眼像睡着了一样。来到小溪流一块大石头后面，天青放下瘫子，先脱自己的衣服，跳到水塘里试着泡泡，又爬上来脱金山的衣服，金山呜呜地挣扎起来。

"怕淹死？由不得你！"

天青把瘦鸡似的叔叔抱进了水塘，浸了浸，就让他坐在里面了。水淹到金山的脖子，他惊惶地眨着黏垢重重的小眼儿，抱住了侄子的一条腿。天青怪声怪气地笑着，把从货点儿为菊豆买的肥皂反复看看，也给金山看看，然后就磨花砖似的在叔叔肮脏的头发上快活地搓了起来。头一次用这玩意儿，两个人都为那白白的蓬松的泡沫惊讶，搓至金山肋骨的时候，放了心的老东西居然痒得频频躲闪，而且暗自嬉笑了。天青把荡涤干净的叔叔摊到大石头的平面，让夏日前晌的温暖光线去照射他，自己则泡到水里，攥着肥皂仔细研究。洪水峪众乡亲看到了一幅无比和谐充满人性的动人景象，天青的憨厚和仁义几乎可以竖碑了。

金山看出侄子要伺候他是真的，而公然地侵害他也是真的。他挡不住侄子跟娘儿们造孽，却无法拒绝使生命得以维持的种种伺候。他能做的只有不看天白，随时随地让目光避开那个孽种。这是一个仅次于死亡的痛苦问题，既然老命尚需苟且，那么对此视而不见也就不是无法忍受的了。他发现原来自己也和别人一样，怕死，尤怕横死。让他死掉对别人来说是件轻而易举的事。他为自己不得不这么活着而万分羞愧，但是他不想死，的确不想。他在幻觉中屡次看到自己像往日那样威风地站了起来，等盼到那一天，好瞧的事可就多啦！他现在不能死，绝不能。他远在地府的祖宗和爹娘给了他最充足的声援，他们饶不了天青那个败类，阴间已没有兔崽子容身的位置。油锅怕是正在点燃，阎罗们已唱起来了。

得胜的杨金山就这么时时地陷进一种陶醉，半夜偷淫而去的菊豆几乎引不起他的哀伤和愤懑，他从旁计算着他们积累的罪恶，为那最后的惩罚而开心。

杨金山的武器只剩下地狱的油锅了。他在梦想中把妻子和侄子炸成了焦脆可口的麻花儿，每天每夜不停地咀嚼这胜利的果实。感觉良好，他已经咬碎了他们。他们完了。他们惨叫起来了。

"我那亲亲的小母鸽子哎！"

他们果然就跌进了与死无异的深渊。却又一次次地活过来，不知是谁拯救了他们。于是重整旌旗，准备奔赴来日里更为浩荡的飘摇。他们已经彻底地视死如归了。

丰姿绰约的王菊豆首先领悟了巨大的危机。错了三日不来红，先是一悦，而后大惧，粉脸唰地失了血色。厢房里愁云密布，忧郁的杨天青也没了办法。那红姗姗来迟，毕竟来了，然而授者和受者平添了许多胆怯，一举一动都带着懊恼和猜疑，事情竟然做不下去。这可如何是好哩！

十月无战事。

秋天，王菊豆蒙着花手巾风摆杨柳似的出了村庄，逢人便说去乡里赶集，却悄悄地赴了十几里之外的双清庵。焚了八炷香，给一个泥胎磕了无数的头。暗暗地跟了一个老尼姑走到大殿的后山墙，扑通一声就跪了下来。尼姑问明道理，幽幽一乐，说她刚才拜错了偶像。尼姑说明了招胎与拒胎的不同，领她到一个偏殿，让她跪在一个巫婆般笑着的泥塑脚下，自己也合掌闭目，苍蝇似的嗡嗡起来。最后给取了一包药，吩咐必得用的时候才能看，如何用，却是到一个僻静的地方才肯细说，菊豆未听先红脸，听后就紫了。那药不是吃的。

"咋着续哩？"

"男人给你续。"

"续散了咋办？"

"有一口水行了……"

细细道来，菊豆仍是似懂非懂。离了双清庵，走在秋风流爽的山道上才逐渐理出头绪，顿悟那不过是个类似葱秆子挑了豆酱来吃的办法，让尼姑说得玄虚了。

一试大痛。

二试巨痛。

王菊豆便又去赶集了。恭敬地找到老尼姑，加倍地付了香钱，轻声轻气地说那仙药像是不行。尼姑辩解了几句，然后上上下下十分轻蔑地打量着她。

"才用一次就受不下了？"

"辣煞了！剜肉比这好些个，受不下了。男人疼得咬我哩……"

"你可疼？"

"疼煞！"

"不疼你俩可有够？"

尼姑盯着她的俏脸，像是要跳过来咬她几嘴。菊豆自知冒犯，就不再言语，尼姑又塞给一包药，不好不接，便揣下了。

八

"你说养了六个孩儿，是真的?"

"真个的。"

"图乐子没个够，还得添嘴!"

"男人图哩……"

"你不图?"

"我……"

"用药十番，保你厌了!"

"我用。"

晚间，俩人凑在厢房的油灯底下仔细剖析检验那些药面儿，欲用不忍用，却又不能不用。天青再次疼得大抖，叼住了女人的肩膀，女人也疼，咬牙忍住了。

愤怒的杨天青把药包扬到地上，恍惚嗅到了辣椒面子的呛味儿。狗尼姑想必是在香灰里掺了那物件儿，他和菊豆让个老窟窿给作践了。两个人用清水泡了身子，彼此抚慰了痛苦处，有冤难申，终夜无眠。

杨天青却再也摆不脱老尼姑给的生动启发。他想到了肥皂，想到了蒿子叶，最后他还想到了司空见惯的物质：醋。

他犹豫不决地策划着全新的举动。

洪水峪仿照邻村的榜样，成立初级社了。动员的干部找到杨金山，老东西歪在炕上装聋作哑，死也不肯交出那十亩地。干部们找到天青，让他拿主意。他只是笑，嘿嘿地摊着两只大手，像是很呆钝的样子。

"有粮吃咋都行!"

干部们刚觉着有门儿，他却呆呆地补几句，笑得更纯朴了。

"我叔死性，搞急火了怕他弯了命不是! 他好赖有口气，地我替他种着，他蹬了腿儿我就让婶子把地交出来。我光棍儿一个迟早是社里的人，你们丢了我我还没地儿讨饭哩!"

"你婶子娘家是地主，你叔不交地是听她叨咕啥了吧?"

"婶子爹是地主，婶子不是。她念政府的好哩，乡里拨的棉花不是也有她二两么？听叔唠叨那娘儿们喜得泪麻麻的，她念咱政府的仁义哩。"

"你叔死了，你动员她交地？"

"我动员！"

"还有骡子。"

"也交，让咱咋着咱咋着。"

"你叔啥时候有个死哩，瘫了瘫了看着倒比往日硬朗，这老东西命不赖……你捺个手印儿吧，日后别反悔！"

"不悔，说的吧！"

杨金山成了名正言顺的单干户。这是洪水峪早年诸多不可思议的事件中很平常的一件。有些不可思议的怪事则埋伏在暗地里，以隐晦的方式悄悄运行。

杨天白闪闪跌跌地走起路来了。杨天白咿咿呀呀地说起话来了。他学舌先学了一个娘，后学了一个爹。他盲目地把爹声呼给见到的每一个男人，甚至呼给那匹骡子。最终还是叶落归根地呼给了杨金山。白发苍苍一脸伤痕的老者是他父亲，他早早地确立了这个认识，从此爹声不绝于耳。他费劲地学会了称呼天青的方法，嗓腔太软，唤哥时犹如叫"饿"，他一定忘不掉被唤作哥哥的那个人永远无法改变的忧郁表情。

杨天白的大头大脸酷肖天青，然而洪水峪没有人破译这个重要的遗传密码。人们不记得杨天青儿时的脸相，况且杨天白又从他母亲那里继承了过多的俊秀。

这是一个优秀的后代。不仅优于杨金山，也优于杨天青。他的眼珠儿比他们灵活。他的下巴咬得很紧，还不惯于在思索时耷拉下来，因而他尚未具备鲜明的种族特征。他无忧无虑地大哭小笑的时候，他的前辈们正在经受平凡的苦难，而他的生身父母则为人世中一个小小的具体难题苦思冥想，束手无策。

杨天青在一块肥皂上下了手。它可以去油污，可以辣得眼疼，自然也可以杀死精水。终归无效，不是也比老尼姑的辣椒面儿好得多得多嘛！

杨天青用镰刀切割，得到一小碗蚕豆大的颗粒，黄蜡蜡恰似熟透的野榛子。鼻子闻闻不放心，又用舌头舔舔，还是不放心。厢房之夜不再浪漫，两个人光着身子迟迟不肯行动，装了肥皂粒儿的小碗摆在四条腿之间，在油灯忽明忽暗的照耀下像是一件非凡的圣器，正在酝酿难以预料的魔法。

菊豆在碗里加了两口水。天青伸出哆哆嗦嗦的手指撮了一块，在碗沿上小心研磨。活像筷子撮不住山雀蛋，光滑的小东西频频溜掉，天青极有耐心地捕捞，又以极大的耐心磨出了白而透明的层层泡沫儿。他仰天长叹了一声，深感自己的精力已经耗完，对以后的任何步骤都没有兴趣了。女人徐徐打开自己，表情悲怆，一副听天由命的样子。

那一次足足塞了三颗。

事后杨天青一连数日愁眉不展，回味那些奇怪的滑，他便立即想到老八团的大兵，想到他们吭吭地往枪膛里顶子弹的样子。他填的是肥皂块儿。他觉得生龙活虎的自己成了器物，饱满光洁如花似玉的菊豆也成了器物。他很烦恼，不明白好端端的一件事怎么闹成了这副鬼模样。

青春岁月受到遏制，难以蓬勃，变得格外陌生和无趣了。肥皂用得很节省，因为几乎不用。不用并不意味着色胆包天，而是因为他们以无比顽强的意志抗拒着同样无比顽强的诱惑。依旧秘密同房，无拘束的却只有用以吃饭的口舌与用来操锄种田的手指。相拥落泪的时候，天青为了寻找乐观，便讲述山墙上那个早年的秘密洞穴，深得要领地描绘一种排泄的姿态，甚至诉及了排泄物的一以贯之的颜色。以为她会笑的，她却畏寒似的缩起来，咬住他的一块肉强忍号啕。

"冤家!"

"亲亲!"

"咱俩死吧!"

"你活我死!"

"你死我就不活!"

"亲亲!"

以被子蒙严了头，雌雄大恸。

厢房里也有冷静的策划和残酷的讨论。女人说到忘情处舌尖儿乱点，像一条白硕的毒虫。

"我百日里剁豆腐，咒死他!"

"死了也无用。"

"你说咋办哩？"

"咋办也无用。"

"敞开儿生养，让人嚼去！"

"只嚼嚼也罢了……"

"就做了坏分子，咋着？"

"……死倒强些！"

"冤家哎！带我们母子逃生了吧。"

"何地落腿哩！"

"去口外给蒙人放羊。"

"说的吧！地给哪个？丢了地不如丢口命，那年闹饥荒口外饿过来多少人？看了麻哩！"

"日子眼看不是人过的啦！我今生要不妥妥跟了你，我哪日就扎了泉眼子！"

"昏话！你容个空儿，让我……"

"不指望啦！"

"你就愁死我，愁死我你可省心！"

"恼我？你个鬼呀！"

非夫妻的争嘴，火候倒熟过夫妻。杨天青至少有一瞬感到了女人的可恶与拖累，好在从不曾认为女人多余。假若感到女人多余，他自己便也是多余的了。

孤独的杨金山越活越有韧性。小孽种杨天白在村巷里能够四下乱窜的时候，老东西也学会走几步了。不是严格地走，而是坐在一个倒扣的篓子上，凭着好手好脚的支撑歪斜着往前挪动。要想置身于村巷北墙那片喜人的阳光之下，他得费掉两个时辰。他喜欢这个工作。天白当着巷子里的过路人唤他爹爹，围着他的篓子绕膝玩耍，都让他满意。这不是他的儿子，可也不会是别人的儿子，至少一时不会。消沉的侄子和妻子越来越无精打采，他们想入天堂却入了阎罗的重围，它们是帮助金山的，他和她已经惶惶不可终日。杨金山在老阳儿里眯着眼，确实看到小鬼儿们做了他的前锋，不由得一阵快活，快活得昏昏欲睡。天白稚气的爹声传来，加入了他的报复，两个深辱家门的人已经不能不败给他了。他是洪水峪爹中之一，天青不是。过去以为天青夺了他，而今才悟透是他夺了天青。他死也不会给了！他深知了自己的强大，和另外两个人的衰微。收工时辰，由地里累回来的侄子木然地背他回家，老东西俨然是位彻底的胜利者。打击他胜利者情绪的事情不多，但是他的确无法忍受菊豆后半夜从厢房带回来的肥皂味儿。做事便做事，居然要洗净了自己！害得他妒火如焚。

几年间用了多少肥皂，天青已记不住了。图节省颗粒削得越来越碎，使钱的地方又越来越多，忽一日便舍不得再买。为了自己也莫名其妙的名誉，他怀着玉碎的决心给女人灌了几勺五分钱一瓶的杏树汁儿似的水醋。不辣，也不滑，比尼姑和自己的前一个发明均好些。夜的回合已经压得格外稀少，厢房里大抵只有一人独睡。醋却是不时地谨慎地用着的。下地时天青觉得痒，看看却已泛白，而女人终于糜烂了。千真万确，阎罗正在无情地围剿他们。他们已经招架不住。菊豆佯装心口疼，疼得昏在村巷里，招来众人围着。天青佯装匆匆赶来，以骡子负了她惶惶而去。拐过玉石沟的山弯儿，菊豆直起软腰，见天青在悄悄地咬牙。俩人一畜奔了邻乡的卫生院，如赴屠场。

医生问得紧，菊豆险些说出一个醋字。誓死不招供，就招来许多审判。杨天青在诊室外听到有人说他的菊豆白净似雪的躯体太愚昧、太肮脏，就想蹿进去掐死那个胡言乱语的狗大夫。菊豆给人全面深入地洗了洗，端着一瓶药水梦游似的走了出来。天青背地里捉住她的手，想着他对她的磨难，想着生死与共却非人非鬼的未来岁月，就想抱了她的身子，永永远远地去保卫她，不惜以命相殉。

政府的巡回医疗队开到村子里来了。黄昏时男女老少聚在核桃树周围，看女护士捏着根小彩棒在腮里乱捅，捅得两唇之间白沫儿飞扬。做过刷牙示范，又掏出一柄小剪刀，嚓嚓地切着白指甲，那指甲小得竟如一片鱼鳞，让乡野汉子看得如醉如痴。之后另一位女大夫开讲，村干部们神秘莫测地驱走全体男人和孩子，留下一群老少不等的妇女。天青恍然看到，被汽灯照亮的那张中堂大小的画儿，绘的是半个屁股，红红的不知给谁切开了。

夜半王菊豆在被筒里掰着手指头为他转述。他也着了迷，伸出两只手加加去去地扳弄起来。别的女人或许不上心，她可是在意的，未听漏一个字。他们接受和探讨的是洪水峪古来未见的邪说。那是一种逃避卵子的方法。

同炕共枕的事业并未因此而美好。所谓安全期对他们来说始终是充满恐惧的危险日子。侥幸没有怀孕，只能说是天助。

"我那亲亲的小母鸽子哎！"

登峰造极的呻吟已经远不如往日纯粹，让机械性的计算和逃避败坏了。日后如火如荼的避孕大战波及当代的洪水峪，忠诚的党的工作者们愤怒于众人的反抗，然而他们绝对想不到岁月埋没了一位无师自通的勇士。他的顽强和智慧无与伦比。

疲乏的杨天青不足三十岁便苍老了。

杨天白上学前一年的阴历六月初八，史家营鬼迷心窍的老地主王麻子服了砒霜，到地狱张罗变天的事去了。洪水峪这边有人找王菊豆训示，说她爹那是要复辟，你若想接着复辟将是同样的下场，若不想复辟呢，自有贫下中农监督着你，不会不让你活的。天青也被唤来，吩咐他不要沾婶子娘家的事，沾多了说不清，仔细伺候叔叔便罢了。王菊豆事隔多日之后才去史家营奔丧，天青送她到南岭。娘家那边老爹的坟头早已没了热气，有泪不敢多流的老娘悄悄塞给她一个鼻烟壶，叮咛万不可给人看到，过南岭时甩到涧里就踏实了。那壶及壶里的毒药是王麻子早年去城里办货时置办的，起初说是喂那些到村里扫荡的日本人，又说八路催粮催紧了也喂，最后又扬言要毒杀抢了他产业的贫协首领。他用威胁笼罩了他嫉恨的几乎所有的人。结果倒是他自己先忍不住，馋嘴猫似的匆匆忙忙地服下了。他可能终于明白，配吃这玩意儿的只有自己。王菊豆返回洪水峪的时候面孔苍凉六神无主，像一片霜打的菜叶儿，直让人担心她是否也吞吃了什么东西。杨金山躺在炕上呜呜地向她招手，想打听点儿事，她默默地拧给他一个背。她对老东西已无话可讲，一眼也不想看他了。

子时光景，王菊豆小心翼翼地摸进厢房露风的破门，像吹入了一股鬼气。杨天青划火时差点碰翻了灯盏，腾出半个枕头给女人，她却不解衣也不躺下，呆呆地望着灯芯儿。天青有些怕了，伸手扯她时，见她掌心里攥着一个烫花的瓷壶。

"拿的啥?"

"还能有啥哩。"

"你这是咋了呢?"

"不咋着，闭了灯吧?"

"亮着去，心里不踏实。"

"你可有啥不踏实。"

"……你面相不对付。"

女人不理会，挪近灯光，在窗台的青砖上磕那个小壶的瓷口儿，一撮麦子粉似的盐末儿似的亮东西撒了出来。天青就怕得不行了。

"菊豆! 你想开些……"

"狠狠心，在南岭我就服了它!"

"昏话! 好端端找死哩!"

"死了清爽。"

"你舍了我，可舍得下天白?"

"就狠心舍了你们，我可少遭八代的罪哩，我受不了啦! 老东西不死不活，我终又跟不了你，天白一日大过一日，我就活活地不敢看人! 我怕是活得够啦……"

九

天青夺掉鼻烟壶，封了口塞入枕底，为女人松带宽衣拂泪，调集浑身解数把她梳拢得款款软将下来，自己也悠然长叹了一声。

"啥鬼日子也过来了，日后也能挨下去。劫数不到，就是吃了也无用。有咱们三个吃他的那一天，等着吧!"

"不是我吃，必是他吃。"

"哪个?"

"还有哪个!"

"吃死了他，都别活!"

"天青，我们领着天白逃了吧！去口外我当骡子当马伺候你，今生今世我亏不了你们父子两个，我给你当骡子当马呀……天青，你就听我一句，领我们逃了吧！"

"碗大一个天，窜到哪儿是个咋？"

"你就不开眼！冤家哎……"

杨天青拢不住她，小母鸽子展开黑压压的翅膀，已飞成了一只苍鹰。

王菊豆踅回北屋，在黎明前暗蓝色的纯净的天光中看到天白赤着膀子坐在炕沿上，两条不到七足岁的瘦腿耷拉着，阴沉沉的目光却像个阅尽沧桑的老人。她哆嗦了一下，站不稳了。炕角瘫子躺的地方发出一声准备充分的冷笑，含混不清而又刻毒无比。她涌着血的腔子里堵了冰块，一点儿一点儿地僵住了。儿子无言地钻进被筒，将小枕头拉离一尺。她以母亲的柔手在余下的夜色里不停地抚摸他，一直摸到太阳阴森森地升上来，手里的冰悄悄融化。早雾里有杨金山的屎尿气息嘲弄地弥散着，雄鸡正在引吭高歌。

山外的风横扫穷乡僻壤，洪水峪也要兴高采烈地公社化了。邻乡传到谣言，称一头犍牛只折二十块的价，若是一头小驴儿呢，简直就得白送。杨天青就担心那匹衰老的骡子。他踱到叔叔的炕头，简短地交代了人世的变迁和时局的发展，想看看老东西有什么反应，平时见他能吃能睡，以为瘫子活得如旧，细端详才发觉这棵老树已朽得不行了。这么大的事变，财产眼看要归公，老东西却不恼不急，只是淡淡地晃着两颗黄色的眼珠，在丑疤累累的脸上凝了一个轻松而持久的微笑。这笑容麻木不仁却意味深长，让天青从骨头缝里发冷。他诧异这不中用的废人竟如此耐活，就这么不肯死，便疑心天意是否含了阴险的报复，要拖累着他，累至无穷。菊豆的心思或许真有几分道理，活得确实太乏了，迟早壮人也得成了瘫子，不知羞耻地在裤裆里屙出屎尿，在众人眼下栽下万世的难堪。人怎么能这么活，他不明白。他想杀了这个拖累么？他真想杀了这个拖累让自己好好地喘几口气么？上苍沉默不语。杨天青呼吸急促地颤抖起来，又在亲叔面前做了大孝的贤侄。

"落马岭的地怕是保不住哩！"

凝固的微笑分明在四处游动。

"骡子也得充公，驮脚挣钱是不行了。"

微笑痉挛着聚拢，在脸上扭成个疙瘩。

"我把它牵出去卖了，得几个算几个。你看行不哩。叔……"

微笑挂了声音，白刃似的向他胸口掏了过来。天青木然地立着，心口窝哗哗地喷出了血浆，手脚随之软软地松弛，撑不硬了。他听清了粘在老舌头上的那个咒骂，世上不会有第二个人能懂，他不听只看那毒蛇芯子般的舌条便也确切地懂得了。

"……败……家的……杂……种，天……杀了……你，你你……"

那只挥鞭似的枯手在浓烈的屎尿气味中舞着圆圈，像一面讨伐的旗帜。空气中弥漫着微笑的碎片，爆炸般的腥臊气浪令人窒息。杨天青跌跌撞撞地逃了出去。远至西水为了老骡子讨价还价的时候，惨不忍睹的微笑始终在周围的山岭和溪谷徜徉徘徊，近乎愉悦地抛出了不祥的恶兆，随风漫天飞舞。

洪水峪的上中农杨金山领略了出类拔萃的独特人生之后，在山区秋日一个平凡的黄昏之前，悄然地干净利索地死掉了。那天晌午他喝了两碗粥，自我感觉甚佳，便拖着篓子往村巷的太阳地儿里挪腾。他终于背抵北墙坐稳时，太阳已斜了一大块。杨金山靠在那便不动了，像是浴了太多的小风和阳光，沉醉于一种梦境的美好。天白一边喊爹一边舞着柳树枝在他身边跑过，老乔家的娘儿们打个招呼也过去了，谁家的鸡咕咕地恋着他的老山鞋，啄食落在上面的粥痂和痰迹。菊豆自园子里拾掇了秋菜回来，摊着两只脏手扫了他一眼。但见他面含浅笑陶醉地注视着落日的姹色霞光，亮晶晶的瞳仁像两粒珠子。她先去灶间通了火口，在瓦盆的陈水里洗了手脸，然后才擦着前襟双眉轻皱地走过来背他。只随意地碰了一下，他便大幅度地倾斜，不等拦扶，已经塌了山墙似的轰然倒地。仍在含笑注视着，因了角度和位置的变换他现在注视的是一摊碧绿新鲜的鸡屎，另一摊鸡屎被他的脑袋和耳朵砸在脸皮和青石板之间了。

村巷里抖出了一声干枯的号叫。这声音多年不闻，已使老少男女感到陌生。他们惊奇地循声而来，看到了躺在窄巷的两个人，一动一静，有声或无声，里面的一个分明是丢了命了！另一个披头散发地乱滚，打了自己打死的，又啪啪地拍地拍墙，啃死人身上的衣服，撕扯搭在脸上的乱发，喉咙里的鸣叫滔滔不绝，搅烂了洪水峪夕阳淡淡的黄昏。犹如往日沉没在丈夫的残暴里，她又在经受超凡的殴打，叫得声声凄凉，惨绝人寰。然而那丈夫明明是笑着，况且已睡死在神秘的笑里面，永远地归西了。她竟舍不下这个累人而无用的瘫子么？她竟不嫉恨这个狠辣的男人么？她保不准真就是个难得的软娘儿们哩！不是小心伺候着，老东西死不了这么体面，早成了席上的一块烂肉。这娘儿们到底不赖，贤仁至此。真难为她这场好哭。死鬼扣在地上还笑，想必是乐着自己的福气了。洪水峪数他睡的娘儿们最俏嫩，就是死了也不枉为人一世。身后剩这么一朵花，不知给谁采了去，老棍子下了坟地也静不下心哩！看看这哭有多俊，诱煞了。看客们终于将她拽了起来，几只有力的爪子托了她的屁股和后背，径直抬入宅院。抬另一位时便如抬了一口待剥的死羊，听任那脑袋在石阶和门槛上磕碰，一路叮哐地响到北屋潮湿的炕席上去了。

"狗日的！轻些！"

人丛后面跳出一个愤怒的声音，笨手笨脚的狗日们果然就轻了些，乡亲们闪开身子，哆嗦着两片小嘴唇的杨天白就亮了相。看样子还想吼什么，稚气十足的嗓门却哑了。他娘哭得死去活来的时候，他扎在人堆里不肯往前走，受了惊吓似的使劲往后顿屁股，谁拉他也不动弹。此时为了可怜的多多终于骂起来了，却依然没有眼泪。他走上前来拨开炕边的成年人，在父亲的脖子底下塞了一个枕头。那脸是歪着的，他认真地把它扳正，让它冲着房柁，手一松那脸却又朝着墙了。来回校正了三四次，金山的脑袋似乎装了弹簧，怎么摆弄也无效。杨天白捧着老父白发苍苍万分固执的头颅，哇一声哭了起来，唐突得很，把屋里屋外的人吓了一跳。十来个鼻子都酸了。哭晕的菊豆本想缓缓胸闷，此时索性并入了与小儿的重唱。人们取下门板，以条凳和篓子垫着，在北屋门口为金山支起了灵台，又在灯盏里添了煤油，三五根火柴划过，长明灯便悠悠地亮起来了。

怀揣二百块骡子钱的杨天青跨进宅门，看见灵台和灵台上摆着的那颗头。叔叔脑袋朝外躺在门板上，肩膀旁边搁着黄泉引路的灯火。全明白了，不用看也明白，因为远在村口的老核桃树底下他就听到了送灵的歌声，儿子尖嫩的嗓音挣脱了菊豆有气无力的嘶叫，在山谷的暮气中来回流窜，像一枚悠扬的哨子。

他面孔痴呆地穿过人群，一边东张西望一边解肩上的包袱。哭声奇怪地戛然而止，炕上的菊豆和炕下的天白似乎受了莫大的干扰，困惑地看看来人的举动。杨天青从包袱里掏出了铅笔盒、橡皮、尺子、练习本，数了数交给天白。又掏出了一顶毡帽和一包糖果，还要掏，忽然想起了什么，把包袱皮卷紧推给了女人。里面是钱和一条花格子头巾。菊豆擤了一把鼻涕，把包裹塞到了屁股底下。最后杨天青没头苍蝇似的在屋中走动起来。这个像是无家可归的吓傻了的年轻汉子，让围观者里的老少娘儿们好一阵难过。

杨天青好半天才明白了应该先干什么事，他下定决心挨近死人，摸了摸瘫掉的那条腿，又摸了摸同一边的脚腕儿，死人的热量大得惊人，燎得他手心滚烫。他的目光怕挨揍似的哆嗦到上边儿，盯住了叔叔生命犹存的笑脸。微开的眼缝里射出了一束弹丸，扑一下贴住了他。他哈着大嘴蹲下了。

有人拉他胳膊，他就顺势站起来。拿了毡帽在死人头上比试了一番，扣上了。取了糖果摊在屋外台阶上，招呼人丛里的孩子过来。没有人动，他便再次抱着脑袋蹲下了。不哭，然而不休地嘟囔。让人听了害怕。

"尝尝吧，都尝尝吧。"

"苹果香的琉璃球，甜煞哩！"

"大家伙儿拈一颗尝尝吧。"

"尝尝吧，你们……"

他的鼻子有响动，渐渐地生了节奏，无助而无望地抽泣着了。人们劝慰，劝得夜色渐浓，咽声断绝，便恋恋难舍地散去，把院子留给了惨淡的明月，射出一地青白。

婶侄两个守灵，那儿子睡到厢房去了。院门紧闭，男人和女人的四只眼无碍地互视，发动了激烈的交流。另一位正在黄泉暗道上赶路，已经顾不上监督人世的纠葛。这边的一切都与他毫不相干了。

"你做下了？"

"说的啥鬼话！"

"做啥瞒着我？"

"你鬼迷了心啦！我可做了啥？"

"你瞒我是轻我，我做强过你，你个妇道人家不怕日后雷击了？"

"魔怔！你叔他整寿去的哩，他福大，我倒省了心了！你看他个好脸，可是吃了的……你就冤了我吧，我苦命人好赖是善不得了。"

"戏够了，做了便做了，怕我顶不下来毁了你不是？俩人的事嘛，逞啥硬哩！"

"咋就不信！千把刀万把刀剐你个迷了窍儿的呆子！"

"我乱了心，踏实不下哩。"

"灯灭了……不点上？"

杨天青到死人身旁把灯点燃，用取灯棒拨了拨油绳，栗子大的火头哔哔剥剥地溅出黄色的煤油花儿，在夜风里一闪就败了。

他倒吸了一口冷气。

厢房台阶上坐着一个人，浴着月影显得强壮而阴险，却是沉默的天白，小小的身板一堵墙似的搭在了秋风低诉的夜里。这院子有什么东西胀得装不下，要崩裂了。

父子俩彼此远远地望着。兄弟俩远远地望着彼此。目光渐渐凝结，又渐渐消散。在深层把握底细的那一个已经有些撑不住，夸张地咳嗽起来。

"风冷！弟，睡去吧……"

"有哥照看你爹哩，睡去吧！"

"明儿个入殓，你瞌睡了咋着？"

"不睡不让你打幡哩……"

小人儿缩着膀子隐回去了，天青打着激灵看看杨金山的死笑，伸手在他合不拢的眼皮上拂了一下，还不闭就着劲狠撸，不再注意结果，逃似的躲到炕沿坐下来，吧嗒吧嗒地嗫开了旱烟叶儿。

真乏了。乏得像是没有力气活了。有福气的是谁？是活的是死的？已想不大清楚，也不懂该怎么想了。

"小瓷壶哩？扔了么？"

"扔啦？见不了人的罪物扔啦！"

他不明白女人哪儿弄来这么旺的火气。见女人取出那个壶，脚板的血便呼呼地涌到了脖子，牙齿咯咯地咬起来。

"还留着？掂量日后喂了我吧！事情都是我坏下的，我活得尽够了……"

"天青，你存心让我吃了不成？"

"吃吧！吃吧！我也吃，都吃！"

小瓷壶挟带着女人的冤屈击中灵台，在门板上迅猛地撞了一个滚儿，咣啷啷弹落屋角。杨天青无心争执，冷静之后拾起它进了猪圈，掘地三尺，以猪的粪尿深深地埋葬了它。天色将明，女人又哀声哀气地演唱起来，为死人尽职尽责地奏响了送行的挽歌，洪水峪在出殡的热闹日子里早早地醒过来了。

大彻大悟充满人生智慧的死者以藐视和怜悯的微笑看着这一切，黄泉坦途浩荡，十万阎罗齐聚欢腾，天地轮回，阴阳人世，洞察一切的杨金山精神抖擞，急欲重返人间，要向辜负了他的无情日月发动报复性的神圣大战。然而他的躯壳灵巧地钻进了一口棺材，叫十几枚生锈的大钉子咣咣地揳住了。

杨金山给人埋掉不久，他的儿子上了小学。他在地底下刚刚寂寞够一年，他的儿子已是升入二年级的优等生。天白与堂兄不睦，常见天青涎着脸与他说话，他小嘴儿吧吧地抢白一气，掉头便走，剩天青竖着愣神儿卖呆。天白对娘孝敬，但菊豆似乎常年不大快活。那院子里所有人都不怎么快活。天青端给人看的是一张沉思劳顿的脸，丝丝缕缕的除了愁纹还是愁纹。三十大几的汉子，年华正旺，不该这么老相的。然而光棍儿就难说了。光棍儿不愁谁愁？愁的就是无从发落的光溜儿棍子哩！

杨金山死后，天青主动与菊豆母子分了户，各挣各的工分，各领各的粮，但是饭还在一个锅里做，盛到碗里天青就端到厢房或巷子里去吃。他知道眼下菊豆是个寡妇，那寡妇有五个谨慎，他这光棍儿便须有十个小心垫着。错半个念头，日子就毁了，人也就毁了，再不能垒起来。天打五雷轰的事情已经做下，两条孤命需格外小心。为了天白也得小心！

然而这确乎是人能够过的日子么？

杨天青深感自己正在成为名副其实的光棍儿。宽宽的火炕越来越宽得多余，他的儿子每时每刻都监视着他，也监视着她，使他们难温旧梦。每当他下决心利用某个时机或某个场所的时候，他的儿子总是适时地面无表情地出现在他的面前，儿子本人不来，也要派冷酷的眼睛来，如高悬的明镜闪耀在空气里。天青在四面八方看到儿子的眼，儿子以另一个父亲的名义严峻地认真地围剿着他，让他五内俱焚心灰意冷。他有一次想掐死这个小崽子，却十次百次地想掐死自己淹死自己吊死自己！女人的腰已经胖起来，失去了往日的苗条，但她仍是他眼里的引火棒，随时都会燃尽了他。他想到自己烧成一堆火，让女人来取暖，也让他来舔她的每一寸皮。她是他唯一的仙，他不向任何别的丑娘儿们俏娘儿们取笑，他器重她的全身并且热爱她每一根毫毛，甚至她腿根里冬日积存的污垢。没有谁可以阻挡他，拦住他去路的只有他的儿子。这是他的种，他的种正在长成大树，把游着飞云的五彩蓝天遮盖起来了。

十

饥荒年过后，菊豆有了新嗜好。每一季都要回一次娘家。一去半个月，回来的时候便容光焕发。她走后三天，天青去云南岭打柴或挖草药，隔三天又去，隔三天再去，直到他婶子由史家营翩然回来。王菊豆在娘家遵循同样的时间表，她也去南岭，干相同的闲活儿。老不死的地主婆常常叹息女儿的薄命和勤快。

在史家营和洪水峪中腰的南岭獾子崖下，远离山道和人烟的草丛后面隐着一穴浅洞，两炕大小，人站不直，需弯着进去。

粮食吃不饱，路也远，两个人赶来聚首往往办不成什么事，没有力气。办不成事也来，因这里是他们夫妻的家。

天青燃上一堆火，脱下袄来让女人给他拿虱子，自己则翻在草堆上，看女人镶在洞口的剪影。他大口地叹气，难得如此自在，却更大声地叹气。女人过来拂拂他的额头，在腮上嗑一下，又忙忙碌碌地去光亮处杀虱子，指甲盖挤得啪啪脆响。巨大的幸福就压了下来，胀满了一个洞，使他几乎不能喘气。

"昨儿个天白又得个奖状。"

"可有上次那个大?"

天青认真地想了想。

"一样的纸,黄底儿,花边儿。"

"奖的啥?"

"算术得个第一,写文儿得个第二。"

"又粗心写差了字不是?"

"谁知道哩。问他,兔羔子不理我!"

"就不能去大队问问教员?"

"说的吧!是我的儿?问疑了……问疑了……不理我也随他!这小崽子……"

天青的鼻子幽幽地酸上来,再说不下去。菊豆为他披了袄,与他在草堆里紧拥着,叹气,远远近近地聊些无关的话。天青说你多好一个人,我这一世亏了你了。菊豆说你多仁义一条汉子,是我这不争气的娘儿们亏了你了。说着说着就泣不成声,像两个丢了娘的婴儿。

温暖的季节,难免分而又合地翻山越岭,赶到獾子崖的家穴里做成一星半点旧事。知道有限,知道不可免,也明白所失与所得是什么,就从容了,不大看重那稍纵即逝的快活。这是方法的一种,为了彼此抚慰各自的灵魂。有时就局促起来,因赤裸相视而难堪,仿佛对活到这个地步感到很不好意思。恰如做了山中兽林中鸟,处境相类,却没有那份自由。伴着他们始终有个窘字,还有一个便是那绵绵不绝的愁了。

"我那亲亲的小母鸽子哎!"

这声音给闷在洞穴里,犹如从潮湿的岩壁上渗出了山的叹息,带了别一个世界的味道。两个相叠的倦人就拆了下来,游着迷茫的眼。

"种不下吧?"

"日子对,种不下。"

"总不做囊子也干了。"

"迟早要干了的。"

枯萎的语调像是在谈论地里的庄稼。确是干涸了。天青的脖子与腿上的筋藤条一样伏着,触上去就觉得那是长出肉外的束束软骨,很韧也很滑。菊豆两包新坟似的胸浅了,像永远也填不满的装谷子用的小口袋。

钻出洞去，突临的天光便照亮女人的轮廓，晶莹着的只有黑发里的白发，不知何时竟多了起来。天青把自己的柴拨给她一半，看她吃力地背走，那肘上的方补丁和屁股上的圆补丁勾得他要下泪。他急促地跟几步，停下来，再跟两步，就站着不能动了。

"菊豆，别走闪了呀！"

"菊豆，你看着走……"

柴压得女人转不了身，一只手无力地向他摇。他无言了，它还在摇，一直摇到不见。天青愣在荒凉的山岗上，不知自己该往哪里走。山道弯曲，在他眼里已不是路。他脚下的路越走越窄，窄得眼看就要消失了。

山地闹四清四不清的年月，史家营王麻子的遗孀以适当的高龄幸福地辞别了人世，也拆掉了她女儿暗地架设的爱情桥梁。失去回娘家的借口，两个穴居人就把舒适的山洞重新还给了黄狐和野獾子。它们对这里的喜爱和需要绝不在他们俩之上。它们更适合四处漂泊，漫山流窜。荒野毕竟是它们的。它们讨厌在这儿或在那儿嗅出的人的味道。它们希望山风把这种可怜巴巴的味道吹向九霄云外，吹到它再也回不来的地方去。

那年王菊豆得了腰疼症，不能下地挣分了。偶尔上工，爬到炕上两天起不来。小学毕业的杨天白放弃了上初中的准备，休学之后便拎着锄杆子做了社员。田野里多了一个勤快人，都说杨金山下的好种，能文能武的真是不赖，寡妇人头老来有望了。

光棍儿杨天青踩住了一块云。路已没了。他等着哪天云开雾散便一头栽下去，或许竟能没着没落地飞起来，了结了一生的残梦。

山村洪水峪陷入了生动的岁月。乡亲们认字与不认字的共同识别了一件新事物。认字的捷足先登挥起如椽大笔，不认字的也到大队部往家里张罗不要钱的粉的绿的或白的纸张。乡风淳厚的人们突然地屈服于偷袭同类的诱惑，准备各自八面出击，打一场让日本人头疼过的更加神出鬼没的山地游击战。

第一张大字报说的是大队长某年某月因某事打了某人六个嘴巴。道歉是道过了，但是应该赔得更实在。这张纸的尾巴上豁然写道：把钱交出来，我要治牙疼！

另一张大字报表的是某人故意放养家里的瘟猪，把半个村子的猪都连累得死掉了。纸上签名的是十八家的户主。看样子有心要使某人倾家荡产。

新一张大字报击中了脾气随和的大队书记。称他捏过某媳妇的某个器官。啥器官却不讲。只道某媳妇没上吊也没说出来是怕着他。现在不怕了，她要斗争他，看他再捏不捏！

斗争！斗争！这是最后的斗争哩！

就乱了。就一塌糊涂而有趣了。

终于在一张纸上读到了菊豆。书法是半熟的柳体，署名的却是二傻子田锅。傻子记不清年月，代笔的有良心而没有杜撰。情景却渲染了。下边的人没有看清，压在上面的确是菊豆无疑，地点在南岭山道旁的灌木丛，田锅起初以为是狍子或黄狐哩！厚道仁义的老乡亲们感到诧异，但是不敢看这张纸。只有一群起哄的赖子挡住田锅，让他讲。傻子惊惶地吧嗒着嘴唇，不知如何讲起。有人递给他一支烟卷儿。

"她咋压着来？"

"像在水泉捣衣裳不？"

田锅抽着烟平静了，弯腰作伏地状，见众人大笑便皱着眉头直起来，怕人抢去似的在烟棒上使劲儿嗍嘴。

他一起一伏地像认真做着一件事。有烟抽他肯一天到晚这么做下去。杨姓族里的见到这一幕，都灰溜溜地绕开了，准备回家为别人炮制更硬的炸弹。傻子也跳出来了。这个世界已不成个世界了。毁了狗日的吧！

杨天白读到这张纸以前先读到了一些人古怪的表情和更为古怪的窃笑。读懂之后又看见了人堆里表演的田锅。他扭头钻进了大队部旁边的木工房，出来的时候手里掐着一把寒光闪闪的斧子。他一点儿也不张牙舞爪，英俊的脸甚至显得过于平静，像进山伐木一样溜溜逛逛地朝那堆愉快的笑声凑过去。无声的信号使人群唰一下散开，傻子惊讶地闪过冲脑门刮来的凉风，顿时聪明了。他紧紧捏着半个烟蒂，毫无目的地狂奔起来。怒火熊熊的杨天白终于爆发了，像子弹一样紧紧追着他，雪耻的斧头像奔腾的马脑袋，令人恐怖地一纵一纵地朝前猛蹿。傻子向遥远的南岭失声大叫。

"饶命呀！杀了呀！"

"我压着我来！"

"我屁股压着我肚子来！杀了呀……"

二傻子田锅由梯地的坡头滚了下去，像野羊一样哗哗地蹚过了溪水，一头扎进了幽深的老林子，枯树枝嘎巴嘎巴地响了很久。

杨天白把斧子扔回木工房就回家了。

"好样的，天白！"

"你爹是上中农，咱怕谁?!"

同道的族里人与他搭腔，他理也不理。脸是少见的阴沉，似乎已崩溃于强烈的打击。回到宅院，见母亲在灶间做饭，猪圈里是起粪的堂兄，他就不知道该做什么好了。想静下来装下镐把，怎么也装不对付，索性抡起来砸烂了窗沿下的咸菜缸，还撒不了气，就把镐头和镐把扔到院墙外面的地里去了。

三个人之间两天无语，哑着。

田锅的老实爹拎了半斤桃酥给菊豆赔不是，吭吭地讲不出什么，就骂儿子，骂顺了舌头，便夸天白的孝敬，夸菊豆的贞洁，夸天青那侄子的厚道，最后连死人也夸了。说杨金山真是顶精明有福气的庄户把式呀！

"这鸡子吃得肥哩！"

来不及夸圈里的猪，他就给菊豆请出去了，走出半里地还在点头哈腰，似乎儿子得罪了山山岭岭，他就必须给草草木木赔上一万个不是加两万个小心。

人人都活得有些不行了。

二傻子田锅傻得更加不堪，终于做出了开天辟地的事，让洪水峪全村为之羞愧。他把菜缸里搛咸萝卜用的六道木筷子伸到了不该伸的难以想象的地方，在直肠上过于陶醉地穿了一个洞。腹膜感染差点儿弄死他，由县医院回来半年才恢复了活气，并且似乎比过去机灵了不少。他不懂羞惭，因而老是甜蜜地笑着。下贱人逗他辱他，他还是笑着，很幸福。

"哥这儿有根筷子，田锅你用不哩?"

"我用你娘那窟窿……"

笑得就更甜蜜而聪明了，仿佛万物为他所用，想用什么就能用到什么。世界对他是仁慈的。以后人们听说，他爱上队里那头三岁的漂亮的小草驴儿了。

杨天青在洪水峪平淡的骚乱中度过了四十岁生日。他修大寨田时卖呆力让垒石砸伤了脚，躺在厢房的土炕上养伤，回想了一生中诸多难忘的往事。他心平气和，原谅了一切从而也原谅了自己。人世是公平的，老天爷照料了他，让他得到了能够得到的一切。他没有什么抱怨的了。

菊豆过来给他敷药，见他目光呆呆地盯着熏黑的屋顶，就心有灵犀地红了眼圈。

"天白指鸡骂狗的，不听就罢了。"

"我儿是好儿子，听他骂也舒心哩！"

"哪天我把事情说给他。"

"那是要他的命，随他吧。"

"苦了你……"

天青抓住她的手，愣愣地往怀里拉，俩人就拥合了。儿子的眼悠悠地悬在了一处，天青狠心地不看不想，以嘴抚平她眼窝的深沟。冷得久惯了，菊豆有些惊惶。天青颤巍巍地往低处扳她，终于促她跳了起来。

"几年冷也冷了，看毁了咱俩！"

"天白轧地哩，回不来。"

"他半腰闯回来的时候少？"

"闯回来就说给他。菊豆哎，咱俩都老啦，老得不行啦……我那菊豆！"

"做就拣个时辰……"

风韵犹存的王菊豆从厢房里撤出来，做饭洗衣时通红着脸，感到了多日不见的快活，像是复归了往昔的岁月。自己的男人忘不掉自己，她骄傲地踏实了。

冬季一个日子，在大寨田里给梯地垒墙的杨天白打短歇时没有喝队里烧的热豆汤，借口回家寻块干粮就匆匆地走开了。路上他一直想着母亲近来的脸色，及堂兄可疑的宁静，刚踏入村巷便吹起了哨子，大口吐痰，让鞋底在青石板上磕得重些。

院子无人。屋里无人。圈里灶间里没有。柴垛秫秸垛后边也没有。天白的头发嗖嗖地竖了起来，像老鼠一样乱停乱窜。他从案板上操起一把菜刀，撩开北屋的炕席，又撩开厢房的炕席，寻找必须砍杀的东西。他心里万分冷静，如果堂兄果真做下了，又让他抓住了，他就剁了他！像切瓜一样剁了他。

他想杀了母亲！

他想起北屋后山墙的菜窖，脑袋咣咣地裂起来。窖口捂着盖子，不像有人。捂得这么严紧，不可能有人。去年芦花鸡就让他误封在里面，被烂菜的霉气熏死了。想到死鸡，他提刀的手有些打软。挪开木盖子他看到了扶梯，看到了几束萝卜和一团浓浓的黑。他回去以刀换了把手电，下决心钻了进去。

只迈了三节梯格他就靠在那儿不动了。昏黄的光柱照射着土豆堆，和土豆堆旁的几条麻袋。娘和堂兄并着头，丑恶地缩着身子像是承着天大的冤屈和愤怒，要给人世一个黑暗的放纵的反抗。两人已不省人事，但醒着的听到了合二为一的光滑的呼吸声。

杨天白以悲愤的心情做了一件从未做过的事情，他为他四十四岁的母亲穿上了裤子。把她背到北屋的炕上以后，他已经不准备去背另一个了。

他闭紧了院门，考虑要不要把窖口堵上。想了想终于没有做，懒得做，因为浑身上下没有一点儿力气。他苦笑着傻子似的看着菜刀的亮刃儿，想用脖子好好地在上面试一下。

纯净的空气使王菊豆睁了眼，又闭上了。意识尚未清醒，嘴唇喃喃地要说什么，几个让天白不忍听的字眼儿便随着口涎一块儿流了出来。

"天青，我憋闷呀……要死啦……"

母亲求助的手在席子上抓来抓去，勾起了残破的苇片，咔咔的像是喉骨断裂的声音。天白看得愣了神儿。母亲发丝上粘了菜窖的蛛网，像一朵凋谢的白花儿。

他打湿了毛巾，为母亲拂去脸上的尘土，擦得很仔细。那只手还在枕头旁边抓来抓去，像挠着一颗心，要挠得它滴出鲜淋淋的血来。

"天青，我那苦命的冤家哎……"

"闭嘴吧！娘！……你闭嘴吧！"

杨天白再也支撑不住，跳起来朝菜窖跑去。杨天青给撂到厢房的破苇席上，嘴巴仍旧死鱼似的张着半圆，里面似乎含着不及吐出的千言万语或一句半句的呻吟，又像叼着不解的惊讶。他惊讶为什么在他寻找生命欢乐的关键时刻，总是受到不公正的突然袭击和捉弄。他想用菜窖的木头盖子把自己和女人隔离于上面阳光明媚的世界，却没有想到压迫他的力量无孔不入，一氧化碳的浊气把持续的羞辱和报复推到了极点。他无法理解。他因为无法理解而发出丑陋的无声的惊呼。直到杨天白往他头上泼了两瓢泉水，又用最刻毒的语言诅咒他的时候，他的大嘴才缓慢合拢，咬紧了。

"王八蛋！"

他听到了儿子的声音。滚到膝盖和胳膊肘下面的山药蛋已经消失，而裤腰带分明系得很紧，在不熟悉的地方结了不熟悉的疙瘩，他的神志便再度模糊，永远不打算睁眼了。他失去了观察任何物体和情景的欲望，温暖的菊豆在心窝里伴着他，他已经别无所求。

十一

杨天白没有上工。他自己凑合着做了晚饭，只给自己和母亲盛上。母亲吃不下，也羞于吃，却指了指厢房。天白不搭理，她又胆怯地哀求地朝那边指了指。天白死勾勾地盯着她，盯得她浑身打冷战。

"顾了你自己吧！这家有我没他！"

黑洞洞的小厢房里鸦雀无声。

第二天收工回来，杨天白看到堂兄那畜生离开灶间，手里颤巍巍地端着一碗粥。他冷笑着从旁边走过。恶毒地啐了一口唾沫，摔摔打打地丢着农具。那畜生就不敢动了。

"天白，活儿累不？"

"累死牲口累不死人！"

"我脚伤好了，明儿个上工……"

"哪个拦着你！"

"弟，你哥……"

"狗日的有脸填嘴！心肠哩！"

杨天青把粥碗搁回灶间，古怪地笑着，迷迷瞪瞪地走到猪圈，打个愣儿又走向鸡窝，终于大吃一惊似的仓皇地逃进了厢房，咕咚一声，像是绊倒了顶门杠。安静了。片刻之后是女人几乎听不见的啜泣，像几只饿鼠在暗处里磨牙。冤家脸上的苦笑和儿子脸上的快意深深地煞着她了，却大羞而无言。

杨天白不肯退让，局面终于闹到不分食就不过的地步。杨天青分到了一口水缸和一口小号铁锅，外加两只破碗和一些别的器具，过起了独立门户的日子。他盘了一口泥灶，火旺却倒烟，在村巷老远的地方就能听到他连续不断的咳嗽声，那种死去活来的味道让人听了怪难受。人们不知道这条光棍儿安安稳稳的日子里发生了什么事。他处事那么仁义，不像是与亲戚闹纠纷的人。分食也好，光棍子图的不就是无牵无挂的自在日月么？但是人们又看到这体魄健壮的汉子与往日不大相同，神情木然，地里的活儿做得很不利索，打歇时不论旁人如何谈笑，总躲个静地界儿远远地看山，找一处总也找不着的景致。便说，这可怜的光棍儿显然是熬坏了，不行了。

那干净的寡妇也有些蹊跷。村巷里总也见不到她，碾子和园子里也少见。逢了妇女的会或大队里演电影，别想找到她，一概是不去，借口腰疼和心疼。心口疼是娘儿们常落的疾患，但人们却叨咕，说这俏寡妇像是也守得乏了，不行了。族里沾亲的妇人去拜望她，发现她脸皮子变薄，蒙了一层又一层褪不掉的害羞，听话接话时溜溜儿地躲旁人的眼。许多乡亲忆起了二傻子编的那张纸，其中几个精明的想得更为深入，再看女人和女人的侄子时便用了异样的眼光，值得研究的东西不由得丰富起来。人们背地里多了一件事，饮食和睡眠也就有些滋味，不再乏乏得打不起精神来了。

四个月之后，王菊豆神不知鬼不觉地去了史家营附近的四马台，在亲妹子家一住不回，过起了寄人篱下的日子。护送了她的杨天白返村时像尊凶神，逼退了一切猜疑、询问、安抚的目光。不足十八岁的后生走路鼻子眼儿朝天，把谁也不放在眼里。人们就叹息小崽子的草莽，说是比老金山的怪性子更不招人待见，整日杀声杀气的迟早有哪条软命得断在他的手心，临了毁了老金山的血脉。

光棍儿杨天青一天比一天恍惚了。

天白在园子里摘花椒，让树上的刺碰了手，血流得不多却不止。在一边割韭菜的天青睡着了似的走过去，捉住天白的手要看看。天白措手不及，堂兄的力气又奇大，就恼了。

　　"你干啥！"

　　"我给你治，看这血粒子……"

　　他慈祥地笑着，捂小兔一样攥着天白的伤指，竟探嘴唼了起来。天白恼羞成怒，使猛力甩他，把他甩得跪到了菜畦上。杨天青仍旧不肯松开，苍白的面孔猛烈哆嗦，看着吓人。

　　"我是你爹！天白……"

　　天白愣住了，一阵恶心。

　　"老子是你亲爹！儿子哎！"

　　"狗日的你疯啦！你疯啦！"

　　天白不能摆脱，终于恼怒地踹了一脚，把杨天青当胸踏翻在绿油油的韭菜地里。他走到园子边缘突然站住了，像听清了什么，像念起了什么，回头看看躺在那里的人。轻轻抽搐的那个人从来没有像现在这样令他恐惧，他害怕了。

　　"你真是疯了……"

　　他向水泉走了几步，然后飞跑起来，在溪边的柳树棵子里像狂风一样奔驰，一直刮到远离村庄的密林深处。躺在园子里的那个却无比安详，他抚着疼痛的胸口窝子，感到茂密的韭菜毛从两边摸着他僵硬的脸皮，一边是女人的手，另一边是儿子的手。他看见了儿子哭婴一般的白白胖胖的脸蛋儿，看见了女人落雪山丘似的美丽绝伦的乳房，蓝天上的白云盛开了，天边的花束勃然怒放，淹没了他的眼睛。

　　又过了四个多月，另一个值得纪念的日子终于降临了。清晨，大队的有线喇叭招呼各家派一个成人到队部开会，传达领袖指示。天白早早地离了院子，没有注意厢房的动静。邻家的汉子进院讨烟叶子抽，见北屋空着，就推开了厢房的门。炕上没有天青，烟管箩搁在枕头旁边，他乐呵呵地装满了一口袋，又卷了一泡才向外走。这时他无意中看看北墙，好像有什么东西不对付，走到门外又回头扫了一眼。烟口袋哗地散到地上，他哆嗦了半天，终于大叫起来，磕磕绊绊地冲进了村巷。天白明明在老乔家门口跟人聊天儿，他却视若无睹，疯了似的朝干部家跑去。

"不好啦！不好啦！"

"出了人命啦……"

"光棍儿扎了缸眼子啦！"

洪水峪上空轻雾缭绕，林子里有鸟的叫声，太阳正爬起来，让雾遮掩得黯淡无光。凄厉的呼喊被这个寂寞的早晨吸了去，也被沉睡的山峰吸了去，显得有些夸张而不太真实。喊他娘的啥哩？庄户人揉着蒙眬的睡眼，三三两两地走出农家小院，打着呵欠。喊他娘的啥哩！这狗日的天光很不赖嘛，露水多大，庄稼足足的是饱了。

干部们赶到了天白的前头。小队长看明白情景就参开了两条胳膊，堵在厢房门口像发表演说或煽动起义一样大喊大叫，显得非常激动，非常的胸有成竹。

"报告大队！报告大队！"

"报告公社！我们要报告公社！"

"不能坏了现场，干部们站出来……"

"退出去！妇女都退出去！"

终于醒悟的人们已经野蜂似的围了过来，院里院外的人头黑蛆一样扎成了团儿。

杨天青对此无动于衷。他赤着身子，在腰眼子打了一个大折扣，很优美地扎在北墙根摆的那口水缸里。水从缸沿溢到地皮，湿了黑乎乎的一片，这一片便是他投到缸里的上半个身子的重量了。昨晚上人们不明白他为什么见星星了还急着担水，一个人有那么多水要吃么？现在他们已经明白。

杨天青对着人们的是尖尖的赤裸的屁股和两条青筋暴突的粗腿，像是留给人世或乡亲们的问候。那块破抹布似的东西和那条腌萝卜似的东西悬垂于应在的部位，显示了浪漫而又郑重的色彩。壮年人惊讶于那个屁股的白，几乎疑心平时不大注意的自己的这个东西或许也能如此干净。青年和少年则夹紧了裤裆，慌乱地想到自己和迟早要与自己有关的一些美好的麻烦。妇女们不曾看到，让未谙世事的小儿报信儿，儿子跑回来腆着小鸡子拿手长长短短地一比，就羞红了脸，还儿子一个清脆的嘴巴。

杨天白傻了。他破例地被邀进厢房，却找不到能待的地方。他以热烈而又冷淡的目光注视姿态神奇的死人，最后大胆地盯住了那微微敞开的胯部。他目不斜视，似乎已对那团美丽而又丑陋的物质着了迷。他研究它的属性，怕冷一样大抖了几下，仿佛已经有所得，已经辨出了自己十八年前走过的狭窄道路，以及曾经给他以养育的原始而神秘的住宅。他拨开人群走出去，搬了根杏木桩，起先坐在上面，后来就没头没脑地抡着一把斧子劈起了它，劈出了整齐划一的干燥的杏木段子，就这么劈到人群走散。公社的干部大摇大摆地走进院子时，杨天白已是汗泪如雨，痛不欲生。

几个儿童在山坡上叽叽喳喳地前进。

"天青伯好大一个本儿本儿！"

"咱长成了都有好大的活儿哩！"

"本儿本儿哎！天青伯的本儿本儿哎！"

他们抽几根谷穗子，持在手里像旗帜一样挥舞，欢呼着冲上了鲜花点点的山岗。

一九六八年阳历九月七日，洪水峪的大光棍儿和爱情英雄杨天青与世长辞，无畏而莫名其妙地慷慨就义了。他以身殉私的行为给山村带来一些不必要的骚动，但是乡亲们毕竟处于见多识广的幸福岁月，注意力很快就分散，不再纠缠糊涂的自杀者。他死因非常明确，熬光棍儿熬灰了心，寻那么个怪法子可以理解。但是同姓的老辈子人怜惜他，称他是口渴，喝水时犯了炸心病，死得很舒坦的。又称他要么就是在水里见了什么，想进去会一会，不料进去就出不来了，或者是会上了想见的东西，不想出来了。他会的是什么，人们不太明白，不易猜就不猜它了。他死前几个月总在傍黑时蹲到南岭的小高坡上抽烟，远远地向南边看，想必思谋的是同一个东西了。最后给他在水缸里捞到，是他的福。死得还算不软。

王菊豆没有回来参与侄子的丧事，因为几乎就在得到凶信儿的同时，她早产了一个精瘦的男性婴儿。这很能说明问题的消息是将近半年之后由四马台传过来的，洪水峪乡亲们听到它恍然大悟，继而大怒，继而大快，继而大悲，继而……就什么也没有了。王菊豆在妹子家终于住不下去了，领着名叫小二儿的东西回了自己的家乡，众人冷淡地同时又关切地迎接了她。仍旧参照了族里的老名谱，摆来摆去甩不脱一个天字，老辈子做主，把二小子唤了天黄。以天字论，说明杨天青受尽磨难而得到的仍旧是个弟弟，跟天白一样。但人们只知道这小个儿的是天青的种，却不知道那光棍儿多么有福，还留着一个种。眼看着大的小的长成了一个模子，却一致认定那大的是老金山的后，和小的是完全不同的传人。

话说民国三十三年秋天——那个落雨的秋天的日子已经死掉四十多年了。事到如今，远近闻名的俏寡妇已经苍老得不成个样子。她的闻名一是因为美貌过人，一是因为她给叔侄俩各孕了一个儿子，为两条血脉付了牺牲且忍受了极大的耻辱。每逢清明时节，她就去杨家坟地在两个辨不清谁是谁的土堆中间坐下，掏出干干净净的手帕，抑扬顿挫地放开苍凉的喉管，为她伺候过的两个男人高歌一曲，那悲哀的调子是洪水峪所能听到的最动人的音乐。

"我那苦命的汉子哎……"

坟堆静静的，不知睡在里面的人感觉如何。谁是那苦命的汉子呢？两个人为女人和儿子的所有权打得怎样了呢？是杨金山踏翻了杨天青，还是杨天青掐住了杨金山呢？看老寡妇哭的伤心样儿，莫非已打得不可开交了么？这是文化不够的洪水峪人时时担心的严重问题。在他们看来，有仇的人早晚会大打出手，而寂寞黄泉自古便是头破血流的世界了。

杨天白和杨天黄活得比父亲们强。天白娶妻后性子柔了不少，只是不肯听人提他的爸爸。他自己也做了爸爸，他很疼儿子。天黄认真读书，竟读进了县城师范。眼界比较开，又时时激愤于自己来历不明或来历太明的身世，活得努力但总散着些玩世不恭的味道。脸俊似娘，体壮如爹，很合适做一种俘虏。分配到桑峪小学教语文，弄大了一个肚子；调到西水教数学，又喂大了一个肚子；最后调至齐家庄，还是多情，眼见一位女教员的肚子鬼使神差地大起来。人们就认定他是一个淫棍。不过这一次虽然仍旧刮了胎，但他已经安静，看样子有心守着这唯一的肚子永永远远地周旋下去了。洪水峪有人在县街上见过他俩，小娘儿们果然俊白，她拖着天黄的胳膊像拖着一件吸引力十足的战利品。令纯朴乡亲们不乐意的是小娘儿们的牛仔裤，让人用过的臀熟坏了似的胀得滚圆，像一匹每时每刻都在发情每时每刻都准备踢谁一蹄子的小母马儿！天黄那不争气的小崽子逢了天煞星，算是完蛋了。他就不肯像他爹那么认真。他爹？那是一条多么仁义多么厚道多么懂规矩的汉子呀！

那汉子活到眼下怕要伤心得不行。他的小母鸽子已不是鸽子，也不是鹰，而是一只脱了毛的老母鸡了。老母鸡没有什么不好。老母鸡在照料她的雏和雏的雏儿。母鸡终归是母鸡，母鸡永远有着公鸡不可替代也不可比拟的优点。天青那光棍儿可以安息了。

夏日来临，在他为叔叔净过身的透明的水塘里，经常聚满了时时在纪念他的扑澡的半大孩子。他们从水里爬出来，让阳光尽情照耀赤裸的身子，照耀他们苗壮成长的下体。晒得热了，就下意识地攀比起来。有早熟的便傲岸地在大石头上踱步，一颠一颠的像敲着一把结实的小榔头儿。一旦受到膀胱的催促，便情绪激昂地站到石边。白花花的尿绳就拉出了阳光的七彩，击中小溪对岸的野花，惊散了嬉戏翻飞的蝴蝶。这种莫大的荣耀使成功者愉快。

比较软弱的失败者不屈地鼓起了嘴。他们望着天空，寻找他们的救星和伟大的男性之神。他们恢复了无畏的必胜的意志。

"你赛过天青伯的本儿本儿，就服你！"

"他是大人。"

"你爹要赛过天青伯的本儿本儿，就服你！"

"他死了！早死了！"

"你赛过死人的本儿本儿，就服了你！"

"算啦，咱不跟鬼比。"

孩子们就不响了，就惭愧地把自己遮掩起来。他们没有见过活着的天青，也没有见过死时的天青，但是他们知道一个不朽的传奇。那传奇的内容有时会打乱他们年幼的梦境，使他们自己跟着冲动或悲哀起来。大苦大难的光棍儿杨天青，一个寂寞的人，分明是洪水峪史册上永生的角色了。

《北京文学》1988年3期

黄金时代

王小波

　　我二十一岁时，正在云南插队。陈清扬当时二十六岁，就在我插队的地方当医生。我在山下十四队，她在山上十五队。有一天她从山上下来，和我讨论她不是破鞋的问题。那时我还不大认识她，只能说有一点知道。她要讨论的事是这样的：虽然所有的人都说她是一个破鞋，但她以为自己不是的。因为破鞋偷汉，而她没有偷过汉。虽然她丈夫已经住了一年监狱，但她没有偷汉。在此之前也未偷过汉。所以她简直不明白，人们为什么要说她是破鞋。如果我要安慰她，并不困难。我可以从逻辑上证明她不是破鞋。如果陈清扬是破鞋，即陈清扬偷汉，则起码有一个某人为其所偷。如今不能指出某人，所以陈清扬偷汉不能成立。但是我偏说，陈清扬就是破鞋，而且这一点毋庸置疑。

　　陈清扬找我证明她不是破鞋，起因是我找她打针。这事经过如下：农忙时队长不叫我犁田，而是叫我去插秧，这样我的腰就不能经常直立，认识我的人都知道，我的腰上有旧伤，而且我身高在一米九以上。如此插了一个月，我腰痛难忍，不打封闭就不能入睡。我们队医务室那一把针头镀层剥落，而且都有倒钩，经常把我腰上的肉钩下来。后来我的腰就像中了散弹枪，伤痕久久不褪。就在这种情况下，我想起十五队的队医陈清扬是北医大毕业的大夫，对针头和钩针大概还能分清，所以我去找她看病，看完病回来，不到半个小时，她就追到我屋里来，要我证明她不是破鞋。

　　陈清扬说，她丝毫也不藐视破鞋。据她观察，破鞋都很善良，乐于助人，而且最不乐意让人失望。因此她对破鞋还有一点钦佩。问题不在于破鞋好不好，而在于她根本不是破鞋。就如一只猫不是一只狗一样。假如一只猫被人叫成一只狗，它也会感到很不自在。现在大家都管她叫破鞋，弄得她魂不守舍，几乎连自己是谁都不知道了。

陈清扬在我的草房里时，裸臂赤腿穿一件白大褂，和她在山上那间医务室里装束一样，所不同的是披散的长发用个手绢束住，脚上也多了一双拖鞋。看了她的样子，我就开始琢磨：她那件白大褂底下是穿了点什么呢，还是什么都没穿。这一点可以说明陈清扬很漂亮，因为她觉得穿什么不穿什么无所谓。这是从小培养起来的自信心。我对她说，她确实是个破鞋，还举出一些理由来：所谓破鞋者，乃是一个指称，大家都说你是破鞋，你就是破鞋，没什么道理可讲。大家说你偷了汉，你就是偷了汉，这也没什么道理可讲。至于大家为什么要说你是破鞋，照我看是这样：大家都认为，结了婚的女人不偷汉，就该面色黝黑，乳房下垂。而你脸不黑而且白，乳房不下垂而且高耸，所以你是破鞋。假如你不想当破鞋，就要把脸弄黑，把乳房弄下垂，以后别人就不说你是破鞋。当然这样很吃亏，假如你不想吃亏，就该去偷个汉来。这样你自己也认为自己是个破鞋。别人没有义务先弄明白你是否偷汉再决定是否管你叫破鞋。你倒有义务叫别人无法叫你破鞋。陈清扬听了这话，脸色发红，怒目圆睁，几乎就要打我一耳光。这女人打人耳光出了名，好多人吃过她的耳光。但是她忽然泄了气，说：好吧，破鞋就破鞋吧。但是垂不垂黑不黑的，不是你的事，她还说，假如我在这些事上琢磨得太多，很可能会吃耳光。

倒退到二十年前，想象我和陈清扬讨论破鞋问题时的情景。那时我面色焦黄，嘴唇干裂，上面沾了碎纸和烟丝，头发乱如败棕，身穿一件破军衣，上面好多破洞都是橡皮膏粘上的，跷着二郎腿，坐在木板床上，完全是一副流氓相。你可以想象陈清扬听到这么个人说起她的乳房下垂不下垂时，手心是何等的发痒。她有点神经质，都是因为有很多精壮的男人找她看病，其实却没有病。那些人其实不是去看大夫，而是去看破鞋。只有我例外。我的后腰上好像被猪八戒筑了两耙。不管腰疼真不真，光那些窟窿也能成为看医生的理由。这些窟窿使她产生一个希望，就是也许能向我证明，她不是破鞋，有一个人承认她不是破鞋，和没人承认大不一样。可是我偏让她失望。

我是这么想的：假如我想证明她不是破鞋，就能证明她不是破鞋，那事情未免太容易了。实际上我什么都不能证明，除了那些不需证明的东西。春天里，队长说我打瞎了他家母狗的左眼，使它老是偏过头来看人，好像在跳芭蕾舞，从此后他总给我小鞋穿。我想证明我自己的清白无辜，只有以下三个途径：1.队长家不存在一只母狗；2.该母狗天生没有左眼；3.我是无手之人，不能持枪射击。

结果是三条一条也不成立。队长家确有一棕色母狗，该母狗的左眼确是后天打瞎，而我不但能持枪射击，而且枪法极精。在此之前不久，我还借了罗小四的气枪，用一碗绿豆做子弹，在空粮库里打下了二斤耗子。当然，这队里枪法好的人还有不少，其中包括罗小四。气枪就是他的，而且他打瞎队长的母狗时，我就在一边看着。但是我不能揭发别人，罗小四和我也不错。何况队长要是能惹得起罗小四，也不会认准了是我。所以我保持沉默。沉默就是默认。所以春天我去插秧，撅在地里像一根半截电线杆，秋收后我又去放牛，吃不上热饭。当然，我也不肯无所作为。有一天在山上，我正好借了罗小四的气枪，队长家的母狗正好跑到山上叫我看见，我就射出一颗子弹打瞎了它的右眼。该狗既无左眼，又无右眼，也就不能跑回去让队长看见——天知道它跑到哪儿去了。

我记得那些日子里，除了上山放牛和在家里躺着，似乎什么也没做。我觉得什么都与我无关。可是陈清扬又从山上跑下来找我。原来又有了另一种传闻，说她在和我搞破鞋。她要我给出我们清白无辜的证明。我说，要证明我们无辜，只有证明以下两点：1.陈清扬是处女；2.我是天阉之人，没有性交能力。

这两点都难以证明。所以我们不能证明自己无辜。我倒倾向于证明自己不无辜。陈清扬听了这些话，先是气得脸白，然后满面通红，最后一声不吭地站起来走了。

陈清扬说，我始终是一个恶棍。她第一次要我证明她清白无辜时，我翻了一串白眼，然后开始胡说八道，第二次她要我证明我们俩无辜，我又一本正经地向她建议举行一次性交。所以她就决定，早晚要打我一个耳光。假如我知道她有这样的打算，也许后面的事情就不会发生。

我过二十一岁生日那天，正在河边放牛。下午我躺在草地上睡着了。我睡去时，身上盖了几片芭蕉叶子，醒来时身上已经一无所有（叶子可能被牛吃了）。亚热带旱季的阳光把我晒得浑身赤红，痛痒难当，我的小和尚直翘翘地指向天空，尺寸空前。这就是我过生日时的情形。

我醒来时觉得阳光耀眼，天蓝得吓人，身上落了一层细细的尘土，好像一层爽身粉。我一生经历的无数次勃起，都不及那一次雄浑有力，大概是因为在极荒僻的地方，四野无人。

我爬起来看牛，发现它们都卧在远处的河汊里静静地嚼草。那时节万籁无声，田野上刮着白色的风。河岸上有几对寨子里的牛在斗架，斗得眼珠通红，口角流涎。这种牛阴囊紧缩，阳具挺直。我们的牛不干这种事。任凭别人上门挑衅，我们的牛依旧安卧不动。为了防止斗架伤身，影响春耕，我们把它们都阉了。

每次阉牛我都在场。对于一般的公牛，只用刀割去即可。但是对于格外生性者，就须采取槌骗术，也就是割开阴囊，掏出睾丸，一木槌砸个稀烂。从此后受术者只知道吃草干活，别的什么都不知道，连杀都不用捆。掌槌的队长毫不怀疑这种手术施之于人类也能得到同等的效力，每回他都对我们呐喊：你们这些生牛蛋子，就欠砸上一槌才能老实！按他的逻辑，我身上这个通红通红，直不棱登，长约一尺的东西就是罪恶的化身。

当然，我对此有不同的意见，在我看来，这东西无比重要，就如我之存在本身。天色微微向晚，天上飘着懒洋洋的云彩。下半截沉在黑暗里，上半截仍浮在阳光中。那一天我二十一岁，在我一生的黄金时代。我有好多奢望。我想爱，想吃，还想在一瞬间变成天上半明半暗的云。后来我才知道，生活就是个缓慢受槌的过程，人一天天老下去，奢望也一天天消失，最后变得像挨了槌的牛一样。可是我过二十一岁生日时没有预见到这一点。我觉得自己会永远生猛下去，什么也槌不了我。那天晚上我请陈清扬来吃鱼，所以应该在下午把鱼弄到手。到下午五点多钟我才想起到戽鱼的现场去看看。还没走进那条小河箐，两个景颇族孩子就从里面一路打出来，烂泥横飞，我身上也挨了好几块，直到我拎住他们的耳朵，他们才罢手。我喝问一声：

鸡巴，鱼呢？

那个年纪大点的说：都怪鸡巴勒农！他老坐在坝上，把坝坐鸡巴倒了！

勒农直着嗓子吼：王二！坝打得不鸡巴牢！我说：放屁！若干砍草皮打的坝，哪个鸡巴敢说不牢？到里面一看，不管是因为勒农坐的也好，还是因为我的坝没打好也罢，反正坝是倒了，戽出来的水又流回去，鱼全泡了汤，一整天的劳动全都白费。我当然不能承认是我的错，就痛骂勒农，勒都（就是那另一个孩子）也附和我，勒农上了火，一跳三尺高，嘴里吼道：

王二！勒都！鸡巴！你们姐夫舅子合伙搞我！我去告诉我家爹，拿铜炮枪打你们！

说完这小兔崽子就往河岸上窜，想一走了之。我一把薅住他脚脖子，把他揪下来。

你走了我们给你赶牛哇？做你娘的美梦！

这小子哇哇叫着要咬我，被我劈开手按在地上。他口吐白沫，杂着汉话、景颇话、傣话骂我，我用正庄京片子回骂。忽然间他不骂了，往我下体看去，脸上露出无限羡慕之情。我低头一看，我的小和尚又直立起来了。只听勒农啧啧赞美道：

哇！想日勒都家姐啊！

我赶紧扔下他去穿裤子。

晚上我在水泵房点起汽灯，陈清扬就会忽然到来，谈起她觉得活着很没意思，还说到她在每件事上都是清白无辜。我说她竟敢觉得自己清白无辜，这本身就是最大的罪孽。照我的看法，每个人的本性都是好吃懒做，好色贪淫，假如你克勤克俭，守身如玉，这就犯了矫饰之罪，比好吃懒做好色贪淫更可恶。这些话她好像很听得进去，但是从不附和。

那大晚上我在河边上点起汽灯，陈清扬却迟迟不至，直到九点钟以后，她才到门前来喊我：王二，混蛋！你出来！我出去一看，她穿了一身白，打扮得格外整齐，但是表情不大轻松。她说道：你请我来吃鱼，做倾心之谈，鱼在哪里？我只好说，鱼还在河里。她说好吧，还剩下一个倾心之谈。就在这儿谈罢。我说进屋去谈，她说那也无妨，就进屋来坐着，看样子火气甚盛。

我过二十一岁生日那天，打算在晚上引诱陈清扬，因为陈清扬是我的朋友，而且胸部很丰满，腰很细，屁股浑圆。除此之外，她的脖子端正修长，脸也很漂亮。我想和她性交，而且认为她不应该不同意，假如她想借我的身体练开膛，我准让她开；所以我借她身体一用也没什么不可以。唯一的问题是她是个女人，女人家总有点小气。为此我要启发她，所以我开始阐明什么叫作义气。

在我看来，义气就是江湖好汉中那种伟大友谊。《水浒传》中的豪杰们，杀人放火的事是家常便饭，可一听说及时雨的大名，立即倒身便拜。我也像那些草莽英雄，什么都不信，唯一不能违背的就是义气。只要你是我的朋友，哪怕你十恶不赦，为天地所不容，我也要站到你身边。那天晚上我把我的伟大友谊奉献给陈清扬，她大为感动，当即表示道：这友谊她接受了。不但如此，她还说要以更伟大的友谊还报我，哪怕我是个卑鄙小人也不背叛。我听她如此说，大为放心，就把底下的话也说了出来：我已经二十一岁了，男女间的事情还没体验过，真是不甘心。她听了以后就开始发愣，大概是没有思想准备。说了半天她毫无反应。我把手放到她的肩膀上去，感觉她的肌肉绷得很紧。这娘们随时可能翻了脸给我一耳光，假定如此，就证明女人不懂什么是交情。可是她没有。忽然间她哼了一声，就笑起来。还说：我真笨！这么容易就着了你的道儿！

我说：什么道儿？你说什么？

她说：我什么也没有说。我问她我刚才说的事儿你答应不答应？她说呸，而且满面通红。我看她有点不好意思，就采取主动，动手动脚。她揉了我几把，后来说，不在这儿，咱们到山上去。我就和她一块到山上去了。

陈清扬后来说，她始终没搞明白我那个伟大友谊是真的呢，还是临时编出来骗她。但是她又说，那些话就像咒语一样让她着迷，哪怕为此丧失一切，也不懊悔。其实伟大友谊不真不假，就如世上一切东西一样，你信它是真，它就真下去；你疑它是假，它就是假的。我的话也半真不假。但是我随时准备兑现我的话，哪怕天崩地裂也不退却。就因为这种态度，别人都不相信我。我虽然把交朋友当成终身的事业，所交到的朋友不过陈清扬等二三人而已。那天晚上我们到山上去，走到半路她说要回家一趟，要我到后山上等她。我有点怀疑她要晾我，但是我没说出来，径直走到后山上去抽烟。等了一些时间，她来了。

陈清扬说，我第一次去找她打针时，她正在伏案打瞌睡。在云南每个人都有很多时间打瞌睡，所以总是半睡半醒。我走进去时，屋子里暗了一下，因为是草顶土坯房，大多数光从门口进来。她就在那一刻醒来，抬头问我干什么。我说腰疼，她说躺下让我看看。我就一头倒下去，扑到竹板床上，几乎把床砸塌。我的腰痛得厉害，完全不能打弯。要不是这样，我也不会来找她。

陈清扬说，我很年轻时就饿纹入嘴，眼睛下面乌黑。我的身材很高，衣服很破，而且不爱说话。她给我打过针，我就走了，好像说了一声谢了，又好像没说。等到她想起可以让我证明她不是破鞋时，已经过了半分钟。她追了出来，看见我正取近路走回十四队。我从土坡上走下去，逢沟跳沟，逢坎跃坎，顺着山势下得飞快。那时正逢旱季的上午，风从山下吹来，喊我也听不见。而且我从来也不回头。我就这样走掉了。

陈清扬说，当时她想去追我，可是觉得很难追上。而且我也不一定能够证明她不是破鞋。所以她走回医务室去。后来她又改变了主意去找我，是因为所有的人都说她是破鞋，因此所有的人都是敌人。而我可能不是敌人。她不愿错过了机会，让我也变成敌人。

那天晚上我在后山上抽烟。虽然在夜里，我能看见很远的地方。因为月光很明亮，当地的空气又很干净。我还能听见远处的狗叫声。陈清扬一出十五队我就看见了，白天未必能看这么远。虽然如此，还是和白天不一样。也许是因为到处都没人。我也说不准夜里这片山上有人没人，因为到处是银灰色的一片。假如有人打着火把行路，那就是说，希望全世界的人都知道他在那里。假如你不打火把，就如穿上了隐身衣，知道你在那里的人能看见，不知道的人不能看见。我看见陈清扬慢慢走近，怦然心动，无师自通地想到，做那事之前应该亲热一番。

陈清扬对此的反应是冷冰冰的。她的嘴唇冷冰冰，对爱抚也毫无反应。等到我毛手毛脚给她解扣子时，她把我推开，自己把衣服一件件脱下来，叠好放在一边，自己直挺挺躺在草地上。

陈清扬的裸体美极了。我赶紧脱了衣服爬过去，她又一把把我推开，递给我一个东西说：会用吗？要不要我教你？

那是一个避孕套。我正在兴头上，对她这种口气只微感不快，套上之后又爬到她身上去，心慌气躁地好一阵乱弄，也没弄对。忽然她冷冰冰地说：

喂！你知道自己在干什么吗？

我说当然知道。能不能劳你大驾躺过来一点？我要就着亮儿研究一下你的结构。只听啪的一声巨响，好似一声耳边雷，她给我一个大耳光。我跳起来，拿了自己的衣服，拔腿就走。

那天晚上我没走掉。陈清扬把我拽住，以伟大友谊的名义叫我留下来。她承认打我不对，也承认没有好好待我，但是她说我的伟大友谊是假的，还说，我把她骗出来就是想研究她的结构。我说，既然我是假的，你信我干吗。我是想研究一下她的结构，这也是在她的许可之下。假如不乐意可以早说，动手就打不够意思。后来她哈哈大笑了一阵说，她简直见不得我身上那个东西。那东西傻头傻脑，恬不知耻，见了它，她就不禁怒从心起。

我们俩吵架时，仍然是不着一丝。我的小和尚依然直挺挺，在月光下披了一身塑料，倒是闪闪发光。我听了这话不高兴，她也发现了。于是她用和解的口气说：不管怎么说，这东西丑得要命，你承不承认。

这东西好像个发怒的眼镜蛇一样立在那里，是不大好看。我说，既然你不愿意见它，那就算了。我想穿上裤子，她又说，别这样。于是我抽起烟来。等我抽完了一支烟，她抱住我。我们俩在草地上干那件事。

我过二十一岁生日以前，是一个童男子。那天晚上我引诱陈清扬和我到山上去，那一夜开头有月光，后来月亮落下去，出来一天的星星，就像早上的露水一样多。那天晚上没有风，山上静得很。我已经和陈清扬做过爱，不再是童男子了。但是我一点也不高兴。因为我干那事时，她一声也不吭，头枕双臂，若有所思地看着我，所以从始至终就是我一个人在表演。其实我也没持续多久，马上就完了。事毕我既愤怒又沮丧。

陈清扬说，她简直不敢相信这件事是真的：我居然在她面前亮出了丑恶的男性生殖器，丝毫不感到惭愧。那玩意也不感到惭愧，直挺挺地从她两腿之间插了进来。因为女孩子身上有这么个口子，男人就要使用她，这简直没有道理。以前她有个丈夫，天天对她做这件事。她一直不说话，等着他有一天自己感到惭愧，自己来解释为什么干了这些。可是他什么也没说，直到进了监狱。这话我也不爱听。所以我说：既然你不乐意，为什么要答应。她说她不愿被人看成小气鬼。我说你原本就是小气鬼。后来她说算了别为这事吵架。她叫我晚上再来这里，我们再试一遍。也许她会喜欢。我什么也没说。早上起雾以后，我和她分了手，下山去放牛。

那天晚上我没去找她，倒进了医院。这事原委是这样：早上我到牛圈门前时，有一伙人等不及我，已经在开圈拉牛。大家都挑壮牛去犁田。有个本地小伙子，叫三闷儿，正在拉一条大白牛。我走过去，告诉他，这牛被毒蛇咬了，不能干活。他似乎没听见。我劈手把牛鼻绳夺了下来，他就朝我挥了一巴掌。亏我当胸推了他一把，推了他一个屁股蹲。然后很多人拥了上来，把我们拥在中间要打架。北京知青一伙，当地青年一伙，抄起了棍棒和皮带。吵了一会儿，又说不打架，让我和三闷儿摔跤，三闷儿摔不过我，就动了拳头。我一脚把三闷儿踢进了圈前的粪坑，让他沾了一身牛屎。三闷儿爬起来，抢了一把三齿要砍我，别人劝开了。

早上的事情就是这样。晚上我放牛回来，队长说我殴打贫下中农，要开我的斗争会。我说你想借机整人，我也不是好惹的。我还说要聚众打群架。队长说他没想整我，是三闷儿的娘闹得他没办法。那婆娘是个寡妇，泼得厉害。他说此地的规矩就是这样。后来他说，不开斗争会，改为帮助会，让我上前面去检讨一下。要是我还不肯，就让寡妇来找我。

会开得很乱。老乡们七嘴八舌，说知青太不像话，偷鸡摸狗还打人。知青们说放狗屁，谁偷东西，你们当场拿住了吗？老子们是来支援边疆建设，又不是充军的犯人，哪能容你们乱栽赃。我在前面也不检讨，只是骂。不提防三闷儿的娘从后面摸上来，抄起一条沉甸甸的拔秧凳，给了我后腰一下，正砸在我的旧伤上，登时我就背过去了。

我醒过来时，罗小四领了一伙人呐喊着要放火烧牛圈，还说要三闷儿的娘抵命。队长领了一帮人去制止，副队长叫人抬我上牛车去医院。卫生员说抬不得，腰杆断了，一抬就死。我说腰杆好像没断，你们快把我抬走。可是谁也不敢肯定我的腰杆是断了还是没断。所以也不敢肯定我会不会一抬就死。我就一直躺着。后来队长过来一问，就说：快摇电话把陈清扬叫下来，让她看看腰断了没有。过了不一会儿，陈清扬披头散发眼皮红肿地跑了来，劈头第一句话就是：你别怕。要是你瘫了，我照顾你一辈子。然后一检查，诊断和我自己的相同。于是我就坐上牛车，到总场医院去看病。

那天夜里陈清扬把我送到医院，一直等到腰部X光片子出来，看过认为没问题后才走。她说过一两天就来看我，可是一直没来。我住了一个星期，可以走动了，就奔回去找她。我走进陈清扬的医务室时，身上背了很多东西，装得背篓里冒了尖。除了锅碗盆瓢，还有足够两人吃一个月的东西。她见我进来，淡淡地一笑，说你好了吗？带这些东西上哪儿？

我说要去清平洗温泉。她懒懒地往椅子上一仰说，这很好。温泉可以治旧伤。我说我不是真去洗温泉，而是到后面山上住几天。她说后面山上什么都没有，还是去洗温泉吧。

清平的温泉是山凹望一片泥坑，周围全是荒草坡。有一些病人在山坡上搭了窝棚，成年住在那里，其中得什么病的都有。我到那里不但治不好病，还可能染上麻风。而后面荒山里的低洼处沟谷纵横，疏林之中芳草离离，我在人迹绝无的地方造了一间草房，空山无人，流水落花，住在里面可以修身养性。陈清扬听了，禁不住一笑说：那地方怎么走？也许我去看看你。我告诉她路，还画了一张示意图，自己进山去了。

我走进荒山，陈清扬没有去看我。旱季里浩浩荡荡的风刮个不停，整个草房都在晃动。陈清扬坐在椅子上听着风声，回想起以往发生的事情，对一切都起了怀疑。她很难相信自己会莫名其妙地来到这极荒凉的地方，又无端地被人称作破鞋，然后就真的搞起了破鞋。这件事真叫人难以置信。

陈清扬说，有时候她走出房门，往后山上看，看到山丘中有很多小路蜿蜒通到深山里去。我对她说的话言犹在耳。她知道沿着一条路走进山去，就会找到我。这是无可怀疑的事。但是越是无可怀疑的事就越值得怀疑。很可能那条路不通到任何地方，很可能王二不在山里，很可能王二根本就不存在。过了几天，罗小四带了几个人到医院去找我。医院里没人听说过王二，更没人知道他上哪儿去了。那时节医院里肝炎流行，没染上肝炎的病人都回家去疗养，大夫也纷纷下队去送医上门，罗小四等人回到队里，发现我的东西都不见了，就去问队长可见过王二。队长说谁是王二？从来没听说过。罗小四说前几天你还开会斗争过他，尖嘴婆打了他一板凳，差点把他打死。这样提醒了以后，队长就更想不起来我是谁了。那时节有一个北京知青慰问团要来调查知青在下面的情况，尤其是有无被捆打逼婚等情况，因此队长更不乐意想起我来。罗小四又到十五队问陈清扬可曾见过我，还闪烁其词地暗示她和我有过不正当的关系。陈清扬则表示，她对此一无所知。

等到罗小四离开，陈清扬就开始糊涂了。看来有很多人说，王二不存在。这件事叫人困惑的原因就在这里。大家都说存在的东西一定不存在，这是因为眼前的一切都是骗局。大家都说不存在的东西一定存在，比如王二，假如他不存在，这个名字是从哪里来的？陈清扬按捺不住好奇心，终于扔下一切，上山来找我来了。

我被尖嘴婆打了一板凳后晕了过去，陈清扬曾经从山上跑下来看我。当时她还忍不住哭了起来，并且当众说，如果我好不了要照顾我一辈子。结果我并没有死，连瘫都没瘫，这对我是很好的事，可是陈清扬并不喜欢。这等于当众暴露了她是破鞋。假如我死，或是瘫掉，就是应该的事，可是我在医院里只住了一个星期就跑出来。对她来说，我就是那个急匆匆从山上赶下去的背影，一个记忆中的人。她并不想和我做爱，也不想和我搞破鞋，除非有重大的原因。因此她来找我就是真正的破鞋行径。

陈清扬说，她决定上山找我时，在白大褂底下什么都没穿。她就这样走过十五队后面的那片山包。那些小山上长满了草，草下是红土。上午风从山上往平坝里吹，冷得像山上的水，下午风吹回来，带着燥热和尘土。陈清扬来找我时，乘着白色的风。风从衣服下面钻进来，流过全身，好像爱抚和嘴唇。其实她不需要我，也没必要找到我。以前人家说她是破鞋，说我是她的野汉子时，她每天都来找我。那时好像有必要，自从她当众暴露了她是破鞋，我是她的野汉子后，再没人说她是破鞋，更没人在她面前提到王二（除了罗小四）。大家对这种明火执仗的破鞋行径是如此的害怕，以致连说都不敢啦。

关于北京要来人视察知青的事，当地每个人都知道，只有我不知道。这是因为我前些日子在放牛，早出晚归，而且名声不好，谁也不告诉我，后来住了院，也没人来看我。等到我出院以后，就进了深山。在我进山之前，总共就见到了两个人，一个是陈清扬，她没有告诉我这件事。另一个是我们队长，他也没说起这件事，只叫我去温泉养病。我告诉他，我没有东西（食品炊具等等），所以不能去温泉。他说他可以借给我。我说我借了不一定还，他说不要紧。我就向他借了不少家制的腊肉和香肠。

陈清扬不告诉我这件事是因为她不关心，她不是知青，队长不告诉我这件事，是因为他以为我已经知道了。他还以为我拿了很多吃的东西走，就不会再回来。所以罗小四问他王二到哪儿去了时，他说：王二？谁叫王二？从没听说过。对于罗小四等人来说，找到我有很大的好处，我可以证明大家在此地受到很坏的待遇，经常被打晕。对于领导来说，我不存在有很大的便利，可以说明此地没有一个知青被打晕。对于我自己来说，存在不存在没有很大的关系。假如没有人来找我，我在附近种点玉米，可以永远不出来。就因为这个原因，我对自己存不存在的事不太关心。

我在小屋里也想过自己存不存在的问题。比方说，别人说我和陈清扬搞破鞋，这就是存在的证明。用罗小四的话来说，王二和陈清扬脱了裤子干。其实他也没看见。他想象的极限就是我们脱裤子。还有陈清扬说，我从山上下来，穿着黄军装，走得飞快。我自己并不知道我走路是不回头的。因为这些事我无从想象，所以是我存在的证明。

还有我的小和尚直挺挺，这件事也不是我想出来的。我始终盼着陈清扬来看我，但陈清扬始终没有来。她来的时候，我没有盼着她来。

我曾经以为陈清扬在我进山后会立即来看我，但是我错了。我等了很久，后来不再等了。我坐在小屋里，听着满山树叶哗哗响，终于到了物我两忘的境界。我听见浩浩荡荡的空气大潮从我头顶涌过，正是我灵魂里潮兴之时。正如深山里花开，龙竹笋剥剥地爆去笋壳，直挺挺地向上。到潮退时我也安息，但潮兴时要乘兴而舞。正巧这时陈清扬来到草屋门口，她看见我赤条条坐在竹板床上，阳具就如剥了皮的兔子，红通通亮晶晶足有一尺长，直立在那里，登时惊慌失措，叫了起来。陈清扬到山里找我的事又可以简述如下：我进山后两个星期，她到山里找我。当时是下午两点钟，可是她像那些午夜淫奔的妇人一样，脱光了内衣，只穿一件白大褂，赤着脚走进山来。她就这样走过阳光下的草地，走进了一条干河沟，在河沟里走了很久。这些河沟很乱，可是她连一个弯都没转错。后来她又从河沟里出来，走进一个向阳的山洼，看见一间新搭的草房。假如没有一个王二告诉她这条路，她不可能在茫茫荒山里找到一间草房。可是她走进草房，看到王二就坐在床上，小和尚直挺挺，却吓得尖叫起来。

　　陈清扬后来说，她没法相信她所见到的每件事都是真的。真的事要有理由。当时她脱了衣服，坐在我的身边，看着我的小和尚，只见它的颜色就像烧伤的疤痕。这时我的草房在风里摇晃，好多阳光从房顶上漏下来，星星点点落在她身上。我伸手去触她的乳头，直到她脸上泛起红晕，乳房坚挺。忽然她从迷梦里醒来，羞得满脸通红。于是她紧紧地抱住我。

　　我和陈清扬是第二次做爱，第一次做爱的很多细节当时我大惑不解，后来我才明白，她对被称作破鞋一事，始终耿耿于怀。既然不能证明她不是破鞋，她就乐于成为真正的破鞋。就像那些被当场捉了奸的女人一样，被人叫上台去交代那些偷情的细节。等到那些人听到情不能持，丑态百出时，怪叫一声：把她捆起来！就有人冲上台去，用细麻绳把她五花大绑，她就这样站在人前，受尽羞辱。这些事一点也不讨厌。她也不怕被人剥得精赤条条，拴到一扇磨盘上，扔到水塘里淹死。或者像以前达官贵人家的妻妾一样，被强迫穿得整整齐齐，脸上贴上湿透的黄表纸，端坐着活活憋死。这些事都一点也不讨厌。她丝毫也不怕成为破鞋，这比被人叫作破鞋而不是破鞋好得多。她所讨厌的是使她成为破鞋那件事本身。

我和陈清扬做爱时，一只蜥蜴从墙缝里爬了进来，走走停停地经过房中间的地面，忽然它受到惊动，飞快地出去，消失在门口的阳光里。这时陈清扬的呻吟就像泛滥的洪水，在屋里蔓延。我为此所惊，伏下身不动。可是她说，快，混蛋，还拧我的腿。等我"快"了以后，阵阵震颤就像从地心传来。后来她说她觉得自己罪孽深重，早晚要遭报应。

她说自己要遭报应时，一道红晕正从她的胸口褪去。那时我们的事情还没完。但她的口气是说，她只会为在此之前的事遭报应。忽然之间我从头顶到尾骨一齐收紧，开始极其猛烈地射精。这事与她无关，大概只有我会为此遭报应。

后来陈清扬告诉我，罗小四到处找我。他到医院找我时，医院说我不存在，他找队长问我时，队长也说我不存在，最后他来找陈清扬，陈清扬说，既然大家都说他不存在，大概他就是不存在罢，我也没有意见。罗小四听了这话，禁不住哭了起来。

我听了这话，觉得很奇怪。我不应该因为尖嘴婆打了我一下而存在，也不应该因为她打了我一下而不存在。事实上，我的存在乃是不争的事实。我就为这一点钻了牛角尖。为了验证这不争的事实，慰问团来的那一天，我从山上奔了下去，来到了座谈会的会场上。散会以后，队长说，你这个样子不像有病。还是回来喂猪吧。他还组织人力，要捉我和陈清扬的奸。当然，要捉我不容易，我的腿非常快。谁也休想跟踪我。但是也给我添了很多麻烦。到了这个时候我才悟到，犯不着向人证明我存在。

我在队里喂猪时，每天要挑很多水。这个活计很累，连偷懒都不可能，因为猪吃不饱会叫唤。我还要切很多猪菜，劈很多柴。喂这些猪原来要三个妇女，现在要我一个人干。我发现我不能顶三个妇女，尤其是腰疼时。这时候我真想证明我不存在。

晚上我和陈清扬在小屋里做爱。那时我对此事充满了敬业精神，对每次亲吻和爱抚都贯注了极大的热情。无论是经典的传教士式、后进式、侧进式、女上位，我都能一丝不苟地完成。陈清扬对此极为满意。我也极为满意。在这种时候，我又觉得用不着去证明自己是存在的，从这些体会里我得到一个结论，就是永远别让别人注意你。北京人说，不怕贼偷，就怕贼惦记。你千万别让人惦记上。

过了一些时候，我们队的知青全调走了，男的调到糖厂当工人，女的到农中去当老师。单把我留下来喂猪，据说是因为我还没有改造好。陈清扬说，我叫人惦记上了。这个人大概就是农场的军代表。她还说，军代表不是个好东西。原来她在医院工作，军代表要调戏她，被她打了个大嘴巴。然后她就被发到十五队当队医。十五队的水是苦的，也没有菜吃，待久了也觉得没有啥，但是当初调她来，分明有修理一下的意思。她还说，我准会被修理到半死。我说过，他能把我怎么样？急了老子跑他娘。后来的事都是由此而起。

那天早上天色微明，我从山上下来，到猪场喂猪。经过井台时，看见了军代表，他正在刷牙。他把牙刷从嘴里掏出来，满嘴白沫地和我讲话，我觉得很讨厌，就一声不吭地走掉了。过了一会儿，他跑到猪场里，把我大骂了一顿，说你怎么敢走了，我听了这些话，一声不吭。就是他说我装哑巴，我也一声不吭。然后我又走开了。

军代表到我们队来蹲点，蹲下来就不走了。据他说，要不能从王二嘴里掏出话来，死也不甘心。这件事有两种可能的原因，一是他下来视察，遇见了我对他装聋作哑，因而大怒，不走了。二是他不是下来视察，而是听说陈清扬和我有了一腿，特地来找我的麻烦。不管他为何而来，反正我是一声也不吭，这叫他很没办法。

军代表找我谈话，要我写交代材料，他还说，我搞破鞋群众很气愤，如果我不交代，就发动群众来对付我。他还说，我的行为够上了坏分子。应该受到专政。我可以辩解说，我没搞破鞋。谁能证明我搞了破鞋？但我只是看着他。像野猪一样看他，像发傻一样看他，像公猫看母猫一样看他。把他看到没了脾气，就让我走了。

最后他也没从我嘴里套出话来。他甚至搞不清我是不是哑巴。别人说，我不是哑巴，他始终不敢相信，因为他从来没听我说过一句话。他到今天想起我来，还是搞不清我是不是哑巴。想起这一点，我就万分地高兴。

最后我们被关了起来，写了很长时间的交代材料。起初我是这么写的：我和陈清扬有不正当的关系。这就是全部。上面说，这样写太简单。叫我重写。后来我写，我和陈清扬有不正当关系，我干了她很多回，她也乐意让我干。上面说，这样写缺少细节。后来又加上了这样的细节：我们俩第四十次非法性交。地点是我在山上偷盖的草房，那天不是阴历十五就是阴历十六，反正月亮很亮。陈清扬坐在竹床上，月光从门里照进来，照在她身上。我站在地上，她用腿圈着我的腰。我们还聊了几句，我说她的乳房不但圆，而且长得很端正，脐窝不但圆，而且很浅，这些都很好。她说是吗，我自己不知道。后来月光移走了，我点了一根烟，抽到一半她拿走了，接着吸了几口。她还捏过我的鼻子，因为本地有一种说法，说童男的鼻子很硬，而纵欲过度行将死去的人鼻子很软，这些时候她懒懒地躺在床上，倚着竹板墙。其他的时间她像澳大利亚考拉一样抱住我，往我脸上吹热气。最后月亮从门对面的窗子里照进来，这时我和她分开。但是我写这些材料，不是给军代表看。他那时早就不是军代表了，而且已经复员回家去，不管他是不是代表，反正犯了我们这种错误，总是要写交代材料。

我后来和我们学校人事科长关系不错。他说当人事干部最大的好处就是可以看到别人写的交代材料。我想他说的包括了我写的交代材料。我以为我的交代材料最有文采。因为我写这些材料时住在招待所，没有别的事可干，就像专业作家一样。

我逃跑是晚上的事。那天上午，我找司务长请假，要到井坎镇买牙膏，我归司务长领导，他还有监视我的任务，他应该随时随地看住我，可是天一黑我就不见了。早上我带给他很多酸笆果，都是好的。平原上的酸笆果都不能吃，因为里面是一窝蚂蚁，只有山里的酸笆果才没蚂蚁。司务长说，他个人和我关系不坏，而且军代表不在。他可以准我去买牙膏。但是司务长又说，军代表随时会回来。要是他回来时我不在，司务长也不能包庇我。我从队里出去，爬上十五队的后山，拿个镜片晃陈清扬的后窗。过一会儿，她到山上来，说是头两天人家把她盯得特紧，跑不出来。而这几天她又来月经。她说这没关系，干吧，我说那不行。分手时她硬要给我二百块钱。起初我不要，后来还是收下了。

后来陈清扬告诉我，头两天人家没有把她盯得特紧，后来她也没有来月经。事实上，十五队的人根本就不管她。那里的人习惯于把一切不是破鞋的人说成破鞋，而对真的破鞋放任自流。她之所以不肯上山来，让我空等了好几天，是因为对此事感到厌倦。她总要等有了好心情才肯性交，不是只要性交就有好心情。当然这样做了以后，她也不无内疚之心。所以她给我二百块钱。我想既然她有二百块钱花不掉，我就替她花。所以我拿了那些钱到井坎镇上，买了一条双筒猎枪。

后来我写交代材料，双筒猎枪也是一个主题。人家怀疑我拿了它要打死谁。其实要打死人，用二百块钱的双筒猎枪和四十块钱的铜炮枪打都一样。那种枪是用来在水边打野鸭子的，在山里一点不实用，而且像死人一样沉。那天我到井坎街上时，已经是下午时分，又不是赶街的日子，所以只有一条空空落落的土路和几间空空落落的国营商店。商店里有一个售货员在打瞌睡，还有很多苍蝇在飞。货架上写着"吕过吕乎"，放着铝锅铝壶。我和那个胶东籍的售货员聊了一会儿天，她叫我到库房里看了看。在那儿我看见那条上海出的猎枪，就不顾它已经放了两年没卖出去的事实，把它买下了。傍晚时我拿它到小河边试放，打死了一只鹭鸶。这时军代表从场部回来，看见我手里有枪，很吃了一惊。他唠叨说，这件事很不对，不能什么人手里都有枪。应该和队里说一下，把王二的枪没收掉。我听了这话，几乎要朝他肚子上打一枪。如果打了的话，恐怕会把他打死。那样多半我也活不到现在了。

那天下午我从井坎回队的路上，涉水从田里经过，曾经在稻棵里站了一会儿。我看见很多蚂蟥像鱼一样游出来，叮上了我的腿。那时我光着膀子，衣服包了很多红糖馅的包子（镇上饭馆只卖这一种食品），双手提包子，背上还背了枪，很累赘。所以我也没管那些蚂蟥。到了岸上我才把它们一条条揪下来用火烧死。烧得它们一条条发软起泡。忽然间我感到很烦很累，不像二十一岁的人。我想，这样下去很快就会老了。

后来我遇上了勒都。他告诉我说，他们把那条河汊里的鱼都捉到手了。我那一份已经晒成了鱼干，在他姐姐手里。他姐姐叫我去。他姐姐和我也很熟，是个微黑俏丽的小姑娘。我说一时去不了。我把那一包包子都给了勒都，叫他给我到十五队送个信，告诉陈清扬，我用她给我的钱买了一条枪。勒都去了十五队，把这话告诉陈清扬，她听了很害怕，觉得我会把军代表打死。这种想法也不是没有道理，傍晚时我就想打军代表一枪。

傍晚时分我在河边打鹭鸶，碰上了军代表。像往常一样，我一声不吭，他喋喋不休。我很愤怒，因为已经有半个多月了，他一直对我喋喋不休，说着同样的话：我很坏，需要思想改造。对我一刻也不能放松。这样的话我听了一辈子，从来没有像那天晚上那么火。后来他又说，今天他有一个特大好消息，要向大家公布。但是他又不说是什么，只说我和我的"臭婊子"陈清扬今后的日子会很不好过。我听了这话格外恼火，想把他就地掐死，又想听他说出是什么好消息以后再下手。他却不说，一直卖着关子，只说些没要紧的话，到了队里以后才说，晚上你来听会吧，会上我会宣布的。

晚上我没去听会，在屋里收拾东西，准备逃上山去。我想一定发生了什么大事，以致军代表有了好办法来收拾我和陈清扬，至于是什么事我没想出来，那年头的事很难猜。我甚至想到可能中国已经复辟了帝制，军代表已经当上了此地的土司，他可以把我槌骗掉，再把陈清扬拉去当妃子。等我收拾好要出门，才知道没有那么严重。因为会场上喊口号，我在屋里也能听见。原来是此地将从国营农场改做军垦兵团。军代表可能要当个团长。不管怎么说，他不能把我阉掉，也不能把陈清扬拉走。我犹豫了几分钟，还是把装好的东西背上了肩，还用砍刀把屋里的一切都砍坏，并且用木炭在墙上写了："×××（军代表名），操你妈"，然后出了门，上山去了。

我从十四队逃跑的事就是这样。这些经过我也在交代材料里写了。概括地说，是这样的：我和军代表有私仇，这私仇有两个方面：一是我在慰问团面前说出了曾经被打晕的事，叫军代表很没面子，二是争风吃醋，所以他一直修理我。当他要当团长时，我感到不堪忍受，逃到山上去了。我到现在还以为这是我逃上山的原因。但是人家说，军代表根本就没当上团长，我逃跑的理由不能成立。所以人家说，这样的交代材料不可信。可信的材料应该是，我和陈清扬有私情。俗话说，色胆包天，我们什么事都能干出来。这话也有一点道理，可是我从队里逃出来时，原本不打算找陈清扬，打算一走算了。走到山边上才想到，不管怎样，陈清扬是我的一个朋友，该去告别。谁知陈清扬说，她要和我一起逃跑。她还说，假如这种事她不加入，那伟大友谊岂不是喂了狗。于是她匆匆忙忙收拾了一些东西跟我走了。假如没有她和她收拾的东西，我一定会病死在山上。那些东西里有很多治疟疾的药，还有大量的大号避孕套。

我和陈清扬逃上山以后，农场很惊慌了一阵。他们以为我们跑到缅甸去了。这件事传出去对谁都没好处，所以就没向上报告，只是在农场内部通缉王二和陈清扬。我们的样子很好认，还带了一条别人没有的双筒猎枪，很容易被人发现，可是一直没人找到我们。直到半年后，我们自己回到农场来，各回各的队，又过了一个多月，才被人保组叫去写交代。也是我们流年不利，碰上了一个运动，被人揭发了出来。

人保组的房子在场部的路口上，是一座孤零零的土坯房。你从很远的地方就能看见，因为它粉刷得很白，还因为它在高岗上，大家到场部赶街，老远就看见那间房子；它周围是一片剑麻地，剑麻总是暗绿色，剑麻下的土总是鲜红色。我在那里交代问题，把什么都交代了，我们上了山，先在十五队后山上种玉米，那里土不好，玉米有一半没出苗。我们就离开，昼伏夜行，找别的地方定居。最后想起山上有个废水碾，那里有很大一片丢荒了的好地，水碾里住了一个麻风寨跑出来的刘大爹。谁也不到那里去，只有陈清扬有一回想起自己是大夫，去看过一回。我们最后去了刘大爹那里，住在水碾背后的山洼里，陈清扬给刘大爹看病，我给刘大爹种地。过了一些时候，我到清平赶街，遇上了同学。他们说，军代表调走了，没人记着我们的事。我们就回来。整个事情就是这样的。

我在人保组里待了很长时间。有一段时间，气氛还好，人家说，问题清楚了，你准备写材料。后来忽然又严重起来，怀疑我们去了境外，勾结了敌对势力，领了任务回来。于是他们把陈清扬也叫到人保组，严加审讯。问她时，我往窗外看。天上有很多云……

人家叫我交代偷越国境的事。其实这件事上，我也不是清白无辜。我确实去过境外。我曾经打扮成老傣的模样，到对面赶过街。我在那里买了些火柴和盐，但是这没有必要说出来。没必要说的话就不说。

后来我带人保组的人到我们住过的地方去勘查，我在十五队后山上搭的小草房已经漏了顶，玉米地招来很多鸟。草房后面有很多用过的避孕套，这是我们在此住过的铁证。当地人不喜欢避孕套，说那东西阻断了阴阳交流，会使人一天天弱下去。其实当地那种避孕套，比我后来用过的任何一种都好。那是百分之百的天然橡胶。

后来我再不肯带他们去那些地方看，反正我说我没去国外，他们不信。带他们去看了，他们还是不信。没必要做的事就别做。我整天一声不吭。陈清扬也一声不吭。问案的人开头还在问，后来也懒得吭声。街子天里有好多老傣、老景颇背着新鲜的水果蔬菜走过，问案的人也越来越少。最后只剩了一个人。他也想去赴街，可是不到放我们回去的时候，让我们待在这里无人看管，又不合规定。他就到门口去喊人，叫过路的大嫂站住。但是人家经常不肯站住，而是加快了脚步。见到这种情况，我们就笑起来。

人保组的同志终于叫住了一个大嫂。陈清扬站起来，整理好头发，把衬衣领子折起来，然后背过手去。那位大嫂就把她捆起来，先捆紧双手，再把绳子在脖子和胳膊上扣住。那大嫂抱歉地说，捆人我不会啦。人保组的同志说，可以了。然后他再把我捆起来，让我们在两张椅子上背靠背坐好，用绳子拦腰捆上一道，然后他锁上门，也去赶集。过了好半天他才回来，到办公桌里拿东西，问道：要不要上厕所？时间还早，一会儿回来放你们。然后又出去。

到他最后来放开我们的时候，陈清扬活动一下手指，整理好头发，把身上的灰土掸干净，我们俩回招待所去。我们每天都到人保组去，每到街子天就被捆起来，除此之外，有时还和别人一道到各队去挨斗。他们还一再威胁说，要对我们采取其他专政手段——我们受审查的事就是这样的。

后来人家又不怀疑我们去了国外，开始对她比较客气，经常叫她到医院去，给参谋长看前列腺炎。那时我们农场来了一大批军队下来的老干部，很多人有前列腺炎。经过调查，发现整个农场只有陈清扬知道人身上还有前列腺。人保组的同志说，要我们交代男女关系问题。我说，你怎知我们有男女关系问题？你看见了吗？他们说，那你就交代投机倒把问题。我又说，你怎知我有投机倒把问题？他们说，那你还是交代投敌叛变的问题。反正要交代问题，具体交代什么，你们自己去商量。要是什么都不交代，就不放你。我和陈清扬商量以后，决定交代男女关系问题。她说，做了的事就不怕交代。

于是我就像作家一样写起交代材料来。首先交代的就是逃跑上山那天晚上的事。写了好几遍，终于写出陈清扬像考拉熊。她承认她那天心情非常激动，确实像考拉熊。因为她终于有了机会，来实践她的伟大友谊。于是她腿圈住我的腰，手抓住我的肩膀，把我想象成一棵大树，几次想爬上去。

后来我又见到陈清扬，已经到了九十年代。她说她离了婚和女儿住在上海，到北京出差。到了北京就想到，王二在这里，也许能见到。结果真的在龙潭湖庙会上见到了我。我还是老样子，饿纹入嘴，眼窝下乌青，穿过了时的棉袄，蹲在地上吃不登大雅之堂的卤煮火烧。唯一和过去不同的是手上被硝酸染得焦黄。

陈清扬的样子变了不少，她穿着薄呢子大衣，花格呢裙子，高跟皮靴，戴金丝眼镜，像个公司的公关职员，她不叫我，我绝不敢认，于是我想到每个人都有自己的本质，放到合适的地方就大放光彩。我的本质是流氓土匪一类，现在做个城里的市民，学校的教员，就很不像样。

陈清扬说，她女儿已经上了大二，最近知道了我们的事，很想见我。这事的起因是这样的：她们医院想提拔她，发现她档案里还有一堆东西。领导上讨论之后，认为是"文革"时整人的材料，应予撤销。于是派人到云南外调，花了一万元差旅费，终于把它拿了出来。因为是本人写的，交还本人。她把它拿回家去放着，被女儿看见了。该女儿说，好哇，你们原来是这么造的我！

其实我和她女儿没有任何关系。她女儿产生时，我已经离开云南了，陈清扬也是这么解释的，可是那女孩说，我可以把精液放到试管里，寄到云南让陈清扬人工授精。用她原话来说就是：你们两个混蛋什么干不出来。

我们逃进山里的第一个夜晚，陈清扬兴奋得很。天明时我睡着了，她又把我叫起来，那时节大雾正从墙缝里流进来，她让我再干那件事，别戴那劳什子。她要给我生一窝小崽子，过几年就耷拉到这里。同时她揪住乳头往下拉，以示耷拉之状。我觉得耷拉不好看，就说，咱们还是想想办法，别叫它耷拉。所以我还是戴着那劳什子。以后她对这件事就失去了兴趣。

后来我再见陈清扬时，问道，怎么样，耷拉了吧？她说可不是，耷拉得一塌糊涂。你想不想看看有多耷拉。后来我看见了，并没有一塌糊涂。不过她说，早晚要一塌糊涂，没有别的出路。我写了这篇交代材料交上去，领导上很欣赏。有个大头儿，不是团参谋长就是政委，接见了我们，说我们的态度很好。领导上相信我们没有投敌叛变。今后主要的任务就是交代男女关系问题。假如交代得好，就让我们结婚。但是我们并不想结婚。后来又说，交代得好，就让我调回内地。陈清扬也可以调上级医院。所以我在招待所写了一个多月交代材料，除了出公差，没人打搅，我用复写纸写，正本是我的，副本是她的。我们有一模一样的交代材料。

后来人保组的同志找我商量，说是要开个大的批斗会。所有在人保组受过审查的人都要参加，包括投机倒把分子、贪污犯，以及各种坏人。我们本该属于同一类，可是团领导说了，我们年轻，交代问题的态度好，所以又可以不参加。但是有人攀我们，说都受审查，他们为什么不参加。人保组也难办。所以我们必须参加。最后的决定是来做工作，动员我们参加。据说受受批斗，思想上有了震动，以后可以少犯错误。既然有这样的好处，为什么不参加。到了开会的日子，场部和附近生产队来了好几千人，我们和好多别的人站到台上去。等了好半天，听了好几篇批判稿，才轮到我们王、陈二犯。原来我们的问题是思想淫乱，作风腐败，为了逃避思想改造，逃到山里去。后来在党的政策感召下，下山弃暗投明。听了这样的评价，我们心情激动，和大家一起振臂高呼：打倒王二！打倒陈清扬！斗过这一台，我们就算没事了，但是还得写交代，因为团领导要看。在十五队后山上，陈清扬有一回很冲动，要给我生一群小崽子，我没要。后来我想，生生也不妨，再跟她说，她却不肯生了，而且她总是理解成我要干那件事。她说，要干就干，没什么关系。我想纯粹为我，这样太自私了，所以就很少干。何况开荒很累，没力气干。我所能交代的事就是在地头休息时摸她的乳房。

旱季里开荒时，到处是热风，身上没汗，可是肌肉干疼。最热时，只能躺在树下睡觉。枕着竹筒，睡在棕皮蓑衣上，我奇怪为什么没人让我交代蓑衣的事。那是农场的劳保用品，非常贵。我带进山两件，一件是我的，一件是从别人门口顺手拿来的。一件也没拿回来。一直到我离开云南，也没人让我交还蓑衣。

我们在地头休息时，陈清扬拿斗笠盖住脸，敞开衬衣的领口，马上就睡着了。我把手伸进去，有很优美的浑圆的感觉。后来我把扣子又解开几个，看见她的皮肤是浅红色。虽然她总穿着衣服干活，可是阳光透过了薄薄的布料。至于我，总是光膀子，已经黑得像鬼一样。

陈清扬的乳房是很结实的两块，躺着的时候给人这样的感觉。但是其他地方很纤细。过了二十多年，大模样没怎么变，只是乳头变得有点大，有点黑。她说这是女儿作的孽。那孩子刚出世，像个粉红色的小猪，闭着眼一口叼住她那个地方狠命地吃，一直把她吃成个老太太，自己却长成个漂亮大姑娘，和她当年一样。

年纪大了，陈清扬变得有点敏感。我和她在饭店里重温旧情，说到这类话题，她就有恐慌之感。当年不是这样。那时候在交代材料里写到她的乳房，我还有点犹豫。她说，就这么写。我说，这样你就暴露了。她说，暴露就暴露，我不怕！她还说是自然长成这样，又不是她搞了鬼。至于别人听说了有什么想法，不是她的问题。

过了这么多年我才发现，陈清扬是我的前妻哩。交代完问题人家叫我们结婚。我觉得没什么必要了。可是领导上说，不结婚影响太坏，非叫去登记不可。上午登记结婚，下午离婚。我以为不算呢。乱糟糟的，人家忘了把发的结婚证要回去。结果陈清扬留了一张。我们拿这二十年前发的破纸头登记了一间双人房。要是没有这东西，就不许住在一间房子里。二十年前不这样。二十年前他们让我们住在一间房子里写交代材料，当时也没这个东西。

我写了我们住在后山上的事。团领导要人保组的人带话说，枝节问题不要讲太多，交代下一个案子罢。听了这话，我发了犟驴脾气：妈妈的，这是案子吗？陈清扬开导我说：这世界上有多少人，每天要干多少这种事，又有几个有资格成为案子。我说其实这都是案子，只不过领导上查不过来。她说既然如此，你就交代罢。所以我交代道：那天夜里，我们离开了后山，向作案现场进发。

我后来又见到陈清扬，和她在饭店里登记了房间，然后一起到房间里去，我伸手帮她脱下大衣。陈清扬说，王二变得文明了。这说明我已经变了很多。以前我不但相貌凶恶，行为也很凶恶。

我和陈清扬在饭店里又做了一回案。那里暖气烧得很暖，还装着茶色玻璃。我坐在沙发上，她坐在床上，聊了一会儿天。逐渐有了犯罪的气氛。我说，不是让我看有多耷拉吗，我看看。她就站起来，脱了外衣，里面穿着大花的衬衫。然后她又坐下去，说，还早一点。过一会儿服务员来送开水。他们有钥匙，连门都不敲就进来了。我问她，碰上了人家怎么说，她说，她没被碰上过。但是听说人家会把门一摔，在外面说：真他妈的讨厌！

我和陈清扬逃进山以前，有一次我在猪场煮猪食。那时我要烧火，要把猪菜切碎（所谓猪菜，是番薯藤、水葫芦一类东西），要往锅里加糠添水。我同时做着好几样事情。而军代表却在一边喋喋不休，说我是如何之坏。他还让我去告诉我的臭婊子陈清扬，她是如何之坏。忽然间我暴怒起来，抢起长勺，照着梁上挂的盛南瓜子的葫芦劈去，把它劈成两半。军代表吓得一步跳出房去。如果他还要继续数落我，我就要砍他脑袋了。我是那样凶恶，因为我不说话。

后来在人保组，我也不大说话，包括人家捆我的时候。所以我的手经常被捆得乌青。陈清扬经常说话。她说：大嫂，捆疼了，或者：大嫂，给我拿手绢垫一垫。我头发上系了一块手绢。她处处与人合作，苦头吃得少。我们处处都不一样。

陈清扬说，以前我不够文明。在人保组里，人家给我们松了绑。那条绳子在她的衬衣上留下了很多道痕迹。这是因为那绳子平时放在烧火的棚子里，沾上了锅灰和柴草末。她用不灵活的手把痕迹掸掉，只掸了前面，掸不了后面。等到她想叫我来掸时，我已经一步跨出门去。等到她追出门去，我已经走了很远，我走路很快，而且从来不回头看。就因为这些原因，她根本就不爱我，也说不上喜欢。

照领导定的性，我们在后山上干的事，除了她像考拉那次之外，都不算案子。像我们在开荒时干的事，只能算枝节问题。所以我没有继续交代下去。其实还有别的事。当时热风正烈，陈清扬头枕双臂睡得很熟。我把她的衣襟完全解开了。这样她袒露出上身，好像是故意的一样。天又蓝又亮，以致阴影里都是蓝幽幽的光。忽然间我心里一动，在她红彤彤的身体上俯身下去。我都忘了自己干了些什么了。我把这事说了出来，以为陈清扬一定不记得。可是她说，"记得记得！那会儿我醒了。你在我肚脐上亲了一下吧？好危险，差一点爱上你。"

陈清扬说，当时她刚好醒来，看见我那颗乱蓬蓬的头正在她肚子上，然后肚脐上轻柔地一触。那一刻她也不能自持。但是她还是假装睡着，看我还要干什么。可是我什么都没干，抬起头来往四下看看，就走开了。

我写的交代材料里说，那天夜里，我们离开后山，向作案现场进发，背上背了很多坛坛罐罐，计划是到南边山里定居。那边土地肥沃，公路两边就是一人深的草。不像十五队后山，草只有半尺高。那天夜里有月亮，我们还走了一段公路，所以到天明将起雾时，已经走了二十公里，上了南面的山。具体地说，到了章风寨南面的草地上，再走就是森林。我们在一棵大青树下露营，捡了两块干牛粪生了一堆火，在地上铺了一块塑料布。然后脱了一切衣服（衣服已经湿了），搂在一起，裹上三条毯子，滚成一个球，就睡着了。睡了一个小时就被冻醒。三重毯子都湿透了，牛粪火也灭了。树上的水滴像倾盆大雨往下掉。空气里飘着的水点有绿豆大小。那是在一月里，旱季最冷的几天。山的阴面就有这么潮。

陈清扬说，她醒时，听见我在她耳边打机关枪。上牙碰下牙，一秒钟不止一下。而且我已经有了热度。我一感冒就不容易好，必须打针。她就爬起来说，不行，这样两个人都要病。快干那事。我不肯动，说道：忍忍罢。一会儿就出太阳。后来又说：你看我干得了吗？案发前的情况就是这样的。

案发时的情形是这样：陈清扬骑在我身上，一起一落，她背后的天上是白茫茫的雾气。这时好像不那么冷了，四下里传来牛铃声。这地方的老傣不关牛，天一亮水牛就自己跑出来。那些牛身上拴着木制的铃铛，走起来发出闷闷的响声。一个庞然大物骤然出现在我们身边，耳边的刚毛上挂着水珠。那是一条白水牛，它侧过头来，用一只眼睛看我们。

白水牛的角可以做刀把，晶莹透明很好看。可是质脆容易裂。我有一把匕首，也是白牛角把，却一点不裂，很难得。刃的材料也好，可是被人保组收走了。后来没事了，找他们要，却说找不到了。还有我的猎枪，也不肯还我。人保组的老郭死乞白赖地说要买，可是只肯出五十块钱，最后连枪带刀，我一样也没要回来。

我和陈清扬在饭店里作案之前聊了好半天。最后她把衬衣也脱下来，还穿着裙子和皮靴。我走过去坐在她身边，把她的头发撩了起来。她的头发有不少白的了。

陈清扬烫了头。她说，以前她的头发好，舍不得烫。现在没关系了。她现在当了副院长，非常忙，也不能每天洗头。除此之外，眼角脖子下有不少皱纹。她说，女儿建议她去做整容手术。但是她没时间做。

后来她说，好啦，看罢，就去解乳罩。我想帮她一把，也没帮上。扣在前面，我把手伸到后面去了。她说看来你没学坏，就转过身来让我看。我仔细看了一阵，提了一点意见。不知为什么，她有点脸红，说，好啦，看也看过了。还要干什么？就要把乳罩戴上。我说，别忙，就这样罢。她说，怎么，还要研究我的结构？我说，那当然。现在不着急，再聊一会儿。她的脸更红了，说道：王二，你一辈子学不了好，永远是个混蛋。

我在人保组，罗小四来看我，趴窗户一看，我被捆得像粽子一样。他以为案情严重，我会被枪毙掉，把一盒烟从窗里扔进来，说道：二哥，哥们儿一点意思，然后哭了。罗小四感情丰富，很容易哭。我让他点着了烟从窗口递进来，他照办了，差点肩关节脱臼才递到我嘴上，然后他问我还有什么事要办，我说没有。我还说，你别招一大群人来看我，他也照办了，他走后，又有一帮孩子爬上窗台看，正看见我被烟熏得睁一眼闭一眼，样子非常难看。打头的一个不禁说道：耍流氓。我说，你爸你妈才耍流氓，他们不流氓能有你？那孩子抓了些泥巴扔我。等把我放开，我就去找他爸，说道：今天我在人保组，被人像捆猪一样捆上。令郎人小志大，趁那时朝我扔泥巴。那人一听，揪住他儿子就揍。我在一边看完了才走，陈清扬听说这事，就有这种评价：王二，你是个混蛋。

其实我并非永远是混蛋。我现在有家有口，已经学了不少好。抽完了那根烟，我把她抱过来，很熟练地在她胸前爱抚一番，然后就想脱她的裙子。她说：别忙，再聊会儿，你给我也来支烟，我点了一支烟，抽着了给她。

陈清扬说，在章风山她骑在我身上一上一下，极目四野，都是灰蒙蒙的水雾。忽然间觉得非常寂寞，非常孤独。虽然我的一部分在她身体里摩擦，她还是非常寂寞，非常孤独。后来我活过来了，说道：换换，你看我的，我就翻到上面去。她说。那一回你比哪回都混蛋。

陈清扬说，那回我比哪回都混蛋，是指我忽然发现她的脚很小巧好看。因此我说，老陈，我准备当个拜脚狂。然后我把她两腿捧起来，吻她的脚心。陈清扬平躺在草地上，两手摊开，抓着草。忽然她一晃头，用头发盖住了脸，然后哼了一声。

我在交代材料里写道，那时我放开她的腿，把她脸上的头发抚开。陈清扬猛烈地挣扎，流着眼泪，但是没有动手。她脸上有两点很不健康的红晕。后来她不挣扎了，对我说，混蛋，你要把我怎么办。我说，怎么了。她又笑，说道：不怎。接着来。所以我又捧起她的双腿。她就那么躺着不动，双手平摊，牙咬着下唇，一声不响。如果我多看她一眼，她就笑笑。我记得她脸特别白，头发特别黑，整个情况就是这样的。

陈清扬说，那一回她躺在冷雨里，忽然觉得每一个毛孔都进了冷雨。她感到悲从中来，不可断绝。忽然间一股巨大的快感劈进来。冷雾，雨水，都沁进了她的身体。那时节她很想死去。她不能忍耐，想叫出来，但是看见了我她又不想叫出来。世界上还没有一个男人能叫她肯当着他的面叫出来。她和任何人都格格不入。

陈清扬后来和我说，每回和我做爱都深受折磨。在内心深处她很想叫出来，想抱住我狂吻，但是她不乐意。她不想爱别人，任何人都不爱；尽管如此，我吻她脚心时，一股辛辣的感觉还是钻到她心里来。

我和陈清扬在章风山上做爱，有一只老水牛在一边看。后来它哞了一声跑开了，只剩我们两人。过了很长时间，天渐渐亮了。雾从天顶消散。陈清扬的身体沾了露水，闪起光来。我把她放开，站起来，看见离寨子很近，就说：走。于是离开了那个地方，再没回去过。

我在交代材料里说，我和陈清扬在刘大爹后山上作案无数。这是因为刘大爹的地是熟地，开起来不那么费力。生活也安定，所以温饱生淫欲。那片山上没人，刘大爹躺在床上要死了。山上非雾即雨，陈清扬腰上束着我的板带，上面挂着刀子。脚上穿高筒雨靴，除此之外不着一丝。

陈清扬后来说，她一辈子只交了我一个朋友。她说，这一切都是因为我在河边的小屋里谈到伟大友谊。人活着总要做几件事情，这就是其中之一。以后她就没和任何人有过交情。同样的事做多了没意思。

我对此早有预感。所以我向她要求此事时就说：老兄，咱们敦敦伟大友谊如何？人家夫妇敦伦，我们无伦可言，只好敦友谊。她说好。怎么敦？正着敦反着敦？我说反着敦。那时正在地头上。因为是反着敦，就把两件蓑衣铺在地上，她趴在上面，像一匹马，说道：你最好快一点，刘大爹该打针了。我把这些事写进了交代材料，领导上让我交代：1.谁是"敦伦"；2.什么叫"敦敦"伟大友谊；3.什么叫正着敦，什么叫反着敦。

把这些都说清以后，领导上又叫我以后少掉文，是什么问题就交代什么问题。

在山上敦伟大友谊时，嘴里喷出白气。天不那么凉，可是很湿，抓过一把能拧出水来。就在蓑衣旁边，蚯蚓在爬。那片地真肥。后来玉米还没熟透，我们就把它放在捣臼堕捣，这是山上老景颇的做法。做出的玉米粑粑很不坏。在冷水里放着，好多天不坏……

陈清扬趴在冷雨里，乳房摸起来像冷苹果。她浑身的皮肤绷紧，好像抛过光的大理石。后来我把小和尚拔出来，把精液射到地里，她在一边看着，面带惊恐之状。我告诉她：这样地会更肥。她说：我知道，后来又说：地里会不会长出小王二来，——这像个大夫说的话吗？

雨季过去后，我们化装成老傣，到清平赶街。后来的事我已经写过，我在清平遇上了同学，虽然化了装，人家还是一眼就认出我来，我的个子太高，装不矮。人家对我说：二哥。你跑哪儿去了？我说：我不会讲汉话啦！虽然尽力加上一点怪腔，还是京片子。一句就露馅了。

回到农场是她的主意。我自己既然上了山，就不准备下去。她和我上山，是为了伟大友谊。我也不能不陪她下去。其实我们随时可以逃走，但她不乐意。她说现在的生活很有趣。陈清扬后来说，在山上她也觉得很有趣。漫山冷雾时，腰上别着刀子，足蹬高筒雨靴，走到雨丝里去。但是同样的事做多了就不再有趣。所以她还想下山，忍受人世的摧残。

我和陈清扬在饭店里重温伟大友谊，说到那回从山上下来，走到岔路口上，那地方有四条岔路，各通一方。东西南北没有关系，一条通到国外，是未知之地；一条通到内地；一条通到农场；一条是我们来的路。那条路还通到户撒。那里有很多阿伦铁匠，那些人世世代代当铁匠。我虽然不是世世代代，但我也能当铁匠，我和那些人熟得很，他们都佩服我的技术。阿伦族的女人都很漂亮，身上挂了很多铜箍和银钱，陈清扬对那种打扮十分神往，她很想到山上去当个阿伦。那时雨季刚过。云从四面八方升起来。天顶上闪过一缕缕阳光。我们有各种选择，可以到各方向去。所以我在路口上站了很久。后来我回内地时，站在公路上等汽车，也有两种选择，可以等下去，也可以回农场去。当我沿着一条路走下去的时候，心里总想着另一条路上的事。这种时候我心里很乱。

陈清扬说过；我天资中等，手很巧，人特别浑。这都是有所指的。说我天资中等，我不大同意，说我特别浑，事实俱在，不容抵赖。至于说我手巧，可能是自己身上体会出来的，我的手的确很巧，不光表现在摸女人方面。手掌不大，手指特长，可以做任何精细的工作，山上那些阿伦铁匠打刀刃比我好，可是要比在刀上刻花纹，没有任何人能比得上。所以起码有二十个铁匠提出过，让我们搬过去，他打刀刃我刻花纹，我们搭一伙。假如当初搬了过去，可能现在连汉话都不会说了。

假如我搬到一位阿伦大哥那里去住，现在准在黑洞洞的铁匠铺里给户撒刀刻花纹。在他家泥泞的后院里，准有一大窝小崽子，共有四种组合形式：1.陈清扬和我的；2.阿伦大哥和阿伦大嫂的；3.我和阿伦大嫂的；4.陈清扬和阿伦大哥的。

陈清扬从山上背柴回来，撩起衣裳，露出极壮硕的乳房，不分青红皂白，就给其中一个喂奶。假如当初我退回山上去，这样的事就会发生。

陈清扬说，这样的事不会发生，因为它没有发生，实际发生的是，我们回了农场，写交代材料出斗争差。虽然随时都可以跑掉，但是没有跑。这是真实发生了的事。

陈清扬说，我天资平常，她显然没把我的文学才能考虑在内。我写的交代材料人人都爱看。刚开始写那些东西时，我有很大抵触情绪。写着写着就入了迷。这显然是因为我写的全是发生过的事。发生过的事有无比的魅力。

我在交代材料里写下了一切细节，但是没有写以下已经发生的事情：

我和陈清扬在十五队后山上，在草房里干完后，到山涧里戏水。山上下来的水把红土剥光，露出下面的蓝黏土来。我们爬到蓝黏土上晒太阳。暖过来后，小和尚又直立起来。但是刚发泄过，不像急色鬼。于是我侧躺在她身后，枕着她的头发进入她的身体。我们在饭店里，后来也是这么重温伟大友谊。我和陈清扬侧躺在蓝黏土上，那时天色将晚，风也有点凉。躺在一起心平气和，有时轻轻动一下，据说海豚之间有生殖性的和娱乐性的两种搞法，这就是说，海豚也有伟大友谊。我和陈清扬连在一起，好像两只海豚一样。

我和陈清扬在蓝黏土上，闭上眼睛，好像两只海豚在海里游动。天黑下来，阳光逐渐红下去。天边起了一片云，惨白惨白，翻着无数死鱼肚皮，瞪起无数死鱼眼睛。山上有一股风，无声无息地吹下去。天地间充满了悲惨的气氛。陈清扬流了很多眼泪。她说是触景伤情。

我还存了当年交代材料的副本，有一回拿给一位搞英美文学的朋友看，他说很好，有维多利亚时期地下小说的韵味。至于删去的细节，他也说删得好，那些细节破坏了故事的完整性。我的朋友真有大学问。我写交代材料时很年轻，没什么学问（到现在也没有学问），不知道什么是维多利亚时期地下小说。我想的是不能教会别人。我这份交代材料不少人要看。假如他们看了情不自禁也去搞破鞋，那倒不伤大雅，要是学会了这个，那可不大好。

我在交代材料里还漏掉了以下事实，理由如前所述。我们犯了错误，本该被枪毙，领导上挽救我们，让我写交代材料，这是多么大的宽大！所以我下定决心，只写出我们是多么坏。

我们俩在刘大爹后山上时，陈清扬给自己做了一件筒裙，想穿了它化装成老傣，到清平去赶街。可是她穿上以后连路都走不了啦。走到清平南边遇到一条河，山上下来的水像冰一样凉，像腌雪里蕻一样绿，那水有齐腰深，非常急。我走过去，把她用一个肩膀扛起来，径直走过河才放下来。我的一边肩膀正好和陈清扬的腰等宽，记得那时她的脸红得厉害。我还说，我可以把你扛到清平去，再扛回来，比你扭扭捏捏地走更快。她说，去你妈的吧。

筒裙就像个布筒子，下口只有一尺宽。会穿的人在里面可以干各种事，包括在大街上撒尿，不用蹲下来。陈清扬说，这一手她永远学不会。在清平集上观摩了一阵，她得到了要扮就扮阿伦的结论。回来的路是上山，而且她的力气都耗光了。每到跨沟越坎之处，她就找个树墩子，仪态万方地站上去，让我扛她。

回来的路上扛着她爬坡。那时旱季刚到，天上白云纵横，阳光灿烂。可是山里还时有小雨。红土的大板块就分外地滑。我走上那块烂泥板，就像初次上冰场。那时我右手扣住她的大腿，左手提着猎枪，背上还有一个背篓，走在那滑溜溜的斜面上，十分吃力。忽然间我向左边滑动，马上要滑进山沟，幸亏手里有条枪，拿枪拄在地上。那时我全身绷紧，拼了老命，总算支持住了。可这个笨蛋还来添乱，在我背上扑腾起来，让我放她下去。那一回差一点死了。

等我刚能喘过气来，就把枪带交到右手，抢起左手在她屁股上狠狠打了两巴掌，隔了薄薄一层布，倒显得格外光滑。她的屁股很圆。鸡巴，感觉非常之好的啦！她挨了那两下登时老实了。非常地乖，一声也不吭。

当然打陈清扬屁股也不是好事，但是我想别的破鞋和野汉子之间未必有这样的事。这件事离了题，所以就没写。

我和陈清扬在章风山上做爱时，她还很白，太阳穴上的血管清晰可见。后来在山里晒得很黑。回到农场又变得白皙。后来到了军民共建边防时期，星期天机务站出一辆大拖拉机，拉上一车有问题的人到砖窑出砖。出完了砖再拉到边防线上的生产队去，和宣传队会齐。我们这一车是历史反革命、贼、走资派、搞破鞋的，等等，敌我矛盾人民内部都有，干完了活到边境上斗争一台，以便巩固政治边防。出这种差公家管饭，武装民兵押着蹲在地上吃。吃完了我和陈清扬倚着拖拉机站着，过来一帮老婆娘，对她评头论足。结论是她真白，难怪搞破鞋。

我去找过人保组老郭，问他们叫我们出这种差是什么意思。他们说，无非是让对面的坏人知道这边厉害，不敢过来。本来不该叫我们去，可是凑不齐人数。反正我们也不是好东西，去去也没什么的。我说去去原是不妨，你叫人别揪陈清扬的头发。搞急了老子又要往山上跑。他说他不知道有这事，一定去说说。其实我早想上山，可是陈清扬说，算了，揪揪头发又怎么了。

　　我们出斗争差时，陈清扬穿我的一件学生制服。那衣服她穿上非常大，袖子能到掌心，领子拉起来能遮住脸腮。后来她把这衣服要走了。据说这衣服还在，大扫除擦玻璃她还穿。挨斗时她非常熟练，一听见说到我们，就从书包里掏出一双洗得干干净净用麻绳拴好的解放鞋，往脖子上一挂，等待上台了。陈清扬说，在家里刚洗过澡，她拿我那件衣服当浴衣穿！

　　那时她表演给女儿看，当年怎么挨斗。人是撅着的，有时还得抬脸给人家看，就和跳巴西桑巴舞一样。那孩子问道：我爸呢？陈清扬说：你爸爸坐飞机。那孩子就咯咯笑，觉得非常有趣。我听见这话，觉得如有芒刺在背。第一，我也没坐飞机。挨斗时是两个小四川押我，他俩非常客气，总是先道歉说：王哥，多担待。然后把我撅出去。押她的是宣传队的两个小骚货，又撅胳膊又揪头发，照她说的好像人家对我比对她还不好，这么说对当年那两个小四川不公平。第二，我不是她爸爸。等斗完了我们，就该演节目了。把我们撺下台，撺上拖拉机，连夜开回场部去。每次出过斗争差，陈清扬都性欲勃发。

　　我们跑回农场来，受批判，出斗争差，这也是一阵阵的。有时候团长还请我们到他家坐，说起我们犯错误，他还说，这种错误他也犯过。然后就和陈清扬谈前列腺。这时我就告辞，除非他叫我修手表。有时候对我们很坏，一礼拜出两次斗争差。这时政委说，像王二、陈清扬这样的人，就是要斗争，要不大家都会跑到山上去，农场还办不办。平心而论，政委说得也有道理，而且他没有前列腺炎。所以陈清扬书包里那双破鞋老不扔，随时备用。过了一段时间，不再叫我们出斗争差，有一回政委出去开会，团长到军务科说了说，就把我放回内地去了。

　　有关斗争差的事是这样的：当地有一种传统的娱乐活动，就是斗破鞋。到了农忙时大家都很累。队长说，今晚上娱乐一下，斗斗破鞋。但是他们怎么娱乐的，我可没见过。他们斗破鞋时，总把没结婚的人都撵走。再说，那些破鞋面黑如锅底，奶袋低垂，我不爱看。后来来了一大批军队干部，接管了农场，就下令不准斗破鞋。理由是不讲政策。但是到了军民共建时期，又下令说可以斗破鞋，团里下了命令，叫我们到宣传队报到，准备参加斗争。马上我就要逃进山去，可是陈清扬不肯跟我走。她还说，她无疑是当地斗过的破鞋里最漂亮的一个。斗她的时候，周围好几个队的人都去看，这让她觉得无比自豪。

团里叫我们随宣传队活动，是这么交代的：我们俩是人民内部矛盾，这就是说，罪恶不彰，要注意政策。但是又说，假如群众愤怒了，要求狠狠斗我们，那就要灵活掌握。结果群众见了我们就愤怒。宣传队长是团长的人，他和我们私交也不坏，跑到招待所来和我们商量：能不能请陈大夫受点委屈？陈清扬说，没有关系。下回她就把破鞋挂在了脖子上，但是大家还是不满意。他只好让陈清扬再受点委屈。最后他说，大家都是明白人，我也不多说。您二位多担待吧。

我和陈清扬出斗争差的时候，开头总是待在芭蕉树后面。那里是后台。等到快轮到我们时，她就站起来，把头上的发卡取下来衔在嘴里，再一个个别好，翻起领口，拉下袖子，背过双手，等待受捆了。

陈清扬说，他们用竹批绳、棕绳来捆她，总把她的手捆肿。所以她从家里带来了晾衣服的棉绳。别人也抱怨说，女人不好捆。浑身圆滚滚，一点不吃绳子。与此同时，一双大手从背后擒住她的手腕，另一双手把她紧紧捆起来，捆成五花大绑。

后来人家把她押出去，后面有人揪住她的头发，使她不能往两边看，也不能低下头，所以她只能微微侧过头去，看汽灯青白色的灯光，有时她正过头来，看见一些陌生的脸，她就朝那人笑笑。这时她想，这真是个陌生的世界！这里发生了什么，她一点不了解。

陈清扬所了解的是，现在她是破鞋。绳子捆在她身上，好像一件紧身衣。这时她浑身的曲线毕露。她看到在场的男人裤裆里都凸起来。她知道是因为她，但为什么这样，她一点不理解。

陈清扬说，出斗争差时，人家总要揪着她头发让她往四下看，为此她把头发梳成两缕，分别用皮筋系住，这样人家一只手提住她的手腕，另一只手揪她的头发就特别方便。她就这样被人驾驶着看到了一切，一切都流进她心里。但是她什么都不理解。但是她很愉快，人家要她做的事她都做到了，剩下的事与她无关。她就这样在台上扮演了破鞋。

等到斗完了我们，就该演文艺节目了。我们当然没资格看，就被撵上拖拉机，拉回场部去。开拖拉机的师傅早就着急回家睡觉，早就把机器发动起来。所以连陈清扬的绑绳也来不及松开。我把她抱上拖车，然后车上颠得很，天又黑，还是解不开。到了场部以后，索性我把她扛回招待所，在电灯下慢慢解。这时候陈清扬面有酡颜，说道：敦伟大友谊好吧？我都有点等不及了！

陈清扬说，那一刻她觉得自己像个礼品盒，正在打开包装，于是她心花怒放，她终于解脱了一切烦恼，用不着再去想自己为什么是破鞋，到底什么是破鞋，以及其他费解的东西：我们为什么到这个地方来，来干什么，等等。现在她把自己交到了我手里。

在农场里，每回出完了斗争差，陈清扬还要求敦伟大友谊。那时总是在桌子上。我写交代材料也在那张桌子上，高度十分合适。她在那张桌上像考拉那样，快感如潮，经常禁不住喊出来。那时黑着灯，看不见她的模样。我们的后窗总是开着的，窗后是一个很陡的坡。但是总有人来探头探脑，那些脑袋露在窗台上好像树枝上的寒鸦。我那张桌子上老放着一些山梨，硬碍人牙咬不动，只有猪能吃。有时她拿一个从我肩上扔出去，百发百中，中弹的从陡坡上滚下去。这种事我不那么受用，最后射出的精液都冷冰冰，不瞒你说，我怕打死人，像这样的事倒可以写进交代材料，可是我怕人家看出我在受审查期间继续犯错误，给我罪加一等。

后来我们在饭店里重温伟大友谊，谈到各种事情。谈到了当年的各种可能性，谈到了我写的交代材料，还谈到了我的小和尚。那东西一听别人谈到它，就激昂起来，蠢动个不停。因此我总结道，那时人家要把我们槌掉，但是没有槌动。我到今天还强硬如初。为了伟大友谊，我还能光着屁股上街跑三圈。我这个人，一向不大知道要脸。不管怎么说，那是我的黄金时代。虽然我被人当成流氓。我认识那里好多人，包括赶马帮的流浪汉、山上的老景颇等等。提起会修表的王二，大家都知道。我和他们在火边喝那种两毛钱一斤的酒，能喝很多。我在他们那里大受欢迎。

除了这些人，猪场里的猪也喜欢我，因为我喂猪时，猪食里的糠比平时多三倍。然后就和司务长吵架，我说，我们猪总得吃饱吧。我身上带有很多伟大友谊，要送给一切人。因为他们都不要，所以都发泄在陈清扬身上了。

我和陈清扬在饭店里敦伟大友谊，是娱乐性的。中间退出来一次，只见小和尚上血迹斑斑。她说，年纪大了，里面有点薄，你别那么使劲。她还说，在南方待久了，到了北方手就裂。而蛤蜊油的质量下降，抹在手上一点用都不管。说完了这些话，她拿出一小瓶甘油来，抹在小和尚上面。然后正着敦，说话方便。我就像一根待解的木料，躺在她分开的双腿中间。

陈清扬脸上有很多浅浅的皱纹，在灯光下好像一条条金线。我吻她的嘴，她没反对。这就是说，她的嘴唇很柔软，而且分开了。以前她不让我吻她嘴唇，让我吻她下巴和脖子交界的地方。她说，这样刺激性欲。然后继续谈到过去的事。

陈清扬说，那也是她的黄金时代。虽然被人称作破鞋，但是她清白无辜。她到现在还是无辜的。听了这话，我笑起来。但是她说，我们在干的事算不上罪孽。我们有伟大友谊，一起逃亡，一起出斗争差，过了二十年又见面，她当然要分开两腿让我趴进来。所以就算是罪孽，她也不知罪在何处。更主要的是，她对这罪恶一无所知。

然后她又一次呼吸急促起来。她的脸变得赤红，两腿把我用力夹紧，身体在我下面绷紧，压抑的叫声一次又一次穿过牙关，过了很久才松弛下来。这时她说很不坏。

很不坏之后，她还说这不是罪孽。因为她像苏格拉底，对一切都一无所知。虽然活了四十多岁，眼前还是奇妙的新世界。她不知道为什么人家要把她发到云南那个荒凉的地方，也不知为什么又放她回来。不知道为什么要说她是破鞋，把她押上台去斗争，也不知道为什么又说她不是破鞋，把写好的材料又抽出来。这些事有过各种解释，但没有一种她能听懂。她是如此无知，所以她无罪。一切法律书上都是这么写的。

陈清扬说，人活在世上，就是为了忍受摧残，一直到死。想明了这一点，一切都能泰然处之。要说明她怎会有这种见识，一切都要回溯到那一回我从医院回来，从她那里经过进了山。我叫她去看我，她一直在犹豫。等到她下定了决心，穿过中午的热风，来到我的草房前面，那一瞬间，她心里有很多美丽的想象。等到她进了那间草房，看见我的小和尚直挺挺，像一件丑恶的刑具。那时她惊叫起来，放弃了一切希望。

陈清扬说，在此之前二十多年前一个冬日，她走到院子里去。那时节她穿着棉衣，艰难地爬过院门的门槛。忽然一粒沙粒钻进了她的眼睛。这是那么的疼，冷风又是那样的割脸，眼泪不停地流。她觉得难以忍受，立刻大哭起来，企图在一张小床上哭醒，这是与生俱来的积习，根深蒂固。放声大哭从一个梦境进入另一个梦境，这是每个人都有的奢望。

陈清扬说，她去找我时，树林里飞舞着金蝇。风从所有的方向吹来，穿过衣襟，爬到身上。我待的那个地方可算是空山无人。炎热的阳光好像细碎的云母片，从天顶落下来。在一件薄薄的白大褂下，她已经脱得精光。那时她心里也有很多奢望。不管怎么说，那也是她的黄金时代，虽然那时她被人叫作破鞋。

陈清扬说，她到山里找我时，爬过光秃秃的山岗。风从衣服下面吹进来，吹过她的性敏感带，那时她感到的性欲，就如风一样捉摸不定。它放散开，就如山野上的风。她想到了我们的伟大友谊，想起我从山上急匆匆地走下去。她还记得我长了一头乱蓬蓬的头发，论证她是破鞋时，目光笔直地看着她。她感到需要我，我们可以合并，成为雄雌一体。就如幼小时她爬出门槛，感到了外面的风。天是那么蓝，阳光是那么亮，天上还有鸽子在飞。鸽哨的声音叫人终身难忘。此时她想和我交谈，正如那时节她渴望和外面的世界合为一体，融化到天地中去。假如世界上只有她一个人，那实在是太寂寞了。

陈清扬说，她到我的小草房里去时，想到了一切东西，就是没想到小和尚。那东西太丑，简直不配出现在梦幻里。当时陈清扬也想大哭一场，但是哭不出来，好像被人捏住了喉咙。这就是所谓的真实。真实就是无法醒来。那一瞬间她终于明白了在世界上有些什么，下一瞬间她就

黄金时代

下定了决心，走上前来，接受摧残，心里快乐异常。

陈清扬还说，那一瞬间，她又想起了在门槛上痛哭的时刻。那时她哭了又哭，总是哭不醒。而痛苦也没有一点减小的意思。她哭了很久，总是不死心。她一直不死心，直到二十年后面对小和尚。这已经不是她第一次面对小和尚。但是以前她不相信世界上还有这种东西。

陈清扬说，她面对这丑恶的东西，想到了伟大友谊。大学里有个女同学，长得丑恶如鬼（或者说，长得也是这个模样），却非要和她睡一张床。不但如此，到夜深人静的时候，还要吻她的嘴，摸她的乳房。说实在的，她没有这方面的嗜好。但是为了交情，她忍住了。如今这个东西张牙舞爪，所要求的不过是同一种东西。就让它如愿以偿，也算是交友之道。所以她走上前来，把它的丑恶深深埋葬，心里快乐异常。

陈清扬说，到那时她还相信自己是无辜的。甚至直到她和我逃进深山里去，几乎每天都敦伟大友谊。她说这丝毫也不能说明她有多么坏，因为她不知道我和我的小和尚为什么要这样。她这样做是为了伟大友谊，伟大友谊是一种诺言。守信肯定不是罪孽。她许诺过要帮助我，而且是在一切方面。但是我在深山里在她屁股上打了两下，彻底玷污了她的清白。

我写了很长时间交代材料，领导上总说，交代得不彻底，还要继续交代。所以我以为，我的下半辈子要在交代中度过。最后陈清扬写了一篇交代材料，没给我看，就交到了人保组。此后就再没让我们写材料。不但如此，也不叫我们出斗争差。不但如此，陈清扬对我也冷淡起来。我没情没绪地过了一段时间，自己回了内地。她到底写了什么，我怎么也猜不出来。

从云南回来时我损失了一切东西：我的枪，我的刀，我的工具，只多了一样东西，就是档案袋鼓了起来。那里面有我自己写的材料，从此不管我到什么地方，人家都能知道我是流氓。所得的好处是比别人早回城，但是早回来没什么好，还得到京郊插队。

我到云南时，带了很全的工具，桌拿子、小台钳都有。除了钳工家具，还有一套修表工具。住在刘大爹后山上时，我用它给人看手表。虽然空山寂寂，有些马帮却从那里过。有人让我鉴定走私表，我说值多少就值多少。当然不是白干。所以我在山上很活得过。要是不下来，现在也是万元户。

至于那把双筒猎枪，也是一宝。原来当地卡宾枪老套筒都不稀罕，就是没见过那玩意儿。筒子那么粗，又是两个管，我拿了它很能唬人。要不人家早把我们抢了。我，特别是刘老爹，人家不会抢，恐怕要把陈清扬抢走。至于我的刀，老拴在一条牛皮大带上。牛皮大带又老拴在陈清扬腰上。睡觉做爱都不摘下来。她觉得带刀很气派。所以这把刀可以说已经属于陈清扬。枪和刀我已说过，被人保组要走了。我的工具下山时就没带下来，就放在山上，准备不顺利时再往山上跑。回来时行色匆匆，没顾上去拿，因此我成了彻底的穷光蛋。

我对陈清扬说，我怎么也想不出来在最后一篇交代里她写了什么。她说，现在不能告诉我，要告诉我这件事，只能等到了分手的时候，第二天她要回上海，她叫我送她上车站。

陈清扬在各个方面都和我不同。天亮以后，洗了个冷水澡（没有热水了），她穿戴起来。从内衣到外衣，她都是一个香喷喷的lady。而我从内衣到外衣都是一个地道的土流氓，无怪人家把她的交代材料抽了出来，不肯抽出我的。这就是说，她那破裂的处女膜长了起来。而我呢，根本就没长过那个东西。除此之外，我还犯了教唆之罪，我们在一起犯了很多错误，既然她不知罪，只好都算在我账上。

我们结了账，走到街上去。这时我想，她那篇交代材料一定淫秽万分。看交代材料的人都心硬如铁，水平无比之高，能叫人家看了受不住，那还好得了？陈清扬说，那篇材料里什么也没写，只有她真实的罪孽。

陈清扬说她真实的罪孽，是指在清平山上。那时她被架在我的肩上，穿着紧裹住双腿的筒裙，头发低垂下去，直到我的腰际。天上白云匆匆，深山里只有我们两个人。我刚在她屁股上打了两下，打得非常之重，火烧火燎的感觉正在飘散。打过之后我就不管别的事，继续往山上攀登。

陈清扬说，那一刻她感到浑身无力，就瘫软下来，挂在我肩上。那一刻她觉得如春藤绕树，小鸟依人，她再也不想理会别的事，而且在那一瞬间把一切都遗忘。在那一瞬间她爱上了我，而且这件事永远不能改变。

在车站上陈清扬说，这篇材料交上去，团长拿起来就看。看完了面红耳赤，就像你的小和尚。后来见过她这篇交代材料的人，一个个都面红耳赤，好像小和尚。后来人保组的人找了她好几回，让她拿回去重写，但是她说，这是真实情况，一个字都不能改。人家只好把这个东西放进了我们的档案袋。

陈清扬说，承认了这个，就等于承认了一切罪孽。在人保组里，人家把各种交代材料拿给她看，就是想让她明白，谁也不这么写交代。但是她偏要这么写。她说，她之所以要把这事最后写出来，是因为它比她干过的一切事都坏。以前她承认过分开双腿，现在又加上，她做这些事是因为她喜欢。做过这事和喜欢这事大不一样。前者该当出斗争差，后者就该五马分尸千刀万剐。但是谁也没权力把我们五马分尸，所以只好把我们放了……

陈清扬告诉我这件事以后，火车就开走了。以后我再也没见过她。

台湾《联合报》1991年副刊

与往事干杯

陈 染

第一章 序

回忆起过去的事有些心酸，过去经历过的点点滴滴、酸甜苦辣历历在目，其中有遗憾、有伤痛，也有绝望，但唯一值得欣慰的是，往事也让我了解到人世间的是是非非、了解了现实中的虚伪和让人心痛的一面，明白了很多事理，这让我看开了人生，懂得了应该怎样去做人，如何去珍惜现在的生活。

这也是我到目前为止除事业上小有所成外，心灵上唯一得到的满足和欣慰。

应该说我是幸运的，我现在拥有一个幸福美满的家庭，我爱我的家庭。更重要的是我还有一颗充满热情的事业心，抱着这颗心我会尽最大的努力把现在生意做大、做好。我对将来的前景也充满了希望。正所谓看破红尘、热爱红尘。回忆是痛苦的，回忆更是幸福……

第二章 家境

我出生在一个贫穷的山区，父母是地地道道的靠天吃饭的农民。善良，朴素，勤劳的父母是那么想用自己的辛劳改善这个仅有不到十亩地的家，可家里还是很穷很穷……

穷——从我记事开始经常回忆起的，也是最难忘的。一年很难吃上几顿白米饭，那时一天能吃上一顿大米饭对我来说简直是遥不可及的梦想，只有过年过节的时候才能一饱嘴福，吃得是那么地香甜，那么回味无穷。

可能是受父母和家庭的影响，从小我就是一个很听话、很懂事的孩子，一直到现在也从没有让父母操过心。

由于家里的地很少，父亲不得不出去打工赚钱，家里的重任全部落在了母亲一人身上，母亲除了忙完自家的地外，还要出去卖工，看到母亲这么辛苦，十二岁的我暗下决心，要帮着母亲分担一些家务。

那时候，每天放学回到家里，放下书包就拿着锄头到地里干活，母亲担心我被累坏，早早就把我赶回家。

后来除了铲地外，我还挑起做家务重任。现在想起当年做家务的情景还记忆犹新，打扫卫生、烧火做饭（那时做饭太简单了，就是烧锅开水，之后烫玉米楂子水饭，也没什么菜，顶多打两个鸡蛋酱，呵呵！现在想起来真的很有意思）、喂鸡鸭、喂猪等。对，还有一件事印象最深，那就是每天必做的打酱缸（就是用酱橱子倒出一些发酵的物质。在农村，大酱对每家来说都很重要）。

现在想想当时做活也有丢三落四和不让人很满意的地方，但母亲每次回来总是面带微笑地表扬我，看到母亲的笑容我的心里边总是美滋滋的。

那时候屯里就有很多人在背后夸奖我，就是现在我一回老家的时候，很多人还和我提起当年那些事呢。

第三章　母泪

在我的记忆里母亲为我哭过两次，也是我长这么大父母仅仅打过我的两次，打完后的母亲哭得特别伤心，母亲的泪一直深深地流在我的心里。

我十二岁的时候，很喜欢和比我大很多的孩子在一起玩儿一些扑克和麻将之类的东西，开始是不赌的，后来就赌一些食杂店里卖的方便面等，输了没有钱还给人家，就和他们去偷离我们家不远铁匠炉里的铁。母亲知道后，狠狠地打了我，事后看见母亲哭了，哭得那么地伤心，我知道我错了，我叫母亲失望了，我后悔极了……母亲失望的泪一直流到我的心里，一直深深影响着我，鞭策着我。

最后那次是因为我想放弃学业离家出走到城里打工，那是在我念初中一年级的时候，一直学习成绩不错的我也不知道中了什么邪，就是念不下去了，可能是和大孩子在一起的原因吧，总听他们说外面的花花世界是多么美好（现在想起来都后悔莫及啊），所以念书不如去外面闯荡江湖，到时候也回来风光一下。

我心里也知道和母亲说了也不可能通过的，就干脆逃吧。

和屯里的一个人商量以后，早上天刚放亮就出发了，走了大约十多公里路才碰上了车，到了县城（十五岁的我那时候才第一次进宾县县城）也很幸运摸到了开往哈市的车上，当我到哈市市区初次见到眼前的这座大城市时，那可真看得我眼花缭乱了，天真、幼稚的我心里想着，一定要在外面干出一番事业再回去。

可不知道我俩谁走漏了风声，在我们刚到哈市平房区时，家里就来人把我抓了回去。

母亲开始耐心地劝我，要我继续上学，我坚决反对，气得母亲又狠狠地打了我，可母亲又怕我离家出走，只好无奈地答应叫我辍学。那一夜母亲又哭了，哭得更加地伤心。这一次，我在母亲眼中看到的是她绝望的泪。

为了不再让母亲伤心，我也打消了离家出走的念头。给村上出工挣钱，我记得很清楚，那时候，凡是家里面有劳动力（虽然现在看来我那时还不是完全的劳动力）的都很想在村上挣点任务工，到村委会提留，从春天到秋季我给家挣了一千多块钱。

第四章　打工

刚开始不念书的那一段时间里，真的很痛苦，做梦都后悔当时做出的选择，毕竟从小上大学是我的梦想，可现在梦想完全破灭，留下的只是悔恨，这也是我一生之中最大的遗憾吧。

做出了这样的选择也让我付出了惨重的代价。

十五岁应该是人生青春美好的时期，应该过着无忧无虑，校园式浪漫的生活，然而我却提早进入了社会，开始在工地上过着看人脸色、受苦受累、受人侮辱、歧视的日子，那段难熬的日子我至今无法忘怀。

那是在当年秋收以后，一个对于我来说，是一个很偶然，很难得的机会，邻居家的一直在市里工地里干木匠活的姨夫回来了，在一次闲聊时他说，由于现在是抢工期，工地里急需人手，我知道后欣喜若狂，这可是我出去闯荡的大好机会。

我把想出去干活的想法和母亲说了，母亲坚决反对我，说我太小，怕我受苦，受委屈，会想家的。

没办法我就找姨父过来帮忙，姨父被我想出去打工的决心打动了（记得当时急得我都要哭了出来），好心的姨父过来做母亲的工作，说孩子既然那么想出去就不要阻止了，正好到冬季也没什么事做了，你就放心吧，我会照顾好他的。

母亲听到这些虽然还是担心但还是答应了叫我出去打工。

就这样我就踏上了人生中艰难的打工的岁月。

记得出发的那天，天气很冷。母亲一边帮我收拾行李一边嘱咐我说："要照顾好自己，别生病，天凉了多穿些衣服，如果想家了或活太累了就回来吧，家里再困难也不缺你那点钱。"看见母亲那湿润的眼睛，心里了解当时母亲的心情，是放心不下我，毕竟我当时太小了，才十五岁而已，还初次离开父母，离开这个家。

母亲一直送到我上车，在车开前的时候母亲还哭着拜托姨父说："孩子太小，我把他托付给您了，帮我好好照顾。"当时我在车上看着母亲的泪水，心里体会到母亲当时的无奈与担心。

带着对大城市的向往我来到了这里。

刚进市区里，看见高楼大厦，豪华的轿车，这一切繁荣的景象，使我对将来的前景和将要过的日子又憧憬了一番。

可是到了工地心里一下子凉了半截，记得最深的是看见工人一个个穿着破烂的衣服，黑黑的脸，很脏的手在拿着馒头，喝着菜汤吃东西，还有个像工头的，嘴里骂骂咧咧在教训工人，心里头真不知道是什么滋味。

进到宿舍又被眼前的一切惊呆了，有十多个陌生面孔、二十多双疑惑的眼睛盯着我，心里有些害怕。

宿舍的条件现在真的不知道用哪个词能形容，一个二十几平方米的屋子，具体说是一个四周用板和砖搭起的墙，棚是用塑料布扣上的，一进去给人是黑黑的、乱乱的、脏脏的、凉飕飕的感觉。

工头看见我们来了，接过了行李，给我安排了睡觉的地方—— 一个上下搭起来的板铺，每人大约一个身位的地方。

看见眼前的情景，心情是压抑的，很失落，做梦也没想到我憧憬的大城市怎么会是这个样子呢！

当时年少的我也没有想太多，也不敢想太多。只知道再困难也不能放弃能在外面生活的机会，只要能在外面生活下去，再苦也要坚持。说实在的，真不想继续过着父母那种面朝黄土背朝天的日子。一想起将来会在那个破屯子生活一辈子，我就会觉得害怕。那里已经让我穷怕了。

第五章　委屈

就这样一个充满孩子气的面孔时时在工地的每个角落出现，刚开始不是很忙，也不那么累，还得到一起干活的长辈们的同情和关照，白天还都能过得去，可每当下班回来总是想家，想妈妈。

时常对着天上的星星发泄地大喊：妈妈！我想你啊！你还好吗？我想回家。

在那个时候，我的眼睛总是湿润的。

那时候没有电话，只能和妈妈以书信方式联系，来减轻对妈妈的思念之苦。

应该说第一次在外打工的感受是最深的，最难忘的。工程的进度紧张，并没有减轻我思家的痛苦。

想家的念头越来越强烈。记得那时候是一个毛头小子的我，干起活来总顾前不顾后，毛毛愣愣、傻乎乎的，经常脚底挨钉子扎（在工地做木匠活），最严重的连续三天被扎，扎在脚里，疼在心里，眼泪噼里啪啦地往下流，那滋味至今无法忘怀。

扎过以后，第二天还要一瘸一拐地继续干活，真是苦不堪言，泪水也只能往肚子里咽。有一回，扎得最严重的一次，走路实在费劲，很疼很疼，真的无法正常工作，就向工头请了一天假，可工头的儿子却指着我的头说："你这点伤算什么啊！我扎过比你的还严重，还不是照样干活，熊蛋样！"

可能是由于抢工期吧，大家都很着急完成工程，说话的语气很难听，当时也不知道怎么了，眼泪没控制住，一下子流了出来。

幼小的心灵从来没有受过这样的委屈，心里面特别特别地难受，在那时才感觉到在外面是那么地难，是那么地不容易，那时是那么地想回家。

思家的情绪没有减轻，又发生了一件我自己都没想到的事。

由于我们每次工作回来，都会剩一些钢钉在兜里面，我就把剩下的放在我的行李包里，想回家带回去。

因为从我记事起，爸爸总是为了修补一些东西翻箱倒柜地找钉子，找出来的也都是一些生锈的、弯弯曲曲的钉子，有时候找了好半天也找不到一根，所以我决定把这些剩下的钉子带回家。

可意想不到的是我们一起干活的一个同事把我告发了。那天早上我刚吃完饭，在板铺上正准备去上班，就看见保管员气冲冲向我走过来，当时我也不知道会发生什么事，他抓起行李包往地上一倒，大约一斤左右的钢钉被倒了出来，他指着我的鼻子狠狠地质问我，为什么偷东西。当时我怕极了，一句话也说不出来，保管员揪着我的脖领子到了办公室，当时的心吓得都要跳出来了。

他一再问我是怎么回事，我低着头吓得不敢说话，保管员的大巴掌狠狠地向我的脸上打过来，一下把我打倒在地，当时我就感觉脸上火辣辣地疼，眼冒金星，好像要昏了过去似的，嘴角的血也流了出来，我又疼又怕哭出了声。

可他还不善罢甘休，又用脚向我踢来，这时另一个年龄大一点的保管员把我抱住，可能看我太可怜了吧，说：

"算了吧，他还是个孩子啊！"保管员狠狠地在我屁股上踢了一脚，严厉地对我说："下次再让我发现，我整死你。"我这才算是逃此一劫。

事后我哭得很伤心，觉得特别地委屈，只不过拿了点钉子，可我并没有存心去偷啊！只是想拿给爸爸……就遭人毒打，那时的我真的是好想家，好想妈妈。

现在想起这些事来，心里还是说不出的难受。

冬天到了，天气特别地冷，脚冻坏了，手生冻疮了。

一到晚上冻坏的手和脚揪心地痒，真是无法用语言表达当时的痛苦。

在寒冷的天气里干活，手冻得不听使唤，钉钉子的时候一不注意就会凿在握钉子的左手上，疼得我无法忍受，有时疼得会坐在地上哇哇大哭。

那时候真的是太不容易了。

但心里也有高兴的事，因为还有十几天就要过年了，可以回家了，除去自己平时的花销，一共挣了九百多（我的工资是每天十五块钱，管吃住）。

回家的头天晚上是我最难熬的一晚，兴奋的我怎么也睡不着觉，眼睛整整瞪了一个晚上的灯。

第六章　回家

在我回到家看见母亲的时候，本来想把在外面的委屈都说出来，可是由于太兴奋，太高兴了，一下子全都忘了，这可能也是孩子气的性格依然存在吧！

母亲说我瘦了、黑了，可看得出母亲是很高兴的，她不时问我：

"是不是很累啊？受了不少的苦吧？想家、想妈妈了是不是？"

我当时眼泪唰地就下来了，我赶紧擦了一下眼泪对母亲说：

"不累，挺好的，是有点想家，还想妈妈。"

说完强挤出了点笑容，母亲也不自然地笑了。

回来以后，我的食欲大增，吃什么都香，就连平时最讨厌的咸菜吃得也是那么香。

当我问父亲怎么还没回来呢？母亲沉默了。后来母亲对我说：

"也不知道什么原因，一起去干活的屯里人都回来了，就你父亲和你姨父跑单帮。"

看得出母亲的担心和忧虑。

因为父亲是在黑河煤矿干活的，危险性很大。可我们能做的除了担心外，只能盼望他早点平安回来。

父亲是在过年的前两天回来的，原因是干完活老板没有给钱，所以只能在那里等。

可来到年了，怕家里人惦记，没等到钱也只好空手而归了。

在父亲没回来之前，我和母亲的心情没有一天是平静的，特别是母亲连觉都睡不踏实。

父亲回来知道我的事情后，也没说什么，除了觉得我不念书有些可惜外，也没有太多的责备，他大概是觉得孩子长大了，也该有自己的主见了吧！

那年过年虽然没有太多好吃的菜肴，但是我觉得很幸福。

打工的辛酸使我觉得一家人能平安、开心地在一起是最好不过的了。

应该说我在工地整整漂泊了两年，十七岁那年的七月，是我人生的转折点吧，我终于结束了在最令人讨厌的工地这个鬼地方生活。

第七章　感受

这两年里受过很多苦、很多累，受过委屈、歧视，甚至还遭人毒打。

工地上的所有活我基本上做遍了，开始是木匠活，之后做钢筋工、力工、油工、瓦工，可想而知当时我的无奈。

因为由不得你去想做什么，唯一能做的只能是在工地里干活等待机会。

那时候我时时刻刻都在想，什么时候能有出头之日呢？什么时候能学点手艺呢？

说实在的那一段时间真的很寂寞、无聊，心里面总是有压力，很喜欢在没有人的地方幻想，也许是当时的心灵上的失落和空虚吧，直到现在都落下了爱思考问题，心不在焉的毛病，很容易让人误解我有什么心事。

不管怎么说，那个艰苦的岁月磨炼了我的意志，教会了我很多东西，我明白了很多事理，这可能是那时给我最大的收获吧！

记得是我十六岁那年的春天，我深深地感到社会的残忍和无情。

在那时候，像我们在外打工的人，根本是不被当人看的。我在哈市香坊区干钢筋工的时候，有一次，工地急需固筋，需要马上抻钢筋（就是盘一起的细钢筋，一头绑在树上，另一头用大汽车加大油门使劲抻直），老板亲自指挥，边骂边嚷，要求快点，我们分两伙，一伙在往车尾绑，我这伙往树上绑。

在汽车抻钢筋的时候，老板指着我大喊，有钢筋缠在一起了，快点把它拨开，当时我没有意识到危险性，也不敢违抗老板的命令，等我到跟前要用手碰钢筋时，只看见那些弯弯的钢筋被汽车猛力地一拉，一下子全部向我射来，我飞出了很远，重重地摔在地上，感觉呼吸困难，手脚不听使唤，有点迷迷糊糊，心想这下完了，是不是要死了。

这时好心的同事过来扶我，我试了一下，想站起来，可能是当时岔气了吧，怎么也起不来。这时候那个狠心的老板过来，向我屁股狠狠地踢了一脚，骂道：

"装死，起来。"那时候我才感觉到，那些黑心的老板简直不把我们当人看，不管我们的死活。

事后经过检查，最幸运的是后背没有硌住石头类一些硬东西，要是那样的话，后果不堪设想，幸好都是外伤，这点伤我真的不在乎，让我心痛的是，在这个社会，像我们这样的工人是没有人瞧得起的。

心灵上的创伤让我明白，要是将来有一点能力的话，决不会在这个狗屁地方生存。

我临时在极乐寺里备了几天的料，有闲余时间我都会去看看各式各样的佛和寺院的建筑物。应该说在极乐寺的几天里，心里对佛产生了很大的兴趣，我现在信佛，是那时候在极乐寺的几天里受的影响吧。有一次，趁一起干活的同事不在身边，我就偷偷地学着别人跪在佛前，当时害怕被别人看见嘲笑我。

我当时跪了很久，虔诚地祈祷佛祖保佑我，保佑我将来能有自己的一番事业，保佑我能实现自己的当时看来不是很现实的目标。

在那个时候我在佛前祈祷的，也算是我自己的奋斗目标吧，平时是不敢去想的，也只能在佛前祈祷吧，觉得好像不太现实，离我太遥远了。

还很清楚地记得我在太平区干力工生病的情景，由于住在水泥地面冰凉的板铺上，加上屋里潮气大，吃的东西不卫生，体力活还重，不久我感冒了，还得了痔疮，那时候我浑身难受，跑肚拉稀，加上痔疮疼痛难忍，坐立不安，在那个时候还不懂得照顾自己的我，特别特别地想家。

在外面得不到一点关爱的我，想到了在家里时母亲的疼爱，在外面凄凉和无助的我，想到了在家里的温馨和随意。

这也让我深深地体会到，要想在外面立足，就要适应这个环境，在外面不同于在家，首先要学会照顾自己，要锻炼自己的毅力和品质，要学会处理复杂的人际关系。

这两年的建筑生涯，让我学到很多东西。

也让我留下了很多值得回忆的事情，有伤心的，有美好的，也有很多永远无法忘记的。

第八章　学徒

应该说我能有今天的成就和事业，是和姨妈家哥哥的帮助分不开的。

是他给了我一个学厨师的机会，在哥哥的一步步的帮助和扶持下，我才能走到今天。

后来我才知道，他听说我在方正县时很苦、很可怜，就托了很多的人给我找了个师傅，让我走上了厨师这个行业。

在方正的时候的确很苦，那时我才十七岁，整晚打混凝土，工期紧的时候一连两宿都不得休息，由于活太累，我实在受不了了就回家。

在我学徒的过程中，总觉得自己很笨拙、很无知，也经常受师傅的责骂和别人的耻笑，有心灰意冷想放弃的时候，可还是咬咬牙挺过来了，虽然条件是比以前在工地的时候好多了，但巨大的心理压力有时候压得你喘不过气来，毕竟我是一个从农村出来的毛头小子，没有人把你放在眼里呢，还经常被人讽刺和嘲笑。

那时候的日子说实在的也不比以前的好过多少。

最让人闹心的就是切菜经常切到手，手坏了还得坚持切菜，磨得伤口揪心地疼，每次总是快要好了的时候，又把伤口切了。

我记得那个时候，总是暗暗地告诉自己：不管再遇到什么样的困难，再苦、再累，上刀山，下火海，我也要挺住，这个机会太难得了，这也是我唯一的出路，所以我一定不能放弃。

第九章　出丑

一晃在二龙山的酒店学厨师已经两个月了，请假回家看望一下，自以为学了点东西，殊不知，一无所获。

还闹出了很多笑话，现在同学见面都拿那时候的事取笑我。

那次回家巧得很，正赶上我们小学同学聚会，说实在的，那天聚会真的特别开心，可能是我一直到现在太缺少青少年时期那些值得回忆的校园浪漫的往事吧，至今那次聚会我都无法忘怀，一整天都在笑，都在闹，真的，那天太美好了，觉得很幸福、很难得。

然而，也是我出丑很没面子的一天，可能是虚荣心在作祟吧，自以为学了厨师，就应该在同学面前露一手，特别是在女同学面前，其实根本显不着我的，有好几个女同学都会炒菜的，而且手艺也不错。这屋里屋外把我忙的，到最后做得是一塌糊涂。

开始准备时还是有条不紊的，一切都在控制范围内，可到炒菜时，一下子蒙了。我做的是最后一道菜——地三鲜。葱姜蒜和辣椒切好了，师傅教我的浇汁也准备好了，土豆也炸好了，我边炸茄子，还边和女同学吹我的手艺如何如何，由于油温过高，眨眼工夫茄子就变黑了。我手忙脚乱地把茄子捞了出来，其他女同学也来帮忙，可是已经晚了，只看茄子黑的，大勺也冒烟了，心想这下完了，丢丑了。

可也不能半途而废呀，菜还得继续地做。慌忙地把茄子和土豆放进大勺里，倒入兑好的汁，还得意地翻了两下，装进盘子里时，感觉就是黑，勾芡也大，黏糊糊的。用餐时，感觉特没面子，有女同学对我说："这菜好像缺什么东西？切好的葱姜蒜放了吗？"我说："忘了。"她说

"那辣椒呢？"我说："忘了。"她说："那你这是什么地三鲜啊，明明就是地两鲜啊！"当时把其他同学笑得差点儿没喷出来。当时我满脸通红，也在那傻笑。

这次聚会还有一个难得的是，我和我的姐姐说了很多话，进一步加深了我们姐弟之间的感情。姐姐是和我同班的表姐，在小学一起生活了六年，可是我却没有在六年当中叫过她一声姐姐，那时的我就是认为叫不出口，觉得会被嘲笑的。

姐姐是我们班的班长，也是我们学校的佼佼者，每次重大考试都是全乡第一。那次聚会我得知姐姐考上了哈市的一所重点大学，我为她高兴。

现在她也结婚了，而且听说被一家广告公司重用，生活得很幸福，现在我非常想念她。

在这里也祝福姐姐开心、快乐、幸福。

第十章　回忆

我们在欢声笑语中结束了一顿难忘的午饭。

有人提议去母校看看，这个提议真的很好，我确实想看看这个曾经生活六年的学校变成什么样子了。

我们沿着大道来到了学校，真的变了很多，变得比我们那时候条件好多了。

原先的那个熟悉的大钟不见了，换成了电铃；连上学时印象最深的房顶上的破瓦也换成了铁皮，墙上也刷有颜色的好看的涂料；班级各个门前又多了非常漂亮的花池；教室里以前的土地面变成了水泥地了；那些破破烂烂的桌椅也换成新的了；窗户、黑板也全部换成新的了。

真的羡慕现在的学生们。看到这些不禁想起我们那时候条件是何等恶劣。

尤其是到冬天的时候，教室里特别地冷，小手冻得有好几处伤口、胖乎乎的，每天放学回到家里，母亲就用温暖粗糙的大手给我揉，此情此景依然在脑海中浮现。

要是说起上学时有意思的事，真的有很多值得回忆。

贪玩，学习不是很用功的我，成绩却一直名列前茅，现在总结起来，只能说那时的我很聪明。

在班级里我是好学生，不惹事、不骂人，也从不打架，学习也很优秀。

有一次，我们班级要分甲、乙、丙三个不等的小组，是想把学习好与学习坏的学生分开，在一场残酷的考试后，我以优异的成绩被分到甲组，而且这一组就我一个男生，说实在的，当时我内心真的感到很骄傲，特别地开心。

那时我就一直梦想自己有一天能考上大学，遗憾的是没能实现，在此也表示很心痛。

那时候母亲总是让我穿着鲜红色的上衣，开始我倒没觉得什么，由于很多同学嘲笑我，我决定不再穿了，还因为这个和母亲吵了一架。

后来母亲耐心地给我解释说，现在咱家还没有钱给你买新衣服，这衣服是你姨妈家姐姐剩下的，你现在只能穿这些，但妈妈答应一定会给你买的。

那时候家里确实很穷，种的是村上分的不到十亩的地，要是遇上涨大水的年头，还会颗粒无收。

性格老实不爱说话的父亲，在外一年打工的工钱，要是遇上黑心的工头，还会空手而归，在这种情况下，还要供我和弟弟念书，可想而知家里的处境了。

那年母亲实现自己的诺言，给我和弟弟都做了一套新衣服。

那一年是母亲最痛苦的一年。母亲生病了，而且病得很严重，去了很多地方医治，钱也花了很多，也借了很多外债。

快要过年了，母亲和父亲商量说："因为我有这场病，也借了很多外债，孩子也因为我受了很多罪，来到年了，即使我们大人不吃不喝，也要给两个孩子做套新衣服。"父亲同意了。

就这样，我和弟弟过年穿上了新衣服。母亲说我穿上新衣服特别精神，我开心地笑了，母亲也笑了。

现在二十六岁做生意的我，应该说选择的几项生意是很正确的。夜总会、废品收购站、商店都在正常营业中，效益也很可观。

其实我那个时候就做过一次小买卖，现在想起来觉得好笑，真的好笑。当时看了一个叫《篱笆·女人和狗》的电视剧，剧中有一个叫铜锁的，他不务正业，做了一个买卖，就是像转盘样的东西，有一个用手一拨就转的针，规定多少钱一下，指到什么东西就给什么。

那时候，我也很想做这个买卖，后来就做一个同样的转盘，做法很简单，就是用冬天玩的爬犁，大约是四十公分左右大小的面，在中间镶上一个立柱，立柱上放上用刀削好中间带眼的木针，用手一拨，转得也很均匀。

因为没钱，就和邻居家的大胖子说了这件事，胖子也同意和我合伙做这个买卖，他出钱买了一些泡泡糖、人头像、胶皮筋、橡皮、铅笔、糖之类的东西，最贵的是两毛钱的，剩下的都是几分钱的，好像一共花了两块多。

一切都准备好了之后，找了我们班平时零花钱多的几个同学到我家里，规则是一毛钱一下，即使什么也没指到，也会给一个人头像作为补偿。

大家对这个都很感兴趣，争先恐后地抢着拨，不一会儿本钱就回来了，到最后赚了两块多，还剩了好几样东西。

但生意总共就做了两回，因为第二次大家都没有钱了，都开始欠了，到现在还欠着了呢，对了，等下次看见我同学的时候我得和他们说说这事，欠我钱也该还了吧，都几年了，还得加点利息，哈哈！说点大话吧，可能小时候我就很有做生意的天赋吧，这件事到现在都很值得我骄傲。

第十一章　受辱

在二龙山酒店的那段日子，除了在工作中师傅的责骂和老板娘恶意侮辱外，应该说日子过得还算平静。毕竟是一家正规的酒店，每个环节都安排了人手，包括凉热墩的、面案的、烧火的、打杂的、保管员。

我除了给师傅打下手外，也没什么可做的。所以，老板娘认为我是吃闲饭的，时不时就找我毛病，为难我。

师傅的责骂，是希望我能有个记性，所以我还是很感激他的。

老板是一个小气、刻薄员工的人，时常刁难员工，其中也包括我。除了师傅外（因为在他们眼中师傅是得罪不起的），老板整天对员工们大喊大叫，我和其他员工都非常地讨厌他。

有一次午饭口的时候，客人特别多，所以菜上得很慢，可老板不敢和师傅说，就和我大喊大叫，我那时正在炖鱼，本来就有点晕头转向的，他在身边一搅和，我更蒙了。

当时厨房也的确很乱，平时一次不出手的老板也奇怪地伸手帮忙了，问我放在灶台上的盆里装的是什么东西，由于烟气很浓，我也没看清楚是什么，只看是一盆脏乎乎的水，便没好气地说：你就看吧，要是没用，你就倒了吧。说完我就忙别的去了。

忙了好一阵，算是喘了一口气，最后就是剩下狗肉汤炖白菜了，可是怎么也找不着狗肉汤，大伙儿和老板一起找，师傅这时候也大发脾气。忽然，就听老板说："我的妈呀！是不是刚才我把狗肉汤给扔了。"

我一听想起来了，到外面一看，果然是倒了，就听老板和师傅解释说："这可怎么办啊？师傅，你看我也不是有意的，换菜还来得及吗？"

我看他那又着急又无奈的表情，心里乐开了花的，开心死了，整整乐了一个下午。

由于师傅要跳槽，很突然地决定要离开这个地方，我知道后心里特别难受，脑袋里一片空白，不知道自己该怎么办？是不是很快就会被撵回家？最后老板和师傅商量后，决定把我留下几天帮忙，让我帮新来的师傅熟悉一下环境。

师傅临走时和我说："你过几天就来我那儿吧，我还带着你。"我点头答应了，心里也特别感激他。

做梦都没想到的是，在我离开的那天，老板娘把一个大屎盆子扣在我头上，至今都让我感觉社会的无情狡诈和没人情味。

我们的寝室除了四张床外，还有一个麻将桌。

我把头天晚上收拾好的行李兜放在床上，在和寝室里的室友和老板娘一一告别后正准备要走。

这时候老板娘边拽别人打麻将边说："小张啊！没事过来玩啊！"我

说，"好的。"等我刚要拿包要走时，老板娘说：怎么麻将少了三个呢，大伙儿帮找找。

我一看，麻将桌上的确少了三个麻将，我也帮忙找了起来，床底下、被褥底下都找遍了，就是没有。

这时老板娘指着一个服务员说："看看小张的包里有没有。"我一听，当时觉得很奇怪，我包里怎么会有麻将呢，我亲自收拾的自己的包啊！再一个我拿你几个麻将做什么啊！只看见那服务员把我叠好的衣服一件一件扔在床上，把两个包翻个底朝上，最后我看见服务员居然在我兜底拿出了丢的那三个麻将，我的脸唰地一下红了，心里怦怦乱跳，我在问我自己，这是怎么回事啊？屋里所有的人都用恶意的目光盯着我，老板娘冲到前面，站在门口冲我说："平时看你好好的孩子，怎么还偷东西呢。"我一听，眼泪唰地一下子流了出来，心里头特别特别地难受和委屈，老板娘看见我哭了，脸上也露出很不自然的表情，也没再说什么。我一直在门口站着，低着头，啪啪掉眼泪，也不知道该说什么，也没必要说什么，只是心里有一种说不出来的滋味。

要是现在的话，敢这样冤枉我，他姥姥的非上去给她一个眼炮。

过了好一会儿，我才意识到该走了，我走到床前收拾衣服时，也哭出声来。可能老板娘也意识到自己太过分了吧，又和我说："别往心里去，我也没说什么啊。"我是哭着走出那屋的，当时恨不得能一下子飞出那个令我讨厌的地方。

在我刚要走出二龙山门口时，只听见有人喊我，回头一看，是烧火的老大爷，他是听说这事跑着过来的，他对我说："孩子！别往心里去，那是老犊子（老板娘）故意放进你包里的，只不过是想看看你包里有没有什么东西，之前也有一个学徒被她冤枉过，你是好孩子，别太难过了，别往心里去！"说完，抚摸了一下我的头。

我说："谢谢大爷，您多保重。"

大爷的话叫我感觉很温暖。

现在我也很感激这个老大爷，感谢他安慰我，告诉我事情的真相。

老大爷！不知道您还在吗？过得好吗？挺想念您的，在这里祝您健康长寿。

第十二章　缘分

就这样我回城里又和师傅在一起了，这家饭店不是很大，是新开业的，也不知道为什么没有牌子，后来知道这家饭店是养小姐的。

由于开始不是很忙，那里的老板对我还好，倒也很自在。

其实厨房就我和师傅两个人，师傅除了炒菜什么也不管了，我除了不刷碗外厨房里的所有活都做。

后来我真的感觉一天很累。

很早很早就起来，引灶子、打扫卫生、做早上的伙食饭、收拾老板买回的各种菜、把中午的料提前一样一样地备好，忙完了，也就到中午饭口了，又是一阵神忙，到最后累得喘气都觉得费劲。

其实累点我倒是不在乎，只要能学到手艺就好。

可我总觉得自己特别特别地笨，总认为自己天生就不是做厨师的料，对自己完全失去信心。

即使师傅天天骂我，我也不在意，叫我在意的是我渐渐地感觉自己已经没有信心坚持下去了。

学会这样忘掉那样，师傅告诉一遍还记不住，做什么事总毛毛愣愣，丢三落四的，一忙起来还老切手，菜一上不去还遭师傅的痛骂，我知道师傅是恨铁不成钢，我从来没有责怪过他。

那时候我特别地难，很多时候自己都泄气了，工作也不那么积极了，事情做得越来越糟，师傅看我一天心不在焉、魂不守舍的样子，对我也有些失望，我能感觉得到。

后来，哥哥知道后，一有时间就过来安慰我，说他那时候也是这样的，慢慢就好了，继续努力，不能泄气啊（那时候哥哥已经是切墩的了，开始挣钱了）。

老板娘也经常鼓励我说："没事的小张，即使做得不对，什么东西弄坏了，我们也不会怪你的。"在他们的鼓励下，我又重新找回了信心，慢慢我做得比以前好了。

在我最困难的时候，真的非常感谢他们，如果没有他们的鼓励，很难说我会变成什么样子。

一天，师傅让我去一家叫作夜总会的酒店帮忙，那家酒店的主灶是我师傅的一个朋友，因为包席忙不过来，所以叫我过去帮忙。

到了那里找到那个师傅后，便加入到了战斗中。

我是第一次看见包席菜的做法的，除了见识很多东西外，给我印象最深的是那个师傅，秃秃的头顶，一张和善的面孔，在我们忙得不可开交的时候，他还不时地和我们开着玩笑调节气氛。

我很认真地完成了那位师傅吩咐我的每一项任务，师傅很满意，忙完那个师傅很有诚意地留我吃饭，但我还是觉得应该及早回去，他一直送我出门口。

可能是缘分吧，谁也不会想到，后来他成了我第二个师傅，而且还建立了很深的感情。

最重要的是他对我的影响很大，特别是做人原则和为人处世。

因为师傅的各种原因，他被炒鱿鱼了，我也算失业了吧，没办法就回家了。

在家待了十多天吧，后来实在没心情在家里再住下去了，总这样也不是办法啊！需要自己找出路！总不能这样半途而废。

我找到了哥哥，他说也没办法。

在我无助的时候，哥哥给我出了个主意，对我说："你不是认识夜总会的徐师傅吗，你去找他试试吧，或许能收留你呢？"

这也是没办法的办法，怀着试试看的态度找到了徐师傅，那时候嘴特别地笨，总觉得不好意思说出口，也没直接说明来意，就问我师傅在不在他那儿？他说：好久没看见他了，一直也没有联系。

后来我也一直吞吞吐吐的，他好像听明白我的来意，犹豫了好半天（当时犹豫是因为收留我，怕我师傅对他有看法吧，这是我后来知道的）最后还是答应了。

一是同情我，还有一个原因就是我上次来的时候给他留下了很好的印象！就这样我拜了这个人品好、心地善良的师傅，不仅学会了手艺，还学了很多做人的道理。

第十三章　安身

应该说在这家酒店我才第一次感觉到在外面也会有温暖，感受到了大家庭那种温馨。

师傅对我特别地照顾，他性格特别温和，总是耐心地，甚至亲自做示范告诉我。

切墩的也姓张，家是三宝的，性格也很好，和他很处得来，他对我也是格外地照顾。

面案的是一位老大姐，也姓张，都管她叫张姐，对我也不错，再加上师傅又很幽默，时常就逗我们开心，大家相处得一直很融洽。

真的特别喜欢这种气氛，也觉得自己很幸运，能在这样环境下度过最后的学徒生涯。

让我头疼的就是晚上下班的时候，因为这个饭店是解决不了住宿的。

刚开始是住在一个亲戚家，可能是由于我对什么事都特别地敏感，也不忍心因为我一人去打搅人家正常生活规律。

我又天天起早贪黑，又没有固定回家的时间，有时洗洗涮涮，真的很麻烦。

下班后，满身疲劳的我，很喜欢走在宽敞的大街上。

因为那时候我的心情是压抑的，但外边景象可以缓解我的心理压力。

我喜欢看天空上的星星，看那些来来往往、稀稀拉拉的车辆，回忆一天学到的菜肴的操作方法，想起过去的点点滴滴，幻想美好的未来。

那时候的心情是复杂的，忧郁中有伤感。

有时候我就望着天空说：苍天啊！为什么农村出来的孩子就这么难呢。

走累了，录像厅就是我的临时住所，疲惫一天的我，开始是很难适应这个场所的，夜深了困得我实在受不了的时候，就趴在凳子上睡着了。

记得的是秋季，早晚温差大，每次醒来都是冻醒的。

第二天也总是红着眼睛、迈着沉重的脚步、睡不醒的样子去上班。

后来，母亲知道了我的情况，哭着找到了我的大姨，好心的大姨找了单位的领导，细说了一个农村孩子在外面学手艺的难处。

单位的领导和同事也非常同情我的处境，允许我在有线电视台的锅炉房放一个临时的床，还临时给我找了个床。

记得清楚的是床架是角铁的，床面是铁丝网编制的，躺上去床面就塌了下去，每天早上起来腰又酸又疼。

锅炉房不到十平方米的地方，去掉锅炉和床也就没什么多余的地方了。尽管这样我也打心里高兴，毕竟有属于自己的住所了。

第十四章　耍弄

夜总会是一家餐饮、娱乐、住宿的大型娱乐酒店，一共三层。

一楼是厨房和大厅，大厅主要是工作人员吃饭的地方，二楼是客人就餐和娱乐的，三楼是客房。

不喜欢说话、老实内向的我，开始到那里的时候，经常被人欺负和耍弄。

有几个当地的服务生，每次下楼看见我都用愤怒的目光瞪着我，时常还冷言相击，我对他们有些胆怯。

记得有一回，在吃伙食饭的时候，我在夹菜过程中，碰巧有个服务生也夹菜，筷子碰到了一起，他眼睛狠狠地向我一瞪，吓得我低下头吃饭不敢再夹菜了。

这被师傅看到了，一向性格温和的师傅发了火，指着服务生一顿臭骂，把那个服务生吓得连忙向我道歉，并表示再也不敢了。

师傅是一向对我都这么好的。

一和女孩子说话就脸红的我，也总被那里的漂亮女服务员们取笑。

刚来的几天，即使是没什么事情做，我也喜欢在厨房里坐着，害怕也不喜欢见到陌生人。

可每次女服务员下楼灌水时，都好像故意和我找话说，时不时还用水汪汪的大眼睛盯着我，看得我脸又红又害怕，支支吾吾说不明白，她们却嘻嘻哈哈笑个不停，可能是她们觉得我好玩，一说话脸就红，挺有意思的吧，故意耍弄我开心的。

吃伙食饭时，她们还经常用直勾勾的眼神看着我，看得我心里直发毛，那些女孩子还用语言挑逗我，就是听起来满身起鸡皮疙瘩的那种口气。很温柔地说道："小三啊！（因为我在厨房里排号老三）你怎么不夹菜呢？你看你这两天瘦的，我都心疼了，来我帮你夹菜。"边夹菜边往我座位挪凳子。

　　另一个女生这时也会再加上几句说道："干什么呢！干什么呢你？怎么不来个先来后到呢？"然后眨了眨眼睛冲着我说："来三！吃我给你夹的菜，有什么不好意思的啊！吃胖胖的，听话！你看你，脸红了，哈哈哈哈！"其他女生一片大笑，师傅他们也跟着笑了。

　　当时的我低着头，脸憋得通红，一脸的难为情，最后还是师傅圆了这个场，边笑边和她们说："告诉你们这些臭丫头哦！往后不准拿我徒弟开涮，他脸小，禁不住你们这么折腾。"她们却撒娇跟师傅说："说什么呢？大师傅！我们不过是开玩笑嘛！也是在帮你开导这个徒弟呢，他太缺乏锻炼了，大师傅，你还得谢我们呢！哈哈哈哈！"说完又是一片大笑。

　　现在想起来我都想笑，那时候的我怎么会是那个样子呢。

　　也许是太缺乏自信心吧，总觉得农村出来的孩子比城里的孩子矮一头，把自己的位置摆得很低。

　　但不久这种观点改变了，我不仅在夜总会有一定的地位，而且还在整个厨师界也有一定的影响，至今也仍感觉是一种荣耀。

　　后来在那里逐渐地适应了环境，说话也有底气了，自信心也加强了，性格也改变了不少，变得比以前活泼开朗了，时常还开两句玩笑。

　　经验和刀功也有明显的提高，应该说我在全方位地进步，在这里真的感谢师傅对我的教育和培养。

　　因为师傅经常对我说："做人要首先对得起自己的良心，什么事不要斤斤计较，能过去尽量过去，说话一定要有分寸，一定要勤劳刻苦，多把心思放在做菜上，做什么就要像什么。"师傅的话我一直牢记在心。

第十五章　初恋

一晃在那里两个月了，师傅允许我回家看看，给了一天的假。

在我早上回来上车的时候，看见一个想见的人。

人常说初恋是美好的，浪漫的。

而我的初恋就像是一张白纸，应该说是单相思，没有太多值得留恋的。

现在想想能留下的只有这么一点对她的记忆，她是我的同学，是一个活泼开朗、长相平平的女孩，平时总喜欢笑，很招人喜爱。

我在去年才对她产生一定的好感，去年我从哈市回家的一天里，她正好在她哥哥家，我们碰到了一起。

还在中学念书的她和我一起谈起了上学时的情景，我们都特别地开心、兴奋。

虽然没有过多的语言，但她的印象深深印在我的脑海里。

那时贫穷、一事无成的我，是无资格向她示意什么的。

后来我听说她很喜欢在平坊街里一个有钱的男孩子。

我也曾经去学校找过她，她和我说："我们是不可能的，希望你找一个比我更好的。"

那时候我的自尊心受了很大的伤害，我一直把她的话当成我前进的动力。

在我上车的一刹那看见了她，当时我的心怦怦直跳。我问她："你过得好吗？"她说："还好。"

她也不时地看我几眼，也示意要和我说什么，但没说出口。

我现在很后悔当时为什么不鼓足勇气和她说：好好学习，多注意自己。

让我内心自责的是她对我这样说了。

她当时还在上学，由于去年没考上理想的学校，又复读了一年。

在平坊街里车站下车的时候，我一直在盯着她，她一直站在车门口没有下，而是最后一个下的车，她下车前回头对我说：好好学厨师，多注意自己。说完对我笑了一下，就下车了。

我一直眼睁睁地看着她的背影，直到她在我的视线里消失。

当时的心情是一种说不出来的痛，无比伤心。

谁也不会想到那是我们到现在见的最后一面。

这也是我对她最后的记忆，到现在已经十年了，她的面孔已经模糊了，很多事都已经淡忘了。

可在当时我是的的确确想过她，喜欢过她，要说初恋这就算是我的初恋吧。

后来听说她考上齐齐哈尔的一所学校，现在已经结婚了，而且生活得很幸福。在这里我也衷心祝福她，家庭幸福，生活美满！

第十六章　哥哥

有一天我刚下班要回家，哥哥就找到我这里，说不在那家酒店干了，又换了一家饭店，也没有地方住，想和我做伴。

我是很愿意的，可就怕你接受不了那个环境，和我一起去看看吧。

其实那张床是单人的，并且很窄，躺下还塌腰（我看这样的床现在想买的话，得上古董店去），两个人住的话，肯定是很别扭的。

其实我打心里希望哥哥能留下来陪我，这样我们不仅可以叙叙旧，我还能在他那里学到很多东西。

其实哥哥和我一样从小也是苦命的孩子，他比我大两岁，是我姨妈家的，我哥儿俩的感情像亲兄弟一样，是从小一起长大的光腚娃娃，无话不说，无话不谈。

记得小时候，我们在一起上学、玩耍、干活。哥哥对我照顾有加。

那是上中学打篮球的时候，因不小心碰到了别的同学身上，结果争吵起来。没想到的是他在放学的时候，找了好几个人，在离学校不远的地方等着我，看见我二话不说，伸手就打，一拳把我打倒在地，继续用脚向我踢来。

正好哥哥赶上了，为了保护我，抱在我身上，也挨了一顿毒打，哥哥伤得很重，即使这样我还是住进了医院，脸上也受了伤，当时觉得很没面子。

后来的辍学和这件事也有一定的关系吧！

还有一件有意思的事，离我家很近有一个女孩子一直暗恋着哥哥。

那次碰巧我和哥哥要回我家睡觉，碰见她在喂牛。

哥哥有意想和她约会，让我去和她说，我执意不肯，哥哥商量我，说办完给我买冰棍。

我想了半天，才答应他。

我磕磕巴巴地说了半天，才和她说明白，意思是我哥在屯子东头等你，想和你处朋友。

过了一会儿，我看那个女孩子就去找哥哥了。

我刚要睡着的时候，哥哥回来了。

我在被窝里小声地问："怎么样？"哥哥说："别提了，亲，怎么亲都行，就是不让我那个，后来我一急，想脱她裤子，她哭了，我起来就告诉她，今后别找我哦，什么玩意儿。"

他一讲完，我俩哈哈大笑，这时把母亲吵醒了，还给我俩一顿臭骂。

后来我俩用被捂住嘴笑。我们俩就是现在一提起来那件事都笑个不停。

我那时候一有时间，就去山里抓松鼠回来卖钱。记得抓了好几天卖了二十元钱，听说哥哥要出去外面打工，我把这个钱给了他说："哥，这钱你留着花，在外面用钱的地方很多。"哥哥说："得！还是你留着吧！这点钱，挣得太辛苦了。"后来，我执意要给他。

哥哥也没说什么接了过来，看他的表情很是感动。

在哥哥打工回来刚到家，就跑到我家找我，手里拿着一条很漂亮的鳄鱼式腰带，送给我。我说："你有吗？"哥哥说："你看在腰上呢。"我这才接了过来。

其实在那个时候，我们那里很时兴这种腰带的，像我们这样的年龄的孩子都有了，所以哥哥才给我买这个的。当时我真的很感动。

第十七章　难忘

哥哥和我一样，也是有很多的难处和不幸。但有一点是相同的，我俩都能吃苦，因为都是在苦日子里过来的。

就这样我俩住在了一起，每天早上起来，我俩都是腰酸背痛的，到后来也就忘了，不知道为什么就不疼了，可能是习惯了吧。

我们住在一起的日子，应该说是一生难忘的。就是现在哥哥的很多好朋友，和我在一起谈起过去的时候，他们都主动提起我们在锅炉房的那些事情，就好像比我知道得还多似的。

是哥哥把我们俩在锅炉房难忘的往事说给他的朋友听的。哥哥是珍惜我们在一起的日子，想把我们快乐的事和朋友一起分享。

和哥哥住在一起的日子里，寂寞、孤独已离我而远去，留下的全是欢声和笑语。

我们俩谁下班早，谁就先找谁，每天都结伴回来。

我们俩谁在单位有什么不顺心的事，都会得到对方的安慰，每每这时就能体会到亲人的温暖。

互相交流每天学到的东西，时常因意见不统一而争得面红耳赤。

我们还有一个感兴趣的话题，就是服务员，不是对他有意思，就是他对别人有意思。

最有趣的是在一起唠童年往事，有时候真的感觉又回到童年一般。说来劲了，就买几瓶酒，坐在床上喝了起来，喝来潮了，酒没了，让谁去买酒谁不去，没办法，我哥儿俩就来一个石头剪子布。

可是每次都是我输，到现在我还生他的气呢。

由于进入冬天了，一天比一天地冷，我们住的单位也开始烧锅炉了。

我问哥哥怎么办啊？这样灰太大，特别是早上锅炉工捅锅炉时，我怕我们住不了啊？哥哥想了很久，说有办法了。

他买来一块塑料布，就这样我们俩睡觉之前，从脚跟底下一直到脖子用塑料布盖得严严实实，烧锅炉工早上来特别早，在捅炉灰之前，好心的锅炉工又把我俩从脖子一直盖到床头上。

每天早上起来第一件事，就是小心翼翼地把塑料布从头上卷到脚跟底下，然后才能穿上衣服，再拿到外面抖灰尘。

回来看时，塑料布上会有很多的水珠，我知道是我们俩哈气留下的。

尽管这样我俩的脸还是灰突突的，我觉得是睡熟透不过气来的时候，迷迷糊糊把塑料布给掀开了，灰自然也就无情地落在了脸上。

我们俩一直在那里开心快乐地住到过完春节。

后来被领导给封杀了，不让我们在那里住了。

原因是哥哥在一次走的时候，忘拔电褥子了，着火了，幸好锅炉工及时看见，算是没发生什么大事。

所以单位领导说什么也不让我们在那里住了。

我和哥哥再三请求，也没有通过，最后我哥儿俩结束了在一起住的日子。

他回他那酒店了，我搬到夜总会住去了。

我现在两年没有看见哥哥了，哥哥已经去日本了，而且在那里过得非常地好，我特别想念他。

在这里说一声哥哥：我想你，想我们的过去，愿你能早日回来。祝你在那里健康、平安、发财。

第十八章　成长

过完春节，由于那里不让住了，只好找到了经理，说明我现在的处境。

来这里半年的我，也不再像刚来时那样傻乎乎、笨笨的了。

由于我为人谦和，再加上勤劳刻苦，一般的活都能拿得起放得下了。

不仅这里的员工对我另眼相看，经理对我也有一定信任和认可。

可能经理认为我在这里住会对他的生意有一定帮助吧，所以经理很快就答应了。

因为有很多住宿和玩累的客人因为我们的下班，都会到外边用餐，经理认为我留在这儿可以减少餐饮这块的不必要损失。

在师傅下班后，所有来的客人用餐一切由我全权负责，从那以后我的进步非常快，我不仅亲自改刀，还亲自下厨为那些不同档次的客人做不同的菜，有了很多实战经验的我信心大增，我对自己能走出学徒的这一过程内心充满希望。学徒就是学徒的，你学得再好也只是徒工，在当时厨师界里永远是低下的，在各个大厨面前是没有说话的权利和资格的，是直不起腰来的。

所以当时的我，对能走出徒工这步，在内心是充满着渴望和企盼的！

就这样我在这里工作也将近一年了，一直任劳任怨的我变得成熟和稳健了。

应该说我的付出和汗水换来了我的一个最好机遇，也使我迈出了最艰难的一步。

一次偶然的机会，在这里切墩的二师傅要离开，打算出去做自己的事业。就这样，我也顺理成章地从以前的小三一下子变成了二师傅。

我那时候真的感觉自己是世界上最幸福的人了。

为什么这么说呢？因为我可以和别人一样到月底领属于自己的薪水了，以前我总是羡慕地看着别人数着工资，说想买这个，明天买那个。那时就想，我再有多久才能这样呢，我想买的东西太多了，自从学徒以来，一直花着母亲在外面出工辛苦挣来的血汗钱，我的内心真的不忍。

我也可以在任何人面前理直气壮地说，我在夜总会里是二师傅了，我比以前强了。

也可以跟屯里的亲戚朋友自豪地说，我不仅挣钱了，我离学成厨师也只有一步之遥了。当然，最主要的是母亲知道后一定是最开心的了，她老一直在盼望我能有学成那一天呢。

为我高兴的还会有一个人，那就是哥哥。哥哥为庆祝我能有所突破，在大街上的车棚里请我吃了一顿烧烤。

其实哥哥当时手艺也是很不错的了，一般的饭店月薪一千往外主灶是没什么问题的。当时他是不想急于求成，一定要有扎实的基础和更丰富的经验，才能有主灶的想法。

就这样他选择了当时城里的一个最大的酒店干凉菜。月薪六百，活还特别地累。

即使这样，他依然在那里坚持了两年。最后证明他的做法是对的，果然在这座城市里成了一位非常有名气的厨师。

第十九章　命运

由于夜总会房租将近到期，还有效益也一直不好，不久就停业了。

我一时也没什么打算，就回家住了一段时间。

回家不久我就听到一件令哥哥很伤心的事。哥哥的一个从小长大的光腚娃娃在北京洗澡不慎死亡。

在两个月之前他和女朋友还找过哥哥，而且我们几人还在一起大醉一场。

第二天，我和哥哥一直送他俩上车，看见他和哥哥拥抱在一起，那难舍难分的样子，很让人羡慕。

可万万没想到的是，那是他们人生的永久离别。他家是在离我家和哥哥家不远的一个小屯子里，他和哥哥从小到现在感情至深，这和他的身世有一定的关系。

他是个从几岁就没有了父母的孤儿，是吃百家饭长大的，命苦得实在可怜，哥哥从小就可怜他，一直照顾和帮助他，还经常带他到自己家喂肚子。他们从小秉性就很合得来，一直到现在也没有红过脸。

可想而知他们的感情是用心来培养出来的。他在小学四年级的时候就辍学了，尽管学校已免去一切学杂费，但还是对于靠叔叔大爷吃力的扶助感到不忍心而放弃。

后来，他在一伙雕刻队学徒打工，由于他刻苦耐劳，很快学成了一门好手艺。在那里成了一名很有名气的师傅，工资就两千多。

由于他付出的努力和汗水，换来了有目共睹的成绩，很快在他们屯子有一个女孩子想携手和他走过这一生。

本打算年底回来完婚的，可竟出了这样的意外。

很让人惋惜他的命真的是太苦了，苦日子他已经熬出头了，可是谁会想到是这个样子呢？真不知道哥哥知道以后，能不能挺得住。

过了两天，他的亲属从北京把他的尸体带回来在我们屯的北山安葬，我和哥哥亲手把他安葬完。当时，哥哥脸色难看，眼睛通红，是哭过的，我很了解哥哥那时的心情。

哥哥跪在坟前，烧了很多的纸，也不说话，也不愿意离开。很多人和我劝哥哥起来，他就不肯，后来，其他人无奈都离开了，就剩我和哥哥了。

过了很久，跪在坟前抽泣的哥哥说话了："你怎么回事啊你，不是说过了吗？你结婚时我当伴郎吗？你怎么说话不算话啊，你这是什么朋友啊？"哥哥说话声越来越大，情绪越来越激动。我想扶他起来，他不肯，还在那继续说。当时我的眼泪唰地就下来了。

我感觉到哥哥的心在流血。也忘记了我和哥哥是什么时候离开的。

我感叹老天是如此地不公平，也理解了完美和不完美的辩证，那一段时间我一直在想，难道人生下来就是老天爷命中安排的吗？为什么这么不公平呢，明明苦时候都已经熬过去了，到最后还是一场空呢，可见人太脆弱了，命运不是我们说了算，所以我们要尽量地珍惜人世间的真情和真爱。

第二十章　绝境

人在时气的问题上可能是一种规律，时好时坏。

可能你在一段时间事事都会顺顺心心，也可能在过一段时间后就会别别扭扭。

我好像就是这样的，在夜总会一年来应该说还是比较顺心的。可在之后的一段时间里，让我知道什么叫厄运来临，什么叫人走背字，什么是人在世间最困难时那种求生若渴的滋味。我应该用精神崩溃来形容那时的我，就是现在我都留下了那时候的病根，做梦经常梦见那时逃荒的我，在求生中挣扎，痛苦的表情。

有时候还梦到，在梦中特别害怕的我，又失业了，怎么办啊，又无路可走了。

可想而知，那时我内心的确受了很大的伤害。那个时候在厨师的这个行业是最难做的了，厨师多，学徒的也多，饭店还特别地少，效益还不景气。哪像现在，农村也比较富裕了，年轻人有几个想干这行的了。

不像我们那时候指这行出路呢。所以要是想找个活，难度是很大的。

开始是师傅给我介绍的一家招待所，月薪四百，切墩。

可干了两天，老板找我谈话，说是效益不好，暂时不用人。无奈只好找哥哥帮忙，哥哥意思是他已经告诉朋友给找活呢，所以每天必保来我这里两趟，要不没地方找我。

就这样我在城里过着流浪的生活，每天都要去认识的朋友那里，问他们是否有什么进展。

饿了的时候就吃一些能填饱肚子的食物，晚上，录像厅就是我睡觉的地方，因为在那里便宜，五块钱一晚。开始还觉得可以的，毕竟在苦时候过来的。

可是随着时间的推移，兜里钱也越来越空，三顿变两顿，两顿并一顿了，最后只能饿肚了。

那时候我总感觉运气不好，每接受一份活，都是干两天最后老板找我谈话，说出各种借口把我辞掉。

我不否认我的手艺有问题，但主要还是认为运气不好，所以我最讨厌老板找我谈话这句话，一听这话我的心都要到嗓子眼里了。

在城里漂泊的那一段时间里，我变得特别憔悴，睡觉睡不好，吃饭没有规律，饿一顿饱一顿，天天在大街上东逛一下，西逛一下，过着心没底的日子，那滋味真的很难受。

天天想，天天盼，何时能找着一个固定工作呢？可是无论如何也走不出这个怪圈。

有一次，哥哥给我介绍一份二龙山的活，我到了那里非常珍惜这个机会，做得特别认真，每个环节做得也很仔细，也特别地卖力，老板也表示很满意。自认为这次是没什么问题了，可是过了几天，当服务员说老板找我谈话时，我的心怦怦跳个不停，心想，又完了。

当我上楼没等老板开口说话，我置面子于不顾就乞求说："老板，你看我有什么地方不对的你就直说，别赶我走，我很需要这份工作啊，拜托了！"老板拍了拍我肩膀笑了笑说："小张啊！你在这里干得很好，可是我也没办法啊，我已经兑出去了，过两天就来装修房子了。"我一听，心一下凉了半截，对自己说，完了，又要漂泊了。

我迈着沉重的脚步带着伤感，离开这个不愿意离开的地方，对眼前日子一片渺茫，心情无比地压抑。

又回到了以前讨厌过的那种漂泊不定的生活，就像一个失去方向的苍蝇一样，东撞一下，西撞一下。

那时候真的特别地难，还不像以前在工地干活的日子呢，就是再累再辛苦，那也就是到点吃饭，到点干活啊，不至于现在过这种吃了这顿想下顿、过了今天没明天的日子。其实那时真的想回家，可是我知道回家就等于与外界失去联系，更别想找什么活了。

那时候的我，过得是那么辛苦，活得是那么地累，人世间好像对我太不公平，太残忍了吧！我一直这么努力，这么付出，怎么还是没有好的结果呢。

那时候心里矛盾而复杂，伤心又自卑，总做梦，在梦中有落脚的地方，可是一觉醒来，心里特别地失望和伤心。

现在想起来那两个月的日子心里面就堵得慌。不管怎么说那时候再难再苦，我还是咬着牙挺过来了。

如果当时我放弃的话，也不可能有我现在的成绩，也不可能拥有一段至今难忘的痛苦经历。所以我要拿那时候的苦当作借鉴，来激励我前进的方向。我觉得一个人特别是一个像我这样靠自己出来的农村的孩子，在成长的过程中是很需要磨炼的。人只有在最难和最让人感到绝望的时候，才能领悟到在绝境中那种求生若渴想生存的滋味。

第二十一章　初见

老天爷有时候也是很仁慈的，它也会把一些鸿运和难得的机遇降临到每个人身上，或许是你的努力和付出感动了它，或许你是幸运的。

我就是其中的一个，说起来，那也是一个偶然的机会。在一家酒店切墩，由于我的勤快和手艺的被认可，很快得到了经理的赏识和信任。意想不到的是，在那里我不仅在厨师这个行业里又迈上了一个新的台阶，而且又让我经历了人生最快乐最美好的一段回忆——纯真、浪漫让人一生难忘的恋爱往事。

应该说那时一心想把精力放在工作的我，是没有想过太多男女之间的事的，因为我不敢想，也没有资格去想，除了外表算出众外，再没有一点能让我自己满意的地方。

家境贫寒，一事无成的我，也只能羡慕和妒忌地看着同龄人一个一个投入在恋爱的美好幸福中。

我们从相识，到现在始终过着幸福的生活，应该说，是老天早就安排好的，是命中早就注定的。按她现在的话说："我们能在一起真的是缘分，我当时认准你，这说明我的选择是对的，我没有看错人。"

说完她总是露出满意的微笑。当时比我大两岁的她，对我是无微不至地照顾，她那颗真诚执着的心让我感到人世间还存在真爱和温暖。

她和那家酒店的领导有亲属关系，她在那里任职前台经理。记得第一次见面的情景，是她来这里任职的第一天的早上，来得很早。

当我路过吧台去厨房的时候，突然从里面钻出一个梳着毛寸式头型，一身朴素像一个男孩子外形的女孩向我大喊："你找谁？你找谁？"我当时一愣，看见她质疑的眼神盯着我，我没有说话，继续向前走去，她三步并两步上前拽住我的上衣，问我："你到底想干什么？"我当时又好笑又觉得她傻得很让人可怜，我说："我是这里的厨师。"看见她傻乎乎，愣呵呵似笑非笑，手挠着后脑勺站着的样子，觉得是有些可爱。

我们并没有因在一起工作接触而进一步发展，相反她给我留下一个相貌平平、爱出风头、不稳重而举止随意的极坏印象。后来，经过我们一段刻骨铭心相爱的过程中，让我真正了解了她并不是那样的，而是一个很优秀的女孩子。应该说我们从开始的误解到后来的信任，从同事关系到生死与共的恋人中，是有很多曲折和动人的往事，值得回味。

第二十二章　因穷

具体说我真正开始喜欢她那个时候，也是我在感情上受到了挫折，心灵和自尊心受到巨大的伤害的时候，是她出自同情心对我的安慰和关心，使我们走到了一起。

那时候由于下班以后无聊得很，就和我们一起工作的张师傅去他那女朋友的酒店闲逛。

很快认识了一个很秀气的女孩，可能是出自是同乡，而且是同届的学生，说话也比较随意，不久就成了很要好的朋友。

可能从来没有谈过恋爱的我，很珍惜这个机会，对她也格外地照顾。

每天下班都会到她那里看看，有闲余时间就逛街谈谈各自的心事，谈过去，谈将来。

在谈话的过程中我发现她并不是我向往、理想中的女孩，而她希望的是将来富裕，能在大都市里的幸福生活。

而我想找的是感情至深，一个能和我同甘苦、共患难、陪我在风风雨雨中携手走完这一生的理想女孩。

就像我预料到的那样，有一天我要下班的时候，她给我打电话，说要和我一起吃饭，在吃饭的过程中，我发现一向爱说话的她，显得那么无奈和不情愿，后来，我和她说：

"你有什么话就直说吧，都是老同学了，有什么吞吞吐吐的。"

她听我说完，她哭了，哭得很伤心，我也知道，由于我们性格和向往生活方式的差距，分手是早晚的。

在我送到她的寝室门口时，她对我说："你是个好人，是个很难得的，但我向往的是生活在大城市了，不愿意过艰苦的日子，请不要怪我，和你在一起的日子特别开心，你一定会找一个比我好很多的女孩，多保重。"

说完，头也不回跑进了酒店。

这种结果是我早就预料中的事，尽管这样我还是很伤心，很难过。

我难过的不是说单单失去她，而是我觉得是自尊心受了很大的伤害，一直认为孤独寂寞的我，因为有她，再也不会我一个在承受了，可是我想错了。

到最后是因为我穷，而离我远去。

第二十三章　相处

在那一段时间里可能是感情方面的挫折，心灵上的伤害，心情特别压抑，又不喜欢说话，总喜欢下班后找朋友喝点酒，减轻心里的忧愁。

记得那时候特别喜欢唱的一首歌叫《让我欢喜让我忧》，一有时间我就想唱，认为歌词写得特别地好：爱到尽头，覆水难收，爱悠悠，恨悠悠，才能想起你的温柔……每当我唱歌时，心情也是说不出来的沉重。

我的事情也很快传到了店里每一个人的耳朵里，出自好心的同事也经常安慰我，当然也少不了她，可能出自她对我的同情心，没事就找我谈话，经常安慰我，有时候还主动和我说起她的一些心事，还对我在生活上有一些的帮助。在那一段时间里，我真的非常感激她，是她在心灵上给我很大的鼓励和信心，因此对她也产生一定的好感。

从那以后也对她另眼相看。洗衣服可能是男人最头疼的事了，由于我们的关系进一步改善，往往都是她主动帮我洗洗涮涮，使我感到身边有一个这样的朋友真是很难得，我在工作中都感觉很轻松、很得意。

我们有闲余时间就会在一起谈开心的话题，谈各自过去的事，谈家庭状况，谈各自的心事，畅想美好的未来，这使我们进一步了解了彼此。

在那一段时间里让我真正了解到，她不仅是一个外表出众，而且是心地纯美的好姑娘。

尽管我们已经是无话不谈的好朋友，但在感情方面还是特别敏感，我们不会在对方面前示意或表白什么，只会让对方感觉到彼此关爱的存在。

她是一个既细心又会关心人的人，记得那时候由于我体质不好，很容易感冒，时常就有打喷嚏或咳嗽等感冒预兆，她往往就会在第一时间把药和水端在我的眼前，我记得只有母亲才这样关心过我，那时候心里真的感动，觉得很幸福。

有一次，在工作中我太大意了，不慎用刀把自己的手砍伤，由于伤口大，血流不止，她知道后，跑到厨房，给我的伤口进行包扎，看见她既害怕又心疼的样子，我真的感到又得意又开心，毕竟看得出来她心里还是有我的。

第二天，我请假回家养伤，可是离开天天在一起相处的她，到了晚上心里特别想念她，那时候屯子里还没有电话，幸好我朋友有手机，可是怎么也找不到信号，为了能找到信号听见她声音，我爬到了别人家的猪圈顶上，由于猪圈年头久老化，不小心掉进了猪圈里面，还砸到了猪身上，我慌忙地爬了出来，幸好没被人看见，当我想起那狼狈不堪逃跑的样子，真是可笑，到最后电话还没打成。现在看见我手上的伤疤时，就会想起那时候打电话的情景，真的很值得回味。

第二十四章　感动

我们表白心思和确定恋爱关系是在一个很让人难忘的夜晚。那时候我是住在离酒店很远的一家住所（是一家专门租给学生的房子，由于租金便宜，我就托人找到房东，好言相求，才允许我加入学生这一行列），当我刚要休息的时候，我发现一个人，是她？怎么会是她呢？她怎么跑到这里呢？后来知道她是一直跟着我来的。

我问她：你怎么会跟着我呢？她说：我想知道你到底住在什么地方。

你怎么和一些学生住在一起呢？我想了想说：嗯！习惯了，我很喜欢这些学生，和他们住在一起感觉很有意思。

她也没说什么，后来我执意想和她吃点烧烤，她也没反对。

我们找到一家不是很大的烧烤店坐了下来，平时总爱说话的她，却是一言不发，我看得出她是有很多心事的。

从来不喝酒的她也端起酒杯，和我一起喝了起来，不胜酒力的她很快就有了些醉意。其实我心里明白得很，即使她不说，我也知道她心里是有我的。

在我送她回家的路上，我和她说："你不了解我的，我只是表面的，我是农村山沟子里出来的，我家特别地穷，我现在连自己挣的钱都不够花啊！我不值得你这样对我的啊！"我没想到的是，我说完她的反应特别强烈。

她眼睁睁盯着我，眼泪唰地就下来了，大声地对我说："我知道，我什么都知道！我比你都知道你，你明白吗？我告诉你，我什么也不在乎，我要的是你这个人，而不是你的家，我这辈子是跟定你了。"说完，哭声更大了。当时，我激动得一下把她搂在怀里，很久很久也没有松开……

第二十五章　幸运

爱情一帆风顺的我，不仅在感情上和心灵上得到满足，在工作中也有了进一步突破。

由于我在工作上一贯作风就是上进心强，敢于下手，所以进步很明显。应该说在那个酒店里，所有的菜我不仅全部会做，在质量方面也能完全过关。

有一段时间，大厨因家里有事经常请假，所有的重担也就挑到我一个人身上，在那个过程里，才是真真正正把我锻炼出来。

酒店里我的本职工作我能完完全全地拿得起放得下，感觉是最开心不过的了。

由于家庭的变故，大厨只好辞职不干了。经理找我谈话，问我有没有信心，我说：没问题。就这样我实现了一个我学厨师以来最大的梦想，成了一名真正的厨师。我实现了，应该说那时的我是无比地骄傲和自豪。

就连哥哥也伸出大拇指说，你真行。因为在不到二十的我，能在那时候有这样的成绩是不多见的。

在整个厨师界也造成了一定的影响。我的威望也有一定的提高。虽然刚开始的时候，也有一定的不顺心和不如意的地方，但随着信心上的增强和经验上的提高也就很轻松度过去了。

在那一段日子里，我是真的很幸福，不仅在生活上有人关心，心灵上有人鼓励，在事业上如鱼得水，一片大好。我和她也特别地珍惜我们在一起相处的日子。

因为我们心里明白，即将因过年而分离的我们，还不知道何时才能相见。时间一天天流逝，春节也一天天临近，我们知道也要快分离了。

记得我们放假的第二天，也是她要回家的头一天。我们整整度过最令人难忘的一天，是那么开心快乐，是那么美好和留恋。

我们互相给对方买了一些纪念礼物。伤感的她也不时掉几滴眼泪。我知道她是舍不得我，不想和我分开。

我又何尝不是呢，我心里也是很难受的。在我第二天送她回家的车上，看见她伤心难过的表情，湿润红肿的眼睛，心里说不出来的难受滋味。她哭着对我说："我们什么时候还能见面啊？"我告诉她："过完春节上班的时候，到那时候，你呼我吧。"那个时候我已经有一个数字传呼机了。就这样我难舍难分地把她送走了。

要是总结我这一年来的成绩，我只能说，这和我的努力和付出的汗水是分不开的。我也是幸运的，我很满足。

第二十六章　转折

应该说我在即将跨越新世纪的这一年里，是九九年，也是我人生的重大转折点，从这年起，我舍去了几年来一直努力的厨师行业，开始走向生意场，这一过程一波三折，坎坎坷坷，令我今生难忘。

能在一家酒店里成为一名主灶，是我这几年来梦寐以求的事，我已实现。

如果现在年轻的我，再加一把努力，再进行一次深造，应该是大有前途。

在那个时候，可是并不是那样，比想象中还糟糕，餐饮业和厨师这块的竞争是特别激烈的，没有一点优势的话，是很难立足的。要想找个理想的差事，其难度可想而知了。

在我身边有好多厨师朋友都是这样的，为了找份养家糊口的工作，四处询问、打听，希望能有自己的一席之地。

可是往往不遂人愿，一年到头也只能维持个生活。当然，不是说他们的厨艺和为人作风有什么问题，而是没有工作的厨师太多了，竞争又是那么地激烈，所以这个行业太难做了。

起初，我是在一家中档饭店主灶，虽然在那里干得算不上出色的我，但也有很多让老板满意的地方。就因为老板对我的信任和认可，使我在这里工作了半年。

在这半年里，由于我为人实在，又喜欢交朋友，认识了厨师界里很多的人。从他们那里得知了很多现在厨师这行存在的隐患，很让人费解。

由于闲的厨师太多，各大饭店老板对工资大幅度降薪。饭店效益不景气，导致停业的越来越多，厨师失业的也越来越多。

可见当时这个行业面临的挑战是何等严峻。

就因为这样，我不得不出去深造，来应对我所面临的危机。

我选择的是哈市的一家三星级酒店，计划要进行三个月的深造，要求达到我的厨艺精益求精。

在我深造的过程中，听这里的厨师也经常提起同样问题。还听他们和我说起，有很多的饭店的老板都不给开工资，甚至还遭人毒打。那时候我就想，要是想从这个行业能有一番作为的话，实在是难上加难。

后来，在我深造回来以后，也干过两家饭店，总体还是不错的，但总感觉心里有压力，也不知道为什么。可能是觉得总这么干下去，没什么意思吧，那时候我的工资是一千元。去掉自己的费用，再一个人情来往，交点朋友吃点喝点，一个月的薪水也所剩无几了。

就是将来工资比现在高很多，有谁能保障一年能干几个月活呢？那时候总觉得给别人干的话，永远是不可能起步的。

也常想如果将来有机遇的话，一定要把握好自己干，只有这样才能有发达的一天。由于我有这个想法，经常在朋友面前探讨将来做生意的打算。

我也和哥哥说起我的想法，哥哥也表示我的想法是好的，但我们的条件差得很多。是的，哥哥想得很周全，凭现在的我：一、没有本钱；二、没有好的地方和项目；三、没有做生意的经验。怎么能说轻而易举地就把生意做起来呢？即使这样我从来没有灰过心，我一直在努力，在寻找机会。

可能是功夫不负有心人吧，终于让我走出了这一步，对我来说这是一个很难得的机会，所以我必须把握住。有个亲属向我推荐一个要转让的小门市房，价格很便宜，地点又不错。随后我重点考察了一下，是一个不到二十平方米的小屋，地点位置应该是理想的，我又细心思考了一番，当时觉得即将到年关，如果卖年用品的话，肯定能赚钱。

有了初步的决定后，我又盘算了一下，交上房租钱，再上货，大约在八千块钱左右就能开业。当时我心里明白，这是个最好的机会，所以我无论如何也不能错过。我决定以后，就开始筹钱，当然我心里清楚，这些钱对于我来说是有一定的难度的。我现在已经是万事俱备，只欠东风了。

哥哥知道后，主动给我拿了一点，母亲也四处筹借，给我凑了一些，可是还是不够。正在火烧眉头，急得我直转圈的关键时候，有一个人向我伸出援助之手，使我一生难忘。应该说，我能有今天的成绩，和他这些年对我无私的资助和帮助是密不可分的，我心里特别地感激他，在这里我想说一句话就是：将来有我的，就有您吃的，请您多保重。

就这样我从一个给别人上灶的厨师一下子变成了卖小杂货的生意人。

我还是说我是幸运的。在今天的角度来看，我当时选择是对的。刚开始的时候，由于我外行，发生了一些不顺心和让我很烦恼的事情。

但很快就适应过来了。尽管在那一年我没有赚到太多钱，但在过程中，让我懂得做生意不仅要付出辛勤和汗水，还要积累做生意的经验、要有果断的思维、要有清醒的头脑、抓住眼前的每次机会。为我在今后做生意上奠定了良好的基础。

第二十七章　成绩

现在再回顾过去的点点滴滴，我想说的是这么多年来一直在事业上支持我、生活上照顾我、感情上对我专一的妻子，是她一直在风风雨雨中陪我度过艰难的时期，其中有太多的酸甜苦辣、悲欢离合，用语言很难表达我对她的感激之情，我欠她的太多太多了……

记得我们结婚的情景，现在想起来都觉得很对不起她。家里仅仅能拿出的一万两千块钱，就买了一张床和一台二十一寸的彩色电视机，我们那时的婚礼是何等简陋，就是外人看了都觉得心酸。

妻子对我的宽容和理解至今我都无法忘怀。别人结婚都会买各种家用电器、高级日用品和首饰等。而我们却买了很多大大小小的锅碗瓢盆、桌椅板凳。

因为结婚之前，我就早已决定，要开一家小饭店。所以，我和妻子决定，把结婚的钱全部投入饭店上。就这样，在我们结完婚的几天后，饭店就开业了。

结婚后应该是人最开心最快乐的日子，而我们却把所有的精力放在生意上，那时候确实感到很累，心里也有压力。可能是管理不善，或是缺乏经验等原因，一年到头来，赔了很多钱。那时候我还是觉得太年轻，太冒失了。

总结一下就是，投了一些无必要的资金。其中包括我用不上的餐具等，还有就是灶房由于小点，又花高价盖了一个厨房，这样资金就投资过大。刚开始，由于没有知名度和吃饭的回头客，生意冷淡，那时候心里特别着急，总以为饭店的菜肴过于单一，后来也不加考虑，盲目投资上火锅、烧烤等设备，最后还是不见有起色。

就这样到头来，不仅赔了自己的钱，还欠了很多的外债。那时候心里是难受的，想不到一年的辛苦到最后会是这个样子。可能是天无绝人之路或是老天不忍心看着我就这样倒下去吧。

第二年，我又换了一个店，吸取赔钱教训，再加上运气的因素吧，生意非常红火，让我在心灵上和经济上松了一口气。

现在我就想，如果那时候再缓不过来的话，很难想象我的前途和命运会是什么样子。所以说，我还是比较幸运的。就这样我一晃就经营了四年饭店，在这四年里，除了没有什么太多储蓄外，我的变化是很大的。

首先是我的人品和性格变了，变得成熟老到了，做事稳重加以思考了，性格变得善良大方了，就是想踏踏实实做个好人。也有一定的社交关系了，凭我为人豪爽实在，又喜欢交往，各行各界的朋友也多了，路也越走越宽了，对将来的前景也充满希望。

更让我高兴的是我多了一个漂亮又活泼的女儿，又听话又可爱。

饭店效益虽然可观，但由于花销甚大，一年到头也所剩无几了，后来我又在别的地方经营一家海鲜店，又上了出租影碟这个项目，生意又不错，所以就把饭店舍去，把全部精力放在海鲜店那儿。后来我又经营一家废品收购站，又买了六台电脑放在商店上，效果比想象中还好。转过一年，我又开了一家新明星夜总会。现在生意都在正常营业中，总体来说，我选择的项目，效益还是可以的，但目前来看，前景也并不是太乐观，所以我所面临的挑战是很大的，还需要更多努力和付出。

第二十八章　后记

这就是我从小时候到今年二十六岁的成长经过，由于这段时间生意不是很忙，特别无聊，心里面无意又多了许多伤感，也不知道为什么，一天总是胡思乱想，考虑了很长时间，才下定决心把它写下来。或许在若干年后，是一个最好留念品吧！

　　一个中学念了不到半年、平时都懒得看书的我，可想而知写这方面的难度了，虽然对我来说，有一定的难度，但我对自己有信心，绝对有信心把它写好的。

　　在写的过程中，时常回忆过去的伤痛时，心里特别地难受，应该说我是用心在写的，我不仅写出了我的经历往事，写出了当时的心境和感触，也写出了我从一个农村孩子靠自己一步一步走出来的艰难过程，和我对身边是是非非的评价和感想。

　　我是用大约半个月时间不分昼夜写的，应该用茶不思饭不想、寝食难安来形容我，一天不知道饿，也不知道困，因缺乏休息，还患上了感冒，我就打吊瓶继续写。一直沉醉在回忆当中的我，也看出所付出的心血和我对写书成功的决心。

　　在我写这本书的过程里，我和朋友闲谈时，他们问我你在这段时间忙什么呢？我说生意不忙，一天也没什么事，在写书，回忆过去一步一步走过来的日子。

　　让我惊讶的是，我这帮朋友的反应特别强烈，有的对我说：你呀！呵呵！想吃什么或想喝什么就买点得了！可别让我愁死了，书都看不明白，还写书呢，谁信呢？还有的说：是吗？不错啊！都能写书了！佩服佩服啊！你一定写的是《月子》，明天我也写书，叫《伺候月子》！哈哈哈！

　　我知道他们不是在讽刺我，而是觉得我写书有点不太现实。但我觉得，你要是不去想，不去做，什么也实现不了。不管什么事我要敢去想，而且要用百分之一百的心去做，我相信，一定会有所突破的，之后看其难就不难了。

　　"人的一生要靠奋斗，只有奋斗才能成功。"这是一个名人说的话，我也特别欣赏和认可这句话，说得很有道理。

　　在事业上是需要奋斗和努力的，即使失败又有何怨言呢。只要是努力了，付出了，就无遗憾。

　　在我们身边或周围经常发生一些不幸的事，对那些不幸遭遇者都会表示一种惊讶、哀悼和同情。

　　就在前两天，我的一个朋友还和我有说有笑地开着玩笑，可是第二天就不幸出了车祸，现在还在医院抢救，到现在还没有脱离危险期，听大夫说就是醒的话，也很有可能是植物人，这个飞来横祸难以令人相信，也很难以让人接受，可是的的确确是发生了，而且就在我身边的事，这不是人的一种悲哀吗？

今天我又听到了令人心惊胆寒又觉得很惋惜的事，在昨天晚上，有两个人在我们这里干完活，也挣了很多钱，本打算回家和家人过年，可在开车的时候不幸掉进了江里，当今天把尸体捞上来的时候，所有在场的人都为这两人叹息，表示哀悼和不幸。

这时候我不得不说，人所面临的不幸遭遇谁又能预料得到呢？所以我们要珍惜自己，珍惜身边对自己好的人，更珍惜"情义"这两字。做一些自己本身觉得有意义、有价值的事情，此生此世在内心只要觉得"值得"，也就不愧此生了。

在这里我还想说，我们要生活在情感世界里，用真心换真义，一生足矣。

我现在最大的愿望就是在事业上蒸蒸日上，更加辉煌。

家庭幸福平安，女儿健康成长。

妹妹学业有成，开心快乐。

在这里我衷心地感谢在过去帮助我的人。

感谢我的父母对我的养育之恩。

感谢我的妻子对我的支持和理解。

感谢哥哥这些年对我的帮助和照顾。

感谢姨父这些年在事业上对我的支持和无私的资金帮助。在这里我想说：谢谢你们了！我只有事业上辉煌才能不辜负你们的一片真心！我一定会努力的！

《钟山》1991年3期

先锋

徐 坤

废 墟

废墟早在撒旦他们这些个画家诞生之前就已经废在那里了。百八十年前，英法联军端着洋枪洋炮攻进北京城里，不住地烧杀抢掠，一把火就把好端端的一座宫殿变成了灰秃秃的一堆废墟。大凡能氧化燃烧的物质，全都纵身化了灰，成了有机物。剩下一堆堆点不着的石头瓦砾，则以无机物的形式千疮百孔地撂着，半梦半醒之间，追忆着灿烂荣耀的往昔。从蒙古利亚斜过来的冷风，岁岁年年敲打着复活下来的荒草老树，树枝子喑哑嘈杂不住地怪叫，茅草丛子也跟着哆哆嗦嗦抖个不停。泥沼之中逐渐生起了四季不灭的苇子花，盲目地随风跳着没心没肺的舞蹈，全没有一点点国破家亡的忧思。废墟虽是废得不能再废，却时不时让争相繁衍的虫豸水蛭们搅出一片乐园的欢欣。

画家撒旦是在一个秋季的傍晚偶然走到这里来的。那时候严霜还没有降临，刺儿梅的叶子上还残留着一丝夏末的气息。一群群候鸟在这里短暂地憩息之后，将继续朝着南边迁徙。暮色很重地垂落下来，很快就罩住了撒旦瘦长并略微有些驼背的身躯。撒旦已经走得很疲惫了，他不知道自己究竟已在城市里漂泊了多久，依稀能感觉到的，只是自己浑身积满了黄色的灰尘和馊烘烘的汗臭。原来漂泊并非像他所想象的那么简单和轻松，悬垂状态原来也是很累人的。

撒旦在一棵树前停住脚步，把手弯到背后，又顺势延展到身体两侧，做了一个卸下辎重的动作。然后他轻轻捶打着僵直不肯打弯儿的双腿，艰难地坐了下来。水汽飘飘袅袅地升腾，很快就在四周挂起了一道雾帘。城市纷乱的色彩渐次朝后褪去，废墟清冷的芜杂缓缓向前袭来。撒旦吁了一口长气，眯缝起双眼，看见几只惊醒过来的寒鸦，正扑棱棱从宿栖的树上飞起，不情愿地呱呱叫着向灰蒙蒙的远处飞去。那些轻捷的黑炭般的影像激起了撒旦无限的游思，把他黑洞洞的意识之门蓦地给惊震开了。记忆像鲜红的潮水一般汩汩地流出，一点一滴地在血管里漫开。撒旦闭着眼睛，梦游一般张开双手摸索着向前。尖利的树梢、柔曼的草尖、狰狞的朽石——在他的指尖上划过，给他留下一丝丝冰凉的温暖。那种鲜红的暖意渐渐积贮成完整而深刻的刺激，让他产生一种如临深渊般的狂喜的震颤。他浑身大汗淋漓，遏止不住幸福而又痛苦地狂喊：

"我操！"

尔后他迅速起身，重整衣冠，迈着全新而富有弹性的步伐快速离去，不一会儿就消失在落叶翻飞的秋季城市里，只留下脚步声在空旷的废墟中回荡了许久许久。

那时候，这座城市的大马路和小胡同里，各种各样的艺术家像灰尘一般一粒粒地飘浮着。1985年夏末的局面就是城市上空艺术家密布成灾。他们严重妨碍了冷热空气的基本对流，使那个夏季滴水未落。干旱一直持续到了秋天。各种传染病相继流行，密云水库水位下降到历史最低点，城市饮用水短缺，工业用水产生危机。郊区的农民更是叫苦不迭，他们悄悄到庙里举行各种祈雨仪式，暗暗诅咒是哪个挨千刀的作孽，得罪了龙王爷。他们万万想不到的是，这竟是因为城里的艺术家太多的缘故，全是让精英密集给闹的。

艺术家们自己也正憋闷得喘不上气儿来。这个夏季实在是燠热难耐，把他们身上裹的水墨蓝的牛仔裤烤得火辣辣的，裆里的话儿给焐得一阵一阵地发炎，去泌尿科检查后得出诊断结果，说是包皮快要给磨烂了，已经有一两个白细胞在尿碱里头英勇出击，全力驱赶来犯之菌。说起来这事儿也难怪，这是一群没有行过割礼，或割过以后又顽强再生了的艺术家，循规蹈矩的现实主义日子是不情愿再过了，总在琢磨着换一个新鲜的活法儿。老式的大裤衩和老头衫什么的虽然透气风凉，却早就让他们瞧不上眼儿了，只是碍着面子，才没敢公开唾弃。招他们喜欢的是那种挺括、硬邦的牛仔粗布，一年四季里不下身地穿。不透气也不要紧，自有办法让它往里灌风，只要在牛仔裤的膝头和后臀尖部位挖出四个小窟窿，这不就全解决了吗？若是再在洞口周围打磨出参差不齐的毛边，就完全是一派浑然天成的意思啦！

稍微有点可惜的是，这毛边一根一根磨得太工整、太精致了，处处都流露出人工仿造的痕迹，以至于它始终都是一种临摹，而永远成不了创作。艺术家们不免有些垂头丧气。

原来这玩意儿也是被人家穿烂了的。有什么能比穿人家穿过的裤子更没劲的呢？尤其是在这么个响晴薄日的天儿里，没劲就显得越发没劲了。焦灼和烦躁让艺术家们痛苦得无所事事，创造之火在地底奔突却没有合适的井口喷涌，艺术家们脸上的痤疮憋得此起彼伏。万般无奈，他们只好蓄起了胡须，留起了长发，试图以一种胡子拉碴不修边幅的废墟面目，把内分泌不畅的粉刺状态刻意遮掩住。

于是这一年夏天，老百姓们只要一出家门口，就到处都能看到许多鼻子不是鼻子脸不是脸的乱蓬蓬的脑袋在大街小巷里游蔚。

年轻的画家们在撒旦的煽情指引下，半信半疑、厌厌倦倦地跟着他来到废墟，刚一进去，他们的眼睛就"唰"地被刺了一下，惊得几乎说不出话来。废墟以那样生动的存在无情地剥落了画家们矫情的伪装，照得他们近乎赤身裸体，立时让他们感到四肢瘫软无力。原来废墟是真实存在着的，是先他们许多年就早已存在着的。它充满着并贯穿了他们诞生与成长的这个世纪。废墟就是废墟，废墟不是他们在脸上刻意修剪出的那种参差不齐、脏兮兮、毛烘烘的玩意儿。废墟成为一种象征和隐喻，昭示着一个古老而又永恒的命题。废墟竟是那么一种有着无尽含义的东西。它存在着，人们却忽视了它，一直都没有去破译这个谜。

画家们静穆地肃立着，用心比照着、揣度着。终于，他们从各个不同的角度获得了最初的真理：

"废墟！火！我！涅槃！"

"废墟！花！你！荒原！"

"废……费厄泼赖！"

"废墟！德谟克拉西！"

…………

"废墟画派"成立宣言：

　　我们都是迷途的羔羊。我们不是荒原狼。孤独不是我们的向往，我们必须成群结队才有力量。

　　《中华大百科全书·文艺卷·F类》：

　　F：废，废都，废墟；废墟画派：崛起于二十世纪八十年代中期。代表人物：撒旦、鸡皮、鸭皮、屁特。代表作：《存在》《我的红卫兵时代》《人或者牛》《行走》。影响或者贡献：唱念做打俱佳，呈前卫状，做先锋科。在纯洁的绘画语言方面开创了中国后现代艺术的先河。

　　　　　　　　　　　　（跨世纪出版社，2001 年版，第 1999 页。）

　　"撒旦""嬉皮""雅皮""痞子一代"（又称"垮掉一代"，the beat generation）这些荣誉称号得益于傻蛋他们自己处心积虑修饰出来的外部包装。傻蛋最初听到有人称自己是撒旦时，内心里着实惭愧不已。他在心里头说，我连上帝的毛都还没摸着呢，更别提什么叛逆出卖他老人家了，就因为牛仔裤露膝露腚，就随便拿我和撒旦相媲美吗？这不是空担了一个混世魔王的虚名吗？鸡皮和鸭皮也给叫得惶惶不安，总觉得自己从小到大一直是吃干饭拉稀屎，也没下出过什么真格儿的蛋，没能正儿八经地标一把新立一回异。小屁特就更不用提了，懵里懵懂地不知道自己究竟屁在哪里。据说洋屁特腻烦的是"工业文明""物欲横流"什么么的，可是俺们反叛的到底是什么呢？于是就土屁土屁地怀着老大的纳闷儿，像一股气儿似的没有负担，内心却隐藏着带味儿的不安。

　　不过，从小营养不足，基本功没有练好又有什么关系呢？只要时候一到，锣鼓点儿一敲，撒旦、鸡皮、鸭皮、屁特他们真就敢操家伙，青衣、老旦、小丑、架子花脸噼里啪啦耍起棍棒刀枪，"咔嚓""扑哧"，一个小卧鱼儿就翻上了场。

撒旦："孔子——"
鸡皮："老子——"
鸭皮："耶稣——"
屁特："释迦牟尼——"
合："所有的神，所有的人，
　　你们都来吧，都来吧！
　　让我用画框拥抱你们，
　　用一大堆混乱的颜色
　　来编织你们。"

《存在》：作者撒旦。画展一进门处，用一堆砖头支起来一个金属画框，一个四方形的巨大空框。从框里往外望去，能看到前来观展的人正鱼贯而入，人流熙熙攘攘。脑袋探进框子里的角度不同，进入视野里的物体也各不统一。往低处看，是大大小小的脚；往高处看，是奇奇怪怪的脸；往平处看，是粗粗细细的腰。背景则共同是灰灰蒙蒙、幽深莫测的一片废墟。记者们前来采访，每次拍下的《存在》的画面都不一样。报章杂志上就刊出了原生态的各不相同的《存在》。

作者题跋：一切的虚无皆是存在。一切的存在皆是虚无。
《太平洋狂潮》评论综述：
A类：多么深厚且富有弹性的艺术空框！
B类：瞎掰。《存在》存在吗？

《我的红卫兵时代》：作者鸡皮。鸡皮从废墟里掘来许多烂泥，一把一把掼到画布上。然后他骑上画框，撒了一泡很长很长的浊尿。一摊黄脓悄无声息地洇过画布，漫延流漓出很大很不规则的图形，很醇，也很臊。

作者画中题诗：这是我今晨第一泡童子尿。昨晚我头一次没跟女人睡觉。

《太平洋狂潮》评论综述：

A 类：金盆洗手。纯度无可比拟。

B 类：尿的这是哪一壶？

《人或者牛》：作者鸭皮。这是鸭皮熬了几天几夜，用电脑绘制出的杰作。他把维摩诘的人像及毕加索的《死牛》一股脑地输入磁盘，结果机器里就吐出来一幅牛身人面图。一根根曲线交错扭结打着莲花络，好似金蛇盘根交尾，又似在做着滔天欢喜图。

作者画面题诗：吃的是草，射出来的是粪。

评论综述：

A 类：杂交是艺术的最高境界。

B 类：不要脸的骚货。

《行走》：作者屁特。荒郊野老滩中，羊群倒立着四脚朝天地行走。羊儿们浑身溜光，只披着乌突突的羊皮。两头牧羊猪：乌克兰公和乌克兰母，穿着暖暖和和的羊绒坎肩，呼噜噜地啃着白水煮羊头。

画面题诗：羊毛不在羊身上，羊毛全在猪身上。

评论综述：

A 类：二十世纪最深刻的寓言。

B 类：端的羊毛能养猪？

"废墟画派"一出现，首先让那些放过几天洋、见过大世面的评论家们兴奋得睡不着觉。他们一直都在处心积虑地思考着把国内艺术同国外线路接轨的问题。接不上轨就开不出去车，好货就得烂在窝里。这下可好了，"废墟画派"总算把这种疑虑给解决了，沉闷单调的日子总算可以借机捏出个响儿来了。于是他们赶紧三更半夜地从被窝里爬起来查各个语种的双解辞典，要给废墟画家们穿上一件最新款的衣裳，把他们包装、打扮得豁豁亮亮。

好在那时候啥都想接轨都没有接上轨，伯尔尼版权公约和关贸总协定还制约不着中国的文人墨客，进口名词自由入境根本不用上税。评论家们就选用了最潮湿最啃劲儿的"先锋""前卫"等等名词或形容词，试着往撒旦他们身上比量比量。这多少还带着点大胆的冒险精神，因为过关的时候还要经过检查呢。

果然不出所料，过关时还真就被机器卡住了。原因是海关的信息储存器里，对于"先锋"只存了这么一条：

先锋者，积极要求进步，积极靠近组织，刻苦攻读马列毛主席著作，"又红又专"，热爱劳动，积极主动和同志打成一片之分子是也。

全自动电脑操作系统不知道这等庄严神圣的词儿用在该生撒旦身上是否合适。由于程序一时全乱了套，红绿灯讯号傻子似的乱闪个不停。

机器分辨不清的问题，最终当然要由人来解决。于是关员就说："先把球踢到下边去，议一议再说吧。"

话题就给引到了球场上。小脑十分发达的运动员们纷纷发表了看法。不仅原来就踢前锋的人对此有意见，就连原来不踢前锋也没打算踢前锋，以及原来不踢前锋但一直想踢前锋却总也踢不上的也都有意见了。

前锋说："这帮小屁特们也叫前锋，那我们叫啥？我们这前锋不白前锋了？"

打算踢前锋的说："前锋要是像小屁特他们那样子，那可太让我们失望了，一辈子都白苦苦地争了。"

不打算踢前锋的说："我原来对前锋多多少少还挺敬佩的，这样一来，就更没啥念想了，趁早拉倒吧。"

也有一直当替补上不了场的，就挺淡然地说："这有什么呀，矬子里面总得拔出个大个儿来，前锋总得有人踢，谁去踢还不是一样。"

一时间竟有些莫衷一是。

就这么着，从夏末一直议到深秋，霜也下过了，雹子也下过了，紧跟着来的就是冬至。憋了一夏天的水分攒成鹅蛋大小的雪花，劈头盖脸地恶狠狠砸下来，西北风打着旋儿呼呼呼地恨不能一口把废墟卷平。老百姓们不顾严寒，熙熙攘攘地从四面八方拥来，在废墟里踏上了亿万只脚。当然这并非想让它永世不得长草，而纯粹是由于人民群众喜爱运动的天性使然，不过是借机会活动活动腿脚罢了。

也有极个别专爱制造热点、爱爆冷门抢独家新闻的记者，也扛上相机大老远地跑来凑热闹。还没进门，老记就在《存在》里头定格住了，足足惊呆了十几秒，才抖落掉身上的雪花，按捺不住地高声咏叹道："休看它只是一片断壁残垣，却原来姹紫嫣红都开遍。这妖冶邪性的花儿越来越鲜艳，看来人们放的屁全都成了浇灌它的肥料了。"

"良辰美景奈何天，"老记起了一个兴，举着话筒凑到撒旦他们跟前，"哥几个还有什么进一步的打算吗？都给咱说两句。"

"赏心乐事咱家院，"撒旦守着他的《存在》，沉静地答道，"从来就没有什么救世主，也不全靠我们自己。"

"梅花欢喜漫天雪，浑身是胆雄赳赳。"鸡皮说。

"去留肝胆两昆仑，我以我血荐轩辕。"鸭皮说。

"自古英雄谁无死，我是屁特我怕谁。"屁特说。

老记若有所思地点着头，咔嚓咔嚓地使劲拍照，急着赶回报社发特稿。也不知他的运气怎么那么好，那天他所拍摄下的《存在》，画框里捕捉到的竟是正走红的影视大明星东方美妇人的倩影。稿子第二天就上了头条，这下可更是轰动得不得了，不光光是人民群众，就连平日里一向尊崇"文人相轻"、爱在同行的脚后跟点"二踢脚"的艺术家们也都给招来了。艺术家们伸长了一直龟缩在大衣领子里观风向变幻的脖子，瞪大莫名其妙的眼睛，在《存在》里存在了存在，在尿臊味里做了几个大幅度的深呼吸，又被倒立行走的羊和人与牛的体位倒错所启迪，然后，醍醐灌顶似的，憋在壳里的魂灵立时脱颖而出，附了形体，不再忽忽悠悠地跟肉体分离了。

灵与肉这么稍微一统一，艺术家们上的那些个火立时就败下去了，大便也通畅了，痤疮也不起了，闭起门来就开始造车，推着小车颤颤巍巍地上了道，朝着摸不准的感觉逐渐逼进，最后终于一拨拨地固定到位，在下落的过程中不断把残雪未消的路面扑哧扑哧砸出一个个麻坑。

> 在洁白的道路上五颜六色地走吧
>
> 狗像影子一样不小心闪了腰
>
> 空寂的芬芳
>
> 冬天来了，春天还会远吗

诗人的这么几句话表达出了艺术家们的共同心声。

记者一看，小稿有了这么大的反响，乐了，赶紧进行追踪连续报道。

记者："请谈谈当'先锋'的感觉……"

撒旦："我傻蛋连撒旦都当了，还在乎当个先锋吗？"

记者穷追不舍："不要这么简约，请再具体说说。"

撒旦："已经再具体不过了。先锋就是《存在》，就是《我的红卫兵时代》，就是《人或者牛》，就是《行走》。"

鸡皮："先锋就是进口超重低音音响，可接CD唱盘，卡拉OK功能完美齐全。"

鸭皮："先锋就是国产特效消炎药，头孢氨苄特糖衣片，Ⅰ号、Ⅱ号、Ⅲ号、Ⅳ号、Ⅴ号、Ⅵ号，败火去痰。"

屁特："先锋就是赛场上永远打前场的。我想操谁就操谁。"

一大堆意见反馈到海关关员的耳朵里，搞得他昏头涨脑，有点不耐烦了。关员把手一摆，说：

"这也先锋那也先锋，都先锋了，还先个什么锋！我还有好多重要的事情要做，没时间跟艺术家们缠磨。放行算了，我看没什么大不了的。"

"先锋"就这样大摇大摆地运进来了。

坚冰已经打破，道路且喜畅通。既然连"先锋"都过了关了，那么还有什么能检疫不合格的呢？批评家们敢想敢干，瞅准时机，再接再厉，又用集装箱塞满了成批成批的"主义"，装到远洋货轮上往国内进口。据不完全统计，那一年批发和零售的主义总共有：结构主义（解构主义和建构主义统归这一类）、兽道主义（人道主义和狗道主义统属这一门）、存在主义（包括不存在主义）、正弗洛伊德主义（以及反弗洛伊德主义）、旧权威主义（以及新权威主义）、前现代主义及其后现代主义、上形而下主义和下形而上主义。

……

"废墟画派"给归为"解构主义的普遍原理与中国国情相结合的时代产物"。这下子又让从小到大只听说并忠于过一种主义的撒旦他们感到心里七上八下地不落底。傻蛋变成撒旦，多多少少还沾点边儿，撒旦成为先锋，也恍恍惚惚具备了某种可能，一切还勉强算在情理之中。如今又要苦撑着扛起一门子主义，实在让他们觉得有些吃力。

撒旦说："大人先生们行行好，别再往前逼我们，好歹也叫几条人命。让我们顶多也就先个锋得了，别再主义行不行？"

评论家劝慰说："你且把心放回肚子里，好好揣着吧。主义不主义都是由我们鼓着噪呢，说你主，你就能主。都先锋起来了，还能不主一种义？如今人们都在主义，你不主义也没道理，显得落伍，成心跟别人过不去似的。"

撒旦说："那好吧，我们权且主着。多咱看不行了，您趁早换人。"

大张旗鼓地主了一阵子义以后，一点儿惊天地泣鬼神的变化都没有发生。该吃饭还吃饭，该睡觉还睡觉，该画画还画画。中国的政治制度、社会结构、经济体制该向哪个方向滑还向哪个方向滑。弄得撒旦他们心里反倒有些泄气，空落落的，白担惊受怕、趾高气扬地企盼了一场。

撒旦领着儿子小旦坐在游乐园的高空缆车上，用浑浊的目光打量着脚底下的这座乌蒙蒙的大城市。1990年的城市高高低低，长短不齐。没有打夯机的轰鸣，也听不见搅拌机的歌唱，可一幢幢高楼却在看不见的魔手的支配下，幻影般地照样成长着。

所有的变化都在悄无声息又仿佛井然有序地进行着。在高空缆车慢慢向下滑落时，撒旦止不住又留恋起刚刚逝去的辉煌上升时代。那首老掉牙的歌曲又在他耳朵边上响了起来：

啊八十年代八十年代八十年代

你比鲜花更加逗人喜爱喜爱

啊八十年代八十年代八十年代

指引我们走向未来走向未来

不管怎么说，1985年都是艺术和艺术家大放异彩领尽风骚的一个年份。撒旦领着儿子小旦坐在1990年的高空缆车上，追忆起1985年的文艺复兴气象时，泪水甚至几次都差一点打湿了他的眼眶。1985年的情形基本上就是这样，什么都主义又都主不了义，什么都先锋又都先不了锋，什么都存在又都不存在，什么都错了位都变了形，什么都看得懂又都看不懂。人们都瞪大了白色的眼睛在寻找着黑色的光明。

"签名！"

"签名！"

人民大众都满怀着无比激动的心情，把艺术家们团团簇拥在当中，通红的面孔、热情的手臂、嘶哑的喉咙，如痴如醉地朝拜起新时代的先锋。小旦他娘，那个可人儿朱丽叶不就是在1985年的冬天对撒旦进行狂热崇拜的吗？撒旦在她胸脯上签名的时候（当然是有一层衣服在笔尖和肉体之间作阻隔），能感觉到她的心正像小兔子一样在胸口急遽地跳动。那种过电的感觉每每回忆起来都让撒旦的手指尖感到麻酥酥地瘙痒。

在那个艺术的短暂的回光返照时代，艺术家又一次成了公众的图腾。图腾也不是说全部都能图得了腾，那些连包皮也没剩下，给割得不具形状的，就没法成为图腾了，就时不时地发一发牢骚，讲一些怪话，有些在时代车轮滚滚下流离失所的悲怆。有人失落，就有人上升，艺术是艺术家的事，谁也管不着，气死老百姓。但凡正常的就被鉴定为老古董，一切反常的都能成为反英雄。艺术家的瞎眼儿、口吃、秃顶、脚气、癌症、吊儿郎当、流里流气，全都成为一种个性的象征。艺术家重又被捧到一个新高度上，鼻子孔儿朝天，下眼皮一个劲儿地朝上翻，牛气哄哄的，不爱理人了。他们开始故意把人民大众摒弃到艺术之外，要与老百姓扯开一段距离了。

书上是怎么说来着，凡是脱离了群众，不为老百姓服务的，人民就不买你的票，亏你个十万八万的出场费，让你元气大伤，一蹶不振。

想想吧，历史上，每逢这种情况发生的时候，史家们紧接着将要描述怎样的局面出现呢？艺术的孤芳自赏，穷途末路，全面大溃退，整顿我们的作风，肃清一些流毒和影响，开展批评与自我批评，会员重新登记，清理阶级队伍，吧唧吧唧地在痛打落水狗，费厄泼赖可以缓行。

废墟画派果真未能免俗，紧紧地循了这条颠扑不破的艺术规律去了。就在他们急起直升、扶摇直上的当口，却扑哧一声，一头栽落在1989年秋季的全国艺坛大比武中，直跌得腰椎间盘突出外带颈椎弯曲，顷刻之间就瘫痪下去，长期卧床不起。

1989年艺坛大比武的结局实在出乎撒旦他们的意料。当他们接到通知，待搭不理地从巡回走穴展出的场子来到比武地点时，发现显眼处的位置早被先来报到者占据了。真个是群贤毕至，少长咸集，各个品种的艺术家都把修得的新潮本领拿出来演习操练，跟最初那会儿相比，艺坛的变化简直是翻天覆地！

率先上场的是画家的一奶同胞兄弟——汉字书法家。书法家端了把椅子坐在台上，慢慢脱了鞋袜，露出两只油了抹黑的脚模丫子，把大小狼毫夹到大拇指与二拇哥之间的脚趾缝里。然后，嘴里叼起口琴，手里拉起胡琴儿，两腿齐抖，双管齐下，脚底生皴。一曲《扬基都得尔》奏毕，一幅龙飞凤舞略带些臭咸鱼味儿的脚书也同时完成了。当场裱好，挑在旗杆子上迎风招展，明码标价开始竞卖。

接着来的是小说家。小说家的事业是人类××工程师的事业。小说家一手拿着泥抹子，一手拎着水泥桶，把12345678个阿拉伯数目字儿一层层地往一起码。码完了，还剩一个9，9自手。一条龙上听，推倒，和了。自己连喝几声彩，用帽子转圈向围观者收了那么十几张票子，点了点，还略有个小赚，不由得心满意足。

尔后上台的是诗人。诗人在古典的阳光辐射下纷纷受孕，在遥远的瞎想年代里喝着祖宗的羊水，产下一批批面目模糊的黄种试管婴儿。还未等满月就插上草标急着卖孩子，丫头、小子被贩子们抱走时，诗人还假模假样地大哭小叫，待到人走远了，这才抹抹鼻涕，把钱偷偷掖进了裤腰。

一阵管弦乐器的轰鸣传来，交响乐队排队上场。小提琴轻抽浅送，咯吱咯吱卖弄着技巧，乐队指挥扭着胯骨又蹦又跳。钢琴手把十个指关节来回捏出噼啪噼啪的黑白音响。不这么戕害自己，观众就不给鼓掌。

戏园子里也是一番新气象。演话剧的都不言语而光打哑谜，没有独白不再对话，男男女女在台上眉来眼去，你看我，我看你，勾肩搭背地吊膀子，彼此爱得死去活来，爱得实实在在，爱得不明不白。

京戏里头再也不用唱念做打，西皮、二黄全为某某人RAP所代替，一大群龙袍马褂、凤冠霞帔、花赤虎脸，伴着打击乐，嚼着口香糖，在台上一个劲儿喋喋不休地饶舌，涌现出一个又一个的饶舌王。

这下可把"废墟画派"的人给看傻了，眼珠子一眨不眨地难以转动起来了。他们万万没有想到哇，就在自己的部队艰苦跋涉，走出根据地，到处扩大战果的时候，一大群"后先锋"和"后前卫"已经呼啸着打到前场来了！这不明摆着是犯规动作吗？这还了得！不行，得赶紧找赛事委员会的人说理去。

大赛组委会负责人说："规矩都是在事物发展过程中自个儿定下来的，这事儿谁也干涉不着。反正是谁最潮，谁的价码高，谁就能摆在前头。"

废墟画主们忍气吞声，只好在后院的一个角落里设下了展台。没了一进门的显眼位置，《存在》也就失去了存在的意义。那一幅空框吊在墙上，框住的，也不过是一块块斑驳的墙皮。没有人前来观看，画布上的尿臊味自然也就再发挥不了沁人心脾的威慑力，熏不着别人，倒全让自己这一伙儿呛进肺管子里去了。

撒旦、鸡皮、鸭皮、屁特他们终日垂头丧气地枯坐着，眼瞅着自己门前冷落车马稀，别人却春风得意马蹄疾，一口窝囊气憋得直蹿向脑门子去了。撒旦上火急的，满头青丝摇摇欲坠，大有刚刚而立就秃瓢的意思。鸡皮也浑身上下到处起满了鸡皮疙瘩，鸭皮的鸭蹼上生出了脚气，屁特也重新犯了痔疮，难受得不能坐不能立的。脱离了废墟，他们就仿佛失去了天启。一切的痛苦与幸福、悲怆与激情也都离他们远去。剩下的，不过是无谓的故弄玄虚。

据《二十世纪新浪潮艺术史料》载：1989年秋季，"废墟画派"全体中层以上干部会议在墟里召开。与会成员就共同关心的问题进行了广泛深入的探讨。经过几个回合的论战，惜最后未能达成共识，没有达到拨乱反正的预期目的。这次会议标志了"废墟画派"的全面解体。

所讨论的生死攸关的重大问题列出如下：

1. 关于由谁来当新画王的问题。

2. 有关朱丽叶本该成为小什么娘的问题。

3. 关于该不该让俞木墩入会的问题。

4. 关于走穴收入分配不均问题。

5. 关于出国名额分配不合理问题。

6. 挂靠成正处级单位后任职不公问题。

上述这些作为问题一条条摆到桌面上以后，首先感到惊诧的就是盟主撒旦，撒旦惊得险些一头栽倒。所有的请问竟全都是冲着自己来的，没有一件是跟艺术、跟这次比武的失败沾边。看来革命队伍内部早已隐伏下了巨大的危机。

此时的"废墟画派"已经由民间自由结社的艺术团体，挂靠成为艺术研究院下属的正处级国家研究机构，列为美术局废墟处，办公室设在黑石桥路三里沟。处长一名，由撒旦担任；副处长三名，分别是鸡皮、鸭皮和屁特。下设大小科室十个，正副科长二十余人。在编人员共一百零七个，第一百零八人俞木墩属于个人挂靠系列，在职不在编，因为他的户口进城问题不太好解决。

一想到这些显赫成绩，撒旦心里不由得又升起无限感慨，没有我撒旦的鞠躬尽瘁，会产生今天这队伍壮大的奇迹吗？一生功绩，竟与谁说?！如今刚刚遭受一点挫折，革命遇到低潮了，就纷纷想要跳槽，临走，还要把黑都往我一人的脸上抹。艺术家，果然是最不仁义、最不道德、最不团结而只能打击的一堆白眼儿狼啊！

撒旦静下心来，倒要听听哪个跳出来先说。

鸡皮果然就跳出来说：

"依我看，首先该把这些待遇问题弄清了。要不，我们心里头就总扭着股劲儿，艺术水平呢，也休想上得去。"

"嗯。"撒旦耷拉下眼皮，"说吧。"

鸡皮说："大哥，我们知道，您有《圣经》做靠山，是正宗，是源。

我们这些人都是派生出来的，是旁枝，是权。但是，您也不能总拿着画框占着显眼位置呀。打个比方说吧，现如今，先锋音响已经不行了，现在已出了大屏幕彩色超立体声环绕新画王……"

鸭皮说："还有画中画。"

屁特说："还有王中王。"

鸡皮说："对。新的出来了这么些，老的该退就退了。"

撒旦说："你们这是事先合计好了一齐冲我来的吧？傻×你们！先锋就是先锋，先锋不是后先锋，先锋也不是后前卫，先锋更不能被新画王给代替。这个你们懂吗?"

鸭皮接着跳出来说：

"既然让我们说，我就实话实说。朱丽叶的事，我心里一直有看法。当初让大家签名的时候，您在她胸前签完了，就护着她，让我们把名都签到后背上去。您有什么权利这样做？要不是因为此，朱丽叶说不定会成为我们小鸭的娘呢……"

鸡皮说："成为小鸡的娘……"

屁特说："成为小屁的娘……"

鸭皮说："是的，凭什么她单单成了你们小旦的娘?"

撒旦白着脸说：

"瞧你们文化人这点操行，总是图谋朋友妻女，连个兔子都不如。那兔子还不吃窝边草呢。有种，你们勾她去，只要她愿意，我撒旦情愿拱手相让。"

停了一下，人人都把杯子里的水喝了一口。

屁特说："为什么俞木墩总捎香油给你?"

鸡皮说："还捎木耳……"

鸭皮说："还捎蘑菇……"

屁特说："他总给你进贡是什么原因？一个农村美术爱好者，也能入'废墟画派'？活活把全处的受教育程度拖下一个档次去。别人入会时，都有两名副教授以上职称者推荐，他可倒好，拎两瓶香油，挎一篮子小枣，就成了会员了，这中间不是明摆着有猫腻吗?"

撒旦说："猫腻狗腻，喝一壶就知道了。你们有能耐也剪个纸，也剪出个'猫抓狗抓老鼠抓'连环套，我就服，我就捧俞木墩走。除了挤对人家，说风凉话，你们说你们还有哪个拉过他一把？要不是我不拘一格降人才，俞木墩这个乡土怪诞奇葩就早在乡下憋死了。"

会场内一时静寂得没话说了。

鸡皮见说什么给噎回去什么，不禁心里愤愤的，索性一竿子戳到底：

"出国的事情也不公平，凭什么你总去大地方远地方，留下小地方近地方才让我们去？"

撒旦说："这个可得问你自己。你鸡皮懂几门外语？安排你和屁特兄弟去港澳台华人地区出访，不冤枉吧？我和鸭皮学历较高，都懂两门以上外语，欧美大（也就是大洋洲喽）跑得勤了些。那些基层干部也有外语好的，还没能轮上呢，你说你还委屈个啥？"

鸭皮说："收入分配问题也应该增加透明度。"

撒旦说："一看你就是一脸知识分子穷酸相，出国还紧唷方便面。缺钱花不要紧，大哥我多拉点赞助，再多派你出去几次，美元不就攒下了吗？何必在乎国内走穴那点小钱呢？"

屁特说："那么挂靠的事又怎么讲？为什么就你一个人正处，哥几个都是副的？"

撒旦啪啪地拍胸口窝："你丫的还懂不懂点人心了？我挖门盗洞地找路子，挂靠上一个国家机关容易吗？我让大家伙都有了固定工资和公费医疗，反倒落了一身的不是。一百零八人的废墟处，一个正处、三个副处、二十个正副科，还少哇？不少了。要不你们说怎么办？你们都当正的，我当副的？"

众人不再说话，各自拾掇拾掇细软，打点好行装走出门去，呼啦啦地作鸟兽散。

只剩了撒旦一人守着1989年深秋的废墟默默地发呆。

归去来兮

1990年到来的标志，就是艺术家脏兮兮的长发一夜之间全换成了油乎乎的秃头。锃光瓦亮的秃头不分白天黑夜地在大街小巷里尽情地照耀，夜与昼的界限顷刻间模糊了。无论是奶秃、脂溢性脱发、杨梅大疮还是一本正经的削发剃度，凡是叫个艺术家的都想尽办法千方百计地把自己弄秃。一脑袋瓜子秃瓢才适合佩戴最新最美的假发，才能化装成商人、官人、头人、鸟人、闲人、袭人，挤进黄道、红道、黑道、白道、绿道上去装模作样地混事儿。

画家撒旦的秃法有点与众不同。撒旦是在一夜梦醒之后发现自己被鬼剃了头的。他用双手在脑袋顶上一搂，滑腻腻、湿滚滚的，枕上除了留下一个青皮脑瓜，缕缕长发早已无影无踪，不知去向。撒旦不由得悚然一惊：

"没根了。可算是六根清净了。"

撒旦不住地喃喃自语。包装成"撒旦"和"先锋"的那个披头散发的小子一夜之间就不见了，剩下的，只是一个面色苍白、圆咕隆咚的倭瓜形大号傻蛋。

"唔，是傻蛋。是从前的自己回来了。"

撒旦感慨万端。"撒旦"还没当几天就进了绝境，洋技巧好像刚刚开了个头就已练到了顶。剩下的还有什么呢？难道非得从头操练，把祖祖先先走过的道再重新走一遍不可吗？

撒旦心烦意乱地把这个叫家的地方四下里仔细打量了一遍。

锅碗瓢勺，小旦和他娘，外加一副画框。只有储满回忆的东西，没有能惹起留恋的地方。

"走吧。是该走了。是时候了。"

撒旦对着镜中的秃瓢吻了一下，然后，扛起画框，蹑手蹑脚地迈出了家门。

"砰！"

世俗生活被他象征性地隔绝在了身后。

走了几步，撒旦又回转身来，掏出兜里的十几元钱塞进门缝，留作小旦这个月的牛奶钱。

"傻蛋，这一大清早你又要到哪里疯去？"

背后传来朱丽叶的责问。朱丽叶穿着睡衣，蓬头垢面地站在阳台上。

"寻根去了。归隐去了。"

撒旦头也不回地边走边说。

"寻根寻根，你寻个鸟根！"朱丽叶尖着嗓子，用花腔女高音嚷着，"归隐归隐，你归个屁隐！放着老婆孩子你不养，又要寻根，又要归隐，我看你天生就是神经不正常。听着傻蛋，有本事，你就一辈子都别回这个家门。

朱丽叶歇斯底里的喊声，在清晨的雾水中震颤着穿过，分裂成细密的白色粉粒，呛得撒旦睁不开眼睛。他到底也弄不懂，那个喜欢追星、柔婉纯情的浪漫少女哪里去了？怎么忽然之间就变成了尖酸刻薄、絮絮叨叨的管家婆了？鸡毛蒜皮庸俗透顶的婚姻生活可把他们俩给磨坏了。艺术已经给人生磨坏了。现代快要被现实给磨坏了。

困在城里的撒旦就像一条被揭了鳞的鱼，失去了往日璀璨的灵光，再也无法自由自在地呼吸。

"走吧，"撒旦嘴里嘟嘟囔囔，"走出去，就得救了。"

撒旦不住地自言自语。他扶了扶肩上歪歪斜斜的画框，一直朝北走，朝着看不见的城市边缘行进下去。太阳升起之前，他想，他一定得走出城里。

每一扇窗口都放射出几缕枯黄的温馨或柔情。雾霭中飘来女妖悠久迷人的歌声。秃头撒旦正在苍茫的路上踽踽独行，神不再为他提着那盏指路的红灯。他只能用秃头为自己释放灰色的光明。

艺术的旺季在上一个秋天就已经彻底结束，春天的苹果树正在远处无望地开着一片片淡季的花。撒旦一路上虔诚地托着他的画框。他框框这个，套套那个，搁在这儿，撂在那儿，框来框去，左套右套，无论怎么框，框定的都无非是一片天、几块地、三两个人、一团浮尘。

"这个城市完了。没有任何有意义的东西了。"

撒旦闷闷不乐地想。他已经对这座城市感到了彻底的绝望。他走啊走啊，却总也走不出城去，无论走到哪里，都能跟从前的艺术家们不期而遇。大家都从各自的秃头或假发里认出了当年的同党，于是便不好意思心怀鬼胎似的相互一笑。对过眼光之后，又分道扬镳，把各自的路子走得更急、更响。

终于，当一大片金澄澄的麦子摇曳着、招展着涌进他的画框时，行者撒旦狂喜着停住了脚步，站在麦田边上热泪盈眶：

"唵嘛呢叭咪吽……天！"

在1990年夏天金黄金黄的季节里，艺术家撒旦不顾一切地一头扎进麦地，不停地思索起"我从哪里来""要到哪里去"这些锈迹斑斑还挺沉甸甸的问题。

俞木墩最先从撒旦的画框里跳出来登场。木墩一个"燕子展翅"亮相，然后，立定，撑开小黑伞，站在六月的骄阳下，毕恭毕敬地迎候撒旦导师。

这朵"乡土怪诞奇葩"，可是撒旦导师一手辛勤栽培、扶植起来的。自打俞木墩的剪纸连环套"猫抓狗抓老鼠抓"入了"废墟画派"，在京城里展出之后，木墩一下子成了小县城里的文化名人，不久就被提拔到县里当了文化馆馆长，老婆孩子也一起跟去吃起了公家粮。若不是老婆阻拦，他还想把他的艺术启蒙老师，那个善剪窗花的八十多岁的老奶奶也一道接进县里去呢。

"忍得苦中苦，方为人上人哪！"

木墩心里头常这么想。

"吃水不忘挖井人！时刻想着我大哥。"

木墩同时也这么想。

虽然是当了个先锋，木墩也没有像城里艺术家那样把尾巴翘到天上去，他依然恪守着滴水之恩当涌泉相报这个死理儿，按照春、夏、秋、冬四个季节的变化，给撒旦导师兼大哥捎去时令土特产品，包括香油、木耳、小枣、蘑菇等等。

"大哥，就您一个人来的？"

俞木墩恭候在路口的老槐树下，仰起了没熟透的向日葵一样的白里透黄的笑脸，热情地上前拉住了撒旦的手，接过了他肩上的画框。

"嗯哪。"撒旦甩了甩手，疲乏地应了一声。

"您这次是挂职锻炼呢，还是自费体验？"俞木墩试探着问。

"啥也不是。是寻根。是归隐。"撒旦淡淡地说。

"寻个啥？闺……瘾？"俞木墩老半天摸不着头脑。

"寻根！归隐！"撒旦重重地重复道。

"……嗯，那什么，大哥，咱还是先到县上吃点饭、喝点酒，歇歇，缓过乏来再去办事儿。俺们县长待会儿还要过来敬酒呢。"

"木墩，肯定是你穷张罗的吧？我不是告诉过你别声张吗？"

"嘿嘿，大哥，瞅您说的，您是全国著名一流大画家，县长接见一下也是极其应该的。"

刚一照面时，俞木墩和撒旦都彼此吓了一大跳。俞木墩暗想，才多少日子不见，撒旦老师咋就这么土了巴唧的不艺术了？早先那会儿，撒老师那工作服裤子上都带好几个窟窿，头发都有两尺来长，一直披过肩膀，从来都是不骂人不说话。那风度，那气质，操，人那才叫艺术呢！我在县长面前还神神道道地替他吹乎了老半天，哪承想，他现在也学说一口土话，变得这么土得掉渣，完全没有以前的风采。唉。

撒旦心里也在寻思着，才多大一会儿工夫啊，你说，一个乡土奇葩就演变成了城市癞瓜了。哪像他第一次进京那会儿，脸色黢黑，一口大黄牙，秃头上遮着一顶耷拉檐的确良黄军帽，把一大堆剪纸用小包袱皮里三层外三层地裹着，见谁都叫大哥，见谁都叫老师，多纯朴，多执着！一晃，怎么奶秃就治好了，长出一脑袋黏得直打绺的乱草来了？瞅那牙也白了，裤子上也磨出窟窿眼儿来了，简直艺术得不能再艺术了。这全是"废墟画派"艺术熏陶的结果啊。

路边停了一辆桑塔纳，俞木墩请撒旦上车，说这车是县里淘汰下来的，归了文化馆，县长书记们都不屑于坐了。

车子在县城挤挤擦擦红红绿绿的人群里磕磕绊绊地走着。司机不停地把喇叭揿得震天价响。一挂驴车横在前边挡住了道，木墩开开车门伸出脖子去骂了几句。赶车的老农慌得紧抽三鞭，好歹把驴拖到了路边。

"乡下人，不懂规矩，大哥您得见谅。"俞木墩往车座下面吐了一口痰说。

"木墩，还剪纸不？"

俞木墩说："大哥，不瞒您说，我现在实在忙得很，腾不出手来剪。"

"忙些个啥呢?"

"唉，要说呢，跟艺术也沾点边，联系走穴演出。"

撒旦说："啥走穴? 还是办巡回画展吗?"

俞木墩笑笑说："大哥您说的是哪朝的事儿了，现在谁还有闲工夫看画，都听流行歌曲去了。港台的、大陆的，能张嘴发出个动静就成。"

"木墩你又不会唱歌，你跟着掺和个啥?"

"大哥这您就外行了。县礼堂、电影院，每月都得唱上个三五场的，全靠我一手操办联络。那叫啥玩意儿来着? '经济人'，对，是经济人。挣俩钱儿，出出名呗。"

"那……你的艺术还搞不搞了?"

俞木墩又吐了一口唾沫，用手掌抹了一下嘴巴："大哥，在您面前我可就要说惭愧了。现在我算是看明白了，有钱能使鬼推磨，什么一流歌星、二流歌星的，再艺术，只要到了我这块地面上，都得听我摆弄，被我俞木墩经济来经济去的。如今就连县长也不敢小看咱，光是去年一年，咱就上缴县财税小十万。能混到这个份儿上，咱哪，知足。"

撒旦听得心里一沉，自己辛辛苦苦培植出来的乡土艺术奇葩竟这样轻而易举地夭折枯萎了。唉，自己当初是何苦呢? 还因为木墩的事儿把鸡皮他们兄弟几个都得罪掉了。唉。

车子好不容易才挨到了黑天鹅小宾馆门前。进了饭厅一看，除了县长以外，县五大班子都派员出席了，连工青妇、乡一级村一级组织也都派来了代表，一共摆了五大桌。

撒旦脸一沉，捅了捅俞木墩腰眼儿：

"木墩，你想要干什么这是?"

俞木墩说："人都是我请来的，大哥你放心，你对我有恩，这几桌酒席就算是我报答你的一点心意。咱不在乎多几双碗筷，图的，就是个热闹、体面。"

撒旦不好再说什么，道具一般木木地应着景。他那一副秃头却让举座皆惊，众人怎么也想象不到，一流大画家怎么会比土生土长的俞木墩还寒碜。县长和几大要员都分别站起身来致辞、敬酒，欢迎大画家来我县体验生活，希望能描绘一些社会主义新农村的光辉景象，多替本县向外宣传宣传。

当画家撒旦被俞木墩架进宾馆二楼房间时，已经基本上人事不省，呈最佳酒精迷醉状态。俞木墩说："大哥您这顿没吃好，晚上咱哥儿俩再接着喝。"

撒旦眼前冒着金光，略带些不满地责备说："木墩，咱总这……这么喝，我……我归归隐还……还搞不搞了？"

俞木墩赶忙说："是是，别耽误了大哥您的正事儿。您说想去哪儿？什么？东……东篱？东篱是坟地啊。好，好，我这就叫车。"

撒旦摆摆手说："算了算了，你忙忙……你的去吧，我待会儿自己到地里走走……"

木墩说："庄稼地可有什么好看的？天天在眼巴前儿放着，想躲还躲不开呢。也行，大哥，您自己先归去吧，我就失陪了，今晚县礼堂有小虎队演出，我得去照应一下。"

撒旦没听明白："什么小虎队？台湾小虎队？"

木墩说："我的好大哥，真虎哪请得来呀，假的！几个半大小子，化了妆，在台上又蹦又跳，再使劲放上烟幕，配上录音带，得，成了！"

撒旦用手无力地在木墩肩上拍两下："木墩……你可真能啊……"

木墩说："操，现在什么都能假，人有什么不能假的？歇着吧大哥，我先走一步。"

秃头撒旦此刻独自躺在宾馆席梦思床上。午后的阳光经过淡灰色百叶窗的阻拦，形成了一片片的断简残章。几缕旱风游走在老槐树的枝丫上，无声无息的。撒旦眼神儿空洞地盯着墙壁纸上的一处幽暗，那大概是一块隔年蚊血的残斑。他抬手扭亮床头灯，一团耀眼的明亮在他的脸上打出一道枯黄色的光圈，刺得他慌忙地闭上了眼睛。周围的景致一时间旋转起来，旋转着，把那一片灿烂的麦地金光闪闪地推近到他的眼前。撒旦遏止不住地坠落、坠落，深深地跌进那一片金色的忘川……

一大群纷乱迷离的意象蜂拥着涌进他的画框，喧嚣嘈杂的色彩迸裂出混浊密集的音响……

正面：归隐

牧童骑在猪身上胸有朝阳

屋檐下的死猫摔出了瓦砾的碎响

绿色的渠水浇灌着

无色透明的稻秧

麦子像菊花一样散发着

隐忍的幽香

反面：麦子

你挺立尖锐的锋芒千年不变深久

　渴望

刺穿大地情人莲花般开放幽深的

　痛创

一千朵陶渊明的菊花热风中忧伤

　荒凉

唯有你紫胀膨亮的雄悍英勇苗壮

　成长

……

满怀着崇高艺术理想的画家撒旦，站在1990年6月的麦地里孤独地守望。六月的南风正从遥远的天际徐徐地涌来，麦海中耸动起无数根欲望，一波一波地扩展、翻卷。那一颗颗硕大光洁的穗头傲立着，勃起周身雄壮的锋芒，热烈而又狰狞地摆动进六月的阳光。一束束蓬勃燃烧着的尘根喻象引发起撒旦谵妄的激情，他无法遏止地冲动起来，狂癫似的大笑，继而大哭，无比亢奋地长嗥一声：

"呜啊——"

一道嘹亮的弧线，很痛快地划过麦梢，线头箭一样地直刺到地里。

……

"哎——我说那边那个秃老亮，你圪蹴在那疙瘩干哈呢？"

撒旦还未从痴迷之中缓过劲来，麦地那头远远地一声喊，唬得他赶紧整理好衣襟下摆。

"我说你在这块儿干哈呢？"一个老农手拿镰刀走了过来，眯缝起眼晴，上上下下警惕地打量着撒旦。

"不……不干哈。画点画……"撒旦像被人当场抓住的奸夫，脸红脖子粗地结结巴巴。

"画画？你可在我这块地里转悠好几天了，我咋瞅你都不像个好人样。"老农仍然紧盯着他，没有松懈斗志的意思。

"那什么，老哥，你千万别误会，"撒旦赶紧解释，"我是看中你这块地里麦子长势好。不信你看，这是我的画框。"

撒旦小心翼翼地把画框递了过去。

老农接过画框，左掂量右打量，然后猛地朝地上吐了一口唾沫："呸！我当是啥稀罕物呢，这也叫画？什么鸡巴玩意儿！你小子趁早给我走远点，少在这儿祸害庄稼。"

撒旦万分尴尬地立在那儿，站也不是，走也不是，浑身有嘴都说不清楚。正僵持不下的当口，俞木墩的桑塔纳"吱扭"一声停在了他们面前。木墩下车走过来问："大哥，画够了没？"

撒旦捞着了救命稻草似的忙紧着说："够……够了，够了。"

俞木墩又回身瞟了一眼老农，威严地问："王老五，你待这疙瘩干啥？"

王老五把眉头一挑："咋？我自个儿的地，还不兴我待着？"

俞木墩说："大哥，这是小王庄的，王老五。"

又转回头对王老五说："老五，这是县里从北京请来的干部，在咱县踩点呢。"

王老五听了，一脸的桀骜没有了，很谦恭地巴结道："啊，是打北京来的？怪我这草民有眼不识泰山。"

说着，又搓了搓双手，眼睛费劲巴拉地笑成一条缝，越发讨好地问："那什么，干部同志，能给说说把今年的白条子快点换成现钱不？"

撒旦不知所措，无言以答，更加尴尬。俞木墩见状，不耐烦地摆摆手说："行了行了，人家是大画家，搞艺术的，哪管你那些吃喝拉撒的闲事。你赶紧收你的麦去吧。走，大哥，吃了饭，跟我到未庄去钓鱼。"

木墩牵着撒旦的手往车里走，就听见王老五在身后狠狠地"呸"了一声："什么鸡巴画家，一点屁事不顶，真是完蛋操了。白吃了那些大米、白面。真是完蛋操了。"

撒旦羞得无地自容，三步并作两步，一头钻进车里，逃也似的离开了麦地。六月的南风，刮来麦穗成熟的沙沙声，嬉笑着为逃遁的艺术家送行。满头大汗的撒旦此时才痛彻领悟，麦子只不过是白面，麦子并不是菊花。

"啊啊啊，寂灭吧！"

撒旦痛苦得顿足捶胸。

"啊啊啊，解脱吧！"

撒旦自虐得形销骨立。

可惜他不能解脱，也无法寂灭。走啊走，游啊游，虽然他已经是衣衫褴褛，可是不肯灰绝的尘根，却总是蠢蠢欲动着渴望操练欢喜。撒旦不知何处才可以真正地皈依。

佛走过的路不是人走的路，禅定的道路上荆棘密布。

深山密林里，扛着画框子行走的撒旦四处化缘，仿佛一个托钵僧。他模仿着先哲灭绝尘欲的办法，摒弃了那条破烂不堪的裤子，不再穿任何东西，免得磨擦刺激起情欲，只用几片树叶串起来吊在腰上，勉强遮着羞处。

黄昏时分，撒旦来到了一座古寺脚下，远远可以望见朱红的大门和黄绿色的琉璃瓦。撒旦将画框子换了一个肩，抱着最后一丝信念，鼓足力量向上爬去。长满苔藓的滑腻陡峭的山石还是将他重重地摔了下来。撒旦摔得奄奄一息，头磕在了画框子上，血流满面，一下子昏了过去。

待他醒来时，却发现自己已经躺在大殿里边，四周散发着阵阵的佛香。一个小和尚正扶着他的头喂他喝水，一个面相庄严的老方丈端坐于大殿之上。

小和尚见撒旦睁开了眼睛，便高兴地喊了一声："师父，他活了。"

老方丈略微点了一下头，挥了挥手，一个小和尚端着面包和酥油茶送到撒旦跟前。

吃吧，喝吧，
这是禅血禅肉。

老方丈悠扬唱颂着说。

撒旦犹犹豫豫、小心翼翼地吃了下去。

老方丈见撒旦意犹未尽的样子，又招了一下手，小和尚端着一盘鲜翠欲滴的人参菩提果放到撒旦面前。

　　啃吧，嚼吧，
　　这是禅骨禅筋。

方丈又一次唱颂道。

撒旦放心大胆狼吞虎咽地吃了起来。

待撒旦吃得眼明心净，四肢可以运作自如，方丈这才问道："看施主树叶遮体的样子，被尘欲折磨得好惨哪……敢问小施主来自何方？"

撒旦赶紧跪拜方丈面前，行触脚礼：

"师父圣明，隔岸观火洞悉一切。在下撒旦来自京城，原本是国家特一级先锋画家，老家在河北农村。在下正是为了求解脱，特来大师门下参禅的。"

方丈的面相变得比较和善："嗬，难怪，难怪。艺术家，性灵之火燃得太旺，尘世之中脏病日多，难免就要身染疾疴。依我说，农民的后代，本该安心务农，少要当什么先锋，否则也不至于如此……"

撒旦赶紧低下头去，深深吻着方丈的双脚：

"大师，怪我自己误入迷途。难道就没有什么救治之术了吗？"

方丈说："这个倒也不难。心动则性动，心静则性平。小施主不妨留些时日，明早请你参观我们的晨时课诵，借此三省乎己身，也许你会悟出个中三昧的。"

"谢师父！"撒旦立起，鞠了一躬。

"还有，这是我主编的函授教材，《般若波罗蜜佛海无涯金刚普度经》，你先拿一套去预习预习。"

撒旦双手接过一套五本教材，翻了翻，极其虔诚地请教说："敢问大师，这经也可以由人来编吗？"

老方丈一脸的不快："废话。人不编那经打哪儿来?"

看着撒旦那痴迷的眼神，方丈又补充说："本寺跟社科院宗教所联合创办了禅定函授班，函委会责成老衲编一部通俗易懂的经，供学员学习使用。当然，考试时若按国家教委指定的统一教材答，也可以算对，及格了就可发给大专结业证书，供评定和尚职称时使用。"

撒旦说："噢，原来如此。这真是利国利民，福荫子孙，相当于又一项希望工程啊。"

方丈听了这话，面色略显平和："希望工程倒是不敢妄比，但本地区远距离教育搞得好，庙里的香火的确是一天天旺了呢，登门请求面授辅导的络绎不绝。本庙创收成绩显著，再不用政府每年拨款。这正是贫僧的一大创举，所以人们也授予老僧'先锋'的美名，惭愧，惭愧啊。"

撒旦听得怔怔的，不禁又想起"废墟画派"当年名噪一时的情景，想起自己的先锋当年勇，一时竟回不出半句话来。

第二日早起，撒旦在树叶围腰外面罩了一件从和尚那里借来的木棉袈裟，匆匆去堂上观和尚们的晨时课诵。

檀香缭绕之中，一排十来个和尚打着莲花坐，敲着小木鱼儿，从头至尾唱诵《般若波罗蜜佛海无涯金刚普度经》第十三章第二十五小节内容，然后又从头到尾默诵一遍。约莫半个时辰过后，方丈便把闭着的眼睛睁开，与和尚们打起了偈语。

方丈问："我是谁。"

悟能说："谁是我。"

悟净说："我是我。"

悟空说："我非我。"

方丈颔首道："唔，我非我，我非我。"

撒旦心里不禁一动。自己归隐到麦地里后一直没能得解的哲学命题，如今在高僧的几句偈子中寻到了真谛。撒旦泪眼汪汪，亦悲，亦喜。

一阵风从山顶划过，院子里的树叶子发出哗哗的响声。

方丈问："什么在动?"

悟能说："风在动。"

悟净说："山在动。"

悟空说："心在动。"

方丈说："唔，是心动。"

撒旦不禁大恸，像被揭了壳的螃蟹似的连心带肉一块儿赤裸出来。这场课诵仿佛是专门为自己安排的。难道老方丈是用这种方法来昭示解脱的路径吗？检视自己从前的言行，果然，一切均是心动所致啊。

佛主啊，老天爷！你可开启了我长满铁锈的心锁了。我怎么会想到去麦地里寻解脱呢？真是缺心眼透了。这下可好，见心成佛，见性成佛。

撒旦惭愧不已，一天闭门不出，思索着改过自新远离尘寰的路径。

过了晚饭时间，又开始了暮时课诵。悟道之后的撒旦又虔诚前往。殿堂之中，一排和尚仍如晨时一样打坐、诵经，方丈也如晨时一样与几个和尚打偈。

方丈说："我是谁。"

悟能说："谁是我。"

悟净说："我是我。"

悟空说："我非我。"

方丈说："唔，我非我。"

撒旦听了，点头，不悲，也不喜。

没有风刮过来，也没有什么树叶子在院里沙沙作响。

方丈问："什么在动?"

悟能："风在动。"

悟净："山在动。"

悟空："心在动。"

方丈："唔，是心动。"

撒旦有些不解，课诵为何总是重复同一内容？待课诵结束后，他虔诚地上前请教方丈。方丈瞪了眼睛，反问撒旦："不二法门，难道该有别的讲法不成？"

撒旦惊恐地后退，懊悔自己的造次和无知，心想虽然自己已是秃头，毕竟还是尘根尚未彻底干净，无论如何是参不透如此奥义玄机的。

但有一点又让他觉着奇怪，不知为何方丈总是与那三个和尚问答，别的和尚却都闷头不语？莫非和尚里头也并非全是灵秀，也有像自己这样的榆木疙瘩头？

正寻思着，见小和尚悟空猴窜着从身旁经过，撒旦追上去扯住他，作了一个揖说："敢问小师傅，你为何明了那是心在动？"

悟空见是撒旦，就停下脚步说："是撒师父啊。我要是把这事儿告诉你，你可千万别对别人说。要不，师父该骂我了。"

"唔？这还保密吗？"撒旦更加好奇。

悟空往衣襟上抹了把鼻涕说："是师父教我这么说的。师父要搞课堂观摩教学，明日方圆百里各庙都要派人来参观学习呢。师父让我们几个把这些功课都记熟，不许说错。"

"噢——"撒旦点了点头，混混沌沌的脑瓜子恍然间从俗世的角度开了窍了。

观摩教学果然搞得很是成功，周围几座山上的和尚们纷纷前来取经，采撷到了真正的先锋火种。课诵结束之后来不及用膳便匆匆告辞，各归山门，急着去传播火焰去了。

老方丈也坐着高空缆车下山，到附近的五区一县进行面授，从头串讲《般若波罗蜜佛海无涯金刚普度经》的内容，对学员进行结业考试前的全面辅导。方丈下山期间，庙里的一切事务暂交与年岁较长的悟能和尚代为处理。

悟能和尚由于属猪，比较贪吃贪睡，貌似愚笨，平日里较受压抑，出风头的事总难轮到头上。人却不知猪方是动物界中智商最高的，一旦得志，才真正地不可一世呢。这次悟能有了一次当家做主的机会，煞是高兴，于是端坐于讲经堂上，按照自己的意愿阐释起教义来了。

悟能说："我是谁。"

悟净说："谁是我。"

悟空说："我是我。"

撒旦说："我非我。"

悟能说："哒！太狂妄了你们，竟敢大胆妄称'我'。'我'只能由讲经的我一个人说，你们要说'你'。明白了吗？再来一遍。"

撒旦几人面面相觑，不敢言语。

悟能说："我是谁。"

悟净说："谁是你。"

悟空说："你是你。"

撒旦说："你非你。"

悟能咧开大嘴，吭哧吭哧地笑了："唔，好，好，接着来，接着来。"

悟能："什么在动。"

悟净："风在动。"

悟空："山在动。"

撒旦："心在动。"

悟能："胡说！哪有什么在动！一个个都瞪着眼睛说瞎话，重说。"

悟能："什么在动。"

悟净："风不动。"

悟空："山不动。"

撒旦："心不动。"

悟能又呼哧呼哧笑了："唔哈哈哈，这就对了，这就对了。现在是我当家做主，一切就得按照我的方针办。从今天开始，悟净你每天不必诵经，专门负责洗衣服、烧饭。悟空呢每天去山下担水、打柴，该让别的和尚享受一下打偈的清闲。至于撒师父您嘛……"

撒旦赶忙俯首说："惭愧得很。我手无缚鸡之力，除了画画，一无所长。但我诚心诚意愿为本庙的建设做一点贡献。但凡有什么活儿适合我做，大师兄请讲。"

悟能像是思忖了一下，末了说："虽说撒师父您是半路出家，但您却与我们师父享受同等先锋级待遇，弟子不敢对您老人家妄为。"

撒旦深深低头："大师兄客气了。"

悟能说："可是……您也看见了，我们这里如今人人上岗创收忙，没有空余的编制养活闲人。您会画画，正好，师父早说过要把山里山外的佛像画一画，出一本佛像画集。从今天起，就辛苦您去做这项工作吧。"

撒旦正襟危坐，默默无语。

往后的日子里，月明风清之际，晨钟暮鼓声中，总能看见一个不曾受戒的秃头，每日面佛而坐，固守着一个巨大的画框，修长而白皙的手指在虚空中舞动，不住地画着、摹着。尘埃不但未能从他的肉体上剥落，反而越积越厚，越积越多，渐渐将他的慧性掩埋了。

"我佛，"撒旦仰望佛祖默默祷告，"请昭示我求得解脱的路径吧。"

佛端坐不语。佛只是专心致志地举着他那些变幻无穷的手指头。

撒旦也举起自己苍白的手指，缓缓伸向苍穹。那指尖在香气的熏染之下，渐渐着了色，污浊了。

"我佛，请问我到底能否解脱？"撒旦喃喃自语。

佛不语。佛默默做着一些千奇百怪的手印。

撒旦感到一阵彻骨的心寒。他再次注目凝视。莲花座上的佛脚千篇一律，毫无生机，简直可以将它们忽略不计，而那万变莫测的佛手却精雕细琢，并被无限延展，扩大到百，扩大到千，千手千眼，法力无边。

撒旦在虚空里描啊、画啊。多少个寒暑昼夜都在描摹佛手的功课中溜走了，他不知道自己究竟描到了佛的哪一尊，画到了佛手的哪一只。那么缥缈而富有黏度的触角，凡是被沾染上的，都休想再逃得脱。他画到佛手的第一千零一只时，却发现原来又画回到了第一只。

撒旦的手指颓然垂落。他的这双肉手，在巨大的佛手面前变得失去生气，日渐萎顿。他感到自己再也挣脱不出这个佛手指画的圆圈。

千年万载

法度不灭

阿弥陀佛

阿弥陀佛

就在这时，法院的一纸传票千回百转地传到了，传被告撒旦限期到庭。一名叫东方美妇人的提起诉讼，告先锋画派头号代表作品《存在》侵犯了她的隐私权、肖像权。登在《广角日报》1985年12月11日上的那幅《存在》，摄入画框里面的那副身怀六甲的粗腰，正是她当年的身段。那会儿她正跟一个相好的暗结珠胎，是不希望被公之于众的。《存在》竟将其框入画框，又被记者拍摄下来，定格成为蒙娜丽莎脸蛋儿似的那样永恒的存在，四处刊登，用作商业目的，这无疑是对她个人隐私的侵害，她强烈要求作者公开道歉，并给予精神和物质方面的双重赔偿。

撒旦手里提着传票，一脸惊诧之余，也暗自觉得庆幸。人世间的巨变看来已经发生。尘世又在向他频频招手呼唤。现实无情而又及时地把他无谓的修行打断，把他扯出那个神秘无限的怪圈儿，拖回司空见惯的烦闹与喧嚣。

先锋的确是不该再隐遁下去了。

> 每一扇窗口都放射出温馨或柔情
> 黄昏中传来行者悠久动人的歌声
> 秃头撒旦在回归的路上蹰蹰独行
> 神灵不再替他提那盏指路的红灯
> 他用心灵为自己释放无限的光明

流　亡

> 风啊风啊始终都在领航
> 思想已在画布上彻底流亡

1995年是多么了不起的年份啊！当年，画家撒旦领着儿子小旦坐在1990年的高空缆车上往上升时，曾经满怀激情地向1995年这个方向眺望，充满了无比美好的遐想，多多少少抵消了一些他追忆1985年时产生的黯然神伤。1990年的撒旦当然想象不到五年以后的艺术时尚竟然发生了多么大的变化，想象不到就在他离城隐遁期间，有那么多的艺术家也都纷纷出走，归隐归进小黄裙，寻根寻得大尘根。海里海外踏浪归来，不管腰缠万贯还是一文不名，都赶紧重新回笼，投入新一轮的艺术流通。拍卖热潮眼看着又要掀起来了。

撒旦拿着法院的传票，从佛陀传经的路上倒退回城里来的时候，真是有些晕头转向，一点都摸不着北了。1995年春季的城市万象更新，马路上连一片烟花爆竹放过的碎屑和痕迹都没有。正月十五买元宵的人静悄悄地井然有序地排着长队。一切都美好得让人不放心。街头没有标语也没有痰迹，人人都明白自己该做什么该怎样做，吐完了痰以后都小心翼翼地包起来揣进自己兜里。那些盯着行人的嘴巴，等人吐完痰后马上上前罚款的老太太丢了工作，一时无所事事，就想出谋生的新招，把单位免费供应的过期避孕套当成乳胶痰袋，在路边向行人廉价兜售。撒旦刚进城门，就被一个老太太堵住了。老太太强行把避孕套往他怀里塞了一大包。

"我离婚了。"撒旦挣脱着说，"我都禁欲好几年了。我不需要这小套套。"

"你真傻蛋！"老太太说，"这是痰袋，全市人民都得随身带着的。公家卖的五毛一个，吐一口痰就得浪费掉五毛钱。我这个便宜，卖你两毛，这一包十个，你给我两块就得。"

"我没有钱。"撒旦说，"我好久都没有摸过钱了。"

"呸！这土老帽儿，没钱不早说，瞎耽误工夫。一瞅你就像个外地人口，不消消停停在家种地，往城里边瞎跑什么！城里的社会治安全让你们这些人给搅和坏了。"

"我不是外地的，我就是这城里头的。"撒旦很执拗地辩解说，"东方美妇人跟我打官司，我就是为这事回来的。"

"咦——"老太太深藏在褶皱层中的小眼睛立刻瞪大了，"这么说，你就是那个叫傻什么的画家啦？你的官司全市人民都知道啦，戏匣子里天天说，晚报上也天天报呢……"

老太太说着咳嗽了一下，瞅瞅四下无人，便进一步凑到撒旦耳边说："孩子，我看你像个缺点心眼儿的人，当心吃了亏！那个女人，谁不知道她是个臭婊子？还不知道跟多少男人睡过呢，光离婚就离了五次，听说现在又傍上大款啦，给包养得又肥又胖的……"

"天快黑了，我还要赶路呢。"撒旦不愿听老太太絮絮叨叨，把那包乳胶套塞回老太太怀里，头也不回地往前走。

"哎哎哎，我说孩子，"老太太喊着追了上来，又把避孕套塞回给他，"这一包，算是大娘我白送给你的，可怜见儿的，被那么个狐狸精给缠上了。揣好喽，别再推搡了，看见了没有，前边就是一个检查站，没有痰袋不让进城。早些年那骡马大车不挂粪兜不是也不让进城吗？这叫保持环境卫生。"

撒旦怀揣一包避孕套，顺利通过了关卡的检查，在苍茫暮色之中扛着画框子走进了城。虽然已经进入春天，傍晚的风还是刮得挺硬，像刀子一样把脸割得生疼。大街小巷全亮起暖色调的灯。一个挨着一个的馆子里，不时飘出炖肉的香味，还有猜拳行令卡拉OK的声响。隔着玻璃看到那些油乎乎的不停翕动的嘴，撒旦的嘴巴也禁不住上下开合空嚼起来。他这才感到肚子饿了。

"我该就地化点缘了。"他想。

于是他在地铁入口那儿，就着明亮的光线摆好了画框，以很规范的打坐姿势端坐于阶上，安心等待着善者的布施。

一双双多姿多彩的脚在他的眼下匆匆走过，没有一双脚在他面前停留。人们对这种化缘仿佛司空见惯，不屑一顾。

饥肠辘辘的撒旦不禁感慨万端。城里人真是越发冷漠了。到底是乡下人心善哪，在乡下化缘时从没有过遭拒的时候，至少还能得到一碗残羹剩饭呢。

终于有一双尖头皮鞋向他走过来了。撒旦双手合十，恭敬地问道："这位师傅，要画张像吗？"

"画你妈个屁！"一声吼叫炸雷似的在撒旦头顶劈响，"我说下面几级台阶上的小花子们怎么要不到钱了呢，原来都是你这秃子在上面截留了。知不知道这是谁的地盘？懂不懂点规矩你？"

"我……只想换碗饭吃，并没有想抢你们的生意……"

"哼，还不给我快滚！要营业，先在大爷我这儿磕头、办照，懂吗？"

尖头皮鞋抬起腿来一脚就把画框踢飞。撒旦仓皇逃去捡了起来，用袖子细心地擦拭掉框上的泥土，小心翼翼地扛在肩上。

"快滚！下次再让我遇上你，揍死你丫的。"尖头皮鞋恶狠狠地骂着。

撒旦跌跌撞撞离开地铁站口，不知此时应该向何处走。卖报的小贩在寒风里大声吆喝着，急着尽快卖完手里的晚报收摊回家。撒旦瞟了一眼，见头版显眼处登着一幅巨大的《存在》，里面照下的正是东方美妇人当年腰围隆起的情影，旁边记述着这场官司的由来始末以及美妇人的现状。

小贩见撒旦立在摊前目不转睛地看着，就热情地将报纸递到他手中。

撒旦浑身上下摸了一遍，做出一副找不出零钱的姿态，把报纸又还给了摊主。

"傻×。"摊主望着远去的撒旦愤愤地骂了一句。

撒旦却充耳不闻。他已经从报上看到了美妇人的住址，是在西南方向的一座别墅之内。撒旦整了整精神，迈步朝那个方向走了下去。他想，他应该会一会这个把他从修行的路上拉回俗世的人，说什么，他也得先会一会。

门开处，一个脸上正敷着一层厚厚面膜的女人探出头来，撒旦吓了一跳，以为遇见了妖怪。女人见了撒旦，止不住欢呼："哟，我的撒旦好兄弟！可把你给盼来了！"

东方美妇人大呼小叫着把筋疲力尽、带着一脸莫名其妙的撒旦搂进屋去。

鸡皮、鸭皮、屁特他们哥儿几个是从各种传闻媒介中得知撒旦被缠上官司后纷纷从各地赶来的。东方美妇人被侵权一案是公民权益保障法公布实施以后的第一桩官司。这样的案子千载难逢，哪个记者都不甘心落后要爆炒它一把。案子中的原告不是别人，而是在1985年红得发紫的电影明星兼时装模特东方美妇人。案子的被告也不是别人，而恰恰是撒旦这么个在1985年的画坛上领过短命风骚的先锋倒霉蛋儿。案子所指的又不是别的，而是载入先锋艺术史册的巨作《存在》侵犯了人家的隐私。那隐私又不是别的，而是东方美妇人那明显隆起的肚子。而使其肚子隆起的始乱她、终弃她的那个人不是别个，正是从1985年的先锋派场记壮大成长为1995年的后先锋导演、正威震着世界影坛的某某男。

旁听这种案子简直比看电影和观画展还要激动人心，谁能无动于衷，不为男女主人公的命运费着一把神呢？

而让鸡皮他们兄弟几个感兴趣的倒不是东方美妇人的肚子直径到底有多么大。他们感到激动的是"废墟画派"在这个艺术寂寞、画框子掉在地上摔不出一声响的时代重被提及，他们大哥的作品被当成了官司打。想想看，虽然报章传闻中频频出现的总是撒旦一人的名字，可单单是重复率极高的"废墟"两字不就把他们哥儿几个全包括在里边了吗？过去的荣耀霎时间全回到眼巴前来了，到什么时候都得当艺术家啊！艺术家是永远不会被人民给忘记的呀！咱们干吗不趁舆论炒得热火的时候赶回我撒旦大哥身边，去助他一臂之力呢？说不定能在法庭上当个人证、物证什么的。哪怕只是旁听，也可以在摄像机前被照一照啊，何必在海里海外三孙子似的受气？

待到记者采访起来，咱们可怎样解释重返艺坛的动机呢？

鸡皮想：我就说，商海无边，回头是岸。

鸭皮想：我就说，学成归来，报效祖国。

屁特想：我就说，艺术至上，永不迷惘。

当这些从海里海外麦地庙里归来的废墟兄弟们重新聚到一起的时候，他们是多么地百感交集、痛哭并且流着涕啊！

鸡皮说："大哥，我想你想得好苦哇！通过这么些年的下海实践，我可是深刻体会到了，只有艺术才能使艺术家像个人样啊！离了艺术，我哪还算个人了，整个儿就是个煺了毛的鸡啊！"

鸭皮说："大哥，我当初不该走啊。离开了咱的本土据地，哪还有谁待见咱们，把咱当人使？我也只能是给人家端盘子洗碗，做芥末鸭掌的料了。"

屁特说："我算明白了，大哥，咱不从艺术上崛起还能从哪儿崛起？手里没有艺术，我再怎么折腾都是放的没味儿的屁，没人看没人理啊。害得我只好打架、泡妞、酗酒、吸毒以示叛逆，结果只能是给逮进局子里头蹲着。这回我算是真明白了，要叛逆还是从艺术上叛才有声誉啊。"

撒旦说："我也不比你们好多少，我把自古文人雅士失意之后的去处都走了一遍，钻过麦地，也当过和尚，结果，也是处处受挤对，末了还是得乖乖地还阳返俗。搞什么也不如搞艺术，当什么也不如当个艺术家光荣体面哪！"

弟兄几个擦干了眼泪，不住地点头。

鸡皮说："大哥，我真后悔当初辛辛苦苦创立的'废墟画派'，因为点鸡毛蒜皮的小事就轻易散伙。当初我们领过多大的风骚啊！一想起这个，我都能从梦中乐醒。"

鸭皮说："咱们再把艺术沙龙砌起来吧，个人单干是成不了气候的。"

屁特说："如今风没有了，只剩了一身骚，谁还愿再来投奔我们？"

撒旦说："是啊是啊，活着还是死去，这还是一个问题。要么我们名垂青史，要么我们卖个好价钱。"

众人听了，你看看我，我看看你，最后拍着巴掌，齐声说了一句："干！"

东方美妇人吊在平头撒旦的脖子上，甜腻腻地撒着娇说："撒旦哟我的好兄弟，你怎么会猜到姐姐我设计这场官司的良苦用心？实话跟你说吧，那些鼓噪的记者，全是我拿钱雇的，你我二人的律师也是我拿钱请的。你想想，有谁还会记得1985年的艺术明星呢？我这样做，纯粹是为了我们俩的复出做广告呢。"

撒旦听得目瞪口呆，一面顽强抵御美妇人肉体的侵袭，一面暗中佩服美妇人的心计和大胆。他恍惚记得这位电影金猫奖得主已经息影多年，也不再穿着时装上台表演。那时她曾经开过一次告别演出新闻发布会，会后大小报纸上都发了整版报道文章，套红通栏标题这样写着：

没有合适的片子宁可不演
没有合适的衣服宁可不穿

打那儿以后，几乎所有没有片约无戏可演上不了台的演员模特们都仿而效之，不断地重复念叨这两句话，把它们贴在脸蛋儿上当成座右铭。那群男男女女也学美妇人的样子，傍大款、做小蜜、被包养，可是却总也经营不出美妇人那么多的花样来。比如说美妇人息影封台后，不久名字就在经济金融时报上频频出现，说她在商业领域里又成了一朵红花，经营着房地产、汽车行、服装鞋帽化妆品公司，还享有进出口贸易自主权，海内外的动产不动产高达几十个亿，已经跻身于全球最富华人行列之中。

影星们真个看得眼热心跳起来。都是同时出道的，论脸蛋儿，谁的又不比谁的差，她怎么就发了？我们怎么就该活活憋着？于是就呼啦一下子，那一年影视明星们傍款成风，股票市场上频频闪现着俊男靓女们的情影。谁谁都想一下子暴发，以期把美妇人张狂的气势给平压下去。

就在他们东窜西窜积聚财产，与美妇人进行狂热比较的时候，却不料美妇人笔锋一转，策划着打起艺坛官司来了。这一招绝活可是没人敢妄比了，星星们一时都口不服心也服。但凡是怀了鬼胎的，藏还都藏不住呢，哪还敢往外兜往外讲？有几个敢用凸起的肚子做自己的广告包装，同时还把播种的主人以及一串串名人名角一同牵扯上？这种女人，够辣，也够骚的，还是别再仿效了，消停一点的好。

可美妇人却不这么想。美妇人像是看破了撒旦心思似的。叉开华贵的真丝软缎旗袍，在撒旦的腿上荡着说："你是不是以为我很下作，什么都敢拿出去卖？我这也是被逼无奈，逼上梁山了。谁不想永远当明星，永远被人捧着？你不是也希望永远先锋吗？来吧，让我们一起合作吧……"

美妇人把脸贴上来，撒旦仓促躲避着。透过那层浓妆艳抹，撒旦闻到了一股残酷的美人迟暮的感觉。那种气息一层一层地扩大，一直逼近他的神经末梢。美妇人，以及他自己，眼看就要成为明日黄花了。或许还可以做做最后的挣扎，来他个再度辉煌？

"唔，你还迟疑什么？"美妇人略显不快地扬了扬眉梢，"你可要知道，老娘可是个薄情寡义的家伙，不跟我合作，得罪了我，这场官司可别怪我假戏真做。别再傻蛋了，来吧……"

撒旦别无选择，只能随着美妇人的牵引，仓促上马，用尽心力侍奉着。乳胶痰袋从他怀里滑落下来，散落在名贵的波斯地毯上。

那条"贵夫人"小狗从客厅跑进，看了看床上胶着状态的一对男女，又低头用前爪把痰袋一个个撕开，显得莫名其妙而又一脸的无奈。

"废墟画派"的一帮兄弟仍在为如何复出而一筹莫展。

鸡皮说："现如今什么鸡巴人都敢到中国美术馆去办个展，真是山中无老虎，猴子称霸王，趁我们先锋不在，后卫们要撑起天来了。我们该怎么收拾这等局面？"

鸭皮说："只要有钱，什么东西画不出来？卢浮宫算什么？西斯廷教堂算得了什么？我能把咱紫禁城故宫从里到外重新描龙绣凤画一遍。"

屁特说："我操，那些丫挺的哪里是在办什么画展，那是在显摆钱呢。有钱人给他们背后撑腰，什么臭手不能指使，我用脚画的也比他们用手画的强。"

撒旦说："哥儿几个走了那么些弯道，经了那么些曲折，好不容易重新走到一起来了，光发牢骚也没有用，咱们不能光看着别人发迹自己眼红，还是应该想点实际的办法啊。"

鸡皮说："大哥，有句话我说出来你别生气，报上说你和东方美妇人通过一场官司，达到了美的发现和契合。那女的可是个亿万富婆啊，她身上一根汗毛可都比咱们的腰粗。您能不能让她拔下一根来，赞助赞助，那样咱们就能把画展办到香港以至东南亚华人区去。"

撒旦听了，脸色一阴："你少提那娘们儿，再说我就跟你急。"

哥儿几个都不敢再说什么了，面面相觑着，又没了主意。

撒旦在心里头暗暗把美妇人恨得咬牙切齿。就因为他暂时要在她那里寄生，她就可以由着性子地摆弄他，把他像一条狗似的呼来唤去。

"傻蛋，上来。"

秃头撒旦和她那条纯种狗就摇头摆尾地扑了上来。

"傻蛋！下去。"

秃头撒旦和那条改名也叫傻蛋的纯种狗就得下去围着她转圈儿。

美妇人正处于内分泌超常、各方面欲望都很强盛的年龄段，她没黑夜没白日地对撒旦小伙要求着。撒旦横着竖着蹲着倒着正着反着地侍候着干，一次比一次没劲头，一天比一天更疲软。只有当她欲炫耀半老风姿，主动给他当模特让他作画的时候，撒旦才算有了个恢复心理平衡的机会，借机把她支使得团团乱转，也横着也竖着也蹲着也倒着也正着也反着，让她的每个姿势摆放都停留好长时间。只有在这时候，撒旦心里才能涌起一丝自主的快意，兴奋无比地在心里头大叫：

"我要用我的画笔干死你！"

美妇人对这一切毫无觉察，依旧顾影自怜地搔首弄姿。或许是由于久不练功的缘故，她的腹部肚囊已经微微堆积，失去弹性的乳房也软软地吊在胸脯上垂着。这样一副胴体早已激不起画家撒旦的任何美感，剩下的，只是一种由衷的悲悯和惜怜。

美妇人换了个姿势，扬起手里的烟杆，悠然地吐着烟圈儿，仿佛是漫不经心地问撒旦："听说你们的'废墟画派'十分地想东山再起，正准备着搞一个画展，是吗？大致需要多少钱？也许我能帮上忙。"

撒旦听了暗暗叫苦，心想一定是兄弟当中的某一个在背后求过美妇人，把要搞画展的事透露给她的。这小贱人，控制了我这人还不够，还要把我的艺术也牢牢控制住，真他妈的不是个物！

"到底需要多少？难道你不愿告诉我？"美妇人又问。

"啊，不，不用了。"撒旦心里说，烂货，你那点生活费是怎么从那老王八蛋手里抠出来的我还不清楚吗？别在我面前充大头了。

"不用，真的不用。你那点钱来得也不容易。"

"放屁！"美妇人甩掉烟嘴，暴跳起来，"你这么说是瞧不起我！那老×到处拿我的名义做宣传，他公司里有我绝大多数股份，我支出一笔赞助费来有什么了不起的！我还非帮你们不可了，让你也见识见识老娘的真本事，我可不是白被人养着吃闲饭的。"

撒旦动了动嘴，没能说得出话来。

画展正紧锣密鼓地准备着。兄弟几个敛心静气，处心积虑地冲向市场，殷切渴望再度辉煌。

《啊，我那遥远的红卫兵时代》：作者鸡皮。画布上废墟的烂泥和尿臊味仍旧存在着。鸡皮在烂泥上零星点缀了不少野花，花儿在尿水的滋养下分外美丽。每个花芯里都藏上一枚小电珠，花瓣涂上了荧光粉，接通电源之后，小电珠一眨一眨地贼亮，荧光粉反射出幽幽的光芒。

作者画面题诗：

昨日的岁月散发着野味的芳菲

啊，放光辉，放光辉

《人与牛》：作者鸭皮。人与牛不再互相缠绕交错，身形已经截然分开有了显著区别。人类满面红光，虔诚地跪拜在牛脚下等着捡牛粪，牛怡然自得地吃着麦子，硕大的乳房下面"唰唰唰"地往外冒奶。

作者画面题词：

吃的是麦，挤出来的是奶。

《行走》：作者屁特。羊群已翻过个来正步走，脚上清一色地全穿着
猪皮鞋。羊毛回到了羊身上。乌克兰猪含辛茹苦地一前一后放牧，公猪
在前领路，母猪保驾殿后。乌克兰小猪一蹦一跳地跟在后头，手里高高
地举着一块招牌：

吃火锅，没有调料怎么行。

《活着》：作者撒旦。画框子镶上了实心，画布上涂满红粉。撒旦脱
光衣服，赤身裸体地躺了上去，印出一个模糊不清、污污突突的白印。
红色混沌之中，那人形仿佛是赤裸透明的，又仿佛穿着很厚重的外壳。
那两腿中间题上了一行红字：

我与我的影子交媾。

兄弟几个在一旁看着撒旦干活，胡乱鼓着掌。
鸡皮看了说："大哥，可没听说谁能自操自的。"
鸭皮说："文明点，那叫手淫。"
屁特说："自给自足，活得享福。"
撒旦说："去你妈的。别招我怒。"

《中国大百科全书·文艺卷·H类》记载：H：后，后先
锋，后写虚主义；后卫画派：成立于九十年代中期。代表人物：
鸡皮、鸭皮、屁特、撒旦。代表作：《啊，我那遥远的红卫兵时
代》《人与牛》《行走》《活着》。影响或贡献：煎炒烹炸俱佳，
呈后卫状，做波普科，是现代主义向现实主义的复归，错位以
后的断肢再植重新对位。在发展捍卫传统绘画语言方面担当起

先锋

最坚实的后卫。

（跨世纪出版社，2001 年版，第2000 页。）

"后卫画展"获得了空前的成功。美术馆前来参观者络绎不绝，门票一涨再涨，依旧抵挡不住人民群众万分高涨的情绪，不出一个月，就把美妇人赞助的二十万元收回来了，以后的日子，就坐等着收钱。人民大众衣食父母在《活着》面前停下脚步，久久伫立着不忍离去。老先生、老太太们不时掏出手帕来揩着鼻涕，一个个都看得泪眼模糊，扯住撒旦的手呜咽着说："活着多好哇！能活着就已经不错了。你以为活着很容易吗？想想过去……看看现在……争什么这个权利那个利益的，都是让大米白面给撑的。孩子啊，你可好好地活着吧。"

1995年的艺坛上登时又掀起一股后卫浪潮。艺术家们开始后悔自己从前没深没浅、十分造次的叛逆行为，重又开始洗心革面，规规矩矩做起仿古忆旧文章，艺坛上一时怀旧情绪高涨。以前被他们瞧不起横遭唾弃的老头衫、大裤衩什么的，全部又捡回来穿上了。踹倒的神像也赶紧扶起来重新供上。古墓古穴一个劲地被盗，倒卖国粹运动开展得蓬蓬勃勃，脚踏东西半球、手做宇宙文章的人越来越多，艺术家们都感到世纪末的地球，正被自己那黄色如椽的巨笔，给搅得一个劲儿地颤悠。

> 冲冲冲
> 我们是新时代的后卫
> 冲冲冲
> 我们是新时代的后先锋

激动人心的歌曲，在1995年夏天的空气中到处传诵着。

那个当年拍下《存在》中东方美妇人倩影的好事的记者又扛着器材来采访，请撒旦他们哥儿几个谈谈当后卫的感觉。

撒旦横躺在《活着》下面，漫不经心地说："后卫嘛，就是一点什么感觉都没有的意思。"

鸡皮说："老兄，行行好，一场官司你已经跟我们出了大名了，你还想怎么着？"

鸭皮说："你老哥那份报纸销售都快突破五十万份了，您老人家也成了名记者，还不知足哇？"

屁特说："你呀，一边凉快凉快，别跟这儿添乱，让大爷几个消消停停赚点钱，成不？"

老记灰溜溜的，碰了一脑袋钉子，只好转头去找东方美妇人，制作有关她现状的专题文章。美妇人最初设计那场官司时，首先拿钱将这个老记买断，两人精心策划，要循序渐进、按部就班地将官司掀起三次波澜，达到最终的高潮之后，要见好就收，戛然止住，就说是当事人双方同意协调解决，让官司青天白日地自生自灭就得了。

每次全国各地的报刊上有关美妇人的报道，都是由老记先写出个通稿，然后传真发往各方，请各报兄弟们帮忙改写后四处发表。

美妇人对老记的经营业绩感到满意，决定将稿费给他增加到每千字一百五十元。老记点头鞠躬，感激不尽，赶忙抽出纸笔肃立着，问女王有什么新的口谕。

美妇人说，她的心血终于没有白费。官司策划得很成功，最近以来她的片约不断，导演们总算是记起了她这位当年的红星。时装模特队也要邀请她去当教练。最令她感动的，是那位在她的身体上成长起来的第九代导演也感念起旧情，专门为她准备了一百零八集的《王母娘娘》，让她从一岁一直拍到一百零八岁，把天上人间的美好外景地全都走遍，以此作为他对她负心的一点补偿。

美妇人说得潸然泪下，老记也感动得笔在颤抖。他赶紧擦了擦眼泪，将这条影视动态逐字记下，立即赶回报社发稿。

但是还有一点美妇人隐藏着没向老记披露，那就是第九代导演提出了一个条件，希望她进剧组的同时能带上两百万元赞助费来，否则的话资金不到位，《王母娘娘》也就没法开拍。

万般无奈之中，美妇人还得张嘴去求包养着她的大款，希望他能打开保险柜，把属于她的那部分钱让她拿出来。

美妇人却没有想到，那大款老谋深算，也不是个吃素的主。在她刚刚掀起官司之初，大款就瞅准时机，暗中到第九代导演那里，狠狠敲了一笔竹杠，胁迫那位导演免费为他带来的一个唱歌的甜妹子制作MTV。那位导演拍的MTV，每集开价都在五十万元以上，拍谁谁红。大款威胁导演，若不给拍，就和美妇人一道把他彻底搞臭，别再想在中国这块地界上拍出片子。

导演愤慨不已，可又敢怒不敢言，对大款的商业垄断深怀惧心。他以为这一定是美妇人与大款合计好了才这么干。左思右想，才想出个拍《王母娘娘》的主意，想在美妇人身上诓骗一下，把制作MTV蒙受的经济损失再捞回来。

大款见美妇人又来要钱，立刻就猜中了这里边所藏的文章，不由得一阵阵地感到腻烦。其实他心里早就腻烦了。东方美妇人老珠黄，已经失去了味道，广告宣传也用不着她这半老徐娘了。他新近已在别处金屋藏娇，养的正是那个想要捧红的甜妹子。至于美妇人，爱怎么着就怎么着吧，钱是当然不能让她拿到手喽，免得她也去养什么画家小白脸儿的。

美妇人和大款为钱的争斗如火如荼，旷日持久。

撒旦是在两个月以后，在港报上得知美妇人自毙的消息的。当时他正在香港办画展。大小报上都写得花里胡哨，据说是美妇人跟甜妹子争风吃醋，大打出手，不慎跌到水果刀上，心脏被刺破身亡。当然，这种事情发生在1995年显得十分稀松平常。赛场上赢不过对手就刀刺相见，艺术上写不出新作就自杀身亡，在这么个人心浮动的年份，死变得非常容易了。

撒旦没能回大陆给美妇人送葬。冥冥之中那刀子仿佛也扎到了他的心脏上，让他体验到胸口上一种永远的痛。

一个月以后传出好消息，后卫画派的几幅珍品都以上千万港元的价格拍卖成交。鸡皮的《啊，我那遥远的红卫兵时代》被第八代导演托人买走，并将它改编成新写虚主义电影，准备拿去冲刺奥斯卡金像奖。主题歌盒式带先期投放大陆市场，男女老少全都学会了唱。

鸭皮的《人与牛》被内蒙古一农场看中，花高价买去作职工政治思想工作教材，宣传人与畜生之间的友爱亲善和睦相处。

屁特的《行走》被一澳大利亚商人当作最新商业情报买去，研究如何提高羊毛的质量和产量。

撒旦的《活着》未来得及参与拍卖，给抽去参加大陆油画单年展。德高望重的评委们一致说好，多少年没看到这么好的画了，自大千悲鸿以降，能达到这么高造诣的画家已经很少了，画风朴拙、严谨，不像别的年轻人那么花里胡哨的。这画本身就是教育青年的好材料啊！

最后结果，评委们一致推举《活着》获得本届画展金奖。《活着》立刻身价倍增，原件被收为美术馆馆藏，复制品被制成各种大小不等的明信片在街头巷尾出售。撒旦为此获得了一笔巨大的版税收入，足够他今生来世挥霍享用。

一张张印刷精美的《活着》在邮局的传送带上翻飞舞动，邮检员手握小锤，熟练地在每一张上面敲上邮戳，黑色印泥渐渐盖遍了画面的每一角落，那个灰白的影子痛苦扭曲着，变得畸形、萎缩了。

撒旦仿佛是得到了什么感应，连日来一直头痛欲裂，一阵猛似一阵的神经抽痛折磨得他半死不活。他实在是不能忍受下去，猛然间咬着牙站起来，揣上刀子和老虎钳，趁着月黑风高，悄悄翻墙潜进美术馆。

一丝微光从天井透下来，《活着》正贴着墙根阴森古怪地立着。撒旦有些毛骨悚然，一口寒气呛得他手脚冰凉。他努力咬紧牙关，哆哆嗦嗦地掏出裁纸刀，满怀恐惧地把《活着》按倒，然后，用刀子一点点地割起来。

画布割掉了，画框子卸了下来。撒旦扛起他心爱的画框，把那一堆不具形状的画布扔在了地上。

"就让这混沌破碎的影子，留作美术史上永久的封藏吧。"撒旦踢了一脚画布，在心里默默地祷告。他扛着画框，翻身跃出高墙。

秋夜的寒风，从无所不在的方向吹来，在撒旦的长发上伫立，打了一个旋儿，穿过他的画框子，慢慢远去了。谁家的窗子里，正悠悠飘着那首电影主题曲：

> 昨天的岁月散发着野味的芳菲
> 啊，放光辉，放光辉……

那种黏稠的歌声，躲不去，挥不开。

歌声如梦。恍然之间，撒旦发现自己已不知不觉来到废墟。黑沉沉的夜里，风一阵比一阵刮得紧，更显出废墟的一片死寂。撒旦瑟缩着身子，哆哆嗦嗦刚一踏上废墟，蓦地，脚下一块木板轰然塌落，一连串的机关"啪啪啪"地自动开启，灯一盏接一盏地亮下，天地间霎时一片耀眼的灰白，笙箫管乐一齐奏响，荒凉百年的废墟上竟奇迹般地凸现出一座喧嚣的仿古乐园！

撒旦目瞪口呆，正在暗自吃惊，却见康熙和乾隆迈着帝王的方步向他走来，不由分说，搜刮干净他兜里所有的现金，生拉硬拽把他拖进园去。正盘腿坐在炕上交流着垂帘听政经验的武则天和慈禧，一见撒旦进来，忙招呼他脱鞋上炕。大太监李莲英颠儿颠儿地忙不迭地端来精粉窝头和热乎豆汁儿。小蜡人苏麻喇姑脸色绯红，半蹲半跪着送上擦脸毛巾。后宫三千粉黛走马灯似的从台子上一一转过，幽幽怨怨的媚眼儿秋波快要把撒旦给淹迷瞪了。

撒旦惊惶地后退，一个趔趄，不小心踏响了又一个机关，传送带"嗖嗖嗖"立即把他输送到特洛伊电动旋转木马上。美女海伦从马肚子里探出头来，抱住撒旦的脚丫使劲亲吻，直舔得撒旦难以自持欲仙欲死，双腿用力夹紧马肚子猛地一磕，木马受惊炝了一个蹶子，忽的一道曲线把他抛上了迪斯尼高速过山车。

呼啸的过山车，"嘎嘎嘎"箭一般在钢轨上飞射，撒旦的身体俯仰离合，五脏六腑都急遽地抽动、翻卷着。他听见自己的欲望在下腹内很响地叫了一下，火辣辣、热烘烘的。撒旦不由得痛苦而又无助地呻吟一声："影子啊，快回到我的身体里来吧……"

随即，他用力掰开了身上的安全带。

"轰隆隆"的巨响戛然而止。仿古乐园登时绽满了无数殷红的花朵，流淌出一地的绚烂和蓬勃。

那个四方画框完好无损地甩了出去，很孤独地躺在几百米以外的地方。

次日清晨，一个下夜班回家的人路过此地，捡到了这个框子。他举起画框仔细打量，见它的内侧边缘，刻了两行很小的字迹：

我要以我断代的形式，撰写一部美术的编年史。

那人莫名其妙，琢磨着用它能做点什么。拎回家后，他终于想到，把它改造成搁置洗衣机和电冰箱的托架，装上滑轮和螺丝，便可以随意调节大小，并能向前后左右方向自由转动。

那人因此获得很大一笔专利发明奖。

《人民文学》1994年6期

敬告作者

　　为了保护有关作者的合法权益，我社曾多方联系本套书所涉及作者以便洽谈版权事宜。但遗憾的是，由于种种原因，截至本书付梓，仍未能与少数作者取得联系。现谨对尚未取得联系的作者表示歉意，并请有关作者或著作权人见书后，尽快致函作家出版社，以便及时奉寄样书和稿酬。

通信单位：作家出版社有限公司

通信地址：北京市朝阳区农展馆南里10号

邮政编码：100125

联系电话（传真）：010-65925260

图书在版编目（CIP）数据

新中国文学经典丛书·精选本 中篇小说（卷五）/
孟繁华主编.--北京：作家出版社，2023.3
ISBN 978-7-5212-2184-8

Ⅰ.①新… Ⅱ.①孟… Ⅲ.①中国文学－当代文学－
作品综合集②中篇小说－小说集－中国－当代 Ⅳ.①I217.1
②I247.5

中国国家版本馆CIP数据核字（2023）第020042号

新中国文学经典丛书·精选本 中篇小说（卷五）

总 策 划：吴义勤 路英勇
主 编：孟繁华
出版统筹：汉 睿
责任编辑：翟婧婧
装帧设计：天行云翼·宋晓亮
出版发行：作家出版社有限公司
社 址：北京农展馆南里10号 邮 编：100125
电话传真：86-10-65067186（发行中心及邮购部）
86-10-65004079（总编室）
E-mail:zuojia@zuojia.net.cn
http://www.zuojiachubanshe.com
印 刷：唐山嘉德印刷有限公司
成品尺寸：152×230
字 数：368千
印 张：24.75
版 次：2023年3月第1版
印 次：2023年3月第1次印刷
ISBN 978-7-5212-2184-8
定 价：60.00元